ZIGZAG

José Carlos Somoza

ZIGZAG

Tradução
Maria Alzira Brum Lemos

Relume Dumará

Título original: Zigzag
© Copyright 2006: Random House Mondadori, S.A., Barcelona

© Copyright 2006: José Carlos Somoza
Direitos cedidos para esta edição à
EDIOURO PUBLICAÇÕES S.A.
Rua Nova Jerusalém, 345 – Bonsucesso
CEP 21042-235 – Rio de Janeiro, RJ
Tel. (21)3882-8338 – Fax (21)2560-1183
www.relumedumara.com.br

A RELUME DUMARÁ É UMA EMPRESA EDIOURO PUBLICAÇÕES

Revisão
Patrícia Reis

Editoração
Dilmo Milheiros

Capa
Simone Villas-Boas

CIP-Brasil. Catalogação-na-fonte.
Sindicato Nacional dos Editores de Livros, RJ.

S68z   Somoza, José Carlos, 1959-
          Zigzag / José Carlos Somoza ; tradução Maria Alzira Brum Lemos. –
Rio de Janeiro : Relume Dumará, 2006

          Tradução de: Zigzag
          ISBN 85-7316-474-3

          1. Romance espanhol. I. Lemos, Maria Alzira Brum. II. Título.

06-3524   CDD 863
                                      CDU 821.134.2-3

Todos os direitos reservados. A reprodução não-autorizada desta publicação, por
qualquer meio, seja ela total ou parcial, constitui violação da Lei nº 5.988.

Para os meus filhos, José e Lázaro

Sumário

	PRÓLOGO	11
I	A CHAMADA	15
II	O COMEÇO	45
III	A ILHA	119
IV	O PROJETO	137
V	A REUNIÃO	209
VI	O TERROR	231
VII	A FUGA	265
VIII	A VOLTA	297
IX	ZIGZAG	357
	EPÍLOGO	373
	NOTA DO AUTOR	381

As águas pelas quais navegarei ninguém sulcou.

Dante, *Paraíso II*

Prólogo

Serra de Ollero
12 de julho de 1992
10:50

Não havia névoa nem escuridão. O sol brilhava no alto com a beleza eterna de um deus grego, o mundo era verde e estava inundado pelo perfume dos pinheiros e flores, pelo canto das cigarras e abelhas e pelo tranqüilo ressoar do riacho. Nada podia inquietar nessa natureza plena de vida e luz, pensava o homem, embora, sem saber muito bem por que, esse pensamento fosse inquietante. Talvez pelo contraste entre o que via e o que sabia que podia acontecer, as milhares de formas pelas quais o acaso (ou coisa pior) podia reverter as mais felizes sensações. Não que o homem fosse pessimista, mas já tinha certa idade, e as experiências que acumulara faziam-no desconfiar de qualquer situação com aparência de paraíso.

O homem caminhava perto do riacho. De vez em quando parava para olhar ao redor como se estivesse analisando o lugar, mas depois prosseguia a caminhada. Por fim chegou a um recanto que lhe pareceu agradável: algumas árvores proporcionavam sombra suficiente e um ligeiro frescor aliviava o nevoeiro. Mais à frente, o atalho se elevava sobre as margens rochosas do riacho e acabava numa colina de pedras, por isso o homem pensou que poderia contar com uma oportuna solidão, quase como se estivesse resguardado numa espécie de refúgio. Uma rocha plana lhe serviria de assento. Jogaria o anzol e se dedicaria a aproveitar a espera, a paz do campo e as cintilações da água. Não conhecia nada mais relaxante que isso. Agachou-se e colocou no chão a cesta com as iscas e a vara de pescar.

Ao se levantar, ouviu vozes.

No início, por causa do tranqüilo silêncio que as precedera, as vozes lhe causaram um certo sobressalto. Vinham de um lugar da colina que estava fora do seu campo de visão, e a julgar pelo tom agudo, pareciam ser de crianças. Gritavam, com certeza estavam brincando. O homem supôs que viveriam numa das casas situadas ao pé da serra. Embora a presença de outras pessoas o incomodasse um pouco, consolou-se pensando que, afinal de contas, crianças brincando eram o contraponto ideal para um dia tão perfeito. Tirou o boné e sorriu enquanto enxugava o suor. Mas de repente ficou imóvel.

Não se tratava de uma brincadeira. Havia alguma coisa errada.

Uma das crianças gritava de forma estranha. As palavras se confundiam em meio à quietude e o homem não conseguia distingui-las, mas era óbvio que quem as proferia não se sentia feliz. A criança que gritava daquela maneira estava com graves problemas.

De repente todas as vozes calaram, até mesmo o canto dos pássaros e insetos, como se o mundo estivesse tomando fôlego antes que um acontecimento especial ocorresse.

Um instante depois ouviu outro grito bem diferente. Um berro que atravessou o céu, estilhaçando a imaculada porcelana azul da atmosfera.

Em pé, perto do riacho, o homem pensou que aquela manhã de domingo de verão de 1992 já não seria como ele esperava. As coisas tinham mudado, provavelmente apenas um pouco, mas de forma definitiva.

Milão
10 de março de 2015
9:05

Quase inconcebível no meio do silêncio habitual, o grito perdurou ainda um instante depois de se extinguir, como um resquício de som, nos ouvidos da senhora Portinari. Depois de uma brevíssima pausa, tornou a soar e só então a senhora Portinari conseguiu reagir. Tirou os óculos de leitura, presos a uma correntinha de pérolas, e os deixou pender sobre o peito.

– O que é isso? – disse em voz alta, apesar de que àquela hora da manhã (o relógio digital da estante marcava 9:05, presente do banco através do qual recebia a pensão) a equatoriana que fazia o serviço doméstico ainda não tinha chegado e ela estava sozinha em casa. Mas depois da morte do marido, quatro anos antes, a senhora Portinari conversava muito com seus botões. – Deus do céu! O quê...?

O grito voltou a se repetir com mais força. Para a senhora Portinari essa situação lembrou um incêndio ocorrido no seu antigo apartamento do centro de Milão, que quinze anos atrás quase havia custado a vida dela e do marido. Agora, já viúva, tinha decidido se mudar para esse apartamento da Via Giardelli, perto da universidade. Era menor, porém mais tranqüilo e apropriado para uma mulher idosa. Gostava de viver ali porque nesse bairro nunca acontecia nada de mal.

Até então.

Correu até a porta o mais rápido que lhe permitiram suas danificadas articulações.

– Virgem Santíssima! – murmurava apertando alguma coisa na mão: em seguida comprovou que era a caneta com que tinha anotado as coisas que precisava comprar para a semana, mas nesse momento se aferrava a ela como se fosse um crucifixo.

Vários moradores se encontravam no patamar. Todos olhavam para cima.

– É na casa do Marini! – exclamou o senhor Genovese, o vizinho de frente, um jovem designer gráfico que seria mais simpático à senhora Portinari se não fossem suas evidentes inclinações homossexuais.

– O *professore!* – ouviu vindo de outro andar.

O *professore,* pensou. O que teria acontecido àquele pobre homem? E quem estava berrando daquele jeito? Sem dúvida era voz de mulher. Mas fosse quem fosse, a senhora Portinari tinha certeza de que nunca antes tinha ouvido gritos como aqueles, nem mesmo durante o horrível episódio do incêndio.

Então ouviram um ruído de passos, o barulho de alguém descendo apressadamente pela escada. Nem o senhor Genovese nem ela reagiram de imediato. Ficaram olhando atônitos para o patamar, unidos numa mesma idade pela palidez e pelo espanto. Com o coração na mão, a senhora Portinari se preparou para qualquer coisa: que fosse o criminoso ou a vítima. Intuitivamente concluiu que não podia haver nada pior do que ouvir aqueles uivos de alma torturada formando ecos entrelaçados sem poder ver quem os emitia.

Mas quando por fim contemplou o rosto de quem gritava soube, com absoluta certeza, que estava errada.

Havia alguma coisa muito pior que os gritos.

I
A chamada

Quando o perigo parece pequeno deixa de ser pequeno.

FRANCIS BACON

1

Madri
11 de março de 2015
11:12

Exatamente seis minutos e treze segundos antes que sua vida desse uma horrível e definitiva reviravolta, Elisa Robledo estava fazendo uma coisa banal: ministrava uma disciplina optativa sobre as recentes teorias da física para quinze alunos do segundo semestre de engenharia. Não imaginava o que estava para acontecer, porque, diferentemente de muitos alunos e de um bom número de professores, para quem aqueles recintos podiam chegar a ser temíveis, Elisa se sentia mais à vontade numa sala de aula do que na sua própria casa. Tinha sido assim no antiquado colégio em que havia cursado o ensino médio e na sua classe na faculdade. Agora trabalhava nas modernas e iluminadas instalações da Escola Superior de Engenharia da Universidade Alighieri em Madri, uma universidade privada luxuosa cujas salas de aula tinham amplas vidraças, belas vistas para o campus, acústica excelente e cheiro de madeiras nobres. Elisa poderia até mesmo morar num lugar como aquele. De forma inconsciente achava que nada de mal podia lhe acontecer num lugar assim.

Estava redondamente enganada, e restavam pouco mais de seis minutos para comprovar isso.

Elisa era uma professora brilhante, dotada de certa aura. Nas universidades há professores e alunos sobre os quais se tecem lendas, e a enigmática figura de Elisa Robledo produzira um mistério que todos desejavam decifrar.

De certa forma, o nascimento do "mistério Elisa" era natural: tratava-se de uma mulher jovem e solitária, com longos e ondulados cabelos negros, cujo rosto e corpo poderiam muito bem figurar na capa de alguma revista feminina, mas ao mesmo tempo possuidora de uma mente analítica e de uma prodigiosa capacidade para o cálculo e a abstração, qualidades tão necessárias no frio mundo da física teórica, no qual governam os príncipes da ciência. Olhava com respeito e mesmo com reverência para os físicos teóricos. De Einstein a Stephen Hawking, os físicos teóricos eram a imagem acatada e sagrada da física para o senso comum. Embora os assuntos aos quais se dedicassem fossem herméticos e praticamente ininteligíveis para a grande maioria, causavam muita sensação. As pessoas costumavam considerá-los o protótipo do gênio frio e anti-social.

No entanto não havia em Elisa Robledo nenhuma frieza a esse respeito: nela tudo era paixão por ensinar, e isso cativava os alunos. Como se não bastasse, era excelente profissional e uma colega amável e solidária, sempre disposta a ajudar um companheiro em apuros. Aparentemente, nada havia de estranho nela.

E isso era o mais estranho.

A opinião geral era que Elisa era perfeita demais. Muito inteligente e talentosa, por exemplo, para trabalhar num insignificante departamento de física cuja disciplina era considerada dispensável para o alunado empresarial do Alighieri. Seus colegas estavam certos de que poderia ter conseguido qualquer outra coisa: um posto no Conselho Superior de Pesquisas Científicas, uma cadeira numa universidade pública ou um cargo importante em algum prestigioso centro no exterior. Na Alighieri, Elisa parecia desperdiçada. Por outro lado, nenhuma teoria (e os físicos são muito afeitos a elas) conseguia explicar satisfatoriamente o fato de que aos trinta e dois anos de idade, quase trinta e três (completaria no mês seguinte, em abril), Elisa continuasse sozinha, sem grandes amizades, aparentemente feliz, como se houvesse conseguido o que mais desejava na vida. Não a viam com namorados (nem namoradas) e suas amizades se limitavam aos colegas de trabalho, mas nunca compartilhava com eles suas horas de lazer. Não era presunçosa, nem sequer exibida, apesar da aparência sedutora, que costumava valorizar com uma curiosa gama de roupas justas que lhe conferiam uma imagem bastante provocante. Mas nela essas roupas não pareciam destinadas a chamar a atenção ou atrair a legião de homens que olhavam para ela quando passava. Só falava da sua profissão, era cortês e sempre sorria. O "mistério Elisa" era insondável.

Por vezes, alguma coisa nela causava inquietação. Não era nada concreto: talvez um jeito de olhar, uma luz perdida no fundo das pupilas castanhas ou o poço de sensações que deixava no interlocutor depois de qualquer breve troca de palavras. Era como se ocultasse algum segredo. Aqueles que a conheciam melhor – o professor Victor Lopera, seu colega; Noriega, o chefe do departamento – pensavam que talvez fosse preferível que Elisa nunca revelasse aquele segredo. Há pessoas que não representam nada em nossa vida e das quais guardamos apenas uma ou outra lembrança sem importância mas que, por alguma razão, são inesquecíveis: Elisa Robledo era uma delas, e todos desejavam que continuasse assim.

Uma exceção notável era Victor Lopera, também professor de física teórica na Alighieri e um dos pouquíssimos verdadeiros amigos de Elisa, que às vezes se via assaltado por uma necessidade *urgente* de descobrir seu mistério. Victor tinha experimentado várias tentações a respeito, a última no ano anterior, em abril de 2014, quando o departamento decidiu fazer uma festa surpresa no aniversário de Elisa.

A idéia tinha partido de Teresa, secretária de Noriega, mas todos os membros do departamento compareceram, e também alguns alunos. Passaram quase um mês preparando a festa, excitados, como se a considerassem uma maneira idônea de penetrar no círculo mágico de Elisa e tocar sua superfície evanescente. Compraram velinhas com o número trinta e dois, bolo, balões, um grande urso de pelúcia e algumas garrafas de champanhe que o chefe generosamente ofereceu. Trancaram-se na sala dos professores, decoraram-na rapidamente, fecharam as cortinas e apagaram a luz. Quando Elisa chegou à faculdade, um zelador oportunamente lhe avisou que havia uma "reunião urgente". Os outros aguardavam na escuridão. Abriu-se a porta e a silhueta de Elisa, hesitante, ficou desenhada na soleira com sua blusa de lã curta, calça justa e seus longos cabelos negros. Então explodiram aplausos e risadas e acenderam as luzes enquanto Rafa, um dos "alunos notáveis", registrava o desconcerto da jovem professora com uma câmera de vídeo de última geração, um pouco maior do que seus olhos.

A festa, de resto, foi breve e não serviu grande coisa para penetrar no "Mistério Elisa": houve palavras emocionadas de Noriega, ouviram-se as canções usuais e Teresa balançou na frente da câmera um jocoso cartaz pintado por seu irmão, que era desenhista, com as caricaturas de Isaac Newton, Albert Einstein, Stephen Hawking e Elisa Robledo dividindo um bolo. Todo mundo teve oportunidade de demonstrar seu carinho a Elisa e de fazer com que ela soubesse que a aceitavam de bom grado sem pedir nada em troca, a não ser que continuasse sendo o tentador mistério ao qual já se haviam acostumado. Elisa, como sempre, esteve perfeita: com a medida exata de surpresa e felicidade estampada no rosto, até com certa dose de emoção emanando dos olhos. Vista na fita, com sua esplêndida forma física evidenciada pela blusa de lã e a calça, poderia passar por uma aluna qualquer, ou provavelmente como a madrinha de honra de algum grande evento..., ou uma estrela de filme pornô com seu primeiro Oscar na mão, como cochichava Rafa com seus amigos no campus: "Einstein e Marilyn Monroe finalmente unidos numa só pessoa", dizia.

No entanto um observador atento teria percebido naquele vídeo alguma coisa que não se encaixava: o rosto de Elisa no início, no momento em que acenderam a luz, estava diferente.

Ninguém prestou muita atenção nesse detalhe porque, afinal de contas, não interessava a ninguém se aprofundar nas imagens de um aniversário alheio. Mas Victor Lopera tinha conseguido perceber uma pequena mas importante mudança: quando a sala se iluminou, as feições de Elisa não mostravam o atordoamento próprio da pessoa surpreendida, mas uma emoção mais complexa e violenta. É obvio, tudo terminou em uma fração de segundo, e Elisa voltou a sorrir e a ser perfeita. Mas durante aquele mínimo lapso sua beleza havia se dissolvido num outro tipo de expressão. Quem assistia à gravação, com exceção de Lopera, ria do "grande susto" que ela tinha levado. Lopera notou algo a mais. O quê? Não tinha certeza. Talvez desagrado frente ao que sua amiga teria considerado uma brincadeira de mau gosto, ou a irrupção de uma timidez extrema, ou outra coisa qualquer.

Talvez medo.

Victor, homem inteligente e observador, foi o único que se perguntou o que Elisa teria esperado encontrar naquela sala às escuras. Que tipo de "grande susto" a distante, linda e perfeita professora Robledo imaginaria que a aguardava no início, antes que acendessem as luzes e ecoassem as risadas e palmas, naquele lugar escuro. Daria qualquer coisa para saber.

Aquilo que estava prestes a acontecer com Elisa naquela manhã na aula, o que se passaria em apenas seis minutos naquele recinto pacífico e isolado, poderia acrescentar mais pistas à curiosidade de Victor Lopera, mas infelizmente este não estava presente.

Elisa se esforçava para dar exemplos que fossem atraentes para as insossas mentes dos filhos de boas famílias que constituíam sua classe. Nenhum deles se especializaria em física teórica, e ela sabia disso. O que eles queriam era passar correndo pelos conceitos abstratos a fim de ser aprovados nas disciplinas e sair rapidamente com um título debaixo do braço que permitisse acessar os postos privilegiados da indústria e da tecnologia. Tratavam sem cuidado os porquês e os comos que tinham constituído os enigmas básicos da ciência desde que o cérebro humano a inaugurara na face da Terra: queriam resultados, efeitos, dificuldades a serem enfrentadas para obter notas. Elisa tentava modificar tudo isso os ensinando a pensar nas causas, nas incógnitas.

Naquele momento tentava fazer com que seus alunos visualizassem o extraordinário fenômeno de que a realidade possui mais de três dimensões, provavelmente muitas mais do que o "comprimento-largura-altura" observável pela visão. A relatividade geral de Einstein demonstrara que o tempo é uma quarta dimensão, e a complexa "Teoria das Cordas", cujas derivações constituíam um desafio para a física atual, afirmava que existiam pelo menos mais *nove* dimensões espaciais, algo inconcebível para a mente humana.

Em algumas ocasiões, Elisa se perguntava se as pessoas faziam alguma idéia de tudo o que a física tinha descoberto. Em pleno século XXI, na assim chamada "era de Aquário", o público em geral continuava interessado nos fatos "sobrenaturais" ou "paranormais", como se o "natural" e o "normal" fossem processos já conhecidos, pouco ou nada misteriosos. Mas não era preciso ver discos voadores ou fantasmas para comprovar que vivemos num mundo extremamente perturbador, inalcançável até mesmo para a imaginação mais desbragada, pensava Elisa. Tinha se proposto a demonstrar isso, pelo menos para os quinze alunos daquela turma.

Começou com um exemplo simples e divertido. Colocou no projetor uma transparência em que tinha desenhado um esboço de figura humana e um quadrado.

– Este homem – explicou, mostrando com o indicador a figura – vive num mundo de apenas duas dimensões, comprimento e largura. Ele trabalhou arduamente durante toda a sua vida e ganhou uma fortuna: um euro... – Ouviu algumas risadas e comprovou que tinha conseguido captar a atenção de vários daqueles quinze pares de olhos entediados. – Para que ninguém o roube, decide guardá-lo no banco mais seguro que existe no seu mundo: um quadrado. Esse quadrado tem uma única abertura num lado, pela qual nosso amigo introduz o euro, mas ninguém mais, com exceção dele próprio, poderá abri-la de novo.

Com um gesto rápido, Elisa tirou do bolso da calça jeans uma moeda de um euro e a colocou sobre o quadrado da transparência.

– Nosso amigo se sente tranqüilo com suas economias guardadas nesse banco: ninguém, absolutamente ninguém, pode penetrar por nenhum lado do quadrado... Quer dizer, ninguém do seu mundo. Mas eu posso roubá-lo com facilidade através de uma terceira dimensão, imperceptível para os habitantes desse universo plano: a *altura*. – Enquanto falava, Elisa tirou a moeda e substituiu a transparência por outra que mostrava outro desenho. – Podem imaginar o que acontece com o coitado do homem quando abre o quadrado e comprova que suas economias desapareceram. Como puderam lhe roubar se o quadrado estava *fechado* todo o tempo?

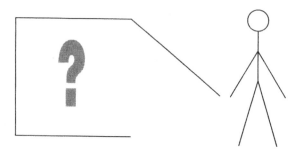

ZIGZAG ■ 21

– Fica puto – murmurou um jovem na primeira fila, de cabelos cortados à escovinha e óculos coloridos, provocando risadas. Elisa não se importava com aquelas risadas nem com a aparente falta de concentração: sabia que se tratava de um exemplo muito simplório para estudantes de alto nível, mas desejava precisamente isso. Queria abrir o máximo possível a porta de entrada, porque sabia que adiante somente alguns poucos alcançariam a saída. Extinguiu as risadas falando em outro tom, muito mais suave.

– Assim como este homem não pode nem mesmo imaginar como roubaram seu dinheiro, nós tampouco concebemos a existência de mais de três dimensões ao nosso redor. Agora vejamos – acrescentou, acentuando cada palavra –, este exemplo mostra de que maneira essas dimensões podem nos afetar, até mesmo provocar acontecimentos que não duvidaríamos em chamar de "sobrenaturais"... – Os comentários abafaram suas palavras. Elisa sabia o que estava acontecendo. *Acham que estou enfeitando a aula com toques de ficção científica. São alunos de física, sabem que estou falando da realidade, mas não conseguem acreditar nisso.* Entre o emaranhado de braços erguidos escolheu um. – Sim, Yolanda?

Quem levantava a mão era uma das poucas alunas que havia numa classe em que preponderava o gênero masculino, uma garota de cabelos compridos, louros e olhos grandes. Elisa gostou que ela fosse a primeira a intervir seriamente.

– Mas esse exemplo tem um truque – disse Yolanda. – A moeda é tridimensional, possui certa altura, embora muito pequena. Se tivesse sido desenhada no papel, como deveria ter sido, não teriam podido roubá-la.

Levantou-se uma onda de murmúrios. Elisa, que já tinha uma resposta preparada, fingia certa surpresa para não frustrar a indubitável acuidade da estudante.

– Uma boa observação, Yolanda. E totalmente certa. A ciência é feita com observações desse tipo: aparentemente simples mas muito sutis. No entanto, se a moeda tivesse sido desenhada no papel, da mesma forma que o homem e o quadrado... eu teria podido apagá-la. – As risadas a impediram de prosseguir durante alguns segundos: exatamente cinco.

Sem que ela soubesse, agora faltavam somente doze segundos para que toda sua vida saltasse pelos ares.

O grande relógio da parede do outro lado do quadro marcava sem parar aquele último horário. Elisa o olhou indiferente, sem imaginar que o longo ponteiro do relógio que varria o círculo horário havia iniciado a contagem regressiva para destruir para sempre seu presente e seu futuro.

Para sempre. Irrevogavelmente.

– O que eu quero que vocês entendam – continuou, contendo as risadas com um gesto, alheia a tudo que não fosse a sintonia que tinha estabelecido com os alunos – é que as diferentes dimensões podem se afetar entre si, não importa como. Darei outro exemplo.

Tinha pensado no início, enquanto preparava a aula, em desenhar o próximo exemplo no quadro. Mas então viu o jornal dobrado em cima da mesa do tablado. Quando tinha aula, comprava o jornal na banca que havia na entrada da faculdade e o lia depois da aula, na lanchonete. Achou que provavelmente os alunos compreenderiam melhor o novo exemplo, bem mais difícil, se usasse um objeto.

Abriu o jornal numa página central ao acaso e o alisou.

– Imaginem que esta folha é um plano no espaço...

Baixou o olhar para separar a folha das outras sem estragar o jornal.

E viu.

O horror é muito rápido. Somos capazes de nos aterrorizar antes mesmo de ter consciência disso. Não sabemos ainda por que, e nossas mãos já estão tremendo, nosso semblante empalidece ou nosso estômago encolhe como um balão murcho. O olhar de Elisa pousou em um dos títulos do canto superior direito da página e, antes mesmo de entender tudo o que ele significava, uma descarga brutal de adrenalina a paralisou.

Em poucos segundos leu a essência da notícia. Mas foram segundos eternos durante os quais quase não percebeu que os alunos tinham emudecido esperando que ela continuasse, e já começavam a notar que alguma coisa estranha estava acontecendo: havia cotoveladas, pigarros, cabeças que viravam para interrogar os colegas...

Uma nova Elisa levantou os olhos e enfrentou a espera silenciosa que tinha provocado.

– E... Imagine que dobro o plano por este ponto – prosseguiu sem tremer, com a voz monocórdia de um piloto automático.

Sem saber como, prosseguiu com a explicação. Escreveu equações no quadro, desenvolveu-as sem errar, fez perguntas e deu outros exemplos. Foi uma façanha íntima e sobre-humana que ninguém pareceu perceber. Ou sim? Perguntava-se se a atenta Yolanda, que a perscrutava da primeira fila, teria captado alguma coisa do pânico que a sobressaltava.

– Vamos parar por aqui – disse quando faltavam cinco minutos para o final da aula. E acrescentou, estremecendo diante da ironia das suas palavras. – Saibam que a partir de agora tudo ficará mais complicado.

Sua sala ficava no final do corredor. Felizmente, os outros colegas estavam ocupados e não encontrou ninguém durante o trajeto. Entrou, fechou a porta a chave, sentou-se atrás da escrivaninha, abriu o jornal e quase arrancou a página enquanto se entregava à leitura com a ânsia de quem examina uma lista de falecidos esperando não encontrar o nome de um ente querido, mas sabendo que ao fim aparecerá, inevitavelmente, o nome exato, reconhecível, como sublinhado em outra cor.

A matéria tinha poucos dados, apenas a data provável do acontecimento: embora o fato tenha sido divulgado no dia seguinte, tudo parecia ter ocorrido durante a noite da segunda-feira 9 de março de 2015. *Anteontem.*

Sentiu que o ar lhe faltava.

Nesse instante, a claridade do vidro esmerilado da porta se transformou numa sombra.

Embora soubesse que sua origem devia ser corriqueira (um zelador, um colega), Elisa se levantou da cadeira, sem condições de dizer sequer uma palavra.

Agora virá pegar você.

A sombra continuou imóvel em frente ao vidro. Ouviu um ruído na fechadura.

Elisa não era uma mulher covarde, ao contrário, mas naquele momento até o riso de uma criança a teria horrorizado. Notou uma superfície fria em contato com suas costas e seu traseiro, e só então se deu conta de que retrocedera até a parede. Os compridos e úmidos cabelos negros deixavam entrever seu rosto suado.

A porta finalmente se abriu.

Alguns sustos são como mortes que não se completam, esboços de mortes que nos despojam momentaneamente da voz, do olhar, das funções vitais, durante os quais não respiramos, não conseguimos pensar, nosso coração não bate. Aquele foi um desses momentos terríveis para Elisa. O homem, ao vê-la, estremeceu. Era Pedro, um dos zeladores. Segurava algumas chaves e um maço de cartas.

– Desculpe... Pensei que não tinha ninguém. Como você nunca vem aqui depois da aula... Posso entrar? Vim deixar a correspondência. – Elisa murmurou alguma coisa, o zelador sorriu, cruzou a soleira e deixou as cartas na escrivaninha. Em seguida foi embora, não sem antes lançar um olhar para o jornal aberto e para Elisa. Ela não se importou. Na verdade, a brusca interrupção a tinha ajudado a espantar o terror.

Repentinamente compreendeu o que tinha de fazer.

24 ■ José Carlos Somoza

Fechou o jornal, guardou-o na bolsa, deu uma olhada rápida na correspondência (comunicações internas e de outras universidades com as quais mantinha contato, nada que naquele momento lhe importasse) e saiu da sala.

Antes de mais nada, tinha de salvar sua vida.

2

A sala de Victor Lopera ficava em frente à dela. Victor, que acabava de chegar, entregava-se com modesto prazer a fotocopiar as charadas do jornal matutino. Colecionava aqueles passatempos, tinha álbuns inteiros cheios de charadas tiradas da Internet, jornais e revistas. Quando a cópia estava sendo impressa, ouviu batidas na porta.

Sim?

Ao ver Elisa, quase não mudou sua expressão tranqüila: as espessas sobrancelhas escuras se arquearam ligeiramente e as comissuras dos lábios distenderam um pouco o rosto liso atrás dos óculos, num gesto que, segundo a escala de comportamento do dono, talvez pudesse ser considerado um sorriso.

Elisa já estava acostumada ao temperamento do colega. Apesar da timidez dele, gostava muito de Victor. Era uma das pessoas em quem mais confiava. Embora naquele momento ele só pudesse ajudá-la de uma maneira.

– Que tal a adivinhação de hoje? – Ela sorriu tirando o cabelo da testa. Era uma pergunta quase ritual: Victor gostava que ela se interessasse por seu passatempo, até comentava com ela algumas das charadas mais curiosas. Não tinha muitas pessoas com quem conversar sobre aqueles assuntos.

– Bem fácil. – Mostrou-lhe a página fotocopiada. – Um cara mordendo uma parede. "É surdo?", diz a pergunta. A solução deve ser: "Como uma porta." Entendeu? "Como... uma porta..."

– Nada mal – disse Elisa, rindo. *Está tentando parecer despreocupada.* Sentia vontade de gritar, de fugir, mas sabia que devia se comportar com serenidade. Ninguém ia ajudá-la, pelo menos por enquanto: estava sozinha. – Olha, Victor, você se importaria de dizer à Teresa que eu não vou poder dar o seminário sobre quântica ao meio-dia? É que ela não está na sala e quero ir embora agora.

– Claro. – Outro movimento quase imperceptível das sobrancelhas. – Está acontecendo alguma coisa com você?

– Estou com dor de cabeça e acho que estou febril. Talvez seja gripe.

– Puxa.

– Pois é, que azar.

Aquele "puxa" era o mais próximo que Victor podia chegar em sua manifestação de afeto, e Elisa sabia disso. Entreolharam-se por mais um instante e Victor disse:

– Não se preocupe. Darei o recado.

Ela agradeceu. Enquanto saía, ouviu: "Melhoras."

Victor permaneceu na mesma posição durante um tempo indeterminado: de pé, com a fotocópia na mão, olhando na direção da porta. Seu rosto, atrás da máscara dos antiquados e grandes óculos metálicos que usava, só demonstrava um ligeiro desconcerto, mas na intimidade dos seus pensamentos havia preocupação.

Ninguém vai ajudá-la.

Dirigiu-se apressadamente para o carro no estacionamento da faculdade. A fria manhã de março, com o céu quase branco, a fez tremer. Sabia que não estava gripada, mas pensou que não podia se recriminar por essa mentira naquele momento.

De vez em quando virava a cabeça para olhar em volta.

Ninguém. Você está sozinha. E ainda não recebeu a ligação. Ou recebeu?

Tirou o celular da bolsa e examinou a caixa de mensagens. Nenhuma. Também não havia novas mensagens no seu relógio-computador de pulso.

Sozinha.

Pela sua cabeça passavam milhares de perguntas, um incessante vaivém de inquietações e possibilidades. Percebeu o quanto estava nervosa quando quase derrubou o controle remoto das portas do carro. Manobrou devagar, segurando o volante com as duas mãos e planejando cada pisada no acelerador e na embreagem, como uma principiante no exame para tirar carteira de motorista. Decidiu não ligar o computador do carro e se concentrar em dirigir sem assistência: isso a ajudaria a manter a calma.

Saiu da universidade e entrou pela estrada de Colmenar de volta para Madri. O espelho retrovisor não oferecia nenhuma informação especial: os carros a ultrapassavam, ninguém parecia interessado em ficar atrás dela. Ao chegar à entrada norte da cidade escolheu a bifurcação para o seu bairro.

Num determinado momento, enquanto atravessava a rua Hortaleza, ouviu o toque familiar do seu celular. Olhou para o banco do carona: ela o tinha guardado dentro da bolsa, esquecendo-se de ligar o viva-voz. Diminuiu a velocidade ao mesmo tempo que introduzia uma das mãos na bolsa e o procurava freneticamente. *É a ligação.* O toque parecia chamá-la do centro da Terra. Seus dedos apalpavam como os de uma cega: uma correntinha, um porta-moedas, os contornos do telefone... *A chamada, a chamada...*

Por fim achou o aparelho, mas ao tirá-lo, este escorregou entre seus dedos suados. Ela o viu cair no banco e ricochetear em direção ao chão. Quis pegá-lo.

De repente, como que surgida do nada, uma sombra se equilibrou sobre o pára-brisa. Não teve tempo sequer de gritar: pisou no freio instintivamente e a inércia fez seu esterno se espremer contra o cinto de segurança. O sujeito, um homem jovem, deu um salto para atrás e, zangado, deu um soco no capô do carro. Elisa se deu conta de que estava numa faixa de pedestres. Não o tinha visto. Levantou a mão para se desculpar e ouviu claramente os insultos do jovem através do vidro. Outros transeuntes olhavam para ela com desaprovação. *Calma. Assim você não vai conseguir nada. Dirija com calma e vá para casa.*

O celular tinha emudecido. Com o carro parado na faixa e fazendo de conta que não estava ouvindo as reclamações dos motoristas dos outros veículos, Elisa se agachou, pegou o telefone e examinou a tela: o número de onde tinham ligado não ficou gravado. *Não se preocupe: se era a chamada, vão tentar de novo.*

Deixou o telefone no banco e seguiu adiante. Dez minutos depois estacionou na garagem do seu prédio, na rua Silvano. Descartou o elevador. Subiu de escada os três andares até seu apartamento.

Embora tivesse certeza de que seria inútil, fechou a porta reforçada (tinha mandado colocá-la três anos atrás e custara uma fortuna) com quatro fechaduras de segurança e uma tranca magnética e deixou o alarme da entrada ligado. Em seguida percorreu a casa fechando todas as persianas metálicas eletrônicas, até mesmo a que dava para o pátio da cozinha, ao mesmo tempo que acendia as luzes. Antes de fechar a persiana da sala de jantar, afastou os visores e olhou para a rua.

Os carros passavam, as pessoas deslizavam como por um aquário de ruídos abafados, havia amendoeiras e paredes com pichações. A vida continuava. Não viu ninguém que lhe chamasse especialmente a atenção. Fechou a última persiana.

Acendeu também os abajures do banheiro e da cozinha, assim como o do quarto onde fazia exercícios, que não tinha janelas. Não se esqueceu das luminárias do criado-mudo que ladeavam uma cama por fazer, coberta de revistas e anotações de física e matemática.

Um montinho de seda preta estava jogado no pé da cama. Na noite anterior tinha se entregado à sua brincadeira do Senhor Olhos Brancos e ainda não tinha recolhido a lingerie espalhada pelo chão. Recolheu as peças agora, sentindo calafrios (pensar na sua "brincadeira" a fazia estremecer mais do que de costume nesses instantes), e guardou-as de qualquer jeito nas gavetas da cômoda. Antes de sair, deteve-se em frente ao grande quadro emoldurado com a fotografia da Lua, que era a primeira coisa que via ao acordar pela manhã, e apertou o interruptor encostado na moldura: o satélite se iluminou com uma tonalidade branca fosforescente. De volta à sala de jantar, acabou de acender o restante das luzes com o controle principal: a luminária de pé, os enfeites da estante... Fez a mesma coisa com dois abajures especiais que funcionavam com baterias recarregáveis.

Na secretária eletrônica do telefone fixo piscavam duas mensagens. Ouviu-as prendendo a respiração: uma era de uma editora científica cuja revista ela assinava e a outra da faxineira que fazia a limpeza da casa. Elisa a chamava apenas quando ela podia estar em casa, pois não queria que ninguém invadisse a intimidade da sua vida na sua ausência. A faxineira solicitava uma mudança de dia para ir ao médico. Elisa não retornou a ligação: simplesmente apagou a mensagem.

Em seguida ligou a tela de quarenta polegadas da televisão digital. Os muitos canais de notícias apresentavam informes meteorológicos, esportes e dados econômicos. Abriu um quadro de diálogo, digitou algumas palavras-chave e o televisor iniciou uma busca automática da notícia que a interessava, mas não obteve resultados. Deixou-a ligada num noticiário em inglês da CNN e baixou o volume.

Depois de pensar por um instante, correu para a cozinha e abriu uma gaveta eletrônica debaixo do programador de temperaturas. Encontrou o que procurava no fundo. Ela tinha comprado o objeto anos antes com este único objetivo, apesar de ter certeza da inutilidade da medida.

Observou por um momento seus próprios olhos horrorizados, refletidos na superfície de aço da faca de açougueiro.

Esperava.

Tinha voltado à sala de jantar e, depois de se certificar que o telefone estava funcionando corretamente e de que o celular tinha bateria suficiente, sentou-se numa poltrona em frente à televisão com a faca apoiada nas coxas.

Estava esperando.

O urso de pelúcia que tinha ganhado de presente de aniversário dos colegas no ano anterior estava num canto do sofá diante dela. Vestia um babador com as palavras "Feliz aniversário" bordadas em vermelho e o logotipo da universidade Alighieri embaixo (o perfil aquilino de Dante). Na barriga, em letras douradas, o lema da universidade: "As águas pelas quais navegarei ninguém sulcou." Seus olhos de plástico pareciam vigiar Elisa e sua boca em forma de coração parecia falar com ela.

Pode fazer o que quiser, se proteger o quanto quiser, enganar a si própria achando que está se defendendo. Mas a verdade é que você está morta.

Desviou o olhar para a tela, que mostrava o lançamento de uma nova sonda espacial européia.

Morta, Elisa. Tão morta quanto os outros.

A campainha do telefone quase a fez saltar da poltrona. Mas então aconteceu uma coisa surpreendente: estendeu a mão sem hesitações e tirou o fone do gancho num estado muito similar à calma absoluta. Agora que por fim tinha recebido *a ligação,* sentia-se inconcebivelmente serena. Sua voz não tremeu um milímetro ao responder.

– Alô?

Durante uma eternidade ninguém disse nada. Em seguida ouviu:

– Elisa? Sou eu, Victor...

A decepção a deixou completamente aturdida. Era como se tivesse posto todas as suas forças em aguardar um golpe para, de repente, perceber que o combate havia se interrompido. Tomou fôlego enquanto uma irracional onda de ódio em direção ao amigo a invadia de repente. Victor não tinha culpa de nada, mas naquele momento era a voz que menos desejava ouvir. *Deixe-me, deixe-me, desligue e me deixe.*

– Queria saber como você estava... Notei você... Enfim, não estava com boa cara. Você sabe...

– Estou bem, não se preocupe. É só uma dor de cabeça... Nem acho que seja gripe.

– Fico feliz. – Um pigarro. Uma pausa. A lentidão de Victor, à qual estava tão acostumada, agora a exasperava. – Quanto ao seminário, está tudo arranjado. O Noriega diz que tudo bem. Se você não puder vir esta semana... você... é só avisar a Teresa com antecedência...

– Certo. Muito obrigada, Victor. – Perguntou-se o que Victor pensaria se a visse naquele momento: suando, tremendo, encolhida na poltrona com uma faca de quarenta e cinco centímetros de afiado aço inoxidável na mão direita.

– Liguei também porque... – disse ele então. – É que na televisão estão dando uma notícia... – Elisa ficou tensa. – Está com a televisão ligada?...

Freneticamente, procurou com o controle remoto o canal que Victor indicou. Viu a imagem de um prédio de apartamentos e um locutor falando ao microfone.

– ...*em sua casa deste bairro universitário de Milão, emocionou toda a Itália*...

– Acho que você o conhecia, não? – disse Victor.

– Sim – respondeu Elisa calmamente. – É uma pena.

Mostre-se indiferente. Não se delate por telefone.

A voz de Victor iniciava outra difícil escalada em direção a uma nova frase. Elisa decidiu que já era hora de interrompê-lo.

– Desculpe, tenho que desligar... Ligarei mais tarde... Obrigada por tudo, de verdade. – Nem sequer se preocupou em aguardar a resposta. Doía-lhe ser tão brusca com uma pessoa como Victor, mas não podia fazer outra coisa. Aumentou o volume da televisão e devorou cada palavra. O locutor dizia que a polícia não descartava nenhuma possibilidade, sendo que o motivo mais provável era roubo.

Aferrou-se àquela esperança idiota com todas as suas forças. *Sim, talvez se trate disso. Um roubo. Se não tiver recebido ainda a chamada...*

O repórter segurava um guarda-chuva aberto. Em Milão o céu estava cinzento. Elisa tinha a angustiante sensação de estar assistindo ao fim do mundo.

As janelas do Istituto di Medizina Legale da Università degli Studi de Milão continuavam iluminadas, embora quase todos os funcionários já tivessem saído. Chovia tênue mas constantemente na noite milanesa e um fio incessante de água escorria da ponta embolada da bandeira italiana que pendia de um mastro na entrada do sóbrio edifício. O carro escuro que chegou à Via Mangiagalli parou bem debaixo da bandeira. A sombra de um guarda-chuva flutuou. Um indivíduo que aguardava na soleira recebeu as duas silhuetas que saíram dos bancos traseiros do veículo. Não houve palavras por parte de ninguém: todos pareciam saber quem eram os outros e o que queriam. O guarda-chuva foi fechado. As silhuetas desapareceram.

As passadas dos três homens ecoaram nos corredores do instituto. Vestiam ternos de cores escuras, sendo que os recém-chegados também estavam de sobretudo. O cortejo era encabeçado pelo sujeito que tinha aguardado na porta: jovem, muito pálido, tão nervoso que andava quase aos solavancos. Gesticulava muito enquanto falava. Seu inglês tinha evidente sotaque italiano.

– Estão fazendo um estudo detalhado... Ainda não há conclusões definitivas. O achado ocorreu ontem pela manhã... Somente hoje pudemos reunir os especialistas.

Deteve-se para abrir a porta que dava passagem ao laboratório de Antropologia e Odontologia Forense. Inaugurado em 1995 e reformado em 2012, contava com tecnologia de ponta e nele trabalhavam alguns dos melhores legistas europeus.

Os recém-chegados mal repararam nas esculturas e fotos que adornavam o corredor. Passaram ao lado de um grupo de três cabeças humanas esculpidas em gesso.

– Quantas testemunhas viram... os restos? – perguntou um dos homens, o mais velho, de cabelos completamente brancos e ralos no cocuruto, disfarçado por uma mecha discreta. Falava um inglês neutro, mistura de vários sotaques.

– Só a mulher que ia limpar o apartamento todas as manhãs. Foi ela quem ó encontrou. Os vizinhos não viram nada.

– Que quer dizer "nada"?

– Ouviram os gritos da mulher e a interrogaram, mas ninguém entrou no apartamento. Chamaram a polícia em seguida.

Tinham parado junto a um minucioso desenho anatômico que mostrava o corpo de uma mulher esfolada com um feto no interior do ventre aberto. O jovem abriu uma porta metálica.

– E a mulher? – perguntou o de cabelos brancos.

– Sedada no hospital, sob vigilância.

– Não deve sair de lá antes que a examinemos.

– Já me encarreguei de tudo.

O homem de cabelos brancos falava com aparente indiferença, sem modificar sua expressão nem tirar as mãos dos bolsos do sobretudo. O jovem respondia no tom apressado do lacaio. O outro homem parecia absorto em seus próprios pensamentos. Era de compleição forte: o terno e até o sobretudo pareciam ser dois números menores que o dele. Não aparentava tanta idade quanto o de cabelos brancos, nem tão pouca quanto o jovem. Usava o cabelo cortado rente, tinha olhos muito verdes e claros e um círculo de cavanhaque grisalho sobre um pescoço grande como uma coluna gótica. Olhando para ele, ficava óbvio que era o único dos três que não estava acostumado à roupa de executivo. Movia-se com decisão balançando os braços. Tinha um jeito típico militar.

Atravessaram outro corredor e chegaram a uma nova sala. O jovem fechou a porta atrás deles.

Dentro fazia frio. As paredes e o piso tinham uma cor suave e brilhante, uma espécie de verde-maçã, como o interior de um vidro esculpido. Vários indivíduos em trajes cirúrgicos permaneciam de pé em fila rodeados de mesas com instrumentos científicos. Olhavam para a porta pela qual tinham entrado os três homens, como se sua única missão fosse formar uma espécie de comitê de boas-vindas. Um deles, de cabelos grisalhos repartidos de lado e a curiosa presença de camisa e gravata sob a roupa verde de cirurgião, deu um passo à frente, separando-se do grupo. O jovem fez as apresentações.

– Os senhores Harrison e Carter. O doutor Fontana. – O médico fez um cumprimento de cabeça; o homem de cabelos brancos e o corpulento fizeram a mesma coisa. – Pode passar para eles toda a informação, sem nenhuma reserva, doutor.

Fez-se silêncio. Um leve sorriso, quase uma careta, esticava o rosto branco e brilhante do médico, como se fosse feito de cera. Um tique contraía sua pálpebra direita. Ao falar, parecia um boneco de ventríloquo manejado a distância.

– Nunca vi uma coisa dessas... Em toda minha vida como legista.

Os outros médicos se afastaram, como que convidando os visitantes a se aproximarem. Atrás deles havia uma mesa de autópsia. As luzes incidiam do teto sobre uma área central, um volume coberto por um lençol. Um dos médicos o afastou.

Além do homem de cabelos brancos e do corpulento, ninguém mais olhou para o que havia sob o lençol. Todos observavam as expressões dos dois visitantes, como se elas fossem a única coisa que precisasse ser examinada com atenção.

O homem de cabelos brancos abriu a boca, mas logo em seguida a fechou e desviou o olhar.

Durante um instante, apenas o homem corpulento continuou olhando para a mesa.

Ficou assim, com o cenho franzido e o corpo rígido, como que obrigando seus olhos a contemplar uma coisa que ninguém mais naquela sala queria continuar olhando.

Fizera-se noite ao redor de Elisa. Seu apartamento era uma ilha de luz, mas nos outros começava a reinar a escuridão. Continuava sentada na mesma posição diante da televisão desligada, com a enorme faca no colo. Não tinha comido nada o dia todo, nem descansado. Desejava mais do que qualquer coisa entregar-se aos exercícios físicos e ao prazer de um banho longo e relaxante, mas não se atrevia a se mover.

Esperava.

Esperaria o tempo que fosse necessário, embora não soubesse ao certo quanto tempo essa ambígua expressão abrangia.

Abandonaram você. Mentiram para você. Você está sozinha. Isso não é o pior. Sabe o que é o pior?

O urso de pelúcia abria os braços e sorria com sua boca de coração. Os botões pretos dos olhos refletiam uma minúscula e pálida Elisa.

O pior não é o que aconteceu. O pior está por vir. O pior vai acontecer com você.

De repente tocou o celular. Como tantas coisas pelas quais ansiamos (ou tememos), a chegada do fato esperado (ou temido) representou para ela a passagem para outra situação, para outro nível de pensamentos. Mesmo antes de atender, seu cérebro já tinha começado a emitir e descartar hipóteses, a dar por realizado aquilo que ainda não tinha acontecido.

Atendeu ao segundo toque, esperando que não fosse Victor.

Não era. Era a chamada que estava esperando.

A chamada não durou mais que dois segundos. Mas aqueles dois segundos a fizeram cair no choro quando desligou.

Você já sabe. Já sabe, enfim.

Chorou por um longo momento, encurvada, com o telefone na mão. Depois de desabafar, levantou-se e olhou o relógio: dispunha de algum tempo antes da reunião. Faria um pouco de exercício, tomaria banho, comeria alguma coisa... E então confrontaria a difícil decisão de continuar sozinha ou procurar ajuda. Tinha pensado em recorrer a alguém, alguém *de fora,* uma pessoa que não soubesse de nada e a quem ela pudesse contar as coisas ordenadamente, uma opinião mais neutra. Mas quem?

Victor. Sim, talvez ele.

No entanto, era arriscado. E tinha de resolver ao mesmo tempo um grave problema: Como ia dizer a ele que precisava urgentemente da sua ajuda? De que maneira conseguiria fazer com que ele soubesse?

Acima de tudo, tinha de se acalmar e refletir. A inteligência tinha sido sempre sua melhor arma. Sabia muito bem que a inteligência humana era mais perigosa que a faca que segurava.

Pensou que, pelo menos, já tinha recebido a chamada pela qual estava esperando desde de manhã, aquela que decidiria seu destino a partir de então.

Quase não tinha reconhecido a voz, de tão trêmula e vacilante que soava, como se seu interlocutor estivesse tão aterrorizado quanto ela mesma. Mas tinha certeza de que era a chamada porque a única palavra que o homem havia pronunciado tinha sido aquela que ela já esperava:

– Zigzag.

3

A pergunta transcendental que Victor Lopera se fazia naquele momento era se suas arálias aeropônicas eram ou não parte da natureza. À primeira vista eram, posto que se tratava de criaturas vivas, verdadeiras *Dizygotheca elegantissima* que respiravam e absorviam luz e nutrientes. Mas por outro lado, a natureza nunca teria conseguido reproduzi-las com exatidão. Carregavam a marca da mão do homem e eram filhas da tecnologia. Victor as mantinha enterradas em plástico transparente para observar os incríveis fractais das raízes e controlava sua temperatura, pH e crescimento com instrumentos eletrônicos. Para impedir que se desenvolvessem até os cerca de um metro e meio que costumavam alcançar, usava fertilizantes específicos. Por tudo isso, aquelas quatro arálias de folhas de cor bronze quase prateado e altura que não ultrapassava quinze centímetros eram, em grande medida, criações dele. Sem ele, e sem a ciência moderna, jamais teriam existido. De modo que parecia pertinente perguntar se elas eram ou não parte da natureza.

Concluiu que sim. Com todos os senões que se queira, mas, categoricamente, sim. Para Victor, a questão abrangia limites mais amplos do que o reino vegetal. Responder àquela pergunta implicava declarar nossa fé ou ceticismo na tecnologia e no progresso. Ele estava entre aqueles que apostavam na ciência. Acreditava firmemente que a ciência era outra forma de natureza, e até mesmo uma nova maneira de ver a religião, à maneira de Teilhard de Chardin. Seu otimismo vital tinha começado na infância, ao perceber que seu pai, que era cirurgião, podia modificar a vida e corrigir seus erros.

Contudo, embora admirasse aquela qualidade paterna, não tinha optado por uma carreira "biológica", diferentemente do irmão, também cirurgião, ou da irmã, que era veterinária, mas sim pela física teórica. Considerava os trabalhos dos irmãos muito agitados, ao passo que ele amava a paz. A princípio quis inclusive dedicar-se ao xadrez profissional, porque tinha notável inclinação para a matemática e a lógica, mas logo descobriu que competir também era algo agitado. Não que gostasse de não fazer nada: ansiava por paz exterior para poder declarar a guerra mental aos enigmas, fazer a si mesmo perguntas como essas ou entregar-se à resolução de complicadas charadas.

Abasteceu um dos aspersores com a nova mistura fertilizante que experimentaria exclusivamente na Arália A. Ele havia colocado as plantas em compartimentos separados para fazer experiências com cada uma individualmente. No início tinha brincado com a idéia de chamá-las de alguma forma mais poética, mas terminou optando pelas primeiras quatro letras do alfabeto.

– Por que você está com essa cara? – Sussurrou carinhosamente à planta enquanto fechava a tampa do aspersor. – Não confia no que eu faço? Deveria aprender com C, que aceita tão bem todas as mudanças... Você tem de aprender a mudar, pequena. Oxalá você e eu aprendêssemos alguma coisa com a companheira C.

Ficou um instante pensando por que disse aquela tolice. Ultimamente tinha dado para manifestar mais melancolia do que de costume, como se precisasse, ele próprio, de um novo fertilizante. Mas, caramba, isso era psicologia barata. Considerava-se um homem feliz. Gostava de dar aulas, e dispunha de muito tempo livre para ler, cuidar de suas plantas e resolver charadas. Tinha a melhor família do mundo, e seus pais, embora idosos e aposentados, gozavam de boa saúde. Era um tio exemplar para seus dois sobrinhos, os filhos do seu irmão, que o adoravam. Quantas pessoas podiam se gabar de desfrutar de tranqüilidade e carinho em partes iguais?

Estava sozinho, é verdade. Mas essa circunstância se devia nada mais, nada menos do que à sua própria vontade. Era dono do seu destino. Para que complicar a vida apressando-se em viver com uma mulher que não o faria feliz? Aos trinta e quatro anos, ainda era jovem e não tinha perdido o otimismo. Tudo era uma questão de espera: uma arália não se desenvolvia em dois minutos, e muito menos um amor. O problema era quem decidia as coisas. Um belo dia conheceria alguém, ou alguém conhecido ligaria...

– E, zás, crescerei como a C – disse em voz alta, e riu.

Nesse instante tocou o telefone.

Enquanto se dirigia à estante da pequena sala de jantar para atender, fazia elucubrações sobre a ligação. A essa hora da noite o mais provável era que fosse seu irmão, que há meses insistia para que ele analisasse as contas da clínica cirúrgica privada que gerenciava. "Você que é o gênio matemático da família, o que custa me dar uma mãozinha?" Luís "lo-opera" (a velha brincadeira familiar de pronunciar o sobrenome dos cirurgiões Lopera) não confiava nos computadores e queria que Victor desse o OK. Victor, por sua vez, estava farto de dizer que a matemática tinha especialidades, como a cirurgia: alguém que extirpava glândulas não podia transplantar corações. Do mesmo modo, ele somente praticava a matemática das partículas elementares, não o cálculo da lista de compras. Mas o irmão precisava mesmo era que lhe extirpassem a glândula da teimosia.

Procurou o telefone entre muitas fotos em porta-retratos: dos sobrinhos, da irmã, dos pais, de Teilhard de Chardin, do abade e cientista Georges Lemaître, de Einstein. Disse: "Alô?" depois de reprimir um bocejo.

– Victor? Sou eu, Elisa.

Toda a chateação que sentia estilhaçou como se fosse de cristal. Ou como um sonho ao despertar.

– Oi... – A cabeça de Victor ia a mil. – Como você está?

– Melhor, obrigada... A princípio pensei que era uma alergia, mas agora acho que é só um simples resfriado...

– Caramba... fico feliz. Você conseguiu ver a notícia?

– Que notícia?

– A da morte do Marini.

– Ah, sim, coitado – lamentou ela.

– Acho que você se encontrou com ele em Zurique, não é mesmo? – começou a dizer Victor, mas as palavras de Elisa passaram por cima das dele, como se tivesse pressa para chegar ao âmago da questão.

– Sim. Ouça, Victor, eu liguei... – ouviu–se uma risadinha. – Com certeza você vai pensar que é uma bobagem... Mas para mim é muito importante. *Muito importante*. Entende?

– Sim.

Franziu o cenho e ficou tenso. A voz de Elisa denotava total alegria e despreocupação. E isso era justamente o que alarmava Victor, porque ele acreditava conhecê-la, e jamais a voz de Elisa tinha soado dessa forma para ele.

– Olha só, trata-se da minha vizinha... Ela tem um filho adolescente, um garoto muito simpático... De repente descobriu que adora charadas e comprou livros, revistas... Eu disse a ele que conheço o especialista número um nesse campo. O problema é que agora ele não está conseguindo resolver uma delas. Está muito nervoso e a mãe tem medo que ele abandone esse passatempo para se dedicar a coisas menos saudáveis. Quando ela me contou, me dei conta de que eu já conhecia essa charada, porque você tinha me falado dela uma vez, mas não me lembro da solução. Então disse a mim mesma: "Preciso de *ajuda*. E somente o Victor é capaz de *me ajudar.*" O que você me diz?

– Claro, qual é a charada? – Victor percebera a ênfase que Elisa tinha posto nas suas últimas palavras. Sentiu que os calafrios visitavam-no como misteriosos e inesperados seres de outro mundo. Era só imaginação ou ela estava mesmo tentando dizer alguma coisa diferente, alguma coisa que só fazia sentido lida nas entrelinhas?

– Aquela da perna humana e da fêmea do macaco... – Ela soltou uma gargalhada. – Você se lembra, não?

– Sim, é...

– Olha – ela o interrompeu. Não é *preciso* que você me diga a solução. Faça apenas o que ela diz *hoje mesmo à noite.* É urgente. Faça o que ela *diz* assim que puder. Não precisa me ligar. É apenas para fazer o que diz. Confio em você. – E, de repente, sua risada voltou a soar. – A mãe do menino também confia em você... Obrigada, Victor. Adeus.

Ouviu um clique. Ela desligou.

O cabelo da nuca de Victor se arrepiou como se o telefone tivesse soltado uma descarga elétrica.

Poucas vezes na sua vida tinha se sentido assim.

As mãos úmidas escorregavam no volante, o coração acelerava cada vez mais, sentia uma dor no peito e lhe parecia que, por mais esforço que fizesse, não conseguiria encher completamente os pulmões de ar. Para Victor, essas sensações tinham quase sempre relação com um encontro de caráter sexual.

Experimentara semelhante ansiedade nas raras ocasiões em que tinha saído com garotas com as quais sabia, ou intuía, que podiam acabar na cama. Infeliz ou felizmente, nenhuma delas tinha chegado a insinuar nada, e as noites terminavam com um beijo e um "eu ligo".

– E agora? Em que tipo de cama podia acabar nesta noite? Seu encontro desta vez era nada menos que com Elisa Robledo.

Uau.

Ele já tinha estado na casa dela, é claro (na verdade, eram amigos, ou assim se consideravam), mas nunca a uma hora dessas e quase sempre acompanhado de outro colega, com o fim de comemorar alguma coisa (Natal, final de curso) ou preparar algum seminário juntos. Sonhava com uma chance dessas desde que se conheceram, fazia dez anos, numa inesquecível festa no campus da Alighieri, mas nunca tinha imaginado que seria dessa forma.

E teria jurado que não era exatamente sexo o que o esperava na casa de Elisa.

Riu ao pensar nisso. A risada fez bem, atenuou o nervosismo. Imaginou Elisa de lingerie abraçando-o ao chegar, beijando-o e dizendo sensualmente: "Oi, Victor. Você captou a mensagem. Entre." A risada cresceu dentro dele como um balão inflado no seu estômago, até que, como um estalo, sua seriedade habitual voltou. Lembrou-se de todas as coisas que tinha feito, pensado ou fantasiado desde que recebera a estranha ligação quase uma hora antes: as dúvidas, hesitações, tentação de telefonar para ela e pedir um esclarecimento (mas ela havia dito para não fazer isso), a charada. Esta, paradoxalmente, era a coisa mais evidente do mundo. Lembrava-se muito bem da solução, embora não tivesse duvidado em procurá-la no álbum de recortes correspondente. Tinha sido publicada há pouco tempo e mostrava uma perna humana com um trajeto venoso, um macaco com tetas visíveis e a sílaba "SA". A pergunta era: "O que você quer que eu faça?" Na época não tinha demorado nem cinco minutos para resolvê-la. As palavras, decifradas, ficavam assim: "Venha", "Mica" (fêmea do mico, Elisa tinha achado muita graça nessa palavra) e "SA". A expressão final não deixava margem a dúvidas: "VENHA À MINHA CASA."

Isso era fácil. O problema, o temor que sentia, tinha outra origem. Perguntava-se, por exemplo, por que Elisa não pudera dizer às claras que precisava que ele fosse até sua casa esta noite. O que estava acontecendo com ela? Será que tinha mais alguém lá (*não, pelo amor de Deus*) e a estavam ameaçando...?

Havia outra possibilidade. Era a que lhe dava mais pânico. *Elisa está doente.*

E até havia uma última, sem dúvida a melhor, mas esta também não o deixava indiferente. Imaginava o seguinte: ele chegaria à sua casa, ela abriria a porta e haveria uma conversa ridícula. "Victor, o que você está fazendo aqui?" "Você me pediu que viesse." "Eu?" "Sim: que eu fizesse aquilo que diz a charada." "Não, tenha dó!", ela morreria de dar risada. "Pedi que você *fizesse a charada,* ou seja, que a resolvesse hoje à noite!" "Mas disse para eu não ligar para você..." "Disse a você que não se incomodasse, que eu ligaria depois..." Ele, plantado na soleira, se sentiria um idiota enquanto ela continuaria rindo...

Não. Estava enganado. Essa possibilidade era absurda.

Estava acontecendo alguma coisa com Elisa. Alguma coisa terrível. Na verdade, ele sabia que estava acontecendo alguma coisa terrível com ela há anos.

Sempre tinha desconfiado disso. Como todas as pessoas reservadas, Victor era um termômetro infalível das coisas que lhe interessavam, e poucas coisas lhe interessavam mais neste mundo do que Elisa Robledo Morandé. Ele a via andar, falar, movimentar-se, e pensava: *Está acontecendo alguma coisa com ela.* Seus olhos giravam como ímãs à passagem do corpo atlético e dos longos cabelos negros, e não duvidava nem por um segundo: *Ela guarda algum segredo.*

Achava inclusive que sabia a origem desse segredo. A *temporada de Zurique.*

Fez o retorno e entrou na rua Silvano. Diminuiu a velocidade à procura de uma vaga para estacionar. Não havia nenhuma. Num dos carros estacionados avistou um homem atrás do volante, mas este lhe fez sinais de que não ia sair.

Passou em frente à entrada do prédio de Elisa e continuou avançando. De repente percebeu um lugar chamativo, espaçoso. Freou e deu marcha à ré.

Nesse instante aconteceu tudo.

Pouco depois se perguntou por que o cérebro tinha aquela forma especial de se comportar nos momentos extremos. Isso porque a primeira coisa que pensou quando ela apareceu de repente e bateu na janela do banco do carona não foi na expressão apavorada do seu rosto, branco como uma folha de papel; nem no jeito como ela entrou, quase pulando, quando ele abriu a porta; nem no gesto que fez ao olhar para trás enquanto gritava: "Arranque! Depressa, por favor!"

Não pensou, igualmente, na balbúrdia de buzinas que a sua violenta manobra provocou, nem nos faróis que cegaram seu retrovisor, nem no cantar de pneu que ouviu atrás e que lhe trouxe à memória – estranhamente – o carro estacionado com as luzes apagadas e o homem sentado ao volante. Victor *viveu* tudo isso. Mas nada conseguiu ultrapassar a barreira da sua medula.

Lá, no cérebro, no centro da sua vida intelectual, só conseguia se concentrar numa coisa.

Os seios dela.

Elisa estava com uma camiseta decotada por baixo da jaqueta, uma peça pequena, informal, leve demais para o relento noturno de março. Atrás da camiseta, os redondos e magníficos seios sobressaíam de forma tão visível como se ela não estivesse usando sutiã. Quando se inclinou na janela antes de entrar, Victor olhara para eles. Até mesmo agora, com ela sentada ao seu lado, sentindo o cheiro do couro da sua jaqueta e do creme perfumado do seu corpo e imerso numa vertigem angustiante, não conseguia parar de olhar de soslaio para aqueles seios atraentes e firmes.

Não achou que fosse, no entanto, um mau pensamento. Sabia que era a única forma que o seu cérebro tinha de voltar a colocar o mundo nos eixos depois de ter sofrido a experiência brutal de ver sua amiga e colega pular no carro, agachar-se no banco e gritar instruções desesperadas. Em certas ocasiões, um homem precisa agarrar-se a alguma coisa para conservar a prudência: ele tinha se agarrado aos seios de Elisa. *Corrigindo: eu me apóio neles para me acalmar.*

— Alguém está nos seguindo? — balbuciou ao chegar ao Parque de las Naciones.

Ela virava a cabeça para olhar para trás, e ao fazer isso projetava os seios na direção dele.

— Não sei.

— Por onde vou agora?

— Estrada de Burgos.

E de repente ela se curvou, e seus ombros se agitaram entre espasmos.

Foi um choro aterrorizante. Ao vê-la, até a imagem dos seus seios se esvaneceu na cabeça de Victor. Nunca tinha visto um adulto chorar assim. Esqueceu-se de tudo, até do seu próprio medo, e falou com uma firmeza tal que ele mesmo se espantou:

— Elisa, por favor, acalme-se... ouça: você me tem, sempre teve... Eu vou ajudar... Seja o que for que estiver acontecendo, eu vou ajudar. Prometo.

Ela se recuperou de repente, mas não lhe pareceu que fosse por efeito das suas palavras.

— Lamento ter metido você nisso, Victor, mas não tive outra alternativa. Tenho um medo imenso, e o medo me faz ficar vulgar. Transforma-me numa filha da puta.

— Não, Elisa, eu...

— Seja como for — ela interrompeu, jogando os longos cabelos para trás —, não vou perder tempo me desculpando.

Foi então que ele percebeu o objeto plano, alongado e enrolado num plástico que ela carregava. Podia se tratar de qualquer coisa, mas a forma como ela se aferrava àquilo era intrigante: com a mão direita fechada numa ponta e a esquerda mal encostando no embrulho.

Os dois homens, recém-chegados ao aeroporto de Barajas, não tiveram que passar por nenhum controle nem mostrar qualquer tipo de identificação. Também não utilizaram o mesmo túnel de acesso ao aeroporto que o restante dos passageiros, mas uma escada adjacente. Uma caminhonete os aguardava. O jovem que a dirigia era educado, cortês, simpático e desejava praticar um pouco seu inglês de curso noturno:

– Em Madri não faz tanto frio, não é? Pelo menos nesta época.

– Nem me fale – respondeu de bom humor o mais velho dos dois homens, um sujeito alto e magro de cabelos grisalhos, escassos no cocuruto, mas com uma mecha. – Eu adoro Madri. Venho sempre que posso.

– Pelo visto, em Milão, sim, estava frio – disse o motorista. Sabia bem de onde vinha o avião.

– Certamente. Mas, sobretudo, muita chuva. – E em seguida, num castelhano algaraviado, o homem mais velho acrescentou: – *É agradável voltar para o bom tempo espanhol.*

Ambos riram. O motorista não escutou a risada do outro homem, o corpulento. E, a julgar pelo aspecto e pela expressão do rosto que tinha observado quando ele subiu na caminhonete, decidiu que talvez fosse até melhor não ouvi-la.

Se é que aquele sujeito ria alguma vez.

Empresários, imaginou o motorista. Ou *um empresário e seu guarda-costas.*

A caminhonete tinha dado uma volta pelo terminal. Naquele ponto outro sujeito de terno escuro aguardava, ele abriu a porta e se afastou para dar passagem aos dois homens. A caminhonete se afastou e o motorista não voltou a vê-los.

O Mercedes tinha vidros escuros. No momento em que se sentaram nos amplos bancos de couro, o homem mais velho recebeu uma chamada no celular que acabara de ligar.

– Harrison – disse. – Sim. Sim. Espere... Preciso de mais dados. Quando aconteceu? Quem é ele? – Tirou do bolso do casaco uma tela flexível de computador, mais fina do que o próprio paletó, desdobrou-a sobre os joelhos como uma toalha e tocou na superfície sensível enquanto falava. – Sim. Já. Não, sem mudanças: continuamos na mesma. Muito bem.

Mas quando interrompeu a ligação, nada parecia "muito bem". Enco-

lheu os lábios formando quase um ponto enquanto examinava a tela iluminada e mole sobre as pernas. O homem corpulento desviou o olhar da janela e a observou também: mostrava uma espécie de mapa em cor azul com
pontos vermelhos e verdes que se moviam.

– Temos um problema – disse o homem de cabelos brancos.

– Não sei se estão nos seguindo – observou ela –, mas pegue esse desvio
e dê umas voltas por San Lorenzo. São ruas estreitas. Talvez possamos con-
fundi-los.

Obedecia sem replicar. Saiu da rodovia por uma estrada secundária
que os levou a um bairro labiríntico. Seu carro era um Renault Scenic ul-
trapassado que não tinha computador nem GPS, daí que Victor não sabia
por onde estava rodando. Lia as placas das ruas como num sonho: Dominicanos, Franciscanos... O nervosismo o levou a relacionar aqueles nomes
com algum tipo de intuito divino. De repente uma lembrança assaltou sua
mente atribulada: os dias em que levava Elisa em casa no seu velho carro, o
primeiro que teve, na saída da universidade Alighieri, quando freqüenta-
vam o curso de verão de David Blanes. Eram tempos mais felizes. Agora as
coisas tinham mudado um pouco: tinha um carro maior, dava aulas numa
universidade, Elisa estava louca e, ao que parece, armada com uma faca e os
dois fugiam a toda de um perigo desconhecido. *Viver significa isso,* pensou. *Que as coisas mudem.*

Então ouviu o barulho do plástico e percebeu que ela tinha tirado metade da faca do embrulho. As luzes da rua faziam brilhar o fio de aço inoxidável.

Sentiu que o coração dava uma cambalhota. Pior: que se derretia ou
esticava como um chiclete ensopado de saliva, aurículas e ventrículos formando uma única massa. *Ela está louca,* vociferava o senso comum. *E você
a deixou entrar no seu carro e obrigá-lo a levá-la aonde quiser.* No dia seguinte seu carro apareceria numa beira de estrada, e ele estaria dentro. O que
ela teria feito com ele? Provavelmente o teria decapitado, a julgar pelo tamanho da arma. Cortaria seu pescoço, talvez o beijasse antes. "Sempre amei
você, Victor, mas nunca lhe disse isso." E *rrrrrrizzzzzsss,* ele ouviria (antes
de sentir) o barulho do corte na carótida, o gume fatiando seu gogó com a
precisão inesperada de uma folha de papel cortando a ponta de um dedo.

Mesmo assim, se ela estiver doente, devo tentar ajudá-la.

Virou por outra rua. Dominicanos de novo. Estavam dando voltas,
como os seus pensamentos.

42 ■ José Carlos Somoza

– E agora?

– Acho que já podemos voltar para a rodovia – disse ela. – Sentido Burgos. Se ainda estiverem nos seguindo, dá na mesma. Preciso apenas de um pouco de tempo. *Para quê?*, perguntou-se ele. *Para me matar?* Mas ela falou de repente: – Para lhe contar tudo. – Houve uma pausa e Elisa acrescentou: – Victor, você acredita no mal?

– No mal?

– Sim, você que é teólogo, acredita no mal?

– Não sou teólogo – murmurou Victor, um pouco ofendido. – Apenas leio algumas coisas.

De fato já tinha querido se matricular oficialmente em alguma universidade e estudar teologia, mas depois descartou a idéia e decidiu fazer isso por conta própria. Lia Barth, Bonhoeffer e Küng. Tinha comentado isso com Elisa, e em outras circunstâncias teria ficado lisonjeado se ela puxasse esse assunto. Mas naquele momento a única coisa em que pensava era que a hipótese da loucura estava ganhando pontos.

– Seja como for – insistiu ela –, acredita que existe alguma coisa maligna que está mais além daquilo que a ciência pode conhecer?

Victor pensou antes de responder.

– Não há nada mais além do que a ciência pode conhecer, a não ser a fé. Você está perguntando sobre o diabo?

Ela não respondeu. Victor parou num cruzamento e voltou a pegar a auto-estrada enquanto pensava a uma velocidade bem maior do que a que imprimia ao veículo.

– Sou católico, Elisa – acrescentou. – Acredito que... existe um poder maligno e sobrenatural que a ciência jamais poderá explicar.

Esperou algum tipo de reação perguntando-se se teria dito alguma bobagem.

Quem podia imaginar o que uma pessoa transtornada queria ouvir? Mas a resposta dela o deixou desconcertado:

– Fico feliz por ouvir isso de você, porque assim vai acreditar com mais facilidade naquilo que eu vou contar. Não sei se tem que ver com o diabo, mas é um mal. Um mal imenso, inconcebível, que a ciência não pode explicar... – Por um instante pareceu que ia chorar de novo. – Você não imagina... Não pode compreender *que tipo de mal,* Victor... Não contei para ninguém, jurei que não faria isso... Mas agora não posso agüentar mais. Preciso que alguém saiba e escolhi você...

Ele gostaria de responder como um herói de filme: "Você fez a coisa certa!" Embora não gostasse de filmes, naquele momento se sentia vivendo num de terror. Mas a verdade era que não conseguia falar. Tremia. Não era nada figurado, nenhum calafrio interior, nenhum tipo de formigamento: tremia, literalmente. Segurava o volante com as duas mãos, mas notava como seus braços tiritavam como se estivesse nu no meio da Antártida. De repente ficava em dúvida quanto à sanidade de Elisa. Ela falava com tanta segurança que ouvi-la o horrorizava. Descobriu que era pior, muito pior, se ela não estivesse louca. A loucura de Elisa era temível, mas sua lucidez era uma coisa que Victor ainda não sabia se seria capaz de confrontar.

– Só pedirei que me ouça – continuou ela. – São quase onze da noite. Dispomos de uma hora. Agradeceria que em seguida me deixasse num táxi, se... preferir não me acompanhar. – Ele olhou para ela. – Tenho de ir a uma reunião muito importante à meia-noite e meia. Não posso faltar. Você pode fazer o que quiser.

– Eu a acompanharei.

– Não... Não diga isso antes de me ouvir... – Parou e respirou fundo. – Depois pode me dar um pontapé no traseiro e me pôr para fora do carro, Victor. E esquecer o que aconteceu. Juro que entenderei se você fizer isso...

– Eu... – sussurrou Victor e tossiu. – Não vou fazer isso. Vamos lá. Conte tudo.

– Começou há dez anos – disse ela.

E subitamente, de forma bastante fugaz mas inapelável, Victor teve uma intuição. *Ela vai me contar a verdade. Não está louca: o que ela vai me contar é a verdade.*

– Foi naquela festa, no começo do verão de 2005, quando nós nos conhecemos, lembra?

– A festa de abertura dos cursos de verão da Alighieri? – *Quando ela conheceu a mim e ao Ric*, pensou. – Lembro-me bem, mas... não aconteceu nada naquela festa...

Elisa olhava para ele com os olhos muito abertos. Sua voz tremeu:

– Aquela festa foi o começo, Victor.

II

O começo

Todos somos muito ignorantes, mas nem todos ignoramos as mesmas coisas.

ALBERT EINSTEIN

4

Madri
21 de junho de 2005
18:35

Era uma tarde acidentada. Elisa quase não tinha chegado a tempo de pegar o último ônibus para Soto del Real por causa de uma discussão absurda (mais uma) com sua mãe, que criticava o permanente estado de desordem de seu quarto. Chegou à estação quando o ônibus já estava saindo da plataforma, e ao correr para o veículo um de seus tênis gastos ficou no caminho, e por isso teve de pedir que a esperassem. Os passageiros e o motorista lhe dirigiram olhares de recriminação ao entrar. Pensou que os olhares não se deviam tanto aos poucos segundos que tinham perdido por sua culpa mas à sua aparência, já que estava com uma camiseta sem mangas com as bordas escurecidas e uma calça jeans rasgada e desfiada em diversos lugares. Além disso, seu cabelo denotava falta de asseio, acentuado pelo comprimento, que, com as pontas roçando a cintura, chamava bastante a atenção. Mas essa imagem descuidada não era de todo culpa dela: durante os últimos meses tinha sofrido uma pressão inconcebível, do tipo que só o estudante universitário dos últimos semestres em época de exames finais conhece e compreende, e mal conseguia pensar em comer e dormir, e principalmente em se manter apresentável. No entanto, nunca se preocupara com sua aparência nem com a de ninguém. Parecia-lhe completamente idiota dar importância à simples aparência.

O ônibus parou a quarenta quilômetros de Madri, perto de uma bela paragem próxima à serra da Pedriza, e Elisa subiu pelo caminho asfaltado e

46 ■ José Carlos Somoza

ladeado de sebes e amendoeiras da escola de verão da Alighieri, a universidade que, sem que soubesse disso ainda, iria contratá-la como professora dois anos depois. A placa da entrada mostrava um impreciso perfil do poeta Dante e, embaixo, um dos seus versos: *L'acquea ch 'io prendo già mai non si corse*. No folheto dos cursos Elisa tinha lido a tradução (falava inglês perfeitamente, mas sua provisão de idiomas se esgotava nele): "As águas pelas quais navegarei ninguém sulcou." Era o lema da universidade, embora imaginasse que podia se aplicar ao seu caso, já que o curso que estava prestes a começar era único no mundo.

Atravessou o estacionamento e chegou à esplanada central, entre os prédios das salas de aula. Havia ali muita gente reunida ouvindo uma pessoa que falava de cima de um tablado. Abriu passagem como pôde até as primeiras filas, mas não viu a pessoa que procurava.

– ...dar as boas-vindas a todos os matriculados, e também... – dizia naquele momento, em frente ao microfone, um homem calvo de terno de linho e camisa azul (sem dúvida o diretor dos cursos), tomado por aquele ar de importância que adquirem todos os que sabem que têm de ser ouvidos.

De repente alguém sussurrou perto do seu ouvido:

– Desculpe... Você, por acaso, é Elisa Robledo?

Virou-se e viu o John Lennon. Quer dizer, um dos milhares de Lennons que pululam pelas universidades de todo o mundo. Aquele clone em particular usava os indefectíveis óculos, redondos e metálicos, e uma farta juba completamente crespa. Olhava para Elisa com intensa concentração e tão ruborizado como se sua cabeça fosse produto de uma inflamação do pescoço. Quando ela disse que sim, o rapaz pareceu ganhar confiança e realizou uma tímida tentativa de sorriso com seus lábios carnudos.

– Você ficou em primeiro na lista dos admitidos no curso do Blanes... Parabéns. – Elisa agradeceu, embora, como era de esperar, já soubesse disso. – Eu sou o quinto admitido. Meu nome é Victor Lopera, venho da Complutense...Você é da Autônoma, não?

– Sim. – Não lhe surpreendia que desconhecidos soubessem coisas sobre ela: seu nome e sua foto tinham aparecido com certa freqüência nas revistas universitárias. Não cuidava muito de sua pequena fama de CDF, inclusive isso a desagradava, sobretudo porque parecia que isso era a única coisa que sua mãe gostava nela. – O Blanes veio? – perguntou por sua vez.

– Não pôde, parece.

Elisa fez uma careta de contrariedade. Tinha ido àquele evento idiota com o único objetivo de ver pela primeira vez em pessoa o físico teórico vivo que mais admirava, além de Stephen Hawking. Teria de esperar o início do curso que o próprio Blanes daria no dia seguinte. Estava pensando se devia ir embora ou ficar quando ouviu de novo a voz do Lennon-Lopera.

— Fico feliz por sermos colegas. — Voltou a imergir no silêncio. Parecia pensar muito nas coisas antes de decidir falar. Elisa supôs que fosse tímido, ou provavelmente alguma coisa pior do que isso. Sabia que quase todos os bons estudantes de física tinham esquisitices, incluindo ela. Respondeu cortesmente que também ficava feliz e aguardou.

Depois de outra pausa, Lopera disse:

— Está vendo aquele cara de camisa roxa? O nome dele é Ricardo Valente, mas todo mundo o chama de Ric. É o segundo colocado. Foi... Somos amigos.

Ah, puxa. Elisa se lembrava do nome dele perfeitamente porque o tinha lido logo abaixo do seu na lista de classificação, e porque se tratava de um sobrenome singular: "Valente Sharpe, Ricardo: 9,85." Ela tinha tirado 9,89 sobre dez, de modo que aquele rapaz tinha ficado tão-somente quatro centésimos abaixo dela. Isso também lhe tinha chamado a atenção. *Então esse é o tal Ricardo Valente.*

Era um rapaz magro, de cabelo curto e alourado e perfil aquilino. Naquele momento parecia tão concentrado quanto qualquer outro nas palavras do orador, mas era inegável que tinha um jeito "diferente" da média dos estudantes, o que Elisa percebeu logo. Além da camisa roxa, vestia colete e calça preta, o que o fazia se destacar num mundo dominado por camisetas e jeans surrados. Sem dúvida, ele se achava "especial". *Bem-vindo ao clube, Valente Sharpe,* pensou com certo desafio.

Nesse instante o jovem virou a cabeça e olhou para ela. Tinha impressionantes olhos azul-esverdeados, mas um pouco frios e inquietantes. Se de algum modo reparou em Elisa, não demonstrou.

— Vai ficar para a festa? — perguntou Lopera quando Elisa fez menção de se retirar.

— Não sei ainda.

— Bom... Então depois nos vemos.

— Claro.

Na verdade, pensava em ir embora o quanto antes, mas uma certa preguiça a fez se demorar quando os breves aplausos depois do discurso deram lugar à música e à disparada dos estudantes em direção ao balcão de bebidas, instalado na parte de baixo da esplanada. Disse a si mesma que já que tinha vindo com tanto esforço, depois de uma deplorável viagem de ônibus, não fazia mal se ficasse um pouco, embora achasse que aquilo só ia ser uma festa chata num ambiente vulgar.

Ignorava até que ponto aquela tarde constituiria o começo do horror.

No balcão do bar haviam colado cartazes jocosos sobre os cursos das áreas de ciências. O de física tinha umas frases impressas em letras garrafais, sem desenhos:

> TEORIA SIGNIFICA SABER POR QUE AS COISAS FUNCIONAM,
> EMBORA NÃO FUNCIONEM.
> PRÁTICA SIGNIFICA QUE AS COISAS FUNCIONAM
> EMBORA NINGUÉM SAIBA POR QUÊ.
> NO DEPARTAMENTO DE FÍSICA DESTA UNIVERSIDADE
> TEORIA E PRÁTICA ANDAM JUNTAS,
> PORQUE AS COISAS NÃO FUNCIONAM, E NINGUÉM SABE POR QUÊ.

Elisa achou engraçado aquele malabarismo intelectual. Tinha pedido uma Coca-Cola light e segurava o copo de plástico com um guardanapo de papel procurando algum canto tranqüilo para beber e depois ir embora. Avistou Victor Lopera ao longe conversando com seu amigo, o inefável Valente Sharpe, e outros da mesma espécie. Não gostaria de se unir naquele momento à Mesa-Redonda dos Grandes Sábios, de modo que deixou isso para outra ocasião. Desceu o desnível e se sentou na grama, apoiando as costas no tronco de um pinheiro.

Dali podia ver o céu escurecendo e até um plano geral da lua se elevando no horizonte. Ficou olhando para ela enquanto sorvia lentos goles de refrigerante. A atração que sentia desde menina pelos corpos celestes a tinha levado no início a querer ser astrônoma, mas logo descobrira que a matemática pura era imensamente mais maravilhosa. A matemática era uma coisa próxima que ela podia manipular, a lua não. Com a lua só podia encantar-se.

– Os antigos diziam que era uma deusa. Os cientistas dizem coisas menos bonitas sobre ela.

Enquanto ouvia a voz, pensou, surpreeendida, que pela segunda vez naquele evento alguém que ela não conhecia lhe dirigia a palavra. Enquanto se virava para ver o interlocutor, seu cérebro emitia a toda velocidade um relatório sobre a possibilidade mais provável (e mais *desejável?*). Mas se enganava: não era "Quatro-Centésimos-a-Menos-Valente Sharpe" (como tinha podido imaginar isso?), mas outro jovem, um rapaz alto e atraente, de cabelos castanho-escuros e olhos claros. Vestia camiseta e bermuda cáqui.

– Eu me refiro à lua: você estava olhando para ela de um jeito muito curioso. – Carregava uma mochila que largou na grama enquanto estendia a mão. – Javier Maldonado. Ela é a lua. E você deve ser Elisa Robledo. Vi sua foto na revista da faculdade e agora encontro você aqui. Que sorte. Você se importa que eu me sente?

Elisa se importava sim, sobretudo porque o rapaz já havia se sentado, invadindo seu espaço e obrigando-a a se jogar para o lado para que seus pés calçados com grossas sandálias não esbarrassem nela. No entanto, ao mesmo tempo respondeu que não. Estava intrigada. Viu o rapaz tirar uns papéis da mochila. Aquela forma de paquerar lhe parecia novidade.

– Entrei pela porta de trás – confessou Maldonado com jeito de quem estava contando um segredo. – Na verdade, não sou de ciências. Estudo Jornalismo na Alighieri, e mandaram a gente fazer uma reportagem como trabalho de conclusão de curso. Minha tarefa é entrevistar estudantes dos últimos semestres de física: sabe como é, fazer perguntinhas sobre sua vida, seus estudos, o que fazem no tempo livre, como fazem sexo... – Talvez notasse a calma seriedade com que Elisa olhava para ele, porque parou de repente. – Tudo bem, sou um idiota. O questionário é sério, juro. – Mostrou-lhe os papéis. – Escolhi vocês porque são famosos.

– Nós?

– Os alunos do curso de Blanes. Dizem que vocês são a fina-flor da nova física... Você se importaria de responder às perguntas deste aspirante a jornalista?

– Na verdade eu estava pensando em ir embora agora.

De repente Maldonado adotou uma cômica posição de joelhos.

– Eu imploro... até agora não consegui que ninguém aceitasse... Tenho que fazer este trabalho ou não vão me querer nem como redator nas revistas de celebridades... Pior ainda: vão me obrigar a ir para a Câmara dos Deputados entrevistar algum político. Tenha compaixão. Juro que não tomarei muito seu tempo...

Sorrindo, Elisa olha o relógio e se levanta.

– Sinto muito, mas o último ônibus para Madri sai dentro de dez minutos e não posso perdê-lo.

50 ■ José Carlos Somoza

Maldonado se levantou também. No seu rosto, que segundo Elisa tinha encanto, flutuava uma expressão maliciosa que a divertia. *Com certeza se acha muito bonito.*

– Olhe, façamos um trato: você responde algumas perguntas e eu a levo de carro até sua casa. Até a sua casa, palavra de honra.

– Obrigada, mas...

– Não vai querer, claro. Compreendo. Afinal de contas, acabamos de nos conhecer. Pois vejamos então o que você acha do seguinte. Hoje faço umas perguntas, e só se você quiser continuamos outro dia, está bom assim? Não tomarei mais de cinco minutos. Você chegará a tempo para pegar o ônibus.

Elisa continuava sorrindo, entre intrigada e divertida. Ia dizer que aceitava quando Maldonado falou outra vez.

– Está bom assim para você, não está? Então vamos lá.

Apontava para o mesmo lugar do qual acabavam de se levantar. *Posso ouvir durante cinco minutos as perguntas que você tem para me fazer,* disse a si mesma.

Na verdade, ouviu durante mais tempo e falou durante muito mais. Contudo não podia culpar Maldonado, que, longe de jogar sujo, mostrava-se amável e atencioso. Até a lembrou, no momento oportuno, de que já tinham passado os cinco minutos.

– Vamos parar por aqui? – perguntou.

Elisa parou para considerar a outra opção. Era insuportável para ela a idéia de partir daquela espécie de pequeno éden campestre para introduzir-se no horrendo ônibus de volta. Além disso, ao longo dos últimos meses tinha vivido dentro do seu cérebro, e agora que começava a conversar com alguém (alguém que a respeitava como pessoa, não como simples aluna brilhante ou simples garota atraente) descobria até que ponto estava precisando disso. "Ainda tenho um momento", disse.

Maldonado voltou a interromper as perguntas pouco depois para avisá-la que ia perder o ônibus. Aquela preocupação amável a agradou. Disse que fossem em frente. Ele não voltou a lembrá-la disso.

Elisa se sentia muito bem conversando. Tinha respondido a perguntas sobre sua vontade de estudar física, o ambiente na faculdade, sua inesgotável curiosidade pela natureza... Maldonado deixava que ela se expressasse à vontade enquanto fazia breves anotações. Num certo momento, disse:

– Você não se encaixa na imagem que tenho de um cientista, moça. Em nada.

– E que imagem você tem de um cientista?

Maldonado refletiu sobre a pergunta.

– Um sujeito bastante feio.

– Garanto que também há bonitos, e alguns são garotas – disse ela rindo. Mas pelo visto havia chegado o momento da seriedade, pois ele não continuou a brincadeira.

– Há outra coisa que me intriga em você. É a primeira da turma, tem, pelo visto, uma bolsa garantida no melhor lugar do mundo, o seu futuro profissional lhe sorri... E como se não bastasse, você acaba de terminar o curso e poderia... sei lá, dormir vinte horas seguidas, escalar os Alpes... Mas você não hesitou em se inscrever para um exame de admissão duríssimo para conseguir uma das vinte vagas do curso de duas semanas de David Blanes... Imagino que Blanes deve valer muito a pena.

– Muito. – Os olhos de Elisa se iluminaram. – Ele é um gênio.

Maldonado escreveu alguma coisa.

– Você o conhece pessoalmente?

– Não, mas admiro o trabalho dele.

– Ele se dá muito mal com a maioria das universidades públicas deste país, você sabia disso? Veja só: teve que organizar seu curso numa universidade privada...

– Estamos cercados de invejosos – admitiu Elisa. – Sobretudo no que diz respeito ao mundo científico. Mas também é verdade que, como dizem, o temperamento de Blanes é especial.

– Você gostaria de fazer a tese com ele?

– Lógico.

– Nada mais? – disse Maldonado.

– O quê?

– Perguntei se você gostaria de fazer a tese com ele e me respondeu: "Lógico." Não tem nada mais a dizer?

– O que mais você quer que eu diga? Você me fez uma pergunta e eu respondi.

– O grande problema da mente dos físicos – lamentou-se o jovem enquanto anotava alguma coisa. – Vocês tomam tudo ao pé da letra. O que eu queria saber é o que Blanes vende para que todo mundo queira comprar. Ou seja... Já sei que dizem que é um puta sábio, candidato ao Nobel, que se ele ganhar vai ser o primeiro Nobel de Física espanhol em toda a história do tal prêmio... Sei de tudo isso. O que eu gostaria de saber é qual é a dele, entende? O curso se intitula... – Examinou um dos papéis e leu com dificuldade. – "Topologia das cordas de tempo na radiação eletromagnética visível"... Para falar a verdade, pelo título não consigo entender muito bem.

– Quer que eu explique toda a física teórica numa só resposta? – riu Elisa.

Maldonado pareceu levar a sério a oferta.

– Vamos lá – disse.

– Bom, vejamos... Vou tentar resumir... – Elisa se sentia cada vez mais no seu mundo. Gostava de explicar tanto quanto gostava de entender. – Ouviu falar na teoria da relatividade?

– Sim, de Einstein. "Tudo é relativo", não?

– Isso quem disse não foi Einstein mas Sara Montiel – Elisa riu. – A teoria da relatividade é um pouco mais complicada do que isso. Mas o que eu quero dizer é que ELA é exata em quase todas as situações, menos no mundo dos átomos. Neste a chamada teoria quântica é mais exata. São as mais perfeitas criações intelectuais que o ser humano concebeu: com as duas podemos explicar *quase* toda a realidade. Mas o problema é que precisamos *das duas*. Aquilo que tem validade na escala de uma não tem na de outra, e vice-versa. E isso é um grande problema. Há anos os físicos estão tentando fazer com que as duas teorias coincidam em uma única. Estou sendo clara?

– Alguma coisa assim como os dois partidos majoritários deste país, não? – aventurou-se Maldonado. – Os dois têm defeitos mas nunca concordam em nada.

– Mais ou menos assim. Bem, pois uma das teorias que mais chances tem de conseguir fazê-las concordar é a Teoria das Cordas.

– Puxa. Nunca tinha ouvido falar. Você falou "das cordas"?

– Também chamada das "supercordas". É uma teoria de enorme complexidade matemática, mas o que ela diz é muito simples... – Elisa procurou ao seu redor e pegou o guardanapo de papel que estava debaixo do copo. Enquanto falava dobrou-o ao meio e alisou a borda dobrada com seus dedos longos e firmes. Maldonado olhava para ela com atenção. – Segundo a Teoria das Cordas, as partículas que formam todo o universo, você sabe, elétrons, prótons... Todas essas partículas, ou as partículas que as compõem, não são bolinhas, como nos ensinaram no colégio, mas coisas alongadas como cordas...

– Coisas como cordas... – refletiu Maldonado.

– Sim, muito finas, porque sua única dimensão seria a longitude. Mas com uma propriedade especial. – Elisa levantou as mãos segurando o guardanapo entre elas de forma que a borda dobrada ficasse em frente aos olhos de Maldonado. – Diga o que está vendo.

– Um guardanapo.

– Esse é o grande problema da mente dos jornalistas: vocês se fixam demais nas aparências. – Elisa sorriu, brincando. – Esqueça o que você *acha que é*. Diga apenas o que você acha que está *vendo*.

Maldonado estreitou as pálpebras observando a borda fina que Elisa lhe mostrava.

– Uma... Uma linha... Uma reta...

– Muito bem. Do seu ponto de vista poderia ser uma corda, certo? Um fio. Pois a teoria diz que as cordas que formam a matéria somente parecem cordas quando vistas *de um certo ponto de vista*... Mas se olhamos de outra posição... – Elisa girou o guardanapo na frente de Maldonado e lhe mostrou o retângulo da face superior – ...escondem outras dimensões, e se pudéssemos desenrolá-las ou "abri-las"... – Desdobrou o guardanapo totalmente até transformá-lo num quadrado – ...poderíamos ver muitas dimensões mais.

– Que coisa – Maldonado parecia impressionado, ou talvez fingisse muito bem. – E já descobriram essas dimensões?

– Nem em sonho – disse Elisa enquanto amassava o guardanapo e o jogava no lixo. – Para "abrir" uma corda subatômica são necessárias máquinas que ainda não estão disponíveis: aceleradores de partículas de grande potência... Mas é aí que entram Blanes e sua teoria. Segundo Blanes, existem certas cordas que podem ser "abertas" com baixa energia: as do tempo. Blanes demonstrou matematicamente que o tempo é formado por cordas, como qualquer outra coisa material. Mas as cordas do tempo podem ser abertas com a energia dos aceleradores atuais. Acontece que é muito difícil realizar esta experiência.

– Ou seja, trocando em miúdos... – Maldonado ficava louco escrevendo. – Isso significaria... viajar no tempo? Voltar ao passado?

– Não: as viagens ao passado são mera ficção científica. Estão proibidas pelas leis básicas da física. Não há volta possível, sinto muito. O tempo somente pode andar para frente, em direção ao futuro. Mas se a teoria de Blanes for correta, existiria outra possibilidade... Poderíamos abrir as cordas de tempo para *ver o passado*.

– Ver o passado? Você fala de... ver Napoleão, Júlio César...? Isto sim parece ficção científica, menina.

– Você se engana. Isto sim é que é *muito* possível. – Ela olhou para ele com expressão divertida. – Não apenas possível: normal. Vemos o passado remoto todos os dias.

– Você quer dizer nos filmes antigos, nas fotos...

– Não: agora mesmo estamos vendo o passado. – Riu diante da expressão dele. – Sério. Quer apostar?

Maldonado olhou ao redor.

– Cara, alguns professores estão bem velhinhos, mas... – Elisa ria negando com a cabeça. – Fala sério?

– Muito sério. – Levantou o olhar e Maldonado a imitou. Tinha anoitecido. Uma tapeçaria de cristais refulgia no céu negro. – A luz dessas estrelas demora milhões de anos para chegar à Terra – explicou ela. – Pode ser que não existam mais, mas nós continuaremos a vê-las durante muito tempo... Cada vez que olhamos para o céu à noite retrocedemos milhões de anos. Podemos viajar no tempo simplesmente olhando por uma janela.

Durante um momento nenhum dos dois falou. Os sons e as luzes da festa tinham deixado de existir para Elisa, que estava mais ligada no grandioso, abobadado silêncio da catedral que a encobria. Quando baixou os olhos na direção de Maldonado se deu conta de que ele tinha sentido a mesma coisa.

– A física é bonita – disse ela num ligeiro murmúrio.

– Entre outras coisas – respondeu Maldonado olhando para ela.

As perguntas continuaram, embora num ritmo mais lento. Em seguida ele propôs fazer uma pausa para comer alguma coisa, e ela não recusou (era tarde e ela estava com fome). Maldonado se levantou de um salto e foi até o bar.

Enquanto o aguardava, Elisa contemplou o ambiente despreocupada. Os últimos vestígios da festa perduravam na doce temperatura do verão, tocava uma antiga canção de Umberto Tozzi e aqui e ali grupos de estudantes e professores conversavam animadamente sob os postes de iluminação.

Então ela percebeu que um homem a estava observando.

Era um cara completamente sem graça. Estava em pé na rampa do aterro. A camisa xadrez de mangas curtas e a calça bem passada não chamavam a atenção. Na fisionomia dele somente se destacavam o cabelo meio branco e um mais que generoso bigode grisalho. Segurava um copo de plástico e bebia de vez em quando. Elisa supôs que fosse um professor, mas não conversava com os outros colegas nem parecia estar fazendo outra coisa.

Exceto observá-la.

Aquele olhar fixo a intrigou. Perguntou-se se o conhecia de algum lugar, mas concluiu que era ele quem devia conhecê-la: talvez também tivesse visto sua foto nas revistas.

De repente o homem virou a cabeça com rapidez (com *demasiada* rapidez) e pareceu integrar-se numa das rodas de professores. Aquela retirada brusca a inquietou mais que a atitude anterior de *voyeur*. Era como se estivesse fingindo, como se tivesse percebido que Elisa o tinha descoberto. *Você me pegou, maldita seja*. No entanto, quando Maldonado voltou com dois sanduíches embrulhados em papel, um saco de batatas fritas, uma cerveja e outra Coca-Cola light para ela, Elisa se esqueceu do incidente: não era a primeira vez que um homem maduro olhava para ela com atenção.

Durante a viagem de volta para Madri eles quase não conversaram, mas Elisa não se sentiu mal na intimidade do carro ao lado daquele rapaz quase desconhecido. Era como se já começasse a se acostumar com a companhia dele. Maldonado a fazia rir de vez em quando com alguma ironia, mas tinha deixado as perguntas para trás, e Elisa ficou agradecida. Ela aproveitou para perguntar sobre a vida dele. Seu mundo era simples: morava com os pais e a irmã e gostava de viajar e praticar esportes (duas coisas de que ela também gostava). Era quase meia-noite quando o Peugeot de Maldonado parou em frente ao portão da sua casa na Claudio Coello.

– Belo prédio – disse ele –, precisa ter dinheiro para ser físico?

– Para a minha mãe é imprescindível.

– Não falamos sobre a sua família... O que a sua mãe faz? Matemática? Química? Engenheira genética? Inventou o cubo de Rubik?

– Tem um salão de beleza a duas quadras daqui – riu Elisa. – Meu pai era físico, mas morreu num acidente de trânsito há cinco anos.

A expressão de Maldonado mostrou uma tristeza sincera.

– Oh, sinto muito.

– Não se preocupe: eu mal o conheci – disse Elisa sem amargura. – Nunca parava em casa. – Saiu do carro e fechou a porta. Inclinou-se e olhou para Maldonado. – Obrigada pela carona.

– Eu que agradeço por colaborar. Olha, se eu tiver... mais... mais perguntas, poderíamos...? Poderíamos nos ver outro dia?

– Claro.

– Tenho o seu telefone. Eu ligo. Sorte amanhã no curso do Blanes.

Maldonado esperou gentilmente enquanto ela abria a porta. Elisa virou para se despedir.

E ficou imóvel.

Da calçada em frente, um homem olhava para ela.

Não o reconheceu à primeira vista. Então percebeu o cabelo grisalho e o ostensivo bigode cinzento. Um calafrio a percorreu como se seu corpo estivesse cheio de buracos e um sopro de vento o atravessasse de um lado a outro.

O carro de Maldonado se afastou. Passou um carro, depois outro. Quando a rua ficou vazia, o homem continuava ali. *Estou me confundindo. Não é o mesmo cara nem está vestido do mesmo jeito.*

De repente o homem deu meia-volta e virou uma esquina.

Elisa ficou olhando para o lugar que o homem tinha ocupado segundos antes. *Era outra pessoa, devem ser parecidos.*

Não entanto, tinha certeza de que aquele homem também a estivera observando.

5

– Este não vai ser um curso bonito – disse David Blanes. – Não falaremos de coisas maravilhosas nem muito extraordinárias. Não vamos dar respostas. Quem procura respostas que vá à Igreja ou ao colégio. – Risadas tímidas. – O que vamos ver aqui é a realidade, e a realidade carece de respostas e não é maravilhosa.

Parou bruscamente ao chegar no fundo da sala. *Deve ter percebido que não pode atravessar a parede,* pensou Elisa. Deixou de olhar para ele quando deu meia-volta, mas não perdia uma palavra sequer.

– Antes de começar, quero esclarecer uma coisa.

Com dois passos, Blanes se aproximou do projetor de transparências e o ligou. Na tela apareceram três letras e um número.

– Aqui temos $E=mc^2$, provavelmente a equação mais célebre da física de todos os tempos, a energia relativista de uma partícula em repouso.

Fez o projetor avançar. Apareceu uma foto em preto-e-branco de uma criança oriental com o lado esquerdo do corpo esfolado. Dava para ver os dentes através dos restos da bochecha. Houve comentários em voz baixa. Alguém murmurou: "Meu Deus." Elisa não conseguia se mexer: abalada, contemplava a horrível imagem.

– Isto – disse Blanes calmamente – também é $E=mc^2$, como se sabe em todas as universidades japonesas.

Desligou o projetor e encarou a classe.

– Eu podia ter mostrado uma das equações de Maxwell e a luz elétrica de uma sala de cirurgia onde alguém está sendo curado, ou a equação de onda de Schrödinger ou o telefone celular graças ao qual se chama um médico que salva a vida de uma criança agonizante. Mas decidi usar o exemplo de Hiroshima, que é menos otimista.

Quando os murmúrios pararam, Blanes continuou:

– Sei o que muitos físicos pensam da nossa profissão, não apenas os contemporâneos, e não apenas os ruins: Schrödinger, Jeans, Eddington, Bohr tinham a mesma opinião. Acham que só nos ocupamos de símbolos. "Sombras", dizia Schrödinger. Pensam que as equações diferenciais *não são* a realidade. Ouvindo alguns colegas parece que a física teórica consiste em brincar de fazer casinhas com peças de plástico. Essa idéia absurda se tornou célebre, e hoje as pessoas consideram que os físicos teóricos são algo assim como sonhadores encerrados numa torre de marfim. Acham que os nossos brinquedos, nossas casinhas, nada têm que ver com os seus problemas cotidianos, suas preferências, suas preocupações ou o bem-estar dos seus. Mas vou lhes dizer uma coisa, e quero que tomem isso como a regra fundamental deste curso. A partir de agora eu vou encher este quadro de equações. Começarei por este lado e terminarei por aquele, e garanto que vou aproveitar muito bem o espaço porque minha letra é pequena. – Houve risos, mas Blanes continuava sério. – E quando eu terminar, quero que façam o seguinte exercício: quero que olhem para esses números, todos esses números e letras gregas do quadro, e repitam para si mesmos: "São a realidade, são a realidade..." – Elisa engoliu em seco. Blanes acrescentou: – As equações da física são a chave da nossa felicidade, nosso terror, nossa vida e nossa morte. Não se esqueçam disso. Nunca.

De um salto subiu no tablado, desligou o projetor, pegou um giz e começou a escrever números no canto do quadro, como tinha anunciado. Durante o resto da aula não voltou a se referir a nada que não fossem as complexas abstrações da álgebra não comutativa e da topologia avançada.

David Blanes tinha quarenta e três anos, era alto e parecia estar em boa forma. Seu cabelo grisalho começava a rarear, mas as entradas o deixavam interessante. Elisa tinha prestado atenção, além disso, em outros detalhes que não pareciam tão nítidos nas muitas fotos que havia visto dele: a forma de estreitar as pálpebras quando olhava fixamente; a pele do rosto, com cicatrizes de acne juvenil; o nariz, que se destacava de perfil de um modo quase cômico... A seu modo, Blanes era atraente, mas somente "a seu modo", como tantos outros que não são famosos por ser atraentes. Vestia uma roupa ridícula de explorador, com um colete de camuflagem, calças largas e botas. Seu tom de voz era rouco e suave, inadequado para sua compleição, mas transmitia certo poder, certo desejo de inquietar. Talvez, ela deduziu, fosse sua forma de se defender.

O que Elisa havia contado a Javier Maldonado na tarde anterior era cem por cento verdade, e agora ela estava comprovando isso: o temperamento de Blanes era "especial", mais que o de outros grandes da sua profissão. Mas também era verdade que ele tinha enfrentado mais incompreensão e injustiça do que outros. Em primeiro lugar, era espanhol, o que para um físico com ambições (ela sabia muito bem disso, assim como seus colegas) constituía uma exceção e uma grave desvantagem, não por causa de algum tipo de discriminação mas em conseqüência da lamentável situação dessa ciência na Espanha. Os poucos êxitos dos físicos espanhóis tinham ocorrido fora do país.

Por outro lado, Blanes havia tido sucesso. E isso era ainda menos perdoável do que sua nacionalidade.

Seu sucesso se devia a algumas poucas equações escritas em um só lado de uma folha: a ciência é feita de presentes assim, breves e eternos. Ele as tinha escrito em 1987, enquanto trabalhava em Zurique com o professor Albert Grossmann e seu colaborador Sergio Marini. Foram publicadas em 1988 na prestigiosa *Annalen der Physik* (a mesma revista que oitenta anos antes tinha acolhido o artigo de Albert Einsten sobre a relatividade) e catapultaram seu autor a uma fama quase absurda: aquele tipo de fama que, muito raramente, os físicos adquirem. E isso apesar de o artigo, que demonstrava a existência das "cordas de tempo", ser de uma complexidade que poucos especialistas podiam compreender totalmente, e de, embora fosse impecável do ponto de vista matemático, poder levar décadas para conseguir prová-las por meio de experiências.

Seja como for, os físicos europeus e norte-americanos comemoraram esse achado com espanto, e esse espanto se transferiu para os meios de comunicação. A princípio, os jornais espanhóis não fizeram muito alarde ("Um físico espanhol descobre por que o tempo só se move em uma direção", ou "O tempo é como uma sequóia, segundo físico espanhol", foram as chamadas mais freqüentes), mas a popularidade de Blanes na Espanha se deveu à reelaboração que à notícia recebeu em meios menos sérios, que declararam sem rodeios coisas como: "A Espanha está no topo da física do século XX com a teoria de David Blanes", "O professor Blanes afirma que a viagem no tempo é cientificamente possível", "A Espanha poderia ser o primeiro país do mundo a construir uma máquina do tempo" etc. Nada disso era verdade, mas funcionou bem no público. Várias revistas começaram a mostrar na capa, ao lado de mulheres nuas, o nome de Blanes associado aos mistérios do tempo. Uma publicação esotérica vendeu centenas de milhares de exemplares de um especial de Natal em que se lia: "Jesus teria viajado no tempo?" e embaixo, em letras menores: "A teoria de David Blanes desconcerta o Vaticano."

Blanes não estava mais na Europa para se alegrar (ou se ofender): tinha sido "teletransportado" para os Estados Unidos. Deu conferências e trabalhou no Caltech, e, como se estivesse seguindo os passos de Einstein, no prestigioso Instituto de Estudos Avançados de Princeton, onde gênios como ele podiam passear pelos jardins silenciosos e dispunham de tempo para pensar e papel e lápis para escrever. Mas em 1993, quando o congresso norte-americano votou contra continuar a fabricação do Superacelerador Supercondutor de Waxahachie, Texas, que teria sido o maior e mais potente acelerador de partículas do mundo, a doce lua-de-mel de Blanes com os Estados Unidos acabou de repente por decisão irrevogável do primeiro. Rapidamente se espalharam suas declarações a vários meios da imprensa norte-americana nos dias anteriores a sua volta à Europa: "O governo desse país prefere investir em armas a promover o desenvolvimento científico. Os Estados Unidos me lembram a Espanha: é um lugar habitado por pessoas muito capazes, mas governado por políticos horríveis. Não apenas ineficazes", frisou, "mas horríveis." Como em sua crítica tinha equiparado os dois países e governos, suas declarações deixaram todos insatisfeitos e interessaram a poucos.

Depois de concluir assim seu périplo norte-americano, Blanes voltou para Zurique, onde viveu em silêncio e recluso (seus únicos amigos eram Grossmann e Marini: suas únicas mulheres, a mãe e a irmã: Elisa admirava essa vida monástica) enquanto sua teoria sofria os embates das reações a longo prazo. Curiosamente, uma das comunidades científicas que mais encarniçadamente o repudiou foi a espanhola: de várias universidades levantaram-se vozes doutas afirmando que a "Teoria da Sequóia", como naquela época já começava a ser chamada (em referência ao fato de que as cordas de tempo se enrolavam nas partículas de luz como os círculos do tronco dessas árvores ao redor do centro), era bonita mas improdutiva. Talvez por causa do fato de Blanes ser madrilenho, as críticas de Madri demoraram mais, porém, talvez por esse mesmo motivo, quando chegaram foram piores: um célebre catedrático da Complutense qualificou a teoria de "pirulito fantástico sem nenhuma base real". No exterior sua sorte não foi mais feliz, embora especialistas em Teoria das Cordas como Edward

Witten, de Princeton, e Cumrun Vafa, de Harvard, continuassem afirmando que poderia se tratar de uma revolução intelectual comparável àquela causada pela própria Teoria das Cordas. Stephen Hawking, da sua pequena cadeira de rodas em Cambridge, foi um dos poucos que se manifestou discretamente a favor de Blanes e contribuiu para a divulgação de suas idéias. Quando lhe perguntavam sobre o assunto, o célebre físico costumava responder com uma de suas típicas ironias, pronunciada com o frio e inflexível tom do seu sintetizador de voz: "Embora muitos queiram cortá-la, a sequóia do professor Blanes continua dando sombra."

Blanes era o único que não falava nada. Seu estranho silêncio durou quase dez anos, durante os quais chefiou o laboratório, substituindo na chefia seu amigo e mentor Albert Grossmann, já aposentado. Por causa da sua grande beleza matemática e suas fantásticas possibilidades, a "Teoria da Sequóia" continuou interessando aos cientistas, mas não pôde ser comprovada. Passou ao estado de "veremos" com que a ciência gosta de introduzir certas idéias no congelador da história. Blanes se negava a falar em público sobre ela, e muitos pensaram que se envergonhava dos seus erros. Então, no final de 2004, anunciaram aquele curso, o primeiro que Blanes daria no mundo sobre sua "sequóia". Tinha escolhido, justamente, a Espanha, mais precisamente Madri. O centro privado Alighieri arcaria com os custos e aceitou as estranhas exigências do cientista: que se realizasse em julho de 2005, que fosse dado em espanhol e que fossem oferecidas vinte vagas por meio de rigoroso exame de seleção depois da realização de um exame internacional sobre a Teoria das Cordas, geometria não comutativa e topologia. No início somente seriam aceitos pós-graduandos, mas permitiram que os estudantes que tinham terminado a graduação no mesmo ano da prova fizessem o exame mediante recomendação escrita de seus professores de física teórica. Foi assim que Elisa se inscreveu.

Por que Blanes tinha esperado tanto para dar aquelas primeiras aulas sobre a sua teoria? E por que dá-las justamente naquele momento? Elisa ignorava isso, mas também não se importava muito em saber. A verdade é que se sentia com muita sorte naquele primeiro dia, naquele curso tão sonhado e único.

Não entanto, no fim da aula tinha mudado drasticamente de opinião.

Foi uma das primeiras a ir embora. Fechou os livros e a pasta ruidosamente e fugiu da sala sem tentar nem mesmo guardar as anotações na mochila.

Enquanto descia a rua até o ponto do ônibus ouviu uma voz:

– Desculpe... Quer que eu a leve a algum lugar?

Estava tão ofuscada que nem tinha percebido o carro perto dela. Dentro, como um estranho jabuti, aparecia a cabeça de Victor "Lennon" Lopera.

– Obrigada, vou para longe – disse Elisa displicente.

– Para onde?

– Claudio Coello.

– Tudo bem... eu levo você, se quiser. Eu... vou para o centro.

Não tinha vontade de conversar com aquele cara, mas em seguida pensou que isso a distrairia.

Entrou no carro sujo, cheio de papéis e livros, com cheiro de tapete mofado. Lopera dirigia com lentidão cautelosa, da mesma forma como falava. No entanto, parecia muito feliz de ter Elisa como acompanhante e começou a se animar. Como acontece com todos os Grandes Tímidos, sua conversa, de repente, ficou desproporcional.

– O que você achou do que ele disse no início sobre a realidade? "As equações são a realidade"... Bom, se ele está dizendo... Sei lá, eu acho que é um reducionismo positivista muito exagerado... Ele está negando a possibilidade de verdades reveladas ou intuitivas, que formam a base, por exemplo, das crenças religiosas ou do senso comum... E isso é um erro... Cara, acho que ele diz isso porque é ateu.. Mas, sinceramente, não acho que a fé seja incompatível com as provas científicas... Estão em níveis diferentes, como afirmava Einstein. Não se pode... – Parou num cruzamento e esperou que a estrada esvaziasse para prosseguir a viagem e o monólogo. – Não se pode transformar experiências metafísicas em reações químicas. Isso seria absurdo... Heisenberg dizia...

Elisa parou de ouvir e se limitou a olhar para a estrada e grunhir de vez em quando. Mas de repente Lopera sussurrou.

– Eu também notei. Como ele tratou você, quero dizer.

Sentiu as maçãs do rosto queimando e outra vez teve vontade de chorar ao se lembrar.

Blanes tinha feio várias perguntas na aula, mas tinha escolhido para respondê-las alguém situado a dois lugares de distância à sua direita, que levantava a mão ao mesmo tempo que ela.

Valente Sharpe.

Num determinado momento aconteceu uma coisa. Blanes fez uma pergunta e só *ela* levantou a mão. No entanto, em vez de lhe dar a palavra, o cientista tinha animado os outros a responder. "Vamos, o que está acontecendo com vocês? Têm medo de perder o diploma se errarem?" Passaram vários, densos segundos, e Blanes apontou de novo para o mesmo lugar.

62 ■ José Carlos Somoza

Elisa voltou a ouvir a voz firme, calma, quase zombeteira, com leve sotaque estrangeiro: "Nessa escala não existe uma geometria válida por causa do fenômeno da espuma quântica." "Muito bem, senhor Valente."

Valente Sharpe.

Cinco anos seguidos sendo a melhor da classe tinham exacerbado o afã de competição de Elisa a extremos selvagens. Não se podia ser o primeiro no mundo científico sem o terrível esforço predador de eliminar sistematicamente os rivais. Por esse motivo, o absurdo desprezo de Blanes era para ela uma tortura insuportável. Não queria mostrar seu orgulho ferido diante de um colega, mas já tinha chegado ao limite das suas forças.

– Tenho a impressão de que ele nem sequer me vê – resmungou engolindo as lágrimas.

– Eu acho... que ele a vê demais – respondeu Lopera.

Ela olhou para ele.

– O que eu quero dizer é que... – tentou se explicar. – Acho que... viu você e pensou: "Uma garota tão... tão... não pode ser, ao mesmo tempo, muito..." Ou seja, é um preconceito machista. Talvez não saiba que você ficou em primeiro lugar no exame. Não sabe como você se chama. Pensa que Elisa Robledo é... Sei lá, que não pode ser como você.

– Como eu sou? – Não queria fazer aquela pergunta, mas já não se importava em ser cruel.

– Acho que não é incompatível... – disse Lopera sem responder, como se estivesse falando consigo mesmo. – Ainda que geneticamente seja estranho... A beleza e a inteligência, quero dizer... Quase nunca estão juntas. Embora haja exceções... Richard Feynman era muito bonito, não? Isso é o que dizem. E Ric também é... À sua maneira, certo? Um pouco, não?

– Ric?

– Ric Valente, o meu amigo. Eu o chamo assim desde que o conheço. Não se lembra de que o mostrei ontem na festa? Ric Valente...

A simples menção daquele nome havia bastado para que Elisa trincasse os dentes. *Valente Sharpe, Valente Sharpe...* No seu cérebro aqueles sobrenomes adquiriam um som mecânico, como o de uma serra elétrica estraçalhando o seu orgulho. *Valente Sharpe, Valente Sharpe...*

– Ele também é um pouco as duas coisas: atraente e inteligente, como você – prosseguiu Lopera, alheio, parece, às emoções dela. – Mas, além disso, sabe... sabe como cativar as pessoas, você não notou? É um encantador de serpentes com os professores... Bom, com todo mundo. – Sua garganta emitiu um gorgolejo como riso (Elisa ouviria a risada de Victor mais de uma vez ao longo dos anos posteriores e chegaria a gostar muito dela, mas naquele momento isso a repugnou). – Com as garotas também. Sim, sim, também... E como.

– Você fala dele como se não fosse seu amigo.

– Como se não fosse...? – Quase pôde ouvir os zumbidos do disco rígido de Lopera ao processar aquele comentário banal. – Claro que sou... Ou seja, fomos... nós nos conhecemos no colégio, depois fizemos faculdade juntos. Acontece que Ric conseguiu uma dessas "superbolsas" e foi embora para Oxford, para o departamento do Roger Penrose, e deixamos de nos ver... Ele pretende voltar para a Inglaterra quando terminar o curso do Blanes... se é que Blanes não o levará com ele para Zurique, claro.

O riso dos lábios carnudos de Lopera ao dizer aquela última frase desagradou Elisa. Seus mais negros pensamentos voltaram: sentiu-se completamente abatida, quase exaurida. *Blanes escolherá Valente Sharpe, é óbvio.*

– Faz quatro anos que não nos vemos... – continuou Lopera. – Não sei, talvez eu o ache um pouco mudado... Mais... Mais seguro de si. É um gênio, há que se admitir, um gênio ao cubo, filho e neto de gênios. O pai é crip... criptógrafo e trabalha em Washington, num centro de segurança nacional... A mãe é norte-americana e ensina Matemática em Baltimore... Foi indicada no ano passado para a medalha Fields. – A seu pesar, Elisa se impressionou. A medalha Fields era uma espécie de Prêmio Nobel da Matemática e era concedida anualmente nos Estados Unidos aos melhores do mundo nessa especialidade. Perguntou-se o que sentiria se tivesse uma mãe indicada para a medalha Fields. Naquele momento a única coisa que sentia era raiva. – São divorciados. E o irmão do pai dele...

– É Prêmio Nobel de Química? – interrompeu Elisa sentindo-se mesquinha. – Ou era o Niels Bohr?

Lopera voltou a emitir aquele misterioso ruído que devia ser uma risada.

– Não: é técnico programador da Microsoft na Califórnia... Isso significa que Ric aprendeu com todos eles. É uma esponja, sabe? Quando você acha que ele nem está ouvindo, está analisando tudo o que você diz... É uma máquina. Em que altura da Claudio Coello deixo você?

Elisa disse que não era necessário levá-la até em casa mas Lopera insistiu. Parados no engarrafamento do meio-dia madrilenho, acabaram logo com a conversa e tiveram tempo de sobra para o silêncio. Elisa viu no porta-luvas do carro, debaixo de uma pasta com as bordas amassadas, alguns livros. Leu o título de um deles: *Jogos e charadas matemáticas.* O outro, volumoso: *Física e fé. A verdade científica e a religiosa.*

Quando estavam entrando na Claudio Coello, Lopera quebrou o silêncio:

– O Ric deve ter ficado superchateado quando soube que o haviam superado na prova de admissão ao curso. – E voltou a soltar seu ruído-risada.

– É mesmo?

– Eu acho, É um mau perdedor. Muito mau perdedor. – E de repente Lopera mudou de expressão: foi como se tivesse pensado alguma coisa nova, alguma coisa que não havia considerado até então. – Tenha cuidado – acrescentou.

– Com ou quê?

– Com o Ric. Tenha muito cuidado.

– Por quê? Pode influenciar o júri para que não mê dê a medalha Fields? Lopera ignorou a ironia.

– Não, é que ele não gosta de perder. – Parou o carro. – É esta a sua entrada?

– Sim, obrigada. Olha, por que você me disse para tomar cuidado? O que ele pode fazer contra mim?

Ele não olhava para ela. Olhava para frente, como se continuasse dirigindo.

– Nada, só queria dizer que... ele se surpreendeu por você ter sido a primeira.

– Por que sou mulher? – perguntou ela com fúria gélida. – Por isso? Victor parecia envergonhado.

– Talvez. Não está acostumado a... Bom, a ficar em segundo lugar. – Elisa mordeu a língua para não responder. *Nem eu*, pensou. – Mas não se preocupe – acrescentou ele como se estivesse tentando animá-la, ou mudar de assunto. – Estou certo de que Blanes saberá apreciar você... Ele é demasiadamente bom para não apreciar o que é bom.

A frase a acalmou um pouco, e ela se reconciliou com Lopera. Quando entrou no prédio pensou que talvez tivesse sido rude com ele e virou para se despedir, mas Lopera já tinha ido embora. Ficou um instante parada, ensimesmada.

A cena a havia feito se lembrar do que lhe acontecera na noite anterior quando chegou com Javier Maldonado. Quase como num reflexo condicionado, deu uma olhada para a rua, mas não viu ninguém espiando. Também não descobriu nenhum homem de cabelo e bigode grisalhos. *Albert Einstein, claro. Na verdade, Einstein devia ser o avô de Valente, e ontem à noite estava me espiando.*

Riu e foi para o elevador. Deduziu que tinha sido uma casualidade. As casualidades podiam acontecer: os matemáticos, inclusive, concebiam probabilidades. Dois homens com certa semelhança física que, na mesma noite, ficam olhando para você. Por que não? Só um paranóico ficaria esquentando a cabeça por causa disso.

Enquanto subia no elevador lembrou-se da estranha advertência de Victor Lopera.

Tenha cuidado com o Ric.

Que absurdo. Ainda mais porque Valente não prestava atenção nela. Naquele primeiro dia de aula não tinha olhado para ela nem uma única vez.

6

O encontro foi sábado à tarde num café que ela não conhecia, perto da rua Atocha. "Você vai gostar", tinha garantido Maldonado.

E não se enganara. Tratava-se de um lugar calmo, de paredes escuras, com certo ar teatral por causa, principalmente, de uma cortina vermelha situada perto do balcão. Ela adorou.

Maldonado a esperava numa das poucas mesas ocupadas. Elisa não podia negar que se alegrava muito em vê-lo depois da triste semana que tinha passado.

– Ontem liguei várias vezes para sua casa, atendiam e caía – disse Maldonado.

– A linha estava com problemas. Já consertaram.

A companhia telefônica havia dito que se tratava de uma "falha do sistema", mas, segundo Elisa, quem realmente experimentou uma "falha no sistema" foi sua mãe, que ficou subindo pelas paredes e, com seu tom de voz um pouco mais alto do que de costume, ameaçou processar a companhia por danos e prejuízos. ("Tenho clientes muito importantes que costumam ligar para minha casa, vocês não sabem..."). Deram certeza de que no próprio sábado pela manhã enviariam os técnicos para inspecionar as linhas e consertar o estrago, e assim fizeram. Só então Marta Morandé se acalmara.

Pediu uma Coca-Cola light ao mesmo tempo que via, divertida, como Maldonado tirava papéis da mochila.

– Perguntas de novo? – brincou.

– Sim. Não quer? – Elisa se apressou em dizer que sim porque tinha percebido a seriedade dele. – Sei que é chato – desculpou-se –, mas é o meu trabalho, o que é que eu posso fazer, e agradeço muito por você estar me ajudando... O bom jornalismo se faz com informações colhidas pacientemente – acrescentou num tom de dignidade ofendida que a surpreendeu.

– Claro, desculpe... – Meti os pés pelas mãos, pensava. Mas o sorriso quase tímido de Maldonado teve o mérito de dissipar seus remorsos.

– Não, eu é que peço desculpas. Estou um pouco nervoso porque o curso está acabando e tenho que apresentar a reportagem o quanto antes.

– Então vamos lá – ela o animou –, não percamos mais tempo: pergunte o que quiser. Não se trave por mim.

No entanto, no início a tensão persistia. Ele a interrogava mecanicamente sobre seu lazer e ela respondia com rigidez, como se se tratasse de uma prova oral. Elisa compreendeu que ambos estavam arrependidos por haver começado de forma tão diferente uma tarde de folga. Então Maldonado se interessou pelos esportes que ela praticava e a coisa mudou. Elisa falou que fazia tudo o que podia, o que era verdade: musculação, natação, aeróbica... Maldonado ficou olhando para ela.

– Agora está explicado o seu físico – disse.

– O que é que tem o meu físico? – riu ela.

– É um físico perfeito para uma física.

– Que piada mais fraca e previsível.

– Você a deu de bandeja.

Em seguida conversaram sobre a infância dela. Elisa contou que tinha sido uma menina solitária que dependia exclusivamente do seu cérebro para se distrair e brincar. Não lhe restava outra alternativa, já que seus pais não queriam ter mais filhos e se dedicavam mais a desenvolver suas próprias inquietações do que a lhe dar atenção. Seu pai ("Tinha o mesmo nome que você: Javier") havia se tornado físico em tempos "ainda piores" que os atuais. Elisa se lembrava dele como um homem amável de barba escura cerrada, e pouca coisa mais. Tinha passado parte da sua vida na Inglaterra e nos Estados Unidos pesquisando a "interação fraca", que era o tema da moda na física teórica dos anos 1970: a força que faz com que certos átomos se desintegrem.

– Passou muito tempo estudando uma coisa conhecida como "a violação da simetria CP pelo kaon"... Não faça essa cara, por favor... – Elisa começou a rir.

– Não, não – disse Maldonado. – Eu ouço e escrevo.

– "Kaon" com k – Elisa apontou para o papel em que Maldonado anotava.

Estava se divertindo cada vez mais. Infelizmente, também teve que fa-

lar da mãe. Marta Morandé, madura, atraente, magnética, dona e diretora do Piccarda. *No Piccarda você descobrirá sua própria beleza.*
Era difícil para ela falar da mãe e se divertir ao mesmo tempo.
– Ela vem de uma família acostumada ao dinheiro e às viagens. Juro que ainda continuo me perguntando o que o meu pai viu numa pessoa assim... O caso é que tenho certeza de que ele... Que o meu pai não teria me deixado tão sozinha se minha mãe fosse outro tipo de pessoa. Vivia dizendo que tinha que aproveitar a vida, que não podia viver trancada em casa pelo simples fato de ter casado com um "geninho". Assim o chamava. Algumas vezes falava isso na minha frente. "Hoje o geninho chega", dizia.
– Maldonado tinha parado de escrever. Ouvia Elisa muito sério. – Acho que meu pai não queria complicar a vida com um divórcio. Além disso, sua família sempre foi muito católica. Limitava-se a fingir que não via as coisas e a deixar que minha mãe "vivesse". – Elisa olhou na direção da mesa, sorrindo. – Confesso que decidi estudar física para frustrar minha mãe, que queria que eu fizesse administração e a ajudasse a dirigir seu famoso centro de estética. E eu a decepcionei. Isso lhe doeu. Parou de falar comigo, e aproveitando outra ausência do meu pai, foi morar numa casa de veraneio que tem em Valência. Fiquei sozinha em Madri, com meus avós paternos. Quando meu pai soube, voltou e me disse que nunca mais me abandonaria. Eu não acreditei nele. Uma semana depois partiu para visitar minha mãe em Valência e convencê-la a dar uma trégua. Ao voltar, uma caminhonete dirigida por um bêbado bateu no carro dele. E aí foi o fim de tudo.
Sentia frio. Esfregou os braços nus. Por outro lado, era apenas frio, não um verdadeiro mal-estar. Sentia que lhe fazia bem falar daquilo. A quem tinha podido contar tudo isso antes?
– Agora moro outra vez com minha mãe – acrescentou. – Mas cada uma tem o seu espaço em casa, e procuramos não ultrapassar esse limite.
Maldonado desenhava círculos no papel. Elisa se deu conta de que a tensão de início ameaçava retornar. Decidiu mudar de tom.
– Mas não duvide, o período que passei sozinha em Madri foi muito proveitoso: deu-me a oportunidade de conhecer melhor o meu avô, que era a melhor pessoa do mundo. Tinha sido professor e adorava história. Costumava me falar de antigas civilizações e me mostrava ilustrações nos livros...
O assunto pareceu animar Maldonado, que recomeçou a anotar.
– Você gosta de história? – perguntou.
– Graças ao meu avô, adoro. Mas não sei muito sobre o assunto.

– Qual é seu período histórico preferido?

– Não sei... – Elisa pensou. – As civilizações antigas me fascinam: egípcios, gregos, romanos... Meu avô gostava muito da Roma Imperial... Faz com que a gente pense naquelas pessoas, que deixaram tantos rastros e desapareceram para sempre...

– E?

– Não sei. Isso me atrai.

– O passado atrai você?

– Acho que atrai todo mundo, não? É... como uma coisa que perdemos para sempre, o que acha?

– Com certeza – disse Maldonado, como se isso fosse uma coisa que tinha esquecido de perguntar –, não falamos das suas idéias religiosas... Acredita em Deus, Elisa?

– Não. Já disse que minha família paterna era muito católica, mas meu avô foi inteligente o bastante para não me aporrinhar com isso: transmitiu valores, simplesmente. Nunca acreditei num Deus, nem quando era criança. E agora... você vai achar esquisito, mas me considero mais cristã do que crente... Acredito em ajudar os outros, no sacrifício, na liberdade, em quase tudo o que Cristo pregou, mas não em Deus.

– Por que eu acharia isso esquisito?

– Parece esquisito, não?

– Não acha que Jesus Cristo foi o filho de Deus?

– Não mesmo. Já disse que não acredito em Deus. Acredito que Jesus Cristo foi um homem muito bondoso e muito corajoso que soube transmitir valores...

– Como seu avô.

– Sim. Mas teve pior sorte que o meu avô. Mataram-no por suas idéias. Nisso sim eu acredito: em morrer por nossas idéias.

Maldonado escrevia. De repente ela pensou que aquelas perguntas tão específicas deviam obedecer a um motivo pessoal que nada tinha a ver com o questionário. Estava a ponto de tocar nesse assunto quando o viu guardar a caneta.

– Eu já terminei – disse Maldonado. – Vamos dar uma volta?

Caminharam até a Plaza Puerta del Sol. Era o primeiro sábado de julho, a noite estava quente e as pessoas lotavam a praça saindo das lojas de departamentos que começavam a fechar. Depois de um momento de silêncio, durante o qual ela pareceu mais interessada em abrir caminho na multidão e contemplar a estátua de Carlos III do que em conversar, ouviu Maldonado perguntar:

– E como foi com o Blanes?

Era a pergunta que temia. Para ser sincera teria de responder que seu orgulho estava não apenas ferido mas em coma, abandonado em alguma UTI nas profundezas de sua personalidade. Já não tentava se destacar, nem sequer levantava a mão, fosse qual fosse a pergunta. Limitava-se a ouvir e aprender. Em compensação, Valente Sharpe (com quem ainda não tinha trocado nem um olhar) despontava cada vez mais. Os colegas tinham começado a dirigir suas dúvidas também a ele, como se fosse o próprio Blanes ou o braço direito dele. Aliás, se ainda não o era, estava prestes a se transformar nisso, porque até Blanes, por vezes, solicitava sua intervenção: "Não tem nada a dizer, Valente?" E Valente Sharpe respondia com gloriosa exatidão.

Às vezes pensava que o que sentia era inveja. *Mas não: o que sinto é um vazio. Eu me esvaziei. É como se tivesse me preparado para uma maratona dificílima e não me deixassem competir.* Era óbvio que Blanes já tinha decidido quem iria com ele para Zurique. Para Elisa, só restava tentar aprender tudo o que fosse possível sobre aquela bela teoria e planejar outras coisas para seu futuro profissional.

Perguntou-se se devia contar tudo isso a Maldonado, mas decidiu que já lhe havia dito muitas coisas por essa noite.

– Bem – respondeu –, ele é um excelente professor.

– Continua querendo fazer a tese com ele?

Titubeou antes de responder. Um "sim" muito entusiasmado equivaleria a mentir, um "não" taxativo também não seria verdadeiro. As emoções, pensava Elisa, eram muito similares à incerteza quântica. Disse:

– Claro. – Assim, com certa frieza. E deixou no ar seus verdadeiros desejos.

Tinham atravessado a praça até as proximidades da estátua do El Oso y El Madroño. Maldonado pediu que parassem numa sorveteria para satisfazer uma de suas poucas – assim falou – "fraquezas": um sorvete de chocolate crocante. Ela riu do jeito menino dele enquanto comprava o sorvete, e mais ainda da forma como o devorou. Enquanto saboreava sua guloseima, ali parado, na praça, Maldonado lhe propôs jantar num restaurante chinês. Elisa aceitou prontamente, alegrando-se de que ele não tivesse dado a noite por terminada.

Nesse instante, por pura casualidade, avistou o homem.

Estava de pé na entrada da sorveteria. Tinha cabelo grisalho e bigode cinzento. Segurava uma casquinha e de vez em quando a mordia. Era mais parecido com o *primeiro* do que com o *segundo*. Na verdade, parecia um irmão do homem da festa. Talvez fosse – não podia descartar isso – o mesmo homem da festa só que vestido de outra maneira.

Mas não: enganava-se. Agora notava que o cabelo deste era encaracolado e sua compleição mais magra. Era outra pessoa.

Por um instante pensou: *Não é nada, não é estranho. É alguém que se parece com os outros e que também me olhou.* Mas foi como se as portas da sua lógica se abrissem bruscamente e pensamentos irracionais penetrassem por ela, destruindo tudo e armando confusão, como convidados cheios de cocaína até o talo. *Três homens diferentes e parecidos. Três homens que me observam.*

– O que foi? – perguntou Maldonado.

Não podia mais fingir. Tinha de contar alguma coisa a ele.

– Aquele homem.

– Que homem?

Quando Maldonado virou a cabeça, o sujeito estava limpando as mãos com um guardanapo e já não olhava para Elisa.

– Aquele que está perto da sorveteria, de camisa pólo azul-marinho. Estava me olhando de um jeito esquisito... – Odiava que Maldonado pensasse que estava tendo alucinações, mas não conseguia mais se reprimir. – E é muito parecido com outro homem que vi na tarde da festa na Alighieri, e que também me observava... Talvez seja a mesma pessoa.

– Você está falando sério? – disse Maldonado.

Nesse instante o homem deu meia-volta e se afastou na direção da rua Alcalá.

– Não sei, era como se estivesse me espionando... – Tentou rir das próprias palavras, mas percebeu que não conseguia. Maldonado também não riu. – Devo estar me confundindo...

Ele sugeriu irem a algum bar calmo e conversar sobre o assunto. Mas não havia nenhum bar assim nos arredores e Elisa estava muito irritada para caminhar por mais tempo. Optaram por entrar no restaurante chinês onde pretendiam jantar; ainda não havia muita gente.

– Agora me conte com todas as letras o que aconteceu naquela tarde – disse Maldonado quando se sentaram numa mesa afastada. Ouviu com atenção e em seguida pediu uma descrição mais precisa possível do homem da faculdade. Mas a interrompeu antes que ela terminasse. – Espera, já sei. Cabelo grisalho, bigode... chama-se Espalza, é professor de Estatística na Alighieri. Participei de uns seminários que deu sobre sociologia estatística, mas o conheço sobretudo porque é conselheiro da Associação de Professores, e eu fui da Associação de Alunos... – Fez uma pausa e adotou a expressão maliciosa de que ela gostava. – É divorciado e tem fama de velho babão. Está acostumado a olhar assim para todas as alunas bonitas. Tenho certeza de que você o deixou babando...

De repente teve vontade de rir.

– Sabe o que me aconteceu naquela mesma noite? Quando me deixou na porta de casa, percebi outro homem de bigode olhando para mim... – Maldonado abriu os olhos comicamente. – E o de hoje também tinha bigode!

– Uma... conspiração de bigodudos! – murmurou ele em tom alarmado. – Já entendi tudo!

Elisa explodiu em gargalhadas. Como podia ter sido tão idiota? Aquilo só tinha uma explicação: o final do curso e o começo difícil com o Blanes deixaram seus nervos à flor da pele. Continuou rindo até as lágrimas. De repente viu Maldonado mudar de expressão enquanto olhava para alguma coisa que estava atrás dela.

– Meu deus! – disse ele em tom atemorizado. – O garçom! – Elisa se virou enxugando as lágrimas. O garçom era oriental, mas (coisa estranha entre os de sua etnia, pensou Elisa) tinha um espesso bigode preto atravessado no rosto. Maldonado apertou o braço dela. – Outro bigodudo! Pior ainda: um chinês *bigodudo!*

– Por favor...! – Voltou a rir. – Já chega!

– Vamos embora daqui, rápido! – sussurrava Maldonado. – Estamos cercados!

Elisa teve que se esconder atrás do guardanapo quando o garçom se aproximou.

Ao chegar em casa ainda se divertia lembrando do que tinha acontecido.

Javier Maldonado era genial. Genial, com todas as letras. Durante a noitada a tinha feito rir às gargalhadas com casos sobre seus professores e colegas, incluindo Espalza e sua tendência a se jogar para cima de tudo o que fosse jovem e tivesse seios. Ouvindo aquelas bobagens Elisa se sentiu como se estivesse respirando ar puro depois de passar muito tempo mergulhada num mar de livros e equações. E, para fechar a noite, quando começou a querer voltar para casa, ele pareceu ler seu pensamento e obedeceu imediatamente. Não estava de carro, mas a acompanhou no metrô até o Retiro. Ele tinha uma cara de "mau" quando Elisa saiu do vagão, e ela ficou se lembrando disso vez ou outra enquanto caminhava em direção à entrada do prédio.

Decidiu que não podia considerar que tivesse dado muitos passos na relação com Maldonado, e sim mais alguns. Já tinha certa experiência, não era nenhuma garotinha. Uma das vantagens da sua solidão consistia em que sempre tivera de viver por sua própria conta. Já tinha saído com alguns garotos, sobretudo no início do curso, e já estava bem certa do que gostava. Maldonado era uma amizade, mas avançava.

A casa estava às escuras e silenciosa. Quando acendeu a luz do *hall* viu um bilhete da mãe num papel colado no batente da porta. "NÃO VOLTAREI ESTA NOITE. A GAROTA DEIXOU O JANTAR PARA VOCÊ NA GELADEIRA." "A garota" era uma robusta romena de quarenta e cinco anos, mas sua mãe chamava assim todas as criadas que tivera. Acendeu a luz da sala e apagou a do hall enquanto se perguntava por que sua mãe tinha que informá-la sempre do óbvio: todos os fins de semana Marta Morandé se ausentava de casa, isso se anunciava até nas fofocas da sociedade, e às vezes ela só voltava na segunda-feira. Muitos cavalheiros a convidavam para passar o sábado em suas suntuosas mansões. Deu de ombros: não se importava a mínima com o que sua mãe fazia.

Apagou a luz da sala e acendeu a do longo corredor. Sabia que não tinha ninguém: "a garota" tinha folga no domingo e aproveitara para ir no sábado à noite ficar com a irmã, que vivia num apartamento alugado fora da cidade. Aquelas noites eram as que Elisa mais gostava, sem a chata presença da mãe e sem a criada rondando por todos os lados. Tinha a casa inteira para ela.

Percorreu o corredor e foi para o quarto. De repente se lembrou da "conspiração de bigodudos" e riu sozinha. *Agora haverá um no meu quarto, me esperando. Ou escondido embaixo da cama.*

Abriu a porta. Não havia bigodudos à vista. Entrou e fechou a porta atrás de si. Depois de pensar melhor, trancou-a.

Seu quarto era seu reduto, sua fortaleza, o lugar onde estudava e vivia. Havia enfrentado várias vezes a mãe para impedir que ela metesse o bedelho ali. Fazia tempo que ela mesma o limpava, arrumava a cama e trocava os lençóis. Não queria que ninguém bisbilhotasse o seu mundo.

Tirou o jeans, jogou-o no chão, tirou os sapatos e ligou o computador. Aproveitaria para ver suas mensagens, que tinham ficado bloqueadas desde o dia anterior por causa do problema na linha telefônica.

Enquanto abria o e-mail perguntou-se se faria alguma coisa à noite. Não ia estudar, com certeza, estava muito cansada, mas ainda não queria dormir. Talvez abrisse algum dos seus arquivos de fotos eróticas ou entrasse num chat ou numa página "especial". Brincar de sexo eletrônico tinha sido a solução mais rápida e asséptica para ela durante o longo período dos estudos. Naquela noite, no entanto, não estava com muito pique.

No correio havia duas mensagens sem ler. A primeira era de uma revista eletrônica de ciências exatas. A segunda não tinha "Assunto" e mostrava o símbolo que indicava a presença de um arquivo anexo. Não identificou o remetente:

mercurio0013@mercuryfriend.net

Cheirava a vírus a quilômetros de distância. Decidiu não abri-lo, selecionou-o e apertou a tecla "Delete".

Então a tela de computador se apagou.

Durante um instante pensou que havia faltado energia, mas se deu conta de que a luminária da escrivaninha continuava acesa. Ia agachar para verificar o cabo quando de repente a tela voltou a se iluminar e uma foto apareceu. Alguns segundos depois foi substituída por outra. Em seguida vieram mais.

Elisa ficou boquiaberta.

Eram desenhos em preto-e-branco produzidos com uma técnica antiga, como se tivessem sido feitos por um artista do início do século XX. A temática era similar: homens e mulheres nus com outros homens ou mulheres sentados nas suas costas, cavalgando-os. Sob cada imagem a mesma frase, em letras maiúsculas vermelhas: "GOSTA DISSO?"

Contemplou o desfile sem poder fazer nada para evitá-lo: as teclas não obedeciam, o computador funcionava sozinho.

Filhos da puta. Estava certa de que, de alguma forma e apesar de todas as suas precauções, tinham introduzido um vírus no seu computador. De repente ficou paralisada.

As imagens cessaram dando lugar a uma tela preta onde se destacavam, como grandes aranhas, letras maiúsculas na cor vermelha. Conseguiu ler a frase perfeitamente antes que uma nova piscada a enviasse ao limbo da informática e voltasse a aparecer a página do seu correio normal.

A mensagem tinha sido apagada. Era como se nunca tivesse existido.

Lembrou-se das palavras finais e sacudiu a cabeça.

Não pode se referir a mim. Deve ser propaganda.

As palavras diziam:

ESTÃO VIGIANDO VOCÊ.

7

Na terça-feira da semana seguinte voltou a receber notícias de "mercuryfriend". De nada adiantou configurar o correio para bloquear o remetente. Desligou o computador, mas ao reiniciar o sistema a mensagem se abriu automaticamente e apareceram figuras similares e as mesmas palavras, embora já não se tratasse de desenhos do início do século mas sim de obras escolhidas do universo gráfico moderno: corpos realçados com aerógrafo ou reproduções digitais em três dimensões. Sempre homens e mulheres que caminhavam ou corriam, com arnês e botas, suportando o peso de outra figura sobre seus ombros. Elisa parou de olhar.

Teve uma idéia. Procurou na rede a página "mercuryfriend.net". Não se surpreendeu ao comprovar que o acesso não era restrito e que carregava rápido. Sobre um gritante fundo violeta cintilaram *banners*, anúncios eletrônicos de bares e clubes com nomes pitorescos – "Abbadon", "Galimatías", "Euclides", "Mister X", "Scorpio" – que prometiam espetáculos noturnos muito especiais, garotas e garotos de programa ou troca de casais.

Então era isso. Como ela havia imaginado, tratava-se de propaganda. De alguma forma tinha propiciado seu endereço eletrônico para aqueles porcos, e agora a estavam bombardeando. Teria de achar uma maneira de se livrar deles, talvez mudando de endereço, mas ficou aliviada por saber que não havia nada pessoal nas mensagens.

Também tinha feito as pazes com o Clã dos Bigodudos. Desde que Maldonado a tranqüilizara, não pensava mais neles. Ou quase. Às vezes não podia evitar estremecer ligeiramente quando via pela rua um homem de cabelo e bigode grisalhos. Em certos momentos, até os identificava a uma distância considerável. Compreendia que o seu cérebro, de forma inconsciente, os procurava. Mas não surpreendeu nenhum observando-a ou seguindo-a, e no fim de semana já tinha esquecido o assunto, ou pelo menos já não lhe dava tanta importância.

Tinha outras coisas em que pensar.

Na sexta-feira decidiu mudar a situação nas aulas de Blanes.

– Como vocês acham que podemos resolver isto?

Blanes indicava uma das equações, escrita com sua apertada e concisa caligrafia. Mas Elisa e o resto dos alunos conseguiam ler aqueles símbolos como se fosse um texto em castelhano, e sabiam que significavam a Pergunta Fundamental da teoria: "Como identificar e isolar cordas finitas de tempo de uma única *extremidade?*"

Aquele tema era muito louco. Matematicamente demonstrava-se que as cordas de tempo careciam *de uma das duas extremidades.* Para dar um exemplo, Blanes desenhou uma linha no quadro e pediu aos alunos que imaginassem que era um pedaço de linha solta em cima de uma mesa: uma das extremidades seria o "futuro" e a outra o "passado". O fio se deslocaria para o "futuro", o que indicou mediante uma seta. Não podia ser de outra forma, já que, segundo os resultados das equações, a extremidade "passado", o lado oposto, a outra ponta do fio, simplesmente não *existia* (era a famosa explicação de por que o tempo se movia em uma única direção, que tinha outorgado tanta celebridade a Blanes). Blanes o representou desenhando um ponto de interrogação: não havia nenhuma ponta solta que pudesse ser identificada como "passado".

PASSADO　　　　　　　　　　　　　　　　FUTURO

O mais incrível, porém, o que fazia voar pelos ares qualquer tentativa de aplicar a lógica, era o seguinte: apesar de carecer de uma das extremidades, a corda de tempo *não era infinita.*

A extremidade "passado" tinha um fim, mas esse fim *não era uma extremidade.*

Esse paradoxo causava uma vertigem prazerosa em Elisa. Acontecia a mesma coisa sempre que vislumbrava uma chispa da estranheza do mundo. Como era possível que a realidade fosse formada, na sua ínfima intimidade, por loucuras como pedaços de cordas com extremidades *que não eram extremidade?*

Em todo caso, achava que sabia a resposta para a pergunta que Blanes formulara. Nem sequer precisou escrevê-la no caderno: já a tinha desenvolvido em casa e as conclusões flutuavam na sua cabeça.

Engolindo em seco, mas segura de si, decidiu confrontar o risco.

Vinte pares de olhos estavam cravados no quadro, mas uma única mão se levantou imediatamente.

A de Valente Sharpe.

– Conte para nós, Valente – sorriu Blanes.

– Se existissem espirais nos segmentos intermediários de cada corda, poderíamos identificá-las mediante quantidades discretas de energia. Inclusive isolá-las, se a energia fosse suficiente para separar as espirais. Quer dizer... – e continuou com uma enxurrada de linguagem matemática.

Houve um silêncio quando a explicação terminou. A classe inteira, incluindo Blanes, parecia estupefata.

Não foi Valente quem respondeu. Como um boneco de ventríloquo, o jovem tinha aberto a boca para falar, mas uma voz diferente tinha tomado a palavra a duas carteiras de distância à esquerda, interrompendo-o.

Todos olharam para Elisa. Só ela olhava para Blanes. Podia ouvir as batidas do seu coração e sentia o rosto afogueado, como se em vez de equações estivesse murmurando frases de amor. Ficou esperando as conseqüências enquanto suportava aquelas pálpebras caídas olhando fixamente para ela (o jeito de olhar característico de Blanes, que lembrava o do velho ator de Hollywood Robert Mitchum) com uma calma que lhe parecia inconcebível. No entanto, aquilo que em outras situações constituía seu principal defeito, o temperamento apaixonado, era agora uma vantagem: achava que tinha razão, e pensava lutar por isso fosse quem fosse o oponente.

– Acho que não a vi pedir a palavra, senhorita... – disse Blanes com voz tão inexpressiva como seu rosto, mas com certo matiz de dureza. O silêncio ficou mais denso.

– Robledo – respondeu Elisa. – E não me viu pedir a palavra porque não o fiz. Estou há mais de uma semana pedindo-a e você parece não me ver, então hoje eu preferi falar.

Os pescoços giravam entre Blanes e Elisa, com tanto afã como se estivessem vendo dois grandes tenistas disputando os últimos segundos de um set decisivo. Então Blanes se voltou de novo para Valente e sorriu.

– Conte para nós, por favor, Valente – pediu outra vez.

Com sua notável magreza e a brancura angulosa da pele, como uma estátua de gelo sentada numa carteira, Valente respondeu imediatamente, em voz alta e clara.

Enquanto contemplava seu perfil abatido, Elisa ficou admirada com um simples detalhe: embora Valente tenha respondido a mesma coisa que ela, o fez de maneira peculiar, com outras palavras, dando a impressão de que isso era o que ele tinha pensado dizer desde o princípio, sem levar em conta a resposta dela, inclusive incorrendo num pequeno erro de variáveis que Blanes se apressou em corrigir. *Defende o que é dele, como eu,* pensou com gosto. *Estamos empatados, Valente Sharpe.*

Quando Valente terminou sua exposição, Blanes disse: "Muito bem. Obrigado." Em seguida baixou os olhos e olhou para o espaço entre seus pés.

– Isto é um curso para formados em física teórica – acrescentou com suavidade, com sua voz rouca. – Ou seja, para pessoas adultas. Se alguém quiser manifestar outra reação infantil, peço que faça isso fora daqui, por favor. Não se esqueçam disso. – E, voltando a levantar o olhar, não mais para Valente ou Elisa mas para toda a classe, acrescentou, no mesmo tom: – Apesar disso, a solução oferecida pela senhorita Robledo é exata e brilhante.

Elisa sentiu calafrios. *Fala o meu nome só porque fui a primeira a dar a resposta.* Lembrou-se de uma frase de um dos seus professores de óptica: "Em ciência você pode se permitir ser um filho da puta, mas deve tentar sê-lo *antes* dos outros." No entanto, não sentiu nenhum prazer especial, nem alegria. Pelo contrário, uma amarga onda de vergonha a engoliu.

Observou de soslaio o impassível perfil de Valente Sharpe, que nunca olhava para ela, e se sentiu miserável. *Parabéns, Elisa: hoje você foi a primeira filha da puta.*

Baixou a cabeça e disfarçou as lágrimas escondendo os olhos com a mão.

Estava tão aturdida pelo que havia acontecido que ao chegar em casa nem se preocupou em encontrar uma nova mensagem de "mercuryfriend". Como sabia que, independentemente do que fizesse, o arquivo anexo abriria na tela, abriu-o assim mesmo. As imagens começaram a desfilar.

Ia afastar os olhos quando se deu conta de um detalhe.

Misturadas com as figuras eróticas havia outras: um homem caminhando curvado sob o peso de uma pedra sobre os ombros, um soldado com uniforme da Primeira Guerra Mundial levando nas costas uma garota numa sela, um bailarino nos ombros de outro... No final, em letras vermelhas sobre fundo preto, apareceu uma nova e enigmática frase: "SE VOCÊ É QUEM PENSA SER, VAI SABER."

Do que se tratava aquele anúncio? Elisa deu de ombros sem entender e desligou o computador, embora uma idéia muito vaga a tenha mantido imóvel em frente à tela por mais alguns segundos.

Decidiu que se tratava de um detalhe banal (alguma coisa que tinha esquecido e se esforçava para lembrar). Logo se lembraria.

Tirou a roupa e tomou um banho quente e demorado que acabou por relaxá-la. Quando saiu do banho já tinha esquecido tudo sobre a mensagem e só pensava no que havia acontecido na aula. Sentia-se atingida pelo desprezo que Blanes manifestava. *Não pediu sopa? Então tome três pratos.* Sem pensar em se vestir, estendeu a toalha na cama, se jogou ao lado de anotações e livros e ficou fazendo cálculos que tinha pensado para o trabalho que devia entregar.

Só restavam cinco dias de curso. Coincidindo com a última sessão fora programado um simpósio internacional de dois dias no Palácio de Congressos ao qual compareceriam alguns dos mais eminentes físicos teóricos do mundo, como Stephen Hawking e o próprio Blanes. Até então cada aluno teria que entregar um estudo sobre as possíveis soluções para os problemas colocados pela "Teoria da Sequóia".

Elisa pôs à prova uma idéia nova. Os resultados não pareciam claros, mas o simples fato de ter um caminho para seguir devolveu-lhe a calma.

Infelizmente, perdeu toda a calma pouco depois.

Foi quando saiu para comer alguma coisa. Nesse instante topou com a mãe, que cumpria seu dever de tornar sua vida mais difícil.

– Credo. Pensei que não tinha chegado ainda. Você se enfia no quarto e nem se preocupa em me dizer oi...

– Pois, como você está vendo, cheguei.

Encontraram-se no corredor. Sua mãe, impecavelmente vestida e penteada, tinha cheiro daqueles perfumes cujos anúncios ocupam uma página inteira nas revistas de moda e quase sempre mostram mulheres nuas. Elisa, por sua vez, usava um velho roupão e sabia que estava parecendo, como sempre, um espantalho. Achou que a mãe ia dizer alguma coisa a respeito e não se enganou.

– Você podia ao menos pôr um pijama e se pentear um pouco. Já comeu?

– Não.

Foi descalça até a cozinha e se lembrou a tempo de fechar o roupão quando viu "a garota". Os pratos, cobertos com plásticos protetores, estavam, como sempre, artisticamente preparados. Assim exigia Marta Morandé, baronesa do Piccarda. Elisa se cansara de pedir comidas simples que pudesse comer com a mão, para maior rapidez, mas se opor às decisões maternas era como dar murro em ponta de faca. Naquela ocasião havia risoto. Comeu até que a incômoda sensação no estômago desapareceu. De repente outra idéia a assaltou, e se dedicou a brincar com o garfo e beber água sentada na cozinha, estendendo suas longas pernas, nuas e morenas, enquanto seu cérebro atacava de novo as inexpugnáveis equações de diversos ângulos. Mal se deu conta de que sua mãe tinha entrado na cozinha e só o fez quando a voz dela interrompeu-lhe a concentração.

– ...uma pessoa muito simpática. Disse que o filho de uma amiga dela foi seu colega na universidade. Falamos muito sobre você.

Olhou para a mãe com olhos completamente vazios.

– O quê?

– O nome dela não lhe soaria familiar. É uma freguesa nova, e muito, muito bem relacionada... – Marta Morandé fez uma pausa para pegar os comprimidos emagrecedores que costumava tomar ao meio-dia com um copo de água mineral. – Ela me disse: "Você que é a mãe daquela garota? Pois dizem que a sua filha é um gênio." Embora isso me incomode, confesso que me orgulhei de você. Não foi difícil, pois a mulher estava louca para saber como era a convivência com um gênio da matemática...

– Tá. – Imediatamente tinha compreendido por que a mãe estava tão feliz. Os sucessos de Elisa só agradavam a ela quando podia se exibir com eles no salão de beleza, diante de uma *"freguesa* nova muito, muito bem relacionada". E agora que pensava sobre o assunto, por que se podia dizer "freguesa" mas não se podia dizer "gênia"?

– "E, além disso, é muito bonita, segundo me contaram", falou. Eu disse a ela: "Sim, é a garota perfeita."

– Poderia ter economizado as ironias.

Inclinada na frente da geladeira aberta, Marta Morandé se virou e olhou para ela.

– Bom, para ser sincera...

– Não, por favor, não seja.

– Posso dizer uma coisa? – Elisa não respondeu. A mãe se levantou olhando fixamente para ela. – Quando falam tão bem de você, como fizeram hoje, eu me sinto orgulhosa, sim, mas não posso deixar de pensar como seria tudo se, além de perfeita, você se esforçasse para parecer perfeita...

– Mas isso você já faz – replicou Elisa. – Você é... como se chama o livro de auto-ajuda que você está lendo? *A virtude encarnada*? Não penso invadir a sua praia.

Mas Marta Morandé prosseguiu, como se não tivesse ouvido:

– Enquanto eu ouvia as maravilhas que aquela mulher falava de você ficava pensando: "O que ela iria pensar se soubesse o pouco que a minha filha aproveita disso tudo..." Até me disse que, sem dúvida, iam chover ofertas de trabalho, agora que você se formou...

Ficou em alerta. Isso era um caminho enlameado e conduzia, irremediavelmente, ao pântano de uma amarga discussão. Sabia que a mãe estava desejosa de que seus estudos "servissem" para alguma coisa, de vê-la ocupar um cargo numa empresa. As coisas teóricas não cabiam na cabeça de Marta Morandé.

– Aonde você vai?

80 ■ José Carlos Somoza

Elisa, que começava a bater em retirada, não se deteve.

– Tenho coisas para fazer. – Empurrou a porta de vaivém e saiu da cozinha enquanto ouvia:

– Eu também tenho coisas para fazer, e, veja só, de vez em quando perco meu tempo com você.

– Isso é problema seu.

Atravessou a sala quase correndo. Ao sair pela outra porta deu de cara com "a garota" e percebeu que estava com o roupão aberto, mas não se importou. Ouviu os passos de salto alto às suas costas e decidiu voltar e enfrentar a mãe no corredor.

– Deixe-me em paz! Quer fazer o favor?

– Com certeza – replicou a mãe friamente. – É o que mais quero neste mundo. Mas acontece que você também deve ir pensando em me deixar em paz...

– Juro que estou tentando.

– ...e enquanto não podemos nos deixar em paz mutuamente, lembre-se de que está morando na minha casa e tem de acatar as minhas regras.

– Claro, o que você disser. – Era inútil: não tinha forças nem vontade para lutar. Deu meia-volta, mas parou para ouvi-la de novo.

– As pessoas teriam uma opinião bem diferente de você se soubessem a verdade!

– Então diga qual é a verdade – desafiou.

– A verdade é que você é uma menininha – disse a mãe sem se alterar. Nunca levantava a voz: Elisa sabia que era boa no cálculo matemático, mas ninguém superava Marta Morandé no cálculo das emoções. – Que tem vinte e três anos e ainda é uma menininha que não se preocupa com a aparência, nem em arranjar um trabalho estável, nem em se relacionar com outras pessoas...

Uma menininha. As palavras foram como um soco no estômago. *O mínimo que se pode esperar de uma menininha é que tenha reações infantis na aula.*

– Quer que eu pague para morar aqui? – falou entre os dentes.

A mãe se calou um instante. Mas revidou com a mais absoluta calma:

– Você sabe que não é isso. Sabe que só quero que você viva no mundo, Elisa. Mais cedo ou mais tarde você vai aprender que o mundo não é ficar deitada nesse quarto imundo estudando matemática, ou ficar comendo seminua pela casa...

Bateu a porta com força afastando a voz inflexível.

Passou um certo tempo apoiada na porta, como se sua mãe tivesse a intenção de derrubá-la com um empurrão. Mas o que ouviu foram os luxuosos saltos se afastando, perdendo-se no infinito. Então olhou para os papéis e livros cheios de equações espalhados pela cama e se acalmou um pouco. Ela relaxava só de olhar para eles.

De repente ficou absorta.

Achava que estava compreendendo o que significavam as mensagens que recebera.

Sentou-se na escrivaninha, pegou lápis, papel e régua.

Figuras carregando outras nas costas. O soldado e a garota.

Fez um esboço repetindo o mesmo padrão: um boneco levava outro sentado nos ombros. Então, com um lápis mais fino, riscou três quadrados que abrangiam as figuras, deixando no meio uma área triangular. Observou o resultado.

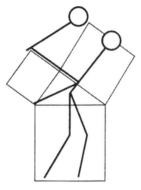

Com uma borracha nova apagou cuidadosamente as figuras procurando modificar o menos possível as linhas que tinha esboçado embaixo delas. Por último completou as partes que tinha apagado sem querer.

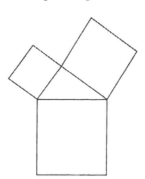

Qualquer estudante de matemática conhecia bem aquele diagrama. Tratava-se do célebre postulado número quarenta e sete do primeiro livro dos *Elementos*, de Euclides, no qual o genial matemático grego propunha uma elegante maneira de comprovar o teorema de Pitágoras. Era fácil demonstrar que a soma das áreas de dois quadrados superiores equivalia à área do inferior.

Ao longo dos séculos a prova de Euclides havia se popularizado entre os matemáticos com desenhos simbólicos alusivos, entre os quais se destacava o de um soldado carregando nas costas a namorada sentada numa cadeira: aquele desenho – "a cadeira da namorada" como era chamado – tinha fornecido a chave. Compreendeu que as outras figuras deviam ter sido tiradas de um livro relacionado com matemática (não com erotismo!). Inclusive se lembrou de ter visto um livro assim uma vez.

Se você é quem pensa ser, vai saber.

Estremeceu. Podia ser verdade o que estava imaginando?

Ninguém que não tivesse conhecimentos matemáticos profundos teria estabelecido aquela conexão entre as figuras. O anônimo remetente queria dizer alguma coisa que somente alguém como ela seria capaz de conhecer. A conclusão lhe pareceu óbvia.

A mensagem é para mim.

Mas o que significava?

Euclides.

A vertigem daquela nova idéia e as possibilidades que encerrava a aturdiram. Ligou o computador, abriu o navegador e entrou na rede. Acessou a página mercuryfriend.net e examinou a lista de anúncios de bares e clubes.

Sua boca ficou seca.

O anúncio do clube "Euclides", aparentemente, era como os outros. Mostrava o nome do local em grandes letras vermelhas e acrescentava: "Lugar seleto para um encontro íntimo." Mas havia mais alguma coisa escrita embaixo:

Sexta-feira 8 de julho, às 23:15,
recepção especial: venha e vamos conversar. É do seu interesse.

Respirava com esforço.

Sexta-feira 8 de julho era esse mesmo dia.

8

– Não sabia que você ia sair hoje – disse a mãe enquanto folheava uma revista em frente à televisão, observando-a por cima dos óculos de leitura.

– Combinei com um amigo – mentiu. Ou talvez não. Ainda não sabia.

– Com aquele estudante de jornalismo?

– Sim.

– Fico feliz. Você precisa conhecer pessoas.

Elisa estava surpresa. Na semana anterior tinha feito um comentário sobre Javier Maldonado, uma frase banal no meio dos longos silêncios que surgiam entre as duas. Tinha achado que a mãe não a ouvira, mas agora comprovava o quanto estava errada. Ficou intrigada com aquele exagerado interesse materno: sempre tinha imaginado que nenhuma das duas se importava com o que a outra fazia, ou com quem. *Dá na mesma, seja como for, é mentira.* Ainda a ouviu dizer mais alguma coisa (provavelmente: "Aproveite") enquanto abria a porta da rua. Sorriu ao ouvir aquela última cortesia, já que ignorava como ia "aproveitar", nem mesmo sabia exatamente para onde estava indo.

Porque o clube Euclides não existia.

O endereço, numa pequena rua de Chueca, estava correto, mas não tinha conseguido achar em nenhum guia geral ou especializado referências sobre um bar ou clube com esse nome neste ou em outro endereço de Madri. Paradoxalmente, constatar aquele fato tinha renovado sua confiança no suposto encontro.

Seu raciocínio era o seguinte: se o local fosse autêntico, o amontoado de coincidências – a mensagem, a homepage, o código "Euclides", a existência do clube – teria sido suspeito. Mas a circunstância de que o local não constava nos guias despertou sua curiosidade; mais ainda quando comprovou que os outros estabelecimentos correspondiam de fato a lugares reais. Provavelmente isso significava, tão-somente, que tudo não passava de uma fantasia. Ou talvez que seu anônimo remetente tinha esboçado um hábil plano com o nome de Euclides para fazê-la ir a um lugar concreto numa hora determinada. Mas por quê? Quem podia ser e o que pretendia?

Quando saiu da estação de metrô de Chueca para o ar calorento da rua, e se viu no meio da balbúrdia de jovens, etnias e sons que povoavam os pequenos redutos, não pôde evitar certa inquietação. Era uma sensação que não consistia em nada concreto (porque tampouco esperava nem temia nada concreto), mas que produziu em suas costas, sob a camiseta e a leve blusa de lã que vestia, um ligeiro formigamento. Alegrou-se pelo fato de

84 ■ José Carlos Somoza

que sua roupa, composta com o jeans rasgado, não fosse exatamente chamativa naquela área.

O endereço correspondia ao final de uma das pequenas ruas que partiam da praça, e se localizava entre dois pórticos. Tratava-se de um bar, um clube ou as duas coisas, mas não se chamava Euclides. Faltavam letras no letreiro em que constava o nome do estabelecimento, mas Elisa não estava interessada nisso. O que chamou sua atenção foi a aparência do lugar: duas portas de vaivém escuras, de vidro opaco. De resto, não parecia nenhum esconderijo secreto, nenhum cassino clandestino dedicado a atrair, mediante subterfúgios matemáticos, jovenzinhas formadas em física teórica para submetê-las a cruéis vexações. As pessoas entravam e saíam, Chemical Brothers tocava ao fundo, não parecia haver leões-de-chácara controlando a clientela. Seu relógio de pulso marcava onze e dez. Decidiu entrar.

Havia uma escada em caracol. Ao galgá-la era possível ter uma visão razoavelmente panorâmica. O salão, não muito espaçoso, estava lotado, de modo que parecia ainda menor. As únicas luzes se concentravam num balcão ao fundo e eram vermelhas, por isso nas áreas mais afastadas apenas se viam pedaços de cabelos, braços, coxas e costas avermelhados. A música tocava tão alto que Elisa tinha certeza de que, se fosse interrompida bruscamente, os ouvidos de todo mundo continuariam zumbindo durante horas. Pelo menos o ar-condicionado tinha certo empenho em trabalhar a toda potência. *E que mais devo fazer, senhor Euclides?*

Acabou de descer e se juntou às sombras. Era difícil avançar sem tocar nem ser tocado. *O encontro deve ser no balcão.* Foi para lá sem se importar em usar as mãos para afastar as pessoas.

De repente alguém usou as mãos com ela. Um férreo apertão em seu braço.

– Venha! – ouviu. – Rápido!

A surpresa a deixou aturdida, mas obedeceu.

Tudo se transformou então numa veloz sucessão de imagens. Encaminharam-se para o fundo do local, onde estavam os banheiros, subiram outra escada, mais estreita que a da entrada, e entraram num corredor curto com uma porta ao fundo. A porta tinha uma barra para abrir e um sistema de fechamento por compressão, e em cima se destacava o aviso de "Exit". Quando a alcançaram, ele pressionou a barra e abriu um pouco a porta. Deu uma olhada no exterior, tornou a fechá-la. Em seguida virou-se para Elisa.

Ela, que o havia seguido como se estivesse presa à mão dele por uma coleira, se perguntou o que ia acontecer. Dadas as circunstâncias, esperava qualquer coisa. Mas a pergunta que ouviu superou todas as suas expectativas. Achou que tinha ouvido mal.

– Meu telefone celular?

– Está com você?

– Sim, claro...

– Passe-o para mim.

Boquiaberta, enfiou a mão no bolso do jeans. Mal havia tirado o pequeno aparelho quando ele o tomou.

– Fique aqui e olhe para mim.

Ela segurou a porta enquanto ele saía. Espiou bem na hora em que ele atravessava a estreita rua e mal conseguiu acreditar quando o viu jogando o celular numa lixeira pregada num poste. Em seguida voltou e fechou a porta.

– Você viu bem onde o deixei?

– Sim, mas, o quê...?

Ele levou o indicador aos lábios.

– Sssh. Não vão demorar.

Durante a pausa que se seguiu, ela olhou para ele e ele olhou para a rua.

– Aí vêm eles – disse de repente. Tinha baixado a voz até transformá-la num sussurro. – Aproxime-se devagar. – Sentiu outra vez a necessidade de obedecer, embora aproximar-se fosse o que ela menos queria fazer. – Preste atenção.

Pela abertura da porta a única coisa que conseguiu ver foi um carro de motor barulhento que naquele momento atravessava a rua e, na calçada em frente, um homem colocando a mão no cesto de lixo. Outro carro passou, e depois outro. Quando seu campo visual ficou livre, pôde comprovar que o homem tinha tirado um objeto e o limpava com movimentos que revelavam certa contrariedade. Não precisou aguçar a vista: tratava-se, sem dúvida, do seu celular, que o homem tinha aberto deixando livre a familiar luzinha azul da tela. Era um sujeito desconhecido, calvo, com camisa de mangas curtas e (quase para sua surpresa) sem bigode.

De repente o homem virou a cabeça em direção a eles. Tudo voltou a ficar obscuro.

– Não queremos que nos vejam, certo? – disse ele ao seu ouvido depois de fechar a porta. – Seria estragar um belo plano... – Então sorriu de uma forma que fez com que Elisa se sentisse incomodada. – Deveria comprovar se você carrega outros micros com você... Provavelmente escondidos na roupa, ou em algum canto da sua anatomia... Mas haverá tempo esta noite para estudá-la exaustivamente.

Ela não respondeu. Não sabia o que a impressionava mais: se o sujeito que acabava de ver resgatando seu celular do cesto de lixo ou a presença dele, seus incríveis olhos azul-esverdeados, tão frios e inquietantes, e sua voz com aquele tom de brincadeira. Mas quando ele voltou a lhe dar uma ordem, acatou-a imediatamente.

– Vamos – disse Valente Sharpe.

– Como é possível se ninguém colocou um... transmissor no meu celular?

– Tem certeza de que não o esqueceu em algum lugar? Ou de que não o emprestou a alguém mesmo que por um momento?

– Absoluta.

– Alguma coisa quebrou recentemente? A torradeira? A televisão? Alguma coisa que necessitasse da visita de um técnico?

– Não, eu... – Então se lembrou. – A linha telefônica. Na semana passada foram consertá-la.

– E você estava em casa, claro. E o celular estaria no seu quarto.

– Mas não demoraram muito... Eles...

– Oh – sorriu Ric Valente. – Aposto que tiveram tempo de colocar microtransmissores até na tampa da privada. Podem ser tontos, mas como sempre fazem a mesma coisa, adquiriram certa habilidade.

Tinham chegado à Plaza de España. Valente virou em direção à rua Ferraz. Dirigia devagar, sem se impacientar com os engarrafamentos típicos da sexta-feira à noite. Tinha dito a Elisa que o carro em que estavam era "seguro" (tinha pedido emprestado a uma amiga para essa noite), mas acrescentou que tudo o que não queria era que a polícia o detivesse e lhe pedisse os documentos. Elisa o ouviu pensando que, depois do que aconteceu e do que ele falou, a possibilidade de uma multa seria a coisa mais insignificante de todas. Seu cérebro era um nó górdio de dúvidas. Por momentos olhava para o perfil aquilino de Valente perguntando-se se ele estaria louco. Ele pareceu perceber.

– Compreendo que seja difícil acreditar, querida. Vejamos se posso contribuir com mais provas. Você tem percebido que pessoas fisicamente parecidas, de aspecto chamativo, a estão seguindo? Não sei: ruivos, policiais, britadores...

A pergunta a deixou sem fala. Era como se estivesse acabando de sair daquilo que pensava ter sido um pesadelo e alguém provasse que se tratava de realidade. Quando terminou de contar sobre os homens de bigode grisalho viu Valente lançar uma risada seca enquanto freava diante de um semáforo.

– Comigo foram mendigos. No jargão são chamados de "chamarizes perturbadores". Mas não são eles quem realmente está nos vigiando. Na verdade, sua missão consiste justamente no contrário: fazer com que você preste atenção neles. Nos filmes é freqüente que o protagonista ache que o cara que finge ler jornal ou o homem no ponto de ônibus o estão vigiando, mas na vida real só se vêem os "chamarizes". Sei do que estou falando – acrescentou, e virou seu rosto branco na direção dela. – Meu pai é especialista em assuntos de segurança. Diz que o uso de "chamarizes" é mera psicologia: se você acha que pessoas com bigode grisalho o estão vigiando, seu cérebro procurará de forma inconsciente pessoas assim e vai descartar todas as outras que não tenham essa característica. Logo você se convence de que é uma paranóia, baixa a guarda e os outros detalhes esquisitos já não chamam tanto a atenção. Enquanto isso os espiões reais fazem a festa. Mas acho que hoje conseguimos despistá-los.

Elisa estava impressionada. O que Valente estava contando era *exatamente* o que ela tinha experimentado nos últimos dias. Ia perguntar outra coisa quando sentiu que o carro parava. Valente tinha estacionado com rapidez perto de um contêiner. Então começou a caminhar rua abaixo, em direção à Pintor Rosales. Elisa acompanhou o ritmo dele, ainda aturdida. Não sabia para onde estavam indo (já perguntara uma vez sem obter resposta, e tinha muitas dúvidas importantes aguardando antes de repetir a pergunta), mas o seguiu sem reclamar enquanto tentava encaixar mentalmente as fantásticas peças daquele enigma.

– Você diz que estão nos vigiando... Mas quem? E por quê?

– Não sei ao certo. – Valente caminhava com as mãos nos bolsos, imerso numa aparente calma, mas Elisa achou que ele estava andando muito rápido, como se a tranqüila exatidão de seus passos constituísse para ela uma outra forma de velocidade. – Você já ouviu falar do ECHELON?

– Ouvi falar. Li alguma coisa sobre isso faz tempo. É uma espécie de... sistema de vigilância internacional, não?

– É *o* sistema de vigilância mais importante do mundo, querida. Meu pai trabalhou para eles, por isso o conheço bem. Sabia que tudo o que a gente fala por telefone, ou compra com cartão, ou busca na Internet, fica registrado e é examinado e filtrado por computadores? Cada um de nós, cada cidadão de cada país, é estudado pelo ECHELON com uma minuciosidade diretamente proporcional ao nosso grau de suposta periculosidade. Se os computadores decidirem que somos dignos de interesse, nos colocam um alfinete vermelho e começam a nos rastrear para valer: chamarizes, microfones. A parafernália toda. Isso é o ECHELON, o Grande Irmão do mundo. Vigiemos nosso próprio traseiro, dizem, para não sentarmos em cima de caco de vidro. O 11-S e o 11-M deixaram todos nós como Adão e Eva no paraíso: nus e controlados. Não obstante, o ECHELON pertence aos anglo-saxões, particularmente aos Estados Unidos. Mas meu pai me contou faz tempo que na Europa surgiu uma coisa parecida, um sistema de vigilância que usa táticas similares às do ECHELON. É provável que sejam eles.

– Fico ouvindo isso e me parece... Desculpe, mas... – Por que o ECHELON ou quem quer seja resolveu nos vigiar, *nós dois*... eu e você?

– Não sei. É o que pretendo averiguar com a sua ajuda. Mas tenho uma suspeita.

– Qual?

– Que estão nos vigiando porque somos os primeiros do curso de Blanes.

Elisa não conseguiu evitar a risada. Era verdade que os grandes estudantes de física tinham esquisitices, mas esta de Valente parecia excessiva.

– Você está brincando – disse.

Valente parou de repente na calçada e olhou para ela. Estava vestido, como era freqüente, de maneira chamativa: jeans branco e um pulôver marfim com um decote tão profundo que um dos seus ossudos ombros ficava de fora. Os cabelos claros caíam até os olhos. Ela percebeu uma ligeira irritação nas suas palavras.

– Olhe, menina: organizei este encontro com muito cuidado. Estou há uma semana mandando aqueles desenhinhos para você e confiando que você seria esperta o suficiente para captar a mensagem, certo? Se você continua duvidando de mim, não perderei mais o meu tempo.

Virou-se, ergueu o punho e bateu numa porta. Elisa pensou que a vida junto a Valente Sharpe podia ser qualquer coisa menos entediante. A porta se abriu, revelando a penumbra de um corredor e as feições escuras de um homem. Valente cruzou a soleira e se virou para ela.

– Se quer entrar, faça isto agora. Se não, vá embora de uma vez.

– Entrar? – Elisa olhou para a escuridão. Os olhos do homem de tez azeitonada a observavam com um brilho estranho. – Onde?

– Na minha casa. – Valente sorriu. – Lamento que seja a entrada de serviço. Você continua aí parada? Muito bem. – E se voltou para o homem. – Feche a porta na cara dela, Faouzi.

A pesada madeira retumbou diante dela. Mas quase imediatamente voltou a se abrir e o rosto brincalhão de Valente apareceu.

– Por certo, já respondeu o questionário? Como a fizeram preenchê-lo? Foi o rapaz que conversou com você na festa? Quem ele disse que era? Jornalista? Estudante? Um admirador?

Desta vez, sim. Desta vez foi como se ele tivesse entregado a peça que faltava, aquela que tinha procurado inconscientemente desde o começo, e a imagem completa se revelasse sem obstáculos.

Uma imagem exata, óbvia, espantosa.

De súbito Valente soltou uma gargalhada. Fazia mais alarde com o barulho da risada do que com a própria: sua gargalhada se limitava a mostrar fugazmente o céu da boca e a faringe, enquanto os olhos se estreitavam.

– Pela cara de idiota que você está fazendo, eu diria que... Não me diga que você se sentiu atraída pelo cara! – Elisa permanecia completamente rígida, sem piscar, sem sequer respirar. Valente pareceu animar-se de repente: como se a expressão dela o deleitasse. – Incrível, você é mais tonta do que eu pensava... Pode ser boa em ciências exatas, mas em relações sociais é sutil como um elefante, não querida? Que grande decepção. Para os dois. – Fez gesto de voltar a fechar a porta. – Vai entrar ou não?

Ela continuou imóvel.

9

O lugar era esquisito e desagradável, como o proprietário. A primeira impressão que ela teve era correta: não parecia uma casa mas um bloco de apartamentos. Valente a confirmou enquanto subiam umas escadas de pedra que, por certo, eram as originais do prédio.

– Meu tio comprou todos os andares. Alguns eram do pai dele e outros de sua irmã e seu primo. Reformou. Agora tem mais espaço do que precisa. – E acrescentou: – Já eu não tenho todo o espaço de que preciso.

Elisa se perguntava de quanto espaço Valente achava que precisava. Pensava que naquele úmido e escuro espaço localizado em pleno centro de Madri podiam caber, com folga, três apartamentos inteiros como o da sua mãe. No entanto, conforme seguia os passos dele pela escada, uma coisa ficava clara: jamais moraria ali, em meio às sombras, com aquele cheiro de mofo e alvenaria recente.

De algum lugar do primeiro andar vinha uma voz de fantasma esfomeado. Gemia uma única palavra, diferente a cada vez. Decifrou: "Astarte",

"Vênus", "Afrodite". Nem Valente nem o criado (chamava-se Faouzi, ou pelo menos foi assim que Valente o chamara) pareciam se dar conta, mas ao chegar ao primeiro andar, Faouzi, que os precedia, parou e abriu uma porta. Enquanto percorria o corredor até o segundo lance de escadas, Elisa não pôde evitar olhar por aquela porta. Viu partes de um quarto, que parecia enorme, e um homem de pijama sentado ao lado de um abajur. O criado se aproximou dele e falou com forte sotaque marroquino. "O que está acontecendo com você hoje? Por que tanta queixa?" "Kali." "Sim, sei, sei."

– É meu tio, irmão do meu pai – disse Ric Valente subindo de dois em dois os degraus. – Era filólogo, e a demência o levou a repetir nomes de deusas. Estou desejando que morra. A casa é dele, eu só possuo um andar. Quando meu tio morrer, ficarei com tudo: já está decidido assim. Ele não conhece mais ninguém, não sabe quem sou e nada lhe importa. De modo que sua morte será vantajosa para todos.

Havia dito aquilo em tom indiferente, sem parar de subir as escadas. Tanto suas palavras, que de antemão considerou cruéis, quanto a frieza com que as pronunciara desagradaram Elisa profundamente. Lembrou-se da advertência de Victor (*tome cuidado com o Ric*), mas já tinha decidido momentos antes, enquanto ele a insultava na porta, que não voltaria atrás: queria muito saber o que Valente tinha para lhe contar.

A enormidade da casa a deixava sem palavras. O andar em que se encontravam, e que parecia ser o último, abria-se para uma ante-sala com duas portas de um lado e, em linha reta, para um corredor com várias portas. Aquele andar tinha um cheiro diferente: de madeira e livros. A iluminação provinha de refletores de intensidade regulável e era evidente que toda a área tinha sido reformada recentemente.

– Este... andar é seu? – perguntou.

– Todo.

Elisa gostaria que ele lhe mostrasse aquele extravagante museu, mas as normas de cortesia não pareciam ter sido criadas para Ricardo Valente. Ela o viu avançar pelo labiríntico corredor e parar ao fundo com a mão numa fechadura. De repente pareceu mudar de idéia: abriu uma porta dupla no lado oposto e introduziu o braço para acender as luzes.

– Este é o meu quartel-general. Tem cama e mesa, mas não é o meu quarto nem minha sala de jantar, só o local onde eu me entretenho.

Elisa pensou que aquele quarto era o maior apartamento de solteiro que tinha visto na vida. Embora estivesse acostumada aos luxos domésticos da mãe, era evidente que Valente e sua família pertenciam a outro nível. Na verdade, o que tinha diante de si era um dúplex imenso de paredes brancas dividido artisticamente por uma coluna e uma escadaria que conduzia a uma plataforma com uma cama, sem biombos separando. Na parte de baixo, livros, caixas de som, revistas, um conjunto de câmeras, dois curiosos cenários (um com cortinas vermelhas e o outro de tecido branco) e vários refletores de estúdio fotográfico.

– É incrível – disse. Mas Valente já tinha saído.

Ela se afastou nas pontas dos pés daquele santuário, como se temesse fazer barulho, e entrou no quarto que ele havia indicado no começo.

– Sente-se – ordenou ele, indicando um conjunto de estofados azul.

Era um quarto de dimensões normais com um laptop em cima de uma mesa pequena. Havia quadros emoldurados, na maioria retratos em preto-e-branco. Reconheceu alguns dos Grandes: Albert Einstein, Erwin Schrödinger, Werner Heisenberg, Stephen Hawking e um muito jovem Richard Feynman. Mas o quadro maior e mais chamativo estava justamente diante dela, em cima do computador, e era de outro tipo: um desenho colorido de um homem de terno e gravata acariciando uma mulher completamente nua. A expressão do rosto da mulher indicava que a situação não lhe era de todo agradável, mas sem dúvida não podia fazer grande coisa para evitá-la por causa das cordas que atavam suas mãos às costas.

Elisa pensou que se Valente estava percebendo as expressões dela desde que entrara na casa, não fazia nada para demonstrá-lo. Sentou-se em frente ao computador, mas fez girar a cadeira para dirigir-se a ela.

– Este quarto é seguro – disse. – Quero dizer que aqui não instalaram microtransmissores. Na verdade não localizei nenhum microfone na casa, mas colocaram um transmissor no meu celular e grampearam o meu telefone, de modo que prefiro conversar aqui. A desculpa que usaram comigo foi uma pane na eletricidade. Fechei este quarto a sete chaves, dei instruções ao Faouzi e quando eles vieram os convencemos de que isto era um quarto de despejo sem tomadas. E tenho algumas surpresas: está vendo esse aparelho que parece um rádio, naquele canto? É um detector de micros. Capta freqüências de cinqüenta megahertz a três gigas. Hoje vendem coisas desse tipo pela Internet. A luz verde indica que podemos falar com tranqüilidade. – Apoiou o queixo anguloso nas mãos entrelaçadas e sorriu. – Deveríamos decidir o que vamos fazer, querida.

– Eu ainda tenho algumas perguntas. – Ela se sentia irritada e ansiosa, não só por tudo o que ele tinha contado mas também pela perda do celular, que começava a lamentar (embora ele nem sequer tivesse mencionado esse assunto). – Como você fez para entrar em contato comigo e por que me escolheu?

92 ■ José Carlos Somoza

– Vejamos. Contarei minha experiência. Fizeram com que eu preenchesse o questionário em Oxford, e isso foi a primeira coisa que despertou minhas suspeitas. Disseram-me que se tratava de um "requisito indispensável" para participar do curso do Blanes. Quando cheguei a Madri, comecei a ver mendigos que pareciam me espionar, e veio a pane na eletricidade... Mas me esqueci de uma coisa: semanas antes, várias universidades americanas tinham telefonado para os meus pais para fazer perguntas sobre mim com a desculpa de que eu as "interessava". Não aconteceu nada parecido com você? Ninguém ficou perguntando sobre a sua vida e seu temperamento para algum de seus familiares?

– Uma cliente da minha mãe – lembrou Elisa, empalidecendo. *Muito, muito bem relacionada. –* Disse-me isso hoje.

Valente fez um gesto com a cabeça, como se ela fosse uma aluna aplicada.

– Meu pai já tinha me falado de tudo isso. São truques bem conhecidos, embora nunca tenha pensado que os praticariam comigo alguma vez... Então fiz uma dedução simples: estas coisas estavam acontecendo desde que tinha decidido me inscrever no curso do Blanes; portanto, a vigilância tinha que ver com este curso. Mas quando conversei com o Vicky... Oh, desculpe. – Fez uma careta de menino arrependido e corrigiu: – Meu amigo Victor Lopera... Acho que você já o conhece. Somos amigos de infância e tenho muita liberdade com ele... Mas você não deve chamá-lo de Vicky, porque isto o deixa furioso. Quando perguntei a ele, disse-me que não o tinham feito preencher nenhum questionário. Intrigava-me saber se eu era o único submetido a essa vigilância, e meu passo lógico seguinte foi pensar em você, que tinha se saído... mais ou menos como eu na prova. – Ela pensou, ao ouvi-lo, que aqueles quatro centésimos estavam entalados na garganta de Valente, mas não disse nada. – Observei você na festa da Alighieri conversando com aquele sujeito, e não tive mais nenhuma dúvida. Mas não podia dizer, sem mais nem menos: "Olha, estão vigiando você." Tinha que demonstrar isso porque estava certo de que você era uma ovelhinha inocente e não ia acreditar em mim assim, por conta de nada. Descartei qualquer forma normal de comunicação...

Fez uma pausa. Levantou-se e se dirigiu para um canto. Havia ali uma pia pequena, uma torneira e um copo. Nesse instante abriu a torneira e pôs o copo embaixo.

– Só posso oferecer água – disse – e só há um copo para os dois. Sou um anfitrião deplorável. Espero que não se importe em beber no mesmo copo.

– Não quero nada, obrigada – disse Elisa. Começava a sentir calor e tirou a blusa de lã, ficando com a camiseta sem mangas que vestia por baixo. Notou que ele olhava rapidamente para ela enquanto bebia. Em seguida o viu retornar à cadeira e continuar.

– Então pensei num truque que o meu pai me ensinou: "Quando for enviar uma mensagem em código use pornografia", dizia. Afirmava que somente os ignorantes enviam mensagens secretas de forma pouco chamativa. No mundo em que ele vive, o "pouco chamativo" é o mais chamativo de tudo. No entanto, quase ninguém questiona muito uma propaganda pornô. E foi isto que eu fiz, mas agi de maneira dissimulada. Supus que certas imagens apoiadas no diagrama de Euclides podiam parecer desenhos perversos para qualquer pessoa que carecesse de conhecimentos matemáticos. Quanto ao anúncio e a homepage de "mercuryfriend" foram detalhes circunstanciais. E o modo de entrar no seu computador também.

– Entrar no meu computador?

– A coisa mais simples do mundo – respondeu Valente coçando uma axila. – Você tem um firewall dos tempos da calculadora a manivela, querida. Além disso, não me considero um mau hacker, e dou uns pulinhos na criação de vírus.

Apesar da admiração crescente que experimentava pelo brilhantismo do plano, Elisa não deixou de se sentir muito irritada. *Então é assim: ele não tem nenhum problema em fuçar as minhas coisas e quer que eu saiba disso.*

– E por que me avisou? Que importância tem para você que eu também esteja a par de que estão me vigiando?

– Oh, eu queria conhecer você. – Valente adotou uma expressão séria. – Você me parece muito interessante, como para quase todo mundo... Sim – admitiu após refletir um instante –, estou certo de que também interessa a Blanes, apesar de, nas aulas, ele sempre se dirigir a mim... há poucas mulheres nos cursos de física avançada, menos ainda em Oxford do que em Madri, creia, e ainda menos como você. Quero dizer que nunca tinha visto nenhuma que, além dos seus conhecimentos, possuísse a boca de uma chupadora profissional e as tetas e a bunda que você tem.

Embora os ouvidos de Elisa tivessem captado perfeitamente as últimas palavras, seu cérebro demorou para processar a informação: Valente as tinha pronunciado num tom idêntico ao resto, quase hipnótico, e o transe se incrementava com os olhos cor de pântano, saltados, incrustados no rosto tão magro e abatido. Quando por fim se deu conta do que ele havia dito, não soube o que responder. Por um momento se sentiu *paralisada,* como a mulher amarrada do quadro. Imaginou que certas pessoas, como certas cobras, tinham esse poder sobre as outras.

Por outro lado, ficou claro que ele pretendia ofendê-la, e deduziu que se reagisse àquelas vulgaridades o ajudaria a obter uma vitória. Decidiu esperar sua chance.

– Estou falando sério – continuou ele. – Você é incrivelmente atraente. Mas também estranha, não é? Como eu. Tenho uma teoria para explicar isso. Acho que é uma questão orgânica. Os físicos geniais sempre foram pessoas doentias, reconheça. Um cérebro de *Homo sapiens* não consegue abarcar as profundidades do mundo quântico ou relativista sem sofrer alterações sérias.

Levantou-se de novo e apontou para os retratos conforme os mencionava.

– Schrödinger, um obsessivo sexual: descobriu a equação de onda enquanto trepava com uma das suas amantes. Einstein, um psicopata: abandonou a primeira mulher e os filhos e se casou com outra, e quando esta faleceu, disse que se sentia melhor porque isso lhe permitia trabalhar com tranqüilidade. Heisenberg, um simpatizante do nazismo, colaborou ativamente na fabricação de uma bomba de hidrogênio para o seu *Führer*. Bohr, um neurótico doentio obcecado com a figura de Einstein. Newton, um sujeito medíocre e abjeto capaz até de falsificar documentos para ofender aqueles que criticava. Blanes, um misógino perturbado: percebeu como ele trata você...? Imagino que se masturba pensando na mãe e na irmã... Poderia ficar dando exemplos durante horas. Li a biografia de todos, inclusive a minha. – Sorriu. – Sim, tenho um diário desde os cinco anos no qual anoto tudo com exatidão. Eu gosto de refletir sobre a minha própria vida. Juro que somos todos iguais: procedemos de boas famílias (alguns são aristocratas, como De Broglie), temos um dom inato para reduzir a natureza a pura matemática e somos estranhos, não só mentalmente: também na aparência física. Por exemplo, eu sou dolicocéfalo, como você. Refiro-me ao fato de termos a cabeça pontiaguda, como Schrödinger e Einstein. Embora de corpo eu seja mais parecido com Heisenberg. Não estou brincando, acho que é uma coisa genética. E você... Bom, não sei com quem diabos você se parece com essa anatomia. Eu gostaria de vê-la sem roupa. Esses seios são curiosos: um tanto pontiagudos também. "Dolicomamas", poder-se-ia dizer. Queria ver os seus mamilos. Por que você não tira a roupa?

Elisa se surpreendeu a si mesma pensando se aceitaria. O modo de falar de Valente era como uma radiação: antes que se pudesse perceber, já se sentiam os efeitos.

– Não, obrigada – disse. – No que mais nós somos estranhos?

– Provavelmente também no que se refere a nossas famílias – disse ele e voltou a sentar. – Meus pais são divorciados. Minha mãe, inclusive, queria me matar. Abortar, quero dizer. Por fim meu pai a convenceu de que me tivesse e meus tios se encarregaram de minha educação: vim para Madri e vivi nesta casa muito tempo antes de partir para Oxford, embora tenha passado temporadas com cada um dos meus progenitores. – Mostrou os dentes num largo sorriso. – A verdade é que uma vez resolvido o problema de viver longe deles, eles me amam. Digamos que sou bom amigo dos dois. E você? Como é sua vida?

– Para que você me pergunta isso, se já sabe – replicou ela. Valente deu uma sonora gargalhada.

– Sei algumas coisas – admitiu. – Que é a filha de Javier Robledo, e que seu pai morreu num acidente de trânsito... O que as revistas dizem de você.

Ela optou por mudar de assunto.

– Você antes falava que devíamos fazer alguma coisa. Por que não vamos à polícia? Temos provas de que estão nos vigiando.

– Você não percebe nada mesmo, não é querida? É a *própria polícia* que está nos vigiando. Não a polícia comum, nem mesmo a secreta, mas as autoridades. Ou seja, *certo tipo* de autoridade. Peixes graúdos, digamos.

– Mas por quê? O que estamos fazendo?

Valente voltou a soltar aquela risada que a irritava.

– Uma das coisas que aprendi com meu pai é que não é necessário fazer nada de mal para ser vigiado. Ao contrário, na maior parte das vezes vigiam alguém porque faz coisas muito boas.

– Mas por que nós? Somos apenas recém-formados...

– Trata-se de Blanes, com certeza. – Valente se virou e digitou no teclado. Apareceram as equações da "Teoria da Sequóia". – Alguma coisa relacionada com ele ou com o curso, mas não tenho a mínima idéia do que possa ser... Talvez algum tipo de trabalho em que esteja envolvido... No início pensei que era por causa da teoria dele, algum tipo de aplicação prática ou alguma experiência relacionada a ela, mas está claro que não é isso... – Deslocava as equações na tela com a batida constante do dedo indicador. – Sua teoria é belíssima, mas completamente inútil. – Voltou-se para Elisa. – Como certas garotas.

Ela voltou a refrear a tentação de se ofender.

– Refere-se ao problema da solução das equações? – indagou.

– É óbvio. Tem um atoleiro insuperável. A soma de tensores no extremo "passado" é infinita. Já calculei, está vendo?.. E, portanto, apesar da sua engenhosa resposta de hoje de manhã sobre as espirais (que também tinha passado pela minha cabeça), não há maneira de isolar as cordas como partículas individuais... É como perguntar se o mar é uma única gota ou trilhões delas. A resposta em física sempre é: depende do que chamamos de "gota". Sem uma definição concreta, tanto faz se as cordas existem ou não.

– Eu não vejo a questão dessa forma – disse Elisa, e se inclinou para frente para apontar uma equação na tela. – Se considerarmos que a variável de tempo é infinita, os resultados são paradoxais. Mas se empregarmos um "delta t" limitado, por maior que seja, como por exemplo o período transcorrido desde o big-bang, então as soluções dão quantidades fixas.

– Isso é inadmissível por princípio – replicou Valente. – Você mesma cria um limite artificial. É como substituir um número numa soma para que o total dê o resultado que você quer. Absurdo. Por que empregar o tempo da origem do universo e não qualquer outro? É ridículo...

A mudança nele tinha sido notória, e Elisa percebia: tinha perdido a frieza e o sorriso zombeteiro e falava imerso na emoção. *Foi pego com as calças na mão.*

– Você não se dá conta de nada mesmo, não querido? – respondeu ela com absoluta calma. – Se pudermos escolher uma variável temporal, poderemos obter soluções *concretas.* É um processo de renormalização. – Notou que Valente torcia o nariz e continuou, muito animada. – Não estou falando de utilizar a variável do tempo universal: refiro-me a utilizar uma variável como referência para renormalizar as equações. Por exemplo, usando o tempo transcorrido desde a origem da Terra, uns quatro bilhões de anos, os extremos do "passado" das cordas de tempo da história da Terra acabam nesse ponto. São longitudes discretas, calculáveis. Em menos de dez minutos podem-se obter soluções finitas aplicando as transformações de Blanes-Grossmann-Marini, já comprovei.

– E para que serve isto? – No tom de voz de Valente havia agora agressividade. Seu rosto, normalmente pálido, estava avermelhado. – Para que pode servir sua estúpida solução provinciana? É a mesma coisa que dizer: "Não posso viver com o salário que me pagam, mas, olhe, achei alguns centavos hoje de manhã." Para que diabos serve uma solução parcial aplicada à Terra? É uma estupidez!

– Diga uma coisa – Elisa sorriu tranqüilamente. – Por que fica me insultando se não pode provar nada?

Houve uma pausa.

Elisa saboreou a expressão de Valente. Pensou que no mundo das relações com o próximo ele bem podia ser uma víbora ardilosa, mas no mundo da física ela era um tubarão, e estava disposta a mostrar isso a ele. Sabia que seus conhecimentos estavam aquém da excelência (era só uma aprendiz), mas sabia igualmente que ninguém poderia derrotá-la neste terreno apenas com insultos.

– Claro que posso provar – resmungou Valente. – Mais do que isto: logo teremos a prova. O curso acaba daqui a uma semana. No sábado que vem haverá um encontro internacional de especialistas: virão Hawking, Witten, Silberg... É obvio, Blanes também. Dizem que haverá uma espécie de mea-culpa sobre a "Teoria da Sequóia": onde falha e por quê... E antes disso teremos entregue nossos trabalhos. Vamos ver quem de nós dois está errado.

– Combinado – concordou ela.

– Façamos uma aposta – acrescentou ele recuperando o sorriso. – Se a sua solução parcial for aceitável, farei o que você disser. Por exemplo, renunciarei à minha pretensão de ir com Blanes e cederei o lugar para você, se Blanes decidir me escolher primeiro. Ou poderá ordenar-me qualquer outra coisa. Qualquer coisa, não importa o que seja: eu farei. Mas se eu ganhar, ou seja, se a sua solução de variável parcial não servir para nada, serei eu quem dará ordens a você. E você as cumprirá. Sejam quais forem.

– Não aceito essa aposta – disse Elisa.

– Por quê?

– Não me interessa ordenar nada a você.

– Nisso você se engana.

Valente bateu em várias teclas e as equações foram substituídas por imagens.

Era chocante vê-las depois da fria página de números, como o contraste entre o quadro da mulher nua amarrada e os retratos dos físicos célebres. Desfilaram uma a uma por si sós, sem que Valente fizesse outra coisa senão virar-se para ela e estudar seu rosto enquanto sorria.

– Muito interessantes as fotos que você guarda nos seus arquivos pessoais... Tão interessantes quanto os chats de que você participa...

Elisa não conseguia falar. A violação da sua privacidade lhe parecia descomunal, mas o fato de que ele mostrasse isso a ela parecia muito mais humilhante.

Tenha muito cuidado com o Ric.

– Não me entenda mal – disse Valente enquanto um ano inteiro da intimidade dela percorria a tela como uma trouxa de roupa íntima usada. – Eu não me importo com sua forma de relaxar quando larga os livros. Falando claro: seus orgasmos solitários não me importam a mínima. Eu

98 ■ José Carlos Somoza

também coleciono fotos desse tipo. Na verdade, às vezes inclusive as faço. E filmes também. Viu o meu estúdio no outro quarto? Tenho amigas, garotas que fazem de tudo... Mas não tinha encontrado ninguém até agora que compartilhasse... Oh, esta é muito boa – apontou. Elisa desviou o olhar.

Tenha muito cuidado.

– Que compartilhasse a paixão pelos extremos, queria dizer – prosseguiu ele e dissolveu as fotografias com outra batida de teclas. Voltaram a aparecer as equações. – Veja por outro lado, encontrei em você uma alma gêmea da sacanagem, o que me regozija, porque, sinceramente, pensava que a única coisa de que você gostava era tentar se mostrar para o Blanes como o tipo menininha tonta, como hoje. Só quero que saiba que você está enganada: claro que tem alguma coisa para ordenar a mim. Por exemplo, que deixe de meter o nariz na sua vida. Ou que não diga a ninguém como fazer isso.

Quem era ele?, perguntou-se. Que tipo de pessoa ele era? Observou o rosto anguloso, branco como uma caveira pintada, o nariz e os lábios femininos e os olhos enormes como balões cor de selva semicobertos por aqueles cabelos frágeis e claros. A única coisa que conseguia sentir por Valente naquele momento era nojo. E de repente descobriu que tinha conseguido vencer um dos poderes mágicos dele: já era capaz de reagir.

– Você aceita, então? – perguntou ele. – Sua obediência contra a minha?

– Aceito.

Percebeu que Valente não esperava aquela resposta.

– Aviso que estou falando sério.

– E você já demonstrou isso. Eu também estou falando sério.

Ele parecia hesitante agora.

– Acha mesmo que a sua solução parcial é correta?

– *É* correta. – Elisa esticou os lábios. – E já tenho várias idéias de coisas que vou mandar você fazer.

– Posso saber?

Ela negou com a cabeça. De repente achou que tinha compreendido algo. Levantou-se lentamente, sem parar de olhar para ele.

– Você não me avisou que estão nos vigiando para me ajudar – disse. – Fez isso para *me prejudicar.* Mas ainda não entendo como...

De repente Ric Valente a imitou: ficou de pé. Ela observou que eram quase da mesma altura. Olharam-se nos olhos.

– Já que você tocou no assunto – respondeu ele –, confesso que menti: não acho que seja, exatamente, uma "vigilância". O questionário, as perguntas para as nossas famílias... Está claro. Não se trata tanto de nos espionar para ver o que fazemos como de *nos estudar* para *nos conhecer.* Estão realizando uma seleção secreta. Querem escolher um de nós dois para que participe de alguma coisa... Ignoro o que seja, mas a julgar pelo esforço que estão empregando nisso, é *muito* importante e pouco convencional. Nesses casos, fazer com que suspeitem de que você sabe que a vigiam a descarta automaticamente do processo de seleção.

– Por isso jogou meu celular no lixo – murmurou ela, compreendendo.

– Não acho que esse detalhe seja decisivo, mas, sim, é possível que tenham se chateado com você. Provavelmente estejam pensando que quer esconder alguma coisa e já tenham descartado você...

Elisa quase se tranqüilizou ao ouvir isso. *Agora sei o que ele pretende de fato.*

Mas estava enganada: ele não desejava apenas tirá-la do caminho que levava a Blanes. Comprovou essa constatação quando o viu levantar a mão sem prévio aviso, os dedos finos na direção dos seus seios.

Todos os seus sentidos gritaram que retrocedesse. Mas não o fez. Valente também não a tocou: sua mão escorregou no ar, a alguns milímetros da camiseta dela, e desceu até seu quadril, como desenhando um molde do seu corpo. Durante o tempo que durou aquela apalpação de fantasma Elisa não respirou.

– As minhas ordens não serão fáceis de cumprir – disse ele –, mas serão divertidas.

– Morro de vontade de conhecê-las. – Ela pegou a blusa de lã. – Posso ir embora?

– Eu a acompanharei.

– Sei sair sozinha, obrigada.

O trajeto pelas escadas – ouvindo aquela voz envelhecida gemer alguma coisa parecida com "Istar" – foi tenso e escuro. Uma vez na rua, Elisa parou para tomar fôlego com a boca aberta.

Em seguida contemplou o mundo como se estivesse fazendo isso pela primeira vez, como se tivesse nascido naquele instante, em meio às sombras da cidade.

10

O tempo é estranho.

Sua estranheza advém, sobretudo, do fato de ser tão familiar para nós. Não passa um dia sem que lhe demos importância. Nós o medimos, mas não podemos vê-lo. É tão evanescente quanto a alma, e ao mesmo tempo é um fenômeno físico, demonstrável e universal. Santo Agostinho resumiu estas contradições com o comentário: *Si non rogas, intelligo* ("Compreendo o que é se você não me perguntar").

Cientistas e filósofos debateram sobre o tema sem chegar a um acordo. Isso se deve ao fato de que o tempo parece adotar um disfarce diferente conforme o estudamos, até mesmo conforme o experimentamos. Para o físico, a definição de "um segundo" é o lapso exato que transcorre entre 9192631,770 pulsações de um átomo de césio. Para o astrônomo, um segundo pode equivaler à unidade dividida entre 31556925,97474, que é o tempo que a Terra leva para se deslocar 360 graus, ou seja, o ano trópico. Mas para qualquer pessoa que aguarda a chegada do médico que dirá se a operação de vida ou morte do ser que ama obteve sucesso, um segundo de césio ou astronômico não é sempre igual a um segundo. Os segundos podem arrastar-se com imensa lentidão no nosso cérebro.

A idéia de um tempo subjetivo não era alheia à ciência e à filosofia antigas. Os sábios nunca acharam inconveniente supor que o tempo psicológico podia variar de acordo com o sujeito, e no entanto estavam convencidos de que o tempo físico era único, imutável para todos os observadores.

Mas estavam errados.

Em 1905, Albert Einstein deu um golpe definitivo nessa crença com sua teoria da relatividade. Não existe um tempo privilegiado, mas tantos quantos lugares de observação, e o tempo é inseparável do espaço: não se trata, pois, de uma enteléquia ou de uma sensação subjetiva, e sim de uma condição indispensável da matéria.

Essa descoberta, no entanto, está muito longe de esclarecer tudo em relação ao nosso escorregadio amigo. Pensemos, por exemplo, no movimento dos ponteiros de um relógio. Intuitivamente sabemos que o tempo *avança.* "Como passa rápido", queixamo-nos. Mas tem sentido afirmar isso? Se alguma coisa "avança", o faz com uma velocidade determinada, e a que *velocidade* o tempo avança? Os estudantes de ensino médio, que caem na armadilha que esta pergunta falsamente simples representa, respondem às vezes: "A um segundo por segundo." Mas isso não tem sentido. A velocidade relaciona sempre uma medida de distância com outra de tempo, de maneira que não é possível responder: "A um segundo por segundo." Embora o enigmático Senhor Tempo se mova, não há acordo sobre a sua velocidade.

Por outro lado, se realmente se trata de mais uma dimensão, tal como afirma a relatividade, é bastante diferente das outras três: porque no espaço podemos nos deslocar para cima e para baixo, para a esquerda e para a direita e para frente e para trás, mas no tempo só podemos ir para *frente*. Por quê? O que nos impede de voltar a viver o já vivido, de nem sequer conseguir voltar para vê-lo? Em 1988 a "Teoria da Sequóia" de David Blanes tentou responder a algumas dessas questões, mas apenas arranhou-lhes a superfície. Continuamos ignorando quase tudo sobre esta parte "indispensável" da realidade, que avança em uma única direção com velocidade desconhecida, e que unicamente compreendemos se não nos perguntam o que é.

Muito estranho.

Com estas palavras o professor Reinhard Silberg, do Departamento de Filosofia da Ciência da Technischen Universität de Berlim, abria sua conferência na Sala Unesco do Palácio de Congressos de Madri, onde se realizava o simpósio internacional "A natureza do espaço-tempo nas teorias modernas". A sala, de tamanho modesto, estava abarrotada de convidados e jornalistas com o propósito de ouvir Silberg, Witten, Craig, Marini e as duas grandes "estrelas" do evento: Stephen Hawking e David Blanes.

Elisa Robledo participava também por outros motivos. Queria saber se sua teoria de variáveis locais tinha alguma possibilidade de sucesso, e, se não fosse assim, como Ric Valente pensava cobrar a aposta. Estava quase convencida de duas coisas: não ganharia e recusaria tudo o que ele ordenasse.

A semana de Elisa tinha sido uma corrida contra o tempo. O que era paradoxal, tendo em vista que a dedicara, sobretudo, a tentar estudar o tempo em profundidade.

Em Elisa, paixão e inteligência sempre andaram juntas. Depois do transbordamento emocional do encontro com Valente, sentou-se para raciocinar e tomou uma decisão muito simples: estivesse ou não sendo "estudada", com ou sem "aposta", cumpriria seus deveres. Já tinha abandonado qualquer pretensão de chegar em primeiro lugar na corrida do Blanes, mas não queria negligenciar o final do curso e a realização do trabalho.

Imergiu nessa tarefa com dedicação. Durante várias noites só conseguiu dormir duas horas seguidas. Sabia que não ia demonstrar nada com sua hipótese da variável de tempo local, e estava inclinada a dar razão a Valente, que tinha taxado sua solução de "petição de princípio", mas não se importava. Um cientista tinha que saber lutar por suas idéias mesmo se ninguém as aceitasse, disse a si mesma.

A princípio tampouco pensou na aposta. E embora na segunda-feira quase tenha vomitado ao se encontrar cara a cara com Valente na aula (não

102 ■ José Carlos Somoza

se olharam nem se cumprimentaram, como se nada tivesse acontecido), e ao longo dos dias tenha percebido sua presença sebosa como um cheiro leve mas persistente, em nenhum momento passou pela sua cabeça se preocupar com o que iria lhe acontecer – ou com o que concordaria em fazer para honrar sua palavra – se perdesse. Tinha conhecido poucos sujeitos mais presunçosos e infantis do que Ricardo Valente Sharpe e a pueril baixeza que ele tinha cometido ao tentar chantageá-la com seus segredos de alcova não a impressionava.

Ou, pelo menos, quis manter esta convicção a todo custo.

Não tinha mais certeza de que a estavam vigiando, como Valente pretendia. Na terça-feira à tarde a polícia ligou. Levou um bom susto, mas a única coisa que queriam era informar que o seu celular tinha aparecido. Um honrado cidadão o encontrara na sexta-feira à noite quando ia jogar um copo de sorvete no lixo de uma rua de Chueca, e, sem saber a quem pertencia, deixara-o na delegacia de polícia do distrito Centro. Depois de algumas indagações (um celular abandonado era suspeito, e até mesmo alarmante, disse o policial) tinham averiguado a quem pertencia.

Nessa tarde, depois de passar pela delegacia de polícia, Elisa abriu o aparelho em casa com uma pequena chave de fenda. Não conhecia com exatidão as entranhas daquele treco (o seu negócio era lápis e papel), mas não lhe pareceu que houvesse nenhum objeto estranho lá dentro. O homem que o tinha encontrado bem podia ser o mesmo que ela avistara da porta do bar, e Valente se limitara a tirar proveito da coincidência.

Na quarta-feira se dirigiu à secretaria da Alighieri para tratar do certificado de participação do curso e aproveitou para fazer várias perguntas. A garota que a atendeu confirmou tudo: Javier Maldonado era mesmo aluno matriculado no curso de ciências da informação e existia um professor de sociologia cujo sobrenome era Espalza. Dava para imaginar uma conspiração elaborada com tais detalhes?

Começou a pensar que o responsável por aquela armação era o próprio Valente. Estava claro que desejava estabelecer com ela uma relação "especial" (porque para ele ela era muito, como dissera, "interessante"). Era um sujeito muito ardiloso. Sem dúvida favorecido por certas casualidades, tramara toda aquela história sobre vigilância para amedrontá-la. Curiosamente, Elisa não tinha o menor medo dele.

Na sexta-feira entregou seu trabalho. Blanes o aceitou sem falar nada e se despediu dos alunos, convocando-os para o simpósio do dia seguinte, no qual seriam comentados "alguns aspectos espinhosos da teoria, como os paradoxos da extremidade do passado". Não falou que esses paradoxos podiam ser resolvidos. Elisa virou a cabeça e olhou para seu rival. Este sorria sem olhar para ela.

Vá à merda Valente Sharpe.

De modo que ali estava, no simpósio, para ouvir o juízo dos sábios e conhecer o resultado da sua exótica aposta.

Mas as coisas dariam uma reviravolta que ela nem sequer imaginava.

Há horas estava ouvindo a bruxaria da física do final do século XX, e tudo lhe era conhecido: "branas", universos paralelos, buracos negros em fusão, espaços do Calabi-Yau, saltos da realidade... Houve referências à "sequóia" por parte de quase todos os expositores, mas nenhuma à possibilidade de identificar as cordas de tempo isoladamente resolvendo o paradoxo do extremo "passado" com variáveis locais. O físico experimental Sergio Marini, colaborador de Blanes em Zurique, cuja intervenção Elisa tinha esperado com ansiedade, afirmou que era preciso conviver com as contradições da teoria e citou como exemplo os resultados infinitos da quântica relativista.

De repente, sob um silêncio unânime de espera e respeito, viu deslizar em direção ao palco a cadeira elétrica que transportava Stephen Hawking.

Encostado no assento escuro, o célebre físico de Cambridge, dono da mesma cadeira que Newton ocupara séculos atrás, não parecia nada além de um corpo doente. Mas Elisa sabia a inteligência privilegiada de que era dotado, assim como a inquietante personalidade – que esbanjava através de olhos escondidos atrás de grandes óculos – e a férrea vontade que o tinham levado, apesar da sua doença neurológica, a se tornar um dos mais importantes cientistas do mundo. Elisa pensava que não apenas o admirava: Hawking era *sua* demonstração pessoal de que não se podia dar nada por perdido nesta vida.

Apertando os comandos do sintetizador de voz, Hawking transformou em som inteligível o texto previamente escrito. Em seguida se apoderou da atenção dos presentes. Houve gargalhadas ante seus mordazes comentários, pronunciados num inglês mecânico e exato. No entanto, para desgosto de Elisa, limitou-se a falar da possibilidade de recuperar a informação perdida nos buracos negros e só ao final mencionou de passagem a teoria de Blanes. E concluiu:

– Os ramos da sequóia do professor Blanes crescem para o céu do futuro, ao passo que suas raízes se afundam na terra do passado, à qual não podemos descender... – A voz eletrônica se calou por um instante. – Não obstante, enquanto estivermos pendurados num dos ramos, nada nos impede de olhar para baixo e contemplar essas raízes.

Aquela frase fez Elisa meditar. A que se referia Hawking? Era um simples fecho "poético" ou ele estava tentando semear a dúvida sobre a possibilidade de identificar e abrir as cordas de maneira isolada? De qualquer forma, era óbvio que a "Teoria da Sequóia" tinha perdido fôlego entre os grandes físicos. Só restava aguardar a intervenção do próprio Blanes, mas as expectativas não eram muito animadoras.

Houve uma pausa para o almoço. Todo mundo se levantou ao mesmo tempo e as saídas ficaram bloqueadas. Elisa se juntou à fila da porta principal, e nesse momento uma voz roçou seu ouvido.

– Está preparada para perder?

Esperava alguma coisa parecida e não demorou para replicar, enquanto virava a cabeça:

– E você? – Mas Ric Valente sumiu usando o público como cobertura.

Elisa deu de ombros e meditou uma possível resposta para aquele desafio. Estava preparada? Talvez não.

Mas ainda não tinha perdido.

Victor Lopera propôs que almoçassem juntos durante o intervalo. Ela aceitou de bom grado, já que gostava da companhia dele, apesar de sua obsessão pelo escorregadio tema da religião na física, que às vezes o fazia falar além da conta. Lopera era bom conversador e uma pessoa superconfiável e afável. Voltar para casa no seu carro se tornou um hábito agradável para ambos.

Compraram sanduíches naturais no self-service da lanchonete do Palácio de Congressos. O de Victor tinha porção dupla de maionese. Elisa achava que a maionese era a única coisa capaz de fazer seu colega deixar de lado por um instante Teilhard de Chardin ou a história de quando o abade Lemaître descobriu que o universo se expandia e Einstein não lhe deu crédito: entregava-se a devorá-la sem se importar em sujar os lábios e em seguida exibia sua longa língua e se limpava como um gato.

Não encontraram uma mesa livre e comeram em pé enquanto conversavam sobre as exposições – ele ficara encantado com a de Reinhard Silberg – e cumprimentavam professores e colegas (o lugar era uma espécie de vitrine onde a cada cinco segundos Elisa tinha que sorrir para alguém). Em determinado momento, de forma inesperada, ele a elogiou, corando: "Você está muito bonita." Ela agradeceu, mas não com total sinceridade. Naquele sábado tinha decidido, pela primeira vez em toda uma semana de relaxamento, lavar a cabeça, pentear-se um pouco e vestir uma blusa azul-celeste e uma calça de algodão azul-marinho, não o jeans surrado de sempre, que poderia "andar sozinho", como dizia sua mãe. Não gostou que Victor se fixasse *nesses* detalhes para elogiá-la.

Entretanto percebeu logo que o interesse de Victor por ela, naquela ocasião, era especial. Soube antes que ele puxasse o assunto, pelos olhares fugazes que lhe dirigia. Imaginou que Lopera não teria futuro como criminoso: era a pessoa mais transparente que tinha conhecido.

Depois da última mordida no sanduíche, com a língua varrendo os restos de maionese, Victor disse, em tom de calculada indiferença:

– Falei com Ric outro dia. – Ela viu como o seu pomo-de-adão se movia para cima e para abaixo. – Parece que vocês... viraram amigos.

– Não, não é verdade – replicou Elisa. – Ele falou isso?

Victor sorriu como se pedisse desculpas por ter interpretado mal sua relação com Valente, mas em seguida voltou à seriedade do início.

– Não, eu que deduzi. Ele me disse que simpatizava com você... e que tinha feito uma certa aposta com você.

Elisa ficou olhando para ele.

– Tenho minha própria opinião sobre a teoria de Blanes – disse por fim. – Ele tem a dele. Apostamos para ver quem tem razão.

Victor fez um gesto de "não tem importância".

– Não pense que me interessa o que está unindo vocês. – E acrescentou em voz tão baixa que Elisa teve de se inclinar para ouvi-lo por causa do burburinho na lanchonete. – Apenas quero adverti-la... não faça.

– Não fazer o quê?

– O que quer que ele diga. Para ele não é nenhuma brincadeira. Conheço-o bem. Fomos muito amigos... Sempre foi... É um cara bastante perverso.

– A que você se refere?

– Seria difícil explicar agora... – Olhou para ela de soslaio e mudou de tom. – Bom, também não quero exagerar. Não digo que ele seja... que seja louco nem nada parecido... Quero dizer que não tem muito respeito pelas garotas. Estou certo de que algumas gostam exatamente disso... Não quero dizer que todas gostem, mas... – Seu rosto tinha ficado vermelho. – Olhe, eu me sinto mal dizendo isso. Mas gosto de você e queria... Pode fazer o que quiser, claro, só que... eu não sabia que vocês tinham conversado... Pensei que tinha de avisá-la.

Esteve tentada a responder de forma grosseira. Alguma coisa como: "Tenho vinte e três anos, Victor. Já sei me cuidar, obrigada." Mas de repen-

106 ■ José Carlos Somoza

te compreendeu que Lopera, diferentemente da sua mãe, não pretendia dar lições de nada: era sincero e achava que a estava ajudando quando falava assim. Tampouco quis perguntar o que mais Valente tinha contado sobre a conversa que estabeleceram. A essa altura já não importava o que o grande Quatro-Centésimos-Menos pudesse fazer ou dizer.

– Eu e Valente não somos amigos, Victor – insistiu, muito séria. – E, no que me diz respeito, não tenho nenhuma intenção de fazer nada que eu não goste.

Victor não pareceu satisfeito, como se intuísse que o único que tinha ficado em má situação depois daquelas palavras era ele. Abriu a boca, logo a fechou e balançou a cabeça.

– Claro – assentiu. – Foi uma idiotice da minha parte...

– Não, agradeço pelo conselho. De verdade.

Foram interrompidos pela chamada que anunciava o recomeço das exposições.

Elisa passou as horas seguintes completamente absorta, com o pensamento dividido entre as pueris advertências de Victor e as palavras dos conferencistas. De repente se esqueceu de tudo o que se relacionava com Victor, inclusive Valente, e se endireitou na poltrona.

David Blanes estava subindo ao palco. Se aquilo tivesse sido um julgamento, o silêncio com que foi recebido indicaria que se tratava do réu.

Blanes retomou a ironia sobre a árvore no ponto em que Hawking a tinha deixado.

– A "sequóia" é frondosa – começou dizendo –, mas não dá frutos.

Em menos de dez minutos Elisa soube que tinha perdido.

Blanes ainda falou mais trinta minutos, mas se dedicou a dizer que acreditava que as gerações de novos físicos encontrariam formas "ainda insuspeitadas" de resolver os problemas expostos pelo extremo "passado" das cordas. Mencionou possíveis soluções, incluindo a de variáveis locais e outra – na qual Elisa não pensara – com números imaginários –, mas falou que eram "elegantes e inúteis, como vestir fraque no deserto". Notava-se que estava deprimido, cansado, provavelmente farto de se defender dos ataques dos adversários. Apesar dos aplausos, Elisa teve certeza de que sua conferência havia decepcionado o público. Sentiu desprezo por seu outrora admirado ídolo. *Não quer lutar por suas idéias. Pois eu sim.*

A conferência de Blanes era a última do dia, mas ainda havia uma mesaredonda depois de um novo intervalo. Elisa se levantou e se dirigiu à fila para sair. Ouviu uma voz às suas costas, numa repetição exata do que havia acontecido ao meio-dia.

– Vá ao banheiro masculino e espere lá.

– Não perdi ainda – disse ela voltando-se com rapidez.

Ao vê-lo se afastar de novo, Elisa estendeu a mão e o puxou pela camisa. *Desta vez você não vai.*

– Não perdi – voltou a dizer.

Valente se soltou, mas não conseguiu escapar. Caminharam juntos até a saída e se encararam no saguão. A aparência dele, como sempre, fez Elisa pensar que levava nos ombros um letreiro de neon anunciando "Aqui está Valente Sharpe": camisa jeans vermelho-fogo de mangas compridas fechada até o último botão, cinturão e calça bordô, botas de couro avermelhadas, colar e brincos dourados. O crachá de participante do congresso (que Elisa tinha guardado no bolso) pendia da sua camisa à altura do mamilo, proclamando seu nome entre reflexos. Tinha toda a franja loura e úmida cuidadosamente colocada sobre o olho direito. Seu tom de voz revelou certo desgosto.

– Dei a primeira ordem: vá ao banheiro masculino.

– Não tenho intenção de ir.

Um brilho apareceu no olhar dele, como se por dentro estivesse rindo, embora suas angulosas feições continuassem rígidas.

– Parece-me muito covarde da sua parte que agora dê para trás, senhorita Robledo.

– Não estou dando para trás, senhor Valente. Pagarei quando tiver perdido.

– Está claro que você perdeu. Blanes disse que suas variáveis de tempo local são como o cocô do cavalo do bandido.

– É uma opinião – ela objetou. – Ele não demonstrou nada, apenas expressou sua opinião. Mas a física não é uma questão de opiniões.

– Oh, por favor...

– Há muita coisa em jogo. Quero me assegurar de que você tem razão e eu não. – Ou é você quem está com medo de perder?

Valente olhava para ela sem piscar. Ela devolvia o olhar integralmente. Depois de um tempo, ele respirou fundo.

– O que você propõe?

– Não vou entrar numa discussão com Blanes durante a rodada de perguntas, certamente. Mas façamos uma coisa. Todo mundo sabe que Blanes decidirá quem irá para Zurique em função dos trabalhos que entregamos. Tenho certeza de que vai me chamar se a minha idéia lhe parecer digna de estudo. Se, ao contrário, achar que é estúpida, me recusará. Proponho que esperemos até esse momento.

— Ele vai me escolher — disse Valente com tranqüilidade. — Vá se acostumando, querida.

— Melhor para você. Mas nem mesmo teria que chegar a tanto. Assim que ele tiver me descartado, pagarei.

— O que você quer dizer com "pagarei"?

Elisa tomou fôlego.

— Irei aonde você quiser e farei o que ordenar.

— Não acredito em você. Vai achar outra desculpa.

— Juro — disse ela. — Dou minha palavra. Farei o que você quiser se ele me recusar.

— Você está mentindo.

Ela olhou para ele com os olhos brilhantes.

— Estou levando isso mais a sério do que você pensa.

— Isso o quê? A minha aposta?

— As minhas idéias. Sua aposta me parece uma idiotice, como tudo o que você me contou na sua casa naquela noite. Ninguém está nos "estudando", ninguém está nos vigiando. A história do celular foi uma casualidade: devolveram-me outro dia. Acho que você quer parecer interessante. Pois vou dizer uma coisa. — Elisa mostrou os dentes num amplo sorriso branco. — Tome cuidado, senhor Valente, porque despertou o meu interesse.

Valente a observava com expressão estranha.

— É uma garota muito especial — disse em voz baixa, como para si mesmo.

— Já você, com coisas como "banheiro masculino", cada vez parece mais ordinário.

— Quem ganha decide a forma de pagamento.

— Estou de acordo — disse Elisa.

De repente ele começou a rir. Era como se estivesse reprimindo aquela risada durante toda a conversa.

— É o diabo! — Durante um momento só repetiu essa frase enquanto esfregava os olhos. — É, literalmente, o diabo! Queria pôr você à prova, para ver o que ia fazer. Juro que teria ficado sem saber o que fazer se você tivesse ido ao banheiro masculino... — Então olhou para ela de uma forma próxima à seriedade. — Mas aceito o seu desafio. Tenho certeza de que vão me escolher. Diria inclusive que já me escolheram, querida. E quando isso acontecer, ligarei para o seu celular. Uma única ligação. Direi aonde você terá de ir e como, o que poderá e o que não poderá levar, e você obedecerá a cada palavra como uma cadelinha de concurso... E isso será apenas o começo. Vou aproveitar como nunca, juro... Já disse: acho você interessante, ainda mais com esse temperamento que tem, e será curioso saber até onde você está disposta a ir... Ou comprovarei o que já desconfio: que é uma mentirosa, uma covarde sem palavra...

Elisa agüentou a avalanche olhando para ele com calma, mas por dentro seu coração pulsava rapidamente e a boca tinha secado.

– Quer dar para trás? – perguntou ele com fingida seriedade, olhando para ela com o olho esquerdo (o direito estava coberto por uma mecha de cabelo). – É a sua última oportunidade.

– Já fiz a minha aposta. – Elisa se obrigou a sorrir. – Se você quer cair fora...

A expressão de Valente era a de um menino que tinha descoberto um brinquedo insuspeitado.

– Genial – disse. – Vou me divertir muito com você.

– Vamos ver. E agora, me desculpe...

– Espere – pediu Valente, e olhou em volta. – Já disse que tenho certeza de que vou ganhar, mas quero ser totalmente honesto com você. Há detalhes neste congresso que me fazem pensar que nem tudo é como pintam... Blanes e Marini parecem muito interessados em demonstrar que a "sequóia" se transformou num bonsai, mas notei uma coisa estranha... – Fez sinais enquanto se afastava. – Venha comigo se quiser ver também.

Caminharam pelo hall na direção paralela à dos guichês de inscrição, esquivando pessoas de diversos tipos: estrangeiros e nativos, professores e alunos, sujeitos de terno e gravata e outros com camiseta e jeans, aparências que tentavam imitar seus ídolos (Elisa achava engraçado que tantos físicos ostentassem uma juba einsteniana) ou mãos que desejavam o contato com alguma celebridade (a cadeira de Hawking tinha desaparecido sob uma nuvem de admiradores). De repente Valente parou.

– Olha ali. Juntinhos, como uma família.

Ela seguiu a direção do olhar dele. De fato, formavam um grupo à parte, como se tivessem desejado voluntariamente se isolar do resto. Identificou David Blanes, Sergio Marini e Reinhard Silberg, bem como um jovem físico experimental de Oxford que tinha falado depois de Silberg, Colin Craig. Conversavam animadamente.

– Craig foi um dos meus mentores em física de partículas – explicou Valente. – Animou-me a fazer a prova de admissão do Blanes... Silberg é professor de Filosofia da Ciência e doutor em história. E está vendo aquela mulher alta de vestido roxo que está perto do Craig...

Seria difícil não vê-la, na opinião de Elisa, porque se tratava de uma mulher incrível. Seu cabelo castanho caía até o meio das nádegas, como a ponta de um lápis, e sua esplêndida silhueta se moldava a uma roupa simples porém elegante. Estava acompanhada por uma garota que parecia muito jovem e ostentava uma chamativa cabeleira albina. Elisa não conhecia nenhuma das duas. Valente acrescentou:

— É Jaqueline Clissot, de Montpellier, uma personalidade da paleontologia mundial, além de antropóloga. A de cabelo louro deve ser uma de suas alunas...

— O que estão fazendo aqui? Não falam em nenhuma mesa...

— É exatamente isso que estou me perguntando. Acho que vieram para se reunir com Blanes. Este simpósio foi uma espécie de encontro familiar. E enquanto isso, papai Blanes e mamãe Marini se encarregam de dizer à comunidade científica que não esperem que a "sequóia" floresça este ano. Parece que seu objetivo último foi mostrar as cartas e esclarecer que ninguém está trapaceando. Curioso, não? Mas isso não é tudo.

Afastou-se passeando com as mãos nos bolsos e Elisa o seguiu, intrigada com a sua aflição. Percorreram o saguão. Pelas vidraças se percebia que a luz do verão ainda não tinha capitulado.

— O mais curioso é esse fato — continuou ele. — Encontrei Silberg e Clissot em Oxford há alguns meses. Tinha um assunto para tratar com o Craig e fui até a sala dele. Abriu-me a porta, mas estava ocupado. Reconheci Silberg, e quis saber quem era a mulher boazuda que o acompanhava. Mas Craig não a apresentou. De fato, parecia incomodado com a minha aparição... Não obstante, ser amigo das secretárias tem suas vantagens: a do Craig me colocou a par de tudo depois. Pelo visto, Clissot e Silberg mantinham conversas com seu chefe há um ano, e por fim estavam se reunindo em Oxford.

— O mais provável é que estivessem planejando um trabalho em comum — disse Elisa.

Valente sacudiu a cabeça.

— Fiquei bastante amigo do Craig, e ele costumava comentar comigo sobre os projetos em que andava metido. Além disso, que trabalho poderia realizar um cara como o Craig, que se ocupa de aceleradores de partículas, com um historiador como Silberg e uma especialista em macacos mortos como Clissot? E se a eles juntamos Blanes e Marini... o que obtemos?

— Uma confusão?

– Sim, ou uma seita de adoradores do diabo. – Valente baixou a voz. – Ou... alguma coisa muito mais... exótica.

Elisa olhou para ele.

– No que você está pensando?

Ele se limitou a sorrir. Alguns acordes anunciaram o recomeço. O público, como lascas de ferro no caminho de uma pedra magnética, começou a se encaminhar para a sala. Valente fez um gesto com a cabeça.

– Ali vão eles, olhe. Os patinhos atrás da mamãe Pato: Craig, Silberg, Clissot, Marini... O convite é pago por Blanes, mas o dinheiro não é dele... – voltou-se para ela. – Agora você vai entender por que tenho tanta certeza de que estão nos estudando... Veja isto...

Parou perto de um dos cartazes, colocado sobre um cavalete. Nele se lia, em espanhol e inglês: "Primeiro Simpósio Internacional. A natureza do espaço-tempo segundo as teorias modernas. 16-17 de julho de 2005. Palácio de Congressos de Madri". Mas Valente apontava para as letras miúdas.

– "Patrocinado por..." – leu.

– "Eagle Group" – Elisa decifrou o logotipo. O g da palavra "Eagle" servia também para formar a inicial de "Group".

– Você sabe do que se trata? – perguntou Valente.

– Claro. Apareceu recentemente, mas ouvi falar muito: um consórcio de empresas da União Européia dedicado ao desenvolvimento científico...

Ele ficou olhando para ela enquanto sorria.

– Meu pai me contou uma vez que o Eagle Group era o ECHELON na Europa – disse.

11

No domingo, depois da última exposição da manhã, Victor voltou a procurá-la para almoçar. Elisa aceitou, entre outras coisas porque lhe interessava conversar com ele. Havia acontecido algo estranho.

Ric Valente não apareceu no congresso naquela manhã. Nem Blanes. A dupla ausência lhe provocava desgosto. Era verdade que a jornada do domingo dedicava-se à física experimental, que não estava diretamente ligada aos interesses de Blanes, mas Elisa não conseguia deixar de pensar que o desaparecimento do criador da "Teoria da Sequóia" e o de Valente Sharpe tivesse relação. No entanto ainda não queria admitir para si própria as suas suspeitas.

Encontraram uma mesa no canto da lanchonete abarrotada e se dedicaram a comer em silêncio. Enquanto Elisa se perguntava como puxar o assunto, Victor limpou a maionese do queixo e em seguida disse:

– Blanes ligou para o Ric hoje de manhã e o convidou para ir a Zurique.

Ela descobriu de repente que não podia engolir o pedaço que tinha mordido.

– Sei – murmurou.

– Ric ligou para me dizer isso... Disse que não viria hoje ao congresso porque tinha que se reunir com Blanes.

Elisa assentia estupidamente, amordaçada por aquela bola seca de pão que sua boca parecia incapaz de enviar devidamente à garganta. Pediu desculpas a Victor, levantou-se, entrou no banheiro e cuspiu aquele troço na privada. Depois de refrescar o rosto na pia, pensou melhor. *Bom, não era o que você esperava? O que está acontecendo com você agora?* Já tinha pensado durante horas de insônia naquela possibilidade e estava mais do que convencida de que era a mais provável. Afinal de contas, Ric Valente tinha sido a menina dos olhos de Blanes desde o começo. Enxugou-se com a toalha de papel, retornou à mesa e se sentou diante de Victor.

– Fico feliz por ele – disse.

E supôs que, na verdade, assim era. Ficava feliz por tudo o que tinha acontecido, agora que a competição tinha finalmente terminado. A "Teoria da Sequóia" continuava batendo à sua porta, ainda tentadora dentro de sua enorme beleza matemática, mas logo iria embora e a deixaria em paz. No horizonte cintilavam outras possibilidades, como as bolsas para o Instituto de Tecnologia de Massachusetts e para Berkeley, que solicitara para o caso de Zurique dar errado. Certamente terminaria fazendo sua tese com um dos melhores físicos do mundo. Tinha ambições, e sabia que iria concretizá-las. Blanes era único, mas não *o único* a ser único.

– Eu também fico feliz... Victor pigarreou. – Quer dizer, não totalmente. Por ele, sim, mas... não por você. Ou seja...

– Não me importa, de verdade. Blanes e sua "sequóia" não são o fim do mundo.

Sentia-se melhor depois do mau bocado. Sempre tentava se adaptar às novas situações, e aquela não seria uma exceção. Já que ia dispor de algum tempo de verdadeiro descanso, decidiu que reorganizaria sua vida. Até podia chamar seu "espião" particular, Javier Maldonado, e retribuir o convite para jantar, e aproveitaria para perguntar algumas coisas que tinham ficado sob suspeita desde que Valente conversou com ela. *Você estava me espionando? Você trabalha para o Eagle Group?* Imaginava a cara que Maldonado faria.

Então se lembrou da aposta.

Bem, tinha quase certeza de que Valente a esqueceria. *Quando Blanes lhe disse: "Venha comigo", deixou de pensar em apostas e foi correndo para ele em êxtase, certamente.*

E se não fosse assim? E se ele decidisse continuar com o jogo até o final? Pensou nessa possibilidade e notou que ficava muito nervosa. Não faltaria com sua palavra: faria tudo o que ele dissesse, mas também supunha – esperava – que ele, por sua vez, não abusaria. Ela cederia esperando que ele fizesse a mesma coisa. Tinha quase certeza de que o que Valente mais queria era humilhá-la, e se ela acatasse com naturalidade suas demandas a brincadeira deixaria de ser divertida para ele.

Vou ligar para o seu celular. Uma única ligação. Direi aonde você terá de ir e como, o que poderá e o que não poderá levar...

De repente se sentiu incomodada com o telefone no bolso da calça. Era como ter a mão de Valente apoiada na coxa. Tirou-o e verificou possíveis chamadas perdidas: não havia nenhuma. Então o deixou em cima da mesa com o gesto de um jogador que aposta tudo num único número. Ao levantar o olhar notou a preocupação nos olhos de Victor, que parecia conhecer todos e cada um dos pensamentos que tinham passado pela sua cabeça.

– Acho que ontem eu passei dos limites – disse Victor. – Não devia ter falado daquele jeito... Certamente você me entendeu mal. Eu não queria assustá-la.

– Não me assustou – ela respondeu sorrindo.

– Fico feliz por você me dizer isso. – Mas sua fisionomia contraída parecia dizer o contrário. – Passei o dia inteiro pensando que tinha exagerado. Afinal de contas, Ric não é o diabo...

– Não tinha passado pela minha cabeça nem de longe tal comparação. Mas você faz bem em esclarecer, pois Satanás poderia se ofender.

Victor achou muita graça em alguma coisa da resposta dela. Ao vê-lo sorrir, Elisa também riu. Em seguida baixou o olhar para o seu sanduíche quase intacto e o celular ao lado, como espectador. Acrescentou:

– O que eu não entendo é como vocês podem ser amigos. São tão diferentes...

114 ■ José Carlos Somoza

– Naquela época éramos crianças. Quando criança a gente faz muitas coisas que depois acaba vendo de outra maneira.

– Acho que você tem razão.

E de repente Victor começou a falar. Seu monólogo era como uma tempestade: as frases pareciam trovões que demoravam para brotar dos lábios, mas os pensamentos que as impulsionavam pareciam descargas de violentos relâmpagos dentro dele. Elisa o ouviu com atenção, já que, pela primeira vez desde que o conhecia, Victor não estava falando sobre teólogos nem sobre física. Contemplava abstraído um ponto no ar enquanto sua voz ia desfiando um tipo de história.

Falou, como sempre, do passado. Daquilo que aconteceu e ainda continua acontecendo, como uma vez o avô de Elisa tinha explicado. Das coisas que foram e, por isso mesmo, continuam sendo. Falou sobre a única coisa de que falamos quando conversamos de verdade, porque é impossível falar com detalhes de outra coisa que não sejam as lembranças. Enquanto o ouvia, a lanchonete, o congresso e suas inquietações profissionais se dissolveram e para Elisa só existia a voz de Victor e a história que ele contava.

Vários anos depois soube que seu avô tivera razão ao afirmar, certa vez: *O passado dos outros pode ser o nosso presente.*

O tempo é estranho, de fato. Leva as coisas para um lugar remoto que não podemos acessar, mas desse lugar elas continuam produzindo seu mágico efeito sobre nós. Victor voltava a ser criança, e ela quase podia ver os dois: garotos solitários dotados de inteligências similares e, provavelmente, gostos semelhantes, dominados pela curiosidade e pela vontade de saber, mas também por assuntos que outros meninos da sua idade não se atreviam a levar a cabo. Mas eles sim, e por isso eram diferentes. Ric era o chefe, aquele que sabia o que deviam fazer, e Victor – *Vicky* – aceitava em silêncio, provavelmente com medo daquilo que pudesse acontecer caso recusasse, ou talvez desejoso de ser igual ao colega.

O que mais atraía em Ric, explicou Victor, era precisamente o seu principal defeito: a imensa solidão em que vivia. Abandonado pelos pais, educado por um tio que cada vez se mostrava mais indiferente e distante, Ric carecia de regras, de normas de conduta, e lhe era impossível pensar em algo que não fosse ele mesmo. Todo o mundo que o rodeava era como um teatro cujo único fim parecia ser agradá-lo. Victor se transformou num espectador assíduo desse teatro, mas ao amadurecer deixou de assistir a suas fantásticas funções.

– Ric era diferente de qualquer pessoa normal: tinha muita imaginação mas ao mesmo tempo os pés bem plantados na terra. Não se deixava levar por ilusões. Se quisesse alguma coisa, dedicava-se com todas as forças para consegui-la, sem se importar com nada nem ninguém... No início eu gostava desse jeito de ser. Acho que é o que acontece com todas as crianças quando conhecem alguém assim. Naquela época, o mundo de Ric era o sexo. Mas de um ponto de vista sempre cínico. Para ele as garotas, todas as garotas, eram inferiores. Quando criança brincava de recortar os rostos das modelos de revistas eróticas, que colecionava aos montes, e colocar no lugar fotos de colegas de colégio... Isso podia fazer rir no início, mas depois incomodava. O que eu menos suportava era essa maneira que ele tinha de tratar as garotas... Elas eram como objetos, coisas com as quais podia obter prazer. Nunca o vi amar nenhuma, apenas as usava... Gostava de fotografá-las, filmá-las sem roupa, no banheiro... Às vezes lhes dava dinheiro, mas às vezes também fazia isso sem o conhecimento delas, com câmeras ocultas.

Parou para olhar Elisa procurando algum tipo de expressão que o fizesse interromper o relato. Mas ela o convidou a prosseguir com um gesto.

– Como se não bastasse, tinha dinheiro e lugar para fazer essas coisas. Passávamos os verões numa casa que a família de Ric tem nos arredores de um povoado andaluz chamado Ollero... Às vezes íamos para lá com amigas. Estávamos sozinhos, achávamos que éramos os reis do universo. Ric costumava fazer fotos picantes das suas amiguinhas. Então, um dia, aconteceu uma coisa. – Sorriu, ajeitou os óculos no nariz. – Eu gostava de uma garota, e achava que ela também gostava de mim... Chamava-se Kelly. Era inglesa e estudava no nosso colégio... Kelly Graham... – Permaneceu um instante saboreando aquele nome. – Ric a convidou para ir à sua casa de campo, mas isso não me incomodou. Eu tinha certeza de que ele sabia que não podia brincar com a Kelly. Mas numa manhã... eu os peguei... Ric e ela... – Olhou para Elisa enquanto assentia com a cabeça. – Sabe, sou desses que se zangam apenas uma vez a cada dez anos, mas... mas...

– Mas quando se zangam é bastante – completou Elisa.

– Sim... Fiquei uma fera. Ora, foi coisa de criança, agora sei: tínhamos apenas dez ou onze anos; mas a verdade é que vê-los... vê-los se beijando e se tocando foi para mim muito... muito chocante. Bem, discutimos e Ric me empurrou. Estávamos fora da casa, em cima de umas pedras, perto de um rio. Caí e bati com a cabeça... Foi sorte haver um senhor por ali pescando. Ele me levou para um hospital. Não foi nada grave: só alguns pontos, acho que ainda tenho a cicatriz... Mas o que quero contar é isso: passei algumas horas inconsciente, e quando acordei à noite... Ric estava lá, me pedindo perdão. Meus pais me contaram que ele não saiu do meu lado durante todo esse tempo. Durante todo esse tempo... – repetiu com os olhos úmidos. – Quando acordei, voltou a chorar e me pediu perdão. Acho que devemos ter amigos quando crianças para conhecer de verdade o que é a amizade... Naquele dia fui mais amigo dele do que jamais tinha sido. Entende? Você me perguntou o que nos unia... Agora acho que eram coisas como essa que nos uniam.

Houve um silêncio. Victor respirou fundo.

– Perdoei, é óbvio. Na verdade pensei que a nossa amizade nunca acabaria. Depois tudo passou. Crescemos e tomamos rumos diferentes. Não deixamos de nos falar, mas foi pior: pusemos barreiras entre nós. De todas as formas, ele sempre tratou de me levar para o seu campo. Contava-me que continuava convidando garotas para ir a Ollero. Filmava-as às escondidas, às vezes enquanto faziam amor. Depois mostrava os vídeos para elas e... e as chantageava. "Quer que seus pais ou seus amigos vejam isto?", dizia. E as obrigava a posar de novo para ele... – Depois de uma pausa, acrescentou. – Oh, nunca se meteu em confusões com a polícia, é claro. Era muito cuidadoso, e elas, ao final, decidiam se calar...

– Você viu isso alguma vez? – perguntou Elisa. – Estou falando das chantagens.

– Não, mas ele me contava.

– Com certeza estava se exibindo.

Victor a observou como se estivesse diante de alguém que admirasse muito, mas que acabava de decepcioná-lo em algo concreto e transcendental.

– Você não entende... Não é capaz de entender a forma como Ric as tratava...

– Victor, Ric Valente pode ser um pervertido, mas, no fundo, pelo que me consta, é um tolo sem importância.

– Acha que você poderia desobedecê-lo? – perguntou ele de repente, com dureza. Toda a sua lentidão de linguagem se esvaiu por completo. – Acha que, se aceitasse entrar num jogo, conseguiria deixar de fazer alguma coisa que ele mandasse?

– O que eu acho é que você continua admirando-o apesar de tudo – irritou-se ela. – Valente é um idiota que não recebeu uma única palmada em toda a vida, e você acha que ele é um sádico sem escrúpulos capaz das piores aberrações. Não sei, provavelmente você *gosta* de pensar que ele é...

– Imediatamente soube que havia dito alguma coisa indevida. Victor olhava para ela com imensa seriedade.

– Não – disse. – Nisso você está errada. Eu não gosto absolutamente.

– O que eu queria dizer...

Uma música eletrônica os interrompeu. Quase assustada, Elisa pegou o celular da mesa e examinou a tela: a chamada era de procedência desconhecida.

Por um instante se lembrou das palavras de Valente no dia anterior, com seu olhar aquoso encarando-a através da franja. *Direi aonde você terá de ir e como, o que poderá levar e o que não poderá, e você obedecerá... E isso será apenas o começo. Vou me divertir como nunca, isso eu garanto...* Durante um muito breve instante teve medo de atender. Era como se o celular, com seu insistente clamor, a convidasse a penetrar num mundo diferente daquele que até então tinha conhecido, um mundo do qual a conversa com Ric Valente e a história de Victor seriam apenas o preâmbulo. Provavelmente – supôs – era preferível passar por covarde ou desonesta do que aceitar aquele obscuro convite...

Levantou os olhos titubeando e fixou-os em Victor, que parecia dizer, com seus enormes olhos de cachorro vira-lata: "Não atenda."

Foi precisamente essa fraqueza, esse medo íntimo que percebeu nele o que acabou fazendo com que se decidisse. Queria mostrar para Ric Valente Sharpe e Victor Lopera que ela era feita de outro material. Nada nem ninguém iria atemorizá-la.

Pelo menos era isso o que ela achava naquela feliz época.

– Alô – respondeu com voz firme, esperando ouvir alguma coisa.

Mas o que ouviu a deixou completamente paralisada.

Quando desligou, ficou olhando para Victor com cara de boba.

Sua mãe, excepcionalmente, cancelou todos os horários na Piccarda e a acompanhou ao aeroporto de Barajas na manhã de terça-feira. Mostrou-se todo o tempo solícita, declarando, sem disfarçar, sua alegria pelo que estava acontecendo. Provavelmente – supunha Elisa – ela estava feliz por ver que o passarinho começava a voar por conta própria e abandonava o caro ninho. *Mas não vamos pensar maldade, sobretudo agora.*

Ficou ainda mais feliz quando viu Victor. Foi o único colega que foi se despedir dela. Não a beijou, mas deu-lhe um tapinha nas costas.

– Parabéns – disse ele –, embora ainda não entenda como você conseguiu...

– Nem eu – admitiu Elisa.

– Mas era lógico. Que ele escolhesse os dois, quero dizer: foram os melhores do curso...

Ela sentia um nó na garganta. Sua felicidade não tinha uma nuvem: nem sequer pensava em Valente, que, sem dúvida, encontraria em Zurique. Afinal de contas, nenhum dos dois tinha ganho a aposta. Estavam empatados, como sempre.

Faltava mais de meia hora para que o avião decolasse, mas ela queria esperar no portão de embarque. Num certo momento, em frente ao scanner de controle de passageiros, mãe e filha se olharam em silêncio, como decidindo qual das duas daria o próximo passo. De repente Elisa estendeu os braços e enlaçou o perfumado e elegante corpo. Não queria chorar, mas enquanto pensava as lágrimas escorriam pelo rosto. Tomada pela surpresa, Marta Morandé a beijou na testa. Um contato leve, frio, discreto.

– Que você seja muito feliz e que tudo corra bem, filha.

Elisa acenou e passou a bolsa pelo scanner.

– Ligue e escreva, não se esqueça – dizia a mãe.

– Muita, muita sorte – repetia Victor. Até mesmo quando ela deixou de ouvi-lo pareceu, pelo movimento de seus lábios, que continuava dizendo a mesma coisa.

A partir desse instante o rosto de Victor e o de sua mãe ficaram para trás. Pela janela do avião contemplou Madri do alto e desejou muito que aquilo significasse um novo capítulo na história de sua vida. *Ele me chamou. Quer que eu vá para Zurique trabalhar com ele. É incrível.* Tudo tinha mudado para ela: deixara de ser a aluna "Robledo Morandé, Elisa" e penetrava, de fato, num mundo diferente, na verdade muito diferente daquele que havia temido. Um mundo que parecia aguardá-la no alto e piscava para ela com o brilho do sol. E ela se dirigia para esse sol como se estivesse montada num carro alado controlando as próprias rédeas.

Sorriu e fechou os olhos, deleitando-se com a sensação.

Anos depois chegaria a pensar que, se tivesse suspeitado o que a aguardava depois dessa viagem, não teria tomado aquele avião, nem respondido à chamada no celular naquele domingo.

Se tivesse ao menos imaginado, teria voltado para casa e se trancado no quarto depois de cerrar portas e janelas, permanecendo escondida para sempre.

Mas naquele momento ignorava tudo.

III

A ilha

A ilha está cheia de ruídos.

WILLIAM SHAKESPEARE

12

Os olhos a observavam fixamente enquanto andava nua pelo quarto. Foi então que teve o primeiro pressentimento, um ligeiro vislumbre do que aconteceria mais tarde, embora naquele momento não soubesse que se tratava disso. Somente depois chegou a compreender que aqueles olhos eram um preâmbulo.

Na verdade, os olhos não eram a escuridão: eram a porta da escuridão.

Começou a inquietar-se quando a levaram para aquela casa.

Até então tudo tinha sido normal, até mesmo divertido. Considerou o fato de que um sujeito bem-vestido a estivesse esperando no aeroporto de Zurique com um cartaz onde se lia seu nome uma amostra da cortesia suíça. Reprimiu o riso ao pensar, enquanto seguia as firmes passadas do homem, que no início o confundira com algum colega e quase se sentira disposta a debater com ele os grandes problemas da física. Mas se tratava do chofer.

A viagem no Volkswagen escuro foi prazerosa, com aquela paisagem de cor tão diversa dos descampados dourados que cercavam Madri. Parecia-lhe descobrir mil tons de verde diferentes, como aqueles lápis com os quais, quando menina, rabiscava os cadernos de desenho (não eram lápis *suíços*?). Já conhecia um pouco aquele país: durante a graduação tinha passado algumas semanas no CERN, o Centro Europeu de Investigação Nuclear, em Genebra. Agora sabia que estavam indo para o Laboratório Tecnológico de Pesquisas Físicas de Zurique, em cuja residência tinha um quarto

120 ■ José Carlos Somoza

reservado. Nunca estivera no famoso laboratório onde nasceu a "Teoria da Sequóia", mas havia visto inúmeras fotos do prédio.

Por isso franziu o cenho quando comprovou que não a levavam para lá.

Deviam estar a poucos quilômetros ao norte (ela tinha lido "Dübendorf" numa das placas), e aquilo parecia uma casa, com belas árvores, grama bem aparada e carros luxuosos estacionados na entrada. *A casa do produtor. Na verdade vão fazer um filme.* O motorista abriu-lhe a porta e tirou sua bagagem. *É aqui que vou ficar hospedada?* Mas não lhe deixaram tempo para pensar. Um homem que parecia ter ido à mesma alfaiataria que o motorista (provavelmente o fizera) pediu-lhe que tirasse a jaqueta e lhe fez cócegas nas axilas e nas pernas do jeans com um detector de metais. Encontrou as chaves da sua casa, celular e dinheiro. Devolveu tudo em bom estado e a acompanhou por um interior silencioso onde o assoalho refletia a luz como se fosse um lago de águas densas, deixando-a aos cuidados de outro homem que disse se chamar Cassimir.

Se o nome e o castelhano que algaraviava não o tivessem delatado, Cassimir disporia de outras qualidades para fazê-la pensar que era qualquer coisa menos espanhol: sua compleição de armário, seu cabelo dourado, sua pele de um branco anglo-saxão que contrastava com o pulôver preto de gola rulê e as calças cinza. Cumpria perfeitamente seu papel de capacho com a palavra "Bem-vinda" escrita em cima. Tinha feito boa viagem? Já estivera na Suíça? Enquanto fazia essas e outras perguntas gentis, introduziu-a num escritório bem-iluminado e convidou-a a sentar-se diante de uma escrivaninha de cerejeira. Atrás da cadeira de Cassimir uma janela se abria para o ensolarado dia suíço, e à esquerda de Elisa (à direita de Cassimir) um grande espelho duplicava o cômodo mostrando outra Elisa de cabelos negros ondulados, camiseta rosa sem mangas marcando a pele morena por cima das alças brancas do sutiã (sua mãe odiava aqueles contrastes "vulgares"), jeans justo e tênis, e outro enorme Cassimir de perfil, as gigantescas mãos entrelaçadas. Ela sufocou o riso: tinha lembrado de um vídeo erótico que baixou uma vez pela Internet em que uma garota era convidada a se despir no escritório de um produtor de filmes pornô enquanto era observada do outro lado do espelho. *Porque detrás desse espelho tem alguém me espiando, tenho certeza. Isso é tráfico de escravas brancas: avaliam a mercadoria antes de aceitá-la.*

– O professor Blanes não está aqui. – Cassimir segurava dois maços de papel, um branco e outro azul. – Mas tão logo você leia e assine isto, se reunirá com ele. São as condições gerais. Leia tudo com atenção, porque há coisas que não pudemos esclarecer com você antes. E pode me perguntar se tiver qualquer dúvida. Quer um café ou um refresco...?

– Não, obrigada.

– Como se diz em espanhol: "refresco ou refresca"? – perguntou Cassimir com alegre curiosidade. E, quando Elisa respondeu, acrescentou, simpático: – Às vezes confundo.

Os papéis estavam escritos em espanhol correto. Os brancos tinham um título: "Aspectos trabalhistas". Os azuis apenas um código: "A6", mas Cassimir explicou do que se tratava.

– Os papéis azuis são as normas de confidencialidade. Por que não as lê primeiro?

Avistou seu nome em maiúsculas, destacado ao longo do texto, e sentiu uma nova pontada de inquietação. Esperava encontrar seu nome escrito com a mesma letra que o resto do documento, num espaço de pontos preenchido a caneta. Mas ver "ELISA ROBLEDO MORANDÉ" impresso do mesmo modo que as outras palavras a sobressaltou: era como se ela fosse o motivo da existência de tais palavras, como se tivessem tido muito trabalho só por ela.

– Entende tudo o que diz aí? – insistiu, solícito, Cassimir.

– Aqui diz que não poderei publicar nenhum trabalho...

– Durante um tempo, de fato, mas apenas com relação à pesquisa que o professor Blanes está fazendo. Leia mais abaixo... A cláusula "5C"... Esta proibição só afetará a referida pesquisa durante um prazo de dois anos, mas isso não impede que você publique trabalhos com o professor Blanes, ou qualquer outro pesquisador, sobre outros temas. E olhe a cláusula seguinte. Oferece a você a oportunidade de fazer a tese de doutorado com o professor Blanes, sempre sobre um tema não relacionado a este período... Se ler os papéis brancos, nos quais diz "Valor da bolsa"... Como você verá, é substanciosa... E não inclui o alojamento, que é grátis: só gastos pessoais, com comida... Você a receberá todo mês, como um salário, incluído dezembro deste ano.

Outras palavras, muito mais frias, estavam dispostas sobre os papéis azuis com cabeçalhos que ela mal entendia: "Normas relativas à pesquisa científica e à segurança dos estados da União Européia", "Normas de confidencialidade pós-contratuais", "Aspectos penais da revelação de segredos de Estado e material classificado"... Essas expressões não eram a coisa mais inquietante, mas sim a insistência de Cassimir, sua preocupação em fazer com que ela não se preocupasse: o interesse que demonstrava em mastigar tudo de forma que ela pudesse engolir sem engasgar.

122 ■ José Carlos Somoza

– Se quiser que a deixe sozinha, para ler tudo com calma...

Elevou o olhar e piscou, porque a luz batia na janela. Percebeu algo que não tinha notado – absurdamente – até esse instante: Cassimir usava óculos. Quando os tinha colocado? Estava com eles desde o começo? Sua mente girava em torno daquelas outras perguntas, imersa na confusão.

– No que consiste o trabalho?

– Em ajudar o professor Blanes.

– Mas no quê?

– Na sua pesquisa.

Reprimiu uma risada cruel. Do espelho, a outra Elisa olhava para ela com cara de má.

– O que quero saber é que tipo de pesquisa vou fazer com o professor Blanes.

– Ah, eu ignoro completamente. – Cassimir sorriu. – Não sou físico. Você vai saber logo. Assim que aceite as condições, acertaremos tudo agora "mesma"... Mesma? – Titubeou e se corrigiu. – Mesmo.

Elisa não o acompanhou mais na simpatia.

– Que condições?

– Ah, assim que assine, quero dizer.

Isto é um diálogo de surdos. Pensou que se sua mãe a tivesse visto naquele momento, detectaria o Sorriso Mau-humorado Número 1 de Elisa Robledo. Mas o senhor Cassimir não era sua mãe, e sorriu também.

– Olhe, não penso assinar nada se não souber antes o que vou fazer.

Como um dócil espelho (ou um eco de suas atitudes), Cassimir aparentou irritação.

– Já disse: ajudar na pesquisa do professor Blanes...

– O que significa "EG SECURITY"? – Mudou de tática apontando uma linha no papel branco. – Está por toda parte. O que significa?

– O finaciador principal do projeto. É um consórcio de várias empresas de pesquisa...

– "EG" significa "Eagle Group"?

– Ah, são as iniciais. Mas eu não trabalho para eles e não sei...

Ah, muito esperto o senhor, senhor Ah. Elisa resolveu esquecer as boas maneiras e dar um tiro de misericórdia no "senhor Ah".

– Foram vocês que andaram me vigiando nas últimas semanas? Colocaram um transmissor no meu telefone celular e me fizeram responder a um questionário com mais de cinqüenta perguntas?

Gostou de ver como o sorriso e a calma do sujeito se desvaneceram por completo, dando lugar a uma expressão desconcertante. Era óbvio que

Cassimir tinha recebido instruções para atender clientes mais dóceis, ou talvez a tinha subestimado pensando que, sendo mulher, seria mais manipulável.

– Desculpe, mas...

– Não, eu é que peço desculpas. Acho que vocês já sabem muito sobre a minha humilde pessoa. Agora é a minha vez de pedir explicações.

– Senhorita...

– Quero falar com o professor Blanes. Afinal de contas, vou trabalhar com ele.

– Eu já disse que ele não está aqui.

– Pois quero que alguém me diga ao menos em que vou trabalhar.

– Você não pode saber – disse outra voz num inglês perfeito.

O homem acabava de sair de uma porta ao lado do espelho, atrás de Elisa. Era alto, magro, vestia um terno de corte impecável. Seu cabelo louro tinha fios grisalhos nas têmporas e o bigode aparado com esmero. Estava acompanhado por outro homem de baixa estatura, corpulento. *Sim, estavam me espionando.* Seu coração deu um salto.

– Você entende inglês, não é? – prosseguiu o homem alto com uma voz de violoncelo, aproximando-se. Diferentemente de Cassimir, não lhe estendeu a mão nem fingiu nenhum tipo de cordialidade. Seus olhos foram o que mais impressionou Elisa: eram azuis e frios como brocas de diamante. – Meu nome é Harrison, e este senhor se chama Carter. Somos os responsáveis pela segurança. Repito: você não pode saber de nada. Nós mesmos não sabemos de nada. É um trabalho relacionado com as pesquisas do professor e considerado "material classificado". O professor precisa da colaboração de cientistas jovens, e você foi escolhida.

O homem parou de falar quando estacou: postou-se na frente dela e cravava aquelas agulhas azuis no seu rosto. Depois de uma pausa acrescentou:

– Se você aceita, assine. Se não, voltará para a Espanha e assunto encerrado. Alguma pergunta?

– Sim, várias. Estiveram me vigiando?

– De fato – respondeu o homem com desinteresse, como se esse aspecto fosse o mais óbvio e insignificante. – Estudamos você, controlamos seus movimentos, fizemos com que respondesse a um questionário, investigamos sua vida privada... Fizemos a mesma coisa com os outros candidatos. Tudo é legal, está aprovado por convenções internacionais. Trata-se de mera rotina. Na hora de solicitar um trabalho normal, você entrega um currículo e responde a perguntas numa entrevista, e não acha isso errado, acha?

124 ■ José Carlos Somoza

Pois esta é a rotina na hora de solicitar um trabalho considerado como "material classificado". Mais perguntas?

Elisa se pôs a refletir. Por sua cabeça passavam *flashes* com o rosto de Javier Maldonado e o som da sua voz. *"O bom jornalismo se faz com informações colhidas pacientemente."* Filho da puta. Mas em seguida se acalmou. *Ele só estava fazendo o seu trabalho. Agora chegou a hora de eu fazer o meu.*

– Podem me dizer, pelo menos, se vou ficar em Zurique?

– Não, não vai ficar em Zurique. Assim que assinar a papelada será transferida para outro lugar. Leu o parágrafo "Isolamento e filtros de segurança"?

– A segunda página do maço azul – ajudou Cassimir, intervindo pela primeira vez na nova conversação.

– O isolamento será completo – disse Harrison. – Todas as ligações que você fizer, todos os contatos com o exterior por qualquer meio, tudo isso será filtrado. Para o resto do mundo, inclusive familiares e amigos, você continuará em Zurique. Qualquer imprevisto que surja em conseqüência desta situação será responsabilidade nossa. Você não terá que se preocupar, por exemplo, se porventura sua família ou amigos a visitem de surpresa e descubram que não está lá: nós nos encarregaremos disso.

– Quando você fala "nós" a quem está se referindo?

O homem sorriu pela primeira vez.

– Ao senhor Carter e a mim. Nossa missão é procurar fazer com que você pense apenas nas equações. – Consultou seu relógio. – Acabou o tempo para as perguntas. Vai assinar ou aguardará aqui o próximo avião para Madri?

Elisa contemplou os papéis em cima da mesa.

Tinha medo. Um medo que a princípio qualificou como "normal" – qualquer um na sua situação o teria –, mas que logo compreendeu que escondia algo mais. Como se uma voz mais sábia dentro dela gritasse: *Não faça isso.*

Não assine. Vá embora.

– Posso ler com mais calma enquanto bebo um copo d'água? – disse.

As experiências misteriosas podem ser indeléveis, mas, ao mesmo tempo, e paradoxalmente, é provável que delas nos lembremos apenas de fragmentos insignificantes, desconexos e mesmo tolos. Nosso grau de excitação marca determinadas percepções a ferro e fogo na memória, mas por outro lado impede que elas sejam as mais adequadas para descrever objetivamente o conjunto.

Daquela primeira viagem, embriagada pelos nervos, Elisa guardava cenas banais. Por exemplo, a discussão que Carter, o homem corpulento (que foi quem a acompanhou, porque não voltou a ver Harrison a não ser muito tempo depois), manteve com um dos subordinados enquanto subiam no avião de dez lugares que os aguardava naquele meio-dia no aeroporto de Zurique, discussão que parece ter surgido da obsessiva dúvida sobre se "Abdul estava no seu posto" ou se "Abdul tinha ido embora" (nunca soube quem era Abdul). Ou as mãos grandes, peludas e venosas de Carter, sentado do outro lado do corredor do avião enquanto tirava um dossiê da pasta. Ou o cheiro de flores e óleo diesel (como se tal mistura fosse possível) do aeroporto onde aterrissaram (disseram que pertencia ao Iêmen). Ou o momento engraçado em que Carter teve de ensiná-la a colocar o colete salva-vidas e o capacete enquanto subiam no enorme helicóptero que aguardava numa pista afastada: "Não se assuste, são normas de segurança nos vôos longos com helicópteros militares." Ou o cabelo de Carter cortado à escovinha e sua barba rala e grisalha. Ou suas maneiras um tanto bruscas, sobretudo quando dava ordens por telefone. Ou o calor que sentiu com o capacete.

Todas e cada uma daquelas insignificâncias constituíram sua experiência do dia mais curto e da noite mais longa da sua vida (viajavam para o leste). Com aquelas peças teve que se virar ao longo dos anos para reconstituir um trajeto de mais de cinco horas, entre avião e helicóptero.

Mas dentre todas as lembranças que o ácido do tempo foi dissolvendo, uma se manteve indelével, nítida até o fim, e ela a recuperava intacta cada vez que rememorava aquela aventura.

A palavra que figurava na capa do dossiê que Carter tirou da pasta. Mais do que qualquer outra coisa, aquela curiosa expressão foi seu resumo visual do dia. E os acontecimentos posteriores fariam com que nunca mais se esquecesse dela.

"Zigzag."

13

"Imagine quem quiser entender o que eu vi": a curiosa frase, em inglês, estava embaixo de um desenho que mostrava um homem contemplando dois círculos de luzes no céu. Estava procurando alguma roupa para vestir

126 ■ José Carlos Somoza

quando aquele desenho chamou-lhe a atenção. Encontrava-se num adesivo colado na parede da cabeceira da sua cama, mas não tinha prestado atenção nele até então.

Foi nesse momento.

Não foi um pensamento racional, mas uma espécie de sensação física, um calor nas têmporas. Estava nua, e isso intensificou sua apreensão. Virou a cabeça e olhou para a porta.

E viu os olhos.

Não que não esperasse por isso. Tinham avisado que tal eventualidade poderia ocorrer: em Nova Nelson não seria possível desfrutar da sua tão querida vida íntima. A senhora Ross dissera na noite anterior, ao recebê-la no terreno arenoso onde o helicóptero pousou (ou seja, naquela *mesma* noite, as horas se confundiam na sua cabeça). A senhora Ross tinha sido, na verdade, muito amável, até mesmo afetuosa: seu sorriso, enquanto a aguardava junto ao helicóptero, chegava a roçar os brincos dourados em forma de trevo que ela usava nas orelhas. Estendeu-lhe as duas mãos.

– *Welcome to New Nelson!* – exclamou em tom entusiasta quando se afastaram do ensurdecedor rugido das hélices, como se tudo aquilo fosse uma grande festa e ela fosse encarregada de atender os convidados e organizar as brincadeiras.

Mas não era uma festa. Era um lugar muito escuro e quente, escuro e quente demais, onde flutuavam luzes de refletores iluminando esqueletos de alambrados. Uma brisa marinha como jamais sentira em praia nenhuma desarrumou seus cabelos e, embora seus ouvidos estivessem tapados, percebeu barulhos estranhos.

– Estamos a uns cento e cinqüenta quilômetros ao norte do arquipélago de Chagos e a uns trezentos ao sul das Maldivas, em pleno oceano Índico – continuou a senhora Ross em inglês, avançando aos saltos pela areia. – A ilha foi descoberta por um português que a chamou de "A Glória", mas quando passou a ser colônia britânica foi rebatizada como Nova Nelson. Pertenceu ao BIOT (British Indian Ocean Territory) até 1992, mas agora faz parte de uns terrenos adquiridos por um consórcio de empresas da União Européia. É um paraíso, você vai ver. Embora, veja só, seja menor do que a palma da sua mão, um pouco mais de onze quilômetros quadrados. – Tinham atravessado o alambrado por uma grade que um soldado (não um policial, mas um *soldado* armado até os dentes; ela nunca tinha passado tão perto de alguém que portasse armas desse tipo) mantinha aberta. Elisa virou para trás para comprovar se o senhor Carter as estava seguindo, mas só viu mais dois soldados perto do helicóptero que acabava de deixar. – Você vai conhecê-la amanhã de manhã. Deve estar cansada.

– Não muito. – Na verdade era como se tivesse se esquecido do que era preciso fazer para se cansar.

– Não está com sono?

– Na minha casa... – interrompeu-se ao perceber que estava falando em espanhol. Rapidamente traduziu. – Na minha casa costumo dormir tarde.

– Percebe-se. Mas são quatro e meia da madrugada.

– Como?

A risada da senhora Ross era agradável. Elisa também riu ao compreender o engano. No seu relógio ainda não eram onze da noite. Brincou um pouco sobre o assunto: não queria que a senhora Ross pensasse que se tratava de uma novata em viagens, o que também não era verdade. Mas seus nervos lhe pregavam peças.

Caminharam até o último barracão de uma fileira de três. A senhora Ross abriu uma porta e adentraram um corredor iluminado por pequenas lâmpadas, como as usadas nas salas de cinema quando apagam as luzes. Mas o que Elisa percebeu com mais intensidade foi a mudança de temperatura, inclusive de ambiente: do ar pegajoso do exterior para o recinto enclausurado das casas pré-fabricadas. O corredor estava ladeado de portas com curiosas janelinhas. A senhora Ross abriu outra porta ao fundo, deteve-se na primeira da esquerda, fez girar o trinco sem usar chave e acendeu as luzes de um quarto adjacente.

– Este é o seu quarto. Não dá para ver bem agora porque à noite a única luz que fica acesa é a do banheiro, mas...

– É ótimo.

Na verdade, tinha pensado que viveria numa espécie de "esconderijo". Mas o local era espaçoso – mais tarde contaria uns bons cinco metros de largura e três de comprimento – e estava graciosamente mobiliado com um armário, uma pequena escrivaninha e, no centro, uma cama com criado-mudo. A partir da cama o quarto se juntava a uma outra dependência, cuja porta a senhora Ross se apressou em abrir. "O banheiro", disse.

Ela se limitava a concordar e a comentar tudo bem, mas a senhora Ross foi imediatamente ao ponto, numa espécie de interrogatório "de mulher para mulher": quantas mudas de roupa tinha trazido, se usava algum xampu especial, que tipo de absorvente costumava usar, se tinha pijamas ou se não gostava de usá-los, se tinha roupa de banho etc. Em seguida apontou para a porta de entrada e Elisa percebeu que esta também TINHA uma janelinha retangular de vidro, do tipo daquelas que se viam nos filmes nas celas dos loucos perigosos. Isso lhe causou uma sensação estranha. Havia outra janelinha idêntica na porta do banheiro, que também não tinha nem fechadura nem trinco.

– São instruções de segurança – explicou-lhe Ross. – Eles chamam de "cabines de baixa privacidade grau dois". Para nós significa que qualquer tarado pode nos espiar. Felizmente, estamos rodeadas de homens sérios e decentes.

Elisa cedeu de novo à tentação de rir, embora a perda de intimidade lhe provocasse um monte de sensações estranhas que, no conjunto, eram desagradáveis. Mas parecia que ao lado da senhora Ross nada podia ser ruim.

Antes que sua anfitriã a deixasse, Elisa a observou sob a luz do banheiro: gordinha e madura, provavelmente mais de cinqüenta anos, vestida com um moletom prateado e tênis, perfeitamente maquiada, com o cabelo como se tivesse acabado de sair do cabeleireiro, brincos, anéis e braceletes dourados. Um crachá pendia do moletom com sua foto, seu nome e seu cargo: "Cheryl Ross. Scientific Section."

– Lamento tê-la feito se levantar de madrugada por causa da minha chegada – desculpou-se Elisa.

– Estou aqui para isso. Agora precisa descansar. Amanhã, às nove e meia (dentro de quatro horas mais ou menos), haverá uma reunião na sala principal. Mas antes você pode ir à cozinha e tomar o café-da-manhã. E se precisar de alguma coisa ao longo destes dias, é só falar com a Manutenção.

Aquela última frase a fez pensar que a senhora Ross aguardava uma pergunta. Decidiu agradá-la.

– Onde fica a Manutenção?

– Você está olhando para ela – disse a senhora Ross, visivelmente satisfeita.

"Imagine quem quiser entender o que eu vi", dizia a frase do adesivo. Inclinava-se para lê-la quando se deu conta de que não estava sozinha.

Os olhos a observavam com a fixidez dos répteis.

Compreendia que não tinha que ter se assustado daquela forma ridícula, mas não pôde evitar dar um salto e retroceder enquanto levava uma das mãos aos seios e outra ao púbis e se perguntava onde raios tinha deixado a toalha. Certa parte da sua consciência, mais indulgente, compreendia.

Depois de não ter pregado o olho durante as horas de descanso por causa dos estressantes acontecimentos (*ontem estava em Madri me despedindo de minha mãe e de Victor, e agora de manhã estou nua numa ilha no meio do Índico, meu Deus*), a fadiga provocara o efeito de baixar seu limiar de nervosismo.

Apesar de tudo, o entusiasmo não a tinha abandonado. Levantou-se muito antes da hora prevista, assim que notou a luz por um retângulo envidraçado na parede do fundo, e ficara boquiaberta ao espiar por ele. Uma coisa é *saber* que se está numa ilha e outra, muito diferente, *contemplar* um horizonte escuro de ondas movediças agitando-se brutalmente quase ao alcance da mão, para além de uma cerca de alambrados, palmeiras e praia.

Em seguida decidiu tomar um banho e tirou a camiseta e a calcinha sem pensar em *voyeurs* nem em qualquer tipo de vigilância. O banheiro dispunha do espaço imprescindível para que seus joelhos não encostassem na parede quando se sentava na privada, mas mesmo assim a água que caiu sobre seu corpo no quadrado de metal sem cortinas pareceu-lhe deliciosa, na temperatura certa. Achou uma toalha e se enxugou. Saiu do banheiro se enxugando e examinou com o cenho franzido a janelinha de vidro: estava escura. Não gostava de se exibir mas tampouco modificaria seus costumes por causa disso. Jogou a toalha em... algum lugar (*onde, diabos?*) e abriu o zíper da mala para procurar uma roupa.

Então prestou atenção na decoração da parede que fazia as vezes de cabeceira da cama: adesivos e postais como se tivessem sido colocados ali para dar um ar mais confortável ao cubo de alumínio que a abrigava. Aproximou-se para ver o que mais a atraía e, de repente, teve aquela estranha sensação e descobriu os olhos na janelinha da porta.

Foi nesse momento.

Ao mesmo tempo saltava e se protegia como uma donzela ofendida.

Precisamente nesse momento passou por sua cabeça, pela primeira vez, um presságio obscuro.

– Bem-vinda a Nova Nelson, embora suponha que já tenham lhe dito isso.

Reconheceu-o antes de vê-lo entrar. Pensou que reconheceria aqueles olhos azul-esverdeados em qualquer parte: no meio do Índico, do Pacífico ou do Pólo Norte. E a mesma coisa acontecia com a voz.

Ric Valente entrou no quarto e fechou a porta. Estava com uma camiseta e uma bermuda verde combinando, embora nem de longe lembrasse o tipo de roupa que estava acostumado a usar (como se também tivesse sido pego de surpresa pela mudança para uma ilha, pensou ela), e segurava dois bules com alguma coisa fumegante. Seu rosto ossudo estava distendido num sorriso.

– Pedi um quarto com cama de casal, mas não tinham. Então me contentarei em ver você pela manhã. Se está procurando a toalha, está aqui, no chão. – Apontou para o outro lado da cama mas não fez menção de pegá-la. – Lamento tê-la assustado, mas como você sabe aqui a intimidade está proibida por decreto. Isto aqui é uma espécie de comunidade sexual, todos se divertem com todos. A temperatura ajuda: desligam o ar à noite. – Deixou os bules na escrivaninha e tirou dos bolsos abarrotados dois copos de papel e quatro sanduíches embrulhados em celofane.

De pé perto da janela, ainda se cobrindo com os braços, Elisa sentiu um ligeiro desânimo. Valente era o único espinho cravado no meio da sua felicidade. É óbvio que ele continuava sendo o mesmo de sempre, com aquela mesma intenção de humilhá-la, e parecia estar à vontade, provavelmente por causa da facilidade com que tinha conseguido fazê-la enrubescer. No entanto ela já esperava encontrá-lo cedo ou tarde (o que não esperava era estar nua) e, de qualquer forma, tinha muitas outras coisas com que se preocupar em vez de dar atenção a algo tão insignificante quanto o fato de que ele a visse despida.

Deu um suspiro, baixou os braços e caminhou com naturalidade até a toalha. Valente a observava, zombeteiro. Ao final balançou a cabeça com expressão avaliadora.

– Nada mal, mas não lhe dou um dez, certamente, nem mesmo com quatro centésimos a menos: somando tudo, um sete. Seu corpo é... como posso definir? Muito exagerado, exuberante... Com muita glândula, muita carne... Se eu fosse você, depilaria a virilha.

– Fico feliz em ver você, Valente – replicou ela com indiferença, dando as costas para ele, coberta pela toalha. Continuou remexendo na bagagem. – Acho que temos uma reunião às nove e meia.

– Terei muito prazer em acompanhá-la, mas imaginei que não gostaria de tomar o café-da-manhã com pessoas desconhecidas, de modo que optei por compartilhá-lo com você a sós. Prefere de presunto e queijo ou de frango?

O "café-da-manhã a sós" era completamente verdadeiro. Estava faminta e não queria começar a manhã cumprimentando todo mundo.

– Quando você chegou? – perguntou, optando pelo de frango.

ZIGZAG ▪ **131**

– Na segunda-feira. – Valente apontou para os bules: continham café até a metade. – Com ou sem açúcar?

– Sem.

– Eu também. Compartilho da sua amargura.

Elisa escolhera uma camiseta sem mangas e uma bermuda que, felizmente, tinha colocado na bagagem para seus dias de ócio na Suíça.

– Do que se trata tudo isso? – indagou. – Você sabe?

– Já falei: uma experiência sexual. As cobaias somos nós.

– Estou falando sério.

– Eu também. Carecemos de intimidade e somos obrigados a olhar nossos traseiros mutuamente dentro de jaulas metálicas numa ilha do Índico com clima tropical. Para mim isso lembra sexo. De resto, sei tanto quanto você. Pensei que Blanes estava em Zurique e levei um susto quando me trouxeram para cá. Depois me surpreendi ainda mais ao saber que você também vinha. Agora já me acostumei com as surpresas: fazem parte da nossa vida de ilhéus. – Levantou seu bule. – Por nossa aposta.

– Não há mais nenhuma aposta – disse Elisa. Provou um gole de café e o considerou excelente. – Estamos empatados.

– Nem pensar! Já ganhei. Blanes me disse ontem que suas idéias sobre a variável de tempo local são ridículas, mas que é gostosa demais para deixá-la de lado, e eu lhe dei razão. E agora que tenho conhecimento de causa, devo dizer que ele tem toda razão.

Elisa começou a devorar o sanduíche.

– Quer me dizer de uma vez o que é que você sabe? – perguntou.

– Só sei que nada sei. Ou sei muito pouco. – Valente devorou o sanduíche em duas mordidas. – Sei que eu tinha razão desde o começo, e que isto, seja o que for, é uma coisa muito grande... Tão grande que não querem dividi-la. Por isso procuraram estudantes como nós. Percebe, querida? Nomes desconhecidos que não tirem o brilho deles... Quanto ao resto, suponho que a reunião das nove e meia servirá para preencher nossas lacunas de ignorância. Mas perguntarei, como Deus a Salomão: "O que exatamente você quer saber?".

– Sabe o que se faz com a roupa suja?

– Isso, sim, eu posso responder. Nós mesmos lavamos. Tem uma máquina de lavar roupa na cozinha, uma secadora e uma tábua de passar. Também temos de arrumar a cama e limpar o quarto, lavar a louça e nos revesar na cozinha. E advirto que as garotas têm trabalho extra à noite, já que devem se dedicar a agradar os homens. Sério: as experiências de Blanes consistem em averiguar se as pessoas podem suportar a vida matrimonial sem perder o juízo... Você vai colocar sutiã? Por favor... Todas as garotas aqui andam com os seios livres! Estamos numa ilha, meu bem.

Sem lhe dar atenção, Elisa entrou no banheiro e começou a se vestir.

– Diga-me uma coisa – falou enquanto fechava o zíper da bermuda. – Vou ter de agüentar você durante todo o tempo nesta ilha?

– São uns onze quilômetros quadrados contando com o lago, não se preocupe. Tem espaço suficiente para não vermos o focinho um do outro.

Ela voltou ao quarto. Ric olhava para ela da cama bebendo café.

– Já que realizei meu sonho de ver você sem roupa, talvez seja hora de lhe dizer a verdade – comentou. – Não foi Blanes quem me chamou no domingo, mas Colin Craig, meu amigo de Oxford. Eu era o candidato dele, já tinha me escolhido sem eu saber, por isso me estudaram e vigiaram. Também estudaram você como outra possível candidata, neste caso para Blanes, embora ele ainda não a tivesse escolhido. Mas ao ler seu trabalho, não teve dúvida. – Sorriu diante da surpresa que ela demonstrava. – Você é *a namorada do Blanes.*

– O quê?

Divertindo-se com a expressão de Elisa, Valente acrescentou:

– Você tinha razão, querida: a variável de tempo local era a chave, e nós nem imaginávamos.

Nuvens que pareciam sacos cheios de grãos escondiam o sol e grande parte do céu. No entanto não fazia frio e o ar estava denso e pegajoso. Sob aquele universo a paisagem que se estendia diante de seus olhos a fascinou: areia fina, palmeiras pesadas, um horizonte de selva para além do pequeno heliporto e o mar cinzento abraçando tudo.

Enquanto passavam pelo segundo barracão, Valente explicou que Nova Nelson tinha forma de ferradura aberta para o sul, onde se encontravam os recifes de coral contendo um lago de água salgada de uns cinco quilômetros quadrados, de modo que se podia afirmar que a ilha era um atol. A estação científica se encontrava ao norte, no cinturão de terra firme, e entre esta e o lago havia uma linha de selva, que avistavam nesse momento.

– Podemos ir passear por ali um dia – acrescentou. – Tem bambu, palmeiras e até cipós, e as borboletas valem a pena.

Alguma coisa parecida com uma alegria nunca antes experimentada inundava Elisa enquanto caminhava pela areia. E isso apesar dos alambrados e do restante dos edifícios, não exatamente combinando com o cenário natural: antenas parabólicas e verticais, casamatas de paredes pré-fabricadas

ZIGZAG ■ **133**

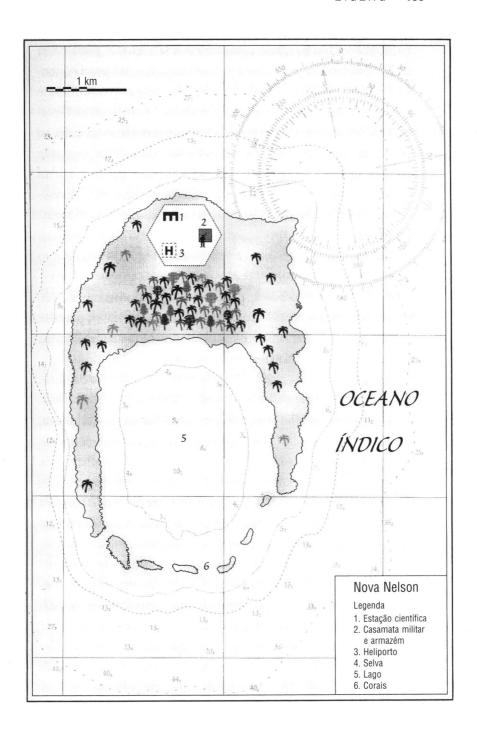

e helicópteros. Também não se importava com os dois soldados que montavam guarda nas cercas, nem com a irritante presença de Valente, pequena mas sempre importuna, como um cisco. Imaginou que sua felicidade se devia a razões muito íntimas, possivelmente ancoradas no seu inconsciente. Era o sonho do Éden transformado em realidade. *Estou no paraíso,* disse a si mesma.

Tal sensação durou exatamente vinte segundos, o tempo que passou no exterior.

Quando entrou pela porta do segundo barracão, que era mais amplo, e se viu envolta em luzes artificiais, paredes metálicas e cristaleiras com molduras de aço que revelavam um refeitório, toda idéia de paraíso se esvaiu da sua mente. A única sensação que persistiu foi seu orgulho profissional ao se lembrar das palavras de Valente. *Minha solução era correta.*

— A estação científica também tem forma de ferradura, ou melhor, de garfo — explicou-lhe Ric desenhando no ar. — O primeiro barracão é o mais próximo do heliporto, e abriga os laboratórios; o segundo é o braço principal e contém a sala de projeção, o refeitório e a cozinha com a rampa de acesso à despensa; o terceiro é onde estão os dormitórios. O braço transversal corresponde a uma espécie de sala de controle, ou pelo menos é assim que a denominam. Eu só estive lá uma vez, mas quero voltar: há computadores de última geração e um acelerador de partículas do caralho, uma nova espécie de síncrotron. Agora estamos indo para a sala de projeção...

Apontava para uma porta aberta à esquerda da qual vinham palavras em inglês. Até esse momento Elisa não tinha encontrado ninguém: imaginava que a equipe não devia ser muito numerosa. Cheryl Ross apareceu de repente por aquela porta, de camiseta e jeans, mas mantendo o mesmo penteado e o mesmo sorriso da noite. Elisa se despediu do idioma castelhano assim que a viu.

— Bom dia — disse Ross em tom musical. — Eu estava indo buscá-los! O chefe não quer começar até que todos estejam presentes, vocês já o conhecem... Como foi sua primeira noite em Nova Nelson?

— Dormi mais que a cama — mentiu Elisa.

— Fico feliz.

A sala parecia um home-theater preparado para uma dezena de espectadores. Cadeiras dispostas em filas de três faziam as vezes de poltronas. Na parede do fundo havia um rack com um teclado de computador e na oposta uma tela de uns três metros de comprimento.

Mas naquele momento o que mais interessou Elisa foram as pessoas: levantaram-se fazendo muito barulho com as cadeiras. Houve uma confusão de mãos e beijos no rosto quando Valente a apresentou como "aquela que estava faltando". Obrigada a pensar em inglês, Elisa se deixou levar pelos acontecimentos.

Já conhecia de vista Colin Craig, um homem jovem e atraente, de cabelos curtos, óculos redondos e cavanhaque. Lembrou-se que a bela mulher de longos cabelos castanhos era Jaqueline Clissot, mas esta manteve distância e apenas lhe estendeu a mão. Quem não estabeleceu nenhuma distância foi Nadja Petrova, a garota dos cabelos louros, que a beijou afetuosamente e provocou risadas tentando pronunciar "também sou paleontóloga" em castelhano.

— Estou feliz em conhecê-la — acrescentou em outra acrobacia lingüística, e esse esforço para falar sua língua agradou Elisa.

Valente, por seu turno, fez seu costumeiro jogo de cena para apresentar a outra mulher, magra, madura, de rosto anguloso e enrugado, com um nariz proeminente, salpicado de sardas. Colocou um braço sobre seus ombros fazendo-a sorrir com embaraço.

— Apresento Rosalyn Reiter, de Berlim, amada discípula de Reinhard Silberg, doutora em história e filosofia da ciência mas atualmente dedicada a um campo muito especial.

— Qual? — perguntou Elisa.

— História do cristianismo — disse Rosalyn Reiter.

Elisa não modificou seu tom de cortês alegria, mas estava pensando em outra coisa.

Observava a cara das pessoas com as quais teria que trabalhar, e enquanto isso pensava. *Duas paleontólogas e uma especialista em história do cristianismo... O que significa isso?* Nesse instante Craig chamou a atenção de todos.

— E aqui está o Conselho dos Sábios.

Pela entrada desfilaram David Blanes, Reinhard Silberg e Sergio Marini. Este último fechou a porta atrás de si. Esse gesto fez Elisa pensar numa seleção: os que viverão no paraíso e os expulsos; os admitidos na glória eterna e os que ficariam na Terra. Contou-os: eram dez, incluindo-a.

Dez cientistas. Dez escolhidos.

No silêncio que se seguiu todos ocuparam as cadeiras. Apenas Blanes permaneceu de pé em frente aos demais, de costas para a grande tela. Ao ver como os papéis que segurava tremiam, Elisa quase chegou a achar que estava sonhando.

Blanes estava tremendo.

— Amigos: esperávamos que todos os participantes no Projeto Zigzag estivessem presentes para dar as explicações que, sem dúvida, desejam ouvir... Apresso-me a dizer isto: nós, que estamos aqui hoje nesta sala, podemos nos considerar pessoas de muita sorte... vamos ver aquilo que nenhum ser humano jamais viu. Não estou exagerando. Veremos coisas que nenhuma criatura, viva ou morta, jamais viu desde o começo do mundo...

Uma gélida corrente de calafrios tinha deixado Elisa paralisada.

As águas pelas quais navegarei ninguém sulcou.

Ergueu-se na cadeira preparando-se para entrar, com seus nove espantados companheiros, naquelas águas desconhecidas.

IV

O projeto

> Tudo aquilo que é, é passado.
>
> ANATOLE FRANCE

14

Não demoraria a chegar.
O preâmbulo foram aqueles olhos.
Depois viria a sombra.

Embora ainda não soubesse, a escuridão mais profunda de sua vida já tinha nascido.

E esperava por ela em algum lugar perto do futuro.

Sergio Marini era tudo o que Blanes não era: elegante e sedutor. Magro, de cabelos escuros e ondulados, pele bronzeada, rosto firme e sorriso encantador, sabia impostar sua voz de *basso* para cativar os ouvidos dos alunos milaneses. Nascido em Roma e graduado na prestigiada Scuola Normale Superiore de Pisa, de onde tinham saído talentos do porte de Enrico Fermi, doutorou-se na Sapienza. Depois do período norte-americano de praxe, Grossmann o chamara a Zurique, onde conheceu Blanes e elaborou com ele a "Teoria da Sequóia". "Com ele" significava – nas palavras textuais de Marini, com as quais costumava se referir àqueles anos de trabalho em comum – que "eu o deixava calcular em paz e atendia prestativo quando me chamava para contar os resultados".

Tinha, portanto, outra coisa que era escassa em Blanes: senso de humor.

– Numa noite de 2001 enchemos a metade de um copo de vidro com água. Depois o deixamos em cima da mesa do laboratório durante trinta horas seguidas. Ao cabo desse tempo, David o espatifou no chão: essa foi sua única contribuição experimental à teoria. – Olhou para Blanes, que

138 ■ José Carlos Somoza

tinha se unido às risadas. – Não fique bravo, David: você é o teórico, eu sou o homem dos pregos e do martelo, você sabe... Nossa idéia era a seguinte... Certo, explique você. Você faz isto melhor.

– Não, não, você mesmo.

– Por favor, você é o pai.

– E você a mãe.

Tentavam improvisar um espetáculo, e se saíam mal. Eram como dois humoristas de cabaré barato: o tonto e o esperto, o bonito e o feio. Elisa os observava e podia entender os anos de trabalho solitário sem resultados e a transbordante euforia do primeiro sucesso.

– Bom, pelo visto sobrou para mim – disse Blanes. – Enfim, vejamos. Já sabem que, segundo a "Teoria da Sequóia", cada partícula de luz transporta, enroladas no seu interior, as cordas de tempo, como os círculos do tronco da sequóia que se vão adicionando ao redor do centro na medida em que a árvore cresce. O número de cordas não é infinito, mas gigantesco, inconcebível: é o número de Tempos de Planck que transcorreram desde a origem da luz...

Houve alguns murmúrios e Marini gesticulou com voz queixosa.

– A professora Clissot quer saber o que é um Tempo de Planck, David... Não despreze aqueles que não são físicos, por mais que mereçam!

– Um Tempo de Planck é o menor intervalo de tempo possível – explicou Blanes. – É o tempo que a luz leva para percorrer uma Longitude de Planck, que é a mais ínfima longitude que possui existência física. Para que façam uma idéia: se um átomo fosse do tamanho do universo, uma Longitude de Planck seria do tamanho de *uma árvore*. O tempo que a luz leva para percorrer essa mínima distância é o Tempo de Planck. Equivale, aproximadamente, a um septilionésimo de segundo: não há *nenhum* evento no universo que dure *menos* do que isso.

– Isso porque você não viu o Colin comendo sanduíches de *foie-gras* – comentou Sergio Marini. Craig levantou a mão num gesto de concordância. Foi a primeira vez que Elisa viu Blanes dar uma gargalhada, mas o físico espanhol retomou quase imediatamente a seriedade.

– Cada corda de tempo equivale, pois, a um Tempo de Planck específico e contém *tudo* o que é refletido pela luz nesse brevíssimo intervalo. Com os necessários ajustes matemáticos nas equações (usando variáveis de tempo local, por exemplo), a teoria dizia que era possível isolar e identificar as cordas cronologicamente, e até abri-las. Não se requeria muita energia, mas sim uma quantidade exata. "Supra-seletiva", como Sergio a batizou. Se fosse empregada a energia supra-seletiva apropriada, as cordas de um determinado período temporal poderiam ser abertas e mostrariam imagens desse período. Mas isso era, tão-somente, um achado matemático. Durante mais de dez anos foi somente isso. Por fim, uma equipe liderada pelo professor Craig desenhou o novo síncrotron, e com ele conseguimos obter esse tipo de energia supra-seletiva. Mas não obtivemos resultados até a noite em que quebramos aquele copo. Continue você, Sergio. Agora vem a parte de que você gosta.

– Gravamos a imagem do copo quebrado em vídeo e a enviamos para um acelerador de partículas – continuou Marini. – Como vocês sabem, uma imagem de vídeo é apenas um feixe de elétrons. Aceleramos esses elétrons até uma energia que se mantivesse estável com uma margem de vários décimos e os fizemos colidir com um feixe de pósitrons. As partículas resultantes deviam conter as cordas abertas num período equivalente a duas horas antes da ruptura do copo. Tornamos a converter as partículas num novo feixe de elétrons, fizemos com que se chocassem contra uma tela de televisão, utilizamos um software para alinhar a imagem, e ao ligar a tela... o que vimos?

– O copo quebrado no chão – disse Blanes, e de novo explodiram as risadas.

– Isso ocorreu nas primeiras cem tentativas, é verdade – admitiu Marini. – Mas naquela noite de 2001 foi diferente: conseguimos uma imagem do copo *intacto* em cima da mesa. A imagem que tínhamos filmado *antes*, entendem? Vinha do passado: concretamente, de *duas horas antes* de começarmos a filmar... Caros, naquela noite fomos para a cidade encher a cara. Lembro-me de ter estado num *pub* de Zurique com o David, os dois na maior bebedeira, quando um suíço tão bêbado quanto nós perguntou: "Por que você está tão contente, amigo?" "Porque conseguimos o copo intacto", respondi. "Que sorte", disse ele. "Eu já quebrei três nesta noite."

– Não é piada, não, foi assim mesmo que aconteceu! – dizia Blanes enquanto as gargalhadas ecoavam na pequena sala. Até Valente, que sempre se mostrava distante com as brincadeiras do "vulgo" (segundo Elisa), parecia estar se divertindo bastante.

– Quando mostramos essa imagem àqueles que deviam soltar a grana – prosseguiu Marini –, aí sim começamos a receber financiamento de verdade... O Eagle Group tomou as rédeas e começou a construção desta estação científica em Nova Nelson: Colin contará o resto.

Colin Craig se levantou e Marini ocupou o seu assento. Ainda perduravam a diversão e os comentários em voz alta. Nadja estava vermelha de

140 ■ José Carlos Somoza

tanto rir, a senhora Ross (que tinha soltado uma inesperada e estridente gargalhada com a história do bêbado) enxugava as lágrimas. O ambiente na sala era alegre e descontraído.

No entanto Elisa percebia alguma coisa.

Um detalhe diferente, incongruente.

Acreditou detectá-lo nos olhares que Marini, Blanes e Craig trocavam entre si. Era como se a ordem fosse: "É melhor que se divirtam com a primeira parte."

Provavelmente o resto não seja tão agradável, supôs.

– Ele me encarregou de coordenar todas as máquinas do projeto – disse Craig. – Em 2004 foi lançada, em segredo, uma dezena de satélites geossíncronos, ou seja, programados para girar de acordo com o movimento da Terra. Suas câmeras possuem uma resolução de meio metro em gama de cores multiespectrais e abrangem uns doze quilômetros de área. Estão preparadas para captar seqüências telemétricas de qualquer lugar do planeta, de acordo com as coordenadas enviadas de Nova Nelson. Essas imagens são reenviadas em tempo real para a nossa estação (daí o nome do projeto, "Zigzag", pela trajetória de bumerangue que o sinal realiza, da Terra para o satélite e deste para a Terra), onde um computador as processa a vinte e dois bits, isolando a região geográfica que interessa explorar. Não é suficiente para contar os fios de cabelo na cabeça do Sergio...

– Mas na do David, que tem poucos, sim – interveio Marini.

– Exatamente. Em uma palavra: podemos observar o que quisermos e quando quisermos, como ocorre com os satélites espiões militares. Darei um exemplo. – Craig caminhou até o rack do computador enquanto ajustava os óculos de aro fino com um gesto delicado. Elisa achou que ele era um homem com elegância natural, do tipo que não chamaria a atenção se fosse a uma recepção no palácio de Buckingham de jeans e camiseta como estava naquele momento. Depois de digitar rapidamente, apareceu na tela um desenho a traços rápidos das pirâmides do Egito. Num canto, duas múmias de pé: seus rostos eram fotos recortadas e coladas das feições de Marini e Blanes. Houve risinhos. – Suponhamos que pedimos aos satélites uma seqüência do delta do Nilo. Os satélites captam a seqüência, enviam-na, um computador a processa e obtém uma série de planos das pirâmides. Depois de fazer o feixe de elétrons passar pelo nosso síncrotron, recuperamos as partículas recém-formadas e outro computador se encarrega de reconstituir e gravar a nova imagem. Se a quantidade de energia fosse correta, poderíamos ver a mesma região espacial, as pirâmides do Egito, suponhamos, três mil anos antes... Com um pouco de sorte, veríamos, durante alguns segundos, a construção de uma pirâmide, ou a cerimônia do enterro de um faraó.

– Incrível – Elisa ouviu Nadja murmurar, duas cadeiras à sua esquerda.

Marini se levantou de repente.

– Ouça, Colin, vamos convencer o público de que não estamos falando de fantasias...

Craig digitou. Na tela apareceu uma imagem imprecisa, mas identificável, de uma tênue cor rosa-pálido, quase sépia, como a das fotografias antigas.

Houve um silêncio repentino.

Elisa sentiu uma emoção ambígua: como se quisesse ao mesmo tempo rir e chorar. Valente, no assento ao lado, inclinou-se para a frente com a boca aberta como uma criança ao descobrir o presente mais sonhado, que pensou que ninguém lhe daria.

A fotografia não parecia merecer tanto: mostrava, simplesmente, um primeiro plano de um copo de vidro com água pela metade em cima de uma mesa.

– O *incrível* desta imagem – disse Marini com calma – é que *nunca foi fotografada.* Ela foi extraída da filmagem de vinte segundos que mostrava a mesma mesa, mas com *o copo quebrado no chão* duas horas depois. Vocês estão contemplando a *primeira* imagem real do passado vista por um ser humano.

As lágrimas escorriam pelo rosto de Elisa.

Pensou que a ciência, a verdadeira ciência, a que muda de repente e para sempre o curso da história, consistia nisso: em chorar ao ver uma maçã cair de uma árvore.

Ou um copo de vidro intacto em cima de uma mesa.

Agora era a vez de Reinhard Silberg. Ao se colocar em frente à tela deu a impressão – correta, segundo Elisa – de ser imenso. Vestia uma camisa de manga curta e calça de algodão com cinturão de couro e era o único que ostentava gravata, embora com o nó frouxo. Tudo nele se impunha, e provavelmente por isso parecia às vezes querer atenuar sua figura com um sorriso que, em seu rosto liso e bochechudo atrás dos óculos de aro dourado, era curiosamente infantil.

142 ■ José Carlos Somoza

Naquele momento, no entanto, não estava sorrindo. Elisa imaginava o motivo. *Deve ter ficado encarregado de contar a parte ruim da história.* As primeiras palavras do historiador e cientista alemão demonstraram que não estava enganada.

– Meu nome é Reinhard Silberg e minha especialidade é a filosofia da ciência. Fui recrutado para o Projeto Zigzag com o propósito de assessorá-lo naquilo que *não é física,* mas que possui enorme importância. – Fez uma pausa e mexeu um pé, como se traçasse algum desenho no chão metálico. – Este projeto, como vocês já sabem, está qualificado como altamente secreto. Ninguém mais sabe que estamos aqui, nem os colegas, nem os amigos, nem nossas famílias, nem sequer muitos dos diretores do Eagle Group. Naturalmente, não conseguimos enganar a comunidade científica, mas fomos lhes dando, mediante congressos e artigos, algumas migalhas. Sabem que podem obter madeira da "sequóia", mas não sabem como. Este projeto, pois, é único no mundo, pelo menos até agora. Vocês foram selecionados depois de um estudo detalhado de suas vidas, hobbies, amizades e inquietações. Vamos trabalhar num assunto no qual ninguém tem experiência prévia. Somos pioneiros, e precisamos de medidas especiais de segurança por causa de... várias razões.

Fez outra pausa e voltou a observar os movimentos do pé.

– Em primeiro lugar, não pensem nem por um momento que vão ver *filmes* nesta tela. No cinema contemplamos a cena da morte de César, por exemplo, como se fosse a gravação de um videomaker da época romana. Mas as imagens das cordas de tempo abertas não são filmes, nem mesmo filmes da vida real: são o *passado.* Podemos vê-las numa tela, como os filmes, e gravá-las em DVD, da mesma forma que os filmes, mas lembrem-se sempre de que se trata *de cordas de tempo abertas* das quais extraímos informação. Nosso "assassinato de César" será o *acontecimento* em si, tal como foi e ficou para sempre registrado nas partículas de luz que refletiram a cena real, ou seja, na *realidade do passado.* Isto implica certas conseqüências. Ignoramos o que aconteceria, por exemplo, com personagens ou acontecimentos que fazem parte de nossa cultura ou nossos ideais. Foram feitos estudos secretos, e ainda não há conclusões. Por exemplo, se víssemos Jesus Cristo, Maomé ou Buda... tão-somente *vê-los* e saber com certeza de que se trata deles... E o que dizer se descobrirmos *aspectos* da vida destes fundadores de religiões que se *oponham* àquilo que as igrejas de cada fé fizeram milhões de pessoas acreditar durante séculos, incluindo, provavelmente, vários de nós? Tudo isso constitui motivo mais que suficiente para que o Projeto Zigzag seja secreto. Mas há *outro* motivo. – Fez uma pausa e piscou. – Eu gostaria de explicá-lo mostrando uma nova imagem. Trata-se da única que conseguimos obter, além da do Copo Intacto. A maioria de vocês não conhece sua existência... Jaqueline, você vai ter uma surpresa... Colin você pode...?

– Claro.

Craig voltou a teclar. Desta vez apagaram a luz da sala. Alguém disse na escuridão (Elisa reconheceu a voz de Marini): "Tire os anúncios, Reinhard." Mas não houve risadas dessa vez. Ouviram a voz de Silberg, cuja silhueta começava a se destacar na penumbra criada pela única luz procedente do rack do computador.

– Esta imagem foi obtida com o sistema que Colin explicou antes: um satélite enviou as imagens, calculamos a energia necessária para abrir as cordas de tempo e a processamos...

A tela se iluminou. Apareceram formas de esvaída tonalidade avermelhada.

– A cor se deve ao fato de que o extremo "passado" da corda se encontra num lugar tridimensional equivalente, em termos espaciais, a quase um milhão de anos-luz de nós, e continua se afastando – explicou Silberg –, assim que sofre um desvio para o vermelho similar ao de outros objetos celestes. Mas, na realidade, pertence à Terra...

Tratava-se de uma paisagem. A câmera sobrevoava uma cordilheira. As montanhas pareciam ser acessíveis, quase pequenas, e entre elas se destacavam vales circulares e rochas esféricas. Tudo parecia ter sido coberto por algum confeiteiro famoso com uma carga de chantilly.

– Meu Deus... – ouviu-se, trêmula, a voz de Jaqueline Clissot.

Elisa, inclinada para a frente, descruzou as pernas. Experimentava uma estranha sensação. Não podia definir sua origem exata, embora soubesse que procedia da imagem que estava contemplando. Era como um sopro de inquietação.

Uma vaga ameaça.

Mas onde estava essa ameaça?

– Geleiras ao pé dos montes, imensas... – murmurava, absorta, Clissot. – Geleiras de erosão e em U... Olhe esses circos glaciais e *nunataks*... Você está vendo, Nadja? O que lhe sugere? Você é a perita em paleogeologia...

– Esses depósitos são *drumlins*... – respondeu Nadja com um fio de voz. – Mas de um tamanho incrível. E esses depósitos nas laterais... Parecem ser formados por sedimentos enormes arrastados de muito longe...

O que está acontecendo comigo? Uma risada nervosa aflorou nos lábios de Elisa. Era absurdo, mas não podia evitar pensar nisso: naquelas cúspides de neve tingida de vermelho havia alguma coisa que a perturbava enormemente. Achou que estava ficando louca.

Viu Nadja tremer. Perguntou-se se era somente excitação frente às descobertas ou alguma coisa similar àquilo que estava acontecendo com ela. Valente também parecia afetado. Ouviu-se alguém tomar fôlego.

É ridículo.

Não, não era: naquela paisagem havia alguma coisa estranha.

– Parece haver sinais de água de fusão nos *crevasses...* – murmurou Nadja, excitada.

– Meu Deus, é uma glaciação em fase de degelo...! – exclamou Clissot.

A voz de Silberg, transformado numa sombra ao lado da tela, chegou clara e firme, mas com não menos ansiedade:

– São as Ilhas Britânicas. Há uns oitocentos mil anos.

– Glaciação de Günz... – disse Clissot.

– Exato. Pleistoceno. Período Quaternário.

– Oh, meu Deus! – gemia Clissot. – Oh, Deus, Deus, Meu Deus...!

Náuseas. É nauseante...

Mas o quê?

Quando as luzes se acenderam, Elisa descobriu que abraçara o próprio corpo, como se tivesse sido obrigada a ficar nua em público.

– Este é o segundo motivo pelo qual o Projeto Zigzag precisa se manter secreto. Ignoramos o que ele causa: nós o chamamos de "Impacto". – Silberg escreveu a palavra em inglês num pequeno quadro branco pendurado na parede perto da tela. – Escrevemos sempre "Impacto", com "i" maiúsculo. Todos são afetados, em maior ou menor grau, embora haja pessoas mais sensíveis que outras... Trata-se de uma reação singular diante das imagens do passado. Posso aventurar uma teoria para explicar o fato: talvez Jung tivesse razão, e tenhamos um inconsciente coletivo repleto de arquétipos, alguma coisa assim como uma memória genética da espécie, e as imagens das cordas de tempo abertas, de algum jeito, perturbam essa memória. Pensem que essa área de nosso inconsciente permaneceu inviolada durante gerações, e de repente, pela primeira vez, a porta se abre e a luz penetra nessa escuridão...

– Por que não sentimos quando vimos o Copo Intacto? – perguntou Valente.

– Na verdade sentimos, *sim* – disse Silberg, e Elisa compreendeu que parte da sua emoção frente àquela imagem podia se dever a isso. – Só que com menor intensidade. Ao que parece, os Impactos mais fortes se produzem com o passado remoto. Entre os sintomas detectados se encontram ansiedade, despersonalização e desrealização (a sensação de que nós, ou o mundo que nos rodeia, somos irreais), insônia e, por vezes, fenômenos alucinatórios. Por isso comecei advertindo que não se trata de *filmes*. A abertura de cordas de tempo é um fenômeno mais complexo.

Elisa percebeu que Nadja estava esfregando os olhos. Clissot tinha se sentado ao lado dela e lhe falava ao ouvido.

– Ignoramos se há sintomas mais importantes – prosseguiu Silberg. – Ou seja, Impactos graves. Isso nos obriga a ditar uma série de normas de segurança as quais peço que sejam acatadas por todos. A primeira é: quando contemplarmos uma imagem pela primeira vez, faremos em grupo, tal como hoje. Desse modo poderemos observar as reações que venhamos a sofrer. Além disso, nosso comportamento fora desta sala, inclusive no âmbito *privado,* também será suscetível de certo controle: as janelinhas das portas e a ausência de fechaduras cumprem esse objetivo. Não se trata de nos transformarmos em espiões uns dos outros, mas de que ninguém fique isolado. Se o Impacto afetar algum de nós de maneira especial, os outros devem ficar sabendo o quanto antes... Ainda assim, continua existindo uma margem de risco desconhecida. Estamos enfrentando uma situação nova e não podemos antecipar os efeitos inusitados que provocará.

No início, o tom das palavras de Silberg provocou murmúrios. Um minuto depois, no entanto, o sentimento geral mudou. Aquela primeira prova do trabalho que os esperava provocava em todos uma inegável esperança. Os olhos de Elisa estavam cheios de lágrimas e ela sentia um nó na garganta. *Uma paisagem do Quaternário... Meu Deus, continuo aqui, sou eu, não estou sonhando... Vi a Terra, o planeta em que vivo, há quase um milhão de anos...* A voz de Sergio Marini, elevando-se por cima das demais, resumiu com humor o clima:

– Bom, já ouvimos os inconvenientes deste projeto. O que estamos esperando? Vamos trabalhar!

Elisa se levantou muito animada. Mas nesse momento Valente sussurrou:

– Estão escondendo coisas, querida... Tenho certeza de que não estão falando toda a verdade para nós.

146 ■ José Carlos Somoza

15

Na noite da segunda-feira 25 de julho, Elisa viu a sombra pela primeira vez. Em seguida, compreendeu que se tratava de outro indício: o Senhor Olhos Brancos tinha chegado.

Aqui estou, Elisa. Cheguei.
Já não sairei mais do seu lado.

Suave e silenciosa, como uma alma numa daquelas viagens chamadas de "astrais" pelos esotéricos e nas quais sua mãe acreditava com convicção, flutuou na janelinha da porta e desapareceu. Ela sorriu. *Outro que não consegue dormir.*

Não era de se estranhar. O quarto era confortável, mas não podia ser considerado um lar. Fazia calor entre as paredes metálicas porque, tal como Valente havia dito, desligavam o ar-condicionado à noite e como a janela era basculante, não dava para abri-la totalmente. Coberta só com sua pequena calcinha, Elisa transpirava na cama, em meio a uma mistura difusa de luz e escuridão: à direita, os reflexos dos holofotes dos alambrados; à esquerda, o retângulo tênue da janelinha. E de repente a sombra.

Ela a vira desfilar em direção à porta que dividia as duas alas do barracão, provavelmente devia se tratar de um de seus colegas: Nadja, Ric ou Rosalyn. Os outros dormiam na ala oposta.

Aonde estará indo? Aguçou o ouvido. As portas não eram barulhentas, mas eram de metal, de modo que se preparou para ouvir, em questão de segundos, algum tipo de estalo.

Não ouviu nada.

Aquele silêncio a intrigou e a fez pensar em alguma coisa mais que pura cortesia para com os que estão dormindo. Era como se o suposto insone pretendesse ser *cauteloso.*

Saiu da cama e se aproximou da janelinha. Distinguiu a fraca luz de emergência do corredor. Este parecia vazio, mas ela estava certa de ter visto passar uma silhueta. Vestiu a camiseta e saiu. A porta que ligava as duas alas do barracão estava fechada. No entanto, alguém devia tê-la aberto momentos antes: fantasmas não estavam entre as possibilidades que conjeturava.

Hesitou um instante. Tentaria comprovar primeiro se algum dos colegas não estava na cama? Não, mas também não ficaria calma retornando sem mais nem menos para o aposento. Abriu a porta da outra ala. Diante dela se estendia um corredor escuro, pontuado por lâmpadas fracas. À direita, as portas dos quartos; à esquerda, o acesso ao segundo barracão.

De repente sentiu uma vaga inquietação.

Na verdade, por dentro, tinha vontade de rir. *Mandaram espiar-nos uns aos outros, e isso é o que estou fazendo.* De camiseta e calcinha, de pé no corredor, parecia...

Um ruído.

Desta vez sim, embora longínquo. Provavelmente vinha do barracão paralelo.

Caminhou para a saída do corredor que levava ao segundo barracão. A inquietação, como um amigo chato, resistia a abandoná-la, mas por fora não se notava. No geral estava calma: ser filha única a havia ensinado muito cedo a caminhar sozinha na escuridão e no silêncio das noites.

Faltava pouco para perder completamente esse costume.

Chegou até o corredor e espiou.

A uns dois metros dela, uma estranha criatura feita de sombras vivas agitava os braços em cruz e a observava com olhar brilhante e devorador. Porém o mais horrível (logo compreenderia que se tratava de outro aviso) foi comprovar que *não tinha rosto,* ou suas feições se misturavam com as trevas.

– Não grite – disse em inglês uma luz repentina, com voz rouca, cegando-a (sim, agora se dava conta: tinha soltado um grito). – Eu a assustei, desculpe...

Ela ignorava que os soldados patrulhavam o interior dos barracões à noite. A lanterna que o militar acendera revelou o resto: os "braços em cruz" (o fuzil), o "olhar brilhante" (um visor de infravermelhos), a ausência de rosto (uma espécie de rádio que ocultava a boca). No peito do uniforme estava escrito "Stevenson". Elisa o conhecia: era um dos cinco soldados que havia na ilha, um dos mais jovens e aprumados. Até esse momento não tinha falado com nenhum deles. Limitava-se a cumprimentá-los quando os via, como se estivesse consciente de que estavam ali para cuidar dela e não o contrário. Nesse momento experimentou uma profunda sensação de vergonha.

Stevenson baixou a lanterna e elevou o visor de infravermelhos. Ela pôde ver que sorria.

– O que você estava fazendo passeando pelo corredor às escuras?

– Achei que tinha visto alguém passar na frente do meu quarto. Queria saber quem era.

– Estou aqui há uma hora e não vi ninguém. – Pareceu-lhe que a voz de Stevenson tinha certa irritação.

148 ■ José Carlos Somoza

– Provavelmente foi um engano. Desculpe.

Ouviu o som de outras portas: colegas alarmados por seu grito idiota. Não quis saber quem eram. Desculpou-se, voltou para o quarto, deitou-se na cama e, pensando que nunca dormiria, caiu no sono.

Dia seguinte, terça-feira 26 de julho, às 18:44.

Bocejou, levantou-se e colocou o computador em "hibernação". Tinha-o programado para que continuasse sozinho o complicado cálculo.

O incidente com a sombra noturna ainda rondava por sua cabeça. Decidiu que comentaria o assunto com Nadja na praia, pelo menos para rir. Por ora, precisava descansar um pouco. Estava há apenas seis dias em Nova Nelson, mas parecia que eram meses. Perguntou-se se o esforço excessivo poderia chegar a adoecê-la. *Mas não há problema: tenho um hospital ao lado da mesa.* Contemplou o silencioso laboratório da paleontóloga, que fazia as vezes de uma pequena clínica e contava até com uma mesa para exames. Se continuasse assim, talvez pedisse a Jaqueline uma pílula "energética". "O cálculo da energia me rouba energia", diria a ela.

Deixou o laboratório, dirigiu-se para o quarto, pegou o biquíni e a toalha e saiu do barracão para a luz mortiça do sol. Era um dos escassos dias sem chuva nos meses de monção e tinha de aproveitá-lo. Ao ver o soldado que montava guarda no alambrado voltou a se lembrar do incidente da noite, mas neste caso não era Stevenson e sim Bergetti, o italiano robusto com quem Marini às vezes jogava cartas. Cumprimentou-o ao passar (aqueles ouriços humanos repletos de armas a amedrontavam), atravessou a cancela e desceu o suave declive até a praia mais incrível da sua vida.

Dois quilômetros de ouro em pó e um mar que em seus melhores dias se coloria de várias tonalidades de azul, em cuja espuma a carne de Nadja podia parecer tão morena quanto a dela, de ondas poderosas, maquinarias selvagens que nada tinham que ver com as domésticas ondulações das praias civilizadas. Como se não bastasse, como se o Deus daquele paraíso não quisesse causar muitos problemas, as ondas mais fortes quebravam ao longe, permitindo-lhe caminhar por um amplo remanso de água e areia bem fina, e até nadar, sem maiores inconvenientes.

Nadja Petrova acenou para ela do lugar de costume. Elisa tinha travado com a jovem paleontóloga russa uma dessas amizades rápidas e profundas que acontecem somente entre pessoas obrigadas a conviver em lugares isolados. As duas tinham coisas em comum, além da idade: gênio volutarioso, inteligência aguda e costume similar de subir de degrau em degrau a íngreme escadaria das conquistas. Nesse ponto, inclusive, Nadja a superava. Nascida em São Petersburgo, imigrante na França desde a adolescência, abriu caminho até conseguir uma das cobiçadas bolsas de doutorado com Jaqueline Clissot em Montpellier, transformando-se em sua discípula predileta, e tudo isso sem uma mãe rica que pagasse até o tempo que gastavam discutindo. Mas quando falava com Nadja não percebia essas qualidades tão duras: tinha a impressão fulgurante de uma garota amável e divertida, de cabelos cor de champanhe e pele nívea, o tipo de criatura que parece se dedicar ao simples e imenso trabalho de sorrir. Elisa pensava que não podia ter encontrado melhor companheira.

– Hum, o mar hoje está tentador – disse Elisa deixando a toalha e o biquíni na areia e começando a se despir. – Acho que vou entrar, vamos ver se me afogo.

– Pelo visto, você também não conseguiu nada hoje. – Nadja sorriu para ela debaixo dos grandes óculos escuros que protegiam a metade de seu níveo rosto.

– Pelo menos consegui me deprimir.

– Repita comigo: "Amanhã conseguirei, amanhã será o dia."

– "Amanhã conseguirei, amanhã será o dia." – obedeceu Elisa. – Posso modificar um pouco o mantra?

– O que você sugere?

– "Conseguirei um dia desses", por exemplo. – Elisa esticou a calcinha em seus quadris e pegou o sutiã do biquíni. – Mantém minha esperança viva mas não me entedia.

– A chave do mantra é entediar um pouquinho – declarou Nadja e começou a rir.

Depois de colocar o biquíni, Elisa juntou sua roupa e a prendeu em um dos incontáveis potes que sua companheira sempre trazia. Em seguida estendeu a toalha e usou mais potes para segurá-la: o vento não estava tão forte como em outros dias, mas não queria gastar seu tempo de descanso perseguindo toalhas e calcinhas pela areia.

Nadja estava deitada de barriga para baixo. Elisa via seu corpo magro sob a camada de cabelo branco e a linha rosa do biquíni. No primeiro dia tinham rido quando experimentaram os trajes que a senhora Ross havia providenciado (nenhuma das duas tinha pensado em levar biquíni para Zurique). Ela ficou com o cor-de-rosa e Nadja com o branco, mas como seus seios eram mais avantajados que os de Nadja e o branco era maior e ficava melhor nela, não demoraram a trocá-los.

150 ■ José Carlos Somoza

– Você continua travada no mesmo lugar? – perguntou Nadja.

– Que nada. Cada dia vou mais para trás. Tenho a impressão de que voltarei ao início. – Elisa apoiou os cotovelos na areia e contemplou o oceano. Em seguida se voltou para Nadja, que balançava um vidrinho enquanto sorria graciosamente. – Ah, sim, desculpe, eu tinha me esquecido.

– Sei – respondeu a amiga, desabotoando o biquíni. – O que acontece com você é que acha que esfregar minhas costas é um trabalho degradante.

– Mas me saio melhor nisso do que nos cálculos, reconheça. – Elisa passou creme nas mãos e começou a espalhá-lo nas costas de Nadja.

A pele de Nadja resplandecia de toneladas de filtro solar, embora fosse à praia sempre ao entardecer. Seu problema de "quase albinismo" entristecia Elisa porque trazia à amiga muitas contrariedades por causa da sua profissão. "Não sou albina", tinha-lhe explicado Nadja, "sou *quase* albina, mas o sol forte pode me causar grandes danos, até mesmo câncer. Imagine: grande parte do trabalho de um paleontólogo é realizada ao ar livre, às vezes sob um sol tropical ou desértico." Mas, de acordo com sua maneira de ser, Nadja levava na brincadeira. "Saio à noite para procurar *merocanites* e *gastrioceras*. Sou alguma coisa assim como um vampiro da paleontologia."

– Seu amigo Ric está tão enrolado quanto você – disse Nadja, sonolenta, enquanto Elisa esfregava suas costas. – Mas encara melhor. Diz que quer superar você.

– Ele não é meu amigo. E sempre quer me superar.

Tinham dividido o trabalho: Valente fora agregado ao grupo de Silberg e ela ao de Clissot. A tarefa dela consistia em encontrar a energia exata (a solução não podia ter menos de seis decimais) para abrir uma corda temporal correspondente a 150 milhões de anos atrás, uns 4700 trilhões de segundos antes que ela e Nadja acomodassem seus delicados traseiros numa praia do Índico. "Em algum dia de sol em plena selva, no período que chamamos Jurássico", dizia Clissot. Se conseguisse, o resultado podia ser fantástico, inconcebível: provavelmente chegariam a contemplar a primeira imagem de um... *(não digamos, de repente pode dar azar)... vivo.*

Nadja e ela sonhavam com essa imagem.

Elisa, que tinha ficado fascinada na infância com os filmes de dinossauros, pensava que nenhum esforço seria tão excessivo. Se seu trabalho ajudasse a conseguir a imagem de algum grande réptil pré-histórico fazendo alguma coisa (*até cocô na relva*) já não lhe restaria nada para ver ou fazer em toda a sua vida. *Ria de* Jurassic Park *e de Steven Spielberg.* A partir desse instante poderia morrer. Ou se deixar matar.

Mas tratava-se de uma tarefa complexa e entediante. Na verdade, Blanes e ela a tinham dividido: enquanto ele tentava achar a energia necessária para o *início* da abertura das cordas, ela procurava a energia *final*. Depois as comparariam para se certificar de que eram corretas. No entanto estava há dias perdida no emaranhado de equações, e embora não perdesse a esperança, temia que Blanes se arrependesse de tê-la escolhido.

– Tenho certeza de que em breve você resolverá os problemas – a amiga a animou.

– Confio nisso. – Elisa deslizou as mãos pelas coxas para distribuir os restos do creme. – Alguma novidade sobre as Neves Eternas? – perguntou por sua vez.

– Está brincando? Não saberia por onde começar. Jaqueline afirma que cada vez que a vê joga por terra vinte teorias paleogeológicas. É incrível. Esses poucos segundos bastam para escrever um tratado inteiro sobre o Quaternário. – Ainda de barriga para baixo, Nadja dobrou os joelhos e elevou as pontas dos pés, juntando-as. Tinha pés delicados e bonitos. – Você passa metade da vida estudando a glaciação, encontra provas dela no subsolo da Groenlândia, sonha com ela... Mas de repente contempla a Inglaterra sob toneladas de neve e diz: todo o trabalho e a ciência de todos os professores do mundo não podem se comparar com isto.

– Acho que o Impacto está deixando você maluca – brincou Elisa.

Para sua surpresa, a amiga levou a sério.

– Não acho. Embora não esteja dormindo bem há várias noites.

– Você comentou isso com a Jaqueline?

– Ela também não está dormindo bem.

Elisa ia dizer alguma coisa quando avistou, com o rabo do olho, junto à sua perna esquerda, um daqueles caranguejos com pinças desiguais, a direita enorme e a outra pequena, que Nadja chamava de "violinistas". A amiga havia dito que na selva e nos arredores do lago (que ela ainda não visitara) encontravam-se outras espécies "de importância paleontológica".

– Uma pergunta – disse Elisa. – Este bicho que está prestes a beliscar minha perna tem importância paleontológica ou posso dar-lhe uma porrada?

– Coitadinho. – Nadja se levantou e riu. – Não faça isso, é um "violinista".

– Pois que vá tocar em outro lugar. – Jogou um punhado de areia no caranguejo, que desviou sua trajetória. – Ande, suma!

Quando o "perigo" desapareceu, Elisa se virou e apoiou os seios na toalha. Nadja a imitou. Ficaram com os rostos muito próximos, olhando-

152 ■ José Carlos Somoza

se (Nadja a ela e ela a si mesma nos óculos de Nadja). Não podia deixar de pensar no contraste que ofereciam seus corpos tão juntos: moreno-café-com-leite e branco-sorvete-de-nata. A brisa, a maresia e o clima do entardecer a relaxavam tanto que achou que acabaria dormindo.

– Sabia que o professor Silberg tem imagens diferentes guardadas? – disse então Nadja, e confirmou ante o olhar atônito de Elisa. – Sim, eles já tinham feito experiências antes: o Copo Intacto e as Neves Eternas não são as únicas coisas que eles têm. Mas não vá se animando, o resto não dá para ver por causa de erros nos cálculos de energia. Eles chamam essas imagens de "dispersões".

– Como você ficou sabendo disso? Por que não nos contaram? – Elisa se lembrou de repente das palavras de Valente. Seria verdade que estavam escondendo coisas deles?

– Foi a Jaqueline quem me contou. Mas Silberg garante que não dá para ver nada em nenhuma delas. "Crrreo que neste mato tem coelo, camarrrada" – brincou Nadja engrolando a voz. – Estou falando sério. Alguma vez você já se perguntou por que estamos numa ilha?

– O projeto é secreto, você ouviu Silberg dizer.

– Mas não há razões estratégicas para que trabalhemos numa ilha. Poderíamos continuar em Zurique, inclusive chamaríamos menos a atenção...

– Por que você acha, então?

– Não sei, talvez queiram nos isolar – aventurou Nadja. – Como se... Como se tivessem medo de que pudéssemos... nos tornar perigosos. Você viu quantos soldados tem aqui?

– Só cinco. Seis, contando o Carter.

– Eu acho demais.

– Você é um pouco paranóica.

– Eu não gosto de soldados. – Nadja olhou para ela por cima dos óculos. – No meu país me fartei de vê-los, Elisa. Eu me pergunto se estão aqui para nos proteger, ou para proteger o resto do mundo daquilo que possa acontecer conosco. – O vento tinha feito com que os cabelos encobrissem seu rosto.

Elisa se dispunha a replicar quando ouviram um grito.

Uma figura de short e camiseta corria pela areia a trinta metros de distância. Outra, de bermuda vermelha, a perseguia dando grandes passadas. Sem dúvida a que fugia não tinha muita intenção de escapar, porque foi alcançada rapidamente. Durante alguns segundos as duas ficaram muito juntas, iluminadas pelo sol do poente. Depois se deitaram na areia, em meio a gargalhadas.

– Novas experiências, novos amigos – sentenciou Nadja piscando um olho para Elisa.

Aquilo não a surpreendia: já os tinha visto várias vezes conversando a sós no laboratório de Silberg, ele olhando para ela com aqueles olhos aquosos de réptil, ela com seu aspecto azedo de sempre, como se o mundo tivesse contraído com sua excelsa pessoa uma dívida remota jamais quitada completamente. *Pobre Rosalyn Reiter.* Não gostava de ver Valente apoderando-se com tanta facilidade daquela mulher madura, feiosa e calada. Dava-lhe vontade de dar uns conselhos à historiadora alemã a respeito do seu maravilhoso *latin lover.*

– Estão levando muito a sério o negócio de procurar energia – ironizou.

– Muito energéticos os dois – sorriu Nadja.

Valente e Reiter trabalhavam com Silberg para abrir cordas de tempo num período de aproximadamente sessenta bilhões de segundos atrás, com imagens da cidade de Jerusalém. Se tudo corresse bem, a "Energia Jerusalém" podia se tornar mais importante que a "Jurássica". Muito mais importante para eles, e para o resto da humanidade.

Veriam Jerusalém nos tempos de Cristo. Concretamente, nos últimos anos da vida de Jesus.

Talvez contemplassem algum acontecimento histórico ou bíblico.

Talvez fosse um acontecimento muito especial.

Talvez (embora a probabilidade neste caso fosse a mesma de acertar com uma só bala um alvo de um milímetro situado a mil quilômetros) pudessem *vê-Lo.*

Ria dos tiranossauros, de Napoleão, de César e de Spielberg. Ria de tudo.

Elisa não tinha mentido para Maldonado (agora compreendia o motivo daquelas perguntas sobre suas crenças): era atéia. Mas que ateu podia se gabar de permanecer impassível frente à possibilidade, a simples possibilidade, de *vê-Lo* ainda que por um instante?

Quem assim opinar, que atire a primeira pedra.

E um dos responsáveis pela produção desse milagre se encontrava naquele momento empinando a bunda forrada com uma bermuda vermelha enquanto sua língua, sem dúvida, saboreava a boca que uma historiadora madura e frustrada colocada à sua disposição.

Nadja parecia estar se divertindo muito: olhava para Elisa com o rosto vermelho apoiado na toalha.

– Na noite passada eles dormiram juntos.

– Jura? – A notícia provocou emoções indefinidas em Elisa. Turbulentos *flashes* de sua ida à casa de Valente e as ameaças que ele fizeram durante a aposta passaram pela sua cabeça. Imaginou Valente dedicando-se a humilhar Rosalyn Reiter.

– Por favor, não diga nada a ninguém! – riu Nadja. – Tenho vergonha de ter falado, pois não é da minha conta...

– Nem da minha – acrescentou Elisa apressadamente.

– Foi no domingo à noite. Ouvi um barulho e me levantei. Olhei pela janelinha da porta do Ric... e ele não estava! Então olhei no quarto da Rosalyn... E vi os dois. – Nadja ria em voz baixa mostrando os dentes um pouco separados. – Os homens na Espanha são todos assim?

– O que é que você acha? – Elisa suspirou e sua companheira explodiu em gargalhadas, talvez ao ver o quanto ela estava séria. – Eu também vi alguma coisa à noite, ia contar para você... Alguém caminhando pelos corredores. Por fim era um soldado... Deu-me um susto que vou te contar, o filho da mãe.

– Não me diga! Você também dá bola para os soldados? – O rosto da jovem paleontóloga estava a dois milímetros do dela, estava tão vermelho que Elisa pensou que ia explodir. Atirou um pouco de areia no ombro dela.

– Cale a boca, russa perversa. Vou dar um mergulho. Esses espetáculos me deixam quente.

Caminhou até a beira da água sem olhar para o casal estendido na areia a trinta metros à sua direita.

Nesta mesma noite ouviu ruídos. Passos no corredor.

Levantou-se de um salto e espiou pela janelinha. Ninguém.

Os passos foram interrompidos.

Pegou seu relógio de pulso e acendeu a luz do mostrador: marcava 1:12, era cedo ainda, mas tarde para os usos e costumes da equipe científica de Nova Nelson. Jantavam às sete e às nove e meia estavam todos na cama: as luzes se apagavam às dez. Mas ela continuava com insônia. Pensava em soldados que se movimentavam sem fazer ruído, em soldados-sombra sem rosto deslizando pelos corredores escuros, passando por sua janelinha... E também pensava em Valente e Reiter, embora não soubesse por quê.

Passos. Agora, sim, muito nítidos. No corredor.

Entreabriu a porta e espiou, virando a cabeça em ambas as direções.

Ninguém. O corredor estava vazio e a porta de acesso à segunda ala estava fechada. Os passos foram interrompidos novamente, mas ocorreu-lhe uma possível explicação. *Procedem do quarto dele. Ou do dela.*

ZIGZAG ■ **155**

Obedecendo a um súbito impulso (*que infantil você é*, diria sua mãe), saiu para o corredor sem se vestir. Parou primeiro na porta ao lado, a de Nadja, e espiou pela janelinha. Nadia estava na cama: seu cabelo branco, sob a luz dos holofotes do exterior, era tão visível quanto um sinal de estrada. A postura do corpo, com os lençóis enrolados nas pernas, indicava que já estava dormindo há algum tempo. Parecia um feto encolhido no útero. Elisa riu. Lembrou-se de uma conversa que tiveram no fim de semana, na praia.

– Eu gostaria de ser mãe – disse Nadja numa de suas "confissões" sinceras.

– O que é isto?

– Uma coisa que dá na cabeça das paleontólogas de vez em quando. Consiste em criar um embrião no ventre depois de ser fecundada por um macho.

– Eu decidi ser zangão – respondeu ela, meio adormecida na toalha.

– Não gostaria mesmo de ter filhos, Elisa?

Achou a pergunta estranha. E achou estranho ter achado isso.

– Ainda não analisei a questão – respondeu, mas Nadja achou que estava brincando.

– Olhe, não é um problema matemático. Ou você quer ou não quer.

Elisa havia mordido o lábio, como fazia quando estava calculando.

– Não, não quero – respondeu depois de longo silêncio, e Nadja mexeu a cabeça, aquela cabeça delicada de cabelos de anjo que tinha.

– Faça-me um favor – disse. – Antes de morrer doe seu crânio para a Universidade de Montpellier. Jaqueline'e eu adoraremos estudá-lo, juro. Não há muitos exemplos de *fisicus extravagantissimus* fêmea.

Voltou à realidade: estava no corredor, de madrugada, só de calcinha, espiando os colegas. *Imagine se acordassem e vissem a* fisicus extravagantissimus *de calcinha espiando-os pela janelinha.* Não se ouviam mais os passos. Sem parar de rir, avançou na ponta dos pés até o quarto de Ric Valente. O solo metálico ofereceu um contraste de frescor nos pés comparado ao calor que sentia pelo corpo todo. Espiou.

Todas as suas idéias preconcebidas se apagaram. Sob a claridade que penetrava pela janela distinguiu perfeitamente a magra silhueta de Valente Sharpe estirada na cama, as costas ossudas, a brancura da cueca.

Ficou um instante olhando. Depois se dirigiu ao último quarto. Aquele montinho enrolado sob os lençóis só podia ser Rosalyn, inclusive acreditou ter visto mechas do cabelo castanho dela.

Balançou a cabeça e voltou para o seu quarto, perguntando-se o que pretendia contemplar. *Voyeuse.* Compreendeu que o impressionante esforço exigido por seu primeiro trabalho na ilha estava cobrando um preço. Em sua vida normal sabia como resolver aquelas situações de desgaste: passeava, praticava esportes ou, se precisava ir mais longe, entregava-se a suas fantasias eróticas solitárias. Mas no mundo de Nova Nelson, com aquela ausência de privacidade, sentia-se um tanto desorientada.

Deitou-se de costas e respirou fundo. Não havia mais passos. Não havia ruídos. Apurando os ouvidos podia ouvir de longe o mar, mas não queria. Depois de pensar por um instante, enfiou-se embaixo das cobertas apesar do calor que sentia. Mas não pretendia se abrigar. Voltou a tomar ar, fechou os olhos e deixou que a fantasia a levasse por onde quisesse.

Suspeitava por onde ela a levaria.

Valente continuava parecendo Valente Sharpe: um rapaz estúpido, vazio, uma mente brilhante no corpo de um menino doentio, um filhinho de papai. No entanto, de maneira irremediável, sua fantasia (provavelmente também doentia, supôs) a arrastava pelos cabelos até ele. Era a primeira vez que lhe acontecia isso, estava surpresa.

Fisicus calentissimus.

Imaginou-o entrando no quarto dela naquele momento. Podia vê-lo com clareza, agora que estava com os olhos fechados. Introduziu as mãos debaixo dos lençóis e baixou a calcinha. Mas para ele esse gesto de submissão pareceu pouco. Ela concordou em tirá-la totalmente, enrolou-a e jogou-a no chão. Imaginou que nem assim Valente Sharpe ficaria satisfeito em sua fantasia. *Mas que se dane, não penso em tirar o lençol.* Levou uma das mãos até lá embaixo, no centro daquele lugar tórrido e sôfrego, e começou a remexer e a arfar. Imaginou o que ele faria: olhá-la com absoluto desprezo. E ela falaria para ele...

Nesse instante os passos ecoaram junto à sua cama.

O incipiente prazer explodiu no cérebro como uma filigrana de cristal pisoteada por um elefante adulto.

Abriu os olhos exalando um gemido.

Não havia ninguém.

O susto, cravado daquela forma no auge da sua excitação sexual, tinha sido tão grande que quase chegou a ficar feliz por sair viva: esses sustos são como um acesso de febres palúdicas e deixam as pessoas rígidas e geladas. Em algum lugar tinha lido, inclusive, que podiam chegar a matar por infarto mesmo que a pessoa fosse jovem e por mais saudáveis que fossem suas artérias.

Levantou-se contendo a respiração. A porta do quanto continuava fechada. Não tinha ouvido nenhum barulho que indicasse que alguém a tivesse aberto. Mas os passos – tinha certeza – soaram *dentro* do quarto. No entanto, não havia ninguém.

– Oi? – perguntou para os mortos.

Os mortos responderam. Com mais passos.

Vinham do banheiro.

Naquele momento Elisa pensou que nunca na vida chegaria a sentir tanto medo. Que nunca na vida sentiria mais medo do que nesse instante.

Depois comprovou que esse tinha sido o pensamento mais equivocado que tivera até então.

Mas só depois.

– Oi?

Ninguém respondeu. Os passos iam e vinham. Estava enganada? Não: vinham de dentro do banheiro. Não tinha abajur, e de qualquer forma as luzes eram cortadas à noite, exceto a do banheiro. Precisava se levantar no escuro e ir até lá para acendê-la.

Agora já não ouvia mais os passos: tinham parado de novo.

De repente se achou uma completa idiota. Quem diabos podia ter se metido no seu banheiro? E quem aguardaria ali sem nenhuma luz, sem falar, mas se movimentando? Não havia dúvida de que os passos vinham de outro lugar do barracão e reverberavam nas paredes.

Apesar daquela conclusão "tranqüilizadora", o processo de afastar o lençol, levantar-se (*nem sonhar em perder tempo vestindo a calcinha; além do mais, se for um morto, que importa estar pelada?*) e caminhar até o banheiro pareceu-lhe quase uma missão espacial. Descobriu que a porta do banheiro, que não conseguia ver da cama, estava fechada e a janelinha estava completamente preta. Teria de abri-la e acender, por sua vez, a luz do interior.

Moveu o trinco.

Enquanto abria a porta com terrível lentidão, revelando porções crescentes do negrume interior, ouvia-se arfando. Arfava como se ainda estivesse na cama com sua fantasia particular... Não, quem dera fosse assim: arfava como um trem a vapor. Ria de como havia arfado antes, enquanto fazia uma das suas siriricas de tirar o fôlego. Ria, *fisicus extravagantissimus...*

Abriu a porta totalmente.

Soube antes mesmo de acender a luz. Estava vazio, claro.

Respirou aliviada, sem saber o que esperava encontrar. Voltou a ouvir os passos, mas dessa vez claramente distantes, talvez na ala dos quartos dos professores.

158 ■ José Carlos Somoza

Por um instante ficou ali de pé, nua, na porta do banheiro iluminado, perguntando-se como era possível que os passos tivessem soado perto da sua cama minutos antes. Sabia que seus sentidos não a haviam enganado, e não conseguiria dormir até encontrar uma solução lógica para aquele enigma, nem que fosse apenas para não se sentir idiota.

Por fim deu com uma possível causa: agachou-se e encostou a orelha no solo de metal. Acreditou ouvir os passos com mais intensidade e deduziu que não estava enganada.

Existia apenas um lugar na estação aonde ela ainda não tinha ido: a despensa. Ficava no subsolo. Em Nova Nelson era muito importante economizar energia e espaço; o armazenamento de gêneros alimentícios no subsolo cumpria esse duplo objetivo, já que por causa da temperatura subterrânea os refrigeradores trabalhavam com a potência mínima e certos alimentos podiam ser conservados sem necessidade de frio adicional. Às vezes Cheryl Ross inspecionava a despensa à noite (o acesso era por um alçapão na cozinha), para fazer uma lista do que era necessário repor. A câmara dos refrigeradores ficava perto do seu quarto, e os passos de quem ali estivesse deviam ser transmitidos com facilidade por causa do revestimento metálico das paredes. Pensara que soavam dentro do quarto, mas na realidade soavam *embaixo*.

Só podia ser isso: a senhora Ross devia estar na despensa.

Quando se sentiu suficientemente tranqüila, apagou a luz do banheiro, fechou a porta e voltou para a cama. Antes procurou a calcinha e a vestiu. Estava exausta. Depois daquele susto, o tão ansiado sono por fim se acercava dela.

Mas enquanto sua vigília se consumia como uma vela esgotada, segundos antes que um turbilhão a arrastasse finalmente para a escuridão, pareceu avistar alguma coisa.

Uma sombra deslizando pela janelinha da sua porta.

16

De: tk32@theor.phys.tlzu.ch
Para: mmorande@piccarda.es
Enviado: sexta, 16 de setembro de 2005
Assunto: Oi.
Oi, mãe. Só umas linhas para dizer que estou bem. Lamento não poder escrever nem ligar mais vezes, mas o trabalho aqui em Zurique é intenso.

Eu gosto disso (você me conhece), então não me queixo. Tudo o que eu faço é maravilhoso. O professor Blanes é extraordinário, e meus colegas também. Nesses dias estamos a ponto de conseguir certos resultados, de modo que, por favor, não se preocupe se demorar a fazer contato.

Cuide-se. Um beijo. Lembraças ao Victor, caso ele ligue.

Eli.

Anos depois pensou que ela, a seu modo, também era responsável pelo horror.

Tendemos a nos culpar pelas catástrofes sofridas. Quando a tragédia nos domina, nos voltamos para o passado e buscamos algum erro que pudéssemos ter cometido, e que a explique. Essa reação pode ser absurda em muitos casos, mas no dela parecia correta.

Sua tragédia era imensa, e talvez seu erro também.

Quando havia errado, em que instante?

Às vezes, na solidão da sua casa, em frente ao espelho, contando os angustiantes segundos que faltavam antes dos pesadelos voltarem, concluía que seu grande erro tinha sido, justamente, seu grande acerto.

Aquela quinta-feira 15 de setembro de 2005, o dia do seu sucesso.

O dia de sua condenação.

Os problemas matemáticos são como quaisquer outros: você passa semanas vagando por um sem-número de atalhos e de repente se levanta numa manhã, toma café, olha como o sol nasce e ali, incomparavelmente luminosa, está a solução que você procurava.

Na manhã da quinta-feira 15 de setembro Elisa ficou imóvel com o lápis na boca olhando para a tela do computador. Imprimiu o resultado e foi até a sala de Blanes levando o papel.

Blanes tinha mandado colocar um teclado eletrônico na sua sala. Interpretava Bach, muito Bach, somente Bach. O escritório era vizinho ao laboratório de Clissot, e às vezes a cristalina criatura de uma fuga ou uma ária das *Variações Goldberg* atravessava como um fantasma as paredes durante as tardes solitárias que Elisa passava trabalhando. Mas isso não a incomodava, até gostava de ouvir Blanes tocar. Na sua profunda ignorância em relação à música, achava que Blanes era um pianista razoável. No entanto, naquela manhã ela tinha outra "música" para lhe oferecer, e pensava que ele acharia bom se fosse a melodia certa.

160 ■ José Carlos Somoza

Sem tirar as mãos do teclado, Blanes lançou um olhar para a trêmula folha de papel.

– Perfeito – disse sem emoção. – Agora sim.

Blanes já não parecia nenhum ser "extraordinário" – como costumava dizer para sua mãe –, mas também não era vulgar, nem um filho da puta. Se havia algo que Elisa aprendera nos seus vinte e três anos de idade era que ninguém, absolutamente ninguém, podia ser definido com facilidade. Todo mundo é alguma coisa, mas também alguma coisa a mais, até mesmo o oposto. As pessoas, como as nuvens de elétrons, são opacas. E Blanes não era uma exceção. Quando o conheceu, nas aulas da Alighieri, pensou que ele era um sexista estúpido ou mesmo um tímido doentio. Durante os primeiros tempos de convivência em Nova Nelson chegou a pensar que ele, simplesmente, não tinha casos. Achou então que o problema estava nela: no seu inveterado costume de esperar que todos os professores do sexo masculino a tratassem de maneira especial, não apenas porque era inteligente (e muito inteligente) mas porque era gostosa (e gostosíssima). Ela conhecia suas virtudes e estava habituada a manipulá-las em seu favor. Mas com Blanes acreditava ter encontrado alguém que parecia dizer: "Não dou a mínima para suas intuições geométricas nem para suas formas novas de integrar, nem para suas pernas, seu short ou se está ou não usando sutiã."

Tempos depois Elisa mudou de opinião, e compreendeu que ele a notava. Que olhava para ela com aqueles olhos de Robert Mitchum sempre pequenos como se estivesse quase dormindo, apesar de bem acordado. Que quando ela voltava da praia quase nua e o encontrava nos corredores do barracão, ele, obviamente, olhava para ela com olhos de homem, mais fogosos até que os de Marini (que eram notáveis), e muito mais evidentes que os de Craig (quase inexistentes). Mas suspeitava que a mente de Blanes, como a dela, andava por outros caminhos, e que ele estaria imaginando a mesma coisa sobre ela. Às vezes pensava que tudo se solucionaria se fossem para a cama. Ela imaginava os dois nus, olhando-se sem fazer mais nada. Passariam os minutos e de repente ele diria, em tom de espanto: "Mas... não se importa mesmo que eu toque em você?" E ela, não menos espantada: "Mas... você queria me tocar?"

– Esperemos que Sergio termine – disse ele, e continuou tocando Bach, a única coisa que tocava.

A idéia de Blanes era pegar as duas amostras de luz – a "Jurássica" e a "Jerusalém" – numa mesma jornada, já que o lugar geográfico a pesquisar era aproximadamente o mesmo. Mas Marini e Valente, como havia ocorrido na vez anterior, tinham se atrasado com os cálculos, de modo que não havia outro remédio senão esperar.

Sem mais nada para fazer, Elisa se dedicou a se entreter com pequenas tarefas, entre elas preparar a mensagem que enviaria para a mãe no dia seguinte (depois de passar, obviamente, pela censura habitual). Em seguida começou a se lembrar da manhã de início de agosto, um mês e meio atrás, quando mostrara a Blanes seu primeiro resultado, interrompendo, da mesma forma, seu recital, e todo o tormento pelo qual havia passado e do qual tinha sido resgatada por Nadja.

Justamente naqueles dias tinha ocorrido o encontro até então mais desagradável com Valente, e ela achava que compreendera o quanto Sharpe ficava afetado por chegar sempre por último na suposta "corrida" que os dois (por exclusivo desejo dele) estavam disputando. Ironicamente, tanto os resultados de Valente quanto os dela estavam errados naquela ocasião.

Agora não ia ser assim. Estava segura de que desta vez tinha acertado em cheio. Estava certa.

Pensava também que se o seu cálculo estivesse correto seria a pessoa mais sortuda do mundo.

Estava errada. Completamente.

O mês anterior, de fato, não tinha sido dos melhores para Valente Sharpe. Elisa quase não o via na estação, nem no laboratório de Silberg, que era onde se supunha que trabalhava. Mas até onde ela sabia, ele estava trabalhando. Às vezes precisava lhe dizer alguma coisa e o encontrava no quarto, sentado na cama digitando no laptop e tão abstraído na sua tarefa que ela quase se sentia inclinada a considerá-lo (*como ele havia dito daquela vez?*) uma "alma gêmea". Tinha até mesmo abandonado o namorico com Reiter. Elisa havia percebido que Rosalyn ficara mais abalada por isso do que ele. Em compensação, buscava a companhia de Marini e Craig e não raro via os três juntos, depois de longos passeios pela praia ou pelo lago. Parecia-lhe evidente que Ric entrara numa nova fase em que pretendia, a todo custo, *se destacar*. Não lhe bastava ter sido um dos escolhidos para o projeto, queria ser o único: desbancar não apenas ela, mas também todos os outros.

Em algumas ocasiões isso lhe causava mais medo do que as histórias de obscuras perversões que Victor havia contado sobre ele. Depois daquele tempo de convivência forçada na ilha começava a entender que sob o aparente calmo desprezo do colega havia um vulcão de desejos de ser o melhor, o primeiro. *Tudo o que ele faz ou fala tem esse objetivo.* Percebeu que essa paixão o devorava, não apenas por dentro: tiques violentos contraíam seus lábios ou a perna direita quando estava na frente do computador, sua anêmica cor natural tinha empalidecido e fartas papadas de pele pendiam sob as pálpebras como ninhos de algum tipo de estranha e maligna criatura. *O que está acontecendo com ele? O que pode estar acontecendo com ele?*

Ela ficava com pena de vê-lo tão obcecado. Sabia que sentir uma pitada de pena de Ric Valente Sharpe era a mesma coisa que ganhar metade do céu e ter boas perspectivas de conseguir a outra, mas já estava acostumada com ele e era capaz de se compadecer.

Pelo menos até aquele encontro na praia.

Na tarde da quarta-feira 10 de agosto, um dia depois de entregar os primeiros resultados, Elisa foi para a praia. Nadja ainda não tinha chegado. No lugar dela, de pé na areia, havia uma estátua branca sobre a qual algum vândalo parecia ter jogado trapos sujos que se agitavam ao vento.

Quando comprovou quem era, ficou boquiaberta.

Valente estava imóvel. Melhor dizendo: petrificado. E olhava para alguma coisa. Essa alguma coisa devia ser o mar, porque ela olhou na mesma direção, mas só conseguiu ver um esplêndido horizonte de ondas verdes e nuvens azuis. Ele não tinha percebido a presença dela.

– Olá – cumprimentou-o, titubeando. – O que está acontecendo com você?

O jovem pareceu sair de um profundo ensimesmamento e voltou-se para ela. Elisa sentiu um calafrio: a expressão do rosto dele a fez lembrar, por um momento, a de um colega de faculdade, esquizofrênico, que tivera de abandonar os estudos para sempre. Chegou a pensar que Valente não a estava reconhecendo.

Mas em questão de décimos de segundos tudo mudou, e o Sharpe a que estava acostumada apareceu diante dos seus olhos.

– Olha só quem está aqui – murmurou com voz rouca. – Elisa, a provocadora. Como vai Elisa? Tudo bem?

– Olhe, cara – disse ela, passando do temor à raiva com a mesma rapidez. – Sei o tipo de pressão que nós, eu e você, estamos tendo que suportar, mas não vou permitir mais que você me ofenda. Estou falando sério. Somos colegas de trabalho, gostemos ou não disso. Se voltar a me ofender, reclamarei de você por escrito a Blanes e Marini. Expulsarão você do projeto.

– Ofender você? – Valente tinha o sol fraco no rosto e contraía as feições ao olhar para ela como se estivesse chupando um limão. – Que ofensas, querida? O seu corpo sob a camiseta e o short esquenta o meu pau, ou seja, você me causa um aumento da temperatura e uma repentina rigidez no membro viril, e isso não é culpa minha. É como se me acusassem de dizer que a primeira lei da termodinâmica "esquenta os tubos". Colocarei isto por escrito também. Espere. Aonde você vai?

Valente se colocou na frente dela.

– Por favor, me deixe em paz – disse Elisa, esquivando-se.

– Já sei aonde você vai: ficar nua na praia e causar um aumento ainda maior na temperatura do meu vaso comunicante. Se você não fosse uma provocadora vestiria o biquíni no quarto, como faz sua decente amiga, mas como você é uma exibicionista, tira a roupa na praia, e assim todos podem vê-la, não é?

Elisa voltou a se esquivar. Estava profundamente arrependida de ter se interessado pela saúde dele. E não imaginava o que aconteceria a seguir.

Ele impediu sua passagem outra vez.

– Vai me denunciar por dizer cientificamente o que você é para mim? – E imediatamente ela compreendeu que aquilo não era uma das típicas piadas dele. Valente queimava de ira, ainda mais do que ela. – Seria como se você... sei lá... como se eu a acusasse de se masturbar à noite pensando em mim. Uma coisa assim, monstruosa, exagerada e impossível...

Ela olhava para ele imóvel. De repente não lhe apetecia o mar, nem a companhia de Nadja, nem nada. Não se sentia chateada nem humilhada: estava assustada.

– ...ou como se me acusassem de zoofilia pelo simples fato de gostar dos seus mamilos – continuou no mesmo tom, como se o que tivesse dito antes fosse parte da mesma piada. – Não sei. Você é exagerada... Se não quer que digam a verdade na sua cara, não dê motivos para isso...

Ele me viu. Só pode ter visto. Mas não, não pode ser. Ele fala por falar. Ela tentava atravessar o brilho zombeteiro dos olhos dele para chegar à verdade, mas não conseguia. Havia passado duas semanas desde a noite em que estivera se masturbando sozinha no quarto, e tinha certeza de que *ninguém* a vira fazer aquilo. *Mas, então, como?*

– Vamos nos acalmar – disse Valente. – Você acha que resolveu seus cálculos, não é mesmo querida? Pois então deixe os tontos fazerem o seu trabalho e não me provoque mais...

Deu meia-volta e se afastou, deixando-a ali. Um minuto depois Nadja chegou, mas ela já tinha ido embora. Passaram-se vários dias antes que tivesse vontade de voltar à praia, e a partir de então sempre trocava de roupa no quarto. Não falou a verdade para a amiga sobre o motivo da mudança de costume.

164 ■ José Carlos Somoza

Mais tarde, quando conseguiu ver as coisas a distância, compreendeu que estava exagerando. Avaliou os ataques de Valente do ponto de vista de uma competição: era óbvio que o incomodava vê-la chegando antes a todas as metas. Por outro lado, ela se diminuía demasiadamente na presença dele. Valente podia parecer um ser indefinível, inexplicável, mas afinal de contas era apenas um frangote ao cubo medianamente esperto que não perdia uma oportunidade de feri-la quando percebia um ponto fraco. Mas isso acontecia mais por falha dela do que por mérito dele.

É claro que considerou as frases dele como presepadas. Ninguém podia tê-la visto, nem sequer pela janelinha, e quanto aos passos, já sabia quem os dera: a senhora Ross estivera na despensa naquela noite, ela mesma dissera a Elisa no dia seguinte. Desse modo tudo se esclarecera. Valente tinha apenas lançado dardos às cegas para ver se acertava algum. *Já vai passar. Talvez perceba que é preferível se dedicar ao trabalho do que ficar se jogando para cima das colegas.* Não voltou a pensar nele, nem em nenhuma outra preocupação. Na verdade, desde que terminara sua tarefa, dormia como uma pedra, não via sombras nem ouvia barulhos.

Na quinta-feira 18 de agosto a "Energia Jerusalém" foi colocada em cima da mesa de Blanes num papel limpo. A experiência foi programada para o dia seguinte, depois que Craig e Marini obtivessem as amostras de imagem e as fizessem colidir com as energias calculadas. Toda a equipe começou a roer as unhas, aguardando.

Era a vez de Elisa no revezamento da limpeza, que fora um pouco negligenciada nos últimos dias, e ela se entregou com afã à tarefa. Encontrou Blanes na cozinha. Vê-lo enxugando louça era um espetáculo que nunca teria imaginado contemplar, sobretudo quando assistia àquelas tensas aulas na Alighieri: a convivência na ilha proporcionava esse tipo de coisa.

De repente, fez-se um silêncio. Na entrada da cozinha havia várias caras de decepção. Colin Craig foi o encarregado de falar.

– As duas amostras de imagens se dispersaram.

– Não chorem – Marini tentou brincar –, mas isso significa que é preciso calcular de novo.

Ninguém chorou então. Mais tarde, a sós, talvez o tenham feito. Elisa estava certa de que choraram, como ela, porque todos amanheceram com os olhos vermelhos, rugas de cansaço e pouca vontade de conversar. A natureza pareceu unir-se ao luto e convocou, nos últimos dias de agosto, nuvens espessas e uma chuva quente e oblíqua. Era a época de monções, avisou Nadja, que conhecia grande parte do planeta: "Os meses de verão são de monção no sudeste, o *hulhangu,* quando a chuva é mais intensa e freqüente, como nas Maldivas." Na verdade ela nunca tinha visto uma chuva assim: era como se não fossem gotas, mas fios. Milhões de fios agitados por titereiros enlouquecidos que batiam nos tetos, janelas e paredes, e em vez de repicar pareciam roncar de forma gutural. Aos poucos Elisa elevava o olhar como um zumbi, contemplava os elementos desenfreados lá fora e achava que constituíam uma boa imagem do estado da sua mente.

Na primeira segunda-feira de setembro, depois de uma discussão especialmente longa com Blanes, que tinha criticado a lentidão do seu trabalho, sentiu uma estranha, pesada amargura. Não chorou, não fez nada: ficou na frente do computador do laboratório de Clissot, rígida, pensando que nunca mais voltaria a se levantar. Passou o tempo. Talvez horas, não estava certa. Então sentiu um perfume e uma mão suave como uma folha caindo sobre a pele nua do seu ombro.

– Venha – disse Nadja.

Se Nadja tivesse empregado qualquer outro tipo de estratégia, por exemplo os ataques (tão prodigalizados por sua mãe) ou os argumentos (que costumavam vir do seu pai), Elisa não teria obedecido. Mas a firmeza do gesto e o doce calor daquela voz fizeram milagre. Levantou-se e a seguiu como uma ratazana hipnotizada por uma melodia.

Nadja trajava uma calça esportiva e botas que ficavam um pouco grandes para ela.

– Não quero ir à praia – disse Elisa.

– Não vamos à praia.

Levou-a para o seu quarto e apontou para uma grande trouxa de roupa e outro par de botas. Elisa conseguiu rir ao comprovar que aquelas roupas não ficavam mal nela.

– Você tem anatomia de soldado – disse Nadja. – A senhora Ross disse que essas calças e botas foram encomendadas para os soldados do Carter.

Assim, e depois de passar um creme com cheiro estranho que Nadja qualificou como "repelente de mosquitos" – para ela era só "repelente" mesmo –, saíram e caminharam até o heliporto. Não chovia, mas parecia haver no ar uma espécie de chuva à espreita, camuflada. Os pulmões de Elisa se encheram desse ar e do perfume de vegetação. O vento norte provocava um vaivém de nuvens que escondiam e revelavam o sol praticamente a cada segundo, transformando a luz em imagens de um filme falhado.

Deixaram para trás a pista do heliporto. Em frente à casamata dos soldados viram Carter conversando com o tailandês Lee e com o colombiano Méndez, que naquele momento montava guarda na cerca que dava para a selva. Elisa simpatizava com Lee, porque ele sempre sorria ao vê-la, mas conversava mais com Méndez, que naquele momento mostrou toda a dentadura brilhando no rosto moreno. Os militares já não a impressionavam tanto quanto no início: tinha descoberto que detrás dos capacetes de metal e couro havia pessoas, e agora prestava mais atenção nestas do que no uniforme.

Passaram em frente ao depósito onde eram guardados as armas, as munições, os equipamentos e o depurador de água, e Nadja escolheu um caminho paralelo ao muro da selva.

A famosa selva, que para Elisa de longe parecia apenas um breve trecho de árvores e lama, mostrou-se mágica quando adentrou nela. Pulou como uma criança sobre as enormes raízes cobertas de musgo, maravilhou-se com o tamanho e a forma das flores e ouviu os infinitos sons da vida. Num certo momento, uma espécie de aeromodelo preto e marfim passou zumbindo diante dos seus olhos.

– Cavalinho do diabo gigante – explicou Nadja. – Ou libélula helicóptero. As manchas pretas nas asas são *pterostigmas.* Em algumas culturas do Sudeste Asiático são identificadas com as almas dos mortos.

– Não me causa estranhamento – admitiu Elisa.

Rapidamente Nadja se agachou. Ao levantar tinha na palma da mão uma garrafinha pintada de vermelho, preto e verde como o elixir de um bruxo, com brilhantes asas de azeviche.

– Uma *cetoína.* Ou talvez um crisomelídio, não tenho certeza. Besouro, para os ignorantes. – Elisa estava espantada: nunca tinha visto um besouro com aquelas cores incríveis. – Tenho um amigo francês especialista em coleópteros que adoraria estar aqui – acrescentou Nadja, e colocou o escaravelho na terra. Elisa riu das amizades dela.

A amiga mostrou também uma família de gafanhotos e uma cigarra com belíssimos tons de rosa. O único animal que viram maior que um inseto foi um lagarto de cores vivas, mas isso era típico das selvas, segundo Nadja. As criaturas da selva se escondem das outras, se mimetizam, se camuflam para salvar a vida ou arrebatá-la. A selva é um cenário de terríveis disfarces.

– Se viéssemos à noite com infravermelhos talvez conseguíssemos ver lóris. São prossímios noturnos. Nunca viu uma fotografia? Parecem ursinhos de pelúcia de olhos assustados. E esses berros... – E Nadja ficava parada como uma escultura de açúcar no meio daquela catedral verde. – Provavelmente são gibões...

O lago ocupava uma ampla extensão com uma área de mangue ao norte repleta de banhados. Nadja mostrou-lhe a pequena fauna do mangue: caranguejos, rãs e cobras. Em seguida margeram o lago, verde-escuro a esta hora do crepúsculo, até os recifes de coral, e encontraram um remanso fronteiriço com o mar que parecia esculpido em esmeralda. Depois de examinar cuidadosamente o lugar, Nadja tirou a roupa e convidou Elisa a fazer o mesmo.

Há momentos em que pensamos que tudo aquilo que vivemos até então foi falso. Elisa tinha experimentado algo semelhante com a imagem do Copo Intacto e das Neves Eternas, mas agora numa outra ordem dos acontecimentos, chapinhando naquela massa límpida e morna, nua como as nuvens, ao lado de outra pessoa nua como ela, teve a mesma sensação, talvez com mais intensidade. Sua vida entre quatro paredes rabiscadas de equações pareceu tão falsa quanto seu reflexo aveludado na superfície da água. Toda a sua pele, cada um dos seus poros banhados naquele frescor, parecia gritar que podia fazer qualquer coisa, que não tinha travas e o mundo lhe pertencia por completo.

Olhou para Nadja e soube que ela sentia a mesma coisa.

No entanto não fizeram nada fora do comum. Para Elisa bastou o pensamento para ser feliz. Acreditou compreender que a diferença – sutil – entre o paraíso e o inferno pode estar em fazer tudo o que se imagina.

Foi uma tarde inesquecível. Talvez não fosse o tipo de experiência que uma pessoa contaria para os netos, pensava Elisa, mas daquelas que, quando acontecem, até a última fibra do corpo reconhece que estava precisando dela.

Meia hora depois, e sem esperar que se secassem, vestiram-se e voltaram. Conversaram pouco; o caminho de volta foi percorrido quase em silêncio. Elisa intuiu que tinham passado a outro tipo de relação, mais profunda, e não precisavam mais do cimento das palavras para estar juntas.

A partir daquele momento tudo correu melhor para ela. Voltou ao laboratório e aos cálculos, os dias passaram quase sem que percebesse e naquele 15 de setembro sentiu um *déjà vu* ao interromper de novo a música de Blanes com os seus resultados. Tratava-se de um número similar ao anterior, exceto nos últimos decimais.

A "Energia Jerusalém" foi apresentada dois dias depois, mas precisaram esperar que Craig e Marini ajustassem o acelerador. Por fim, na quinta-feira 24 de setembro toda a equipe se reuniu na sala de controle – a "sala do trono", como dizia Marini –, uma vasta câmara de quase trinta metros de largura e quarenta de comprimento, a jóia da arquitetura *prêt-à-porter* de Nova Nelson. Diferentemente dos dois barracões, tinha sido construída somente com tijolos e cimento reforçado com materiais isolantes, para prevenir possíveis curtos-circuitos. Nela se encontravam os quatro computadores mais potentes e SUSAN, o acelerador superseletivo, a menina dos olhos de Colin Craig, um equipamento de aço de quinze metros de diâmetro e um e meio de espessura, em cuja circunferência estavam os ímãs que produziam o campo magnético que acelerava as partículas carregadas. O SUSAN era o grande êxito tecnológico do Projeto Zigzag: ao contrário da maioria dos aparelhos desse tipo, bastava uma ou duas pessoas para manipulá-lo e realizar os infinitos ajustes necessários; as energias alcançadas no seu interior não eram grandes, mas altamente exatas. Ao lado do SUSAN, duas pequenas portas com desenhos de caveiras e tíbias guardavam as câmaras dos geradores da estação. Uma escada, que se alcançava pela câmara da esquerda, permitia passar por cima do equipamento e se situar no centro para "tocar as intimidades da nossa menina", como dizia Marini com sua malícia de galã meridional.

Sentado na frente das telas telemétricas, Craig teclou com ansiedade as coordenadas e as enviou para dois grupos de satélites com o objetivo de que captassem imagens do norte da África e as reenviassem para Nova Nelson em tempo real (a abertura de cordas somente podia ser equalizada com sinais em tempo real – "luz fresca", como dizia o sempre imaginativo Marini –, qualquer processo de armazenamento distorcia o resultado). A área escolhida abarcava quarenta quilômetros quadrados e era mais ou menos a mesma para as duas experiências. Dela poderiam ser obtidas imagens de Jerusalém e de Gondwana, o megacontinente que há cento e cinqüenta milhões de anos formava os atuais América do Sul, África, Península do Industão, Austrália e Antártida. Quando receberam as imagens, os computadores as identificaram e selecionaram, e Craig e Marini colocaram SUSAN em funcionamento acelerando os feixes de elétrons resultantes e fazendo-os colidir com as energias previstas.

Enquanto ocorria esse processo, Elisa observou o rosto dos colegas. Mostravam tensão e avidez, cada um do seu jeito: Craig, sempre contido; Marini, exultante; Clissot, reservada; Cheryl Ross, misteriosa e prática; Silberg, preocupado; Blanes, expectante; Valente, como se não tivesse nada com isso; Nadja, alegre; Rosalyn, olhando para Valente.

– Acabou – disse Colin Craig levantando-se da cadeira em frente aos controles. – Dentro de quatro horas saberemos se as imagens ficaram visíveis.

– Quem acreditar em alguma coisa, que reze – contribuiu Marini.

Não rezaram. Em compensação, devoraram a comida. Estavam famintos e o almoço foi descontraído e rápido.

Enquanto aguardava a análise das imagens, Elisa voltou a lembrar da sagrada tarde de duas semanas antes e riu pensando que sua amiga tinha sido seu próprio "acelerador": fornecera energia para que ela se abrisse e descobrisse que ainda era capaz de muito esforço. Naquele momento chegou a achar que tardes assim voltariam a se repetir enquanto estivesse na ilha.

Depois compreendeu que aquela excursão tinha sido sua última felicidade antes que as sombras encobrissem tudo.

– Há imagens.

– Das duas amostras?

– Sim. – Blanes deteve os comentários com um gesto. – A primeira corresponde a três ou quatro cordas isoladas em algum lugar em terra firme, uns 4700 bilhões de segundos atrás. Ou seja, 150 milhões de anos.

– Período Jurássico – murmurou Jaqueline Clissot, como em transe.

– Isso mesmo. E a melhor notícia não é esta. Diga você, Colin.

Colin Craig, que durante os últimos e exaustivos dias tinha perdido sua imagem de *dandy* de camiseta e jeans, arrumou os óculos e olhou para Jaqueline Clissot como se fosse convidá-la para jantar.

– A análise demonstra que há criaturas vivas de grande tamanho.

O computador que digitalizava as imagens das cordas estava programado para detectar formas e deslocamento de objetos, com o objetivo de selecionar a presença de possíveis seres vivos.

Por um instante ninguém conseguiu falar nada. Então aconteceu algo que Elisa nunca esqueceria. Clissot, uma mulher fascinante e admirável – "Perfeita", como definia Nadja –, cujo vestuário dava a estranha impressão de carregar mais objetos de metal no corpo (não no estilo de Ross, mas bijuterias: pingentes, relógio, pulseiras e anéis) do que roupa de verdade, tomou ar e deixou escapar uma palavra que soou como um gemido.

– *Dinos...*

Nadja e Clissot se abraçaram em meio aos renovados aplausos, mas Blanes interrompeu as demonstrações de alegria levantando as mãos.

– A outra imagem corresponde à cidade de Jerusalém há mais de 62 bilhões de segundos. Nosso cálculo a situa por volta de princípio de abril do ano 33 de nossa era...

– Mês de Nisan hebreu – Marini deu uma piscadela na direção de Reinhard Silberg: agora todos olhavam para o professor alemão.

170 ■ José Carlos Somoza

– Também há criaturas vivas – disse Blanes. – São nítidas. O computador considera que, com 99,5% de probabilidade, são seres humanos.

Desta vez quase não houve aplausos. A emoção que tomou conta de Elisa foi quase puramente física, um tremor que parecia vir da medula dos seus ossos.

– Uma ou várias pessoas caminhando por Jersualém, Reinhard – disse Craig.

– Ou um ou vários macacos amestrados se nos ativermos ao 0,5% restantes – riu Marini, mas Craig o repreeendeu.

Silberg, que tinha tirado os óculos, olhou um por um, em silêncio, como se os estivese desafiando a sentir mais alegria que ele.

Depois de uma rápida e barulhenta comemoração com taças de champanhe de verdade (que a senhora Ross havia resgatado da despensa), reuniram-se na sala de projeção.

– Ocupem seus assentos, senhoras e senhores! – gritava Marini. – Vamos, apressem-se! *La vite son corte!*, como dizia Dante! *La vite son corte!*

Todos a seus postos! – aplaudiu a senhora Ross.

– Apertem os cintos!

Quase com relutância começou o arrastar das cadeiras, os "se importa que eu me sente aqui?", as chamadas de cada um recrutando aquele que gostaria de ter ao lado no momento em que as luzes se apagassem. *Como se fôssemos ver um filme de terror,* pensava Elisa. Cheryl Ross interrompeu obrigando aqueles que ainda tinham taças na mão a se apressarem a levá-las para a cozinha, o que, obviamente, foi motivo de novas piadas ("Às ordens, senhora Ross", disse Marini. "A senhora me dá mais medo do que o senhor Carter, senhora Ross") e novas brincadeiras. Elisa se sentou ao lado de Nadja, na segunda fila. Blanes havia começado a falar.

– ...não sei o que nos espera nesta tela, amigos. Ignoro o que vamos ver, se nos agradará ou não, ou se nos será revelada alguma coisa nova ou alguma coisa que já conhecíamos... Somente posso assegurar que este é o momento culminante da minha vida. Eu agradeço a vocês por isso.

– Reinhard, por favor, sei que está com vontade de falar, mas guarde seu discurso para o final – pediu Marini quando acabaram os emocionados aplausos. – Colin?

Craig, que estava ao fundo manipulando o teclado do computador, levantou o polegar.

– Tudo pronto, *padrino* – brincou.

– Pode apagar as luzes?

Elisa viu uma última imagem antes que a escuridão fechasse seus olhos como pálpebras de aço: Reinhard Silberg fazendo o sinal-da-cruz.

E imediatamente, sem saber por quê, desejou não ter vindo nunca a Nova Nelson, não ter assinado aqueles papéis, não ter acertado os cálculos.

Acima de tudo, desejou não estar ali sentada, aguardando o desconhecido.

17

– Por quê?

– Porque a história não é o passado. A história já ocorreu, mas o passado está ocorrendo. Se esta mesa não tivesse sido feita alguma vez por um carpinteiro, não estaria aqui agora. Se os gregos ou romanos não tivessem existido, nem você nem eu estaríamos aqui, ou não estaríamos da mesma maneira. E se eu não tivesse nascido há sessenta e sete anos, você não teria agora quinze nem seria essa jovenzinha tão bonita que é. Não se esqueça nunca: você é porque outros foram.

– Você não é o passado, vô.

– Claro que sou, e seus pais também... Até você mesma é seu próprio passado, Elisa. O que eu quero dizer é que o passado constitui o nosso presente. Não é uma simples “história”: é algo que acontece, está acontecendo. Não podemos vê-lo, nem senti-lo, nem modificá-lo, mas ele nos acompanha sempre, como um fantasma. E decide nossa vida e talvez nossa morte. Sabe o que eu penso às vezes? É um pensamento um tanto esquisito, mas sei que você é muito inteligente, com tanta matemática que sabe, e vai me compreender. As pessoas costumam dizer com certo temor: “O passado não está morto.” Mas sabe o que mais me assusta, Eli? Não que o passado não tenha morrido, mas que ele seja capaz de nos matar...

A escuridão se transformou em sangue. Uma cor densa, quase pegajosa, cegante.

– Não há imagem – disse Blanes.

– Mas não existe evidência de dispersão – apontou Craig do fundo.

O grito sobressaltou a todos. Deixou no ar um rastro de palavras apressadas.

172 ■ José Carlos Somoza

– Pelo amor de Deus! *Há imagem! Não estão vendo?* – Jaqueline Clissot quase não apoiava o traseiro na sua cadeira na primeira fila. Tinha se dobrado pela cintura, como se quisesse entrar na tela.

Elisa comprovou que ela tinha razão: a luz vermelha continuava impenetrável no centro, mas na periferia formava uma espécie de halo. O significado não ficou evidente até que o ponto de vista da câmera se deslocou segundos depois.

– O sol! É o sol! Está refletido na água! – dizia Clissot.

A imagem continuava se afastando. O brilho deixou de ser desconfortável por causa da mudança de ângulo, e puderam perceber a curva escura de uma margem na parte inferior. A cor consistia em diversos matizes de vermelho, mas apareciam formas alongadas e retorcidas. Elisa conteve a respiração. *Eles?* Sim, eram os seres mais esquisitos que já tinha visto. Pareciam serpentes gigantescas.

No entanto, Clissot disse que eram árvores.

– Um bosque jurássico. Estes devem ser eqüissetos. Ou samambaias arborescentes. Meu Deus, parecem ter quilômetros de altura! E as plantas que flutuam nesse lago, ou o que quer que seja... Licopódios anfíbios gigantes...?

– As palmeiras são cicadáceas... – interveio Nadja. – Mas parecem mais baixas do que imaginávamos...

– Ginkgos, araucárias... – enumerava Clissot. – Essas maiores ali... Sequóias... David, um símbolo da sua teoria... – A imagem deu um pequeno salto até outra corda temporal e continuou se movendo na margem. – Espere! Espere!... Talvez algum desses galhos seja... Pode ser... – A paleontóloga agitou os braços, alterada. – Colin, por que não pára esse maldito filme?

– Não convém deter as imagens agora – disse Craig.

Houve outro corte.

E ali estavam eles.

Quando apareceram, Blanes, Nadja e Clissot se levantaram das cadeiras obrigando os demais a fazer o mesmo, como se se tratasse do filme mais emocionante da história apresentado para um público fervoroso.

– A pele! – Elisa ouviu Valente arfar, na fila de trás. Havia falado em castelhano.

– Isso é a pele *dele*? – gritou Sergio Marini.

Era, na verdade, um espetáculo estranho: os músculos cervicais e dorsais pareciam jóias, Fabergés imensos, pedrarias torrenciais despencando sob o sol. Irradiavam tanta luz que era difícil olhar para eles. Elisa nunca teria imaginado algo desse tipo. Nada a havia preparado para aquela imagem.

ZIGZAG ■ **173**

Pensou que tinham sido extintos porque uma coisa tão bonita não poderia sobreviver ao mesmo tempo que o homem.

Eram dois, imóveis, fotografados desde cima. Ocorreu-lhe uma idéia muito estranha ao ver enormes cabeças e longos corpos: que aquelas criaturas se referiam, de alguma forma, a *ela*: que não eram animais mas sonhos que sonhara alguma vez (sonhos com diabos, porque era isto que pareciam, com aqueles chifres), e que os outros estavam vendo como ela era por dentro.

A cena deu outro salto até um novo fotograma: um deles havia se deslocado até a beira da água. Podiam ver seu rabo, afilado até o impossível, numa cor vermelha pontilhada. Jaqueline Clissot gesticulava e gritava em francês. Parecia uma candidata à presidência no último dia de campanha.

– Antenas! Como alguém ia imaginar isso...? Não, espere! *Chifres retráteis...?*

– Quantos dedos tinham nas patas? Alguém contou? Talvez fossem *Megalos...* Não, pelas protuberâncias... *Alossauros*, quase certamente. Estavam devorando carcaças... Nadja, devemos saber o que comiam! Mas, aquelas antenas...! Oh, por favor...! – Clissot, transformada no centro das atenções, não parava de falar. Não tinha parado desde que vira as imagens.

– Penas no rabo e antenas na cabeça! Os crânios de *alossauros* mostram rachaduras supra-orbitais que sempre tinham sido objeto de debate... Reconhecimento sexual, disseram. Mas ninguém imaginava... Ninguém podia imaginar que fossem uma espécie com chifres retráteis, como os dos caracóis! Qual seria sua função...? Talvez órgãos olfativos, ou um sensor para deslocar-se pela selva... E as penas são a prova de que tinham rituais de acasalamento muito mais complicados do que supúnhamos... Como íamos poder...? Estou tão nervosa! Preciso de um copo d'água...

A senhora Ross já estava trazendo a água, abrindo caminho entre Silberg e Valente. As luzes da sala estavam acesas, e Elisa achou incrível que uma coisa como aquela que acabavam de ver tivesse sido projetada naquele cômodo miserável, naquele cinema doméstico de paredes pré-fabricadas com uma dezena de cadeirinhas de plástico.

– Como era possível aquele brilho na pele? – disse Marini.

– Pena que não dá para ver as cores originais! – lamentou-se Cheryl Ross.

– O desvio para o vermelho era intenso – explicou Blanes. – As cordas de tempo estavam numa distância espacial equivalente a cento e cinqüenta milhões de anos-luz...

– Há coisas que não conhecíamos. – A paleontóloga bebera todo o copo de uma vez e se enxugava com o dorso da mão. – Muitas coisas, na verdade... Os fósseis só dão conta, na maioria das vezes, da ossatura... Por exemplo, sabíamos que alguns tinham penas... De fato, os dinossauros são antepassados das aves. Mas ninguém podia imaginar que exemplares tão grandes pudessem tê-las.

– Galinhas gigantes carnívoras – disse Marini, e soltou uma gargalhada nervosa.

– Oh, meu Deus, David, David! – Clissot abraçou impetuosamente Blanes, que ficou um pouco aturdido.

– Todos estamos muito contentes – resumiu a senhora Ross.

Nem todos.

Elisa era incapaz de definir com exatidão o que sentia. Percebia como uma *traição*, uma força que afastara seu centro de gravidade, convidando-a a cair. Uma vertigem, mas não apenas do equilíbrio físico. Como se também o equilíbrio emocional, e até *moral*, estivesse ameaçado. Queria ficar atenta às explicações de Clissot, mas não conseguia. Apoiou-se na parede. Intuía de algum modo que, caso se deixasse levar, cairia num abismo, e somente se resistisse de pé conseguiria se salvar.

Nem todos da mesma forma.

Havia percebido ao abraçar Nadja. E também ao se aproximar de Rosalyn e Craig. Curiosamente, apesar de toda sua excitação, Clissot parecia neutra, e Valente também. *O Impacto. Desta vez foi conosco.*

O entusiasmo do resto da equipe continuava, mas Silberg, suando (embora parecesse que não conseguia tirar a gravata), reuniu todos com seu poderoso vozeirão.

– Um momento... Esquecemos das conseqüências do Impacto. Gostaria que dissessem o que estão sentindo.

Elisa gostaria de dizer, mas não conseguiu. Viu que Blanes olhava para ela e saiu da sala de projeção pela porta lateral em direção ao seu quarto. Ao chegar, trancou-se no banheiro. Tinha vontade de vomitar, mas só conseguiu ânsias secas. O banheiro parecia ondular. Elisa se apoiou na parede como se estivesse dentro de um barco sem tripulação ao balanço das ondas. Sabia que cairia se continuasse de pé, de modo que dobrou os joelhos e sentiu dor nas rótulas ao bater no solo metálico. Ficou de quatro, com a cabaça baixa, como se estivesse esperando que alguém viesse e tivesse piedade dela. *Não, não, que não venha ninguém, que não me vejam.*

Rapidamente tudo passou.

O final foi tão inesperado como o começo. Levantou-se e lavou o rosto. Voltou a identificar sua imagem no espelho. Era ela, não tinha acontecido nada. Que tipo de pensamentos estranhos caminharam como aranhas por sua mente? Não conseguia entender.

E não queria por nada no mundo perder a projeção seguinte.

Tratava-se de uma cidade, em si mesma pouco surpreendente; grande, feita de pedra, mas não com muitas pretensões. No entanto, da mesma forma que havia ocorrido com a imagem dos dinossauros, ela se impressionou com o quanto era bonita. Havia um *desejo* naquelas formas, na poderosa muralha que a rodeava, nas espirais de ruas e telhados, na disposição das torres, que constituía um golpe de beleza para os olhos. Uma perfeição física e selvagem, distante do mundo em que ela vivia. Até que ponto as coisas antes – objetos, cidades, animais – erão tão *belas*? Ou as atuais haviam desembocado em tanta feiúra? Pensou que parte do Impacto podia se dever a isto: à nostalgia da beleza perdida.

– O templo... Não dá para ver o pórtico de Salomão... – Silberg era um cicerone no meio da escuridão. – A fortaleza Antonia... Aquilo ali deve ser o Pretório, Rosalyn... Tudo nos confunde, hein? Tudo é tão... novo... E digo bem: novo. O edifício semicircular é um teatro... Há coisas penduradas nas janelas.

– Bandeiras romanas – disse Rosalyn com voz pesarosa.

Elisa continha a respiração. Sabia que não o veriam. Não teriam tanta sorte. Era como achar uma agulha no meio de milhões de palheiros vazios.

Silberg afirmava que era mais provável vê-lo na cruz do que andando pelas ruas. Apesar de tudo, Reiter e ele foram mais atrás no cálculo: o dia 15 de Nisan era citado como o dia de sua morte em Sinópticos, e o dia 14 a de João. Silberg se inclinava por João, o que equivalia a uma sexta-feira de abril. Pôncio Pilatos reinara entre 26 e 36 da nossa era, pelo que se destacavam duas datas possíveis: 7 de abril de 30 ou 21 de abril de 33. Mas existia outro dado: Sejano, comandante da guarda pretoriana em Roma e partidário de aplicar mão de ferro contra os judeus, morrera no ano 32, e o imperador Tibério se manifestara contra essa postura. Se Sejano já tinha morrido, entendiam-se melhor as reticências de Pilatos na hora de condenar aquele carpinteiro hebreu. Esse fato apontava 33 como o ano mais provável.

176 ■ José Carlos Somoza

Silberg e Reiter tinham escolhido um tempo determinado (uma "aposta", como dizia Silberg): os dias de abril anteriores ao dia 21 do ano 33.

– Era apenas uma pessoa numa cidade de setenta mil, mas fez algum barulho... Talvez.. possamos ver alguma coisa *indiretamente*... Compreender alguma coisa pelo movimento das pessoas.

Mas não havia pessoas em parte alguma. A cidade parecia vazia.

– Onde se meteu todo mundo? – perguntou Marini. – O computador encontrou pessoas...

– Há mais cordas abertas, Sergio – disse Craig. – Não sabemos a que momento temporal exato pertence esta... Talvez as pessoas estivessem...

Mas o corte seguinte fez com que Craig se interrompesse. A câmera desceu até uma ladeira e houve um salto até outra corda temporal. Imediatamente o silêncio na sala se tornou um túmulo.

Pela lateral esquerda da tela despontava, imóvel, uma silhueta.

Era escura como uma sombra. Estava com uma espécie de véu na cabeça e carregava um objeto branco, talvez uma cesta. O *zoom* não permitia distingui-la com nitidez; de fato sua imagem estava parcialmente desfeita. Dava certo temor vê-la ali, em contraste com a claridade que a rodeava: uma silhueta difusa e escura. Mas o aspecto não parecia deixar lugar para dúvidas.

– Uma mulher – disse Silberg.

Elisa reprimiu um calafrio. Dois ferros em brasa se aproximando dos seus globos oculares não a teriam feito fechar os olhos naquele momento, sem mencionar o possível Impacto que sofreria. Absorvia, devorava a imagem com seus cristalinos e famintos olhos, banhada pela salmoura das lágrimas. *O primeiro ser humano do passado que contemplamos*. Ali quieta, na tela. *Uma mulher real que viveu realmente há dois mil antos atrás*. Aonde estaria indo? Ao mercado? O que levaria na cesta? Teria visto Jesus pregar? Tinha visto Jesus entrar na cidade no lombo de um burro e teria agitado um ramo?

A imagem passou para outra corda não consecutiva e a figura pareceu saltar vários metros, situando-se no centro. Continuava imóvel, envolta em suas roupas escuras, mas sua postura indicava que tinha sido "fotografada" de cima enquanto caminhava da esquerda para a direita pela ladeira.

Houve outro salto. A figura não se deslocou desta vez. Teria parado? O computador efetuou um *zoom* automático e se centrou na metade superior da imagem. Silberg, que tinha começado a falar, parou bruscamente.

Então aconteceu algo que cortou a respiração de Elisa.

Depois de outro corte, a figura apareceu virada de lado, a cabeça levantada, como se estivesse olhando para a câmera. Como se estivesse *olhando para eles*.

Mas não foi isso que provocou os gritos e a agitação de cadeiras e corpos na escuridão.

Foram suas feições.

Blanes era o único que permanecia realmente calado, sentando numa ponta da mesa. Na outra ponta, Marini brincava com um rotulador como um mágico praticando seu truque favorito. Clissot tamborilava na mesa. Valente parecia mais interessado em contemplar a ilha, mas seu nervosismo se notava pela mudança constante de posição. Craig e Ross aproveitavam qualquer desculpa – recolher copos, servi-los – para ir e voltar da cozinha. Silberg não precisava de desculpas: era um touro fechado num curral demasiadamente pequeno.

Elisa, sentada ao lado de Marini, olhava para todos, um a um, detendo-se nos detalhes, os gestos, o que cada um fazia... Isto a ajudava a não pensar.

– Deve ser alguma doença – disse Silberg. – Lepra, talvez. Naquela época era epidêmica e devastadora. Jaqueline, o que você acha?

– Teria de vê-la mais detidamente. É possível que se trate de lepra, mas... é estranho...

– O quê?

– Que lhe faltem os olhos e grande parte do rosto e, ainda assim, parece andar como se conseguisse enxergar perfeitamente.

– Jaqueline, desculpe, não sabemos se caminhava "perfeitamente" – apontou Craig com educação parando diante dela. – As imagens saltavam. Entre elas pode haver dois segundos de lapso, ou talvez quinze. Não sabemos se andava cambaleando.

– Entendo – consentiu Jaqueline –, mas, por outro lado, o estrago era grande demais para a lepra que conhecemos. Embora talvez, naquela época...

– Agora que você falou em enxergar... – interrompeu Marini. – Como é possível que estivesse... *olhando para nós*? Não deu esta sensação?

– Não tinha olhos – disse Valente com um sorriso que parecia uma ferida.

– Eu me refiro ao fato de que era como se ela nos pressentisse...

178 ■ José Carlos Somoza

– O "pre" são dois mil anos. Um "pre" muito longo, não acha?

– Não nos pressentia de nenhuma maneira, Sergio – interveio Silberg. – Esta foi a nossa impressão, mas é completamente impossível...

– Eu sei, só estou falando...

– Acontece – cortou Silberg – que vimos o que *quisemos* ver. Não podemos nos esquecer do Impacto. Ele nos torna mais suscetíveis.

Uma sombra penetrou no campo de visão de Elisa. Era Rosalyn. *Pobre Rosalyn. Como está agüentando?* Tanto Nadja quanto Rosalyn se retiraram para descansar, depois que a cena de Jerusalém lhes causara reações nervosas. Nadja começara a chorar histericamente enquanto a historiadora, ao contrário, ficara rígida. Elisa nunca se esqueceria do aspecto de Rosalyn Reiter quando as luzes se acenderam: de pé, os braços ao longo do corpo, como uma estátua que respirasse. A grande diferença: Nadja parecia assustada, Rosalyn *assustava.*

Em parte, aquela aura não tinha mudado. Rosalyn entrou na sala de jantar e parou diante de todos, como uma criada a quem tivessem chamado para dar uma ordem.

– Rosalyn, como você se sente? – perguntou Silberg.

– Melhor. – Sorriu. – Melhor, mesmo.

Desviou a cabeça para Valente, que foi o único que não olhou para ela. Depois passou ao largo e entrou na cozinha. Pela porta aberta Elisa a viu arrumar a bermuda e deslizar a mão pelo rosto e cabelos, como se estivesse decidindo o que fazer em seguida.

– Deveríamos saber medir as conseqüências do Impacto – sugeriu Blanes.

– Estou elaborando um teste psicológico – disse Silberg –, mas não creio que seja tão fácil como responder a meia dúzia de perguntas. E talvez não seja possível avaliar agora todas as conseqüências... Pode ser como a propaganda subliminar: uma coisa que fica dentro e afeta depois. Não sabemos, nem podemos saber ainda.

A senhora Ross pareceu ativar-se de repente. Dirigiu-se para a porta.

– Vou ver como Nadja está – disse. Elisa prometeu a si mesma também ir vê-la.

A ausência da senhora Ross deixou uma espécie de vazio, um buraco pelo qual se escoara parte do ânimo de todos. Na janela onde Valente estava voltou a chover com intensidade.

– Não riam de mim, sei que é absurdo – começou Clissot –, mas eu me pergunto, seguindo a idéia de Sergio... Até que ponto não pode haver uma *comunicação* entre passado e presente? Quero dizer... Por que aquela mulher não poderia nos perceber de alguma forma? – Para Elisa essa possibilidade era espantosa. – Sei que já me explicaram muitas vezes, mas ainda não entendo o fenômeno físico *exato* da abertura das cordas de tempo. Se se trata de abrir um buraco para ver o passado, as pessoas do "passado" não poderiam nos ver por esse mesmo buraco?

Houve silêncio. Blanes e Marini trocaram um rápido olhar, como se estivessem decidindo quem iria responder. Ou *o que* responder.

– Qualquer coisa é possível, Jaqueline – disse Blanes por fim. – Nenhum de nós conhece "o fenômeno físico exato", para usar a sua expressão. E nos movemos num campo tão minúsculo que as leis que o governam são, em parte, desconhecidas. Na física quântica existe o fenômeno do "entrelaçamento", pelo qual duas partículas, ainda que estejam separadas entre si bilhões de quilômetros, possuem uma misteriosa relação, e o que acontece com uma afeta *de imediato* a outra. No caso das cordas de tempo, achamos que a distância temporal é um fator decisivo para que não haja entrelaçamento. Por isso não queremos fazer experiências com o passado recente.

– Acho que faltei à aula de física nesse dia – sorriu Clissot.

Blanes fez menção de se levantar mas Marini se adiantou.

– Eu tenho o giz, mestre. – Dirigiu-se ao quadro branco pendurado na parede e desenhou uma linha horizontal com o rotulador na mão esquerda. Marini exibia sua canhotice com certa elegância. – Imagine que este é o tempo, Jaqueline... Nesta ponta estaria o momento presente, e nesta, um fato ocorrido há mil anos, por exemplo. Ao abrir as cordas de tempo, criamos uma espécie de túnel chamado "buraco de minhoca", uma "ponte" de partículas que liga o passado ao presente, pelo menos durante o tempo de abertura... O mesmo aconteceria se abríssemos as cordas há quinhentos anos... embora nesse caso a "ponte" com o nosso presente seria muito mais curta, percebe?

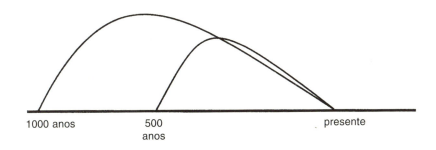

Clissot assentiu. Para Elisa o exemplo pareceu perfeito.

— Mas o que aconteceria se abríssemos as cordas de, suponhamos, setenta anos atrás? Segundo nosso desenho, a "ponte" seria ainda menor... E se tentássemos com períodos de dez, ou cinco anos antes... ou um ano... — Marini desenhou outros traços. Simbolizou o último com uma linha vertical grossa. O diagrama era claro.

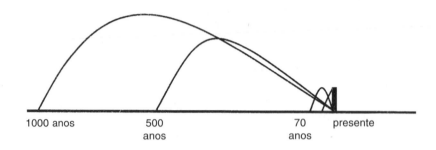

— Estou entendendo — disse Clissot —, ao final não haveria nenhuma "ponte". Ambos os eventos se *uniriam*.

— Exatamente: um entrelaçamento. — Marini apontou a linha vertical grossa. — A distâncias temporais cada vez menores, a possibilidade de interação com o nosso presente fica maior. É um esquema pobre, porque a verdadeira explicação é matemática, mas creio que ajudará a compreender...

— Perfeitamente.

Ric Valente se afastou da janela e entrou na cozinha. Imediatamente ele e Rosalyn começaram a conversar. Elisa não conseguia ouvi-los.

— Por isso não nos preocupam os eventos de quinhentos ou mil anos — disse Blanes — mas não queremos voltar a repetir uma experiência como a do Copo Intacto...

Houve um breve silêncio.

— Aconteceu alguma coisa que não saibamos na experiência do Copo Intacto? — perguntou Clissot.

— Não, não — acrescentou Blanes com rapidez. — O que eu quero dizer é que não voltarei a encarar nunca mais esse tipo de risco...

Na cozinha ouviu-se uma ligeira alteração. Quando todos se voltaram, Velente sorria para eles do interior e Rosalyn, vermelha, olhava com expressão arredia.

— Discussões amistosas — disse Valente mostrando as palmas das mãos.

A porta da sala de jantar se abriu. Elisa estava preparada para ver Nadja ou talvez Ross, mas não era nenhuma das duas. Uma voz que não ouvia há vários dias ecoou em toda a sala.

– Posso falar com vocês um momento? – disse Carter.

– Como está se sentindo?

– Mais calma.

O quarto de Nadja Petrova estava quase às escuras, iluminado apenas por uma lâmpada a bateria colocada na mesinha. Elisa imaginou que tivesse sido trazida pela senhora Ross, que estava remexendo alguma coisa no banheiro. Alegrou-se ao ver que a amiga parecia, de fato, estar melhor e que sua visita evidentemente a animava (Nadja não era do tipo de pessoa que escondia os sentimentos). Sentou-se num canto da cama e riu para ela.

– Estas luzes não estão nada bem. – A senhora Ross, sempre alegre, saiu do banheiro carregando uma escada portátil. – Não apenas as lâmpadas queimaram: os bocais também estão queimados. Quando foi que isso aconteceu Nadja? Ontem à noite? Que curioso, no quarto de Rosalyn aconteceu o mesmo outro dia... Deve haver algum problema nas fiações. Não posso consertar agora, sinto muito.

– Não se preocupe, eu me viro com esta lâmpada à noite. Obrigada.

– De nada, menina. Tentarei falar com o senhor Carter. Ele entende de eletricidade.

Quando a senhora Ross fechou a porta, Nadja se voltou para Elisa e acariciou seu braço com doçura.

– Obrigada por vir.

– Queria ver você antes de dormir. E contar as últimas fofocas. – Nadja arqueou as sobrancelhas quase brancas enquanto a ouvia. – Carter acaba de dizer que recebeu por satélite a informação de que um temporal daqueles está vindo para Nova Nelson, um tufão, chegará no meio da semana, mas o pior será no sábado e no domingo. Essas chuvas são apenas o anúncio. A boa notícia é que temos férias forçadas. Não será permitido usar o SUSAN nem receber imagens telemétricas novas, no fim de semana também não vamos poder ligar os computadores, e se falhar o gerador principal, teremos que usar o de emergência. Não se preocupe, bobinha – apressou-se em dizer ao ver a cara com que a amiga ficou. – Carter garante que não vai faltar luz...

A expressão de Nadja apagou o seu sorriso. Quando falou, sua voz soou como se um desconhecido a tivesse surpreendido no meio da noite e a obrigado a dizer aquelas palavras.

– Aquela... mulher... estava nos *vendo*, Elisa.

– Não, querida, claro que não...

– E o rosto dela... Como se tivessem raspado as feições com uma faca até arrancá-las...

– Nadja, chega. – Sentindo uma onda de compaixão, Elisa a abraçou. Ficaram assim um pouco, protegendo-se mutuamente de alguma coisa que não entendiam, naquele quarto às escuras.

Em seguida Nadja se afastou. A vermelhidão dos seus olhos era mais notável por causa da brancura que os rodeava.

– Sou cristã, Elisa, e quando respondi o questionário para este trabalho disse que daria qualquer coisa para poder... poder vê-Lo alguma vez... Mas agora já não estou tão certa... Agora já não sei se desejo *vê-Lo*!

– Nadja. – Elisa a segurou pelos ombros e afastou o cabelo do seu rosto. – Muito do que você está sentindo é conseqüência do Impacto. O sufocamento que não a deixava respirar, o pânico, a idéia de que tudo de alguma forma se relaciona com você... Eu senti a mesma coisa depois da imagem dos "dinos". Tive de fazer um esforço enorme para superar isso. Silberg disse que teremos de estudar melhor o Impacto, saber por que as imagens produzem reações diferentes... Mas, seja como for, trata-se de uma conseqüência psicológica. Você não deve pensar que...

Nadja chorava no seu ombro, mas seus soluços foram diminuindo. Por fim somente persistiram os zunidos dos aparelhos de ar-condicionado e o respingar da chuva.

Uma parte de Elisa não podia evitar compartilhar o terror de Nadja: com ou sem Impacto, a imagem da mulher sem feições tinha sido espantosa. Ao lembrá-la parecia que o quarto ficava mais frio e a escuridão mais densa.

– Por acaso você não gostou dos "dinos"? – tentou brincar.

– Sim... quero dizer, não totalmente. Aquele brilho na pele... Por que pareceu tão bonito para vocês? Era repugnante...

– Entendo. Você prefere os ossos, sem o recheio.

– Sim, sou paleon... – Nadja lutou com o castelhano.

– "Paleontóloga".

Riram. Elisa acariciou os cabelos brancos da amiga e a beijou na testa. Os cabelos de Nadja, com sua suavidade e sua cor de cabelo de boneca, fascinavam Elisa.

– Agora você deve tentar descansar – disse.

– Acho que não vou conseguir. – O medo deformava o rosto de Nadja. Suas feições não eram verdadeiramente bonitas, mas quando fazia aquela cara Elisa pensava numa donzela de quadro antigo pedindo ajuda a um cavalheiro. – Voltei a ouvir os ruídos... Você não os ouve mais? Aqueles ruídos de passos...

– Já disse que era a senhora Ross...

– Não, nem sempre.

– Como?

Nadja não respondeu. Era como se pensasse em outra coisa.

– Ontem à noite voltei a ouvi-los – disse. – Saí do quarto e olhei pelas portas do Ric e da Rosalyn, mas não tinham saído de suas camas. Você não ouviu nada?

– Dormi como uma pedra. Mas deviam ser os homens de Carter. Ou a senhora Ross na despensa. Faz uma inspeção semanal. Perguntei a ela e me confirmou...

Mas Nadja balançava a cabeça.

– Não era ela... nem um soldado.

– Por que você tem tanta certeza disso?

– Porque eu *o vi*.

– Quem?

O semblante de Nadja era como uma máscara de nácar.

– Já disse que quando ouvi os passos eu me levantei e saí. Olhei nos quartos do Ric e da Rosalyn, mas não me pareceu que houvesse nada estranho. Então dei a volta para olhar no seu... e vi um homem. – Apertou o braço dela com força. – Estava em pé perto da sua porta, de costas, eu não conseguia ver o rosto dele... No início pensei que fosse Ric e o chamei, mas de repente me dei conta de que não era ele... Era um desconhecido.

– Como você pode saber? – murmurou Elisa, aterrorizada. – O corredor não tem muita luz.. E você diz que estava de costas...

– É que... – Os lábios de Nadja tremiam, sua voz se transformou num gemido de horror – ...eu me aproximei e me dei conta de que, na verdade, *não estava de costas...*

– Como assim?

– Eu vi os olhos dele: eram brancos... Mas o rosto estava vazio. Não tinha rosto, Elisa. Juro. Acredite em mim.

– Nadja, você está influenciada pela imagem da mulher de Jerusalém...

– Não, eu só vi essa imagem hoje, mas o que estou falando aconteceu *ontem à noite*.

– Você contou para alguém? – Nadja negou com a cabeça. – Por quê? – Quando comprovou que a amiga não responderia, Elisa acrescentou: – Pois eu lhe digo por quê. Porque no fundo você sabe que foi um sonho. Agora você está vendo de outra forma por causa do Impacto...

184 ■ José Carlos Somoza

Aquela explicação pareceu surtir efeito na jovem paleontóloga. Ficaram se olhando por um momento.

– Talvez você tenha razão... Mas foi um sonho horrível.

– Lembra-se de outra coisa?

– Não... Ele se aproximou de mim... acho que desmaiei ao vê-lo... Depois apareci na cama... – "Está vendo?", dizia Elisa. Nadja voltou a apertar o braço dela. – Mas você não acha que pode haver *mais alguém aqui,* além dos soldados, de Carter e de nós?

– A que você se refere?

– Mais alguém... na ilha.

– É impossível – disse Elisa estremecendo.

– E se houvesse *mais alguém,* Elisa? – Nadja insistia. Apertava o braço de Elisa com tanta força que a machucava. – E se houvesse mais alguém na ilha *sem que soubéssemos?*

18

Sergio Marini fazia truques de mágica: conseguia tirar uma nota da orelha, rasgá-la em duas e recompô-la com a mão direita, como se reservasse a esquerda para coisas mais sérias. Colin Craig tinha gravados em seu laptop os últimos grandes jogos do Manchester e costumava assistir com Marini às retransmissões dos campeonatos internacionais. Jaqueline Clissot mostrava em toda parte as fotos do filho Michel, de cinco anos, a quem mandava e-mails muito engraçados, e em seguida se punha a dar sensatos conselhos a Craig, que seria pai pela primeira vez no próximo ano. Cheryl Ross já era avó há dois anos, mas não fazia tricô nem bolos, em vez disso falava de política e gostava de criticar "aquele grande idiota" do Tony Blair. Reinhard Silberg perdera recentemente o irmão por causa de um câncer, e colecionava cachimbos mas raras vezes fumava. Rosalyn Reiter lia romances de John Le Carré e Ludlum, embora durante o mês de agosto seu hobby favorito tivesse sido Ric Valente. Ric Valente trabalhava e trabalhava, em todas as partes, durante todas as horas: tinha parado de ver Rosalyn, e também de fazer caminhadas com Marini e Craig, e dedicava todos os momentos ao trabalho. Nadja Petrova conversava e sorria: o que ela mais gostava era de não ficar sozinha. David Blanes queria ficar sozinho para interpretar os labirintos de Bach no teclado. Paul Carter fazia exercícios – barras e flexões – perto da casamata. Nisso ele era parecido com Elisa, embora os exercícios que ela fazia eram correr pela praia e nadar, quando a chuva e o vento permitiam. Bergetti jogava cartas com Marini. Stevenson e seu colega York, também britânico, costumavam assistir às retransmissões de futebol com Craig. Méndez era muito engraçado e fazia Elisa rir com histórias que contadas por qualquer outra pessoa pareceriam bobas. O tailandês Lee gostava de música New Age e de aparelhos eletrônicos.

Assim eram seus companheiros. Assim foram os dezesseis únicos habitantes de Nova Nelson entre julho e outubro de 2005.

Ela nunca esqueceria aqueles passatempos banais que os definiam, outorgavam-lhes história e identidade.

Nunca esqueceria. Por muitas razões.

Na manhã da terça-feira 27 de setembro Elisa recebeu uma notícia que a deixou muito contente. A senhora Ross (que era "como a Receita Federal", segundo definição de Marini, e sabia "tudo sobre todo mundo") deu-a durante o almoço. Elisa passou o resto da refeição decidindo se devia ou não fazer aquilo, e imaginando possíveis resultados.

Por fim optou pôr colocar calças compridas. Podia parecer uma estupidez (uma "criancice", como diria sua mãe), mas não gostava de aparecer diante dele de short.

Quando se aproximou do escritório dele naquela tarde ouviu as bicadas de dois pássaros saltando sobre as teclas. Pigarreou. Bateu na porta. Quando esta se abriu, jurou para si mesma que guardaria para sempre a imagem do cientista sentado diante do teclado eletrônico enquanto sua expressão parecia transportada para um paraíso privado onde nem mesmo a física tinha validade. Ficou na soleira ouvindo-o até que ele parou.

– Prelúdio da primeira partita em si bemol maior – disse Blanes.

– É linda. Não queria interromper.

– Vamos, entre e deixe de bobagens.

Ela já havia estado naquela sala várias vezes, mas se sentiu um pouco tensa. Sempre se sentia um pouco tensa quando entrava ali. Em parte por causa do reduzido tamanho do cômodo e do abundante número de objetos empilhados, incluindo a lousa de plástico repleta de equações, a mesa com computador e teclado e as estantes de livros.

– Queria lhe dar os parabéns – murmurou de pé, agarrada na porta. – Fiquei muto contente com a notícia. – Viu-o franzir o cenho com os olhos estreitados, como se ela fosse invisível e ele estivesse esquadrinhando o ar para poder distinguir que tipo de criatura imaterial estava falando com ele.

– O senhor Carter contou para a senhora Ross... – de repente, enquanto contraía os lábios, se deu conta. *Droga, ele ainda não sabe. Eu é que vou lhe contar.* – Ficamos sabendo por uma fonte extra-oficial da Academia Sueca hoje de manhã...

Blanes parou de olhar para ela. Parecia ter perdido todo o interesse na conversa.

– Só sou um... Como eles costumam chamar?... "Forte candidato". Sou todo ano. – E rubricou a frase com um acorde de teclas, como se estivesse mostrando que preferia continuar tocando em vez de conversar sobre bobagens.

– Você ganhará. Se não neste ano, no próximo.

– Claro. Eu ganharei.

Elisa não sabia mais o que dizer.

– Você merece. A "Teoria da Sequóia" é... é um sucesso indiscutível.

– É um sucesso desconhecido – precisou ele, falando com o rosto virado para a parede. – Nossa época se caracteriza, entre outras coisas, pelo fato de que muita gente conhece os pequenos sucessos, poucos conhecem os grandes e ninguém conhece os imensos.

– Este sim será conhecido – replicou ela com sincera emoção. – Deve haver maneiras de reduzir o Impacto, ou controlá-lo... Tenho certeza de que o que o senhor conseguiu acabará sendo conhecido por todo o mundo...

– Já basta de "senhor". Eu, David; você, Elisa.

– Tudo bem. – Ela sorriu, apesar de não ter gostado da cena que, sem querer, tinha provocado. Sua pretensão era parabenizá-lo e ir embora sem nem mesmo ouvir o agradecimento dele. Parecia-lhe óbvio que Blanes não tinha nenhum interesse na presença dela.

– Sente-se onde der.

– Eu vim só para dizer isto para o sen... para você...

– Sente-se de uma vez, caramba.

Elisa achou um lugar na mesa, perto do computador. Era estreito, e a borda incomodava seu traseiro. Ainda bem que estava de calças compridas. Blanes continuou olhando para a parede. Ela imaginava que ele estava disposto a falar sobre as injustiças que a sociedade perpetrava com pobres gênios hispânicos como ele, por isso seu estômago revirou quando o ouviu dizer:

– Sabe por que eu não deixava você responder na aula? Porque sabia que você conhecia a resposta. Quando eu dou aulas, não quero ouvir respostas: quero ensinar. Com Valente eu não tinha tanta certeza.

– Compreendo – disse ela engolindo em seco.

– Então, quando respondeu sem que eu tivesse perguntado, e da maneira idiota como fez, mudei de opinião a seu respeito.

– Sei.

– Não, não é o que você está pensando. Deixe eu explicar. – Blanes esfregou os olhos e em seguida se estirou na cadeira. – Não leve a mal, mas você tem um dos maiores defeitos que se pode ter nesta droga de mundo: parece não ter defeitos. Isso foi a pior coisa que vi em você desde o começo. É melhor, muitíssimo melhor, provocar riso do que inveja, lembre-se sempre disso. No entanto, quando falou comigo com aquele tom de orgulho ferido, eu disse a mim mesmo: "Ah, bom, não é tão ruim assim. Pode ser bonita, inteligente e esforçada, mas é uma frangota arrogante. É alguma coisa."

Ficaram se olhando muito sérios e de repente os dois riram.

Uma amizade não é algo tão difícil nem requer tanto esforço como tanta gente acredita. Tendemos a pensar que aquilo que é mais importante demora para nascer, mas às vezes uma amizade ou um amor surgem como o sol num céu nublado: um segundo antes tudo era cinza; um segundo depois, a luz cega.

Nesse simples segundo Elisa ficou amiga de David Blanes.

– De modo que vou dizer mais uma coisa para contribuir para que você conserve esse defeito – acrescentou ele. – Além de ser uma frangota arrogante, é uma colaboradora maravilhosa, a melhor que eu já tive. Isso a desculpa por ter vindo me felicitar.

– Obrigada, mas... não queria que eu o felicitasse? – perguntou ela, hesitante.

Blanes respondeu com outra pergunta.

– Sabe o que significa o Nobel no meu caso? Migalhas. A "Teoria da Sequóia" não está oficialmente comprovada, e não podemos revelar nossas experiências em Nova Nelson porque constituem "matéria classificada". Mas querem me dar um tapinha nas costas. Querem me dizer: "Blanes, a ciência o admira. Continue trabalhando para o governo." – Fez uma pausa. – O que você acha?

Ela pensou um pouco.

– Acho que é a opinião de um frangote arrogante – disse, fazendo sua costumeira expressão de "crueldade".

Dessa vez os dois soltaram gargalhadas.

– Um a um – disse Blanes, corando. – Mas explico por que acho que tenho razão. – Passou a mão pelo rosto, e de repente Elisa se deu conta de que chegava o momento de falar sério. No cômodo não havia janelas, mas

o rumor da chuva e o zunido do ar-condicionado entravam pelo revestimento metálico das paredes. Por um momento só se ouviram esses ruídos.
– Alguma vez você esteve com Albert Grossmann?

– Não, nunca.

– Ele me ensinou tudo o que sei. Gosto dele como se fosse meu pai. Sempre achei que a relação entre professor e discípulo é muito mais intensa na nossa especialidade do que em outras. – *É mesmo*, pensou Elisa. – Idealizamos essa relação até extremos inconcebíveis, mas de repente sentimos a imperiosa necessidade de superá-la. Acho que é por causa do fato de este trabalho ser tão solitário. Na física teórica somos como monstros encerrados em tocas... Transformamos a face do mundo no papel, meu Deus, somos realmente perigosos... Mas estou me desviando do assunto... Grossmann é um sujeito forte, um alemão grandalhão, cheio de energia. Já está aposentado. Recentemente recebeu o diagnóstico de um câncer... Ninguém sabe disso, então não comente... estou contando isso a você para que perceba o tipo de homem que ele é. Não dá nenhuma importância à sua doença e está com a aparência melhor do que a minha, juro. Diz que ainda vai durar muitos anos, e eu acredito nele. Já estava aposentado em 2001, mas na noite em que obtivemos a imagem do Copo Intacto fui à casa dele e contei o que tinha acontecido. Pensei que se alegraria, que me felicitaria. Em vez disso olhou para mim e disse: "Não, David", com a voz tão fraca como se estivesse apenas respirando. E repetiu: "Não, David, não faça isso. O passado está proibido. Não se atreva a tocar no proibido." Acho que naquele momento entendi por que se aposentou. Um físico teórico se aposenta quando começa a pensar que as descobertas estão proibidas. – Olhava para as teclas brancas e pretas com intensa concentração. Depois de uma pausa acrescentou. – De qualquer forma, talvez Grossmann tenha razão em alguma coisa. Naquela época ainda não sabíamos nada sobre o Impacto. Mas não falo apenas disso. Também da empresa que financia o Projeto Zigzag.

– O Eagle Group – disse Elisa.

– Exatamente. Mas isso é só a ponta do iceberg. O que há por baixo? Você já se perguntou alguma vez? Eu digo: os governos. E por baixo? Negócios. O Impacto é uma desculpa. O que o Eagle quer esconder a todo custo é o interesse militar do projeto.

– O quê?

– Pense um pouco. Você acha mesmo que a fortuna investida no projeto Zigzag é por causa da paixão que Tróia, o antigo Egito ou a vida de Jesus despertam? Não seja ingênua. Quando Sergio e eu mostramos o Copo

Intacto apareceram letreiros de neon na cabeça dos líderes: "Como podemos aproveitar essa descoberta contra o inimigo?" foi a primeira frase que brilhou nos seus complexos cérebros. "E como podemos impedir que o inimigo use-a contra nós?" foi a segunda. Quanto aos cristos, faraós ou imperadores, são resultados interessantes, mas não decisivos no cômputo total. – Elisa piscou. Nunca tinha pensado naquela possibilidade. Nem mesmo chegava a imaginar que tipo de uso militar podia ser dado ao ato de contemplar o passado remoto. Mas Blanes começou a levantar os dedos da mão direita respondendo às suas dúvidas, como se estivesse lendo seu pensamento. – Espionagem. Captação de imagens do espaço que podem mostrar não apenas o que está acontecendo agora mas também aquilo que aconteceu há dez meses ou há dez anos, quando o inimigo não podia nem suspeitar que estava sendo espionado. Isso é útil para conseguir dados sobre os campos de treinamento de terroristas, tão afeitos ao nomadismo: hoje estão aqui, amanhã ali, e não deixam provas... Ou para o rastreamento de atentados. Não importa que a bomba já tenha estourado: filmam a área e procuram o acontecido nos dias prévios até dar com os culpados e o método exato que utilizaram.

– Meu deus...

– Sim, Meu Deus. – Blanes torceu os lábios. – O olho de Deus vendo tudo. O Grande Irmão do Tempo. A isso há que se acrescentar a espionagem industrial e política, a busca de provas de escândalos para derrubar este ou aquele presidente... É uma corrida contra o relógio entre a Europa, financiadora do projeto, e os Estados Unidos, que com certeza já devem ter dado início, numa ilha qualquer do Pacífico, ao seu próprio Zigzag. Demonstramos que com uma simples câmera de vídeo se pode contemplar tudo o que aconteceu em qualquer momento e em qualquer lugar do mundo... Zigzag despiu a humanidade, e os militares querem ser os primeiros *voyeurs*. Só uma coisa os está impedindo, uma coisa pequena mas terrível. – Levou as mãos ao peito. – Eu.

Elisa não entendeu o que dissera como presunção. Era como se aquele papel não o agradasse. Suas palavras seguintes confirmaram seus pensamentos.

– Para eles eu sou... Como é mesmo o bolero? – E cantou. – "Sou como um espinho cravado no coração..." Juro que não me agrada ser um aborrecimento para ninguém. Deixei os Estados Unidos porque preferiram investir mais em armas que em aceleradores, e irei embora da Europa se o Zigzag for destinado para uso militar, mas sou consciente de que estou aqui porque eles estão me pagando. Pretendo dar o que eles pedem, asseguro, mas me nego a fazer experiências com *o passado recente*. – De repente sua voz revelava inquietação. – Eu falei para vocês que há riscos, e é verdade, Elisa... Muitos riscos, creia. No entanto trata-se de uma postura pessoal: Sergio, por exemplo, é mais atrevido, embora por fim tenha me dado razão. Por isso querem que continuemos com as nossas brincadeiras, para ver se topamos com algo que não implique tantos riscos e que eles possam usar.

– Não me falaram nada disso quando me contrataram – comentou Elisa, espantada.

– Claro que não. Acha que falaram tudo isso para mim? Desde um certo 11 de setembro, o mundo deixou de se dividir em verdades e mentiras. Agora só temos mentiras: o resto nós nunca vamos saber.

Houve um silêncio. Blanes olhava fixamente para um ponto no chão metálico. Em algum lugar remoto a chuva ecoava.

– E sabe o que é pior? – disse ele subitamente. – Que se eu não aceitasse, se tivesse obedecido Grossmann e abandonado tudo, nunca teríamos contemplado um bosque jurássico, ou as antenas de um dinossauro, ou uma mulher caminhando pela Jerusalém dos tempos de Cristo... Nada disso me desculpa, mas ao menos explica. É como ter um imenso presente e não poder compartilhá-lo com ninguém... De modo que, se me derem o Nobel, eu o darei de presente a você. Quer? – Apontou-lhe com o dedo.

– Acho que não. – Elisa desceu da mesa e puxou as pontas da sua camiseta leve para baixo enquanto sorria. – Pode ficar com ele.

– Olha, sua obrigação como discípula é se encarregar das coisas que eu não quiser. O que faríamos então? Jogá-lo no lixo?

– Dê a Ric Valente. Com certeza ele o aceitaria de bom grado.

Voltaram a rir.

– Ric Valente... – meditou Blanes. – Um garoto estranho. Um aluno extraordinário, mas muito ambicioso... Na Alighieri me dediquei a conhecê-lo e o que vi não me agradou. Por mim, ele não teria sido recrutado, mas Sergio e Colin estão encantados com ele.

Ela ficou um instante olhando para ele. Em seguida disse, antes de partir:

– Obrigada.

Blanes elevou a vista.

– Por quê?

– Por compartilhar comigo o presente.

Enquanto retornava pelo corredor lembrando trechos da conversa, percebeu que a chuva tinha redobrado sua intensidade. Sem dúvida era o preâmbulo do tufão. Mas a proximidade do temporal não a inquietava: Carter garantira que não ia representar nenhum perigo e que já tinham tomado "as medidas necessárias".

E tinha razão. O tufão seria a coisa menos perigosa de tudo.

A tromba-d'água impedia o desenvolvimento de qualquer atividade no exterior e confinava os cientistas nos quartos, encerrando-os numa atmosfera cinza e entorpecida. Elisa e seus colegas sentiam mais na carne essa letargia, já que o trabalho mudara de mãos e agora eram Clissot, Silberg, Nadja e Rosalyn que tinham coisas para fazer, enquanto os físicos podiam se permitir um descanso. Ela costumava se reunir com Clissot e Nadja no laboratório depois de tomar o café-da-manhã e se distraía vendo-as estudar milímetro a milímetro a imagem do Lago do Sol (como tinha sido batizada, contra outras propostas, como a de Marini, que pretendia batizá-lo "Lago das Galinhas Carnívoras"). No início assistia àquelas sessões muito animada, mas logo começou a se entediar com o trabalho minucioso das duas paleontólogas. "Observe a extremidade anterior de A, Nadja. Compare-a com a homolateral de B. Só há uma falange na A, duas na B." Elisa bocejava. *Se há uns dias tivessem me dito que eu ia me fartar de tanto ver isso, teria dado gargalhadas. A gente se acostuma a tudo.*

Nadja estava bem melhor. Conseguira conciliar o sono e sua ansiedade tinha diminuído. Embora tivesse que passar por um exame psicológico com Silberg na semana seguinte, nada parecia poder afastá-la daquela rotina diária em frente ao computador.

Cada vez que via a amiga, Elisa pensava naquilo que ela tinha contado na tarde das projeções. Parecia absurdo, fruto do nervosismo, mas ainda assim abrigava dúvidas. Era possível que houvesse alguém *mais* na ilha sem eles saberem? E por que não? Estava há dois meses e meio ali, e embora achasse que conhecia todos e cada um dos habitantes, até mesmo os soldados, os helicópteros iam e vinham para repor mantimentos e algum militar substituto podia ter chegado e se alojado, com os outros, na casamata. Mas, se era este o caso, por que não davam a conhecê-lo? E o que ele fazia explorando os barracões de noite e sem uniforme? *É absurdo. Nadja teve um pesadelo especialmente intenso. Depois, exagerou-o com o Impacto.*

Mas não podia tirar da cabeça a horrível fantasia de um homem de olhos brancos espreitando-a das trevas.

Na noite do sábado 1º de outubro, após jogar (e perder) com Craig, Marini e Blanes várias partidas de pôquer depois do jantar, Elisa se retirou

192 ■ José Carlos Somoza

para o quarto. Às nove já estava na cama e às dez em ponto apagaram as luzes.

O tufão parecia ter piorado. Soava como se tivesse começado o dia do Juízo Final, uma dessas aparições dantescas em forma de águia ou cruz sobrevoando os céus. Mas atrás das camadas de isolamento daquelas paredes pré-fabricadas era fácil se sentir em uma bolha de metal. Nada se mexia, tudo estava quieto e calmo. Apesar disso, Elisa não conseguia conciliar o sono.

Afastou o lençol e se levantou. Pensou em dar um passeio: podia ir até a cozinha e preparar um chá. Lembrou-se de que Carter tinha proibido o uso de todos os aparelhos elétricos. E não faltavam motivos, porque começou a relampejar, e brilhos silenciosos revelavam partes do quarto. Fosse como fosse, a idéia do passeio a agradava. Não precisaria de luz adicional: as de emergência seriam suficientes. Além disso, sentia-se capaz de percorrer o barracão de um lado a outro com os olhos fechados.

Então percebeu algo estranho.

Estava olhando para a janela quando o viu. A princípio achou que estava sonhando.

Era um buraco. No canto superior esquerdo da parede, na junção do teto com a parede do banheiro. Era elíptico e tão grande que poderia penetrar nele se quisesse. Os "brilhos silenciosos" não provinham da janela mas sim daquela abertura que dava para o exterior.

Ficou tão aturdida se perguntando como aquilo podia ter acontecido que não se deu conta, de imediato, de outro detalhe estranho.

Brilhos silenciosos.

Silenciosos.

Estava rodeada de silêncio. Um silêncio absoluto. Onde tinha ido parar a tempestade?

Mas o silêncio não era absoluto: atrás dela alguma coisa fazia barulho.

Desta vez não eram passos cujos ecos se infiltravam pelas paredes, mas os ruídos de uma presença imediata e concreta. O roçar das solas de um sapato, uma respiração. Alguém no seu quarto, *dentro* do seu quarto, com ela.

Pareceu-lhe como se a sua pele quisesse se separar dela: seus poros se transformaram em minúsculas limalhas de ferro rodeadas por um eletroímã potente e se eriçaram da nuca aos pés. Pensou que demorava uma eternidade em virar e olhar para trás. Quando por fim o fez, avistou uma figura.

Estava de pé junto à porta, completamente imóvel, um pouco mais afastada do que a tinha feito pensar o som de sua respiração. Os relâmpagos a revelavam parcialmente: tênis, bermuda, uma camiseta. Mas a cara era uma massa de trevas.

Um homem.

Por um instante achou que seu coração explodiria de terror. Então o reconheceu, e quase teve vontade de rir.

– Ric... O que está fazendo aqui? Que susto...

A figura não respondeu. Em vez disso, avançou para ela sem se apressar, com a leveza com que as nuvens ocultam a lua.

Não cabia nenhuma dúvida de que era Valente: a compleição, a roupa... Estava *quase* certa. Mas, se era assim, o que ele pretendia? Por que não falava com ela?

– Ric? – Nunca teria imaginado que aquela simples palavra lhe custaria tanto esforço. Sentiu dor na garganta ao pronunciá-la. – Ric, é você, não é?

Retrocedeu um passo, depois outro. O homem rodeou a cama e continuou se aproximando, imutável, em completo silêncio. Estava fazendo hora. Os relâmpagos iluminavam bem a bermuda e a camiseta de cor escura, mas o rosto continuava negro como um túnel sob um teto de cabelos.

Não é o Ric. Tem alguém mais na ilha que não sabíamos.

Suas costas e nádegas se espremeram na parede metálica e percebeu o frio em contato direto com a pele. Foi então que se deu conta de que não tinha nada sobre o corpo. Não se lembrava de ter se despido, o que a fez suspeitar de que aquilo não fosse real. Estava sonhando, tinha que ser isso.

Mas fosse ou não sonho, ver aquela silhueta aproximando-se cada vez mais em meio ao silêncio era insuportável. Deu um grito. Quando era criança e tinha pesadelos, acordava no momento em que gritava. Gritar – pensou sempre – servia para *interromper* o pesadelo e acabar com o horror.

Agora não deu resultado: abriu os olhos e o homem continuava ali, cada vez mais perto. Já podia tocá-lo se esticasse o braço. Seu rosto parecia uma casa desabitada. Apenas perduravam as paredes das bochechas e, ao fundo, na escuridão, o tijolo rugoso das vértebras. O resto estava desprovido de carne e ossos, era um trecho onde a realidade dizia: NÃO, um oco entre dois parênteses, completamente negro...

Sua cabeça é a toca de um rato que roeu o seu rosto e se alojou no cérebro. Porque há alguém mais na ilha que não sabíamos.

...completamente negro, exceto os olhos.

Ele se chama Olhos Brancos, e veio para visitar você, Elisa. Para visitar vocês todos, na verdade.

Uma visita breve mas definitiva.

Olhos vazios como abscessos.

Não era um pesadelo. Aquilo a imobilizara. Estava...

Olhos como luas enormes que, ao olhar para ela, faziam-na introdu-zir-se naquela luminescência, cegavam-na com sua brancura vazia.

...por favor, alguém me ajude, isto é real, por favor...

Nesse instante a escuridão falou.

A escuridão tinha uma voz ridícula, certamente.

Parecia a de um menino que acaba de apanhar dos mais velhos atrás do colégio depois de lhe tirarem seu sorvete preferido. Era um "ai" cons-tante e agudo. Era Ric Valente, a quem Elisa mordera em algum lugar sen-sível da anatomia de qualquer homem, por mais insensível que fosse. E seus gritos eram tão ensurdecedores que ela tinha vontade de mandá-lo calar a boca sob pena de voltar a mordê-lo no mesmo lugar, ou queimar as penas dele, porque, olhando bem, Valente tinha penas no traseiro e ante-nas na cabeça, e movia tudo aquilo sobre ela. Na verdade, tratava-se de uma galinha carnívora com importância paleontológica que abria o bico para deixar escapar sua gritaria. "Mas não devo rir nem me excitar porque é um pesadelo."

Ou não totalmente.

Vejamos. Fizera amor pela primeira e última vez na vida aos dezessete anos, com um rapaz chamado Bernardo. A experiência a deixara tão trau-matizada que não quis repeti-la. Bernardo era amistoso, doce, suave e romântico, mas no momento em que a penetrou se transformou num trem descarrilado. Ele a agarrara pelas nádegas emitindo gargarejos, gru-nhidos, empurrando, babando. Ela tinha ido ao cinema com um ser huma-no e se viu na cama com uma besta raivosa que tentava uma e outra vez encaixar alguma coisa no meio das pernas dela enquanto rugia: "Mmmmfff... Buffffff". Não gostou, era a verdade. A vagina doeu muito e ela não gozou. No final, ele a convidou para partilhar um cigarro, e disse: "Foi inesquecí-vel." Ela tossiu.

Uns dois meses depois, vindo de Valência, seu pai se espatifou contra o carro de um bêbado.

Não que uma coisa tivesse a ver com a outra, que sempre que transasse ocorreria uma desgraça, mas o certo é que não tinha vontade de tirar a prova.

De modo que... por que estava *agora* com aquele homem na cama? Certamente, era muito pior do que Bernardo, muito mais feroz e de pio-res instintos. Ela tinha visto um filme certa vez (esqueceu-se do título) em que a protagonista se entregava a ninguém menos do que ao diabo, um ser que expelia vapores de enxofre e tinha os olhos brancos e um pau (supunha-se) descomunal. Uma idéia completamente absurda, mas *me diga agora, com esta coisa em cima... estes olhos como luzes, enquanto alguém que não sou eu (mas que deveria ser) está me deixando surda gritando dessa maneira...*

Acordou rodeada de trevas. Não havia nenhum violador, nem em cima nem embaixo, e ela não estava nua, mas com a camiseta e a calcinha com que se deitara. Também não havia nenhum buraco na parede (que idéia). No entanto, algo estava doendo *dentro* dela, como tinha doído naquela primeira vez. Mas não conseguiu se concentrar nisso porque notava coisas muito mais inquietantes ao seu redor.

As luzes familiares estavam ausentes. Não havia focos sobre a estação, não havia estação sobre a ilha, possivelmente tampouco ilha sobre o mar. Percebia apenas aquela estridência terrível: um ulular enlouquecedor que perfurava seus tímpanos. *Um alarme.*

Levantou-se, negando-se ainda a sentir medo, e então ouviu as vozes, apertadas no estreito espaço de decibéis que deixava livre o vibrante sino. As vozes trouxeram o medo como o vento traz o cheiro de carniça: gritos num inglês que ela não precisou traduzir para compreender que alguma coisa grave tinha acontecido, porque existe um momento de urgência em que a gente entende tudo o que ouve sem necessidade de traduzir. As catástrofes são poliglotas.

Equilibrou-se em direção à porta pensando num incêndio e quase deu de cara com um fantasma horripilante, branco como a radiografia de um corpo humano cravada na parede.

– Acabaram todas...! As luzes! Todas! Até a da minha... lanterna!

Era verdade: nem mesmo as luzes de emergência estavam acesas. Uma escuridão impenetrável a rodeava. Passou um braço pelos ombros trêmulos de Nadja procurando consolá-la e começou a correr ao lado dela, às cegas, descalça, corredor afora.

Um muro as impediu de avançar. Daquela parede emergia a voz de Reinhard Silberg, cuja silhueta se recortava na luz de uma lanterna. Elevando-se nas pontas dos pés para superar o obstáculo de Silberg, Elisa conseguiu ver também Jaqueline Clissot, por meio do raio de luz que apontava de baixo, e Blanes lutando com o indivíduo que segurava a lanterna (um soldado, possivelmente Stevenson) na saída do corredor que levava ao segundo barracão. *Quero passar! Não pode! Tenho direito!... Eu estou lhe dizendo que!... Sou o diretor científico!...*

196 ■ José Carlos Somoza

Deu-se conta de que Nadja estava gritando fazia algum tempo:

– Ric e Rosalyn não estão nos seus quartos! Você os viu?

Tentava improvisar uma resposta mais longa que o "não" quando, de repente, o silêncio ficou total.

E, acompanhando-o, a voz de alívio de Marini (longínqua, procedente do segundo barracão: "Ah, até que enfim, merda"). O alarme, já desligado, tinha deixado tantos ecos nos ouvidos de Elisa que não percebeu que mais alguém se aproximava pelo corredor, atrás de Stevenson. Uma enorme mão assomou da escuridão, um rosto de pedra encarou Blanes.

– Calma, professor – disse Carter sem alterar a voz. – Calma todos vocês. Houve um curto-circuito no gerador principal, que fez disparar o alarme. Por isso estamos sem luz.

– Por que o gerador auxiliar não foi acionado? – perguntou Silberg.

– Não sabemos.

– As máquinas estão intactas? – inquiriu Blanes.

Elisa nunca se esqueceria da resposta de Carter: a forma como desviou o olhar, a rigidez do rosto contrastando com certa aparente palidez, a brusca diminuição no tom de voz.

– As máquinas, sim.

19

– Com licença, alguém quer mais chá ou café? Vou recolher as xícaras.

A voz da senhora Ross surgiu de surpresa, como a daquelas pessoas que raramente falam. Elisa percebeu que era a única que estava comendo (um iogurte, a colheradas calmas mas incessantes). Estava sentada à mesa e seu aspecto era melhor do que o esperado, não só por causa do ocorrido mas também porque ainda não tinha tido tempo de se arrumar e pendurar no corpo as jóias que costumava usar. Pouco antes tinha feito chá e café e servido bolachas, como uma mãe prática que pensasse que um mínimo café-da-manhã era imprescindível para poder falar sobre a morte.

Ninguém queria mais nada. Depois de prender o cabelo, continuou com o iogurte.

Reuniram-se no refeitório: um amontoado de rostos pálidos e com olheiras. Faltavam Marini e Craig, que estavam examinando o acelerador, e Jaqueline Clissot, dedicada a uma tarefa própria da sua especialidade, mas totalmente inimaginável antes de ocorrer a tragédia.

– Na minha opinião – disse Carter –, a senhorita Reiter se levantou de madrugada por algum motivo, dirigiu-se à sala de controle e entrou na câmara do gerador. Ali tocou onde não devia, provocou um curto-circuito e... O resto vocês já sabem. Quando a doutora terminar seu exame, saberemos mais detalhes. Ela não dispõe de materiais para fazer uma autópsia, mas garantiu que emitirá um relatório.

— E onde se enfiou o Ric Valente? — perguntou Blanes.

— Essa é a segunda parte. Ainda não sei, professor. Pergunte-me isso depois.

Silberg, sentado à mesa, de pijama, com a expressão estranha comum a todos os rostos que usam óculos e de repente aparecem sem eles (ele os deixara no quarto e ainda não tinha conseguido recuperá-los), o rosto banhado de lágrimas, abriu suas grandes mãos enquanto murmurava:

— A porta da câmara do gerador... Não estava fechada a chave?

— Sim, com certeza.

— Como Rosalyn conseguiu entrar ali?

— Com uma cópia, sem dúvida.

— Mas para que Rosalyn ia querer uma cópia dessa chave? — Elisa também não conseguia explicar.

— Um momento — disse Blanes. — Colin me disse que foi preciso esperar por você para desligar o alarme da câmara do gerador, porque só você possuía uma chave, certo?

— Exatamente.

— Isso significa que estava fechada por fora. Quer dizer, Rosalyn estava trancada. Como conseguiu fazer isso sozinha?

— Eu não disse que fez isso sozinha — precisou Carter coçando os arrepiados fios de seu cavanhaque cinzento. — Alguém a trancou lá.

Aquilo parecia dar passagem a outro nível, a outro plano da situação. Blanes e Silberg se entreolharam. Houve um silêncio incômodo que Carter quebrou.

— Contudo não podemos descartar um acidente. Trancada na escuridão, a senhorita Reiter tropeçaria, ou tocaria nos fios sem querer...

— Não havia luz na câmara do gerador? — perguntou Silberg. — Foi ela que provocou o curto-circuito, certo? Então *havia luz* antes de ela tocar nos fios... por que não a acendeu?

— Talvez tenha acendido.

— Acendeu ou não? — Blanes continuou. — Em que posição estava o interruptor?

— Não prestei atenção nesse detalhe, professor — respondeu Carter, e Elisa percebeu pela primeira vez certa irritação no seu tom de voz. — Mas se alguém a trancou na escuridão, pode ter ficado nervosa e não ter conseguido achar o interruptor.

– Mas por que trancá-la? – Silberg olhava com expressão desconcertada. – Mesmo que alguém quisesse maltratá-la... por que fazer isso? Há muitas coisas que não batem...

Carter riu dissimuladamente.

– Garanto que muitas coisas não batem nas tragédias. O que aconteceu deve ter uma explicação muito simples. Na vida real – acrescentou, acentuando ostensivamente a palavra "real" – os acontecimentos quase sempre são simples.

– Na vida real que você conhece, talvez sim, não na que eu conheço – objetou Blanes. – E também há o desaparecimento de Ric. Nadja: por que não volta a contar o que diz que encontrou na sua cama?

Nadja concordou. Elisa, sentada ao lado dela na mesa, sentiu-a tremer sem precisar tocá-la e lhe estendeu um braço num gesto protetor.

– Quando ouvi o alarme, levantei e fui para o corredor... Estava sozinha, nenhum dos companheiros tinha se levantado ainda, e... Bom, quis despertá-los. Então vi que a cama de Rosalyn estava vazia e que na do Ric havia... Não era exatamente um boneco mas algo um pouco mais grosseiro, feito com o travesseiro, duas mochilas cilíndricas... O lençol estava no lugar – acrescentou.

– Por que Ric faria uma coisa dessas? – perguntou Blanes.

Pela cabeça de Carter pareceu ter passado um pensamento. Disse:

– Não imaginei que vocês fossem detetives. Achei que eram físicos.

– A física se apóia em emitir hipóteses, seguir pistas e achar provas, senhor Carter. É o que estamos tentando fazer agora. – Blanes olhou para Carter com aquele olhar de pálpebras cansadas que Elisa já conhecia. – Acha que Ric poderia estar escondido dentro da estação?

– Teria que ser o homem invisível. Revistamos tudo de cima a baixo. Aqui não há muitos lugares onde se esconder, na ilha sim.

A porta se abriu e entraram, em fila, Marini, Craig e Lee, o tailandês. Tanto Lee quanto Carter estavam literalmente ensopados pela chuva, como se tivessem recebido uma ducha com uma mangueira de pressão. Stevenson, o soldado que tinha impedido a passagem deles naquela madrugada, e que agora montava guarda no refeitório, também estava pingando.

– Tudo certo – disse Marini, embora a tensão do seu rosto parecesse dizer o contrário. Vinha esfregando as mãos com um pano. – Os computadores estão funcionando corretamente e as telas continuam captando sinais dos satélites...

– O SUSAN também parece estar em perfeito estado – corroborou Craig. – Ninguém tocou em nada.

Quem iria tocar em alguma coisa?, pensou Elisa distraidamente.

– Lee? – disse Carter.

– Nenhum problema com o gerador auxiliar, senhor. – Lee enxugava o suor, ou talvez a chuva, com o dorso da mão e estava com o uniforme aberto mostrando o branco e nada musculoso tórax debaixo da camiseta. – Tem eletricidade de sobra. Mas o gerador principal não tem jeito... Todo queimado... É impossível consertá-lo.

– Por que o gerador auxiliar não funcionou quando o principal parou? – perguntou Blanes, e Carter repassou a pergunta a Lee com o olhar.

– Os cabos de conexão queimaram. O auxiliar só conseguiu ligar o alarme. Mas já consertei ele.

– É normal que os cabos de conexão de um gerador auxiliar queimem por causa de um curto-circuito do principal? – indagou Blanes.

Um canto de pássaro eletrônico os interrompeu. Carter tirou um rádio do cinto e dele saíram palavras confusas e zumbidos de estática.

– York disse que chegaram ao lago e não há nem rastro do senhor Valente – explicou quando desligou. – Mas ainda tem muita ilha para percorrer.

– E o que nós vamos fazer?

Carter levou uma das mãos ao enorme pescoço de touro enquanto fazia uma pausa, embora não demonstrasse que a pergunta de Blanes o colocava em dificuldades. Era como se pretendesse criar expectativa, como se pensasse que chegava o momento de ensinar aos sabichões como a vida era de verdade. Permanecia de pé sob a única luz (economizo para prevenir possíveis cortes, dizia) das três que normalmente iluminavam o refeitório, e para ele se dirigiam todos os olhares. "Confiem em mim", parecia dizer aquela figura robusta. De certo modo, Elisa se alegrava de que houvesse uma pessoa assim entre eles: jamais teria ido dançar, jantar num restaurante francês ou mesmo passear no bosque na companhia de Carter, mas naquela situação gostava de tê-lo por perto. Sujeitos como ele só conseguiam ser agradáveis nas tragédias.

– Tudo isso está contido nos contratos que assinaram. Eu assumo o comando até nova ordem, estão proibidas todas as atividades científicas, interrompe-se o projeto e fazemos as malas. Por volta do meio-dia o tempo melhorará e provavelmente possam vir helicópteros da nossa base mais próxima. Amanhã ninguém deverá ficar em Nova Nelson, exceto a equipe de busca.

Era uma notícia esperada e, até certo ponto, desejada, mas foi recebida com grave silêncio.

– Cancelar o projeto... – disse Blanes. Frente ao acontecido, Elisa foi capaz de compreender a tristeza que o rosto dele refletia.

– Parágrafo cinco, anexo de confidencialidade – recitou Carter. – "Em todas as situações que impliquem riscos desconhecidos para o pessoal envolvido, a equipe de segurança poderá decretar a interrupção por tempo indefinido do projeto." Acho que a morte de um dos seus colegas e o desaparecimento de outro entram na categoria riscos desconhecidos. Mas falamos de uma "interrupção", não acredito que dure para sempre... O que me interessa agora é encontrar Valente... Enquanto isso, não percam tempo: arrumem as malas.

Elisa não tinha muitas malas para arrumar. Terminou rapidamente de guardar tudo o que estava no seu quarto, mas ao entrar no banheiro para recolher o resto comprovou que as lâmpadas estavam queimadas, sem dúvida depois do curto-circuito. O bocal e as lâmpadas tinham cor escura, como se estivessem queimados. Pensou em procurar a senhora Ross para pedir uma lanterna.

Enquanto caminhava pelo corredor, os pensamentos e perguntas fervilhavam na sua cabeça. *Por que fugiu? Por que se escondeu? Teve relação com o que aconteceu com Rosalyn?* Não queria pensar em Valente, já que a imagem dele lhe trazia à memória seu estranho sonho. E quando se lembrava dele ficava paralisada e com dificuldade para respirar.

Nunca em toda sua vida sonhara com algo que se comparasse àquilo em espanto, repugnância e realismo. Tinha chegado, inclusive, a se examinar, procurando um *vestígio* da suposta (violação) experiência. Mas somente persistia uma dor leve, uma sensibilidade que acabou desaparecendo. Quis imaginar que o som do alarme unido à história que Nadja havia lhe contado uma semana antes tinham sido os causadores do pesadelo. Nada mais lhe ocorria.

Encontrou Ross na cozinha, mergulhada na contabilidade das provisões.

– É curioso – disse Ross depois de ouvir seu pedido –, aconteceu a mesma coisa com a Nadja na semana passada... Mas não acho que se deva ao curto-circuito, porque a luz do meu banheiro funciona bem... Deve ser problema de fiação... Quanto a lhe dar uma lanterna... Deixe-me pensar... Ultimamente a demanda por lanternas superou todas as expectativas... – E começou a rir com aquele risinho delicado e cristalino que Elisa tinha ouvido pela primeira vez na sua chegada à ilha, mas em seguida adotou uma expressão circunspecta, como se compreendesse que toda alegria havia sido esconjurada nessa manhã. – Emprestaria a minha, mas tenho que descer até a despensa, e se a luz acabar de novo, não vou achar nada engraçado ficar esbarrando nas geladeiras... Poderia pedir a Nadja sua lâmpada... Não, espere... Ela me disse esta manhã que tinha quebrado...

– Bom, dá na mesma – disse Elisa.

– Façamos uma coisa. Se não tiver muita pressa, procurarei mais lanternas lá embaixo. Pensava ir embora assim que terminasse de anotar tudo. É preciso saber o que deixamos para trás, porque tenho certeza de que vamos voltar logo.

– Posso ajudá-la?

– Muito obrigada, querida. Já que você está se oferecendo... Só me diga que produtos ficam ali em cima, no armário. É mais alta do que eu, não precisa subir numa cadeira...

Elisa ficou nas pontas dos pés e começou a enumerá-los. Num dado momento a senhora Ross pediu que ela parasse para poder escrever. Durante esse silêncio disse:

– Coitada da Rosalyn, não? Não só por... como... por seu, digamos, acidente, mas por tudo o que passou durante os últimos dias.

Não teve que esperar muito para que Ross desfiasse sua teoria. A senhora Ross adorava forjar teorias sobre fatos e pessoas, isso sempre fizera parte do seu trabalho ("fui assessora", havia dito numa ocasião, sem especificar de quem nem do quê). Achava que Valente estava escondido em algum lugar da ilha e apareceria antes que partissem. E por que se escondeu? Ah, ali havia mais pano para manga.

– O senhor Valente é um jovem bastante estranho – apontou. – Tem tudo para ganhar o Concurso de Cientistas Esquisitos. Talvez possa fazer pulsar mais depressa o coração de certas mulheres, mas grande parte do seu charme está na esquisitice. Foi isso que Rosalyn gostou nele. Ele a dominava e ela gostava de... Consegue chegar até os pacotes do fundo? Poderia tirá-los? – Ross a ajudou, enquanto segurava os papéis com a boca. Em seguida disse: – Não a surpreendeu que Nadja tenha encontrado o lençol no chão do quarto de Valente? Se ele queria fazer acreditar que continuava ali, por que deixou o lençol no chão? Parece que alguém entrou antes de Nadja e descobriu o truque, não?

Elisa se deu conta de que a senhora Ross era muito mais perspicaz do que aparentava.

– Vou dizer o que eu acho – continuou Cheryl Ross. – Rosalyn estava desesperada porque ele já não queria saber dela, e nessa noite se levantou e foi ao quarto dele para conversar, mas ao tirar os lençóis viu que ele não estava. Então o procurou pela estação e o encontrou na sala de controle. Tenho certeza de que foi ali, porque a porta estava totalmente aberta quando cheguei, e fui a primeira a chegar, mesmo antes dos soldados... Meu sono é muito leve e o alarme me despertou rapidamente. Mas como eu ia dizendo... Provavelmente discutiram, como na semana passada na cozinha, lembra? Pode ser que estivessem gritando tanto que entraram no quarto do gerador para que ninguém ouvisse. Então ela levou um choque e ele, assustado, se mandou e fechou a porta. Sem dúvida tinha uma cópia da chave. Os homens são exatamente assim, você vai comprovar isso ao longo da vida, mocinha: não precisa levar um choque de quinhentos volts para eles nos deixarem jogadas em qualquer lugar e sair correndo.

– Mas por que Ric deixaria um travesseiro no lugar dele? O que estaria fazendo?

A senhora Ross piscou um olho para ela.

– Isso é o que eu não sei. E seria interessante saber, é claro que sim. – Stevenson as interrompeu naquele momento: os helicópteros chegariam mais rápido que o previsto. A senhora Ross se dirigiu ao alçapão da despensa. – Obrigada por me ajudar. Levarei a lanterna em seguida.

Elisa retornou ao quarto e continuou a arrumar a bagagem. Seu cérebro fervilhava de perguntas. *Por que teve que fazer acreditar que continuava na cama? E onde tinha se enfiado agora?* Não ouviu a porta se abrir nas suas costas.

– Elisa.

Era Nadja. A expressão do seu rosto (achava que já a conhecia bem) fez que se esquecesse de Valente e se preparasse para uma nova e horripilante surpresa.

– Olhe esta imagem... Está vendo? E agora...

Os dedos de Nadja tremiam sobre o teclado. Estavam há quinze minutos fechadas no laboratório de Silberg. Entraram ali porque Jaqueline Clissot continuava examinando o cadáver de Rosalyn Reiter no outro laboratório e não queriam incomodá-la (e, no caso de Elisa, tampouco ajudá-la). Nadja tinha feito várias ampliações do rosto da Mulher de Jerusalém até encontrar o que procurava. Negou-se a contar sua idéia para Elisa: disse que queria que ela concluísse por si mesma.

– Estive pensando nisso desde ontem. Queria ter certeza antes de comentar o assunto com você, mas depois que nos disseram de manhã que teríamos de ir embora e que as imagens ficariam aqui não pude mais esperar...

Carter tinha deixado claro, ante os protestos de Silberg e Blanes: todas as imagens obtidas durante as experiências – Neves Eternas, Lago do Sol e Mulher de Jerusalém, todas exceto o Copo Intacto – eram material classificado e não poderiam sair da ilha. Por outro lado, o Eagle Group tinha decidido, por razões de segurança, que apenas os participantes do projeto veriam aquelas imagens no momento. Não queriam arriscar que outras pessoas sofressem as conseqüências do Impacto, cujos verdadeiros sintomas estavam por elucidar. Elisa podia compreender tudo isso, mas achava terrível que imagens tão únicas como aquelas ficassem ali, sem cópias.

– Seja o que for, ande logo – disse.

– Espere um momento, só... "ah, puta" – exclamou Nadja em castelhano –, perdi de novo... Do que você está rindo?

– "Ah, puta" – disse Elisa.

– Não é uma exclamação comum na Espanha? – objetou Nadja, distraída. De repente apertou os punhos. – Ah... está aqui. Olhe.

Elisa se inclinou e observou a tela dividida: à esquerda, um primeiro plano bastante nítido das espantosas feições da Mulher de Jerusalém, devoradas até extremos inconcebíveis, até o fundo do cérebro, segundo Elisa, todo o rosto transformado numa cratera sanguinolenta. À direita, uma espécie de paus curvos ou ramos partidos que só pareciam vagamente conhecidos por causa do brilho de pedras preciosas que os recobria. Não conseguiu compreender o que sua amiga queria dizer.

– E daí?

– Compare as duas imagens.

– Nadja, não temos tempo agora para...

– Por favor.

De repente Elisa achou que tinha compreendido.

– As patas dos dinos... estão... mutiladas?

A cabeça albina de Nadja balançava afirmativamente. Entreolharam-se na penumbra do laboratório.

– Faltam pedaços, Elisa. Jaqueline acha que são ferimentos causados por predadores ou doenças. Então me veio uma idéia. Parecia absurdo, mas resolvi tirar a prova... Está vendo estas linhas de corte, aqui e aqui? Não há marcas de dentes. São *muito semelhantes* a estas outras... – Apontou para a cara da Mulher.

— Só pode ser uma coincidência, Nadja. Uma casualidade, nada mais. Uma das imagens procede do ano 33 da era cristã, ao passo que a outra é de cento e cinqüenta milhões de anos atrás...

— Sei disso. Falo do que estou vendo! E do que você também está vendo!

— Eu só vejo um rosto destruído...

— E as patas de dois répteis destruídas...

— Não tem sentido estabelecer uma relação, Nadja!

— Sei disso, Elisa!

Por um instante ficaram se olhando bem de perto. Elisa sorriu.

— Acho que estamos perdendo o juízo. Estou começando a ficar feliz por ter de ir embora.

— Eu também, mas não parece uma coincidência muito estranha?

— Em todo caso é...

— Contarei outra coincidência. — Nadja baixou a voz até transformá-la num sussurro, mas seus olhos claros e arregalados pareciam gritar. — Sabia que Rosalyn também viu o *homem*?

Ela não precisou perguntar a quem se referia. Limitou-se a ouvir, estremecida.

— Numa tarde, faz dias, encontrei-a sozinha no seu quarto e entrei para conversar com ela. Não me lembro como surgiu o assunto, acho que falamos de como estávamos dormindo mal, e contei a ela o meu pesadelo... Ou o que você *acha* que foi um pesadelo. Ela me olhou e me disse que uns dias antes tivera um... sonho muito parecido. Assustou-se muito. Tinha sonhado com um homem sem rosto e cujos olhos...

— Cale-se, por favor.

— O que está acontecendo com você?

Elisa, de repente, pôs-se a rir.

— Ontem à noite sonhei com uma coisa parecida... meu Deus... — A risada se partiu por dentro como uma casca e brotou um pranto denso. Nadja a abraçou.

As duas moças permaneceram unidas, ofegando, os contornos de seus corpos desenhados pela luz da tela do computador. Elisa sentia medo: não o medo vago que tinha experimentado ao longo do dia mas um medo concreto, real. *Eu também sonhei com esse homem. O que significa isso?...* Olhou ao redor, para as sombras que as rodeavam.

— Não se preocupe... — disse Nadja. — Certamente você tem razão, são pesadelos... Nós nos influenciamos mutuamente.

Agora ouviam vozes do corredor do barracão: Blanes, Marini... Era evidente que o êxodo já estava em marcha.

Nesse instante a porta que ligava os dois laboratórios se abriu bruscamente, assustando-as. Jaqueline Clissot apareceu na soleira, avançou alguns passos como se pretendesse atravessar o cômodo e parou. Seu aspecto chamou a atenção de Elisa. Parecia que Clissot tinha se jogado de cabeça, completamente vestida, numa piscina. Mas imediatamente compreendeu que a umidade que colava seu cabelo às têmporas, fazia brilhar seu rosto e ensopava a blusa justa formando um círculo entre os seios e as axilas não era água. A paleontóloga suava profusamente.

– Você já terminou, Jaqueline? – Nadja se levantou. – Como foi?...

– Vocês viram o Carter? – interrompeu Clissot com uma voz que Elisa achou firme demais. – Eu o chamei pelo rádio duas vezes e ele não respondeu.

As jovens negaram com a cabeça. Elisa queria saber a opinião de Clissot sobre o exame do cadáver, mas não teve chance de perguntar nada: a porta do corredor se abriu e Méndez falou com elas num inglês com sotaque:

– Desculpem, vocês devem se apresentar na sala de projeção. Os helicópteros estão chegando.

– Quero falar com o senhor Carter – disse Clissot. Abriu um contêiner e jogou dentro dele uma máscara de papel. – É urgente.

Mas Méndez, de repente, tinha se transformado em Colin Craig.

– Com licença. Alguém viu a senhora Ross?

– Provavelmente está na despensa – disse Elisa.

– Obrigado. – Craig esboçou outro sorriso cortês e desapareceu.

– Preciso falar com Carter antes de ir embora... – insistiu Clissot, dirigindo-se às duas moças. – Se o virem, digam que fui procurá-lo no heliporto. – Depois seguiu os passos de Craig e desapareceu pelo corredor.

– Parece nervosa – murmurou Nadja.

– Todos estamos.

– Mas ela não estava assim antes...

Elisa sabia o que queria dizer. *Antes de ver o corpo de Rosalyn.*

– Outra vez com suas fantasias – disse. Mas se perguntava o que Clissot podia ter encontrado no cadáver que fosse *tão urgente* informar. – Venha, vamos deixar isso como estava...

Enquanto ajudava Nadja a desligar o computador e guardar os arquivos, pensava que queria ir embora dali. A ilha, de repente, tinha ficado insuportável, com aquelas idas e vindas, entradas e saídas de gente, barulho de soldados. Desejava voltar a sentir a solidão da sua casa, ou de qualquer outra casa.

– Já vou – disse Nadja. – Ficaram algumas coisas no quarto.

Separaram-se no corredor e Elisa se dirigiu para a saída. Lá fora parecia ter parado de chover, embora o dia continuasse nublado. Contudo, ficava feliz em sair ao ar livre. Os barracões a angustiavam.

Passou em frente ao refeitório, e estava a ponto de chegar à saída quando ouviu os gritos.

Surgiam sob seus pés. Quase podia senti-los batendo nas solas dos sapatos, como o início de um terremoto. Por um instante não entendeu, mas em seguida se deu conta. A *despensa*. Correu ao refeitório e o encontrou vazio.

Ou não exatamente: Silberg chegara primeiro (provavelmente já estava ali) e se dirigia apressado para a cozinha.

Seu estômago se transformou num punho de pedra enquanto seguia o professor alemão até a câmara onde estava o alçapão aberto da despensa. Silberg se enfiou por ele e começou a descer. Ao lado de Elisa se materializou uma sombra.

– O que está acontecendo? – perguntou Nadja, ofegante. – Quem está gritando dessa forma?

Silberg parou. A metade do seu corpo estava para fora do alçapão, como se estivesse na fila para entrar, ou olhando para alguma coisa a seus pés. Agora os gritos eram diáfanos e se misturavam com tosses e arfadas. Elisa tinha pensado na senhora Ross, mas era voz de homem.

Então Silberg fez algo que a deixou horrorizada: elevou seu corpo enorme, subiu de costas os três degraus da escada que tinha descido e se afastou do alçapão gesticulando com suas grandes mãos enquanto balançava a cabeça.

– Não... Não... Não... – gemia.

Ver aquele homem imenso soluçar como um menino castigado, todo o semblante transformado numa massa de cera, impressionou-a mais do que os gritos. Mas o que aconteceu a seguir foi pior.

Pelo alçapão se elevaram outras mãos, enluvadas. Um soldado. Não estava de capacete nem carregava metralhadora, mas Elisa o reconheceu em seguida. O jovem Stevenson parecia querer fugir de alguma coisa: correu para a parede onde estava Silberg, depois para a oposta, cambaleando como um boxeador que tivesse recebido o murro decisivo da luta. Por fim caiu de joelhos e começou a vomitar.

O alçapão continuava aberto, negro, paciente, como se estivesse dizendo: "Quem vem agora?". Como uma boca sem dentes aguardando comida.

Elisa deu um passo em direção a ele, e nesse instante alguém a afastou com um empurrão.

– Não pode entrar! – rugiu Carter. Carregava um revólver na mão. – Fique aqui! Fiquem todos aqui! – Na outra mão segurava uma lanterna acesa, sem dúvida tanto ou mais útil do que o revólver, porque quando terminou de descer as escadas a escuridão pareceu engoli-lo.

Agora havia muita gente na câmara: outro soldado (era York), de botas e calça manchada de lama, tentava em vão acalmar Stevenson; Blanes e Marini discutiam com Bergetti... No alçapão também havia confusão. Elisa distinguiu perfeitamente a voz de Colin Craig: *Na parede! Será que não está vendo? Na parede!*

No meio do atordoamento, teve quase certeza de que tinha sido Craig quem estivera gritando todo o tempo.

Rapidamente, tomou uma decisão. Esquivou-se de Nadja e se introduziu no alçapão. Desceu os primeiros degraus maquinalmente.

Ponto por ponto, cena por cena, enquanto descia, reviveu o que tinha acontecido naquela madrugada, o mesmo horror de vozes e trevas, de confusão e sombras. Com uma diferença: dessa vez não conseguiu continuar avançando, não por causa de algum obstáculo, mas por causa de uma visão.

Nunca a esqueceria. Passariam os anos e continuaria recordando aquilo como na primeira vez, como se o tempo, em comparação, não fosse mais do que uma ilusão, um disfarce que camuflasse um presente constante e imutável.

Carter estava no fundo, na câmara das geladeiras, e sua lanterna era a única luz em toda a despensa: Elisa podia ver sua silhueta recortada contra aquele resplendor. O resto, o que não era a sombra negra de Carter, consistia numa cor densa, pastosa, que parecia cobrir por completo as paredes, o chão e o teto da câmara do fundo.

Vermelho.

Era como se alguma fera gigantesca tivesse engolido Carter e este se encontrasse no interior do estômago do monstro, a ponto de ser digerido.

Não conseguiu continuar descendo. Aquela cena a paralisava. Ficou no meio da escada, como Silberg, e notou que alguém a agarrava pelo braço (um soldado: via sua mão enluvada). Ouviu uma vertigem nauseante de ordens em inglês procedente das profundezas:

– *Que ninguém se aproxime...! Fora os civis! Fora os malditos civis!*

Mãos que a puxavam e a seguravam pelas axilas, elevando-a outra vez para a luz.

Nesse instante ouviu o trovão, e a luz se fez enorme.

– Foi então quando todos morremos – disse Elisa a Victor, dez anos depois.

V

A reunião

O futuro nos tortura, o passado nos aprisiona.

GUSTAVE FLAUBERT

20

Madri
11 de março de 2015
23:51

—Desmaiei. Eu me lembro do pesadelo de uma viagem de helicóptero. Acordava, tornava a desmaiar... Aplicaram-me sedativos. Durante o trajeto explicaram que o armazém ao lado da casamata militar, que continha substâncias inflamáveis, tinha explodido porque um dos helicópteros que estava aterrissando perdera o controle acidentalmente e se chocara contra ele. Os soldados Méndez e Lee, que estavam do lado de fora, morreram na explosão com os tripulantes do helicóptero. O setor militar ficou destruído e a sala de controle sofreu graves danos. Os laboratórios desabaram completamente. Quanto a nós... tivemos "sorte". Foi o que disseram. – Deu uma risadinha. – Encontrávamo-nos a salvo na cozinha, o que era uma "sorte"... Mas dava na mesma, porque já estávamos mortos e não sabíamos. – Depois de uma pausa acrescentou. – É obvio que não contaram toda a verdade.

Victor a viu levantar a mão esquerda e teve um sobressalto.

Vigiava cada um dos movimentos de Elisa desde que ela pediu-lhe que entrasse naquela via secundária e estacionasse o carro. Não que não confiasse nela, mas a história que estava ouvindo, a noite que os envolvia e aquela enorme faca que ainda a via segurar estavam longe de parecer elementos tranqüilizadores.

No entanto, a única coisa que Elisa fez foi consultar seu relógio-computador.

210 ■ José Carlos Somoza

– É tarde, quase meia-noite. Imagino que você tenha muitas perguntas, mas antes deve decidir uma coisa... Você vai me acompanhar a essa reunião?

A misteriosa reunião de meia-noite e meia. Victor tinha se esquecido dela, absorto naquela incrível história. Balançou a cabeça concordando.

– É obvio, se você... – começou. Subitamente, sua própria sombra e a dela adquiriram vida no teto e nas laterais da cabine, projetadas por uma luz no vidro traseiro. Ao mesmo tempo se ouviu um crepitar de galhos esmagados por rodas.

– Pelo amor de Deus, arranque! – gritou Elisa. – Vamos embora daqui!

Victor pensou por um instante que não ia poder cumprir seu papel de motorista exímio, mas a realidade demonstrou o contrário. Fez girar a chave de ignição e acelerou quase ao mesmo tempo. As rodas grudaram no asfalto e saltaram com um chiado que o fez ver faíscas em sua imaginação. Depois de uma habilidosa manobra conseguiu manter o controle do carro.

Quando voltaram para a estrada de Burgos comprovou dois fatos: o mais satisfatório, que a caminhonete, ou seja lá o que fosse aquele veículo que tinha se aproximado deles, não os estava seguindo (provavelmente tudo tinha sido uma coincidência), e que, apesar do medo que sentia e que o fazia tremer como um velho despertador tocando numa mesinha, começava a pensar que estava vivendo a aventura da sua vida, e ainda por cima ao lado de Elisa.

A aventura da sua vida.

Este último pensamento o fez sorrir, até mesmo se permitiu aumentar a velocidade (nunca o fazia) acima do limite. Não queria desobedecer a lei, mas deixá-la de lado por uma noite. Sentia-se como se estivesse levando uma grávida em trabalho de parto para um hospital. Por uma vez podia se permitir algo assim.

Elisa, que tinha girado o corpo para olhar para trás, voltou a encostar no banco, ofegante.

– Não estão nos seguindo. Ainda não. Talvez possamos... Você não tem computador de bordo?

– Não, nem GPS ou Galileu. Nunca quis instalá-los. Tenho um mapa de estrada, à maneira clássica, no porta-luvas... Nossa, tremendo susto... Nunca achei que seria capaz de arrancar e sair chispando desse jeito... – Moderou um pouco a velocidade enquanto mordia o lábio. – Luis "Lo-opera" deveria ter me visto. – E acrescentou olhando para ela. – Estou falando do meu irmão.

Elisa não ouvia. Durante um minuto ele a viu desdobrar retângulos de papel e procurar alguma coisa sob a luz amarela da cabine. O cabelo preto carvão jogado para frente o impedia de apreciar seu bonito rosto.

— Continue até San Agustín de Guadalix e pegue o desvio para Colmenar.

— Certo.

— Victor...

— Sim?

— Obrigada.

— Não precisa agradecer.

Sentiu os dedos dela acariciando seu braço e se lembrou de uma vez, durante umas férias de inverno que tinha passado com a família do irmão, em que a súbita proximidade de uma fogueira causara um formigamento parecido.

— Agora você pode fazer pedidos e perguntas — murmurou ela, pegando o mapa.

— Ainda não me disse o que *realmente* aconteceu na despensa. Afirma que não contaram toda a verdade a você...

— Farei isso em seguida. Primeiro tentarei dirimir as dúvidas que devem ter surgido sobre o que você ouviu até agora.

— As dúvidas que surgiram? Se você me perguntasse quem sou neste momento, asseguro que duvidaria... Não sei por onde começar. Tudo é tão... não sei...

— Estranho, não é? A história mais estranha que você já ouviu na vida. E, por isso mesmo, devemos nos comportar como *nunca* nos comportamos. Se quisermos entender o que aconteceu, temos que ser *estranhos*, Victor.

Ele gostou dessa comparação. Sobretudo dita por uma mulher assim, vestida com aquela camiseta de decote tão ousado, jaqueta preta de zíper e jeans, e carregando uma faca, enquanto iam a duzentos por hora no meio da noite. *Sim, estranhos. Você e eu. Strangers in the night.* Acelerou um pouco mais. Depois pensou que haveria mais pessoas naquela reunião para a qual estavam indo e não poderiam mais ficar sozinhos. Isso o desanimou um pouco.

Decidiu-se por uma pergunta preliminar.

— Você tem provas de tudo isso? Quero dizer... Guardou alguma cópia das imagens dos dinossauros e... da mulher de Jerusalém?

— Já expliquei que não permitiram que ficássemos com nada. E no Eagle dizem que as únicas cópias foram destruídas com a explosão. Provavelmente outra mentira, mas é a que menos me importa.

– E como é que a comunidade científica não sabe de nada? Isso aconteceu em 2005, faz dez anos... As grandes conquistas da ciência não podem ser mantidas em segredo por tanto tempo...

Elisa refletiu antes de responder.

– A comunidade científica é formada pelos cientistas, Victor. Muitos de nossos colegas dos anos 1940 admitiam a possibilidade de produzir bombas por fissão nuclear, mas ficaram tão surpresos quanto o público em geral quando viram milhares de japoneses saltarem pelos ares. Há uma grande diferença entre achar que uma coisa é *possível* e *vê-la acontecer.*

– Mesmo assim...

– Pobre Victor... – disse ela, e ele olhou para ela fugazmente. – Não acreditou numa palavra sequer, não é?

– Claro que acreditei. A ilha, as experiências, as imagens... Só que... é muito para mim numa única noite.

– Acha que estou delirando.

– Não, isso não é verdade!

– Realmente acredita que existiu algo como o Projeto Zigzag?

A pergunta o obrigou a refletir. Acreditava? Ela contara tudo com muitos detalhes, mas por acaso ele tinha contado para si mesmo? Conseguira assimilar em seu cérebro aquele fluxo de informação inconcebível? E, o mais duro: tinha assumido o que significava se ela tivesse dito *a verdade? Ver o passado... A "Teoria da Sequóia" permite abrir cordas de tempo na luz visível e transformar a imagem presente numa imagem do passado.* Parecia... Possível. Inverossímil. Fantástico. Coerente. Absurdo. Se fosse assim, a história da humanidade tinha dado uma guinada decisiva. Mas como acreditar? Até então, a única coisa que ele sabia era o mesmo que os outros colegas: que a teoria de Blanes era matematicamente atraente, mas com possibilidades mínimas de comprovação. Quanto aos demais fatos estranhos (sombras misteriosas, mortes inexplicáveis, fantasmas de olhos brancos), se a base em que se apoiavam era tão delirante, como acreditar neles?

Decidiu ser sincero.

– Não acredito totalmente... Quero dizer, acho demais ficar sabendo do maior descobrimento da relatividade aqui dentro, no meu carro, faz meia hora, indo para Burgos... Desculpe, não dá... Não posso assimilar ainda. Mas, com a mesma segurança, digo que sim, *acredito em você*. Apesar... da sua maneira de se comportar, Elisa. – Engoliu em seco e desabafou. – Vou ser sincero com você: pensei muitas coisas nesta noite... Ainda não sei realmente de *quem* estamos fugindo, nem o motivo pelo qual você está carregando uma... uma faca como essa... Tudo isso me impressiona e me faz duvidar de você... e de mim. O que você está me contando, e o seu comportamento, tudo isso é como um imenso enigma. Uma charada, a mais difícil de toda a minha vida. Mas optei por uma solução. A minha solução diz: "*Acredito em você*, mas neste momento não posso acreditar naquilo que você acredita." Estou sendo claro?

– Perfeitamente. E agradeço por sua sinceridade. – Ouviu-a respirar fundo. – Não vou fazer nada com esta faca, asseguro, mas agora não poderia dispensá-la, como tampouco posso dispensar você. Logo você entenderá. Na verdade, se tudo ocorrer como eu espero, dentro de duas horas você vai entender tudo e vai *acreditar* em mim.

A segurança do tom da voz dela fez Victor estremecer. Uma placa solitária anunciou o desvio para Colmenar. Saiu da rodovia e entrou numa pequena estrada de mão dupla, tão escura e arriscada quanto os seus próprios pensamentos. A voz dela chegava até ele como um sonho.

– Vou contar o resto da forma como me contaram. Depois da viagem de helicóptero acordei numa outra ilha. Encontra-se no mar Egeu, é melhor você não saber o nome. A princípio não vi ninguém, apenas uns caras vestidos com jalecos brancos. Disseram-me que Cheryl Ross tinha enlouquecido por causa do Impacto e tirou a própria vida quando desceu à despensa da estação de Nova Nelson... Achei absurdo. Tinha acabado de falar com ela... Não dava para acreditar.

Victor a interrompeu para fazer uma das perguntas que mais lhe importavam.

– E o Ric?

– Não quiseram me falar dele. Durante a primeira semana ficaram só me examinando: fizeram de tudo: exames de sangue e urina, radiografias, ressonâncias. E continuei sem ver ninguém. Comecei a perder a paciência. Passava a maior parte do tempo trancada num quarto. Tiraram a minha roupa e me observavam com câmeras: cada coisa que fazia, cada gesto... como se fosse... um inseto. – A voz de Elisa tremia, entrecortada por uma náusea repentina. – Não podia me vestir, não podia me esconder. A explicação que me davam, sempre por alto-falantes, nunca pessoalmente, era que precisavam se certificar de que eu estava bem. Era uma espécie de quarentena, diziam... Consegui resistir um tempo, mas no final da segunda semana estava com os nervos em frangalhos. Fiz um escândalo, com gritos e chiliques, até que entraram, concordaram em me entregar um jaleco e me levaram até Harrison, o cara que estava com Carter quando assinei o contrato em Zurique. Foi desagradável vê-lo: seco, pálido, com o olhar mais

214 ■ José Carlos Somoza

frio que você possa imaginar... Mas foi ele quem me contou o que chamou de "a verdade". – Fez uma pausa. – Lamento pelo que vou dizer agora. Você não vai gostar.

– Não se preocupe – disse ele estreitando os olhos, como se fossem eles, e não os ouvidos, os destinados a receber a má notícia.

– Ele me disse que Ric Valente tinha matado Rosalyn Reiter e Cheryl Ross.

Victor sussurrou alguma coisa para Deus: palavras silenciosas, apenas esboçadas pela expressão dos lábios. Afinal de contas, tratava-se do seu grande amigo de infância. *Coitado do Ric.*

– Ele ficou mais transtornado com o Impacto do que todos nós. Achavam que na noite daquele sábado de outubro ele saiu do quarto, depois de deixar uma espécie de boneco feito com o travesseiro para fingir que continuava dormindo, atraiu Rosalyn à sala de controle com alguma mentira, bateu nela e a jogou em cima do gerador... Depois fez algo que ninguém esperava: escondeu-se dentro de uma das geladeiras da despensa. Parece que tinham pifado por causa do curto-circuito. Ficou escondido ali durante a busca que os soldados fizeram, e ninguém o viu. E, quando Cheryl Ross entrou, massacrou-a a golpes. Tinha conseguido uma faca ou um machete: daí todo o sangue que vi nas paredes. Depois de matá-la, suicidou-se. Colin Craig descobriu os dois cadáveres ao descer à despensa e começou a gritar. Minutos depois, por uma desgraçada casualidade, aconteceu o acidente com o helicóptero. E isso era tudo.

A notícia da morte de Ric não afetou Victor Lopera: ele já sabia. Fazia dez anos que sabia, mas até essa noite a única versão que conhecia e tentava imaginar em tantas ocasiões era a "oficial": que seu amigo de infância tinha perecido durante a explosão do laboratório de Zurique.

– Pode parecer uma explicação um pouco forçada – continuou Elisa –, mas ao menos se tratava de uma explicação, que era a única coisa que eu desejava ouvir. Além disso, o Ric *morreu* mesmo: encontraram seu corpo na despensa, houve um funeral, seus pais foram avisados. Como era lógico, toda a informação era confidencial. Minha família, meus amigos e o resto do mundo só ficaram sabendo que houve uma explosão no laboratório de Blanes em Zurique. As únicas vítimas teriam sido Rosalyn Reiter, Cheryl Ross e Ric Valente... A história foi muito bem preparada. Houve até mesmo uma explosão *real* em Zurique, sem vítimas, para que ninguém desconfiasse da notícia. Fomos proibidos, sob juramento, de revelar o que sabíamos. Também não poderíamos conversar entre nós ou manter qualquer tipo de contato. Durante um tempo, quando retornássemos à vida cotidiana, seríamos vigiados estritamente. Tudo isso, disse Harrison, era "para o nosso bem". O Impacto poderia ter outras conseqüências ainda desconhecidas, de modo que devíamos permanecer um período sob vigilância, por precaução, passar a borracha e esquecer tudo completamente. Cada um receberia um trabalho, um meio de vida... Eu voltei a Madri, fiz a tese com o Noriega e consegui uma vaga de professora na Alighieri. – Ao chegar a este ponto ficou em silêncio durante tanto tempo que Victor pensou que tinha terminado. Dispunha-se a dizer alguma coisa quando ela acrescentou. – E desse modo acabaram todas as minhas ilusões, minha vontade de pesquisar, até de trabalhar na minha especialidade.

– E alguma vez voltou a Nova Nelson?

– Não.

– Que pena... Abandonar um projeto como esse, depois de conseguir resultados... Compreendo você. Deve ter custado muito.

Elisa não olhava para ele. Cravava a vista na estrada escura. Replicou com dureza:

– Nunca me senti tão contente em toda a minha vida.

Olhavam para a tela flexível, estendida como uma toalha sobre as pernas do homem de cabelos grisalhos, enquanto a Mercedes blindada em que viajavam percorria em silêncio a estrada de Burgos. Na tela, um ponto vermelho piscava, cercado por um labirinto de luzes verdes.

– Ele a está levando para a reunião? – perguntou o homem corpulento falando pela primeira vez em várias horas. A pastosa densidade da sua voz combinava com sua aparência.

– Parece que sim.

– Por que não foi interceptado?

– Não existiam indícios de que tivesse envolvido ninguém, e imagino que não existiam porque ele foi recrutado nesta *mesma* noite. – O homem de cabelo branco dobrou a tela, então a luz verde e o ponto vermelho desapareceram. Na escuridão do veículo distendeu os lábios com um sorriso. – Foi muito ardilosa. Deu um jeito para confundir a escuta com uma espécie de adivinhação cuja resposta só o cara conhecia. Ficaram mais espertos desde a última vez, Paul.

– Melhor para eles.

Aquela resposta fez com que Harrison olhasse para Paul Carter com curiosidade, mas Carter virou-se outra vez para a janela.

– Seja como for, a intromissão de... outro elemento não modificará nossos planos – acrescentou Harrison. – Ela e seu amigo logo estarão conosco. Nesta noite enigmática, a única coisa que me preocupa é o movimento do carro alemão.

– Já iniciou a viagem?

– Está prestes a fazer isso, mas ele vai ser interceptado. Ele e tudo o que carrega.

De repente começou a *crise*. Foi imediata, inesperada. Harrison não se deu conta (porque aconteceu *com ele*), mas Carter sim, embora só quando já tinha se iniciado: apenas viu que Harrison abria de novo a folha dobrada do computador com a delicadeza de quem separa as pétalas de uma rosa para pegar uma abelha. Em seguida tocou a tela e escolheu uma opção do menu: um rosto bonito emoldurado por um cabelo preto encheu todo o retângulo. Por causa da flacidez da tela, ele parecia derretido quando Harrison o apoiou nas pernas: uma convexidade, um vale, depois outra convexidade.

Era o rosto da professora Elisa Robledo.

Harrison agarrou aquela máscara com as duas mãos, e então Carter compreendeu o que estava acontecendo com ele.

Uma crise.

Nas feições de Harrison toda emoção tinha desaparecido. Não só a amabilidade que demonstrara durante sua conversa com o jovem motorista na chegada a Barajas ou a frieza da sua conversa pelo celular: qualquer outro tipo de expressão, gesto ou sentimento. A vivacidade daquelas feições havia sido saqueada. O homem que dirigia a Mercedes não podia vê-los na penumbra do interior do carro, e Carter dava graças por isso: se lhe ocorresse olhar pelo retrovisor e visse Harrison (quer dizer, *se visse o rosto* de Harrison) nesse instante, sem dúvida sofreriam um acidente.

Carter já tinha presenciado vários ataques semelhantes. Harrison os chamava de "crise de nervos". Acrescentava que há muitos anos conhecia aquele assunto e desejava se aposentar. Mas Carter sabia que havia algo mais. As crises eram piores depois de passar por certas experiências.

Milão. Foi o que nós vimos em Milão.

Perguntou-se por que ele mesmo não piorava também: deduziu que era porque já não podia ficar pior.

– Há coisas que ninguém jamais... *jamais* deveria ver – disse Harrison recuperando-se, dobrando a tela e guardando-a no paletó.

Você que o diga. Carter não respondeu: limitou-se a continuar olhando pela janela. Nenhuma hipotética testemunha diria que estava afetado pelo que tinha visto.

Mas o certo era que Paul Carter tinha medo.

– Espere! Acho que entendi tudo!

– Não, não pode entender ainda.

– Sim, espere...! A morte de Sergio Marini... A notícia foi dada hoje, eu mesmo liguei para você para avisar... – Victor abriu a boca e quase se ergueu no banco. – Elisa: você relacionou uma coisa com outra! Já estou entendendo! Teve uma experiência horrível, reconheço... Morreram três colegas da sua equipe porque um deles enlouqueceu... Mas isso aconteceu há dez anos!

Pareceu-lhe que ela o ouvia com muita atenção. Agora percebia claramente: Elisa precisava mais das suas palavras do que de sua habilidade para dirigir no meio da noite por estradas estreitas. Eram apenas suas próprias lembranças que a perseguiam. Sentia um medo terrível de coisas que já estavam mortas. Na verdade, isso não tinha um nome na medicina? Estresse pós-traumático? A horrível coincidência do brutal assassinato de Sergio Marini tinha provocado tudo... O que ele devia fazer? A coisa mais sensata: ajudá-la a entender os fatos dessa maneira.

– Pense – pediu. – Ric Valente tinha motivos de sobra para sofrer um desequilíbrio mental, e não me surpreende que o Impacto, ou seja lá o que for, fizesse brotar seus piores instintos... Mas ele já morreu, Elisa. Você não deve... – De repente outra idéia cintilou como um relâmpago em sua cabeça. – Um momento... Estamos indo ver os outros, certo? – O silêncio dela o fez saber que tinha acertado. Decidiu continuar se aventurando. O resto da equipe do Zigzag, claro... Vão se reunir esta noite. A morte de Marini fez vocês pensarem que outro membro da equipe perdera o juízo, como aconteceu com Ric... Mas, em tal caso, não deveriam pedir ajuda?

– Ninguém vai nos ajudar – disse ela com a voz mais triste e longínqua que ele jamais ouvira até então. – Ninguém, Victor.

– O governo... As autoridades... O Eagle Group.

– São eles que estão nos perseguindo. É *deles* que estou fugindo.

– Mas, por quê?

– Porque pretendem nos ajudar. – Pareceu-lhe que com cada resposta que Elisa dava se introduzia mais num turbilhão de círculos viciosos. – Quando chegarmos à reunião você vai entender tudo. Falta pouco agora. O desvio é depois desse trecho...

Uma curva sinuosa o manteve distraído um instante. Os nomes das localidades que foram deixando para trás se encadeavam em sua mente: Cerceda, Manzanares el Real, Soto del Real... Luzes suaves flutuavam dispersas pelo mato escuro e às vezes confluíam em pequenos enxames de povoados. A paisagem que os rodeava seria muito pitoresca em plena luz do dia (Victor já a tinha percorrido em outras ocasiões), mas a esta hora era como perambular pelas ruínas de uma imensa catedral enfeitiçada. Entre o homem e o terror há uma distância tão ínfima que, por si mesma, causa espanto, pensava Victor: três horas atrás estava cuidando de plantas hidropônicas no seu confortável apartamento de Ciudad de los Periodistas, e agora estava vagando por um atalho tenebroso na companhia de uma mulher possivelmente louca.

– É por isso que você está armada? – Tentou pensar velozmente. – O Eagle Group é o nosso inimigo?

– Não, o nosso inimigo é *muitíssimo pior...* Incalculavelmente *pior.*

Entrou em outra curva. Por um instante, os faróis apontaram para as árvores.

– O que você quer dizer? Não foi Ric quem...?

– Esta história do Ric foi uma *invenção.* Mentiram para nós.

– Mas então...

– Victor – disse ela com crueldade, olhando fixamente para ele. – Há dez anos *alguém está assassinando todas* as pessoas que estiveram naquela maldita ilha...

Ele se dispunha a responder quando, ao fazer outra curva, os faróis revelaram a carroceria do carro que lhes bloqueava a passagem.

21

Seu corpo se reduziu ao pé direito.

A mente não se simplificou tanto: teve tempo de se fazer perguntas, decifrar o grito de Elisa, invocar seus pais e Deus e assumir uma terrível certeza: *vão nos matar.*

A massa de metal atravessada na estrada se aproximou do pára-brisa como se fosse ela que se movesse. Victor-Pé-Direito imaginou que ele todo afundava na maquinaria, montado no pedal do freio. Nos seus ouvidos, o grito de Elisa e os pneus cantando no asfalto fundiram-se em uma única nota, muito aguda, um coral aterrador de velhas loucas. Teve sorte em dois detalhes: a curva não era muito fechada e o obstáculo estava um pouco afastado. Mesmo assim, e apesar de ter girado o volante para a esquerda, o lado direito do carro bateu na porta do motorista do carro estacionado. Durante uma fração de segundo quase ficou aliviado. *Seja quem for esse filho da puta, recebeu uma boa lição.* Em seguida veio o acostamento, e Victor perdeu a alegria: mais à frente havia apenas dois troncos e o precipício. *Sim, Victor, o precipício, morro abaixo.* Mas o mundo parou bruscamente na barreira de contenção depois de uma derrapagem barulhenta. Foi apenas um esbarrão: o airbag nem considerou a hipótese de se abrir; a inércia newtoniana balançou um pouco os corpos e sobreveio a calma.

– Meu Deus! – gritou Victor como se "Deus" fosse um insulto capaz de fazer ruborizar um estivador. Voltou-se para Elisa. – Você está bem?

– Acho que sim...

As pernas de Victor tremiam (depois de cumprir seu dever, seu pé direito se transformou numa massa imprestável), mas suas mãos tinham assumido o controle. Desamarrou o cinto enquanto murmurava: "Filho da puta... Vou denunciá-lo... Desgraçado..." Estava prestes a abrir a porta quando alguma coisa o impediu.

A luz que cegou sua janela lhe pareceu, por um instante, proveniente de outro carro, mas flutuava no ar e não tinha motor.

– São eles – murmurou Elisa.

– Eles?

– Os que estão nos seguindo.

Um punho de couro preto bateu no vidro.

– Saia – disse o punho.

– Ouça, o que está acontecendo...!

Victor costumava se zangar quando sentia qualquer emoção intensa, exceto a ira. Naquele momento sentia medo. Não desejava abandonar o claustro protetor da cabine, mas tampouco estava disposto a desobedecer a ordem do Punho Preto. Seu medo dizia "não abra", e o mesmo medo sussurrava "obedeça".

Ternos escuros com as abas do paletó agitando-se ao vento desfilaram em frente ao cone de luz dos faróis.

– Não saia – disse Elisa –, eu vou falar com eles.

Estava baixando a janela manualmente. Um rosto desconhecido apareceu, com um feixe de luz. Elisa e o rosto ficaram conversando em inglês.

– O professor Lopera não tem nada com isso... Deixem-no ir...

– Ele vai ter que vir também.

– Repito que...

– Não torne a situação mais difícil, por favor.

Enquanto presenciava aquela discussão formal, a noite entrou repentinamente pelo seu banco. De alguma forma tinham conseguido abrir a porta ao seu lado, apesar de não se lembrar de tê-la destrancado. Agora não havia barreiras entre ele e o Punho Preto.

– Saia, professor.

Uma forte mão segurou-lhe o braço. Engasgou-se com as palavras: nunca ninguém o havia tocado assim; suas relações sempre se apoiavam numa distância cortês. A mão puxava, arrastava-o para fora. Agora, além de medo, experimentava a raiva do cidadão honrado a quem a autoridade amedronta.

– Ouça, mas!... Com que direito?...

– Vamos.

Eram dois homens, um calvo e outro louro. Quem falava era o calvo. Victor intuiu que o louro nem sequer entendia castelhano.

Seja como for, nem precisava.

O louro tinha um revólver.

A casa, a alguns quilômetros de Soto del Real, estava do mesmo jeito como ela se lembrava. Com exceção do interior, que parecia mais descuidado, e das novas construções nos arredores. Mas continuava com o telhado de duas águas, as paredes brancas, o alpendre e a velha piscina. Era noite, embora também fosse noite quando tinha vindo pela primeira vez.

Tudo estava igual e tudo tinha mudado, porque durante a primeira visita havia se sentido esperançosa e agora, ao contrário, encontrava-se deprimida, sem forças.

O cômodo em que a trancaram era um quarto pequeno aparentemente há anos sem uso. Não estava decorado, havia apenas uma cama sem cobertas e uma mesinha com um abajur sem cúpula, única luz no cômodo. E dois armários: um de madeira, com a porta direita empenada pela velhice, e o outro de carne e osso, terno escuro, um aparelho de escuta e os braços cruzados, de pé na frente da porta. Elisa já tinha tentado se comunicar com este último, mas era tão inútil como tentar fazê-lo com o primeiro.

Enquanto passeava pelo quarto desolado, observada pelo armário, seus pensamentos se concentravam em um único ponto, entre os muitos que lhe importavam, porém o mais urgente. *Desculpe, Victor. Desculpe mesmo.*

Não sabia para onde o tinham levado. Imaginava que para aquela casa também, mas os homens que montaram a emboscada os separaram, obrigando Victor a entrar em outro carro. Levaram-na no carro de Victor (depois de tirar dela, é obvio, a estúpida e inútil faca). Contudo tinha quase certeza de que os dois foram levados para o mesmo lugar e que Victor tinha chegado primeiro. Naquele momento estaria sendo interrogado em outro cômodo. *Coitado do Victor.*

Ela se propôs a ajudá-lo a sair daquele buraco mesmo que essa fosse a última coisa que faria. Envolvê-lo tinha sido uma fraqueza fatal da sua parte. Jurou a si mesma que agiria de qualquer forma, usaria sua vida como moeda de troca ou ponte para que ele pudesse escapar. Mas antes teria de saber as respostas de algumas dúvidas terríveis. Por exemplo: por que recebera a *ligação* se o lugar não era seguro? E como ficaram sabendo da reunião? Será que montaram uma armadilha desde o começo?

Vinte ou trinta minutos depois, a porta do quarto se abriu com brutalidade, batendo nas costas do vigia. Apareceu um indivíduo em mangas de camisa (não Aquele Que Importava, ainda não era ele, embora tivesse certeza de que logo o veria). Houve uma troca de desculpas em inglês entre os dois homens, mas nenhum explicou nada a ela. O cara que a estava vigiando fez um gesto com a enorme cabeça e Elisa se aproximou.

Atravessaram a sala em direção à escada. Cheirava a café recém-coado, e homens com paletó ou em mangas de camisa iam e vinham da cozinha levando xícaras e copos. *Tinham planejado tudo de antemão.*

No andar de cima voltaram a revistá-la.

Não mais com um detector de metais, mas com as mãos. Fizeram-na tirar a jaqueta, levantar os braços acima da cabeça e separar as pernas. Quem a revistava não era, como costuma ser nesses casos, uma policial, que pode tocar outra mulher, e sim um homem, mas seja como for dava na mesma. Anos de vigilância e interrogatórios a haviam acostumado a perder o respeito por si mesma. E era óbvio que *eles* tampouco a respeitariam. O que estavam procurando? O que temiam que ela pudesse fazer? *Têm medo de nós. Muito mais do que nós deles.*

Depois da rigorosa revista o homem assentiu, devolveu-lhe a jaqueta e abriu a porta de outro quarto, uma espécie de biblioteca.

E dentro, ah sim, O Filho da Puta Que Importava.

– Professora Robledo, é sempre um prazer voltar a vê-la.

Achava que estava preparada para se encontrar outra vez com ele.

Estava enganada.

Reprimindo a raiva, concordou em ocupar uma poltrona em frente à pequena escrivaninha. Um dos homens saiu do quarto e fechou a porta, o outro ficou às suas costas preparado para agir se por acaso ela decidisse se jogar contra o vovozinho de cabelos brancos e arrancar os olhos dele. O que era uma possibilidade, certamente.

– Sei por que queria vir aqui esta noite – disse o homem de cabelos brancos no seu inglês nativo, sentando-se atrás da escrivaninha quando ela já estava acomodada. Era evidente que tinha acabado de chegar: seu paletó estava em cima de uma cadeira, ainda úmido do orvalho noturno. – Garanto que não vou tomar muito do seu tempo. Apenas um bate-papo cordial. Depois poderá se reunir com seus amigos... – A cúpula de um grande abajur apoiado na mesa escondia a metade do seu rosto; o homem a afastou, e ela pôde ver o sorriso dele. Não era o espetáculo pelo qual mais ansiava, mas mesmo assim olhou para ele.

Harrison tinha envelhecido notavelmente nos últimos anos, mas seu olhar fundo, embaixo de umas sobrancelhas quase inexistentes, e aquele sorriso no rosto liso (fazia tempo que tirara o bigode que usava quando o conhecera) expressavam a mesma "frieza-cortesia-ameaça-confiança" de sempre. Provavelmente com algo mais brilhando no fundo. Alguma coisa nova. Ódio? Medo?

– Onde está o meu amigo? – disse sem vontade de continuar decifrando-o.

– Qual deles? Você tem vários, e muito bons.

– O professor Victor Lopera.

– Ah, está respondendo a algumas perguntas. Quando acabarmos poderá...

– Deixe-o em paz. Sou eu quem lhes importa, Harrison. Deixe-o ir embora.

– Professora, professora... Sua impaciência é tão... Tudo a seu tempo... Quer uma xícara de café? Não ofereço outra coisa porque suponho que já deve ter jantado. Meia-noite e meia é muito tarde, até mesmo para vocês espanhóis, não? – E se dirigiu ao fantasma de pé atrás dela. – Diga que tragam café, por favor.

Gostaria de tomar um café, mas decidiu que não aceitaria nada que aquele sujeito oferecesse, nem que estivesse agonizando no chão, envenenada, e ele lhe estendesse o antídoto. Quando o lacaio partiu, decidiu experimentar perder a paciência.

– Olhe, Harrison. Se você não deixar o Lopera voltar para casa juro que vou armar uma... Vou armar um escândalo, de verdade: jornalistas, tribunais, o que for... Não sou a mesma idiota de antes.

– Você nunca foi uma idiota.

– Deixe de enrolação. Estou falando sério.

– Ah, é? – De repente toda a cordialidade de Harrison desapareceu. Ergueu-se na cadeira e apontou o longo dedo indicador para ela. – Pois eu direi o que nós podemos fazer: podemos processar judicialmente, você e o seu amigo Lopera. Podemos acusá-la de revelar material classificado e Lopera de receptação e cumplicidade. Infringiu todas as normas legais que assinou, de modo que basta de ameaças... Posso saber onde está a graça?

Elisa tirou o cabelo do rosto enquanto ria.

– Fala a voz da justiça! Introduziram-se em nossas casas e nossas vidas, há anos nos espionam, seqüestram-nos quando lhes dá vontade... Agora mesmo estão invadindo uma propriedade privada: no seu país e no meu isso se chama "invasão de propriedade"... E ainda se permite falar de leis!...

A porta os interrompeu, mas o gesto de Harrison informou Elisa de que tinha mudado de opinião em relação ao café, pelo que ela agradeceu. *Perfeito. Mostre os dentes mas economize o sorriso.*

– É assim que você qualifica as medidas destinadas a protegê-la? – replicou Harrison.

– Você se refere a me proteger como protegeram Sergio Marini?

Harrison desviou um pouco o rosto, como se não tivesse ouvido bem. Ela se lembrava desse gesto: entre os registros hipócritas do seu interrogador aquele era um dos mais expressivos. Não se incomodou em repetir a pergunta.

– Acabo de chegar de Milão, professora. Garanto que não existem provas de que o que aconteceu com o professor Marini tenha relação com o Projeto Zigzag.

– Você está mentindo.

– Que temperamento o seu! – Harrison soltou uma gargalhada. – Temperamento espanhol... Desde que a conheço é assim. Muito forte, muito apaixonada... e muito desconfiada.

– Foi você quem me ensinou a desconfiança.

– Por favor, por favor...

Elisa percebia algo estranho em Harrison: como se por trás daqueles sorrisos e palavras corteses grunhisse um animal aterrorizado e perigoso, impaciente para se soltar e cravar os dentes espumantes no pescoço dela.

A imprevista possibilidade de que o estado mental de Harrison fosse pior que o dela renovou seu pânico. Compreendeu então que a tranqüilizava mais vê-lo como carrasco do que como vítima. *Diz que acaba de chegar de Milão... Então deve ter visto...*

– Como foi que Marini morreu? – perguntou, examinando atentamente o rosto dele. Outra vez o viu fazer o desagradável gesto de "desculpe, pode repetir?". E nessa ocasião ela repetiu. – Estou perguntando como foi que Sergio Marini morreu.

224 ■ José Carlos Somoza

– Ba... bateram nele. Presumivelmente ladrões, embora esperamos um relatório...

– Viu o corpo?

– Sim, claro. Mas foi como eu disse, bateram nele...

– *Descreva como foi.*

Começou a tremer quando percebeu os esforços de Harrison para desviar a todo custo o olhar.

– Professora, estamos desviando do...

– Descreva o estado do corpo de Sergio Marini...

– Deixe-me falar – resmungou Harrison entre dentes.

– Você está mentindo – gemeu ela. E rogou em silêncio para que Harrison negasse. Mas o que ele fez foi gritar. E de uma forma espantosa, quase se esgoelando. Passou da suma tranqüilidade para aquele berro em décimos de segundo.

– *Cale-se!* – Imediatamente recuperou o controle e sorriu. – Você é..., me permita dizê-lo..., *indecorosamente* obstinada...

Não teve mais nenhuma dúvida: tudo tinha acontecido outra vez.

E Harrison já não representava nem mesmo uma *ameaça,* porque sua razão estava sendo *corroída.* Como a dela, como a de *todos.*

Constatar aqueles fatos a fez sentir-se mais que indefesa: sentiu-se exaurida.

Há momentos de profundidade, lapsos de consciência, mudanças de humor, e Elisa despencou por um desses abismos até alcançar um fundo indefinível. Harrison não importava mais, Victor não importava mais, sua vida não importava mais. Imergiu num mundo vegetativo no qual ouvia as palavras de Harrison como se fossem parte de um entediante programa de televisão.

– Será que você não consegue entender que estamos no mesmo barco? Se você afundar, afundamos todos... Que temperamento o seu... Reconheço que me admira e me atrai essa forma de ser... Não pense que estou passando dos limites: estou cansado de saber que tenho muita idade e você é muito jovem... Mas você me atrai, digo isso francamente... Quero ajudá-la. No entanto, antes devo conhecer as características do... vamos chamá-lo de "perigo". Se é que existe tal perigo...

Repentinamente tudo passou: lembrou-se da única coisa pela qual ainda devia continuar lutando.

– Deixem Victor livre e farei o que quiserem.

– Deixá-lo *livre*? Pelo amor de Deus, professora, foi você quem o meteu nisso!

Nesse ponto aquele porco tinha razão, reconheceu.

– Por quanto tempo vão retê-lo?

– Pelo tempo que for necessário. Queremos averiguar o quanto ele sabe.

– Eu mesma posso dizer isso. Não precisa trancá-lo completamente nu num quarto com câmeras ocultas, injetar-lhe drogas e fazê-lo falar da sua vida íntima com riqueza de detalhes... Embora provavelmente este seja o programa reservado para as garotas, não é? – Harrison não replicou. Sua boca se transformara num ponto. – Contei a ele sobre a ilha – ela titubeou. – Apenas sobre a ilha.

– Você é uma imprudente. – Ele olhou para ela como se estivesse escolhendo um qualificativo muito mais vulgar, mas repetiu. – Uma imprudente.

– Eu precisava de ajuda!

– Nós somos a ajuda...

– *Exatamente por isso eu precisava de ajuda!*

– Não levante a voz. – Harrison, que parecia mais interessado em endireitar a cúpula retorcida do abajur da escrivaninha do que em ouvi-la, interrompeu subitamente sua atividade, levantou-se, deu uma volta na mesa e aproximou seu rosto do de Elisa. – Não levante a voz – repetiu, ferroando sua jaqueta com um dedo ameaçador. – Não diante de mim.

– E você – replicou Elisa, empurrando violentamente a mão de Harrison – não volte a me tocar.

A nova interrupção, desta vez procedente da porta oposta, fez com que ela respirasse aliviada. Harrison e seu dedo indicador não lhe importavam a mínima, mas estava começando a compreender que o indivíduo que se achava inclinado sobre seu rosto não era totalmente Harrison. Ou talvez fosse cem por cento ele, sem conservantes nem corantes.

Reconheceu imediatamente o sujeito que apareceu na soleira. Os anos transcorridos não tinham mudado o rosto de granito e a figura embutida com muita dificuldade num terno elegante. Elisa quase se tranqüilizou em comprovar que pelo menos Carter continuava sendo o mesmo.

– Por que será que imaginei que você devia estar por perto? – perguntou com desprezo.

– Querem vê-la – disse Carter para Harrison, ignorando-a.

Harrison sorriu, recuperando de repente sua cortesia.

– Claro. Acompanhe o senhor Carter, professora. Seus amigos estão nesse quarto. Pelo menos, os que vieram até o momento... Tenho certeza de que gostará de voltar a cumprimentá-los. – E enquanto Elisa se levantava acrescentou. – Também gostará de saber que tomamos conhecimento desta reunião graças a um de vocês... – Ela olhou para ele, incrédula. – Está surpresa? Ao que parece, nem todos os seus amigos têm a mesma opinião...

O quarto ao lado era escuro, uma espécie de salinha em forma de L maiúsculo. Havia estantes empoeiradas, uma televisão velha e uma luminária inclinada sobre uma mesinha. A luminária jogava a luz como um misterioso robô que estivesse procurando algo escondido nos interstícios da madeira. Elisa pensou que, assim que passasse tempo suficiente, aquelas trevas começariam a curvá-la, mas seu temor ainda era ínfimo em comparação à emoção do reencontro.

Ao vê-los, formou-se um nó na sua garganta.

O homem e a mulher estavam sentados à mesa, mas se levantaram quando ela entrou. Os cumprimentos foram rápidos: beijos no rosto. Apesar de tudo, Elisa não conseguiu conter as lágrimas. Pensava que finalmente se encontrava junto àqueles que podiam compreender seu pavor. Por fim estava junto aos condenados.

– E Reinhard? – perguntou, trêmula.

– A estas horas está saindo de Berlim – disse o homem. – Vão esperá-lo no aeroporto para trazê-lo para cá.

Então tinham conseguido pegar todos de novo, compreendeu. *Mas quem nos delatou?* Olhou de novo para eles. *Qual deles?*

Fazia anos que não os via, e a nova transformação que percebeu em ambos a surpreendeu, como a tinha surpreendido anteriormente. A mulher não deixara de ser atraente, ao contrário, Elisa a achou ainda mais atraente, embora devesse estar com quarenta e tantos anos e ter emagrecido muito. No entanto sua aparência era chocante. Os longos cabelos tingidos de vermelho-escuro e jogados para trás formando uma juba espessa, o rosto empoado e as sobrancelhas depiladas. Os lábios estavam muito vermelhos. Quanto ao vestuário, era chamativo: top de alcinhas abotoado na frente, calça justa e sapatos de salto, tudo preto. Por cima usava uma blusa de lã comum, talvez porque (supunha Elisa) gostaria de atenuar o ar triste e provocador que emanava de toda a sua pessoa. Quanto a ele, ficara completamente calvo, tinha adquirido vários quilos e deixara crescer uma barba rala, cinza como a cor do seu paletó e da calça de veludo cotelê. Notavam-se muito mais os anos nele do que nela, mas por dentro ela parecia mais envelhecida do que ele. Ele sorria, ela não. Essas eram as diferenças que se podiam perceber.

Em outra ordem de coisas, seus olhares pertenciam ao mesmo clã que o de Elisa. Tinham um ar de família, pensava ela. *A família dos condenados.*

– Juntos outra vez – disse.

Estava de costas e percebeu primeiro os passos e em seguida o som da porta se abrindo. Victor olhava como um coelho assustado por trás dos óculos. Parecia são e salvo; embora desde o começo ela tivesse certeza de que não lhe fariam mal, isso fez com que respirasse aliviada.

– Elisa, você está bem?

– Sim, e você?

– Também. Só respondi algumas perguntas... – Nesse instante Victor reparou no homem e sua cara revelou um brilho de reconhecimento. – Professor... Blanes?

– Victor Lopera, lembra dele? – disse Elisa para Blanes. – Do curso da Alighieri. É um bom amigo. Contei-lhe muitas coisas esta noite...

A mulher respirou ruidosamente enquanto Victor e Blanes apertavam-se as mãos. Elisa apontou para ela então.

– Esta é Jaqueline Clissot. Já lhe falei dela.

– Encantado – disse Victor, e seu pomo-de-adão pareceu cumprimentar também desde o pescoço.

Clissot se limitou a olhar para ele fazendo um gesto com a cabeça. O rubor e a rígida estupidez de Victor ao sentir-se protagonista involuntário da situação poderiam parecer cômicos, mas ninguém ria.

Ouviu-se a pétrea voz de Carter da porta.

– Querem comer alguma coisa?

– Queremos que nos deixem a sós, se for possível – replicou Elisa, sem se incomodar em esconder o desagrado que Carter lhe inspirava. – Ainda precisam esperar o professor Silberg antes de tomar uma decisão sobre nós, não? Além disso, poderão ouvir tudo pelas centenas de microfones que há no quarto, então o que acham de ir embora de uma vez por todas e fechar a porta?

– Deixe-nos, Carter – pediu Blanes. – Ela tem razão.

Carter continuou olhando para eles como se estivesse a milhares de quilômetros dali e as palavras demorassem um pouco para alcançá-lo. Em seguida saiu.

Quando a porta se fechou, os quatro se sentaram à mesa. Pela cabeça de Elisa passou uma imagem. *Vamos jogar com as cartas viradas para cima.*

Jaqueline foi a primeira a jogar.

– Você cometeu um grave erro, Elisa. – Olhou de esguelha para Victor, que parecia fascinado por ela. Na verdade, a aparência e a voz de Jaqueline Clissot eram muito sedutoras, mas enquanto a contemplava, Elisa não conseguia deixar de pensar no inferno que aquela pobre mulher devia estar vivendo. *Talvez pior do que o meu.* – Não podia ter metido ninguém no nosso assunto.

Desferira o golpe. Ela também tinha alguns para dar, mas antes queria esclarecer os fatos.

– Victor ainda pode escolher. Sabe apenas o que aconteceu em Nova Nelson, e eles o deixarão em paz se se comprometer a não falar.

– Estou de acordo – admitiu Blanes. – O que menos interessa para Harrison é complicar as coisas.

– E você? – Elisa interpelou Jaqueline, repentinamente cruel. – Por acaso alguma vez tentou procurar ajuda por conta própria, Jaqueline?

Recriminou-se pela pergunta assim que a fez. Os olhos da mulher se desviaram dos dela. Compreendeu que, em Jaqueline, aquele comportamento tinha se tornado um hábito: desviar seu olhar do dos outros.

– Faz tempo que levo sozinha minha própria vida – declarou Clissot.

Elisa não respondeu. Não queria discutir, menos ainda com Jaqueline, mas não gostava daquele papel de "Olha-o-quanto-estou-sofrendo" que a francesa representava.

– Seja como for – disse Blanes – , Elisa trouxe Victor e temos que aceitá-lo. Eu, pelo menos, o aceito.

– Ele é que tem de aceitar, David – respondeu Clissot. – Devemos lhe contar o resto e deixar que ele decida se quer continuar conosco.

– Muito bem. Estou de acordo. – Blanes alisava as têmporas como se quisesse abrir uma brecha para seus pensamentos. Elisa percebia também uma mudança nele, mas era mais imperceptível do que a de Jaqueline. Estava... mais crédulo? Com mais força? Ou se tratava apenas do desejo que ela sentia de vê-lo assim? – O que você acha, Elisa?

– Contaremos o resto e ele decidirá. – Elisa se voltou para Victor e lhe estendeu a mão, cautelosa mas firme. – Não quero que isso se transforme em um caminho sem volta, Victor. Sei que não devia ter metido você nisso, mas precisava... Queria que viesse. Queria que alguém de fora avaliasse o que está acontecendo conosco.

– Não, eu...

– Ouça. – Elisa apertou as mãos dele. – Não é uma desculpa. Achei que as coisas correriam de outra maneira, que esta reunião transcorreria de outra forma... Não estou me desculpando – repetiu com ênfase. – Precisava de você, e por isso o procurei. Voltaria a fazer o mesmo nas mesmas circunstâncias. Tenho um medo atroz, Victor. Todos *nós temos* um medo atroz. Você ainda não pode entender. Mas o que sei é que precisamos de toda a ajuda possível... e você é, agora, toda a ajuda possível... – E pensou: *Embora um de vocês não ache*. Olhou intencionalmente para eles, perguntando-se quem os teria traído. Ou seria um truque de Harrison para desuni-los?

De repente o boneco de escuros cabelos encaracolados e óculos de intelectual, que já não eram os de John Lennon mas sim de um modesto professor de física, ganhou vida.

– Esperem. Cheguei aqui por mim mesmo, não porque você quisesse, Elisa... Fiz isso porque quis fazer. Esperem. Esperem... – Fazia gestos esquisitos, como se estivesse carregando uma caixa grande e tentasse introduzi-la em outra um pouco maior, uma espécie de delicada prova de destreza. Elisa se surpreendeu com a força inesperada da voz dele. – Todo mundo... Todos que me conhecem dizem a mesma coisa: "Obriguei você a fazer isso, Victor, ou, puxa, sinto muito, Victor"... Mas não é assim. Sou eu quem decide. Posso ser tímido, mas tomo minhas próprias decisões. E nesta noite eu quis vir até aqui e ajudá-la... ajudá-los no que eu puder. Foi decisão *minha*. Não sei se ajudarei ou não, mas sou uma voz a mais. Assustam-me os riscos. Assusta-me o medo de vocês. Mas *quero* ficar com vocês e saber... saber tudo.

– Obrigada – sussurrou Elisa.

– Em todo caso, deveríamos esperar Reinhard – insistiu Jaqueline Clissot. – Saber o que ele acha.

Blanes negou com a cabeça.

– Victor já está aqui, e devemos lhe contar o resto da história. – Olhou para Elisa. – Você faz isso?

Agora vinha um momento difícil, ela sabia. Depois teria que enfrentar outro ainda pior: averiguar quem deles os tinha traído. Mas o simples fato de narrar aquilo que estivera escondendo durante os últimos anos (o mais espantoso) era uma prova quase insuperável. No entanto sabia também que ela era a mais indicada para fazê-lo.

Não olhou para Victor, nem para ninguém. Baixou o olhar para o espaço de luz delimitado pela luminária.

– Como já contei, Victor, aceitamos a explicação que nos deram sobre o que tinha acontecido em Nova Nelson e nos reintegramos às nossas vidas, depois de jurar que respeitaríamos as normas que nos impuseram: não nos comunicar entre nós e não falar com ninguém sobre o que aconteceu. Houve um pequeno rebuliço pela notícia do suposto acidente no laboratório de Zurique, mas passou o tempo e tudo voltou ao normal... pelo menos aparentemente. – Fez uma pausa e tomou fôlego. – Então, há quatro anos, no Natal de 2011... – Estremeceu ao se ouvir dizer: "Natal de 2011."

Continuou falando entre sussurros, como se estivesse tentando fazer uma criança dormir.

Compreendeu que isso era exatamente o que fazia: embalava o seu próprio terror.

VI
O terror

Os cientistas não perseguem a verdade: é a
verdade que os persegue.

KARL SCHLECTA

22

Madri
21 de dezembro de 2011
20:32

A noite estava muito fria, mas a tela do climatizador do apartamento se
mantinha em vinte e cinco graus. Ela estava na cozinha preparando o
jantar. Estava descalça, as unhas dos pés e das mãos cuidadosamente pinta-
das de vermelho, o cabelo negro e sedoso com jeito de ter acabado de sair
do salão, maquiada, com um robe roxo na altura dos joelhos e lingerie muito
sexy de renda preta, sem meias. Seu celular tagarelava pelo viva-voz, em
cima de um pedestal eletrônico. Era sua mãe: passaria o Natal em Valência
com Eduardo, seu atual companheiro, e queria saber se Elisa iria passar a
noite de Natal com eles.

– Não que eu queira pressioná-la, Eli, entenda... Faça o que quiser.
Acho que você sempre faz o que quer. E também sei que você não se importa muito com as festas de fim de ano...

– Quero ir, mãe, sério. Mas não sei ainda se vai dar.

– Quando vai saber?

– Ligo na sexta-feira.

Estava preparando legumes e naquele momento ligou o processador e
despejou o conteúdo na frigideira já aquecida. Um forte chiado a fez retroceder. Teve que aumentar o volume do viva-voz.

– Não quero estragar nenhum plano seu, Eli, mas acho que, se você
não tiver nada programado... Enfim, deveria fazer um esforço... E que fique

bem claro que não estou falando por mim. Não apenas. – A voz vacilou. – É você que precisa de companhia, filha. Você sempre foi um bicho solitário, mas o que está acontecendo agora é diferente... Uma mãe percebe essas coisas.

Tirou a frigideira do fogo e despejou o conteúdo sobre os legumes.

– Está há meses, melhor dizendo, há anos bastante afastada de tudo. Parece distante, como se estivesse em outro lugar enquanto falam com você. A última vez que você esteve aqui em casa, no domingo em que almoçamos juntas, juro que cheguei a pensar que... você não era a mesma pessoa.

– A mesma pessoa, mãe?

Pegou um copo e uma garrafa de água mineral na geladeira e caminhou para a sala pisando no tapete macio. Podia ouvir perfeitamente o telefone dali.

– A mesma pessoa que era quando morava comigo, Elisa.

Não precisou acender nenhuma luz: todas as luzes da casa estavam acesas, incluindo as dos cômodos que não pensava utilizar naquele momento, como o banheiro ou o quarto. Apertava os interruptores assim que o sol se punha. Pagava uma fortuna por aquele hábito, sobretudo no inverno, mas a escuridão era uma das coisas que não podia suportar. Dormia sempre com dois abajures acesos.

– Bom, esqueça – disse a mãe –, não liguei para criticá-la... – *Mas parece*, pensou ela. – Tampouco quero que se sinta forçada. Se já tiver um plano com alguém... Aquele rapaz de quem você me falou... Rentero... é só me dizer e tudo bem. Não vou ficar zangada, justamente o contrário.

Como você é ardilosa, mamãe. Deixou o copo e a garrafa na mesa, em frente à televisão de tela plana que mostrava imagens sem voz. Em seguida retornou à cozinha.

Martín Rentero tinha sido professor de informática na Alighieri até esse ano, quando conseguiu uma vaga na Universidade de Barcelona e se mudou para aquela cidade. Mas na semana anterior viera a Madri para participar de um congresso e Elisa voltara a vê-lo. Era um homem de bigode preto e fartos cabelos negros e sabia que era atraente. Durante os anos na Alighieri convidara Elisa para jantar duas vezes e confessara que ela o agradava (não era a primeira vez que um homem confessava isso). Ao encontrar-se de novo com ele, não teve dúvidas de que flertaria com ela outra vez. De fato, assim que a viu propôs que saíssem no fim de semana, mas ela tinha de comparecer ao jantar de Natal com os colegas da Alighieri. Então Rentero dera um passo decisivo: tinha planejado alugar uma casa nos Pireneus, podiam passar as festas lá. O que ela achava?

Achava ótimo, estava pensando. Martín a agradava, e sabia que precisava de companhia. Mas, por outro lado, tinha medo.

Não medo *de* Martín mas sim *por* Martín: medo do que pudesse acontecer com ele se ela se alterasse, se suas "manias" a levassem a perder as estribeiras, se os seus abundantes temores a traíssem.

Vou enrolar os dois. Não quero me comprometer com ninguém. Apagou o forno e pegou a panela dos legumes.

– Se tiver algum plano, pode me dizer sem problemas.

– Não, mãe, nenhum.

Nesse instante o telefone da sala tocou. Perguntou-se quem podia ser. Não esperava nenhuma outra ligação nessa noite, e não a *desejava*, porque pensava dedicar algumas horas a "brincar" antes de dormir. Consultou o relógio digital da cozinha e se tranqüilizou: ainda tinha tempo.

– Desculpe, mãe, depois eu ligo. O outro telefone está tocando...

– Não se esqueça, Eli.

Desligou o celular e foi para a sala de jantar enquanto pensava que devia ser Rentero, o motivo pelo qual sua mãe a estava submetendo àquela sabatina. Desligou antes que a secretária eletrônica atendesse.

Houve uma pausa. Um ligeiro zumbido.

– Elisa...? – Uma moça, com sotaque estrangeiro. – Elisa Robledo? – A voz tremia, como se procedesse de um lugar muito mais frio do que o interior do apartamento. – É Nadja Petrova.

De algum modo, por algum misterioso contágio através dos quilômetros de cabo e das ondas do oceano, o frio daquela voz se transmitiu para o seu corpo quase descoberto.

– *Como se sente este mês?*

– *Do mesmo jeito.*

– *Isso significa "bem"?*

– *Isso significa "normal".*

Para falar a verdade, em nenhum momento se esquecera do que aconteceu. Mas o passar do tempo tinha alguma coisa de agasalho para proteger um interior nu e aterrorizado. Achava que o tempo não mitigava nada, essa era uma idéia falsa: o que ele fazia era *ocultar*. As lembranças continuavam ali, intactas dentro dela, sem aumentar nem diminuir de intensidade, mas o tempo as disfarçava, pelos menos aos olhos alheios, como uma superfície de folhas poderia camuflar uma tumba, ou como a própria riqueza da tumba encobre o novelo de vermes.

234 ■ José Carlos Somoza

No entanto, não dava muita importância a tudo isso. Seis anos se passaram, tinha vinte e nove, conseguira uma cadeira de professora numa universidade e se dedicava a ensinar o que gostava. Morava sozinha, é verdade, mas com independência, num apartamento próprio, sem dever nada a ninguém. Ganhava o suficiente para se permitir qualquer tipo de pequeno capricho, poderia viajar se quisesse (não queria) ou ter mais amigos (tampouco). O resto... A que se reduzia o resto?

A suas noites.

– *Continua tendo pesadelos?*

– *Sim.*

– *Todas as noites?*

– *Não. Uma ou duas vezes por semana.*

– *Pode falar sobre isso, Elisa?*

– *...*

– *Elisa? Poderia contar seus pesadelos para nós?*

– *Não me lembro bem deles.*

– *Conte algum detalhe do qual se lembre...*

– *...*

– *Elisa?*

– *Escuridão. Sempre há escuridão.*

Que mais? Tinha que viver com as luzes acesas, é verdade, mas outras pessoas não podiam entrar em elevadores nem atravessar praças cheias de gente. Mandara instalar portas reforçadas, persianas blindadas, fechaduras eletrônicas e alarmes sensíveis que a protegiam de qualquer tentativa de invasão. Mas, enfim, os tempos eram muito ruins. Quem podia censurá-la?

– *E as "desconexões"? Você se lembra disso? Dos momentos em que fica sonhando acordada?...*

– *Sim, ainda tenho, mas muito menos do que antes.*

– *Quando foi a última?*

– *Faz uma semana, assistindo à televisão.*

Uma vez por mês vários especialistas do Eagle viajavam a Madri para submetê-la em segredo a uma bateria de exames: análises de sangue e urina, radiografias, exames psicológicos e uma longa entrevista. Ela concordava. Não a levavam a um hospital, mas a um apartamento na Príncipe de Vergara com uma decoração medíocre. Os exames e as radiografias eram feitos na semana anterior no consultório de um médico particular, de modo que os especialistas contavam com os resultados quando ela os via. Aquelas entrevistas lhe custavam muito esforço, porque se prolongavam durante quase todo o dia (exames psicológicos pela manhã e entrevista à tarde), obrigando-a a interromper as aulas, mas chegou a se acostumar, inclusive a precisar delas: pelo menos, eram pessoas com quem podia conversar.

Os especialistas atribuíam seus pesadelos a efeitos residuais do Impacto. Afirmavam que acontecia o mesmo com outros membros da equipe, explicação que, para sua surpresa, conseguia tranqüilizá-la.

Não tinha voltado a falar com nenhum dos colegas, não só porque se comprometera a não fazê-lo, como também, a essa altura, já não se importava mais em seguir o rastro deles. No entanto tivera notícias dispersas ao longo dos anos. Por exemplo, sabia que Blanes não dava sinais de vida ao mundo científico e estava enclausurado em Zurique: corria o rumor de que estava muito afetado pelo câncer que atingira seu ex-orientador já aposentado, Albert Grossmann. Marini e Craig já podiam estar debaixo da terra, embora tivesse ouvido falar que Marini não dava mais aulas. Suas últimas informações davam conta de que Jaqueline Clissot e Reinhard Silberg também saíram do círculo acadêmico, e que Clissot ficara "doente" (mas ninguém parecia saber qual a doença que a acometera). Quanto a Nadja, tinha perdido a pista totalmente. E ela mesma...

– *Você está cada vez melhor, Elisa. Vamos dar uma boa notícia: a partir do ano que vem, nossas visitas serão a cada dois meses. Isso a deixa feliz?*

– *Sim.*

– *Feliz Natal, Elisa. Que o ano 2012 traga tudo de bom para você.*

Bom, ali estava, naquela noite de dezembro, vestida com um robe e lingerie da Victória's Secret, pronta para jantar uma caçarola de legumes antes de se dedicar à sua "brincadeira" do Senhor Olhos Brancos, e ouvindo, de repente, a voz do seu passado.

Havia uma foto. Mostrava um homem ainda jovem mas de aspecto acabado, barba cinza rala e óculos de aros de metal, ao lado de uma mulher bonita mas de rosto um tanto redondo que carregava uma criança de cabelos revoltos e louros de uns cinco anos de idade. O menino, infelizmente, tinha herdado a mesma redondez facial da mãe. A mãe e o menino sorriam abertamente (o menino não tinha dentes), ao passo que o homem permanecia sério, como se tivesse sido forçado a posar para não zangar alguém. Tinham sido fotografados num jardim; ao fundo havia uma casa.

Imaginava cenas ao olhar para aquela foto. Na verdade, a notícia não dava tantos detalhes, e ela sabia que sua fantasia inventava a maioria deles, como inventava as perversas palavras do Senhor Olhos Brancos, mas mesmo assim aquelas cenas saltavam à sua consciência como *flashes*.

Arrancaram-lhe os olhos. Cortaram seus órgãos genitais. Amputaram-lhe braços e pernas. O menino teria visto tudo. Teria sido obrigado a olhar. "Olhe o que estamos fazendo com o papai... Reconhece o papai agora?"

Estava sentada no tapete, em frente à televisão, com as pernas encolhidas e entrelaçadas, cobertas até a metade com o robe, como se fosse adotar a postura do lótus. No entanto, não usava os controles da televisão mas sim o teclado da Internet encostado no receptor. A página pertencia a um canal britânico de notícias de última hora. Era o único lugar onde a notícia tinha aparecido, havia dito Nadja, provavelmente porque se tratava de um acontecimento recente.

– Que horror, pobre Colin... Mas... – Deteve-se sem querer acrescentar: "Mas não entendo por que você está me ligando três dias antes do Natal para me dizer isso."

– A notícia não especifica alguns detalhes que contaram para a Jaqueline – disse Nadja do viva-voz do telefone sem fio. – Encontraram a esposa do Colin de madrugada correndo pela estrada, gritando... Foi assim que souberam que tinha acontecido alguma coisa. Acharam o menino no quintal da casa: passara toda a noite a céu aberto e apresentava sintomas graves de congelamento... É isso que eu não entendo, Elisa. Por que abandonou o filho pequeno na casa sem chamar a polícia nem ninguém? Que tipo de coisa terá *acontecido*?

– Aqui diz que uns homens entraram e os ameaçaram. Eram bandidos perigosos, ex-presidiários... Estavam drogados e queriam dinheiro... Provavelmente ela conseguiu fugir.

– Abandonando o filho?

– Quem atacou Colin deve tê-la obrigado a fazer isso. Ou sentiu pânico. Ou enlouqueceu. Determinadas experiências podem... podem...

Sangue por toda parte: no teto, nas paredes, no chão. O menino no jardim, abandonado. A mãe correndo em volta da casa. Ajuda, por favor! Ajuda! Uma sombra entrou na minha casa! Uma sombra que quer nos devorar! Não vejo seu rosto, apenas sua boca! E é ENOOOOORMEEEEE!

– Disseram para Jaqueline que a casa está cercada de soldados.

– O quê?

– Soldados – repetiu Nadja. – Ninguém sabe o que eles estão fazendo lá. Policiais à paisana, mas também soldados, pessoal do serviço sanitário, pessoas com máscaras... As janelas foram lacradas e ninguém pode se aproximar a um raio de um quilômetro. E tudo se agravou com o corte de energia. Ontem à noite houve um blecaute nos arredores de Oxford. Dura até agora. Afirmam que foi por causa de um curto-circuito na planta que abastece a cidade. Isso lembra alguma coisa, Elisa?

Entrou a escuridão, e o pinheiro se apagou. Apagaram-se as lâmpadas em volta da meia onde Papai Noel ia deixar os presentes na noite de 24. A família Craig estava em casa, e a escuridão penetrou como um ciclone.

Ainda estava vivo quando lhe arrancaram o rosto. O menino viu tudo.

– Com Rosalyn se apagaram as luzes da estação... e com Cheryl Ross as da despensa... E há outro detalhe que não tínhamos percebido, Elisa: a energia do banheiro de Rosalyn, a minha e a sua... Lembra? Nós três tivemos aquele sonho... e houve corte de energia nos nossos banheiros...

Coincidências. Vou contar outra coincidência.

– Não podemos tirar conclusões, Nadja... A física não relaciona os sonhos com a energia elétrica.

– Sei disso! Mas o medo não depende da lógica... Você raciocina muito, e me acalma com a sua lógica, mas quando Jaqueline me chamou para contar o que aconteceu com Colin, eu... pensei que... o assunto da ilha não terminou ainda... – Um soluço.

– Nadja...

– Agora foi a vez de Colin... como já foi a de Rosalyn, Cheryl e Ric... Mas é *a mesma coisa*, e você sabe disso.

– Nadja, céus... Você esqueceu? Foi Ric Valente quem fez aquilo. E ele está morto agora.

Houve um silêncio. A voz de Nadja surgiu como um gemido:

– Você realmente acredita que foi *ele* quem as matou, Elisa? Realmente acredita nisso?

Não, não acredito. Decidiu não responder. Alisou as coxas nuas. Os números que cintilavam na tela da televisão indicavam que só faltava uma hora para ele "*chegar*". Sua "brincadeira" era um ritual que não podia adiar, um hábito, como roer unhas. Devia apenas tirar o robe e aguardar.

Tenho que desligar.

– Jaqueline e eu temos conversado sobre algo mais. – A mudança de tom da antiga amiga a alarmou. – Diga uma coisa. Diga com toda sinceridade, com o coração... Diga se não é verdade que você... você se... se arruma ... para *ele*. – Ela ouvia, sentada no tapete, imóvel. – Elisa, responda por tudo que é mais sagrado, pela nossa antiga amizade... Você sente vergonha? Eu também sinto, muita... Mas, sabe do que mais? O medo, Elisa! *O medo que tenho supera a minha vergonha!...* – Ela ouvia: não podia se mexer nem pensar, somente ouvir aquelas palavras. – Lingerie especial...

quero dizer, provocante, e sempre preta... Talvez você gostasse de usá-la antes ou talvez não, mas agora usa com *muita freqüência*, não é? E às vezes não coloca nada... Diga se não é verdade que às vezes sai para a rua sem roupa íntima, sem ter tido nunca esse costume... E à noite... não sonha com?...

Não, o que Nadja insinuava não era verdade. Suas "brincadeiras" eram, obviamente, meras fantasias. Podiam ser influenciadas por experiências desagradáveis ocorridas seis anos antes, mas eram apenas fantasias, ao fim e ao cabo. E o fato de que Nadja "brincasse" com coisas parecidas, ou de que tivessem assassinado Craig na noite anterior, não tinha nada que ver com ela. Absolutamente nada.

– Sabe... sabe como é agora a vida de Jaqueline? – continuou Nadja. – Sabia que ela abandonou *a família* faz quatro anos, Elisa? Abandonou o marido e o filho... Até mesmo sua profissão... Quer saber como foi a vida dela depois disso? E a minha? – Agora Nadja também chorava escancaradamente. – Preciso contar tudo o que eu faço? Quer saber como vivo, e o que faço quando estou *sozinha*?

– Não devemos conversar, Nadja – interrompeu Elisa. – Temos consultas mensais. Nelas você pode...

– Estão mentindo para nós, Elisa! Você sabe que estão nos enganando há anos.

Se ele chegar e você não estiver pronta... Se não estiver esperando por ele como deve...

Olhou para um ponto do protetor de tela, que mostrava as fases de uma lua branca, quase espectral. *Branca como certos olhos brancos.* Um calafrio a percorreu, fazendo-a tiritar sob o robe, o caro penteado feito no cabeleireiro e a maquiagem. *Mas é absurdo. É só uma fantasia. Posso fazer o que quero.*

– Elisa, estou muito assustada!

Tomou a decisão nesse mesmo instante.

– Nadja, você disse que está em Madri, certo?

– Sim... Uma amiga espanhola me emprestou seu apartamento durante as festas... Mas viajo nesta sexta-feira para passar o Natal em São Petersburgo, com meus pais.

– Vamos fazer assim. Vou buscá-la hoje à noite e jantaremos num bom restaurante. O que acha? Você é minha convidada. – Ouviu um risinho. Nadja continuava rindo como quando se conheceram, com idêntica e cristalina transparência.

– Combinado.

ZIGZAG ■ 239

– Mas com uma condição: prometa que não vamos falar sobre coisas desagradáveis.

– Prometo. Tenho tanta vontade de falar com você, Elisa!

– E eu com você. Diga onde você está. – Abriu o guia de ruas do computador. Era um apartamento em Moncloa, podia chegar lá em meia hora.

Quando se despediram, desligou a televisão, guardou a caçarola intacta na geladeira e foi para o quarto. Enquanto tirava a lingerie destinada à "brincadeira" e a guardava no armário titubeou um pouco, já que quase nunca mudava de planos quando sentia vontade de "recebê-lo". (*Se ele chegar e você não estiver pronta... Se não estiver esperando por ele como deve...*) Mas aquela ligação e a terrível notícia sobre Colin deixaram nela um poço de estranhas perguntas que precisavam de resposta.

Escolheu um conjunto de sutiã e calcinha bege, um pulôver e um jeans.

Iria ver Nadja.

Tinha muito que conversar com ela.

23

A luz surgiu depois de um pestanejar. Procedia de uma grossa barra fluorescente no alto do espelho do banheiro e revelava cada ângulo, cada fresta do azulejo laranja. Entretanto Nadja Petrova acendeu também uma luminária portátil com lâmpada de cinco watts e bateria recarregável, e a colocou em cima de um banquinho perto do chuveiro. Nunca viajava sem aquelas lâmpadas, e dispunha também de três lanternas preparadas na mala.

Estava feliz por ter ligado para Elisa, apesar de não ter sido fácil fazer isso. Embora a verdadeira razão pela qual aceitara o convite de Eva, a proprietária do apartamento, fosse encontrar a velha amiga, já estava há uma semana em Madri e só tinha decidido ligar para ela depois que soube da morte de Colin Craig. Mesmo agora ainda tinha dúvidas. *Não deveria ter feito isso. Nós nos comprometemos a não conversar.* Sua culpa se atenuava, no entanto, pela urgência da situação. Se antes pretendera reatar uma amizade, agora precisava da presença de Elisa e dos seus conselhos. Queria ouvir sua opinião sempre tranqüilizadora sobre o que tinha para contar.

Uma explicação lógica: era disso que precisava. Algo que pudesse explicar tudo o que estava acontecendo com ela.

Foi para o quarto, cuja luz estava acesa, como as luzes do restante da casa. Eva lamentaria no final do mês, mas ela havia se proposto a compensá-la com algum dinheiro. Dois anos antes, no edifício de Paris onde vivia, houve um blecaute que a horrorizou. Permanecera imóvel e encolhida no chão durante os cinco minutos que durou o apagão. Não tinha sequer conseguido gritar. Desde então sempre dispunha de várias luminárias portáteis e lanternas ao redor, preparadas. Odiava a escuridão.

Despiu-se. Ao abrir o armário se olhou no espelho.

Os espelhos a inquietavam desde criança. Ao olhar-se neles não podia evitar de pensar na aparição de alguém às suas costas, uma criatura inesperada colocando a cabeça sobre seu ombro, um ser que somente pudesse ser visto ali, no espelho. Mas, é claro, tratava-se de um medo sem fundamento.

Desta vez também não estava vendo nada demais: somente a si mesma, sua pele leitosa, seus seios miúdos, os mamilos de um rosa pálido... Sua imagem de sempre. Ou não "de sempre", mas com as mudanças habituais. Mudanças que já sabia que compartilhava com Jaqueline e possivelmente também com Elisa.

Escolheu a roupa que ia vestir e consultou as horas. Ainda dispunha de uns vinte minutos para tomar banho e se arrumar. Caminhou nua em volta do banheiro enquanto se perguntava o que a amiga acharia das mudanças na sua aparência.

O que acharia, por exemplo, dos seus longos cabelos tingidos de preto.

Decidiu dar uma volta pela M30 pensando que atravessar Madri quatro dias antes do Natal, e a essa hora, era correr o risco de topar com um imenso engarrafamento. Mas quando chegou à avenida da Ilustración uma densa cascata de luzes de freios a fez parar. Era como se todos os enfeites da decoração natalina tivessem sido jogados no asfalto. Amaldiçoou entre dentes, e em consonância com sua maldição o celular tocou.

Pensou: *É Nadja*. Logo em seguida pensou: *Não. Não lhe dei o número do celular.*

Enquanto avançava a passos milimétricos em meio a uma multidão de carros lentos, pegou o aparelho e atendeu.

– Oi, Elisa.

As emoções viajam dentro de nós com muita rapidez. E não só elas: por nossos circuitos cerebrais se deslocam milhões de dados a cada segundo, sem que haja engarrafamentos como o que Elisa enfrentava nesse momento. Em questão de um ou dois segundos, suas emoções percorreram um trajeto considerável: da indiferença à surpresa, desta a uma súbita alegria, da alegria à inquietação.

– Estou em Madri – explicou Blanes. – Minha irmã mora em El Escorial, e vou passar estes dias com ela. Queria desejar boas-festas, faz anos que não nos falamos. – E acrescentou, em tom alegre. – Liguei para sua casa e a secretária eletrônica atendeu. Lembrei-me de que você trabalhava na Alighieri, liguei para o Noriega e ele me deu o número do seu celular.

– Estou muito contente em ouvir você, David – disse ela sinceramente.

– E eu de ouvi-la, depois de tantos anos...

– Como vai? Você está bem?

– Não posso me queixar. Em Zurique tenho um quadro e vários livros. Sou feliz. – Houve uma hesitação, e ela soube o que ele ia dizer antes de ouvi-lo. – Ficou sabendo do que aconteceu com o coitado do Colin?

Falaram superficialmente sobre a tragédia. Enterraram Craig ao longo de dez segundos de frases educadas. Durante esse tempo, o carro de Elisa andou apenas alguns metros.

– Reinhard Silberg ligou de Berlim para me contar – comentou Blanes.

– Foi a Nadja quem me contou. Lembra-se da Nadja, não? Também está em Madri de férias, na casa de uma amiga.

– Ah, que bom. Como vai a nossa querida paleontóloga?

– Abandonou a profissão faz anos... – Elisa pigarreou. – Diz que se cansava muito... – *Da mesma forma que Jaqueline e Craig.* Fez uma pausa enquanto aqueles pensamentos a aturdiam. Blanes acabava de dizer que Craig tinha pedido dispensa na universidade. – Agora trabalha num departamento de estudos eslavos, ou algo assim, na Sorbonne. Diz que foi uma sorte para ela saber russo.

– Entendo.

– Ficamos de nos encontrar esta noite. Ela me disse que está... assustada.

– Sei.

Aquele "sei" soou como se Blanes não só não tivesse ficado intrigado com o estado da Nadja, mas já esperasse que ela estivesse assim.

– Alguns detalhes do que aconteceu com Colin despertaram lembranças – acrescentou ela.

– Sim, Reinhard também me contou alguma coisa.

– Mas se trata de uma infeliz coincidência, certo?

– Sem dúvida.

– Por mais que eu pense, não posso nem imaginar a possibilidade de uma relação com... com o que aconteceu conosco... E você, David?

– Isso está fora de cogitação, Elisa.

A esposa de Colin Craig corre apavorada pelo quintal, talvez de robe ou camisola. Viu como atacaram e torturaram barbaramente seu marido e seqüestraram seu filho, mas ela conseguiu fugir e pede ajuda.

Isso está fora de cogitação, Elisa.

– Pergunto-me – disse Blanes, e adotou um tom diferente, uma melodia de "mudança de assunto" – se gostaria que nos víssemos um dia desses... Sei que todo mundo está muito ocupado nesta época mas, não sei, talvez possamos combinar de tomar um café. – Começou a rir. Ou, melhor dizendo, fez ruídos que indicavam: "Estou rindo". – Nadja pode ir também, se quiser...

E de repente Elisa achou que entendia o verdadeiro sentido da chamada de Blanes, o que clamava por trás de suas palavras.

– Para falar a verdade, o plano me atrai. – "O plano" era uma expressão duplamente acertada, considerou. – Amanhã, quinta-feira, por exemplo?

– Perfeito. Minha irmã deixou o carro comigo e posso passar para pegá-la às seis e meia, se estiver bom para você. Depois decidimos o lugar.

Falavam num tom indiferente. Eram dois amigos que, depois de vários anos sem se ver, combinam de fazê-lo numa tarde qualquer. Mas ela captou todos os dados. *Hora: seis e meia. Lugar: não vamos decidir por telefone. Motivo: isso está fora de cogitação.*

– Diga onde posso localizá-lo – pediu ela. – Perguntarei a Nadja e ligarei para você.

Exemplo de motivo: um menino de cinco anos congelado no jardim de casa, boca e olhos vendados pela neve, aguardando seus pais em vão, porque a mãe saiu para pedir ajuda e o pai está em casa, mas naquele momento encontra-se ocupado.

Mais exemplos: soldados e cortes de luz.

Certamente, temos muitos motivos.

– Combinado, Elisa. Ligue quando quiser. Costumo dormir tarde.

Na estrada de El Pardo o trânsito começou a fluir. Elisa se despediu de Blanes, guardou o celular e mudou a marcha.

De repente tinha muita pressa de estar com Nadja.

Sempre tomava banho pensando que ia morrer.

Nos últimos anos aquele temor tinha adquirido uma força vertiginosa,

ZIGZAG ■ **243**

e o simples fato de estar nua debaixo daquela água morna era muito mais uma prova de coragem do que uma necessidade higiênica. Não porque não estivesse acostumada a estar sozinha – afinal, vivia assim em Paris –, mas, ao contrário: porque achava, ou suspeitava, ou intuía, que nunca estava *totalmente* sozinha.

Mesmo quando não havia ninguém em volta.

Não seja tola. Elisa já falou: o que aconteceu com Colin Craig é horrível, mas não tem nada a ver com Nova Nelson. Não pense nisso. Tire isso da cabeça. Esfregou os braços. Em seguida ensaboou o ventre e o púbis depilado. Depilara as axilas e o púbis fazia anos, definitivamente. No início considerara o feito um capricho banal, até a tinha divertido manter-se assim, embora ninguém a tivesse animado a fazê-lo e nenhuma de suas irmãs tenha se atrevido a tanto. Depois... já não soube o que pensar. Quando comprou toda aquela lingerie preta (da qual jamais gostaria e que ficava tão chocante no seu corpo *quase* albino), ou quando decidiu tingir os cabelos, também atribuiu tudo a suas fantasias íntimas. Supunha que procediam de más experiências. Em todo caso, tratava-se de sua vida privada.

Era o que ela imaginava. Até aquela tarde quando falou com Jaqueline.

Nos primeiros meses após retornar de Nova Nelson tinha tentado restabelecer sem êxito o contato com sua antiga professora. Ligara para a universidade, para o laboratório, inclusive para a casa dela. A primeira informação que teve foi que Jaqueline tinha sido "ferida" na explosão da ilha. Em seguida disseram que tinha pedido uma licença por tempo indeterminado na universidade. Os técnicos do Eagle censuraram-na por aquelas ligações, lembrando que, por razões de segurança, era proibido comunicar-se com outros membros do projeto. Isso apenas a irritou, e seu estado piorou. Então a tática deles mudou: davam notícias de Jaqueline quase todo mês. A professora Clissot estava bem, embora tivesse abandonado sua profissão. Mais tarde ficou sabendo que se divorciara. Escrevia livros, era uma mulher independente que tinha decidido dar um novo rumo a sua vida.

Nadja acabou aceitando que nunca mais a veria. Afinal de contas, ela também dera um novo rumo a sua vida.

Até aquela tarde, fazia umas horas, quando seu telefone celular tocara e ela averiguara que os "rumos" dela e de Jaqueline (e provavelmente de Elisa) eram muito parecidos: solidão, angústia, obsessão por cuidar da aparência e certas fantasias relacionadas com...

Não se lembrava qual das duas havia dito a primeira palavra sobre *ele* e sobre o que ele as "obrigava" a fazer. Uma regra básica de suas fantasias consistia na proibição de falar sobre o assunto. Mas tinha percebido em Jaqueline uma hesitação, uma ansiedade (muito similar à de Elisa, depois), e se convencera a se abrir... Ou talvez tivesse sido a notícia da morte de Colin Craig que, de alguma forma, rompeu a muralha de silêncio. E a cada confidência trocada, entendiam o pesadelo que as unia...

Mas é possível que haja uma explicação psicológica. Algum tipo de trauma que sofremos na ilha. Pare de se preocupar.

Entre os azulejos laranja do boxe do chuveiro havia uma fileira de pássaros coloridos pintados na cerâmica. Nadja os contemplou para se distrair enquanto segurava a ducha com a mão esquerda apontando para as costas.

Pare de se preocupar. Deve...

As luzes se apagaram de maneira tão suave e inesperada que quase continuou vendo os pássaros quando as trevas a envolveram.

Estava chegando a Moncloa. Sua ansiedade, no entanto, era maior. Teve vontade de buzinar, pedir passagem e apertar o acelerador.

De repente se sentia muito angustiada.

Podia parecer incrível, mas tinha a estranha certeza de que era fundamental que se apressasse.

Respirou aliviada ao ver que o edifício parecia calmo. Entretanto, aquela aparência de normalidade também a angustiava. Encontrou um espaço para estacionar, entrou e subiu as escadas atropeladamente, pensando que alguma coisa ruim tinha acontecido.

Mas foi a própria Nadja quem lhe abriu a porta, sorrindo. Toda a gélida inquietação que tinha sentido durante o trajeto se dissipou com o cumprimento caloroso. Não conseguiu deixar de chorar de alegria enquanto abraçava a amiga com força. Em seguida se afastou e a observou atentamente.

– Que diabo você fez no seu cabelo?

– Tingi.

Estava muito maquiada, bonita, elegante. Exalava aroma de perfume. Fez Elisa entrar numa sala acolhedora e bem iluminada, com um pinheiro iluminado num canto, e lhe ofereceu alguma coisa para beber antes de sair para jantar. Ela aceitou uma cerveja. Nadja trouxe uma bandeja com dois copos transbordantes de espuma, depositou-a em uma mesa de centro, sentou-se diante de Elisa e disse:

– Na verdade, estou arrependida de ter incomodado você. Sou uma boba, Elisa. Não devia ter ligado.

– Para mim não foi nenhum incômodo, ao contrário. Queria ver você.

– Já está me vendo. – Nadja cruzou as pernas revelando a abertura da minissaia e a liga preta da meia. Estava muito sexy. Elisa percebeu que ela falava um castelhano perfeito, sem sotaque. Ia comentar a respeito quando Nadja acrescentou. – Sinceramente, pensei que a estava obrigando a vir.

– Como você pode ter pensado isso?

– Bom, há seis anos que você não faz contato comigo. Poderia ter feito, sabia que eu vivia em Paris... Mas provavelmente não se importava comigo.

– Você também não ligou para mim – defendeu-se Elisa.

– É verdade, não leve em consideração. O que acontece é que vivi muito sozinha todo esse tempo. – De repente sua voz ficou dura. – Muito sozinha. Preocupada em *agradá-lo*, me cuidando *para ele*. Porque você sabe o *quanto* nos deseja...

– Sim, eu sei.

Aquela última frase penetrou nela e a impediu de se zangar pelas não tão veladas recriminações da amiga. *Ela tem razão: saí de casa sem esperá-lo, como devia.* Levantou-se, inquieta, e deu uma volta rápida pelo cômodo enquanto falava.

– Sinto muito mesmo, Nadja. Eu gostaria de ter mantido o contato com você, juro, mas tinha medo... Sei perfeitamente que *ele* quer que tenha *medo*. Ele *gosta* disso, e, sentindo medo, eu o agrado. Não acho que fiz nada de mau: continuo com o meu trabalho, dou aulas, tento esquecer, e me arrumo para *recebê-lo*... Garanto que tento fazer o melhor que posso. Mas acontece que tenho a sensação de estar presa em algum lugar, esperando... O quê? Não sei. É a sensação de esperar que eu não suporto... Não sei se me entende. – Voltou-se para Nadja. – Não acontece a mesma coisa com você?...

Nadja não estava mais no sofá. Nem em nenhuma outra parte da sala.

Nesse instante todas as luzes se apagaram, incluindo as do pinheiro. Não se preocupou muito: sem dúvida se tratava de um curto-circuito na usina que abastecia a cidade. De qualquer maneira, seus olhos começaram a se acostumar à escuridão. Atravessou o cômodo às cegas e distinguiu o começo de um corredor.

Chamou Nadja, mas se sentiu mal ao ouvir o eco da sua própria voz. Avançou alguns passos. De repente seu sapato fez ranger alguma coisa. Vidro. Uma bola de cristal estilhaçada? A bola de cristal do seu futuro? Olhou para cima e lhe pareceu que a lâmpada do teto formava um garrancho negro. Aí estava a explicação para a falta de luz.

246 ■ José Carlos Somoza

Mais calma, continuou caminhando pelo escuro corredor até alcançar uma espécie de encruzilhada: uma porta aberta à esquerda, outra fechada à direita, esta última de vidro esmerilado. Devia ser a a entrada da cozinha. Olhou para a da esquerda e ficou petrificada.

Não estava aberta, mas arrancada. As dobradiças, cobertas de pó ou serragem, sobressaíam do batente como pregos torcidos. Mais à frente, a escuridão era total. Entrou nela.

– Nadja?

Não ouvia nada além dos próprios passos. Num certo momento uma borda bateu na sua barriga. Uma pia. Estava num banheiro. Continuou caminhando. Era um banheiro imenso.

De repente compreendeu que não se tratava de um banheiro, nem de uma casa. O chão era formado por uma camada espessa de algo que parecia ser lama. Estendeu a mão e tocou uma parede que parecia coberta de mofo. Tropeçou num objeto, ouviu um chapinhar, agachou-se. Era um pedaço de uma coisa branca, provavelmente um sofá quebrado. E agora distinguia, pulverizados ao redor, outros fragmentos de móveis destruídos. A temperatura era gélida e mal havia cheiros; apenas um, sutil mas persistente: mescla de caverna e corpos, carne e cova.

Aquele era o lugar. Era *ali*. Tinha chegado.

Continuou caminhado por aquela triste solidão e voltou a tropeçar em outros móveis despedaçados.

Então se deu conta.

Não eram móveis.

Sem conseguir evitar, um fio quente desceu por suas coxas e formou um atoleiro aos seus pés. Também queria vomitar, mas um nó na garganta impedia a emissão de coisas ou palavras. Sentiu enjôo. Ao estender a mão para apoiar-se na parede percebeu que aquilo que a princípio tinha achado que era mofo era a mesma substância espessa e úmida do chão. Enchia cada fresta, cada lugar, e chegou até mesmo a acreditar que avistava pedaços daquela coisa pendendo do teto como teias de aranha.

Outra parede se elevou no seu caminho, e espantou-se ao comprovar que podia subir nela. Mas se tratava do chão, embora não se lembrasse de ter caído. Levantou-se, ficou de joelhos, tocou os braços e notou a pele nua. Em algum momento do trajeto devia ter tirado a roupa, embora ignorasse por que tinha feito isso. Provavelmente tinha lhe dado nojo sujá-la um momento antes.

De repente levantou a cabeça e a viu.

Não foi difícil reconhecê-la, face à escuridão: distinguia os cachos de cabelo branco (embora acreditasse lembrar que antes estavam pretos) e o contorno da sua silhueta. Mas em seguida notou que alguma coisa estranha estava acontecendo com Nadja.

Sem abandonar sua postura ajoelhada – não queria levantar-se, sabia que *ele* a estava observando –, estendeu as mãos: não percebeu nenhum vestígio de movimento naquelas pernas de mármore, mas tampouco dava a sensação de que estivessem paralisadas. A pele continuava morna. Era como se sob a carne de Nadja não houvesse nada que pudesse exercer a função de se movimentar.

Subitamente, uma espécie de areia caiu nos seus olhos. Baixou a cabeça e os esfregou. Alguma coisa encostou no seu cabelo. Voltou a levantar o rosto e uma gosma se chocou contra a sua boca, fazendo-a tossir.

Ficou consciente da horrenda verdade: o corpo de Nadja se desmanchava como se fosse feito de açúcar em pó e ela, ao tocá-lo, tinha provocado uma avalanche. O rosto, os olhos, o cabelo, os seios... tudo se desprendia com um ruído como se fosse vento varrendo neve.

Quis se afastar daquele granizo que era a carne de Nadja, mas se deu conta de que não podia. A avalanche a impedia, era enorme, ia ficar enterrada, ia se asfixiar...

E então, elevando-se detrás da figura que desabava, *ele* apareceu.

– Ouça, senhora!
– Parece drogada...
– Por que ninguém chama a polícia?
– Senhora! Está se sentindo bem?
– Pode estacionar o carro, por favor? Está atrapalhando o trânsito!

Outros rostos se somavam aos mais próximos e diziam outras coisas, mas Elisa observava, sobretudo, o homem que ocupava mais de dois terços da janela e a moça que dividia com ele o restante do vidro. O resto era o pára-brisa, onde começavam a aterrissar pequenas gotas de chuva noturna.

Em seguida compreendeu sua situação: estava parada num sinal vermelho, embora só Deus sabia quantos verdes e amarelos apareceram antes que despertasse. Porque intuía que adormecera dentro do carro e sonhara que visitava Nadja e todo o resto, incluindo (por sorte, era um sonho) o horrível achado do corpo. Mas não, não tinha dormido: soube ao perceber a umidade na perna da calça e o cheiro de urina. Sofrera uma "desconexão", um "sonho de vigília". Já tinha acontecido em outras ocasiões, embora pela primeira vez estava fora de casa e urinava na roupa.

– Sinto muito... – disse, aturdida. – Sinto muito, desculpem!

Levantou a mão num gesto de desculpas e o homem e a mulher se deram por satisfeitos e se afastaram. O retrovisor mostrava uma grande fila de máquinas enfurecidas que se esforçavam para saltar o obstáculo que ela representava. Apressou-se em manobrar e acelerou. *Bem a tempo*, disse a si mesma ao notar num dos espelhos laterais um colete fosforescente sob um casaco escuro: a última coisa que desejava era que a polícia a interpelasse.

Já estava em Moncloa, mas o tráfego intenso naquela noite de caos natalino e a sua própria pressa de chegar pareciam ter se aliado para atrasá-la. Num certo momento parou no meio de uma rua de mão dupla em meio a uma gritaria de buzinas frenéticas e sirenes remotas. Estava garoando, e isso piorava a situação. Fez girar o volante do seu Peugeot para o meio-fio. Não havia vaga, mas estacionou em fila dupla, abandonou o veículo e pôs-se a correr pela calçada puxando a bolsa pela alça como se fosse um cachorrinho.

Estava tão assustada que seu próprio susto a atemorizava ainda mais, o que só o aumentava, numa espécie de jogo de apostas em que mínimas quantias se intensificam por causa da contribuição de infinitos jogadores. Estava com a boca aberta e seca: somente a garoa a umedecia por dentro.

Não aconteceu nada com ela. Foi uma das minhas crises. Não aconteceu nada...

Parou várias vezes para ler as placas em forma de lápides com o nome das ruas. Confundiu-se. Perguntou, quase gritando, para um velho de rosto amarelado que olhava para ela da entrada de um prédio com curiosidade. O velho não sabia de que rua ela estava falando. Discutiu o assunto com uma mulher que estava saindo nesse instante.

Então ouviu a sirene.

Deixou o velho e a mulher discutindo e começou a correr.

Não sabia por que estava correndo. Não sabia para onde estava indo nem por que tinha que chegar tão depressa. Correu esquivando sombras enfiadas em capas e escudos de guarda-chuvas negros. Correu tão depressa que o ar que soltava, convertido em bafo, era mais lento que ela e batia no seu rosto ao ficar para trás.

O veículo era um quatro por quatro e tinha luzes giratórias. Fazia um ruído infernal enquanto atravessava as ruas. Por causa da aglomeração de carros, entretanto, ela não o perdia de vista.

De repente todo mundo começou a correr, todos os carros pareciam ter luzes no teto e todas as sirenes e alarmes começaram a tocar ao mesmo tempo. Encontrou a rua que procurava, mas esta estava bloqueada por caminhonetes escuras. Em frente à entrada do prédio de Nadja havia mais caminhonetes, ambulâncias do serviço de emergência e carros de polícia. Figuras com capacetes que pareciam pertencer a unidades antimotins bloqueavam o acesso ao local.

Um embrião de frio crescia e dava sinais de vida na boca do seu estômago. Avançou até a primeira fila, atravessou-a e uma luva se enroscou no seu braço. O homem que falou com ela não parecia um homem: estava com capacete e máscara; apenas seus olhos aparentavam vida lá no fundo, escondidos sob camadas e camadas de lei e ordem.

– Não pode passar, senhora.

– Tenho... uma... amiga lá... – gemeu ela, ofegante.

– Volte, por favor.

– Mas o que é que está acontecendo? – perguntou uma mulher ao lado dela.

– Terroristas – disse o policial.

Elisa tentava recuperar o fôlego.

– Uma amiga... Quero vê-la...

– Elisa Robledo? – ouviu de repente. – É você?

Era outro homem, embora muito mais real. Bem-vestido, com terno e gravata, cabelo preto arrumado com gomalina e penteado para trás. Um desconhecido, mas Elisa se agarrou ao seu sorriso e gestos amáveis como a um galho que pendesse de um abismo.

– Reconheci você – disse o homem aproximando-se sem parar de sorrir. – A senhorita pode passar – disse para o mascarado. – Acompanhe-me, professora, por favor.

– O que aconteceu? – perguntou ela sem tempo nem para recuperar o fôlego, seguindo os passos apressados do seu guia em meio a um caos ensurdecedor de luzes e rádios barulhentos.

– Na verdade, nada. – O homem passou na frente da entrada do edifício mas não entrou. Continuou caminhando pela calçada com rapidez. – Estamos aqui sozinhos...

– O quê? – Ela não tinha entendido a última palavra.

– Para proteger – repetiu o homem elevando a voz. – Viemos para amparar.

– Então, Nadja...?

– Está bem, embora muito assustada. E depois do que aconteceu com o professor Craig, decidimos que o melhor seria transferi-la para um lugar seguro.

Sentiu-se aliviada ao ouvir essas palavras. Tinham chegado ao outro lado da rua, o homem sempre adiante. Uma caminhonete estava estacionada na calçada com a porta traseira entreaberta. O homem a abriu, e por um instante Elisa o viu desaparecer. Ouviu sua voz:

– Senhorita Petrova, sua amiga está aqui.

O homem saiu da caminhonete e se afastou para deixar Elisa passar. Ela apareceu com um sorriso de ansiedade.

No interior dela havia outro homem de terno branco sentado ao lado de uma maca. A maca estava vazia.

Uma mão cobriu seu nariz e seus lábios, que ainda sorriam.

24

– E então?

– Estacionei o carro onde deu e comecei a correr...

– Perdão. Não aconteceu alguma coisa antes? Não é verdade que enquanto estava no carro teve uma "desconexão"?

– Sim, acho que sim.

– O que foi que você viu?... Vamos, acalme-se... Hoje tínhamos começado bem... Por que, ao chegar a este ponto?...

Era um lindo dia para passear. Infelizmente, tratava-se de um pátio muito pequeno, mas era melhor do que o quarto. Pelos espaços das cercas de arame via mais cercas, e ao longe a praia e o mar infinito. Uma brisa oceânica remexeu a borda inferior do seu roupão. Vestia um roupão de papel (meu Deus, um roupão de *papel*, que mesquinharia), mas ao menos podia se cobrir, e o vento não era tão frio como tinha achado no início. Estava se acostumando.

Tinham dito que havia oliveiras e figueiras na costa oeste, que não se via dali. Seja como for, aquela paisagem já era o suficiente: suas retinas doeram ante o banquete de imagens, mas foi um desconforto passageiro. Conseguiu dar vários passos sem se sentir enjoada, mas no final teve que se apoiar nos fios de metal. Depois do segundo alambrado um boneco se mexia. Era um soldado, mas a distância e com aquele jeito de andar poderia ter passado por uma aceitável versão de andróide de filme de efeitos especiais. Carregava uma arma de tamanho considerável no ombro e se deslocava como se quisesse deixar claro que podia agüentar aquele peso sem problemas.

De repente tudo escureceu. Foi tal a mudança que pensou que a paisagem que contemplava tinha mudado também. Mas era apenas uma nuvem encobrindo o sol.

– Voltemos para quando teve a visão do corpo de Nadja se desmanchando... lembra?
– Sim...
– Viu mais alguém? O sujeito que você chama de "ele"? O mesmo das suas fantasias eróticas?
– ...
– Por que está chorando?
– ...
– Elisa, aqui não pode lhe acontecer nada de mal... Acalme-se...

Pensou que tinha emergido de um inframundo, uma caverna. Lembrava-se dos últimos dias como uma sucessão de sombras desconexas. As articulações doíam e os antebraços mostravam marcas de picadas: estava cheia delas, como marcas de pequenos piercings. Mas já tinham explicado o motivo daquelas injeções. A prioridade, no estado em que ela se encontrava quando a trouxeram para a base, era sedá-la. Tinham lhe dado uma dose cavalar de tranqüilizantes.

Sete de janeiro de 2012: tinha perguntado que dia era ao jovem que veio buscá-la no quarto. Usava terno listado e era muito simpático. Ele informou que tinha passado mais de duas semanas ali. Em seguida acompanhou-a até uma sala.

– Não sei se você sabe que "Dodecaneso" significa, em tese, que teria de haver só doze ilhas – dizia o jovem com voz de cicerone enquanto atravessavam corredores que de vez em quando eram bloqueados, exigindo cartões de identificação. – Mas na realidade há mais de cinqüenta. Esta se chama Imnia, acho que você já esteve aqui uma vez... É um centro muito completo: contamos com um laboratório e um heliporto. A estrutura é semelhante às bases que a DARPA, a Defense Advanced Research Projects Agency norte-americana, possui no Pacífico. Na verdade, colaboramos com o Departamento de Defesa Conjunta da União Européia... – Parava com freqüência para observá-la, sempre atento. – Está se sentindo bem? Sente enjôos? Está com fome? Logo serviremos alguma coisa, poderá jantar com os outros... Cuidado, aqui há um degrau... Seus companheiros estão bem, não deve se preocupar. Está com frio?

Elisa sorriu. Não podia sentir frio com aquela blusa de lã por cima da camiseta de alcinha preta. Também trajava jeans preto.

– Não, obrigada, é que.... É somente que... acabo de me dar conta de que se trata da minha própria roupa.

– Sim, nós a trouxemos da sua casa. – O jovem mostrou uma dentadura tão perfeita que por um instante quase lhe pareceu desagradável.

– Puxa, obrigada.

De um quarto com portas abertas emergia o labirinto de uma música barroca interpretada ao piano. Elisa estremeceu.

– Premiamos nosso professor com seu hobby favorito... Vocês todos já se conhecem, de modo que não perderemos tempo com apresentações.

Pensou que a afirmação era verdadeira até certo ponto: com aquelas olheiras e corpos fatigados envoltos em roupão e pijama ou roupa comum era difícil reconhecer Blanes, Marini, Silberg e Clissot, e supôs que o mesmo aconteceria com ela. Na verdade, limitaram-se aos cumprimentos. Apenas Blanes (que, por certo, deixara crescer a barba) dirigiu-lhe um débil sorriso após interromper o recital.

Dois outros indivíduos entraram enquanto ela ocupava uma cadeira em frente à grande mesa do centro. Não reconheceu o primeiro imediatamente, porque já não tinha barba nem bigode e seu cabelo ficara completamente branco. Em compensação, logo se lembrou do outro: sempre o mesmo cabelo cortado à escovinha, a barba grisalha, o corpo robusto no qual mal se assentavam os ternos, o olhar de intensa concentração, como se lhe interessassem poucas coisas mas dedicasse paixão especial a cada uma delas.

– Já conhecem os senhores Harrison e Carter, nossos coordenadores de segurança – disse o jovem. Os recém-chegados cumprimentaram com acenos de cabeça e Elisa sorriu para eles. Quando todos se sentaram, o jovem fez uma espécie de reverência. – De minha parte, nada mais, salvo que me encantou recebê-los aqui. Por favor, não deixem de me chamar se necessitarem de alguma coisa antes de partir.

Depois que o jovem saiu, e após alguns segundos de olhares e sorrisos, o sujeito de cabelos brancos se voltou para ela.

– Professora Robledo, estou feliz em vê-la de novo. Lembra-se de mim, não é mesmo? – Lembrou-se então. Nunca tinha simpatizado com aquele homem, embora imaginasse que se tratasse de incompatibilidade de gênios. Devolveu-lhe o sorriso, mas abotoou a blusa de lã e cruzou as pernas.

– Bom, vamos ao que interessa. Paul, quando quiser.

Carter parecia trazer seu discurso na ponta da língua.

– Hoje vocês vão voltar para suas casas. Chamaremos isso de "reintegração". Será como se não tivessem se ausentado: suas contas foram pagas, suas reuniões adiadas, suas tarefas imediatas canceladas sem prejuízo algum e seus familiares e amigos acalmados. As datas tão especiais em que a operação se desenvolveu nos obrigaram a utilizar desculpas diferentes conforme o caso. – Distribuiu um pequeno dossiê. – Com isto poderão ficar a par de tudo.

Ela já sabia que sua mãe tinha recebido, duas semanas antes, uma mensagem na secretária eletrônica na qual ela mesma, ou pelo menos "sua própria voz", desculpava-se por não poder passar o Natal em Valência. No trabalho não tinha tido que pedir licença: estava de férias.

– Em nome do Eagle Group queremos nos desculpar por tê-los feito passar as festas aqui. – Harrison sorriu como se fosse um vendedor pedindo desculpas por um erro na venda. – Espero que sejam capazes de compreender nossos motivos. Sei que receberam informações durante os últimos dias, e o senhor Carter terá muito gosto em lhes contar as conclusões. Paul?

– Não encontramos provas de que a morte do professor Craig esteja relacionada com o que aconteceu em Nova Nelson ou com vocês – disse Carter enquanto tirava outros papéis da pasta. – Quanto ao suicídio de Nadja Petrova, infelizmente, achamos que está diretamente associado à notícia da morte de Craig...

Elisa fechou os olhos. Já tinha assimilado a horrenda tragédia, mas não podia evitar de se sentir afetada cada vez que a rememorava. *Por que fez isso? Por que ligou para mim e depois fez isso?* Não conseguia se lembrar bem dos detalhes da ligação, mas se lembrava da angústia de Nadja, tão necessitada que estava da sua companhia...

– É por essa razão que solicitamos que não se comunicassem entre si – disse Harrison em tom reprovador, e olhou para Jaqueline. – Professora Clissot, não a estou culpando de nada. Você fez o que achou correto: ligou para a senhorita Petrova porque ela havia ligado para você, e queria desabafar com alguém. Infelizmente, escolheu a pessoa errada.

Jaqueline Clissot ocupava uma cadeira no canto da mesa. Estava vestida com um pijama azul-celeste e um robe, diante dos anos transcorridos continuava sendo uma mulher deslumbrante. Elisa se fixou num detalhe: havia tingido o cabelo de preto.

– Sinto muito – disse Jaqueline quase sem voz, baixando os olhos. – Muito mesmo...

– Oh, não se culpe, repito – disse Harrison. – Você não sabia que a senhorita Petrova reagiria dessa forma. Podia ter acontecido com qualquer um. Falo apenas para que não volte a fazer isso.

Jaqueline continuou com a cabeça baixa e os belos lábios trêmulos, como se nada do que Harrison pudesse dizer conseguisse despojá-la da convicção de merecer o maior dos castigos. Elisa sentiu medo: pensou que ela também tinha feito mal em falar com Nadja.

– Reconstruímos o ocorrido. – Carter distribuía mais papéis: fotocópias de notícias de jornais internacionais. – Nadja Petrova falou com a professora Clissot às sete da noite. Em seguida ligou para a professora Robledo, perto das dez da noite. Às dez e meia cortou as veias de ambos os braços. Morreu de hemorragia no banheiro.

– Depois que você propôs que saíssem juntas para jantar – Harrison apontou em direção a Elisa. Ela teve que se esforçar para não soltar lágrimas.

– Aqui vocês podem consultar a informação que saiu na imprensa nos dois casos – indicou Carter, e passou novamente a palavra a Harrison, como dois atores que estivessem ensaiando juntos.

– Certamente, nem tudo é contado. É certo que nós intervimos, mas direi por quê. Quando o professor Craig foi assassinado, ficamos intrigados. Enviamos unidades especiais à casa de Craig e voltamos a vigiar todos vocês: foi assim que interceptamos as ligações que fizeram. A senhorita Petrova estava muito nervosa, de modo que ordenamos que um de nossos agentes se certificasse de que estava bem. Mas quando se apresentou em sua casa, descobriu que havia se suicidado. Então cercamos a área e decidimos trazer vocês todos para cá, para evitar outra tragédia...

– O método não foi muito ortodoxo, mas se tratava de uma emergência.

Harrison retomou a frase de Carter:

– O método não foi ortodoxo, mas voltaremos a utilizá-lo, que fique claro, com qualquer de vocês ou com todos, se for preciso. – Olhou-os um a um. Deteve-se em Elisa, que baixou os olhos. Depois em Jaqueline, que não olhava para ele. – Estou sendo claro, professora? – Jaqueline se apressou em responder:

– Perfeitamente.

– Passaram uma temporada isolados para sua própria segurança e daqueles que os rodeiam. Já dissemos muitas vezes: sofreram o Impacto.

Até que possamos compreender melhor o que acontece com um ser humano que contemplou o passado, teremos que tomar medidas *drásticas* cada vez que a situação assim requeira. Acho que estou sendo claro na minha explicação. – Voltou a olhar para Elisa, que concordou de novo. O olhar de Harrison a fazia estremecer, com aqueles olhos azuis quase pontiagudos. – Vocês são pessoas cultas, uma elite de inteligências... Estou certo de que me entendem.

Todos concordaram.

– Mas... aventavam a hipótese de que um grupo organizado tivesse matado Colin! – Marini saltou de repente. Seu tom chamou a atenção de Elisa: como se tal possibilidade lhe parecesse desejável. Tinha os olhos avermelhados e um tique lhe irritava a pálpebra esquerda.

– Não há indícios que apontem para nenhum tipo de organização – disse Carter.

– O professor Craig morreu nas mãos de bandidos perigosos do Leste procurados pela Scotland Yard – acrescentou Harrison. – Dedicavam-se a entrar nas casas, torturar e matar os moradores e levar todos os objetos de valor. Já foram apanhados. Foi uma tragédia, mas podia ter parado por aí, se vocês não começassem a contar a notícia uns aos outros, angustiados... e a senhorita Petrova não conseguiu suportar a angústia.

– De qualquer forma, não retornarão desprotegidos para suas casas – disse Carter. – Continuaremos vigiando vocês, pelo menos durante uns meses, para sua própria segurança. E continuaremos com as consultas com equipes especializadas...

– E se não quisermos voltar? – exclamou Marini. – Temos o direito de viver protegidos!

– A escolha é sua, professor. – Harrison abriu as mãos. – Podemos retê-lo o tempo que quiser, como numa bolha, se for essa a sua vontade... Mas não há nenhuma razão objetiva para fazer isso. Nosso conselho é que continuem com suas vidas normais.

Aquela expressão fez com que Elisa apertasse os dentes. Ignorava o significado de "vida normal" e suspeitava que ninguém – muito menos Carter e o afetado do Harrison – pudesse lhe explicar.

Todos estavam muito cansados e voltaram para os quartos depois do almoço. À tarde, antes de levá-la até o avião, devolveram seus objetos pessoais. Deu uma olhada no calendário do relógio: sábado, 7 de janeiro de 2012.

256 ■ José Carlos Somoza

Oito meses depois, na manhã da terça-feira 11 de setembro, recebeu uma mensagem de publicidade no seu relógio-computador. Mostrava um mapa das ruas centrais de Madri com um relógio no canto superior. O relógio era o produto que estava sendo anunciado: um protótipo de relógio-computador de pulso que contava com um sistema Galileo incorporado, o novo e avançado método europeu de localização por satélite. Para testá-lo, o usuário podia deslocar o ponteiro pelo mapa, e nos lugares assinalados com um círculo vermelho apareciam dados de localização e tocava uma música diferente. O *slogan* dizia: "Dedicado a você." Elisa estava prestes a desligá-lo quando percebeu um detalhe.

A música que ouvia em todos os pontos, exceto em um, era a mesma. Reconheceu-a de imediato: a partita que ele sempre tocava. Nunca a esqueceria.

Ficou intrigada. Situou o ponteiro no único círculo onde não se ouvia aquela melodia. Ouviu outra, também de piano, mas neste caso muito popular. Até ela sabia qual era.

De repente sentiu um calafrio. *Dedicado a você.*

Comprovou então que quando situava o ponteiro naquele círculo, o relógio do anúncio mudava de hora: de 17:30 para 22:30.

Decidiu apagar a mensagem, assustada.

Ultimamente se assustava com qualquer coisa. Para falar a verdade, tinha passado aquele horrível verão transformada numa gelatina que tremia por qualquer coisinha e que só servia para cultivar uma aparência cada vez mais extravagante, comprar roupas que nunca teria usado em outros tempos, dizer não a todos os homens que queriam sair com ela (que eram muitos e com convites muito sugestivos), trancar-se em casa atrás de fechaduras e alarmes e tentar viver tranqüila. Mesmo não sendo a melhor de suas férias de verão, tinha começado a recuperar o ânimo depois da horrível experiência natalina e não desejava dar um passo atrás.

Nessa tarde voltou a receber a mesma mensagem. Apagou-a. Recebeu-a outra vez.

Ao chegar em casa sentia pânico. Aquela mensagem tão minuciosa, tão bem preparada (se é que se tratava do que ela imaginava, e estava segura de que não se enganava), trazia horríveis lembranças.

Se fosse um chamado de alguém, fosse quem fosse, teria se negado a aceitar. Mas a mensagem a atraía e repelia ao mesmo tempo: era como se fosse se fechar o círculo da sua vida. Tudo começou com uma mensagem em código, e provavelmente tudo podia terminar da mesma forma.

Tomou uma decisão.

A hora marcada era 22:30. Dispunha de quase duas horas, tempo de sobra para chegar. Vestiu-se maquinalmente: não colocou sutiã, escolheu um vestido cor marfim, justo como uma malha, que deixava pescoço e braços nus, botas brancas de cano longo e um bracelete prateado (usava muitos braceletes e pulseiras). Pegou uma bolsa pequena onde guardou um vidrinho do perfume que tinha comprado recentemente, batom e outros produtos de maquiagem. Arrumou os cabelos e os despenteou de propósito, formando cachos sempre negros, sua cor natural, de que tanto gostava. Antes de sair, abriu a mensagem e tocou no círculo que fazia soar aquela música tão popular. Conferiu o endereço e saiu de casa.

Ao longo do trajeto esteve pensando naquela música e na legenda da mensagem: "Dedicado a você". Isso tinha dado a pista.

Era *Pour Elise*, de Beethoven.

Sem saber muito bem por quê, decidiu ir de metrô. Estava tão ansiosa que nem percebeu os olhares que lhe dedicavam os passageiros ao seu redor. Desceu em Atocha, numa noite ainda quente que, no entanto, preludiava a chegada do outono. Enquanto caminhava em volta do lugar marcado no mapa lembrou-se daquela outra noite, seis anos atrás, em que Valente a tinha atraído usando um truque similar para explicar que existia um cenário de paredes falsas e que ela era uma das protagonistas da farsa.

Agora as coisas tinham mudado. Sobretudo ela.

Não costumava se importar com as frases obscenas que alguns homens lhe dirigiam na rua, mas naquele momento as palavras grosseiras que um grupo de rapazes gritava ao vê-la passar a deixaram pensativa. Observou de soslaio sua figura nos espelhos das vitrines: alta, magra, de silhueta cor-de-marfim e botas de saltos. Parou em frente a uma loja, sentia saudades. A malha a despia até mais do que se estivesse sem nada, o bracelete apertado e as botas de cano alto lhe outorgavam uma aparência muito diferente daquela que, na realidade, ela gostaria de oferecer.

Como era possível aquele giro de cento e oitenta graus? A lembrança da noite em que tinha conhecido Valente a fizera pensar nas profundas mudanças que sua personalidade sofrera depois disso: a estudante Elisa, tão descuidada na aparência e no vestuário, transformou-se na professora Robledo, ridícula aspirante a modelo de passarela ou atriz de cabaré. Até sua mãe, a muito elegante Marta Morandé, costumava dizer que ela não parecia a mesma. Era como se fosse outra pessoa.

O coração retumbava enquanto se observava na vitrine. Para *quem* se arrumava assim? Por influência de *quem* tinha mudado tanto? Pensou em algo muito estranho. *Valente teria gostado.*

Reiniciou a caminhada sentindo-se estranha. Estranha e misteriosa, como se parte da sua vontade fugisse do seu controle. Mas acabou aceitando que a fantasia de se sentir *desejada* também lhe pertencia. Podia ser enigmática e até repulsiva, mas procedia dela, sem dúvida, e a Elisa de antigamente não tinha nenhum direito de reclamar.

Os saltos das botas brancas repicavam na calçada ao se aproximar do lugar do encontro. Tinha medo, e ao mesmo tempo experimentava um desejo intenso de que aquele encontro fosse real. Nos últimos meses, medo e desejo confabulavam dentro dela com freqüência.

O endereço era apenas uma esquina. Não havia ninguém ali. Olhou ao redor e recebeu a rajada dos faróis de um carro estacionado numa ruazinha perpendicular. Sentindo o coração acelerar, aproximou-se. Alguém detrás do volante lhe abriu a porta do banco do carona. O carro arrancou imediatamente e procurou a saída para o Passeio do Prado. O motorista disse:

— Meu Deus, eu nunca teria lhe reconhecido. Você está... tão diferente...

Ela desviou o olhar, corada.

— Por favor, deixe-me ir – pediu. – Pare e me deixe sair.

— Elisa: há duas semanas abandonaram a vigilância. É o que eu sei.

— Não importa. Deixe-me sair. Não devemos conversar.

— Dê-me uma chance. Precisamos nos reunir sem que eles saibam. Uma única chance.

Elisa olhou para ele. A aparência de Blanes era muito melhor do que na base do Eagle. Trajava jeans e camisa folgada; continuava com barba, provavelmente a mesma quantidade de cabelos. Mas era óbvio que parecia diferente. Ela também parecia diferente. Sentiu-se absurda vestida daquela maneira. Toda sua frágil existência desabou de repente diante dela. Pensou que provavelmente ele tinha razão: precisavam conversar.

— Na verdade, fico feliz em vê-la – acrescentou ele, sorrindo. – Não estava totalmente seguro da eficácia dessa mensagem musical... Já disse que abandonaram a vigilância, mas quis tomar precauções. Além disso, suspeitava que você não viesse. Também tivemos de jogar uma isca para Jaqueline.

Não deixou de notar o plural: "tivemos". A quem mais se referia? Apesar de tudo, a presença de Blanes, sua proximidade, era consistente e a reconfortava. Enquanto contemplava o desfile luminoso da Madri noturna perguntou pelos outros.

– Estão bem: Reinhard viajou de trem com uma passagem em nome de um de seus alunos, e Jaqueline veio de avião. Sergio Marini não poderá vir. – E, diante da expressão interrogante de Elisa, acrescentou. – Não se preocupe, não está acontecendo nada com ele, mas não virá.

O resto da viagem, através de rodovias de luzes amarelas e estradas escuras, foi silencioso. A casa ficava no campo, perto de Soto del Real, e parecia grande até mesmo na escuridão. Blanes explicou que era uma antiga propriedade da sua família, agora ocupada pela irmã e o cunhado, que tinham pensado em transformá-la numa pousada rural. Acrescentou que o Eagle não sabia da existência desse local.

A sala na qual entraram tinha apenas móveis suficientes para que os convidados não se sentassem no chão. Silberg se levantou para cumprimentá-la, Jaqueline não. A aparência de Jaqueline a fez piscar, mas desviou o olhar quando percebeu que o efeito que provocava na ex-professora era muito similar ao que ela tinha experimentado quando Blanes a observou. E Jaqueline também parecia ter visto nela um espelho que a refletia. O que significava tudo aquilo? O que estava acontecendo com eles?

– Fico muito feliz por terem vindo – disse Blanes aproximando uma cadeira de ferro para ela; em seguida ocupou outra. – Vamos direto ao ponto. Antes devo dizer que compreenderei perfeitamente sua surpresa, inclusive sua incredulidade, quando ouvirem o que vamos contar. Não posso condená-los, só peço um pouco de paciência. – Fez-se silêncio. Blanes, que entrelaçava os dedos apoiando os cotovelos nas coxas, declarou abruptamente. – O Eagle Group está nos enganando. Está nos enganando há anos. Reinhard e eu temos provas disso. – Levou a mão à gaveta de um móvel próximo e tirou uns papéis. – Dêem-nos um voto de confiança. As lembranças virão, asseguro. Assim ocorreu conosco...

– As lembranças? – disse Jaqueline.

– Nós nos esquecemos de muitas coisas, Jaqueline. Eles nos drogaram.

– Quando estivemos na base do Egeu – interveio Silberg. – E a cada vez que os "especialistas" nos examinam nos dão drogas...

Elisa se inclinou para frente, incrédula.

– Por que fazem isso?

– Boa pergunta – disse Blanes. – Em princípio, estão tentando esconder que as mortes do Craig e da Nadja estejam relacionadas com as de Cheryl, Rosalyn e Ric. Os *esforços* do Eagle para esconder os fatos são imensos. Estão gastando milhões para manter a cortina de fumaça, embora o caso esteja saindo do controle deles: cada vez há mais testemunhas, pessoas que devem ser internadas e "tratadas", jornalistas a quem é preciso confundir...

Em Madri, com o caso de Nadja, as autoridades desalojaram todo o bloco com a desculpa de uma ameaça de bomba e em seguida plantaram a notícia de que uma russa tinha enlouquecido e se suicidado após ameaçar explodir o prédio.

— Tinham de contar alguma história verossímil, David — disse Elisa.

— Certo, mas observem isto. — Estendeu um dos papéis na direção dela. — A proprietária do apartamento, amiga de Nadja, que estava de férias no Egito, quis voltar imediatamente assim que ficou sabendo. Não chegou a tempo: dois dias depois, uns rapazes de outro apartamento do mesmo bloco, brincando com fogos de artifício, provocaram um incêndio. Os vizinhos foram evacuados, não houve vítimas, mas o edifício ficou carbonizado.

— Sim, especulou-se muito sobre isso. — Elisa leu as manchetes dos jornais. — Mas foi uma infeliz coincidência que...

Isso está fora de cogitação. Contarei outra coincidência.

Olhou para Blanes, inquieta.

— Também não sobraram testemunhas nem cenários no caso de Colin Craig — prosseguiu Blanes. — Sua esposa se suicidou dois dias depois no hospital, e o menino morreu poucas horas após ser encontrado com sintomas de congelamento. Nem a família de Colin nem a de sua esposa quiseram ficar com a casa e a puseram à venda por meio de intermediários. Um jovem executivo de uma empresa de informática chamada Techtem a comprou.

— É uma empresa de fachada do Eagle Group — esclareceu Silberg.

— Em seguida demoliram até os alicerces — completou Blanes. — A mesma situação nos dois casos: sem testemunhas, sem cenários.

— Como você conseguiu todos esses dados? — perguntou Elisa, folheando os papéis.

— Reinhard e eu fizemos algumas investigações.

— Seja como for, não provam que as mortes de Colin e Nadja estejam relacionadas com o que aconteceu em Nova Nelson, David.

— Sei disso, mas veja desta forma. Se o que aconteceu com Colin e Nadja não tem nenhuma relação com Nova Nelson, por que fazer uma encenação para desaparecer com os cenários dos crimes? E por que nos seqüestrar e nos drogar?

Jaqueline Clissot cruzou as longas pernas, descobertas até a coxa com o incrível vestido sem mangas dividido em três partes (gargantilha, top e saia) com aberturas em cada nível. Elisa a achava muito sensual e exageradamente maquiada, com o cabelo preto preso num coque.

ZIGZAG ■ **261**

– Que provas você tem de que nos drogaram? – perguntou, impaciente. Blanes falou com calma.

– Jaqueline: você examinou o cadáver de Rosalyn Reiter. E depois da explosão desceu à despensa porque Carter a chamou para que visse alguma coisa. Lembra-se de tudo isso?

Por um instante Jaqueline pareceu se transformar em outra pessoa: seu rosto perdeu toda expressão e seu corpo ficou rígido na cadeira. Sua sensual aparência contrastava tanto com aquela reação de marionete paralisada que Elisa sentiu medo. *Percebeu* a resposta no desconcerto da ex-professora antes de ouvi-la falar.

– Eu... acho que... um pouco...

– Drogas – disse Silberg. – Apagaram as nossas lembranças com drogas. Pode-se fazer isso hoje em dia, vocês bem sabem. Existem derivados do ácido lisérgico que até mesmo criam falsas lembranças.

Elisa intuiu que Silberg tinha razão. Em meio à névoa da sua memória acreditava entrever que tinha recebido várias injeções enquanto estava confinada na base do Egeu.

– Mas por quê? – insistiu. – Suponhamos que as mortes do Colin e da Nadja estejam relacionadas à de Rosalyn, Ric e Cheryl. O que querem de nós? Por que nos levam, nos drogam e nos devolvem? Que informação podemos dar? Ou que lembranças querem apagar?

– É a questão-chave – ponderou Silberg. – Drogaram todos, não só Jaqueline, mas também todos nós que não examinamos nenhum cadáver nem testemunhamos nenhum crime...

– E não sabemos de nada – disse Elisa.

Blanes levantou a mão.

– Isso quer dizer que sabemos *sim* de alguma coisa. Temos algo que eles precisam, e a primeira coisa a fazer é averiguar do que se trata. – Olhou para eles, um a um. – Devemos saber o que é que nós *compartilhamos*, o que temos em comum, mesmo sem nos darmos conta.

– Estivemos em Nova Nelson e vimos o passado – disse Jaqueline.

– Mas que informação poderiam extrair disso? E que lembranças pretendem apagar em nós? Todos lembramos do Projeto Zigzag, das imagens do Lago do Sol e da Mulher de Jerusalém...

– Não as esquecerei jamais – sussurrou Silberg, e por um instante pareceu envelhecer.

– Então, o que é que compartilhamos? O que compartilhamos todos esses anos, desde Nova Nelson, que lhes interessa saber e em seguida apagar?

262 ■ José Carlos Somoza

Elisa, que estava olhando para Jaqueline, sentiu de repente que tremia.

– *Ele*... – murmurou. Por um momento pensou que não a entenderiam, mas a súbita mudança na expressão dos outros a impulsionou a continuar. – *Isso* com o que sonhamos... Eu o chamo "Senhor Olhos Brancos".

Blanes e Silberg ficaram boquiabertos ao mesmo tempo. Jaqueline, que havia se virado para ela, assentiu.

– Sim – disse. – Assim são os olhos dele.

Essa sensação de doença. De *praga*, havia dito Jaqueline. Você também sente, não é mesmo, Elisa? Ela balançara a cabeça num gesto de reconhecimento. "Praga" era a palavra correta. A sensação de estar "suja", como se tivesse esfregado o corpo no mofo da superfície de um pântano. Mas era mais que pura sensação física: era uma *idéia*. Jaqueline traduziu adequadamente, e Elisa ficou imaginando até que ponto a paleontóloga teria sofrido mais que ela.

– É como se estivesse *esperando* uma coisa terrível... Faço parte disso e não posso fugir. Estou sozinha. E isso *me chama*. Nadja também sentia a mesma coisa, agora me lembro...

Elisa tinha perdido o fôlego. *Isso me chama, e eu quero obedecer.* Tinha vontade de dizer isto, mas parecia tão repulsivo que não se atrevia a pronunciar. *Uma presença. Algo que me quer.*

E quer Jaqueline.

Talvez queira todos, mas sobretudo nós duas.

Depois de uma pausa muito longa, Blanes elevou o olhar. Elisa nunca o tinha visto tão pálido, tão desconcertado.

– Não precisam... dizer nada se não quiserem – murmurou. – Contarei minha experiência, e só precisam dizer se é similar ou não. – Dirigia-se sobretudo a elas, e Elisa se perguntou se ele já teria conversado com Silberg a respeito. – Eu *o* vejo nos meus pesadelos, nas minhas "desconexões"... E quando aparece... eu me vejo fazendo coisas espantosas. – Baixou a voz e em suas bochechas despontou uma mancha colorida. – Tenho de fazê-las, como se ele me obrigasse. Coisas com... minha irmã ou minha mãe. Não se trata de prazer, embora às vezes haja prazer. – O silêncio era enorme e Elisa compreendeu o esforço que Blanes fazia ao falar. – Mas sempre há... dor.

– Minha esposa – disse Silberg. – Ela é minha vítima nos sonhos. Embora dizer "vítima" seja pouco. – De repente aquele homenzarrão fechou o semblante e se levantou, dando-lhes as costas. Chorou por um longo momento, e ninguém conseguiu consolá-lo. Outra lembrança súbita fez Elisa estremecer: aquela vez, em frente ao alçapão da despensa, em que o tinha visto chorar da mesma forma. Quando voltou a olhar para eles, Silberg tirara os óculos e seu rosto estava brilhante. – Separei-me dela... Não nos divorciamos: continuamos nos amando. Na verdade, eu a amo mais do que nunca, mas não poderia continuar vivendo ao lado dela... Tenho *tanto* medo de lhe fazer mal... De que *ele* me obrigue a fazer isso...

Jaqueline Clissot também se levantara e caminhara até a janela. Na sala havia escuridão e silêncio.

– Pois vocês podem se considerar pessoas de sorte – disse sem se virar, olhando a noite pelos vidros embaçados. O que mais horrorizou Elisa nessa confissão foi que a voz dela continuou sendo a mesma: não chorou, não gemeu. Se Silberg tinha falado como um condenado à morte, Jaqueline Clissot o fez como alguém que já tivesse sido executado. – Nunca falo disso com ninguém, só com os médicos do Eagle, mas suponho que não há por que continuar escondendo. Faz anos que acho que estou doente. Cheguei a essa conclusão quando me separei do meu marido e do meu filho, um ano depois de voltar de Nova Nelson, e decidi abandonar as aulas e a profissão. Agora estou sozinha, moro num apartamento pago por *eles*, em Paris. A única coisa que me pedem em troca é que conte meus sonhos... e meus comportamentos. – Falava completamente imóvel, seu corpo delineado sob o curto e extravagante vestido. Elisa estava certa de que era a única peça que ela estava vestindo. – Mas não vivo sozinha. *Vivo com ele*, se é que entendem o que quero dizer. *Ele* me diz o que tenho que fazer. Ameaça-me. Faz-me desejar coisas e me castiga por meu próprio intermédio, com as minhas próprias mãos... Cheguei a achar que estava louca, mas eles me convenceram de que era efeito do Impacto... Como é mesmo que chamam isso? "Delírio traumático." Eu não o chamo assim. Quando *me atrevo a dar-lhe um nome*, eu o chamo de "Diabo" – sussurrou. – E fico louca de terror.

Houve um silêncio. Os olhares se dirigiram para Elisa. Falar era difícil para ela, diante da confissão que Jaqueline acabava de fazer.

– Sempre achei que eram fantasias – disse com a boca seca. – Eu o imagino me visitando quase toda noite, numa determinada hora. Tenho que esperá-lo... quase sem roupa. Então *ele* chega e me diz coisas. Coisas horríveis. Coisas que vai fazer comigo, ou que vai fazer com as pessoas que amo se eu não obedecer... Também me apavora. Mas pensava que se tratava de uma fantasia íntima...

– Isso é o mais horrível – assentiu Jaqueline. – *Queríamos pensar* que éramos nós, mas *sabíamos* que não era assim.

— Tem de haver uma explicação. — Blanes alisava as têmporas. — Não me refiro a uma explicação *racional*. Muitos de nós somos físicos, e sabemos que a realidade não é necessariamente racional... Mas *tem* de haver uma explicação, algo que possamos provar. Uma teoria. Temos de procurar uma teoria para entender o que está acontecendo conosco...

— Existem várias possibilidades. — A voz de Silberg não parecia sair dele. Possuía uma qualidade que a assemelhava ao silêncio de toda a casa e dos campos noturnos. — Vamos descartá-las. Em primeiro lugar: que o Eagle seja o único responsável. Drogaram-nos e nos transformaram nisso.

— Não — negou Blanes. — É verdade que estão escondendo informações, mas eles parecem estar tão desorientados quanto nós.

E apavorados, pensou Elisa.

— O Impacto é a segunda possibilidade. Consta-me que o Lago do Sol e a Mulher de Jerusalém provocaram algo em nós. E neste ponto o Eagle tem razão, os efeitos são completamente desconhecidos. Talvez o Impacto fez com que ficássemos obcecados por... por essa figura. Talvez seja um produto de nosso inconsciente alterado... Suponhamos que Valente tenha enlouquecido e matado Rosalyn e Ross... Não quero discutir *como* ele fez isso, mas expor o fato em si. E suponham que agora esteja acontecendo *o mesmo com outro de nós*. Poderia ser um dos que estão neste quarto, ou o Sergio... Suponham, por incrível que pareça, que um de nós seja... o responsável pelas mortes de Colin e Nadja.

A idéia de Silberg tinha semeado a inquietação.

— Em todo caso — observou Blanes —, o Impacto poderia explicar a semelhança entre nossas visões e a mudança operada em nossas vidas... Há alguma outra possibilidade?

— A última — acrescentou Silberg. — Um mistério, como a fé. O incompreensível. A incógnita da equação.

— Em matemática costuma-se eliminar as incógnitas — disse Blanes. — Teremos de eliminar esta se quisermos sobreviver...

A voz de Jaqueline atraiu de novo toda a atenção.

— Asseguro-lhes uma coisa: seja o que for, tenho certeza de que é um mal consciente e *real*. Algo perverso. E nos espreita.

VII

A fuga

Às vezes é preciso muita coragem para fugir.

MARY EDGEWORTH

25

Madri
12 de março de 2015
1:30

— Isso foi tudo – disse Elisa. – A reunião acabou, e decidimos que quando acontecesse alguma coisa, David ou Reinhard chamaria os outros por meio de um código que confirmasse sem deixar dúvidas que devíamos nos reunir de novo aqui e que o lugar seria seguro. Escolhemos a palavra "Zigzag", como o nome do projeto. A reunião seria à meia-noite e meia, na mesma noite da ligação. Enquanto isso, David e Reinhard tentariam averiguar mais pistas e Jaqueline e eu esperaríamos. Foi o que fizemos, ou pelo menos o que eu fiz: esperar.

Passou uma das mãos no cabelo preto ondulado e respirou fundo. Já tinha contado a pior parte e se sentia mais tranqüila.

— É claro que não foi fácil. Sabíamos que não podíamos confiar nas consultas médicas do Eagle, mas por sorte estas começaram a ficar cada vez mais esporádicas. Deixavam-nos em paz, como se não tivéssemos mais importância. De vez em quando eu recebia mensagens do David em formato de livro com anotações escondidas na encadernação. Ele as chamava de "conclusões". Eram notícias sobre a pesquisa, se estava ou não avançando... Mas nunca fiquei sabendo que tipo de pesquisa estava fazendo. Suponho que ele explicará isso agora... – Olhou para Blanes, que concordou. – Passou o tempo, procurei continuar vivendo. Os sonhos, os pesadelos, estavam ali, mas David insistia que devíamos nos comportar como se não soubéssemos de nada... Acho que agüentei os últimos anos porque às vezes tinha esperança de que tudo acabasse logo... Comprei uma faca, não para atacar nem para me defender, agora sei, mas para evitar sofrer quando chegasse a minha vez... Porém, ao longo dos anos, acabei achando que estava a salvo, que o pior tinha passado... – Sufocou um soluço. – E hoje pela manhã, enquanto dava aula, li sobre Marini no jornal. Fiquei o dia todo esperando a ligação. Por fim o telefone tocou e ouvi David dizer: "Zigzag." Soube então que tudo tinha começado outra vez. Isso é tudo, Victor. Ou, pelo menos, é tudo o que eu sei.

Fez uma pausa, mas foi como se continuasse falando. Ninguém se moveu nem interveio. Os quatro continuavam sentados à mesa, ao redor da luminária. Elisa virou a cabeça na direção de Blanes, depois na de Jaqueline Clissot.

– Agora eu gostaria de saber quem de vocês nos traiu – disse em outro tom.

Blanes e Jaqueline se entreolharam.

– Ninguém traiu ninguém, Elisa – disse Blanes. – O Eagle ficou sabendo da reunião e ponto.

– Não é isso o que Harrison disse.

– Ele está mentindo.

Ou é você quem está mentindo? Sem deixar de olhar para o seu ex-professor, Elisa tirou o cabelo do rosto e enxugou as lágrimas que tinham caído enquanto revivia aquelas lembranças. Achava que Blanes não tinha sido tão estúpido. *Seja como for, não tem mais jeito.*

Blanes tomou a palavra com certa urgência.

– O mais importante agora é colocá-los a par do que sabemos. Reinhard e eu tomamos conhecimento de várias pistas: procedem de relatórios confidenciais que vazaram, dados secretos mas verificáveis...

– Eles estão ouvindo, David – advertiu Elisa.

– Eu sei, mas não importa: não são eles quem mais me preocupa. Vou contar o que vocês não sabem. Não quisemos falar nada até ter provas, e não temos muitas ainda, mas a morte de Sergio precipitou tudo. Sobre essa morte só temos notícias dispersas, embora eu ache que ela não difere das outras. Comecemos por você, Jaqueline. – Fez um gesto para a paleontóloga. – Fizeram lavagem cerebral em Jaqueline pela primeira vez ao sair de Nova Nelson. Passou um mês na base do Eagle no Egeu, onde se dedicaram a despojá-la das lembranças mediante drogas e hipnose. Mas depois da sua segunda... Como chamam...? "Reintegração"... Depois da segunda reintegração, em 2012, começou a se lembrar.

– Infelizmente – disse Clissot.

– Não, não infelizmente – corrigiu Blanes. – A mentira teria sido pior.
– Voltou-se para os outros. – No início Jaqueline via imagens dispersas, fragmentadas... Depois, quando enviamos a ela os primeiros informes das autópsias, ela se lembrou de situações concretas. Por exemplo, os achados no cadáver de Rosalyn Reiter. Por que você não fala disso, Jaqueline?

Clissot apoiava os cotovelos na mesa e juntava as pontas dos dedos observando as mãos sob a luz da luminária como se fossem uma frágil obra de arte. Então fez algo que, de algum jeito, provocou calafrios em Elisa: sorriu. Ficou sorrindo todo o tempo que durou sua intervenção, com uma tensa e desagradável careta.

– Bem, na ilha eu não dispunha dos meios necessários para realizar uma autópsia, mas, de fato, encontrei... *coisas*. No início, o esperado: eritemas intensos e crostas por causa da lei de Joule, como vocês sabem, o intenso calor produzido pela passagem de uma corrente elétrica... Na mão direita havia a marca dos fios, restos de metal e elevações na pele... Tudo isso era esperado em conseqüência de um choque de quinhentos volts. Mas debaixo das queimaduras achei sinais não relacionados à eletricidade: mutilações, áreas do corpo que tinham sido cortadas ou arrancadas... E havia detalhes ainda mais estranhos no estado de conservação do cadáver... Quis comentar com Carter, e então veio a explosão. Surpreendeu-me quando retornava aos barracões, de modo que não sofri nenhum ferimento. Até colaborei na evacuação do restante da equipe.

– Continue – convidou Blanes.

– Antes de partir, Carter me pediu que desse uma olhada no que havia na despensa. Sou antropóloga legista, mas ao ver aquilo perdi a noção de mim mesma. Foi como se um véu turvasse minha visão. Fiquei assim até que os informes de David me fizeram lembrar. – Jaqueline desenhava círculos na mesa enquanto sorria. A conversa parecia diverti-la. – Por exemplo: vi a metade de um rosto no chão, acho que era o de Cheryl, e a cortaram em partes, camada por camada, como se... como se estivessem separando as páginas de um livro. Nunca tinha visto algo assim, nem imagino que tipo de objeto poderia ter feito uma *coisa* dessas. Com certeza não foi uma faca nem um machete. Ric Valente? Não... Não sei quem pode ter feito aquilo... nem quem arrancou as vísceras e inundou *completamente* as paredes, o chão e o teto com sangue, como uma decoração... Não sei quem fez aquilo, nem como... mas, certamente, não foi um qualquer... – Fez silêncio.

– Então enviei os informes sobre Craig e Nadja – Blanes animou-a a prosseguir.

– Sim, havia mais coisas. O cérebro de Colin, por exemplo, foi extirpado e cortado em camadas. As vísceras tinham sido arrancadas e substituídas por partes amputadas de seus membros, como se... como se fosse uma brincadeira, e todo o seu sangue estava espalhado pela sala da casa, que se encontrava consideravelmente destruída. Quanto a Nadja, sua cabeça tinha sido *esculpida*. As bordas do crânio foram como lixadas até ficarem irreconhecíveis... Nenhuma máquina pode fazer isso em tão pouco tempo. É como o efeito que causa a água na rocha: requer anos. Detalhes estranhos como esses...

– Também havia surpresas nos exames, não é verdade? – enfatizou Blanes quando o silêncio voltou a pousar nos lábios de Jaqueline. A paleontóloga concordou.

– A total ausência de glucógeno nas amostras de fígado, o pâncreas sem sinal de autólise e a ausência de lipóides nas cápsulas supra-renais indicavam uma agonia muito lenta. O nível de catecolaminas nas amostras de sangue também indicava o mesmo. Não sei se isso é muito técnico para você, Victor... Quando um indivíduo é submetido a tortura há um violento estresse no organismo, e as glândulas que temos sobre os rins, as cápsulas supra-renais, segregam substâncias chamadas catecolaminas, que provocam taquicardia, aumento da pressão arterial e outras mudanças físicas destinadas a nos proteger. A quantidade desses hormônios no sangue pode revelar, em certa medida, o grau de sofrimento suportado e sua duração. Mas os exames realizados com os restos de Colin e Nadja apontavam resultados inconcebíveis: só podiam ser comparados a certos prisioneiros de guerra submetidos a torturas muito prolongadas... A rede glandular supra-renal estava hipertrofiada e parecia ter trabalhado no limite de forma crônica, o que indica um sofrimento de... semanas, talvez meses.

Victor engoliu em seco.

– Isso é o que não dá para entender. – Olhou para os outros, desconcertado.

– Na verdade, esses indícios não correspondem à rapidez das mortes – assentiu Blanes, como que participando do seu espanto. – Por exemplo, Cheryl Ross estava há apenas duas horas na despensa. Stevenson, o soldado que achou os restos dela com Craig, não tinha saído das imediações do alçapão e não viu nem ouviu nada de estranho durante essas duas horas... Mas Elisa contou que era possível ouvir os passos de alguém caminhando pela despensa no meio da noite. Como Valente conseguiu entrar sem ser visto e fazer com Ross tudo o que dizem que fez com tanta rapidez e em absoluto silêncio? Além disso, não foram achados rastros de supostos agressores, nem armas de nenhum tipo. E não há testemunhas dos assassinatos, nem *uma* sequer, e não me refiro unicamente a testemunhas oculares: ninguém ouviu gritos ou ruídos, nem mesmo no caso de Nadja, que morreu de maneira brutal em questão de minutos dentro de um apartamento de paredes estreitas.

Elisa ouvia com extrema atenção. Algumas das informações que Blanes estava dando também eram novas para ela.

– No entanto... – Blanes se inclinou sobre a mesa sem parar de olhar para Victor. A luz da luminária sublinhava suas feições. – *Todas* as pessoas que contemplaram pelo menos uma das cenas do crime, todas sem exceção, incluindo autoridades e especialistas, sofreram uma espécie de "choque". Este é o nome que dão, embora ignorem do que se trata exatamente: os sintomas vão de um estado de alienação transitória, como o de Stevenson e de Craig na despensa, por exemplo, ou ansiedade repentina, como a de Reinhard no alçapão, até uma psicose que não responde aos tratamentos habituais...

– Mas os crimes foram atrozes – objetou Victor. – É natural que...

– Não. – Os olhares se voltaram para Jaqueline Clissot. – Eu sou legista, Victor, mas quando desci até a despensa e vi os restos de Cheryl fiquei completamente transtornada.

– O que queremos deixar claro é que isso *não está* cem por cento relacionado ao horror testemunhado – particularizou Blanes. – São reações completamente incomuns, mesmo depois de visões tão traumáticas como essas. Pense, por exemplo, nos soldados. Eram pessoas com experiência...

– Entendo – disse Victor. – É estranho mas não impossível.

– Que não é impossível eu sei – disse Blanes olhando para Victor com as pálpebras entreabertas. – Ainda não contei o *impossível*. Farei isso agora.

Harrison sabia que perfeição significava proteção.

Dava para dizer que, no seu caso, tratava-se de vício profissional, mas aqueles que o conheciam mais profundamente (até onde Harrison se deixava conhecer) teriam duvidado entre o ovo e a galinha. Era a profissão que marcava o caráter? Ou o caráter tinha deixado marcas no ofício?

O próprio Harrison ignorava a resposta. Nele, as esferas trabalhista e afetiva se sobrepunham. Tinha se casado e se divorciado, há vinte anos estava coordenando a segurança de projetos científicos, tivera uma filha que agora vivia longe e a quem nunca via, e tudo isso o fazia ser mais consciente do seu "sacrifício". Esse senso de "sacrifício" era o que o transformava no sujeito ideal para o cargo que desempenhava. Harrison sabia que estava fazendo "o bem": o seu negócio era proteger. Se não dormia, se não se alimentava, se envelhecia quinze anos de repente ou se carecia de tempo livre, tudo isso o fazia pensar que era o preço que pagava por "proteger" outras pessoas. Tratava-se de um papel que a maioria das pessoas recusava no grande teatro do mundo, e Harrison tinha decidido interpretá-lo.

"Sem fissuras". Seus superiores o definiam assim: um homem sem fissuras. Independentemente do que essa frase significasse para cada um, em Harrison era sinônimo de blindagem. Todos os cachorros acabam se parecendo com seus donos, e todos os homens com seus trabalhos. Como diretor de segurança dos projetos do Eagle Group, Harrison sabia que sua meta era apenas criar uma blindagem segura, uma couraça. Nada pode penetrar, nada pode escapar.

Tudo tinha ido bem até que, dez anos antes, o Zigzag escoara por uma brecha.

Pensava nisso enquanto saía da casa de Soto del Real naquela madrugada, acompanhado de três homens. A noite de março era mais fria na serra madrilena do que na cidade, porém mais suave do que Harrison estava acostumado, e o interior do veículo em que entrou o deixou ainda mais confortável. Era uma Mercedes Benz S-Class W Special de carroceria tão preta e reluzente quanto o sapato de salto agulha de um travesti, reforçada com fibra de policarbonato e blindagem dupla Kevlar. Uma bala de fuzil de 9,5 gramas disparada a novecentos metros por segundo em direção à cabeça de qualquer um dos seus ocupantes não conseguiria muito mais do que uma vespa kamikaze se jogando contra o vidro. Uma granada, uma mina ou um morteiro deixariam o carro imprestável, mas ninguém dentro dele sofreria lesões graves. Naquele *bunker* com rodas Harrison se sentia razoavelmente bem. Não totalmente seguro ("a segurança consiste em pensar que nunca se está totalmente seguro", repetia aos seus discípulos), mas razoavelmente bem, sensação que qualquer homem razoável pode aspirar.

O motorista arrancou imediatamente, manobrou com habilidade entre os outros dois carros e a caminhonete estacionados na frente da casa e deslizou na noite com um silêncio de espaçonave. Eram quinze para as duas, as estrelas brilhavam no céu, a estrada estava vazia e as previsões mais pessimistas auguravam que em meia hora chegariam ao aeroporto, com tempo de sobra para dar as boas-vindas ao recém-chegado.

Harrison pensava.

Depois de alguns minutos de viagem numa imobilidade quase de estátua, tirou a mão do confortável bolso do casaco.

– Dê-me o monitor.

O homem que estava à sua esquerda entregou-lhe um objeto semelhante a um tablete de chocolate belga. Era um receptor de tela plana em TFT de cinco polegadas com uma resolução capaz de fazer o usuário acreditar que tinha um cinema na palma da mão. O menu oferecia quatro opções: computador, televisão, GPS ou videoconferências. Harrison escolheu a última e pôs o indicador na opção "Sistemas Integrados". Ouviu-se um chiado e em seguida apareceu o pequeno cômodo em forma de L onde os quatro cientistas estavam conversando ao redor da mesa. Apesar da luz mortiça do lugar, a imagem possuía uma nitidez extraordinária e dava para perceber as diferentes tonalidades da roupa e do cabelo de cada um. O som também era excelente. Harrison podia escolher entre dois tipos de ângulo por causa das duas câmeras ocultas que estavam filmando. Mas em nenhum dos dois podia ver o rosto de Elisa Robledo de frente, de modo que se contentou com o que mostrava seu perfil direito.

Naquele momento falava a professora Clissot.

– *Não. Eu sou legista, Victor, mas quando desci até a despensa e vi os restos de Cheryl fiquei completamente transtornada...*

Falavam em castelhano. Harrison poderia ligar o tradutor automático incorporado ao programa de vigilância, mas não queria. Era óbvio que estavam informando Lopera sobre o ocorrido.

Acariciou o queixo. O fato de os cientistas terem chegado a saber tanto não deixava de intrigá-lo, apesar de Carter ter obtido provas de sobra de que, antes de morrer, Marini os tinha ajudado. Mas cabia atribuir a cópia das autópsias, por exemplo, à intervenção de Marini? Tendo em conta que o próprio Marini ignorava quase tudo a respeito, qual podia ter sido sua fonte? Quem tinha vazado a informação? Harrison começava a se preocupar com isso.

Vazamento. A brecha. O que permite que as informações saiam ou entrem. O defeito na blindagem.

Blanes falava agora. O quanto detestava seu ar de superioridade e sabedoria...

Dedicou um longo olhar para Elisa Robledo. Ultimamente contemplava certas nuanças da mesma maneira, sem pestanejar nem sequer respirar, com muita atenção. Conhecia a anatomia básica do olho e sabia que a pupila não é uma mancha mas uma pequeníssima abertura. Uma fissura, na realidade.

Vazamentos.

Por essa abertura podiam penetrar imagens indesejáveis, como as que tinha visto há quatro anos na casa de Colin Craig e no apartamento de Nadja Petrova, ou no dia anterior numa mesa de dissecação de Milão. *Imagens fedidas e impuras como a boca de um moribundo.* Sonhava todas as noites (quando dormia) com elas.

Já tinha decidido o que faria, e recebera a bênção dos altos cargos: descontaminar, amputar a gangrena. Iria se aproximar dos cientistas bem protegido e eliminaria toda a carne doente que estava contemplando. Em particular, e de maneira pessoal, a carne responsável pela existência de brechas, fissuras.

Muito especialmente se dedicaria a Elisa Robledo. Não havia dito isso a ninguém, nem sequer a si mesmo.

Mas sabia o que ia fazer.

De repente a tela se encheu de listras. Harrison imaginou por um segundo que o Todo-Poderoso o estava castigando por seus maus pensamentos.

– Interferência na transmissão – disse o homem da esquerda segurando um biscoito de chocolate. – Provavelmente falta de cobertura.

Harrison não deu muita importância a não poder ver nem ouvir. Os cientistas, incluindo Elisa, já eram apenas uma luz fraca no seu firmamento particular. Ele tinha planos, e os levaria a cabo no momento oportuno. Agora queria se concentrar na última tarefa que o aguardava naquela noite.

Blanes se dispunha a continuar falando quando alguma coisa o interrompeu.

– O avião do professor Silberg aterrissará em dez minutos – disse Carter entrando no quarto e fechando a porta atrás de si.

Aquela intromissão indignou Elisa, que saltou da cadeira.

– Quer fazer o favor de se mandar? – esbravejou. – Não basta ficar ouvindo a gente pelos microfones? Queremos conversar a sós! Vá embora de uma vez!

Ouviu às suas costas barulhos de cadeiras arrastadas e pedidos de calma por parte de Victor e Blanes. Mas ela chegara ao seu limite. O olhar fixo de Carter e seu corpo, como uma pedra plantada na frente dela, pareciam muito simbólicos: a metáfora exata da sua impotência diante dos acontecimentos. Postou-se a pouquíssimos centímetros de distância dele. Era mais alta, mas quando o empurrou sentiu como se tentasse mover uma parede de tijolos.

– Não está ouvindo? Não entende inglês? Vão embora de uma vez, você e seu chefe!

Ignorando Elisa, Carter olhou para Blanes e assentiu.

– Liguei os inibidores de freqüência. Harrison foi para o aeroporto e não pode nos ver nem ouvir agora.

– Perfeito – disse Blanes.

Sem compreender o diálogo que mantinham, o olhar de Elisa viajava desconcertado entre um e outro. Blanes disse então:

– Elisa: Carter é a pessoa que esteve nos ajudando em segredo há anos. Ele foi nossa fonte de informação no Eagle, nos entregou cópias das autópsias e todas as provas com as quais contamos... Eu e ele planejamos este encontro.

26

– Matou todos os meus homens que estiveram em Nova Nelson. Eram cinco, lembra? Mortes que fazem o sangue da gente gelar, parecidas com as dos seus amigos, mas não tão populares, não é, professora? Eles não eram... "cientistas brilhantes".

Carter fez uma pausa. Por um instante, uma espécie de nuvem pareceu elevar-se nos seus olhos claros, mas imediatamente as peças de aço de seu rosto voltaram a se encaixar e tudo cessou. Prosseguiu, num tom neutro:

– As mortes de Méndez e Lee foram atribuídas à explosão do armazém, mas a autópsia demonstrou que antes ele se divertiu um pouco com Méndez... York foi assassinado há três anos, no mesmo dia que o professor Craig, numa base militar da Croácia. Fizeram picadinho do Bergetti e do Stevenson nesta segunda-feira, horas antes de matar Marini. Bergetti estava afastado por causa de um transtorno mental e foi assassinado em sua casa; sua mulher se jogou pela janela ao ver o cadáver. Stevenson foi despedaçado num barco no meio do Mar Vermelho dez minutos depois, durante uma missão de rotina. Ninguém viu como aconteceu. Piscaram, e ali estava o defunto... Comecei a suspeitar quando fiquei sabendo da morte do York. No Eagle não me contaram nada, soube por meus próprios meios... Foi aí que optei por colaborar com o professor Blanes...

– Agora você entende, Elisa, que não houve nenhuma traição – pontuou Blanes. – Tínhamos combinado tudo desta forma. Se Carter não chegasse a informar o Eagle de nossa reunião, já teríamos retornado a Imnia, e teriam nos drogado. Mas ele os convenceu de que era preferível ouvir antes o que tínhamos a dizer... Na verdade, ele vem nos ajudando há anos. Não apenas organizou este encontro como também o anterior. Você se lembra da mensagem musical? – Elisa assentiu: agora compreendia de onde viera aquela mensagem tão estranha às habilidades de Blanes.

– Devo esclarecer uma coisa – disse Carter. – Gosto tanto de vocês quanto vocês de mim, ou seja, nem um pouco. Mas se me pedirem para escolher entre o Eagle e vocês, prefiro vocês... E se me pedirem para escolher entre *ele* e vocês, continuo preferindo vocês – acrescentou. – Não sei quem ou *que* caralho é, mas eliminou todos os meus homens, e agora, suponho, virá me pegar.

– Está eliminando todos aqueles que estiveram na ilha há dez anos... – sussurrou Jaqueline. – Todos.

– Você também o *vê*? – perguntou Elisa a Carter, trêmula.

– Claro que o *vejo*. Em sonhos, do mesmo jeito que você. – Depois de uma pausa se corrigiu, e sua voz tremeu ligeiramente. – Quer dizer, não, não o *vejo*: fecho os olhos quando aparece.

Afastou-se de Elisa e afrouxou o nó da gravata enquanto falava.

– O Eagle está mentindo: não pretende ajudá-los. Na verdade, estão esperando outra morte... Acho que querem nos estudar, ver o que acontece quando *essa coisa* escolher o próximo da lista. Também me examinaram em Imnia, mas ainda confiam em mim, o que é uma vantagem, claro. De modo que, gostem ou não, vocês não são quatro, contando com o Silberg, mas cinco. Terão de me incluir nos seus planos.

– Seis.

Os olhares se voltaram para Victor, que parecia tanto ou mais surpreso do que os outros com sua própria intervenção.

– Eu... – Titubeou, engoliu em seco, respirou fundo e conseguiu dar a suas palavras uma inesperada força. – Terão de me incluir também.

– Contaram tudo a ele? – perguntou Carter, como se não estivesse muito seguro sobre aquela nova incorporação.

– Quase tudo – disse Blanes.

Carter se permitiu distender os lábios.

– Pois use o seu tempo, professor. Ainda temos que esperar o Silberg.

– Estou louco para que ele chegue – confessou Blanes. – Os documentos que ele está trazendo são a chave.

– Do que você está falando? – inquiriu Elisa.

– Neles está a explicação para o que está acontecendo conosco.

Jaqueline se adiantou um passo. Em sua voz se percebia uma renovada ansiedade.

– David, só me diga uma coisa: *ele* existe? É real ou se trata de uma visão coletiva... uma alucinação?

– Ainda não sabemos o que é, Jaqueline, mas é real. O pessoal do Eagle sabe. É um ser completamente real. – Olhou para eles como se passasse em revista os últimos sobreviventes de alguma catástrofe. Elisa percebeu o brilho do medo nos seus olhos. – No Eagle o chamam de "Zigzag", como o projeto.

Quase pela primeira vez na sua vida, Reinhard Silberg estava pensando em si mesmo.

Todos aqueles que o conheciam sabiam que pecava mais por ser altruísta e abnegado. Quando seu irmão Otto, cinco anos mais velho e diretor de uma empresa de instrumentos ópticos em Berlim, chamou-lhe um dia para explicar que recebera o diagnóstico de um câncer cujo nome não conseguia sequer pronunciar, Silberg falou com Bertha, pediu uma licença na universidade e foi para a casa de Otto. Ele cuidou do irmão e o apoiou até sua morte no ano seguinte. Dois meses depois, fez as malas e foi para Nova Nelson. Eram tempos difíceis, estava com os nervos à flor da pele: naqueles dias achava que o Projeto Zigzag era a feliz compensação que Deus lhe outorgava em Sua infinita bondade para atenuar a tragédia do irmão.

Agora pensava de forma muito diferente.

De qualquer forma, até que as coisas mudassem definitivamente, Silberg nunca sentira medo do que pudesse lhe acontecer. Não por possuir uma valentia especial mas sim pelo que Bertha chamava de "questões glandulares". O sofrimento daqueles que o rodeavam lhe *doía* mais do que o seu próprio: ele era assim, sinceramente. "Se alguém tiver de cair doente nesta casa, é melhor que seja o Reinhard", costumava dizer a esposa. "Se acontecer comigo, vamos adoecer os dois, e ele mais do que eu."

Amo tanto você, Bertha. Ao pensar nela, voltava a vê-la na sua memória: o olhar distraído podia revelar que não era mais a garota gordinha porém elegante que conhecera na universidade quase meio século antes, mas para Silberg ela continuava sendo a mulher mais desejável do mundo. Embora não tivessem conseguido ter filhos, trinta anos de feliz matrimônio o convenceram de que o único paraíso que existe sobre a Terra, o único que realmente merece tal nome, consiste em poder viver ao lado de quem se ama.

Entretanto, durante algum tempo essa harmonia estivera a ponto de se romper. Anos atrás, horrorizado com seus sonhos, Silberg tomara uma decisão muito similar àquela que o tinha impulsionado a partir para a casa do irmão: ajudar outra pessoa. Fez as malas e se mudou para o pequeno apartamento de solteiro que possuíam perto da universidade e que costumavam alugar para estudantes. Não podia viver com sua mulher temendo toda noite despertar e comprovar que tinha feito a ela tudo o que fazia naquelas visões grotescas... Dera muitas desculpas a Bertha: da necessidade de ver as coisas "a distância" a uma suposta doença nervosa. Mas ela ficou deprimida e moveu céus e terras para que Silberg voltasse para o seu lado. Ele acabou concordando, embora seus temores tenham crescido.

Nessa tarde se despediu de Bertha. Não queria que nada do que lhe ocorresse a partir de então, fosse o que fosse, o surpreendesse ao lado dela. Não lhe dera um abraço muito forte, mas envolvera seu corpo e acariciara as costas que tanto martirizava ultimamente dizendo que tinha surgido "um novo projeto" que precisava da sua colaboração. Teria de se ausentar por alguns dias. Não se importou em dizer que ia se reunir com David Blanes em Madri: sabia que o Eagle já estava informado, e mentir para sua mulher significava correr o risco de que a interrogassem.

É obvio que não contara toda a verdade, já que em Madri Blanes, ele e o resto da equipe teriam de tomar algumas decisões drásticas. Sabia que passaria muito tempo antes que voltasse a ver a esposa (se é que *voltaria* a vê-la), daí a importância que tinha atribuído à breve despedida.

Mas naquele momento não pensava em Bertha. Estava aterrorizado *por ele*, por sua própria vida, por seu futuro. Tinha tanto medo quanto uma criança no fundo de um poço.

Na pasta que levava no bagageiro estava a origem do seu terror.

Voava num jato privado Northwind com velocidade de 520 quilômetros por hora, dentro de uma cabine de 12 metros de comprimento com 7 assentos que cheiravam a couro e metal novos. Os outros dois únicos passageiros, sentados na frente dele, eram os homens que o Eagle tinha enviado para acompanhá-lo desde seu pequeno escritório na Faculdade de Física da Technische de Berlim, em Charlotenburg. Silberg ocupava há anos a cadeira de um departamento cujo nome obrigava os criadores de cartões de visita a fazer malabarismos: *Philosophie, Wissenschaftstheorie, Wissenschafts-und Technikgeschichte.* O departamento fazia parte da Faculdade de Humanidades, já que se dedicava ao estudo da filosofia da ciência, mas, na qualidade de físico teórico, além de historiador e filósofo, contava com uma base de operações na Faculdade de Física. Ali tinha terminado de ler e anotar as conclusões que elaborara ao longo de todo o dia, e que guardava sob o cadeado digital da pasta.

Silberg esperava a chegada dos homens do Eagle, mas mesmo assim fingiu surpresa. Explicaram que tinham sido designados para escoltá-lo até Madri. Não precisaria usar a passagem de avião que adquirira: viajaria num jato privado. Ele sabia muito bem a razão daquela "jaula de ouro". Carter já tinha avisado que Harrison iria detê-lo no aeroporto e tomar a pasta. Esperava que Carter a recuperaria, mas se isso não ocorresse, já tinha tomado medidas para que suas conclusões chegassem às mãos certas.

– Iniciamos a descida – informou o piloto pelo alto-falante.

Examinou o cinto de segurança e continuou mergulhado nos seus pensamentos. Perguntava-se, não pela primeira vez, qual a causa daquele castigo tão espantoso que havia caído sobre eles. Talvez o fato de ter transgredido a proibição mais taxativa que Deus fizera ao homem? Depois de expulsar Adão do paraíso, Deus enviara um anjo com espada de fogo para que guardasse a entrada. *Você não pode retornar: o passado é um paraíso inacessível para você.* Mas eles tinham tentado *retornar* ao passado de algum modo, embora fosse apenas contemplando-o. Acaso não seria essa a principal perversão? As imagens do Lago do Sol e da Mulher de Jerusalém (com as quais sonhava quase toda noite há dez anos) não eram a prova evidente daquele pecado obscuro? Eles, os "condenados", os *voyeurs* da História, não mereceriam um castigo exemplar?

Talvez, mas Zigzag parecia um castigo exagerado: ele o achava horrivelmente injusto.

Zigzag. O anjo da espada de fogo.

Ignorava como podiam ser compatíveis um mundo criado pela Suprema Bondade e as suspeitas que tinha. Se tivesse razão, se Zigzag fosse o que ele achava que era, então tudo seria muito pior do que se possa imaginar. Se as suas conclusões, extraídas apressadamente dos documentos que estava levando, fossem corretas, nada do que fizessem poderia ajudá-los: ele e o restante dos "condenados" se encaminhavam irremediavelmente para a perdição.

Enquanto o avião em que viajava planava sobre a noite de Madri como um enorme pássaro branco, Reinhard Silberg rezava pedindo ao Deus no qual ainda continuava acreditando que ele estivesse errado.

A vida sorria para Victor Lopera.

Seu passado era melhor do que qualquer um poderia desejar. Tinha dois irmãos que gostavam dele e pais saudáveis e carinhosos. A moderação era o denominador comum da sua existência: em sua biografia não havia grandes sofrimentos nem alegrias, seus afetos não eram excessivos nem escassos; não estava acostumado a falar muito, mas tampouco precisava; embora não fosse do tipo que se rebelava, não se submetia de bom grado a ninguém. Se tivesse vivido submetido a um tirano, teria sido um homem muito semelhante ao que era. Tinha grande capacidade de adaptação, como suas plantas hidropônicas.

A única extravagância da sua vida tinha sido Ric Valente. E, não obstante, tratou-se de uma experiência necessária para sua própria formação, ou assim queria encará-la.

A essa altura acabara compreendendo, como disse Elisa uma vez, que Ric não era tão "diabólico" como ele imaginava, mas um garoto abandonado pelos pais e ignorado pelo tio, cheio de inteligência e ambição, mas também muito necessitado de amizade e amor. Quando pensava em Ric, pensava em contradições: uma alma egocêntrica mas capaz de sentir afeto, como tinha demonstrado depois da famosa briga à beira do rio por Kelly Graham; um caçador de prazeres que, na verdade, era apenas um cândido aficionado da satisfação solitária com revistas, fotos e filmes... Um indivíduo, em todo caso, marginal para os adultos, mas atraente, e até pedagógico, para qualquer garoto. Concluía que a amizade com Valente o ensinara mais sobre a vida do que muitos livros de física e muitos professores, porque ter sido amigo do diabo era adequado para quem, como ele, tentava aprender a evitar as tentações.

Boa prova de que as coisas tinham sido assim no seu caso era que, quando ficou suficientemente maduro para sair da órbita daquele garoto solitário, ressentido e genial, não hesitou em fazê-lo. As lembranças das aventuras que tinham compartilhado pareciam apenas degraus da sua evolução interior. Na hora da verdade, ele seguira seu próprio caminho enquanto Valente continuava com suas perversões não tão secretas.

De qualquer forma, a contabilidade da sua vida sempre tinha dado um resultado positivo, mesmo considerando a variável Valente.

Até essa noite.

Rememorando em seqüência tudo aquilo que tinha vivido nessa única noite, quase sentia vontade de rir: a mulher que mais admirava (e amava) contou-lhe uma história incrível; em seguida foi tirado do seu carro à força por desconhecidos que o levaram para uma casa no subúrbio e o interrogaram enquanto lhe dirigiam olhares intimidadores; e agora um David Blanes com olheiras, barbudo e provavelmente louco tentava fazê-lo acreditar no impossível. Eram números muito grandes para sua contabilidade mental.

ZIGZAG ■ **279**

Sua única certeza era que estava ali para ajudá-los, sobretudo Elisa, e que tentaria fazer isso da melhor forma possível.

Apesar do medo crescente que estava sentindo.

— Você falou que havia detalhes mais estranhos — disse.

Blanes assentiu.

— As mumificações. Você pode explicar isso, Jaqueline?

— Um cadáver pode se mumificar por meios naturais ou artificiais — disse Jaqueline. — Os artificiais já eram empregados no Egito, e conhecemos todos eles. Mas a natureza também pode mumificar. Por exemplo, lugares extremamente secos com ar circulante, como os desertos, fazem com que a água se evapore rapidamente do organismo, impedindo o trabalho das bactérias. Mas os restos de Cheryl, Colin e Nadja estavam mumificados por causa de um processo que não se parecia com nenhum dos conhecidos. Não havia dessecação, nem presença de alterações ambientais típicas, nem tinha transcorrido tempo suficiente para que isto ocorresse. E havia mais contradições: parecia que os fenômenos de autólise química, por exemplo, causados pela morte das nossas próprias células, tinham sido produzidos, mas não o trabalho posterior das bactérias. A ausência total de putrefação bacteriana era insólita... Como se... Como se os corpos tivessem passado muito tempo fechados, sem contato com o ar. Isso era inexplicável, tendo em vista a datação pós-morte. Chamaram o que ocorreu de "mumificação asséptica idiopática".

— Sei como chamaram — interveio Carter num castelhano desajeitado mas compreensível (Elisa ignorava que ele falava essa língua). Estava apoiado na parede, com os braços cruzados e parecia aguardar que alguém o desafiasse para uma luta. — Chamaram-na: "Se alguém tiver a mínima idéia do que seja isso, que o diga."

— Isso é o que significa "idiopática" — disse Jaqueline.

— E o que quer dizer? — perguntou Victor.

Blanes tomou a palavra.

— Antes de tudo, que o tempo no qual se supõe que foram cometidos os crimes não corresponde ao tempo que as vítimas estavam mortas. Craig e Nadja foram assassinados em menos de uma hora, mas, segundo os exames, seus corpos tinham morrido há meses. Insisto: seus *corpos*. Nem as peças de roupa encontradas nem os objetos que os rodeavam apresentavam os mesmos sinais de deterioração ou de passagem do tempo, incluindo as bactérias na pele: daí a ausência de putrefação a que aludia Jaqueline.

Houve um silêncio. Todas as cabeças se voltaram para Victor, que arqueou as sobrancelhas.

280 ■ José Carlos Somoza

– Isso é impossível – disse.

– Sabemos disso, mas há mais coisas – respondeu Blanes. – Outra perturbação comum em todos os casos são os cortes de luz. Quer dizer, não só de luz: de *energia*. As baterias das luminárias se gastam, os motores param... O gerador auxiliar da estação, por exemplo, não chegou a funcionar por esse motivo. E aconteceu o mesmo com o helicóptero que despencou em pleno vôo sobre o armazém e causou a explosão: o motor parou de funcionar de repente, ao mesmo tempo que as luzes da casamata se apagavam. Isso coincidiu com a morte do Méndez. Ocorreu o mesmo na despensa, com a morte de Ross, e nas casas de Craig e Nadja. Às vezes o corte de energia se estende a uma área ampla, mas o epicentro sempre é o lugar do crime...

– Pode se tratar de hipersobrecargas. – A mente de físico de Victor Lopera tinha começado a funcionar. Não pretendia saber nada sobre cadáveres, mas no que se referia a circuitos eletrônicos se tratava de algo que podia chamar de "seu elemento". – As hipersobrecargas absorvem às vezes toda a energia de um sistema.

– E quanto às pilhas de uma lanterna que não esteja ligada à corrente geral?

– Devo admitir que isso é muito estranho.

– É mesmo – concordou Blanes –, mas seja como for serve para estabelecer um ponto de partida. Zigzag e os cortes de energia estão relacionados de alguma forma. É como se Zigzag precisasse desses cortes para poder atuar.

– A escuridão – disse Jaqueline. – *Ele* vem com a escuridão.

A frase pareceu deixar todos atemorizados. Elisa comprovou que mais de uma pessoa olhava para a luminária acesa em cima da mesa. Decidiu interromper o profundo silêncio.

– Certo, Zigzag causa cortes de energia, mas isso não explica que tipo de coisa anda... – Alisou o cabelo num gesto raivoso. – Anda nos torturando e assassinando há anos...

– Já disse que a explicação final será dada por Reinhard, mas posso adiantar o seguinte: Zigzag não é nenhum ser sobrenatural, nenhum "demônio"... Ele foi criado pela física. Trata-se de um fato comprovável, científico, que Ric Valente, de alguma forma, *produziu* em Nova Nelson. – Em meio ao espanto com que foi recebida essa declaração, Blanes acrescentou algo ainda mais estranho. – É possível, mesmo, que o próprio Valente seja Zigzag.

– O quê? – Victor olhou para todos, empalidecendo. – Mas... Mas se Ric morreu...

Carter se plantou diante deles com os braços cruzados.

– Foi outra das mentiras do Eagle, a mais singela. Nunca foram encontradas provas da culpa de Valente, e muito menos da morte dele, mas decidiram atribuir a ele os assassinatos da ilha para que ninguém fizesse perguntas. Seus pais enterraram um caixão vazio.

Elisa olhava aturdida para Carter. Ele acrescentou:

– No que diz respeito ao mundo, Valente continua em paradeiro desconhecido.

Ouvia zumbidos, sentia um formigamento subindo pelo ventre e um leve enjôo causado pela inclinação. A diferença de pressão tinha tapado os canais auditivos encobrindo seus tímpanos. As luzes da cabine, reduzidas para a aterrissagem, compunham um ambiente dourado e morno. Eram percepções familiares para os passageiros de qualquer avião em processo de aterrissagem.

Os alto-falantes se animaram de repente.

– Dentro de dez minutos aterrissaremos.

O homem que estava à sua frente parou de conversar com o colega e olhou pela janelinha. Silberg fez o mesmo. Viu abaixo uma escuridão pontilhada de luzes. Tinha visitado Madri várias vezes e gostava daquela pequena grande cidade. Afastou a manga do paletó para consultar o relógio: eram 2:30 da madrugada da quinta-feira 12 de março. Imaginou tudo o que aconteceria depois de transcorridos alguns minutos: o avião aterrissaria, os homens do Eagle o levariam até a casa e dali seria transferido com os outros para o meio do Egeu... ou sabe-se lá para que outro lugar remoto. Teriam que estudar um plano de fuga com Carter. Somente se escapassem das garras do Eagle poderiam desenhar algum método para enfrentar a verdadeira ameaça.

Mas qual seria esse método? Silberg não sabia. Enxugou o suor com o paletó enquanto notava, no chão, o estalo do trem de aterrissagem.

Um dos homens se inclinou para ele.

– Professor, sabe qual é a...?

Foi a última coisa que conseguiu ouvir.

No meio da pergunta, as luzes se apagaram.

– Está ouvindo? – disse Silberg. Ouviu sua própria voz perguntando.

Não obteve resposta.

Tampouco ouvia o zumbido dos motores principais do Northwind. E tinha deixado de sentir a vertigem da descida.

282 ■ José Carlos Somoza

Por um momento pensou que podia ter morrido. Ou talvez tivesse sofrido um derrame cerebral e ainda restava um pouco de consciência que se apagaria lentamente no meio da escuridão. Mas acabava de usar a voz e a tinha ouvido. Além disso – agora percebia –, podia apalpar os braços do assento, o cinto de segurança continuava prendendo-o e quase vislumbrava o vago contorno da cabine no meio das trevas. Entretanto, tudo ao redor ficou parado e mudo. Como era possível?

Os homens do Eagle deviam estar a três passos de distância. Ele se lembrava de detalhes dos dois: o da direita era mais alto, de feições rígidas e costeletas até a metade das maçãs do rosto; o da esquerda, louro, robusto, de olhos azuis, com uma fenda muito marcada no lábio superior. Naquele momento Silberg teria dado qualquer coisa para voltar a vê-los, ou ao menos ouvi-los. Mas a massa de escuridão diante dele era muito compacta.

Ou não.

Olhou ao redor. Alguns metros à direita, naquilo que devia ser a parede da cabine, havia uma vaga claridade. Não tinha prestado atenção nela até aquele momento. Observou-a atentamente. Perguntava-se o que podia ser. *Um buraco na fuselagem?* Uma claridade parada e difusa. *O espírito de Deus flutuando sobre as águas.* Um nada. Filósofos e teólogos se esforçaram ao longo dos séculos para entender o que naquele momento seus olhos abrangiam com uma única mirada.

Quando criança, a paixão pelas leituras bíblicas tinha levado Silberg a se perguntar se um dia viveria um milagre: o mar se abre, o sol pára, as muralhas desmoronam ao som das trombetas, o cadáver ressuscita e o lago se alisa na tempestade como um lençol sob mãos peritas. O que teriam sentido os protagonistas de tais maravilhas?

Agora sabe o que eles sentiram. Mas este milagre não vem de Deus.

De repente entendeu o que a claridade significava, assim como tudo aquilo que o rodeava.

Zigzag. O anjo da espada de fogo.

Sabia desde o começo, mas não queria aceitar. Era incrível demais.

Então é assim. Até dentro de um avião.

Levou a mão esquerda ao quadril e apalpou o fecho do cinto de segurança, mas não conseguiu abri-lo: era como se ele tivesse se amalgamado com a fenda do gancho. Desesperado, deu um puxão para a frente e a correia se cravou na sua carne (não parecia estar com nenhuma roupa) fazendo-o gemer de dor, mas não abriu.

Não conseguia se levantar. E isso não era o pior.

O pior era a sensação de que não estava sozinho.

Tudo era assustador no meio do silêncio daquela noite eterna. Ele não apenas percebia como tinha *certeza* de que havia *alguma coisa* ou *alguém* no fundo da cabine, atrás dele, onde se encontravam as últimas filas de assentos e os banheiros. Olhou por cima do ombro, mas a impossibilidade de girar totalmente a cabeça, o obstáculo do assento e a ausência de luzes impediram-no de ver qualquer coisa.

Não obstante, tinha certeza de que aquela *presença* era muito real. E se aproximava.

Estava se aproximando pelo corredor central.

Zigzag. O anjo da...

Subitamente, perdeu toda a calma que tinha conseguido manter até então. Um pânico atroz o invadiu. Nada, nem a lembrança de Bertha, nem suas múltiplas leituras, sua cultura imensa ou sua tamanha ou pouca coragem o ajudaram a suportar aquele momento de absoluto terror. Tremia e gemia. Começou a chorar. Lutou como um possesso com o cinto de segurança. Pensou que ficaria louco, mas isso não acontecia. Acreditou compreender que a loucura não chegava com tanta rapidez ao cérebro que anseia por ela. Era mais fácil cortar um membro, mutilar uma víscera ou rasgar uma carne palpitante do que arrancar a razão de uma mente sã, deduziu. Intuiu que estava condenado a se manter lúcido até o final.

Mas estava errado.

Comprovou isso um instante depois.

Havia coisas que podiam arrancar a razão de uma mente sã.

A noite parecia frágil. Um fino véu negro apinhado de luzes diminutas. O bicudo focinho do Northwind rasgou-o como um cortador de gelo. A maior parte de sua tonelagem pressionou os amortecedores hidráulicos enquanto os freios retinham o incrível impulso em meio a um ruído ensurdecedor.

Harrison não esperou que parasse. Separou-se do encarregado do aeroporto e apontou com a cabeça para a caminhonete estacionada na passagem do terminal número três. Seus homens subiram nela, eficazes, silenciosos; o último fechou a porta e o veículo deslizou sem pressa para o avião. Quase não havia vôos comerciais a essa hora da madrugada, por isso não era de temer nenhum tipo de inconveniente. Harrison acabava de receber um relatório dos pilotos: a viagem se realizara sem problemas. Pensou que a primeira parte da sua tarefa, reunir todos os cientistas, estava concluída.

284 ■ José Carlos Somoza

Voltou-se para seu homem de confiança, sentado ao lado.

– Não quero armas nem violência. Se ele não quiser entregar a pasta agora, não a tomaremos. Teremos tempo para fazer isso quando chegarmos à casa. O mais importante é conseguir a confiança dele.

A caminhonete parou e os homens desceram. O vento que agitava a grama ao redor das pistas despenteou o níveo cabelo de Harrison. A escada já estava posicionada, mas a comporta de saída do avião não se abria. *O que estavam esperando?*

– As janelas... – apontou o homem de confiança.

Por um instante Harrison não entendeu o que ele queria dizer. Então voltou a olhar para o avião e se deu conta.

Com exceção do vidro da cabine dos pilotos, os cinco compartimentos nas laterais do luxuoso Northwind pareciam pintados de preto. Não lhe constava que aquele modelo tivesse vidro fumê. O que os passageiros estariam fazendo às escuras?

De repente as janelas acenderam com a suavidade do despertar das luzes ao anoitecer numa rua solitária. A luz flutuava de uma abertura a outra: sem dúvida, alguém estava segurando uma lanterna dentro da cabine. Mas o que mais chamava a atenção era a *cor* daquela luz.

Vermelha. De um tom sujo, pouco uniforme.

Talvez fosse um efeito causado pelas manchas que cobriam os vidros por dentro.

Um formigamento procedente de suas vísceras grudou Harrison no chão. Durante um momento foi como se o tempo não passasse.

– Entrem... nesse avião... – falou, mas ninguém pareceu ouvi-lo. Tomou fôlego e reuniu forças, como um general dirigindo-se ao seu maltrapilho exército ante a iminência da derrota. – *Entrem nesse maldito avião!*

Pareceu-lhe que estava gritando em meio a um mundo de seres paralisados.

27

– Sergio Marini planejou tudo. Conhecia os riscos tão bem quanto eu, mas tinha... – Blanes ficou um instante pensativo, como se estivesse procurando a palavra adequada. – Mais curiosidade, talvez. Acho que já comentei isso com você, Elisa, que o Eagle queria que fizéssemos experiências com o passado recente, mas eu me negava. Sergio nunca concordou comigo nisso, e quando viu que não conseguia me convencer fingiu capitular.

Como eu era imprescindível para o projeto, ele tinha de fingir na minha frente, mas nas minhas costas conversou com Colin. Ele era um físico jovem e genial, tinha desenhado o SUSAN e estava querendo se destacar. "É a nossa chance, Colin", teria dito a ele. Ficaram pensando como fariam aquilo sem que eu soubesse, e então tiveram a grande idéia: por que não usar um dos estudantes? Escolheram Ric Valente. Ele era ideal para o que pretendiam, um aluno brilhante, com ambições; Colin o conhecera em Oxford. Inicialmente, sem dúvida, pediram que fizesse poucas tarefas: que treinasse o manejo do acelerador e dos computadores... Em seguida deram-lhe instruções mais específicas. Praticava quase todas as noites. Carter e seus homens sabiam, e o protegiam.

– Os barulhos que ouvíamos no corredor... – murmurou Elisa. – Aquela sombra...

– Era o Ric. Chegou a fazer algo mais, que surpreendeu Marini e Colin: manteve relações com Rosalyn Reiter para que todo mundo achasse, se o pegassem perambulando à noite pelos barracões, que a estava visitando.

A memória de Elisa se deslocou para o quarto de Nova Nelson: ouvia os passos e via a sombra deslizando pela janelinha da porta. E ali estava Ric Valente outra vez, olhando para ela com um sorriso de desprezo. O que sabia agora combinava muito bem com o Ric que tinha conhecido: a ambição, o desejo de se sobressair até mesmo em relação a Blanes... Tudo isso era próprio dele, assim como o uso mesquinho dos sentimentos de Rosalyn. Mas que tipo de *coisa* fizera durante suas andanças noturnas? Como surgiram esses sonhos e visões? De que maneira Ric tinha transtornado até aquele ponto a vida de todos?

Jaqueline pareceu ler o pensamento dela. Levantando a cabeça, perguntou:

– Mas o que foi que o Ric fez para que isso acontecesse?...

– Cada coisa a seu tempo, Jaqueline – respondeu Blanes. – Não sabemos ainda o que ele fez exatamente, mas contarei o que Reinhard e eu achamos que aconteceu na noite do primeiro sábado de outubro de 2005. A noite em que Rosalyn morreu e Ric desapareceu.

Encontravam-se de novo sentados em volta da mesa, com a luminária como uma ilha de luz no centro. Estavam exaustos e famintos (durante as últimas horas só tinham ingerido água), mas Elisa só pensava em ouvir o que Blanes estava contando. Supunha que seu nível de adrenalina estava cada vez maior, e o mesmo devia estar acontecendo com os outros, incluindo o pobre Victor. Enquanto isso, Carter entrava e saía, recebia ligações e enviava mensagens. Tinha pedido o documento de identidade de

286 ■ José Carlos Somoza

Victor, explicando-lhe que precisaria de um passaporte falso se quisesse acompanhá-los. Agora falava com alguém do lado de fora. Elisa não podia ouvi-lo.

– Como vocês devem se lembrar – prosseguiu Blanes –, naquela noite, por causa da tempestade, proibiram o uso de aparelhos eletrônicos. Ninguém podia ir à sala de controle nem ligar as máquinas. Imagino que Ric pensou que não encontraria melhor oportunidade para fazer experiências por sua conta, já que ninguém o incomodaria. Nem sequer falou com Marini e Craig. Levantou-se e preparou a cama com o travesseiro e a mochila, simulando que continuava deitado. Mas aconteceu algo que ele não esperava. Na verdade, duas coisas. A primeira (é o que acham, não há provas concretas), que Rosalyn se dirigiu ao quarto dele no meio da noite para conversar: há dias ele havia se fartado de fingir e ela estava desesperada. Ao tentar despertá-lo, descobriu o engodo, ficou intrigada e o procurou por toda a estação. Provavelmente se encontraram na sala de controle, ou talvez ela tenha chegado quando ele já havia desaparecido. Seja como for, aconteceu a *segunda* coisa, a que devemos averiguar, aquilo que Ric fez de especial (Rosalyn poderia tê-lo feito, mas duvido: ela apenas sofreu as conseqüências), o errado... O resto é só conjetura: Zigzag apareceu e matou Rosalyn, e Ric desapareceu. – Depois de uma pausa, Blanes continuou. – Mais tarde, Marini e Craig apagaram os rastros da utilização do acelerador para que não suspeitássemos de nada, ou talvez eles tenham se apagado com o blecaute, não tenho certeza. O certo é que Marini conservou uma cópia secreta das experiências de Ric, assim como das suas próprias. Nem mesmo o Eagle sabia da existência dessas cópias. Os especialistas nos interrogavam com drogas, mas Carter afirma que nenhuma droga pode obrigar alguém a confessar algo que esteja querendo esconder, a menos que façam as perguntas precisas. Não souberam da existência desses arquivos. Sergio os guardava, sem dúvida, porque tinha começado a suspeitar que o acontecido podia estar relacionado com as experiências de Ric, embora provavelmente não tivesse certeza absoluta até a morte de Colin. Ele foi o primeiro de nós que ficou sabendo (o que demonstra que estava atento aos fatos). E vocês se lembram como ele estava nervoso na base do Eagle, pedindo proteção?

– Filho da puta – disse Jaqueline. Seu ventre estava desnudo sob o top, e seus seios se moviam com os suspiros de fúria. – Filho da...

– Não pretendo desculpá-lo – murmurou Blanes depois de um pesado silêncio –, mas imagino que Sergio teve de agüentar algo pior do que muitos de nós, porque ele achava que sabia como tudo tinha começado...

– Não se atreva a ter pena dele – Jaqueline falava com voz entrecortada, gélida. – Nem tente, David...

O físico dirigiu suas pálpebras semicerradas para Jaqueline.

– Se Zigzag surgiu por causa de erros humanos, Jaqueline – disse lentamente –, *todos* merecemos compaixão. Em qualquer caso, Sergio guardou esses arquivos numa unidade USB que escondeu na sua casa de Milão. Durante esses três últimos anos Carter suspeitou dele. Enviou vários profissionais para revistar seu apartamento, mas não acharam nada. Não se atreveu a tentar de novo: era arriscar que o Eagle percebesse seu jogo duplo. Mas ontem, quando soubemos que Marini tinha sido assassinado, aproveitou a circunstância para rastrear com uma equipe dos seus próprios homens. Encontrou a unidade no fundo falso de uma das caixinhas de truques de mágica de que Marini tanto gostava e enviou os arquivos para Reinhard. Eu tinha de vir a Madri para preparar esta reunião, assim combinamos. Silberg é o único que estudou os arquivos durante a noite toda e o dia de hoje. Suas conclusões estão viajando com ele agora. Por isso é tão importante recuperá-las.

– Mas Harrison ficou sabendo – apontou Elisa.

– Era necessário contar-lhe para que não desconfiasse de nada. Carter mesmo disse, mas jogou a culpa em Marini que, provavelmente por medo, teria sido levado a nos enviar os documentos. Ele sabe que Harrison vai confiscar os arquivos, mas tentará recuperá-los.

– E depois?

– Vamos fugir. Carter desenhou um plano de fuga: primeiro iremos para Zurique, e de lá para qualquer lugar que ele diga. Permaneceremos escondidos enquanto procuramos alguma forma de solucionar o problema do Zigzag.

Aquela expressão fez com que Elisa apertasse os lábios. *Sim, é um "problema". Olhe para nós. Veja nossa aparência, veja no que eu e Jaqueline nos transformamos: ratazanas covardes que se dedicam a se embelezar e tremem acreditando que o problema vai poupar suas vidas por mais uma noite.* Não conseguia deixar de pensar que Blanes, Silberg e Carter provavelmente se sentiam amedrontados, mas não tinham provado nem um terço da merda que elas engoliam à força todos os dias.

Endireitou-se na cadeira e falou com a energia que costumava mostrar quando tomava uma decisão.

– Não, David. Não podemos fugir, e você sabe. Temos que *voltar.* – Foi como se estivesse sentada à mesa com marionetes paralisadas e só naquele momento alguém as movesse: cabeças, gestos, corpos que se remexiam.

Acrescentou: – Para Nova Nelson. É nossa única chance. Se Ric desencadeou tudo isso *lá*, somente *lá* poderemos... Como foi que você disse? "Solucionar o problema."

– Voltar à ilha? – Blanes franziu o cenho.

– Não! – Jaqueline Clissot repetiu aquela palavra em voz cada vez mais alta, até chegar ao grito. Então se levantou. Sua estatura era considerável, e aqueles saltos pretos a aumentavam. Os olhos maquiados relampejavam de dor na penumbra do cômodo. – Nunca voltarei àquela ilha! Nunca! Nem pensar!

– E o que você propõe, então? – perguntou Elisa num tom quase suplicante.

– Esconder-nos! Fugir e nos esconder em algum lugar!

– E, enquanto isso, deixar que Zigzag escolha o próximo?

– Nada nem ninguém me fará voltar àquela ilha, Elisa! – Sob a cabeleira vermelha penteada para trás e a branca camada de maquiagem, a expressão e o tom de Jaqueline se tornaram ameaçadores. – Foi lá... que me transformei nisto! Foi lá!... – grunhiu. – Foi lá que *essa coisa* entrou na minha vida! Não vou voltar!... Não voltarei... *nem que ELE queira!*...

Parou bruscamente, como se de repente tivesse se dado conta do que acabava de dizer.

– Jaqueline... – murmurou Blanes.

– Não sou uma pessoa! – Com uma horrível careta, a paleontóloga levou a mão ao cabelo como se quisesse arrancá-lo. – Não estou viva! Sou uma coisa doente! Poluída! Foi lá que me contaminei! Nada me fará voltar! Nada! – Levantara as mãos como garras, como se quisesse se defender de algum ataque físico. Sua calça se ajustava aos quadris, provocativamente baixa. Era uma imagem sensual e ao mesmo tempo deprimente.

Ouvindo-a gritar, algo entristecedor subiu como espuma à cabeça da Elisa. Levantou-se e encarou Jaqueline.

– Sabe de uma coisa, Jaqueline? Estou farta de ouvir como você reivindica para si toda a aversão. Seus anos foram difíceis? Bem-vinda ao clube. Tinha profissão, marido e filho? Deixe-me dizer o que eu tinha: minha juventude, minhas esperanças de estudante, meu futuro, minha vida inteira... Você perdeu o respeito por você mesma? Eu perdi minha estabilidade, minha prudência... Continuo vivendo naquela ilha todas e cada uma das noites. – Seus olhos se encheram de lágrimas. – Inclusive agora, inclusive esta noite, com tudo o que sei, algo dentro de mim me reprova por não estar no meu quarto, vestida como uma puta sonhando que obedeço aos asquerosos desejos *dele*, doente de terror quando sinto-o se aproximar e com raiva de mim mesma por não ser capaz de me rebelar... Juro que quero abandonar aquela ilha para sempre, Jaqueline. Mas se não voltarmos para lá, nunca poderemos sair dela. Entende? – perguntou com doçura. E de súbito lançou um grito inesperado, brutal. – *Entende de uma maldita vez, Jaqueline?*

– Jaqueline, Elisa... – sussurrou Blanes. – Não devemos...

A tentativa apaziguadora se viu interrompida bruscamente quando a porta se abriu.

– Caçou o Silberg.

Momentos depois, quando conseguiu se lembrar com coerência daqueles instantes, Elisa pensou que Carter não podia ter empregado termo melhor. *Zigzag nos caça. Somos suas presas.*

– Aconteceu em pleno vôo, um dos meus homens acaba de ligar. Deve ter acontecido em questão de segundos, pouco antes de aterrissar, porque os pilotos falaram com a escolta e tudo estava indo bem... Quando aterrissaram perceberam que as luzes da cabine de passageiros não acendiam e deram uma olhada com lanternas. Os seguranças estavam no chão, em meio a muito sangue, completamente pirados, e Silberg em pedaços espalhados por todos os bancos. Meu contato não o viu, mas ouviu dizer que era como se tivessem transportado um matadouro no avião...

– Meu Deus, Reinhard... – Blanes se deixou cair pesadamente na cadeira.

O choro de Jaqueline rompeu o silêncio. Era uma vozinha gemendo, quase de criança. Elisa a abraçou com força e sussurrou as poucas palavras de consolo que lhe vieram à cabeça. Notou, por sua vez, a mão reconfortante de Victor na sua jaqueta. Teve a sensação de que jamais um simples contato físico a fizera sentir-se mais unida a alguém como naquele momento. *Quem nunca sentiu tanto medo não sabe o que é abraçar, mesmo que ame.*

– A boa notícia é que Silberg enviou os documentos ao endereço de correio seguro que dei a ele para casos de emergência. – Carter andava de um lado para o outro recolhendo vários aparelhos pequenos da estante enquanto falava. Não parou de se movimentar desde que entrara no cômodo. – Antes de sairmos, vou transferi-los para uma USB e poderemos dispor deles. – Parou e olhou para eles. – Não sei vocês, mas eu me dedicaria a pensar em me mandar. Depois haverá tempo para abrir o berreiro.

– Qual é o plano? – perguntou Blanes com voz monocórdia.

– São quase três da manhã. Teremos de esperar que Harrison saia do aeroporto. Meu contato me informará quando isso ocorrer. Ainda vai demorar umas duas ou três horas. Vão lacrar o avião, colocá-lo num hangar sob responsabilidade do exército e então ele irá embora: não lhes interessa fazer alarde num aeroporto público.

— Por que devemos esperar que ele saia de lá?

— Porque vamos para o aeroporto, professor — replicou Carter com ironia. — Voaremos num avião comercial, e você não vai querer que o velho nos veja entrando na portão de embarque, não é? Além disso, quero ligar por um momento as câmeras escondidas com vocês sentados à mesa para que ele não fique desconfiado. Quando ele for embora, sairemos. Há dois homens lá fora que não são dos nossos, mas não será difícil trancá-los num quarto e tomar os celulares deles. Com isso ganharemos um pouco de tempo. Tomaremos o vôo da Lufthansa para Zurique às sete da manhã. Tenho amigos lá que poderão nos esconder num lugar seguro. Depois veremos.

Elisa continuava abraçando Jaqueline. De repente disse para ela em voz baixa, mas com firmeza.

— Vamos acabar com *ele*, Jaqueline. Vamos ferrar de uma vez esse... esse filho da puta, seja lá o que for... Somente lá poderemos fazer isso... Certo? — Clissot olhou para ela e concordou. Elisa também concordou em direção a Blanes. Este pareceu titubear, mas disse:

— Carter, em que estado está Nova Nelson?

— A estação? Muito melhor do que o Eagle pretende fazer vocês acreditarem. A explosão do armazém não danificou muito os instrumentos, e vários técnicos consertaram o acelerador e têm mantido as máquinas em ordem durante os últimos anos.

— Acha que poderíamos nos esconder lá?

Carter ficou olhando para ele.

— Pensei que queriam se manter o mais longe possível da casa dos horrores, professor. Tem alguma idéa de como consertar o desastre?

— Talvez — disse Blanes.

— Não vejo nenhum problema. Podemos ir primeiro para Zurique e de lá para a ilha.

— Está vigiada?

— Claro que sim: com quatro patrulhas costeiras armadas até os dentes e um submarino nuclear, todos sob as ordens de um coordenador.

— Quem é este coordenador?

Por uma vez, Carter se permitiu sorrir.

As coisas acontecem. É a única sabedoria infalível que se pode adquirir nesta vida. Não precisamos ser grandes cientistas para conhecê-la. Estamos bem até o dia em que a saúde desmorona como um castelo de cartas; planejamos alguma coisa cuidadosamente, mas não podemos levar em conta todas as contingências; antecipamos o que vai acontecer nas próximas quatro horas e cinco minutos depois a previsão desmorona. *As coisas acontecem.*

Harrison tinha trinta anos de experiência e ainda conseguia se surpreender, até mesmo se espantar. Sejamos explícitos: se horrorizar. Apesar de tudo o que já tinha visto, sabia que certos acontecimentos são como fronteiras: você é uma pessoa antes e outra depois de vivenciá-los. "É como ver nevar para cima", costumava dizer seu pai. Era sua curiosa expressão. "Ver nevar para cima": ver algo que o faria mudar para sempre.

Por exemplo, o interior daquele Northwind.

Pensava nisso envolto no seu casaco protetor, abrigado em sua Mercedes blindada, viajando a toda velocidade de volta para a casa de Blanes. *Existe uma fronteira depois que vemos certas coisas.*

— Não responde, senhor.

Seu homem de confiança estava ao lado. Harrison olhou para ele de esguelha: era um sujeito jovem, de bigode preto bem-cuidado e olhos azuis, pai de família, fielmente devotado ao seu trabalho, anglo-saxão puro. O tipo de homem a quem podia dizer ou ordenar o que lhe desse na cabeça, já que nunca questionaria suas decisões nem faria perguntas inconvenientes. Por isso mesmo precisava mantê-lo... seria "virgem" a expressão? Sim, provavelmente. Virginalmente afastado das coisas mais perigosas. Harrison era suficientemente inteligente para saber disso: você pode permitir que sua mente enlouqueça, mas jamais permita que suas mãos enlouqueçam.

— Devo tentar outra vez, senhor?

— Quantas vezes você chamou?

— Três. É muito estranho, senhor. E no monitor continuam as interferências.

Por isso não tinha permitido que ele entrasse no avião. E fizera bem. *Que um pano de fundo vermelho oculte esses acontecimentos de você para sempre, rapaz. Nunca veja nevar para cima.*

Dos três agentes que tinham entrado no Northwind com ele, dois foram transferidos para um hospital com os pilotos e seguranças. O terceiro estava relativamente bem, embora sedado. Ele tinha agüentado firme, do mesmo modo que se comportou diante dos restos de Marini em Milão. Tinha experiência: era um freqüentador dos abrigos do horror.

292 ■ José Carlos Somoza

– Chame o Max.

– Já fiz isso, senhor, e também não responde.

O amanhecer dourava as folhas das árvores. Seria um bonito dia de março na serra madrilena, embora Harrison não ligasse a mínima para isso. Sentia-se exausto depois das longas horas de tensão no aeroporto, mas não podia se permitir descansar. Não até decidir o que faria com os cientistas que restavam: com aqueles monstros (a professora Robledo incluída), os responsáveis por horrores como aquele que vira no Northwind.

Passou pela janela, na direção contrária, uma caminhonete tão escura e veloz quanto seus pensamentos.

– Temos cobertura, senhor, e estou tentando com todos os canais, mas...

Harrison piscou. Não lhe restavam muitas idéias na cabeça, mas com as poucas que tinha construiu algo parecido com uma conclusão. *Nem Carter nem Max respondem.*

As coisas acontecem.

Os cientistas sabiam o que não era permitido saber. Tomaram conhecimento, por exemplo, de como Marini, Craig e Valente haviam colaborado nas experiências que o Eagle tinha interesse em realizar. Carter lhe explicara que Marini, apavorado diante do que estava acontecendo, confessara tudo a Blanes durante uma conversa privada em Zurique. Harrison tinha provas daquela conversa.

Ele as tinha obtido com Carter.

Paul Carter. Um sujeito irrepreensível, um guerreiro nato, uma muralha de músculos e cérebro, ex-militar convertido em mercenário: a melhor das máquinas possíveis. Harrison o conhecia há mais de dez anos e acreditava saber tudo o que um homem precisa saber sobre outro para depositar nele 99% de confiança. Carter lutara (ou treinara os que lutavam) no Sudão, Afeganistão e Haiti, sempre a serviço de quem pudesse pagar por seus trabalhos. O Eagle, por recomendação dele, o tinha comprado a preço de ouro para coordenar as operações militares do Projeto Zigzag. Ele tinha apenas uma regra, até onde Harrison sabia, um único código ético: sua própria segurança e a dos seus homens. Isso lhe outorgava certa...

Sua própria segurança e a dos seus homens.

Harrison se mexeu, profundamente incomodado, no confortável banco de couro.

– Não consigo entender, senhor. Max disse que continuaria na casa com Carter e...

De repente acendeu uma luz na escuridão da sua mente. *A caminhonete.*

– Dave – disse sem alterar o tom de voz, falando pelo interfone com o motorista. – Dave, dê meia-volta.

– Como, senhor?

– Meia-volta. Vamos para o aeroporto de novo.

Fuga de cérebros. Não era essa a expressão que se usava para explicar a triste situação da ciência em países como o seu? Victor tentava entreter-se com esses singelos jogos de palavras. *Os cientistas desaparecem, como os impostos. Três cientistas espanhóis fogem do país e vão para a Suíça, como o dinheiro sujo, a fim de se esconder das autoridades, a fim de salvar suas vidas.* E ali estava ele agora, no terminal número um de Barajas, aguardando junto aos outros que Carter conseguisse os cartões de embarque no guichê da Lufthansa com os passaportes falsos. Nem sequer pudera se despedir da sua família, embora tivesse conseguido telefonar para Teresa, a secretária do departamento, para informar que tanto ele quanto Elisa tinham contraído o mesmo vírus e se ausentariam por uns dias. A mentira o divertia.

Eram quase seis e meia, mas naquela parte do edifício não se via o amanhecer. Apenas aqueles que madrugaram (executivos de ambos os sexos) iam e vinham levando pastas de couro e fazendo fila nos guichês. A única coisa que Victor tinha em comum com eles era o cansaço: passara uma noite inteira em claro ouvindo histórias incríveis sobre um assassino invisível e sádico do qual todos queriam fugir. Estava tão apavorado quanto cansado. No avião, sem dúvida, a fadiga superaria o medo e ele fecharia um pouco os olhos, mas agora se sentia como se tivessem injetado em suas veias um concentrado de cafeína.

– A essa altura, Harrison deve ter descoberto o acontecido – disse Elisa. Victor voltou a pensar, enquanto olhava para ela, que nem a exaustiva noite que tinham passado conseguira deixá-la feia. *Que mulher bonita.* Seus longos cabelos negros, que o deixavam louco, reluziam emoldurando aquele rosto lindo. Sentia-se um sujeito de sorte por acompanhá-la. Os sorrisos que lhe dirigia, o simples fato de estar ao lado dela, compensavam-no de sobra. No aeroporto fazia frio, ou talvez isso fosse uma desculpa para abraçá-la. "Unidos pelo acaso" era outro clichê, como "fuga de cérebros". Mas, clichê ou não, Elisa parecia se sentir reconfortada com aquele braço nos seus ombros.

– Talvez – admitiu Blanes –, mas o avião para Zurique decola em menos de uma hora, e Carter garante que Harrison não sabe para onde estamos indo.

– Podemos confiar nele? – perguntou ela contemplando as largas costas de Carter, parado na frente do guichê.

– Ele tem tanto interesse em fugir quanto nós, Elisa.

Carter voltou mostrando os cartões de embarque como um jogador profissional mostra o revés das cartas. Victor apreciou sua capacidade de comando: não precisava falar para colocá-los em movimento e fazer que o seguissem como cordeirinhos, Jaqueline fazendo repicar os saltos.

– Acha que Harrison já percebeu? – perguntou Blanes olhando ao redor.

– É possível. – Carter encolheu os ombros. – Mas o conheço bem e dei um jeito de me antecipar às suas reações. A estas horas ainda está na casa, confuso, dando ordens e perguntando-se o que pode ter acontecido... Deixei algumas pistas falsas. Quando conseguir reagir, nosso avião já terá decolado.

Harrison pôs o pé no terminal um de Barajas enquanto falava ao celular. Agira muito rápido, muito mais – supunha – do que Carter poderia imaginar. Não tinha se tornado chefe de segurança de projetos científicos do Eagle por acaso.

– Você tinha razão, chefe – dizia a voz do outro lado da linha. – Ele acabou de pagar cinco passagens para o vôo das sete da Lufthansa para Zurique usando documentos falsos. Reconheceram-no no guichê. Foi boa idéia enviar a foto dele com urgência. Deve estar a caminho do portão de embarque.

Harrison concordou em silêncio e desligou. Conhecia bem Paul Carter: por mais traidor que tivesse se tornado, era o mercenário de sempre e dispunha das ajudas e métodos habituais. *Mas você vai ter uma surpresa, Paul.* Deu uma olhada no relógio enquanto atravessava apressado o hall do terminal acompanhado do seu homem de confiança: quinze para as sete.

– Você falou com Blázquez? – perguntou sem diminuir o passo.

– Vão atrasar o vôo, senhor. A polícia espanhola também foi alertada. Vamos detê-los no controle de passageiros.

Harrison agradeceu, não pela primeira vez, a situação de pânico internacional que se vivia há mais de uma década. O medo do terrorismo conseguira fazer com que ordens como atrasar a saída de um avião ou deter cinco suspeitos num país estrangeiro fossem obedecidas sem a mínima objeção. O medo também era útil na Europa.

Uma mulher negra se interpôs no seu caminho empurrando um carrinho com malas. Harrison quase se chocou com ela e a amaldiçoou entre dentes. Seu homem de confiança afastou a mulher com um empurrão, sem parar. Simultaneamente, Harrison ouviu, primeiro em castelhano e depois em inglês, o aviso nos alto-falantes: "Lufthansa informa que a saída do vôo... com destino a Zurique foi adiada por motivos técnicos."

Já eram seus.

"Repetimos: a companhia Lufthansa informa que a saída do vôo..."

Blanes empalideceu enquanto avançavam apressadamente para o fim da fila.

– Adiaram a saída do avião, Carter, está ouvindo?

Havia uns seis passageiros na fila colocando a bagagem na esteira do raio X. Mais adiante, um grupo numeroso de homens de uniforme parecia celebrar um conclave. Nenhum passsageiro escapava de ser rigorosamente revistado.

– Os vôos costumam atrasar, professor, não se altere – replicou Carter. Passou diante de uma fila e se dirigiu para a seguinte. Mexia a cabeça de um lado para o outro, disposta sobre a grossa pilastra do pescoço, como se estivesse procurando alguma coisa.

Blanes e Elisa trocaram olhares de ansiedade.

– Você viu aqueles policiais, Carter? – insistiu Blanes.

Em vez de responder, Carter continuou caminhando. Atravessou na frente do último passageiro que aguardava na fila, mas também não parou ali. Desviou para a saída do aeroporto. Os cientistas o seguiram, confusos.

– Para onde vamos? – perguntava Blanes.

Um quatro por quatro preto aguardava naquela saída. O homem que estava na direção desceu, Carter entrou, em seguida sentou-se ao volante e ligou o motor.

– Entrem, vamos! – chamou os cientistas.

Só quando todos se sentaram e o carro arrancou, Carter disse:

– Vocês não acreditaram que íamos voar para Zurique num transporte público com passagens compradas no aeroporto, acreditaram? – Deu marcha à ré e acelerou. – Já disse que conheço bem o Harrison e tentei me antecipar às suas decisões. Imaginei que enviaria minha descrição para as autoridades... Embora seja verdade que agiu com mais rapidez do que eu esperava... Tomara que engula a isca das passagens para Zurique durante o maior tempo possível...

No banco de trás, Elisa olhou para Victor e Jaqueline, que pareciam tão desconcertados quanto ela. Pensou que, se Carter não os estivesse enganando, tratava-se do melhor aliado que podiam ter.

— Mas, então, não vamos para Zurique? – perguntou Blanes.

— É obvio que não. Nunca pensei nisso.

— E por que não nos disse nada?

Carter aparentava não ter ouvido. Depois de deslizar habilmente entre dois veículos e alcançar a rodovia murmurou:

— Se forem depender de mim a partir de agora, professor, é melhor que aprendam uma coisa: a verdade nunca deve ser dita, mas feita. A única coisa que precisa ser dita é a mentira.

Elisa se perguntou se, naquele momento, Carter estava dizendo a verdade.

— Fugiram.

Essa foi a única conclusão, o único pensamento. Seu colaborador tinha planejado tudo muito bem. Provavelmente nunca pensara em ir para a Suíça. Pode ser que contasse, inclusive, com algum meio de transporte privado em outro aeroporto.

Por um instante não conseguiu respirar. A falta de ar que sentiu foi tal que, sem dizer nada, teve que se levantar e abandonar a sala onde o diretor de Barajas lhe oferecia a última informação disponível. Saiu para o corredor. Seu homem de confiança o seguiu.

— Fugiram – repetiu Harrison quando recuperou o fôlego. – Carter está ajudando-os.

Compreendeu por quê. *Fugiu para salvar a pele. Sabe que está enfrentando a coisa mais perigosa de toda a sua vida e quer que os sábios o ajudem a sobreviver.*

Respirou fundo. As expectativas, de repente, tornaram-se pouco atraentes.

Zigzag podia ser o grande inimigo, o Inimigo número um, o mais temível. Mas agora sabia que Carter era outro inimigo. E, embora não fossem comparáveis, seu antigo colaborador não podia ser considerado um adversário menor.

A partir desse momento também teria de se proteger muito de Paul Carter.

VIII

A volta

Sei bem do que fujo, mas ignoro o que procuro.

MICHEL DE MONTAIGNE

28

A ilha apareceu como um rasgão no tecido azul ondulado, sob os raios de um sol que se escondia rapidamente. O helicóptero a sobrevoou duas vezes antes de se decidir a descer.

Até esse instante, Victor achava a idéia de um pedaço de selva flutuando no oceano tropical mais própria de uma propaganda de agência de turismo do que da realidade: esses lugares aos quais a gente nunca chega porque são apenas artifícios, golpes publicitários. Mas ao avistar Nova Nelson no meio do Índico, rodeada por anéis de distintas tonalidades de verde, coberta com folhas de palmeiras que pareciam flores vistas de cima, areias cor-de-creme e corais parecendo enormes colares jogados no mar, teve de reconhecer que estava errado. Paisagens assim podiam ser reais.

E se a ilha era real – raciocinava com pavor –, tudo o que tinha ouvido até então adquiria mais um grau de verossimilhança.

– Parece o paraíso – murmurou.

Elisa, que dividia com ele o espaço exíguo junto à janela do helicóptero, olhava para a ilha com expressão absorta.

– É o inferno – disse.

Victor duvidava disso. Apesar de tudo o que sabia, não acreditava que aquilo fosse pior do que o aeroporto de Sanaa, no Iêmen, onde tinham passado as dezoito horas anteriores aguardando que Carter finalizasse os preparativos para transportá-los até a ilha. Não pôde tomar banho nem trocar de roupa, doíam-lhe todos os ossos por ter dormido nos desconfortáveis bancos do aeroporto e só tinha comido batatas fritas e chocolate acompanhados de água mineral. Tudo isso depois do angustiante vôo num avião de pequeno porte que realizaram desde Torrejón, amenizado pelas azedas advertências de Carter:

– Vocês são cientistas e conhecem a expressão "teoricamente", certo? Pois bem, "teoricamente" vão voltar ao mesmo lugar que abandonaram há dez anos, mas não me culpem se não for bem assim.

– Nunca abandonamos esse lugar – foi o comentário taciturno de Jaqueline Clissot. Ao contrário de Elisa, Jaqueline trouxera alguma roupa. Em Sanaa tinha se trocado e usava um boné sobre os minguados cabelos vermelhos, uma blusa branca leve e minissaia jeans. Naquele momento estava olhando pela outra janela, sentada ao lado de Blanes, mas ao avistar a ilha afastou o rosto da janela.

Para Victor dava na mesma o que eles dissessem: qualquer coisa poderia estar esperando por ele ali, mas ao menos se tratava da etapa final daquela viagem enlouquecedora. Teria tempo para tomar banho, talvez até para fazer a barba. No entanto não sabia se acharia roupa limpa.

O helicóptero fez outra violenta manobra. Depois de nova inclinação brusca – o piloto, que era árabe, assegurava que se tratava do vento, mas para Victor era burrice –, equilibrou-se e começou a descer sobre um perímetro de areia. No lado direito havia ruínas negras e metais retorcidos.

– É o que resta da casamata e do armazém – disse Elisa.

Victor notou como ela estremecia e colocou o braço em volta do seu ombro.

A estação, vista de cima, lembrava vagamente um garfo com o cabo quebrado. As pontas eram três barracões cinza de teto inclinado ligados pelo lado norte, ao passo que o cabo era redondo e curto: supôs que o SUSAN, o acelerador de partículas, devia estar ali. Sobre ele, cravadas como dardos, antenas largas e circulares erguiam seus esqueletos de metal. Um alambrado fechava tudo num amplo quadrilátero.

Victor foi um dos últimos a sair. Seguiu Elisa até a escada, ambos inclinados por causa do teto baixo do helicóptero (ele quase beijando o traseiro dela), e saltou para fora aturdido pela viagem, a nuvem de areia e o ruído das hélices. Afastou-se tossindo e, ao tomar fôlego, vários centímetros cúbicos de ar ilhéu penetraram nos seus pulmões. Não era tão úmido como esperava.

– Há uma tempestade ao sul, nas Ilhas Chagos – exclamou Carter, que ainda continuava no helicóptero, fazendo-se ouvir sem esforço por cima dos rotores.

– Isso é ruim? – perguntou Victor, elevando a voz.

Carter olhou para ele como se Victor fosse um inseto na fase larval.

– Isso é bom. O que me preocupa é o tempo seco, que é mais freqüente nesta época. Enquanto houver tempestades ninguém se aproximará daqui. Pegue isto.

Estendia-lhe uma caixa segurando-a com uma só mão. Ele precisou das duas, e mesmo assim quase a deixava cair. Sentiu-se como uma espécie de soldado transportando mantimentos. Na verdade era parte das provisões que Carter tinha reunido em Sanaa: latas de conserva e pacotes de macarrão italiano, bem como baterias de diferentes tamanhos para lanternas, rádios, munições e garrafas de água. Estas últimas eram especialmente importantes, já que o depósito do armazém fora destruído e Carter não sabia se tinham instalado outro. Elisa, Blanes e Jaqueline se aproximaram e pegaram o resto da bagagem.

Victor avançava para o barracão cambaleando como um bêbado. A caixa pesava uma barbaridade. Viu como Elisa e Jaqueline passavam à sua frente, a primeira levando duas caixas, talvez mais leves que a sua, porém duas. Sentiu-se desanimado e inútil. Lembrou-se do quanto lhe era difícil fazer exercícios no colégio e a humilhação que sofria quando uma garota o superava em matéria de músculos. De algum modo, a idéia de que uma mulher, sobretudo se fosse atraente como Elisa ou Jaqueline, deveria ser mais frágil continuava muito arraigada dentro dele. Era uma idéia ridícula, admitia, mas não conseguia se livrar dela.

Enquanto fazia caretas tentando chegar ouviu às suas costas a voz de Carter despedindo-se aos gritos do piloto. Como coordenador da segurança em Nova Nelson, Carter não tivera nenhum problema em conseguir que a guarda-costeira olhasse para outro lado. Tampouco era de temer, no momento – conforme explicou –, que o Eagle ficasse sabendo que estavam ali, já que os vigias eram homens de confiança. Mas avisou que o helicóptero partiria imediatamente: não queria corrrer o risco de que fosse visto por algum avião militar durante um vôo de rotina. Ficariam sozinhos. E se Victor precisava de alguma prova a respeito, ouviu como o ritmo das hélices se acelerava e levantou a cabeça bem a tempo de ver o helicóptero girar no ar lançando chispas do sol de poente antes de se afastar. *Sozinhos no paraíso*, pensou.

Talvez esse pensamento o tenha aturdido, pois a caixa escorregou das suas mãos. Segurou-a antes que caísse totalmente, mas não conseguiu evitar que uma das extremidades batesse no seu pé direito. A dor aguda destruiu qualquer idéia de paraíso.

Por sorte, ninguém tinha percebido sua estupidez. Estavam reunidos em frente à porta do terceiro barracão, sem dúvida esperando que Carter a abrisse.

300 ■ José Carlos Somoza

– Precisa de ajuda? – disse Carter ultrapassando-o.

– Não, obrigado... já...

Vermelho como um tomate e resfolegando, Victor voltou a caminhar pela areia mancando, com as pernas separadas. Carter se juntou aos outros e segurava um alicate tão grande quanto seus braços. O barulho que fez ao cortar a corrente da porta foi parecido com um tiro.

– A casa estava vazia e ninguém veio varrer – disse como se fosse o estribilho de uma canção, parando para afastar com a bota alguns escombros.

Eram 18:50, hora da ilha, da sexta-feira 13 de março de 2015.

Sexta-feira treze. Victor se perguntou se isso traria má sorte.

– Agora parece muito pequeno – disse Elisa.

Estava em pé na soleira, movendo o feixe da lanterna pelo interior do que tinha sido seu quarto em Nova Nelson.

Ele começava a pensar que, de fato, aquilo era um inferno.

Nunca tinha visto lugar mais deprimente em toda sua vida. As paredes e o chão de metal guardavam tanto calor quanto as peças de um forno desligado há alguns segundos, depois de passar várias horas a duzentos graus. Tudo tinha um aspecto lúgubre, não havia ventilação e cheirava mal. E, certamente, os barracões eram muito menores do que a narração de Elisa o levara a imaginar: um refeitório pobre, uma cozinha pobre, dormitórios despojados. A cama era de armar e o banheiro tinha apenas o mobiliário indispensável e estava cheio de poeira. Nada parecido com o lugar de sonho onde Cheryl Ross a recebera dez anos atrás. Brotaram lágrimas nos olhos de Elisa e ela sorriu surpreendida: disse que não achava que estava sentindo qualquer tipo de nostalgia. Talvez fosse cansaço da viagem.

Victor se impressionou mais com a sala de projeção, embora fosse um lugar igualmente pequeno e também fizesse um calor terrível. No entanto, ao contemplar a tela escura, não conseguiu evitar estremecer. Seria possível que tivessem visto nela a cidade de Jerusalém nos tempos de Cristo?

Mas foi na sala de controle que ele ficou boquiaberto.

Com seus quase trinta metros de largura por quarenta de comprimento e suas paredes de cimento, era a câmara maior e mais fria de todas. Ainda não havia luz (Carter tinha ido examinar os geradores), mas, sob os raios fracos que penetravam das janelas, Victor contemplou, abobalhado, o dorso resplandecente de SUSAN. Ele era físico, e nada do que tinha visto ou ouvido até então podia se comparar àquele aparelho. Reagiu como um caçador que, tendo ouvido histórias de incríveis presas, contempla por fim a fantástica arma que serviu para capturá-las e já não duvida da veracidade dos relatos.

Um estalo o sobressaltou. As lâmpadas fluorescentes do teto se acenderam fazendo com que todos piscassem. Victor olhou para os companheiros como se os visse pela primeira vez, e de repente conscientizou-se de que viveria com eles ali. Mas não achava ruim, pelo menos não no caso de Elisa e Jaqueline. Blanes tampouco era uma companhia desagradável. Somente Carter, que nesse momento apareceu por uma pequena porta à direita do acelerador, continuava sem caber no seu amplo universo.

– A boa notícia é que vocês vão ter energia para brincar com computadores e esquentar a comida. – Tirou o paletó, os pêlos grisalhos do tórax sobressaíam da camiseta e os bíceps estufavam as mangas. – A má é que não tem água. E não devemos usar o ar-condicionado se quisermos que o resto funcione. Não confio no gerador auxiliar, o outro continua quebrado. Isso significa sentir calor – acrescentou sorrindo. Mas seu rosto não tinha nenhuma gota de suor, enquanto Victor percebeu que os outros estavam ensopados dos pés à cabeça. Ouvindo-o falar, nunca sabia com certeza se Carter estava brincando ou se queria ajudá-los de verdade. *Talvez as duas coisas*, decidiu.

– Há outro motivo pelo qual devemos economizar energia – disse Blanes. – Até agora raciocinamos o oposto: evitar a escuridão a todo o custo. Mas está claro que Zigzag *usa a energia* que encontra disponível... As luzes e os aparelhos ligados são como alimento para ele.

– E você está propondo fazê-lo jejuar – disse Carter.

– Não sei se vai adiantar muito, de qualquer forma. Seu uso da energia é variável. Por exemplo, no avião de Silberg lhe bastou fundir as luzes da cabine. Mas é melhor não facilitar as coisas.

– Podemos fazer assim. Desligamos a chave geral e deixamos ligados apenas os computadores e o microondas para esquentar comida. Temos lanternas de sobra.

– Pois não percamos tempo. – Blanes se voltou para os outros. – Eu gostaria que trabalhássemos juntos. Podemos usar esta sala: há várias mesas e é bastante ampla. Dividiremos as tarefas. Elisa, Victor: há um ritmo nos ataques que devemos descobrir. Por que Zigzag age vários dias seguidos e depois "descansa" durante anos? Tem alguma coisa que ver com a energia consumida? Ele segue algum patrão concreto? Carter dará as informações detalhadas dos assassinatos. Eu trabalharei com as conclusões de

Reinhard e com os arquivos de Marini. Jaqueline: você poderia me ajudar a classificar os arquivos...

Enquanto todos assentiam algo aconteceu.

Estavam tão cansados, ou talvez tenha acontecido tão rápido que ninguém reagiu de pronto. Um segundo antes Carter estava à direita de Blanes esfregando as mãos e um segundo depois saltou para a cadeira do computador central e deu um pontapé na mesa. Então inchou o peito e olhou para todos como um velho maquinista de trem interrompendo uma conversa entre passageiros de primeira classe.

– Você se esqueceu dos maus alunos, professor. Ainda podemos ser úteis para limpar as salas de aula. – Com um gesto teatral, agachou-se e recolheu a pequena serpente esmagada. – Imagino que a família andará por perto. Embora não pareça, estamos na selva, e os bichos costumam entrar nas casas vazias em busca de comida.

– Não é venenosa – disse Jaqueline sem se alterar, pegando a serpente. – Parece uma cobra verde dos mangues.

– Eu sei, mas dá nojo, não? – Carter arrebatou o réptil, aproximou-se de um cesto de lixo de metal e deixou cair a pequena grinalda verde de tripas arrebentadas. – Pelo visto, não vamos trabalhar apenas com a cabeça: será preciso fazer alguma coisa com as mãos e os pés. E isso me faz lembrar de que eu também preciso de ajuda. Alguém que colabore abrindo e organizando provisões, cozinhando, fazendo turnos de guarda e vigilância, limpando um pouco... Enfim, essas trivialidades da vida...

– Eu faço isso – disse Victor imediatamente e olhou para Elisa. – Você pode se ocupar revisando os cálculos. – Ela observou que Carter sorria, como se achasse engraçada a oferta de Victor.

– Bem – concluiu Blanes. – Vamos começar. De quanto tempo acha que dispomos, Carter?

– Você quer dizer antes que o Eagle envie a cavalaria? Dois dias, três no máximo, se engolirem as iscas que deixei no Iêmen.

– É pouco.

– Pois será ainda menos, professor – disse Carter. – Porque Harrison é uma raposa ardilosa e sei que não vai engolir.

O bom das pessoas que se sentem ligeiramente tristes em sua vida cotidiana é que, quando chegam os momentos tristes de verdade, sempre recuperam um pouco de ânimo. É como se pensassem: "Não sei do que estou me queixando. Olhe o que está acontecendo agora." Era justamente o que estava acontecendo com Victor. Não podia afirmar que fosse feliz por completo, mas experimentava uma exaltação, uma força vital insuspeitada. Ficaram para trás seus dias de plantas hidropônicas e leituras filosóficas: agora vivia num mundo selvagem que lhe exigia novas qualidades quase a cada minuto. Além disso, gostava de sentir-se útil. Sempre acreditara que nada do que alguém sabe fazer tem muita serventia se não servir para outras pessoas, e era a hora de pôr em prática essa máxima. Ao longo da tarde abriu caixas, varreu e fez faxina sob as ordens de Carter. Estava exausto, mas descobriu que a fadiga tinha alguma coisa que viciava como uma droga.

Num certo momento, Carter perguntou se ele sabia cozinhar no microondas.

– Posso fazer um guisado – respondeu.

Carter ficou olhando para ele.

– Então faça.

Parecia-lhe evidente que o ex-militar abusava, mas ele obedecia sem retrucar. Afinal de contas, que satisfação encontrava quando trabalhava só para ele em sua casa? Agora tinha a chance de ajudar outras pessoas com aquelas tarefas simples.

Abriu latas de conserva, de azeite e vinagre, preparou os pratos e aproveitou a luz que ainda adornava a janela para elaborar uma comida que fosse mais que um rancho. Tirou o pulôver e a camisa e trabalhava com o torso nu. Às vezes achava que estava sufocando naquela atmosfera de suor e ar denso, mas tudo isso contribuía para outorgar à sua tarefa um grau a mais de realismo. Era um minerador preparando o jantar para seus exaustos companheiros, um marinheiro iniciante varrendo o convés.

As cenas insólitas se repetiam a seu redor. Num certo momento, Elisa entrou na cozinha com a calça jeans *nas mãos*. Vestia apenas a camiseta sem mangas e uma calcinha pequena, mas mesmo assim estava suando e prendera o belo e farto cabelo negro com um elástico.

– Victor, tem aí alguma ferramenta com a qual eu possa cortar isto? Uma tesoura grande talvez... Estou morta de calor.

– Acho que tenho o que você está procurando.

Carter havia trazido uma enorme caixa de ferramentas, que estava aberta no cômodo ao lado. Victor escolheu uma cortadora de aço portátil. Foi um momento inesperado e maravilhoso. Quando iria imaginar essa situação, e mais ainda, com Elisa? Ela chegou até mesmo a sorrir, e brincaram juntos.

– Mais alto, mais curta, nesta altura – indicava ela.

– Vai ficar uma minicalça. Até como short vai ficar curto...

– Pode cortar sem dó. Jaqueline não tem nenhum para me emprestar.

Pensou na sua vida de antes, quando se considerava um homem de sorte cada vez que podia tomar um café com ela no asséptico ambiente da Alighieri. E agora estavam quase nus (ele da cintura para acima e ela de calcinha) decidindo em que altura deviam cortar uma calça. Continuava sentindo medo (e ela também, era evidente), mas havia algo naquele medo que o fazia pensar que podia acontecer alguma coisa, agradável ou desagradável. O medo o liberava.

Quando o jantar ficou pronto já tinha caído a noite e o calor diminuíra. Pela janelinha do refeitório penetrava uma brisa, quase vento, e Victor podia distinguir massas de sombras agitando-se além dos alambrados. Estendeu uma toalha de papel, repartiu os pratos e colocou uma das luminárias portáteis no centro, como se fosse um candelabro. Tentou, inclusive, servir com certa elegância, mas não adiantou muito. O jantar foi apressado e silencioso, ninguém falou com ninguém e Elisa, Jaqueline e Blanes retornaram em seguida para a sala de controle e recomeçaram o trabalho.

Enquanto tirava a mesa, Vitor ligou o transmissor no bolso do seu jeans. Achava que conseguia reconhecer a respiração de Elisa entre os diversos sons que ouvia. Imaginou que a respiração era uma espécie de rastro digital, e ali estaria a dela, o arfar inconfundível da sua voz de contralto e os arranhões que seu lápis fazia ao deslizar pelo papel.

Os transmissores tinham sido idéia de Blanes, e Carter fizera uma careta com seu rosto pétreo, como se estivesse pensando: "Professor, deixe para mim as idéias práticas", mas por fim conseguiu os rádios portáteis, não sem objetar:

– Não será de grande serventia, senhor sábio. Silberg foi pulverizado no nariz dos seguranças, dentro do avião, lembra? E Stevenson num barco menor do que este quarto, diante de cinco colegas que não viram nem puderam fazer nada...

– Sei disso – admitiu Blanes –, mas acho que devemos estar todo o tempo em comunicação entre nós. É mais tranqüilizador.

Era por isso que o aparelho de Victor emitia ruídos com as vozes de Jaqueline, Elisa e Blanes, e supunha que ocorria o mesmo com seus próprios ruídos, por isso procurou ser silencioso na hora de tirar os pratos (teria de lavá-los com as latas de água de mar que Carter havia trazido da praia). Nesse instante Carter o chamou.

– Pegue uma lanterna, desça até a despensa e veja nas estantes superiores se tem alguma coisa aproveitável. Você é mais alto do que eu e não temos escada.

Victor pediu que repetisse a ordem: desde que tinham chegado à ilha o interesse de Carter em falar em castelhano era nulo, e embora Victor entendesse bem o inglês, o daquele homem parecia às vezes uma gíria para ele. Quando por fim entendeu, obedeceu submisso: pegou uma lanterna e se dirigiu à escura câmara contígua, onde se achava o alçapão aberto no chão.

Aberto e negro.

Iluminou o buraco, viu os degraus e se lembrou de alguma coisa. *Aqui foi morta a mulher mais velha. Como era o nome dela? Cheryl Ross.*

Elevou o olhar. Carter continuava na cozinha, ocupado com alguma atividade. Voltou a olhar para o alçapão. *O que está acontecendo? Você só é útil para fazer guisados?* Respirou fundo e começou a descer os degraus. O transmissor, do bolso de sua calça, enviou-lhe a tosse de Elisa entre interferências. Teria ela ouvido a ordem de Carter? Saberia o que ele estava fazendo naquele momento?

Quando o teto da despensa o cobriu, levantou a lanterna. Avistou estantes metálicas abarrotadas de objetos. O chão era de terra, porém, por mais que o rastreasse, não achou os rastros que esperava (e temia). Estava fresco ali embaixo, até mesmo um pouco frio, em comparação com o pegajoso ambiente da cozinha.

De repente distinguiu, ao fundo, uma porta cinza metálica sobre cujo batente tinham pregado tábuas de madeira.

Lembrou-se de que Elisa havia dito que tudo tinha acontecido na câmara do fundo.

Atrás dessa porta.

Estremeceu. Desceu os últimos degraus e decidiu concentrar-se na sua tarefa.

Começou pela estante da direita. Ficou nas pontas dos pés e passou o feixe de luz pela parte de cima. Conseguiu ver duas caixas que pareciam de bolachas e latas grandes de alguma coisa que, fosse o que fosse, não era comestível. Lembrou-se daquela adivinhação em que um chinês aponta uma lata para o outro querendo significar "rato". "Grande", para o chinês, seria "glande". Do transmissor chegava uma conversação em voz baixa, censurada pela estática: Blanes e Elisa começaram a conversar sobre algo relacionado ao cálculo do TU (Tempo Universal) e os períodos de energia. O *vibrato* da voz da Elisa lhe acariciava a virilha.

– Desligue essa merda – ouviu de repente as botas de Carter descendo pela escada. – Não serve para nada, apesar do que disse o sábio.

Victor não deu bola. Nem sequer se incomodou em responder: continuou percorrendo o mezanino com a lanterna até encontrar novas caixas.

De repente uma mão apalpou seus genitais. Uma enorme mão. Afastou-se de um salto, mas não antes que os grossos dedos de Carter se introduzissem no estreito bolso do seu jeans e desligassem o transmissor.

– O que está fazendo? – gritou Victor.

– Fique calmo, senhor padre, você não faz o meu tipo. – Carter mostrou os dentes na escuridão. – Já lhe disse que os transmissores são uma merda inútil, e eu não gosto que fiquem me ouvindo.

Victor abafou seu aborrecimento reiniciando a tarefa.

– Não me chame de "senhor padre", por favor – disse. – Sou professor de física.

– Pensei que estudasse religião, ou teologia, ou coisa parecida.

– Como é que você sabe? – estranhou Victor.

– Ontem à noite, no aeroporto do Iêmen, ouvi você contar isso à professora francesa. E o vi rezar algumas vezes.

Victor se surpreendeu com aquela insuspeitada faceta de observador que Carter demonstrava. Tinha mesmo conversado com Jaqueline sobre suas leituras e ao longo da viagem rezara várias vezes (nunca tinha se sentido tão motivado), mas sempre de forma discreta, apenas o sussurro de um pai-nosso. Não achava que alguém tivesse prestado atenção.

– Sou católico – disse. Estendeu a mão e virou uma caixa para ver o conteúdo. Mais latas. Tirou uma. Feijão. – Católico praticante – acrescentou.

– Para mim dá na mesma, cientista ou padre. – Carter começou a tirar as caixas da estante esquerda. – São as piores castas da sociedade que conheço. Uns criam as armas e os outros as benzem.

– E os soldados atiram – replicou Victor sem vontade de discutir, mas em tom de provocação. Procurou o prazo de validade na lata de feijão e descobriu que tinha vencido quatro anos antes. Devolveu-a à caixa e dirigiu a lanterna para a seguinte. Embalagens de papelão. Colocou a mão e tentou tirar uma.

– Diga-me uma coisa – pediu Carter às suas costas. – O que é Deus para você?

– Deus?

– Sim, o que é para você?

– Esperança – disse Victor depois de uma pausa. – E para você?

– Depende do dia.

A embalagem estava fechada. Sacudiu violentamente a caixa. De repente uma sombra ágil e preta emergiu a cinco centímetros dos seus dedos e subiu pela parede.

ZIGZAG ▪ **307**

– Deus... – gemeu Victor em castelhano, e retrocedeu enojado.

– Não, isso não é "Deus". – Carter repetiu a palavra em castelhano enquanto apontava para o teto. – É uma barata. É grande, mas não vamos exagerar...

– É enorme... – Victor sentia náuseas. O guisado se revolveu no seu estômago.

– É uma barata tropical, sem conservantes nem corantes. Eu estive em lugares onde uma destas dava água na boca. Lugares onde vê-las era como ver um cervo.

– Não sei se eu gostaria de estar nesses lugares.

A risada do ex-militar foi breve e rouca.

– O senhor já está num *desses* lugares, senhor padre. Se quiser, tiro as tábuas da porta e lhe mostro.

Victor se voltou para a porta, em seguida para Carter. Os olhos de Carter e a porta tinham a mesma cor à luz da lanterna.

– Não posso dizer que seja a pior coisa que vi na vida, porque depois vi Craig, Petrova e Marini. Mas o que vi atrás dessa porta foi a pior coisa que eu tinha visto na vida até então. E juro que já tinha visto muitas coisas. – A respiração de Carter, no ambiente frio da despensa, formava um ligeiro bafo. A lanterna fazia seus olhos brilharem. Era como se estivesse queimando por dentro. – Bons soldados, como Stevenson ou Bergetti, acostumados a viver de pé, como costumo dizer, ficaram abalados quando desceram a esta despensa... Até o cara que está nos procurando, Harrison, o homem do Eagle, ficou louco: viu mais vítimas do que ninguém e está batendo pino. Tem ataques, crises, coisas assim. E não é um homem que eu qualificaria de sensível.

Victor moveu o pomo-de-adão numa tentativa inútil de engolir. Carter se inclinou um pouco enquanto falava, como se já não se dirigisse a ele mas às sombras que os rodeavam.

– Vou lhe contar uma coisa. A milhares de quilômetros daqui, numa casa de Cidade do Cabo, vivem minha mulher e minha filha. São negras. Tenho uma linda menina negra de dez anos de idade com belos cachos e olhos enormes. Seu sorriso é tão doce que eu poderia ficar olhando para ela toda a vida até não sobrar saliva para babar. Minha mulher se chama Kamaria, que em suaíli significa "como a lua". É alta e bonita, a melhor da sua raça, tem um corpo de ébano. Eu as amo com loucura. E há dois anos que não há uma única noite em que eu não sonhe que as tranco nesta despensa e as destroço. Faço com elas as mesmas coisas que *aquela coisa* fez com Cheryl Ross. Não consigo evitar: *ele* aparece, me manda fazer e eu obedeço. Arranco os olhos da minha filha e os como.

308 ■ José Carlos Somoza

Ficou um momento em silêncio, respirando. Em seguida se voltou para Victor com um olhar calmo, indiferente.

– Tenho medo, senhor padre. Mais medo que uma criança num quarto escuro. Desde que tudo isto começou, posso começar a gritar se um amigo me dá um susto, ou cago nas calças se fico sozinho à noite. Nunca tive tanto medo em minha vida... Sei que, se Deus existir, como você acredita, *ele*... ou *essa coisa*... é um Antideus. A antiesperança. O Anticristo, não é assim que se diz?

– Sim – murmurou Victor.

Carter ficou olhando.

– Mas não se preocupe: *ele* não está com você. Está conosco. Se os seus colegas não encontrarem logo uma solução, vai matar todos, mas não você... Você só vai ficar louco. – Falava com repentino desprezo. – Então não se preocupe mais com as malditas baratas e continue abrindo caixas.

Deu meia-volta e saiu da despensa.

Despertou com um sobressalto. Estava em sua casa. Ric Valente e ele cortavam as calças das garotas. Todo o resto (a ilha, os horrendos assassinatos) tinha sido um sonho ruim, felizmente. Os caminhos do inconsciente são inescrutáveis, pensou.

– Olhe isto – dizia Ric, que tinha inventado um aparelho ultra-rápido para cortar as calças.

Mas não era assim. Na realidade estava no chão, com as costas nuas apoiadas numa fria parede de metal. Reconheceu a pequena cozinha da estação científica. Pela janela penetrava a luz do amanhecer, mas não foi a luz que o despertou.

– Victor...? – murmurava o rádio no suporte. – Victor, você está aí? Pode avisar o Carter e virem os dois até a sala de projeção?

– Vocês acharam alguma coisa? – perguntou levantando-se com dificuldade.

– Venham o quanto antes – disse Blanes como resposta.

Pelo tom de voz, Victor imaginou que estava apavorado.

29

– A imagem da esquerda procede de uma gravação de vídeo, a da direita de uma corda temporal do passado recente, uns vinte minutos antes... Foi aberta usando-se essa gravação. Observem a sombra que rodeia o lombo...

Blanes se aproximou da tela e deslizou o dedo indicador pela silhueta da imagem direita. As fotos eram muito similares: mostravam um rato de laboratório com sua pelagem castanha, os bigodes finos do focinho, as patinhas rosadas. Mas a que ocupava o canto direito da tela tinha uma cor ligeiramente sépia e estava rodeada por um halo escuro, como se a figura tivesse sido reimpressa várias vezes.

E havia outras diferenças.

– Os olhos da segunda... – murmurou Elisa.

– Depois comentaremos isso – cortou Blanes. – Agora, preste atenção. – Voltou a cruzar a sala e projetou outra imagem. – Esta é uma cópia do Copo Intacto. Notam alguma coisa?

Os pescoços se inclinaram para frente. Até Carter, que estava em pé na porta, se aproximou.

– Uma... sombra rodeando o copo, como no rato? – apontou Jaqueline.

– Exatamente. Atribuíamos isso à falta de nitidez, mas é o desdobramento.

– O que é o desdobramento? – perguntou Elisa.

– Sergio Marini conta tudo nos seus arquivos... Foi ele quem descobriu isso, eu nunca fiquei sabendo... – Blanes estava nervoso, quase angustiado: Elisa nunca o tinha visto assim. Enquanto falava fazia desfilar as imagens na tela com toques rápidos no teclado. – Ao que parece, quando obtivemos o Copo Intacto aconteceu algo estranho com ele. Viu o *mesmo* copo aos vinte minutos, três e dezenove horas depois de realizar a experiência. Aparecia em qualquer lugar diante dele: num ônibus, na cama, na rua... Só ele o via. Quando tentava pegá-lo, desaparecia. Achou que era uma alucinação, por isso não me disse nada. Mas começou a fazer experiências por conta própria e logo comprovou que as imagens de cordas temporais recentes produziam esse efeito nos objetos. Experimentou então com seres vivos; ratos, no início. Filmava-os e abria cordas do passado recente. A partir desse momento, o *mesmo* rato aparecia para ele a cada certo período de tempo, da mesma forma que o copo: em sua casa, no carro, não importava o lugar onde estivesse... Sempre para ele. Não faziam nada de especial: apenas se deixavam ver. Mas as luzes numa área de uns quarenta centímetros de diâmetro ao redor da aparição se apagavam. Pareceu evidente para Marini que eles usavam essa energia para aparecer. Chamou esses fenômenos de "desdobramentos". Supôs que eram a conseqüência direta do entrelaçamento entre o passado recente e o presente.

Os ratos na tela se transformaram em cães e gatos. Blanes prosseguiu:

– Fez experiências com animais maiores... Observou outras proprie-

310 ■ José Carlos Somoza

dades. Embora a imagem contivesse vários animais, só *um* se desdobrava, e não sempre o mesmo. Ele atribuiu essa constatação ao acaso. Podia antecipar qual se desdobraria pelas sombras que rodeavam sua imagem na corda aberta: é como se o desdobramento aparecesse nesse instante... Descobriu também que se o animal morresse não se produzia o desdobramento. Ou seja, não podiam coexistir o animal morto e o *mesmo* animal vivo, nem mesmo em cordas temporais diferentes. Com todos esses dados, recrutou Craig. Fizeram mais experiências e concluíram que os desdobramentos eram reais, embora aparecessem apenas no espaço-tempo de quem fazia a experiência.

– Como é possível? – perguntou Victor. – Quero dizer, como pode um objeto ou um ser vivo aparecer ao mesmo tempo em dois lugares diferentes?

– Não se esqueça que cada corda temporal é única, Victor, e tudo o que há nela, incluindo objetos e seres vivos, também. Reinhard explica isso de forma muito curiosa. Diz que em cada fração de segundo somos pessoas *diferentes*. Nossa ilusão de ser os mesmos é produzida pelo cérebro, para impedir que enlouqueçamos. Provavelmente os esquizofrênicos captem as diferenças entre os múltiplos seres que formam nosso eu ao longo da dimensão tempo... Mas ao isolar uma corda temporal do passado recente, os objetos e criaturas *únicos* presentes nela também ficam isolados da corrente do tempo e... vivem por conta própria durante períodos proporcionais.

Carter suspirou sonoramente e mudou de posição, apoiando uma das mãos no batente da porta.

– Se não entender alguma coisa, pergunte, Carter – disse Blanes.

– Teria de começar perguntando qual é o meu nome – resmungou Carter. – Desde que você começou a falar eu me sinto como uma grávida de trigêmeos.

– Espere um momento – interrompeu Elisa. Em suas pernas nuas se refletiam as cores das fotos. Mantinha-as abertas, o encosto da cadeira diante dela. – Ponha a imagem anterior... Não, essa não... A anterior, a ampliação do rato. Esse ferimento.

A foto, em cor sépia, ocupava toda a tela. Mostrava um rato com uma profunda fenda no focinho e uma brecha no lombo. No entanto, eram feridas limpas e não sangravam.

– Essas mutilações não lembram alguma coisa, Jaqueline? – Elisa compreendeu que a paleontóloga já havia se dado conta.

– A Mulher de Jerusalém...

– E as patas dos dinos. Nadja me chamou a atenção para isso...

ZIGZAG ■ **311**

– Observem, além disso, que não dá para ver as pupilas em vários cães e ratos – indicou Blanes. – Você disse antes, Elisa.

Os *olhos brancos*. Elisa prendeu a respiração.

– O que significa tudo isso? – perguntou Victor.

– Marini e Craig acharam a resposta. Na verdade, não acontece apenas com as extremidades e o rosto. Esperem. – Retrocedeu até a imagem do Copo Intacto e a ampliou. – Observem o lado direito. Faltam pedaços de vidro... E também... Olhem esses buracos no centro... Não são bolhas mas porções de matéria ausentes. Nosso cérebro só percebia os defeitos, digamos, mais antropomórficos: o rosto ou os dedos... Mas *todos* os objetos do passado, incluindo a terra e as nuvens, todos apresentam buracos, mutilações... A explicação é incrível... e muito simples.

– O Tempo de Planck – murmurou Elisa, compreendendo de repente.

– Exatamente. Pensávamos que estas imagens eram fotografias ou filmes. *Sabíamos* que não era assim, mas inconscientemente *achávamos* isso. No entanto, são cordas temporais abertas. Cada uma delas é um Tempo de Planck, a fração mais breve da realidade, um lapso tão mínimo que quase não dá para a luz percorrer um espaço. A matéria é feita de átomos: núcleos de prótons e nêutrons com elétrons girando ao redor, mas num intervalo tão breve os elétrons *não têm tempo* de preencher todo o objeto, por mais sólido que seja: ficam buracos, vazios... Nosso rosto, nosso corpo, uma mesa ou uma montanha pareceriam estar inacabados, mutilados. Não nos demos conta até ver o rosto da Mulher de Jerusalém.

– Quer dizer que durante esse tempo não temos rosto? – perguntou Carter.

– Podemos ter ou não, mas o mais provável é que não o tenhamos *de todo*. Imagine uma frigideira com umas gotas de azeite: se você a faz oscilar, o azeite acabará cobrindo toda a base, mas para isso é preciso certo tempo. Num Tempo de Planck o mais provável é que ocorram vazios que os elétrons não cobrem: nossos olhos, parte do rosto ou a cabeça, uma víscera, um membro... Em escalas tão mínimas de tempo e espaço, mudamos continuamente, não só de aparência... Nem mesmo um pensamento pode viajar de um neurônio a outro durante um Tempo de Planck. Simplesmente, é um intervalo muito curto. Repito: em cada corda temporal somos *outros seres*. Existem tantos seres diferentes em nós quanto as cordas temporais transcorridas desde que nascemos.

– É incrível – murmurou Jaqueline.

– Professor, sabe de uma coisa?... – Carter coçou a cabeça sorrindo. – Eu era do tipo de aluno que ia direto ao ponto quando estudava. O seu documentário me parece maravilhoso, mas o que eu gostaria de entender é quem está nos trinchando há dez anos, quem provoca esses pesadelos e como podemos eliminá-lo.

– Chegaremos a esse ponto em seguida – respondeu Blanes e abriu outro arquivo. – Marini e Craig estudaram animais e objetos, mas faltavam os seres humanos... Era uma experiência arriscada: quem ia se oferecer como voluntário para ser desdobrado? Então pensaram em Ric Valente.

A imagem seguinte, inesperada, fez com que Elisa sentisse um formigamento no ventre. Num quadro rodeado de números aparecia Ric Valente sentado diante de um computador. Elisa reconheceu o lugar imediatamente.

– Ric começou *gravando-se a si mesmo* à noite na sala de controle e usou essas imagens para estudar seus próprios desdobramentos. Comprovou que o ser humano aparecia em períodos de tempo diferentes; a área era de uns quatro ou cinco metros de diâmetro. Ric confessou a Marini que aquelas aparições o impressionavam muito.

Ela começou a se lembrar da tarde em que o tinha surpreendido ensimesmado na praia. Estaria contemplando um daqueles desdobramentos? E ao vê-la, teria provocado a discussão que tiveram para que ela acreditasse que seu atordoamento se devia a não ter entregado ainda seus resultados?

– Numa noite de setembro aconteceu mais alguma coisa. Ric estava exausto e *dormiu* enquanto a câmera o filmava... Quando despertou continuou com a experiência e abriu uma corda temporal de dez minutos antes, no período em que estava adormecido... Então surgiu outro tipo de desdobramento. – A voz de Blanes mostrava agora mais ansiedade. Passou várias transparências repletas de equações. – A primeira diferença com relação às anteriores foi que apareceu pouco depois da realização da experiência, num período inesperado para Ric. Além disso, sua área era ostensivamente maior, e produziu um blecaute breve na sala de controle. Não apenas isso: *introduziu* Ric na sua corda temporal. Durante esse intervalo, a sala se transformou para ele num mundo escuro, com estranhos buracos nas paredes e o chão...

– Buracos? – perguntou Jaqueline.

– Produzidos pelo movimento dos elétrons – interveio Elisa –, como os supostos ferimentos nos rostos. – A angústia lhe oprimia o peito: agora compreendia o significado daquela abertura na parede do seu quarto durante seu estranho "sonho".

– Marini os chamou de "buracos de matéria" – disse Blanes. – Do ponto de vista de um observador situado dentro de uma corda temporal, o mundo ao redor está *incompleto*: restam "defeitos" que terminarão preenchendo-se quando o passar do tempo voltar a situar essas partículas nos lugares correspondentes, mas se abrirão outros...

– Então Ric também viu esses buracos no seu corpo – disse Victor.

– Não, ele não se via desse jeito. Só o seu desdobramento, mas não a si próprio. Do seu ponto de vista, encontrava-se nu num mundo imóvel.

Como eu no sonho, pensou Elisa.

– Nu? – inquiriu Jaqueline.

– Não percebia a roupa nem nenhum dos objetos que portava. Apenas seu corpo. Os objetos tinham ficado fora da corda temporal. O desdobramento introduzira apenas ele.

Elisa se voltou para Blanes.

– Não foi só o Ric quem teve essa experiência.

Sentiu os olhares convergindo em sua direção. Acrescentou, com certa confusão, as bochechas queimando na penumbra da sala:

– Nadja e eu também... E Rosalyn...

– Eu sabia sobre Rosalyn – afirmou Blanes. – Ela contou a Valente. O desdobramento apareceu para ela na mesma noite que para ele, e ela também foi "introduzida" na corda temporal. É claro que Rosalyn achou que fosse um sonho muito vívido, mas Ric comprovou que as luzes do banheiro dela queimaram e soube o que tinha acontecido de fato...

Elisa olhava para as equações da tela sem vê-las. O misterioso quebra-cabeça com o qual tinha convivido durante todos aqueles anos começava a adquirir forma dentro dela. *O homem sem rosto dos olhos brancos era isso.* Lembrou-se de que tanto Nadja quanto ela tinham achado que se tratava de Ric. E o resto do que aconteceu? Até que ponto tinha sido real a agressão que achou que sofrera? Decidiu não falar nisso: simplesmente, sentia-se incapaz de contar. Mas então Blanes disse:

– Rosalyn confessou a Ric que tinha sonhado que seu duplo a *atacava*... Ele não tinha certeza se ela exagerava para culpá-lo por seu desinteresse, mas o certo é que se preocupou. A que se devia essa diferença? Os desdobramentos anteriores não faziam nada mais que se mover como fantasmas... Contou o caso para Marini. Pensaram muito sobre o assunto. Costumavam dar longos passeios perto do lago enquanto discutiam em segredo...

– Às vezes conversavam na casamata – interrompeu Carter. – Sabiam que nenhum de vocês poderia ouvi-los ali.

– Por fim Marini achou que tinha encontrado a explicação: o desdobramento procedia, neste caso, de uma das múltiplas "pessoas" que Ric era quando estava *adormecido*. Quer dizer, era um desdobramento do *inconsciente* de Ric. O sonho é uma atividade mais violenta do que pensamos. Reinhard Silberg acha que a idéia de que "descansamos" quando dormimos também pode ser uma ilusão do passar do tempo. Isolados em cada intervalo, nossos corpos adormecidos se mostram muito mais ativos do que durante a vigília: movemos os olhos com rapidez, temos alucinações, excitamo-nos sexualmente... Sergio deduziu que o sonho ou a inconsciência causava no ser humano um desdobramento da parte mais íntima e selvagem.

– Então... Zigzag é *isso*... – murmurou Jaqueline. – O desdobramento do inconsciente de Ric...

Blanes sacudiu a cabeça.

– Não: Zigzag apareceu depois, na noite de 1º de outubro. Foi outro tipo de desdobramento ainda mais potente. Não pode ter sido a mesma coisa que Rosalyn, Elisa e Nadja viram, porque esta utilizava apenas uma quantidade pequena de energia enquanto Zigzag queimou os geradores ao aparecer. Além disso, seu período de entrelaçamento com o presente se estendeu ao longo de dez anos em intervalos variáveis, o que não aconteceu em nenhum outro caso... Nem sequer sabemos se foi produzido pelo Ric, embora tudo indique que sim. Valente fazia um diário rigoroso que Marini recuperou. Nele Ric afirmava que, embora Marini tivesse pedido que interrompesse as experiências com pessoas adormecidas por causa dos possíveis riscos, continuaria realizando-as por conta própria... Ele parecia entusiasmado. Queria muito averiguar mais detalhes sobre esses desdobramentos agressivos. Era algo que *ele* tinha descoberto. Dizia que, pela primeira vez na história, obtiveram-se provas da estreita relação existente entre a física de partículas e a psicologia freudiana... Não posso julgá-lo mal por isto, por mais que tente... Sua última anotação data de 29 de setembro, e nela declara que se dispunha a aproveitar a noite do sábado 1º de outubro, quando a tempestade estivesse no seu apogeu, para produzir outro desdobramento com uma nova imagem.

Jaqueline fez a pergunta que pairava na cabeça de todos.

– Que imagem?

Blanes fechou os arquivos e abriu outros.

– Na última anotação escreveu que estava pensando em usar estas...

Pela tela desfilaram ampliações imprecisas. Elisa e Jaqueline se levantaram dos assentos quase ao mesmo tempo.

– Nossa... – disse Carter.

As fotos eram similares: em cada uma aparecia um quarto com uma cama e uma figura deitada. Elisa tinha se reconhecido logo, e também Nadja. As fotografias tinham sido tiradas a partir de algum lugar do teto, e as mostravam dormindo nos seus quartos de Nova Nelson dez anos atrás.

— As luzes de nossos quartos tinham câmeras escondidas com infravermelhos — explicou Blanes. — Ric dispunha, cada noite, de imagens de todos nós em tempo real, incluindo as suas, Carter.

— O Eagle queria nos vigiar — assentiu Carter. — Estavam paranóicos com o Impacto.

Agora tudo fazia sentido para Elisa: compreendeu que a menção que Ric fizera aos seus prazeres solitários durante aquela discussão não tinha sido uma brincadeira. Ele realmente *a tinha visto*. Podia ver todos eles, na verdade.

— Mas qual dessas malditas imagens ele utilizou? — Jaqueline quase gritava. Mais que perguntar a Blanes, era como se falasse com a tela.

— Não sabemos, Jaqueline. Ric fez a experiência por conta própria, sem dizer nada a Marini.

— Mas... tem de haver... algum registro... uma gravação... — Carter, subitamente, parecia muito nervoso. — Na sala de controle também havia câmeras ocultas... — acrescentou, mas Blanes negava com a cabeça.

— Todos os registros e gravações daquela noite se apagaram depois do corte de energia por causa do Zigzag: ele absorveu a energia ao redor e apagou os dados nos circuitos. Também é possível que Ric tenha usado de novo uma imagem dele, mas eu duvido. Acho que experimentou com outra. Qualquer uma destas, mas qual?... — Voltou a passá-las uma a uma, para trás.

— Não qualquer uma... — Elisa notou que ele falava com esforço. — Não podem ser as de Nadja, Marini, Craig, Ross, Silberg nem as dos soldados...

— Tem razão. Eles estão *mortos*, e um desdobramento não pode coexistir com a mesma criatura morta. Sobramos apenas... — Blanes olhou para cada um conforme os mencionava, no quarto em penumbra — ...Elisa, Jaqueline, Carter e eu. E Ric, que desapareceu.

— Mas então... isso significa... — Jaqueline estava pálida.

Blanes assentiu gravemente.

— Zigzag é um de nós.

A soldado se chamava Previn, pelo menos era isso que dizia a placa pendurada na lapela do uniforme. Era loura, de olhos azuis, um tanto corpulenta mas atraente, embora sua melhor qualidade era que não falava. Em com-

316 ■ José Carlos Somoza

pensação, o tenente Borsello, no comando da Seção Tática da base de Imnia no mar Egeu, apoiado atrás da escrivaninha do escritório, falava pelos cotovelos. Mas em alguma coisa eles eram parecidos: os olhares dos dois fingiam *não ver* Jurgens. A soldado mantinha os olhos bem afastados dele, e o tenente fazia ainda melhor: dedicava piscadelas fugazes a Jurgens e retornava com rapidez a Harrison, como se quisesse dar a entender que estava acostumado a ver de tudo.

Harrison compreendia que ele fingisse que a presença de Jurgens não importava.

– É um prazer recebê-lo, senhor – disse Borsello –, e me coloco à sua disposição, mas não sei se entendi bem o que deseja.

– O que desejo... Harrison pareceu titubear com o termo. – O que desejo é muito simples, tenente: quatro "arcanjos", dezesseis homens, trajes anticontaminação, equipamento.

– Para sair quando?

– Hoje à noite. Dentro de oito horas.

Borsello arqueou as sobrancelhas. Não perdia a expressão de "Olha-Como-Eu-Sou-Amável-Com-Os-Civis", mas naquelas sobrancelhas de pêlos retorcidos Harrison leu uma negativa absoluta.

– Temo que seja impossível. Há um tufão ao norte das Ilhas Chagos que está indo para Nova Nelson. Os "arcanjos" são helicópteros pequenos. Existe uma probabilidade de mais de cinqüenta por cento de que...

– Hidroaviões, então.

Borsello sorriu compreensivamente.

– Não conseguiriam amerissar, senhor. Dentro de duas horas as ondas ao redor da ilha alcançarão dez metros. É completamente impossível. Somos uma equipe modesta aqui em Imnia. Não mais de trinta homens na minha seção. Teremos que esperar até amanhã.

De algum jeito Harrison insistia em olhar para a soldado Previn. Devolvia os sorrisos e a cortesia para Borsello, mas olhava para a subordinada. O que menos podia tolerar, o que ninguém tinha direito de exigir que tolerasse, era aquele obstáculo de cara de lua repleta de crateras de acne que era o tenente Borsello.

– Na primeira hora poderá ter a equipe preparada. Provavelmente ao amanhecer, se...

– Podemos falar a sós, tenente? – cortou Harrison.

Sobrancelhas arqueadas, mais esforços para não parecer surpreso, para continuar sendo cortês. E para não olhar para Jurgens. Borsello fez um gesto e a soldado desapareceu fechando a porta atrás de si.

– O que deseja exatamente, senhor Harrison?

Agora que a dama tinha ido embora, Harrison se sentia mais à vontade. Fechou os olhos e imaginou possíveis respostas. *Quero tirar uma vespa de dentro da minha cabeça. Poderia responder isso a ele.* Quando voltou a abri-los, Borsello continuava ali, e também Jurgens, felizmente. Esboçou um sorriso de ancião cortês.

– Quero ir à ilha esta noite, tenente. E levar alguns dos seus homens. Juro que se pudesse fazer todo o trabalho por minha conta, não o incomodaria.

– Entendo. E me consta que devo seguir suas instruções. Essas são as ordens que tenho: seguir suas instruções. Mas temo que isso signifique cometer uma loucura. Não posso enviar "arcanjos" a uma zona com tufão... Por outro lado... se me permite falar sinceramente... – Harrison fez um gesto, como o animando. – Segundo nossos informes, os indivíduos que o senhor está procurando estão indo para o Brasil. As autoridades daquele país já foram alertadas. Não compreendo muito bem a sua urgência em viajar para Nova Nelson.

Harrison assentiu em silêncio, como se Borsello tivesse revelado alguma verdade inquestionável. Na verdade, tudo fazia supor que Carter e os cientistas tinham ido para o Egito depois de fazer escala em Sanaa. Seus agentes interrogaram um falsificador de passaportes do Cairo que assegurara que Carter tinha encomendado vários vistos para entrar no Brasil. Era a única pista sólida de que dispunham.

Por essa razão, Harrison não queria segui-la. Conhecia bem Paul Carter e sabia que escolher o caminho marcado com seu rastro era um erro.

Em compensação, existia outro dado, muito mais sutil: os satélites militares detectaram um helicóptero não identificado sobrevoando o Índico na tarde do dia anterior. Tal achado não era muito significativo, porque o helicóptero não se aproximou de Nova Nelson, mas Harrison se deu conta de que os encarregados de informar sobre quem se aproximava ou não de Nova Nelson eram homens de Carter.

Para ele, esse era o caminho correto. Havia dito isso a Jurgens pela manhã, quando voavam para Imnia: "Estão na ilha. Voltaram." Até acreditava saber por quê. *Descobriram algum modo de acabar com Zigzag.*

Mas tinha de atuar com a mesma diabólica astúcia que seu antigo colaborador. Se decidisse aparecer em Nova Nelson à luz do dia, os vigilantes alertariam Carter, e o mesmo aconteceria se desse a ordem de retirada para a guarda costeira ou fizesse perguntas. Tinha de assaltar a ilha de improviso, aproveitando que a vigilância seria interrompida à noite por causa da tempestade: somente assim poderia pegar todos. A idéia o excitava. No entanto, o que ganharia contando-a ao idiota que estava na sua frente?

Em todo caso, já dispunha de uma ajuda e tanto: tinha chamado Jurgens.

– O Brasil é uma pista – admitiu. – Uma boa pista, tenente. Mas antes de segui-la quero descartar Nova Nelson.

– E eu quero atendê-lo, senhor, mas...

– Você recebeu ordens diretas da Seção Tática...

– Ordenam que siga suas instruções, repito, mas sou eu quem decide como e quando arriscar a vida dos meus homens. Isto é uma empresa, não um exército.

– Seus homens me obedecerão, tenente. Também receberam ordens diretas.

– Enquanto eu estiver aqui, *meus* homens me obedecerão.

Harrison desviou o olhar, como se tivesse perdido todo o interesse pela conversa. Dedicou-se a olhar o meio-dia amarelo e o azul sobre o mar, além da janela hermética do escritório. Quase chorou ao pensar que antes, muito antes de se ocupar do Projeto Zigzag, antes que seus olhos e sua mente entrassem em contato com o horror, paisagens como aquela conseguiam comovê-lo.

– Tenente – disse depois de uma longa pausa, olhando ainda para a janela. – Conhece as hierarquias dos anjos? – E enumerou, sem esperar resposta. – "Serafins, Querubins, Tronos, Potestades..." Eu assumirei o comando. Sou uma hierarquia superior, imensamente superior à sua. Vi *mais horror* que você, e mereço respeito.

– A que se refere com "assumirei o comando"? – Borsello franziu o cenho.

Harrison parou de contemplar a paisagem e olhou para Jurgens. Borsello, então, fez algo surpreendente: ergueu-se na cadeira e ficou rígido, como se tivesse entrado um militar de alta patente. O orifício entre suas sobrancelhas deixou escapar uma gota vermelho-escura que desceu sem obstáculos pelo nariz. O revólver com silenciador desapareceu no paletó de Jurgens com a mesma cintilante rapidez com que tinha aparecido.

– Refiro-me a isto, tenente – disse Harrison.

30

Foram para o refeitório. A luz cinzenta da manhã acentuava os contornos de objetos e corpos, misturando-os. Carter bebeu um gole de café.

– Não poderia haver uma explicação mais fácil? – disse. – Um louco, um sádico, um assassino profissional, uma organização terrorista... Uma explicação mais... não sei, mais *real*, porra... – Deve ter notado o olhar que os outros lhe dirigiram, porque levantou a mão. – É só uma pergunta.

– Esta é a explicação mais *real*, Carter – respondeu Blanes. – A realidade é física. E você sabe tão bem quanto eu que não há outra explicação. – Foi levantando os dedos de uma das mãos conforme falava. – Em primeiro lugar, a rapidez e o silêncio: matar Ross levou menos de duas horas, Nadja foi destroçada em questão de minutos e com Reinhard bastaram alguns segundos. Depois há a incrível variedade de lugares: o interior de uma despensa, um barco, um apartamento, um avião em pleno vôo... É evidente que não importa para ele mudar de espaço, porque *não se move pelo espaço*. Em terceiro lugar, o estado de mumificação dos restos, que indica que o tempo transcorrido foi diferente para as vítimas e para as coisas que as rodeavam. E em quarto lugar, o choque produzido ao contemplar o cenário do crime até nas pessoas acostumadas a ver cadáveres. Sabe por quê? Por causa do Impacto. Nos crimes do Zigzag há Impacto, da mesma forma que nas imagens do passado... Marini e Ric sofriam o Impacto quando viam desdobramentos. – Blanes lhe indicou aqueles quatro dedos como se estivesse tentando mostrar uma disputa num leilão. – Para você está tão claro quanto para todos nós: o assassino é um desdobramento. E tudo indica que procede de um de nós. Essa foi a conclusão a que o pobre Reinhard chegou.

– Ou seja, que um de nós pode ser *a coisa*. E nem sequer sabe disso.

– Elisa, Jaqueline, você ou eu – afirmou Blanes –, ou Ric. Um dos que estavam na ilha há dez anos. Um dos que *sobreviveram*. A menos que fosse Reinhard, que no caso já estaria morto. Mas duvido.

Jaqueline permanecia inclinada para frente na cadeira com os cotovelos apoiados nas coxas e o olhar perdido, como se não estivesse ouvindo nada, mas de repente piscou e interveio.

– O desdobramento de Ric não *era tão violento*, não é? Por que Zigzag é... *assim*?

Blanes olhava para ela gravemente.

– É a pergunta-chave. A única resposta que me ocorre é a que Reinhard deu: um de nós não é *o que aparenta ser*.

– O quê?

– Esses sonhos que temos... – Blanes enfatizava as palavras com gestos. – Esses desejos alheios a nós, os impulsos que nos dominam... Zigzag nos influencia com o passar do tempo, embora não o vejamos... Penetra no nosso subconsciente, obriga-nos a pensar, sonhar ou fazer coisas. Isso não tinha acontecido com nenhum desdobramento anterior. Reinhard achava (e lhe parecia incrível) que devia proceder de uma mente doentia, anormal. Ao desdobrar-se estando adormecida... adquiriu uma força enorme. Você empregou uma palavra, Jaqueline: "contaminação", lembra? É apropriada. Estamos contaminados pelo inconsciente desse sujeito.

– Quer dizer – perguntou Jaqueline em tom de incredulidade – que um de nós está enganando os outros?

– Quero dizer que provavelmente se trata de um perturbado.

Profundo silêncio. Os olhares se voltaram para Carter, embora Elisa não tenha compreendido muito bem por quê.

– Se é um perturbado, com certeza é professor de física – disse Carter.

– Ou o ex-soldado – replicou Blanes olhando para ele. – Um sujeito com traumas suficientes para que seu inconsciente viva num constante pesadelo...

Carter fez um gesto com os ombros, como se estivesse rindo, mas seus lábios não se moveram. Deu meia-volta, entrou na cozinha e pegou um pouco mais de café requentado.

– E por que motivo deixa de dar sinais de vida durante anos e volta depois? – inquiriu Jaqueline.

– Essa expressão "durante anos" não tem sentido do ponto de vista de Zigzag – precisou Blanes. – Para Zigzag tudo está transcorrendo num abrir e fechar de olhos, e esses períodos equivalem aos intervalos que emprega em se mover no tempo, como qualquer outro desdobramento. Para *ele*, nós ainda estamos na estação naquela noite, indo à sala de controle enquanto toca o alarme. Na sua corda temporal, no seu mundo, continuamos *exatamente naquele instante*. Por isso sofremos sua influência embora não o vejamos. De fato, estou seguro de que suas escolhas seguem uma determinada ordem... Lembram-se de quem chegou primeiro à sala de controle, sem contar o Ric?... Rosalyn. Foi a primeira que morreu. E depois? Quem chegou depois?

– Cheryl Ross – murmurou Elisa. – Ela mesma me disse isso.

– Foi a segunda vítima.

– Méndez foi o primeiro dos meus homens a chegar – disse Carter. – Estava de guarda e... Esperem, ele foi a terceira vítima... Por todos os!...

Entreolharam-se. Jaqueline parecia muito nervosa.

– Eu cheguei depois de Reinhard... – gemeu. Voltou-se para Elisa. – E você?

– Há um engano – disse Elisa. – Eu cheguei com Nadja, mas Reinhard já estava aqui, e Nadja morreu antes de... – De repente parou. *Não: Nadja me disse que se levantou antes. Chegou a perceber que o Ric não estava na cama.* Corrigiu-se. – Não, é isso... Ele está nos matando segundo a ordem em que despertamos e saímos para o corredor...

Por um instante ninguém olhou para ninguém e cada qual pareceu mergulhar nos seus próprios pensamentos. Elisa se espantou ao sentir certo alívio quando se lembrou de que Jaqueline e Blanes já estavam de pé quando ela chegou.

– Ouçam todos. – Carter elevou uma de suas pesadas mãos. Seu rosto tinha perdido cor, mas em sua voz havia um novo matiz de autoridade. – Se esta sua teoria for correta, professor, o que vai acontecer quando *essa... essa coisa* eliminar a si própria?

– Quando assassinar o seu *alter ego*, ambos morrerão – respondeu Blanes.

– E se o seu *alter ego* morresse por qualquer causa...

– Zigzag também morreria.

Carter fez um gesto com a cabeça, como se já possuísse todas as respostas.

– De modo que a única coisa que precisamos é descobrir a identidade deste sujeito e, seja quem for, *eliminá-lo* antes que o diabo do Zigzag volte a triturar alguém... É evidente que não vai eliminar a si próprio: se ainda não tiver feito isso, provavelmente vai se deixar para o final, de propósito ou por acaso. Nós vamos ter que agir. – Houve uma pausa. Carter olhava para eles com ar de desafio. Repetiu. – Seja quem for. Estou errado?

Podia ser essa a solução? Elisa a achava ao mesmo tempo horrível, simples e apropriada.

Uma nova inquietação parecia ter se apoderado do ambiente. Até Victor, que se manteve à margem, achava-se agora muito envolvido na conversa.

– É um homem... – A voz de Jaqueline soou como uma pedra jogada no chão. – Eu sei: é um homem. – Elevou os olhos escuros para Carter e Blanes.

– Por quê? Não existem mulheres pervertidas, professora? – perguntou Carter.

– Porque *sei que ele é um homem!* E Elisa também! – Jaqueline se voltou para ela. – Você sente a mesma coisa que eu! Vamos, diga de uma vez!

Antes que Elisa pudesse responder, Carter disse:

– Suponhamos que tenha razão, que seja um macho. O que quer que a gente faça? Ainda continua havendo duas possibilidades. Tiramos no palitinho, o professor e eu? Cortamos o pescoço um do outro para que você possa viver em paz?

322 ■ José Carlos Somoza

– Três – disse Victor com voz muito calma, diante do qual se criou outro silêncio. – Três possibilidades: Ric também conta.

Elisa achou que ele tinha razão. Não podiam descartar Valente enquanto não tivessem certeza de que estava morto. Na verdade, a julgar pelo tipo de "contaminação" que Jaqueline e ela sofriam, ele era o candidato *mais provável*.

– Se pudéssemos averiguar que imagem ele utilizou naquela noite... – disse Blanes.

Por um instante, a lembrança de Ric Valente arrastou Elisa para fora da realidade. Era como se não tivessem passado dez anos: voltou a ver seu rosto, seu permanente sorriso; ouviu suas gozações e humilhações... Acaso não estava rindo de todos eles agora? De repente compreendeu o que deveria ser feito.

– Há uma forma. Claro. Uma única forma...

– Não!

O grito lhe permitiu saber que Blanes tinha compreendido.

– É a nossa única possibilidade, David! Carter tem razão! Temos que descobrir quem de nós é Zigzag antes que volte a matar!

– Elisa: não me peça isso...

– Não estou *pedindo*! – Estava consciente de que ela também era capaz de gritar como nunca antes. – É uma *proposta*! Você não é o único que decide, David!

O olhar de Blanes naquele momento era terrível. Quebrando o silêncio, ouviram a voz desgastada e cínica de Carter.

– Se você quer ver violência de verdade, tranque dois cientistas na mesma jaula... – Deu alguns passos e parou entre os dois. Tinha acendido um cigarro (Victor não sabia que Carter fumava) e dava longas tragadas, como se o seu desejo de ingerir fumaça fosse maior que o de expulsar palavras. – Será que vocês, brilhantes cérebros da física, podem explicar o que estão discutindo?

– Riscos: criar outro Zigzag! – exclamou Blanes em direção a Elisa, sem dar atenção a Carter. – Benefícios: nenhum!

– Mesmo se fosse assim, não sei o que mais poderíamos fazer! – Elisa se voltou para Carter e falou com mais calma. – Sabemos que Ric utilizou o acelerador e os computadores da sala de controle naquela noite. Proponho filmar por alguns segundos a sala de controle e *abrir* as cordas de tempo para ver o que ele fez e o que aconteceu depois, incluindo o assassinato de Rosalyn. Sabemos a hora *exata* em que tudo aconteceu: foi no exato instante do corte de energia. Podemos abrir duas ou três cordas temporais anteriores a esse momento. Isso provavelmente nos permitiria averiguar o que o Ric estava fazendo, ou que imagem usou para criar Zigzag...

– E assim saberíamos *quem ele* é. – Carter coçou o queixo e olhou para Blanes. – Bem pensado.

– Estão se esquecendo de um pequeno detalhe! – Blanes encarou Carter. – Zigzag apareceu porque Ric abriu uma corda temporal do passado *recente*! Querem que aconteça a mesma coisa agora? Dois Zigzags?

– Você mesmo falou – objetou Elisa. – É preciso que o sujeito esteja inconsciente para que o desdobramento seja perigoso. Não acho que Ric estava dormindo enquanto manipulava o acelerador naquela noite, não é verdade? – Cravou os olhos em Blanes e falou com suavidade. – Veja desta forma: que outra opção temos? Não podemos nos defender. Zigzag continuará nos matando brutalmente até que se mate, se é que o fará...

– Podemos estudar uma maneira de evitar que utilize a energia...

– Por quanto tempo, David? Se conseguíssemos detê-lo agora, quanto tempo demoraria para retornar? – Dirigiu-se aos outros. – Calculei o intervalo entre cada ataque e a energia utilizada e consumida: o período de ataque se reduziu pela metade. O primeiro foi feito 190 milhões de segundos depois da morte do Méndez, e o segundo 94 milhões e 500 mil segundos depois da morte de Nadja, quase a metade. Nesse ritmo, restam a Zigzag 48 horas de atividade antes de "hibernar" de novo durante, provavelmente, *menos de um ano*. Matou quatro pessoas em apenas 48 horas. Ainda pode matar mais dois ou três no mesmo período de tempo, hoje ou amanhã, e acabar com o resto em menos de seis meses... – Olhou para Blanes. – Estamos *condenados*, David, independentemene do que façamos. Eu só quero escolher minha própria pena de morte.

– Eu concordo com ela – disse Carter.

Elisa procurou Jaqueline com o olhar: estava em pé ao seu lado, mas de alguma forma parecia longe; algo em sua postura ou sua expressão a distanciava.

– Não agüento mais... – murmurou. – Quero acabar com esse... esse monstro. Concordo com a Elisa.

– Não vou dar opinião – Victor se apressou a dizer quando Elisa olhou na sua direção. – São vocês que devem decidir. Só quero fazer uma pergunta. Vocês *têm certeza* de que conseguirão matar *a sangue frio* a pessoa da qual surgiu o desdobramento quando souberem quem ela é?

– Com as minhas próprias mãos – disse Jaqueline. – E se for eu, facilitarei as coisas.

– Calma, senhor padre. – Carter deu uma palmadinha no ombro de Victor. – Eu posso me encarregar disso. Matei pessoas por tossirem para o lado errado.

– Mas a pessoa da qual surgiu o desdobramento não é responsável por nada – disse Victor sem recuar, olhando para Carter. – Ric fez mal ao realizar aquela experiência sem permissão, mas mesmo que fosse ele, não mereceria morrer por isso. E se não for o Ric, então nem sequer *fez nada*.

Toda sua culpa consistiu em estar dormindo. Elisa dava razão a Victor, mas não queria abordar essa questão no momento.

– Seja como for precisamos saber *quem ele é.* – Voltou-se para Blanes. – David, só resta você. Concorda?

– Não! – E abandonou o cômodo enquanto repetia, gritando angustiado. – Não concordo!

Durante um instante ninguém reagiu. Ouviu-se a voz de Carter, lenta, densa:

– Está muito interessado em que não se faça essa experiência, não acham?

Decidiu segui-lo. Saiu para o corredor a tempo de vê-lo dobrar o corredor de acesso em direção ao primeiro barracão. De repente achou que sabia para onde ele estava indo. Virou à esquerda, passou em frente às portas dos laboratórios e abriu a que dava passagem para o seu antigo escritório. Fora uma das áreas mais danificadas pela explosão, e agora era pouco mais que uma tumba escura e vazia. Por entre as frestas das paredes, apoiadas em contrafortes, o vento gemia. Restava apenas uma pequena mesa.

Blanes apoiava as mãos nela.

De repente Elisa teve a impressão de que voltava a interromper o recital de Bach para mostrar o resultado dos seus cálculos. Quando achava um erro, ele dizia: "Vá e corrija este maldito erro de uma vez."

– David... – murmurou.

Blanes não respondeu. Continuava com a cabeça baixa, na escuridão.

Elisa estava mais calma. Não tinha sido fácil para ela: o calor e a tensão eram insuportáveis. Embora vestisse apenas uma camiseta sem mangas e short, notava as costas, as axilas e a testa grudentas de suor. Além disso, precisava dormir. Nem que fosse só por alguns minutos, mas *dormir*. No entanto (primeiro conselho que deu a si mesma), sabia que tinha de continuar acordada se quisesse sobreviver, e (segundo conselho) devia conservar a calma acima de tudo.

Por isso decidiu falar com absoluta serenidade.

– Você mentiu para nós, David.

Ele virou a cabeça e olhou para ela.

– Você falou: "Só quem faz as experiências vê os desdobramentos." As imagens de ratos e cães foram obtidas por Marini, mas a primeira, a do Copo Intacto, foi obtida por *vocês dois*. Você também viu o desdobramento do copo, não é verdade? Por isso não quer que façamos esta experiência?

Da escuridão, Blanes olhava para ela em silêncio.

Ela imaginou o que ele estava vendo: sua figura de mulher de pé na soleira, à contraluz, a cabeleira negra recolhida num grande coque no alto da cabeça, a camiseta mostrando o ventre e o jeans de pernas rasgadas rodeando sua virilha.

– Elisa Robledo – sussurrou ele. – A aluna mais preparada e bonita... e a frangota mais arrogante.

– E você nunca ligou a mínima para nenhuma dessas três qualidades.

De novo se mediram com o olhar. Então sorriram. No entanto, justamente nesse momento ele disse a coisa mais horripilante:

– Há outra vítima de Zigzag que você não conhece, mas *fui eu quem a matei*. – Continuava com os pulsos na mesa. Pôs-se a olhar para alguma coisa invisível entre as mãos, com intensa concentração. Não olhou para Elisa enquanto falava. – Sabia que, aos oito anos de idade, vi o meu irmão mais novo morrer eletrocutado? Estávamos na sala de jantar, minha mãe, meu irmão e eu. Então... Eu me lembro muito bem... Minha mãe se ausentou por um instante e meu irmão, que estava brincando com uma bola, começou a mexer nos fios da televisão sem que eu percebesse. Eu estava lendo um livro... Eu me lembro do título: *Maravilhas da ciência*. Num certo momento me virei e vi meu irmãozinho com o cabelo arrepiado como o pêlo de um porco-espinho, duro. Emitia um ruído rouco pela garganta. Pareceu-me que seu corpo da cintura para baixo estalava como um balão cheio de água, mas na verdade ele estava mijando e cagando. Atirei-me em cima dele, meio louco. Tinha lido em algum lugar que era perigoso tocar alguém que está sendo eletrocutado, mas naquele momento não liguei... Corri até ele e o empurrei como se estivéssemos brigando. Salvou-me o simples fato de que nesse instante os fusíveis se soltaram. Mas na minha lembrança tenho a impressão de ter... *tocado* fugazmente a eletricidade. É uma lembrança muito estranha, sei que é falsa mas não posso tirar isso da cabeça: toquei a eletricidade e toquei a morte. Senti que a morte não era algo tranqüilo; a morte não era o que acontecia e finalizava: era dura, e zumbia como uma máquina poderosa. A morte era um monstro de metal queimado... Quando abri os olhos, minha mãe estava me abraçando. Não me lembro mais de como estava meu irmão. Apaguei a visão do seu corpo. Naquele momento, bem naquele horrível momento, decidi que seria físico: suponho que queria conhecer bem meu inimigo...

Parou e olhou para ela. Prosseguiu, com voz abatida:

– Há alguns dias vivi outro momento horrível, o mais horrível depois da morte de meu irmão. Mas neste caso *me arrependi* de ser físico. Foi na terça-feira. Reinhard me chamou ao meio-dia, depois de dar uma primeira olhada nos documentos do Sergio, e me contou por alto o que estava acontecendo. Eu tinha que viajar para Madri para organizar a reunião, mas antes... Antes quis visitar Albert Grossmann, meu ex-orientador. *Precisava* vê-lo. Acho que uma vez contei a você que ele era contra o Projeto Zigzag. Ajudou-me a achar as equações da "Teoria da Sequóia", mas ao imaginar as possíveis conseqüências dos entrelaçamentos se afastou e deixou que eu e Sergio continuássemos sozinhos... Dizia que não queria pecar. Provavelmente dizia isso porque era velho. Eu era jovem nessa época e gostei do que ele me dissera. Essa é a diferença, a grande diferença, entre as gerações: o pecado horroriza os velhos, e atrai os jovens... Mas na terça-feira passada, depois que Reinhard me revelou tudo o que Marini tinha feito, envelheci de repente. E fui contar ao Grossmann... talvez procurando a absolvição. – Fez uma pausa. Elisa o ouvia com a cabeça apoiada no batente da porta. – Ele estava internado numa clínica particular de Zurique. Sabia que ia morrer, já tinha aceitado. O câncer estava muito avançado, com metástases pulmonares e ósseas... Passava o tempo todo entrando e saindo do hospital. Consegui que me deixassem entrar fora do horário de visitas. Ele me ouviu da cama, agonizando. Eu via chegar a morte nos olhos dele como se vê chegar a noite no horizonte. Seu pavor, conforme eu ia contando a conexão entre os assassinatos (que ele ignorava) e a existência de Zigzag, era imenso. Não me deixou terminar. Arrancou a máscara de oxigênio e começou a gritar para mim. "Filho da puta!", disse. "Você quis ver o que ninguém pode ver, o que Deus proibiu que víssemos! Essa é sua culpa! E Zigzag é o seu castigo!" E repetia gritando em altos brados, tossindo e morrendo: "Zigzag é o seu castigo!" Na verdade, já estava morto, mas ainda não sabia.

Blanes ofegava, como se não tivesse falado mas feito um exercício violento. Seus dedos começaram a tamborilar na mesa empoeirada como se esta fosse um teclado.

– Uma enfermeira entrou e eu tive que ir embora. Quando cheguei a

Madri no dia seguinte, fiquei sabendo que ele havia morrido na mesma noite: Zigzag o matou por meu intermédio.

– Não, você não...

– Você tem razão – ele a interrompeu com dificuldade. – Eu também vi os desdobramentos do copo... Sergio e eu os estudamos e compreendemos os riscos que o entrelaçamento implicava. Recusei-me a continuar por esse caminho e achei que tinha convencido o Sergio. Juramos não revelar isso nunca. Mas ele continuou com as experiências em segredo... Anos depois comecei a intuir o que estava acontecendo, mas não disse nada, nem para Grossmann nem para ninguém. Todos morrendo ao meu redor e eu... em silêncio!

De repente Blanes começou a chorar.

Foi um choro difícil e desajeitado: como se para chorar fosse necessário uma habilidade da qual ele carecia completamente. Elisa se aproximou e o abraçou. Pensou na mãe de Blanes enlaçando o corpo do filho mais velho com todas as suas forças, tocando-o para se certificar de que ele, pelo menos ele, continuava vivo; de que ele, pelo menos ele, não tinha sido alcançado pela máquina poderosa.

– Você não sabia o que estava acontecendo... – falou docemente, acariciando a nuca suada de Blanes. – Não podia ter certeza, David... Você não é culpado de nada...

– Elisa... meu Deus, o que foi que eu fiz?... O que foi que fizemos?... *O que foi que fizemos todos nós, os cientistas?*

– Acertar ou errar: é a única coisa que podemos fazer... – Enquanto falava continuava abraçando-o. – Vamos tentar de novo, David... vamos tentar acertar desta vez, por favor... deixe-me tentar...

Blanes parecia mais calmo. Mas quando se afastou e olhou nos olhos dela, Elisa percebeu o terror que o possuía.

– Tenho tanto medo de acertar quanto de errar – disse.

– Pronto – anunciou Jaqueline Clissot, trepada numa cadeira.

– Do jeito que a professora quer – afirmou Carter vendo Elisa pela tela do computador. – Mais exatamente, o traseiro dela.

Elisa se voltou para a minicâmera encostada no computador de controle. Estava em cima de um tripé às suas costas, apontando para o teclado principal. Aprovou a posição. Se Ric tinha manipulado o acelerador naquela noite, imaginava, fizera tudo dali. Além disso, a imagem registrava também a porta do gerador onde Rosalyn tinha morrido.

Passou a tarde inteira se preparando. Convenceu Blanes de que queria fazer aquilo sozinha (também teve de convencer Victor): era menos arriscado para o grupo, disse, porque se houvesse desdobramentos o mais provável era que apenas ela os visse. Não queria ajuda, nem sequer para os cálculos; alegava que isso pressupunha uma perda de tempo. Em troca, teve que aprender a manejar os instrumentos. Embora Blanes não soubesse tudo sobre o SUSAN, demonstrou conhecer o imprescindível para ensiná-la a manejar os controles de entrada e saída do feixe de partículas. Victor colaborou inspecionando os computadores. Não entendia bem grande parte das funções daqueles programas, mas contava com a vantagem de que o software era relativamente antiquado. Os alinhadores de gráficos eram mais complexos, mas ela apenas os usaria se fosse preciso: propunha-se a ver as imagens tais como estas se apresentassem.

Passava das seis da tarde quando o vento começou a soprar com força, dava para ouvir o ulular da sala de controle.

– Talvez a tempestade cause problemas – disse Blanes, inseguro.

– É o que menos me preocupa. – *Uma tempestade no início, outra no final.* Elisa pensou que aquela coincidência podia ser um sinal de sorte.

Jaqueline se aproximou. Prendera a vasta cabeleira com um elástico e as pontas pendiam como uma planta precisando de água.

– Quando conseguir as imagens... o que vai fazer? Todos precisamos vê-las.

Não lhe passou despercebida a ênfase no "todos". Mas era óbvio que Jaqueline tinha razão. *Se eu vir Zigzag, eles deverão vê-lo também. Não vão acreditar em mim.*

– Gravarei as imagens e farei cópias. Vou precisar de algum suporte.

– Infelizmente – queixou-se Carter, zombeteiro –, esqueci de comprar CDs num supermercado do Iêmen.

– Tem que haver CDs em algum lugar – disse Elisa.

Carter acendeu um cigarro e empostou a voz como um locutor de rádio.

– "Tinham planejado tudo, menos os CDs." – Soltou uma risada rouca.

– Deve ter sobrado algum no laboratório de Silberg – disse Blanes.

– Vou ver – Victor se ofereceu. Saiu da sala esquivando os cabos coaxiais retorcidos no chão como serpentes mortas.

– Tudo sairá bem – disse Elisa.

Era mentira, mas os outros sabiam: pensou, portanto, que considerariam uma meia verdade.

A porta metálica se fechou, puxada pela mão de Carter.

Como uma lápide vista da perspectiva do cadáver.

Ficou sozinha. Só ouvia o gemido do vento. Era como se estivesse num escafandro hermético a vários metros de profundidade. Um medo inesgotável, copioso, desmoronou sobre ela. Observou os controles, os computadores piscando. Tentou se concentrar nos cálculos.

Conhecia a hora exata que lhe interessava explorar. O relógio dos computadores parou na noite de 1º de outubro de 2005 às quatro horas, dez minutos, doze segundos. O que equivalia, em números redondos, a uns trezentos milhões de segundos atrás. Deteve-se um instante pensando em quanto sua vida tinha mudado durante aqueles últimos trezentos milhões de segundos.

Acreditava ter conseguido a energia exata para abrir duas ou três cordas na margem das frações anteriores a essa hora. Em seguida usaria a filmagem que a câmera às suas costas realizava para enviá-las ao acelerador e fazê-las colidir à energia calculada. Depois recuperaria o novo feixe com cordas abertas e o baixaria no computador para visualizá-lo. *Após tudo isso, veremos.*

Veremos.

Repassou as equações uma e outra vez. Deslizou o olhar pelas inesgotáveis colunas de números e letras gregas, procurando se certificar de que não havia erros. *Vá e corrija esse maldito erro. O que Blanes disse naquele dia na aula? As equações da física são a chave da nossa felicidade, nosso terror, nossa vida e nossa morte.* Acreditou que tinha encontrado a solução correta.

As barras amarelas que indicavam o estado de configuração do acelerador tinham alcançado a meta. Em meio à crescente penumbra da sala, aquelas linhas pareciam segmentar o rosto de Elisa, brilhante de suor, e seu corpo quase nu, com a camiseta amarrada abaixo dos seios. O calor aumentara: Carter dizia que era por causa da tempestade e das baixas pressões. O vento, ao agitar as palmeiras, fazia um barulho semelhante ao de uma nuvem de gafanhotos. Ainda não estava chovendo, mas já era possível ouvir da sala o rugido do mar.

Cem por cento, indicavam os números. Ouviu um chiado familiar. O processo inicial tinha se concluído. O aparelho estava preparado para receber a imagem e fazê-la girar no seu interior a uma velocidade próxima à da luz.

Febrilmente, começou a digitar os dados da energia calculada.

Talvez consiga obtê-lo. Talvez possa identificar Zigzag.

330 ■ José Carlos Somoza

Mas o que faria se conseguisse? O que faria se comprovasse que era um desdobramento de David, Carter, Jaqueline... ou dela mesma? Será que Blanes não tinha razão quando afirmou que acertar, neste caso, seria igualmente ruim? *O que é que nós fizemos?*

Afastou as perguntas da cabeça e se dedicou à tela.

31

Blanes estava tirando as baterias do transmissor.

– Tirem as baterias de tudo o que estiverem levando com vocês: telefones, agendas eletrônicas... Carter, você examinou os fios da cozinha e as lanternas?

– Desliguei os eletrodomésticos. E nenhuma lanterna tem baterias, só esta.

Carter andava de um lado para o outro com a lanterna na mão direita e a esquerda estendida, como se estivesse pedindo esmolas. Sobre sua palma, moedas pequenas e lisas. Aproximou-se de Victor, que levantou a mão e sorriu.

– O meu é de corda.

– Não dá para acreditar. – Carter olhou Victor de cima a baixo, à luz da lanterna. – Em pleno 2015 você não tem relógio-computador?

– Tenho um, mas não uso. Este funciona muito bem. É um Omega clássico. Era do meu avô. Eu gosto de relógios de corda.

– Você é uma caixa de surpresas, senhor padre.

– Victor, olhou nos laboratórios? – perguntou Blanes.

– Tinha dois laptops no de Silberg. Tirei as baterias.

– Muito bem. Pedi a Elisa que desligasse o acelerador e os computadores que não esteja usando – comentou Blanes curvando as mãos para receber as pilhas que Jaqueline lhe entregava. – Temos que deixar tudo isto em algum lugar...

– No console. – Carter cruzou a sala até o fundo. Quando se afastou deles, a escuridão os envolveu.

– David... – Era a voz de Jaqueline, que sentou no chão. – Acha que ele vai atacar... logo?

– As noites são os períodos mais arriscados porque dispõe das luzes acesas. Mas não sabemos exatamente quando o fará, Jaqueline.

Carter retornou e procurou um lugar no chão. Os quatro juntos não chegavam a ocupar nem a metade da sala de projeção: estavam amontoados perto da tela, como se fossem obrigados a dividir uma pequena barraca de campanha, Blanes sentado numa cadeira encostada na parede, Carter e Jaqueline no chão, Victor em uma cadeira no lado oposto. A escuridão era total, exceto pela faixa amarela da lanterna que Carter segurava, e fazia um calor de sauna.

Num certo momento Carter deixou a lanterna num canto e tirou dois objetos dos bolsos da calça. Para Victor pareciam peças de uma torneira preta.

– Imagino que posso precisar usar isto – disse, encaixando as peças entre si.

– Não vai servir para nada – advertiu Blanes –, mas desde que não precise de baterias, pode usá-lo.

Carter colocou o revólver no colo: Victor percebeu que olhava para ele com uma emoção que não expressara diante das outras pessoas. Subitamente, o ex-militar pegou a lanterna e a atirou. O gesto foi tão inesperado que, em vez de tentar apanhá-la, Victor se afastou e a lanterna bateu no braço dele. Ouviu a risada de Carter enquanto se agachava para recolhê-la. *Idiota*, pensou.

– Sua vez, senhor padre. Graças ao seu relógio de corda, ganhou a primeira guarda. Chame-me às três, se eu dormir. Eu ficarei o resto da noite.

– Elisa nos avisará antes – disse Blanes.

Ficaram calados por um momento. As sombras pareciam entradas de túneis projetadas nas paredes pela luz da lanterna. Victor tinha certeza de que o barulho que estava ouvindo era de chuva. Na sala de projeção não havia janelas (apesar das desvantagens, era o único lugar da estação onde os quatro podiam esticar as pernas com certa comodidade), mas se ouvia uma espécie de enorme interferência, o chiado de uma TV mal sintonizada. Sobre essa camada de sons o vento gemia. E mais perto, nas trevas, suspirava uma respiração entrecortada. Um soluço. Victor percebeu que Jaqueline tinha afundado o rosto entre as mãos.

– Ele não poderá atacar desta vez, Jaqueline... – afirmou Blanes querendo transmitir confiança. – Estamos numa ilha: em quilômetros inteiros à volta ele dispõe apenas das baterias dessa lanterna e do computador de Elisa. Não atacará esta noite.

A paleontóloga levantou a cabeça. Não parecia mais uma mulher bonita: era um ser gravemente ferido e trêmulo.

– Sou... a próxima – disse em voz muito baixa, mas Victor ouviu. – Tenho certeza...

Ninguém tentou consolá-la. Blanes respirou fundo e se inclinou na direção da tela.

– Como ele faz isso? – perguntou Carter. Estirava-se o máximo possível apoiando a nuca nas mãos e estas na parede, mechas de pêlos sobressaindo da camiseta. – Como faz para nos matar?

– Quando entramos na sua corda de tempo, somos dele – disse Blanes. – Já expliquei que num lapso tão breve como o dessa corda não há tempo suficiente para que sejamos "sólidos", e nosso corpo e todos os objetos que nos rodeiam ficam instáveis. Somos como um quebra-cabeça de átomos ali dentro: Zigzag só precisa tirar as peças uma a uma, ou mudá-las de lugar, ou destruí-las. Pode fazer isso à vontade, da mesma forma que manipula a energia das luzes. A roupa, tudo o que não pertence à corda e portanto tem seu próprio transcorrer, fica de fora. Nada nos protege e não podemos usar nenhuma arma. Nessa corda temporal estamos nus e indefesos como bebês.

Carter estava imóvel. Dava a impressão de que nem respirava.

– Quanto tempo dura? – Tirou um cigarro do bolso da calça. – A dor. Quanto acha que dura?

– Ninguém voltou para contar. – Blanes deu de ombros. – A única versão que temos é a do Ric: parecia-lhe que passava horas dentro da corda, mas aquele desdobramento não tinha a potência de Zigzag...

– Craig e Nadja duraram meses... – murmurou Jaqueline abraçando as próprias pernas, desanimada. – É o que dizem as autópsias... Meses ou anos sentindo dor.

– Mas não sabemos o que acontece com suas consciências, Jaqueline. – Blanes se apressou em acrescentar. – Talvez sua percepção de tempo fique diferente. Tempo subjetivo e objetivo: existem diferenças, lembre-se disso... Pode ser que tudo aconteça muito rapidamente do ponto de vista das suas consciências...

– Não – disse Jaqueline. – Não acredito nisso.

Carter procurava alguma coisa nos bolsos, talvez um isqueiro ou uma caixa de fósforos, porque ainda tinha o cigarro entre os lábios. Mas desistiu, tirou o cigarro da boca e falou com o olhar fixo.

– Vi muitas vezes a tortura, e a experienciei. Em 1993 trabalhei em Ruanda treinando vários grupos paramilitares de hutus na região de Murehe... Quando a revolta explodiu fui acusado de traição e decidiram me torturar. Um dos chefes anunciou que fariam com calma: começariam pelos pés e chegariam à cabeça. Começaram me arrancando as unhas dos pés com paus pontudos. – Sorriu. – Nunca senti tanta dor na minha maldita vida. Chorava e me mijava de dor, mas o pior era pensar que estava apenas começando: eram só as unhas dos pés, merdas secas que crescem na última ponta do corpo... Achei que não agüentaria, que a minha mente explodiria antes de chegarem à cintura. Mas depois de dois dias um outro grupo que eu treinei entrou no povoado, matou os caras que tinham me capturado e me libertou. Nesse momento pensei que sempre existem limites para o que alguém pode sofrer... Na academia militar em que me preparei diziam: "Se a dor dura muito, então você pode resistir. Se for irresistível, ela o matará e não durará muito." – Lançou sua velha e ácida risada. – Achavam que esse discurso nos ajudaria nos momentos difíceis. Mas isto...

– Quer ficar quieto, por favor? – Com um gesto de desespero, Jaqueline voltou a baixar a cabeça e tapou os ouvidos.

Carter olhou para ela por um instante e depois continuou falando em voz baixa e rouca, levantando o cigarro apagado que parecia um giz retorcido.

– Sei perfeitamente o que vou fazer quando sua colega sair com uma imagem. Vou eliminar o desgraçado, seja quem for. Aqui e agora. Vou matá-lo como se mata um cachorro doente. Se for eu... – Deteve-se, como se estivesse considerando essa possibilidade insuspeitada. – Se for eu, terão o prazer de me ver estourar os miolos.

A cabine do pequeno UH1Z começou a sacudir como um ônibus velho numa rua sem asfalto. Prisioneiro do moderno assento ergonômico com cinto de segurança em X, a cabeça de Harrison era a única coisa que se mexia no seu corpo, mas fazia isso em todas as direções que as vértebras permitiam. Sentada na frente dele e roçando-lhe os joelhos, a soldado Previn mantinha o olhar fixo no teto. Harrison observou que sob a linha do capacete os bonitos olhos azuis estavam dilatados. Seus companheiros não dissimulavam muito melhor. Apenas Jurgens, sentado ao fundo, permanecia incólume.

Mas Jurgens era a outra cara da morte e não servia como exemplo.

Mais adiante parecia que o inferno havia se instalado. Ou talvez fosse o verdadeiro céu, não dava para saber. Os quatro "arcanjos" avançavam freneticamente contra uma chuva quase horizontal que metralhava os vidros dianteiros. A cinqüenta metros abaixo deles se elevava um monstro com a potência de mil toneladas de água. Felizmente, a noite impedia que contemplassem a voragem do mar. Mas quando aparecia pela janela lateral o tempo suficiente, Harrison chegava a distinguir milhões de tochas de espuma no topo de quilômetros de veludo agitado, como a caprichosa decoração de um velho palácio romano nas orgias de carnaval.

Perguntou-se se a soldado Previn o culpava de alguma coisa. Não acreditava, certamente, que o censurasse pela morte daquele idiota do Borsello. No Eagle ficaram até satisfeitos com isso.

A ordem chegou ao meio-dia, cinco minutos depois de Borsello receber um balaço no meio da testa. Procedia de algum lugar do norte. Era sempre a mesma coisa: algum lugar ao norte ordenava, e alguém ao sul obedecia. Como a cabeça e o corpo: sempre de cima a baixo, pensava Harrison. O cérebro ordena e a mão executa.

A "cabeça" tinha opinado que a eliminação do tenente Borsello era plausível. Harrison estava fazendo a coisa certa, Borsello tinha sido incompetente, a situação era urgente, agora o sargento Frank Mercier o substituía. Mercier era muito jovem e estava sentado ao lado de Previn, diante de Harrison. Também tinha medo. Seu medo adotava forma de noz subindo e descendo pelo pescoço. Mas eram bons soldados, treinados no SERF: Sobrevivência, Evasão, Resistência, Fuga. Conheciam as armas e a equipe com perfeição, receberam instrução suplementar em defesa e isolamento de áreas. E podiam fazer algo mais do que se defender: levavam rifles de assalto XM39 com balas explosivas e subfuzis Ruger MP15. Todos eram fortes, de olhar vítreo e pele brilhante. Não pareciam pessoas mas máquinas. A única mulher era Previn, mas não destoava do grupo. Sentia-se contente por tê-los ao seu lado, não queria que pensassem mal dele. Com eles e Jurgens já não tinha nada que temer.

Exceto a tempestade.

Depois de outra inclinação brusca decidiu reagir.

Olhou para os pilotos. Pareciam formigas gigantes com aqueles capacetes ovais e pretos contornados pelo reflexo do painel de instrumentos. Desabotoar o cinto de segurança para se aproximar deles estava obviamente fora de cogitação. Fez girar o suporte do microfone incorporado ao capacete e apertou uma tecla.

– Isto é a tempestade? – perguntou.

– O *começo*, senhor – respondeu um dos pilotos. – Os ventos não estão nem a cem quilômetros por hora.

– Não é um furacão – disse o outro piloto no seu ouvido direito.

– Se for, não foi batizado.

– Mas o helicóptero agüenta?

– Acho que sim – respondeu seu ouvido esquerdo com surpreendente indiferença.

Harrison sabia que o "arcanjo" era um sofisticado e resistente aparelho militar preparado para todo tipo de condições atmosféricas. Até as hélices podiam ser reguladas segundo a força do vento: naquele momento não desenhavam o clássico X mas dois losangos. Entretanto se angustiava só de pensar na possibilidade de um acidente, não pelo fato de enfrentar a morte mas sim por não alcançar seu objetivo.

– Quando acham que vamos chegar? – Sentiu o suor escorrendo pelas costas e pela nuca, sob o capacete e o colete salva-vidas.

– Se tudo correr bem, avistaremos a ilha em uma hora.

Deixou aberto o canal de rádio. As vozes faziam cócegas no seu ouvido como as alucinações de um louco. *Arcanjo Um para Arcanjo Dois, câmbio...*

Tinham dormido, ou pelo menos era o que parecia.

Não se atrevia a apontar para eles com a lanterna porque tinha medo de que acordassem, embora tal eventualidade parecesse remota: era óbvio que estavam exaustos pela falta de descanso. Mas ao olhar para cada um não restou nenhuma dúvida de que estavam dormindo. O sono de Jaqueline era agitado e sonoro: emitia uma espécie de lamento gutural enquanto seus seios ondulavam sob a camiseta. Carter parecia estar acordado, mas seus lábios formavam um pequeno ponto negro numa comissura, como o cano de seu revólver. Blanes roncava.

Faltavam dez minutos para a meia-noite e Elisa ainda não tinha aparecido.

Chegava a hora.

O coração lhe saía pela boca. Pensou, até mesmo, que os outros o ouviriam bater e despertariam, mas não havia maneira de silenciá-lo.

Atuando em câmara lenta, deixou a lanterna grande no chão, pegou a pequena e a acendeu. Agora vinha a prova de fogo, nunca essa expressão fora tão bem aplicada.

Apagou a grande. Aguardou. Não aconteceu nada. Continuavam dormindo.

A luz da lanterna pequena era mínima, como a produzida pelos resquícios de uma fogueira, porém mais que suficiente para que não se assustassem caso acordassem de repente.

Deixou a lanterna acesa no chão, ao lado da outra, e tirou os sapatos. Sobretudo, não perdia Carter de vista. Victor o achava apavorante. Era um desses seres violentos que tinham vivido num mundo paralelo ao seu, tão afastado de plantas hidropônicas, matemática e teologia como um boi das aulas de Princeton. Sabia que, se precisasse prejudicar para se proteger, o ex-militar não pensaria duas vezes.

Mesmo assim, nem Carter nem o diabo iam impedi-lo de fazer o que desejava.

Levantou-se e caminhou nas pontas dos pés para a porta. Tinha tomado o cuidado de deixá-la aberta. Saiu para o tenebroso corredor e tirou os fósforos do bolso. Horas antes, quando Carter os procurou para acender o cigarro, temeu que descobrisse quem os furtara. Felizmente, isso não aconteceu.

Iluminando-se com a trêmula chama virou à direita e chegou ao corredor do primeiro barracão. Ali se ouvia o tamborilar da chuva com mais intensidade, e o vento entrava. Victor protegeu o fósforo com a mão pensando que este podia se apagar.

A escuridão o turvava. Sentia-se aterrorizado. Em princípio, Zigzag (se é que tal monstro existia, ele ainda duvidava disso) não representava para ele uma ameaça direta, mas os outros haviam inoculado o horror no seu sangue. E o barulho desagradável da tempestade, a ausência de luzes e aquelas paredes de gélido metal não contribuíam exatamente para tranqüilizá-lo.

O fósforo queimava seus dedos. Soprou e o jogou no chão.

Durante um instante permaneceu cego enquanto pegava outro.

O medo é, em grande parte, imaginação: Victor lera essa idéia uma infinidade de vezes. Se você não deixar sua fantasia tomar conta, a escuridão e os ruídos não terão nenhum poder sobre você.

O fósforo escorregou dos seus dedos. Nem pensar em agachar-se para procurá-lo. Pegou outro.

De qualquer forma, estava perto da sua meta. Quando a chama voltou a acender, avistou a porta a dois metros à sua direita.

– Onde o Victor foi?

– Não sei – respondeu Jaqueline. – E não me importa. – Virou-se para continuar dormindo: a inconsciência era a única maneira que tinha de atenuar o medo.

– Não podemos agüentar todo o peso sozinhos, Jaqueline – comentou Blanes. – Victor é uma grande ajuda. Se ele for embora, será como se o vento e o mar partissem e só ficasse o velho navio.

Jaqueline, que tinha fechado os olhos, levantou-se e olhou para Blanes. Ele continuava sentado na cadeira com a cabeça apoiada na tela, a camiseta verde manchada de suor e as pernas dentro do jeans largo esticadas e cruzadas. Seu rosto amável e bonachão, de barba cinza crescida, bochechas marcadas por uma antiga acne e nariz grande, estava voltado para ela com expressão afetuosa.

– O que foi que você falou?

– Que não devemos permitir que Victor vá embora. Ele é a única ajuda que temos.

– Não, não... Refiro-me... Disse alguma coisa sobre o vento e o mar... e um velho navio.

Blanes franziu o cenho com curiosidade.

– Uma frase feita. Por que você está mencionando isso?

– Lembrou-me um poema que Michel escreveu quando tinha doze anos. Ele leu por telefone e eu adorei. Incentivei-o a continuar escrevendo. Sinto tanta falta dele... – Jaqueline reprimiu um súbito desejo de chorar. – *Foram-se o vento e o mar. Só resta o velho navio...* Agora está com quinze anos, e continua escrevendo poemas... – Alisou os braços e olhou ao redor com expressão de repentina inquietação. – Você ouviu alguma coisa?

– Não – sussurrou Blanes.

A escuridão da sala era imensa. Jaqueline teve a impressão de que era maior do que o próprio cômodo.

– Sou a próxima. – Falava entre gemidos e caretas, como uma menina castigada. – Sei tudo o que ele vai fazer comigo, diz isso toda noite... Muitas vezes pensei em me matar, e o faria, se *ele* me permitisse... Mas ele não quer. Gosta que eu continue esperando-o, dia após dia. Em troca, oferece-me prazer e terror. Joga-me o prazer e o terror na boca como ossos a um cão, e eu os mastigo ao mesmo tempo... Sabe o que eu disse para o meu marido quando decidi abandoná-lo? "Ainda sou jovem e quero viver a minha vida e obedecer meus desejos." – Balançou a cabeça, desconcertada, e sorriu. – Essas palavras não foram minhas... *Ele* as disse por mim.

Blanes assentiu com um balançar de cabeça.

– Abandonei meu marido e meu filho... Abandonei Michel... Tinha que fazer isso, *ele* queria que eu estivesse sozinha. Visita-me à noite e me obriga a caminhar engatinhando e me jogar a seus pés. Tinha de me maquiar, tingir o cabelo de preto, vestir-me como... Sabe por que estou com o cabelo desta cor? – Levou a mão ao cabelo avermelhado e sorriu. – Às vezes consigo *me rebelar*. É muito difícil, mas consigo... Já fiz muito por *ele*, não acha? Tive que abandonar toda a minha vida anterior: minha profissão, meu marido... Até mesmo Michel. Não tem idéia do incrível ódio que ele tem, as coisas horríveis que fala do meu filho. Vivendo sozinha, ao menos, posso... posso receber todo esse ódio no meu corpo...

– Compreendo – replicou Blanes. – Mas, em parte, você gosta dessa situação, Jaqueline... – Levantou a mão detendo a réplica. – Apenas em parte, quero dizer. É algo inconsciente. Ele contamina o seu inconsciente. É como um poço: você joga o balde e ao puxá-lo vêm muitas coisas. Água, mas também insetos mortos. Tudo o que há dentro de você, que sempre houve, e que *ele* descobre e traz à tona. No fundo, também há prazer...

Ela se deu conta de que o rosto de Blanes estava mudando enquanto falava. Seus olhos careciam de pupilas: pareciam abscessos purulentos sob as sobrancelhas.

Despertou nesse instante.

Devia ter dormido, ou talvez tivesse sofrido uma "desconexão". Lembrava-se perfeitamente, tinha sido horrível: ver o rosto de Blanes mudando como... Felizmente, fora apenas sonho.

Então olhou em volta e soube que algo de ruim estava acontecendo.

A imagem finalizou. Victor a fechou e baixou outra.

Não sabia se desejava vê-lo. De repente pensava que não queria, fosse ou não *Ele* realmente (quantos pobres diabos foram crucificados naquela época até chegar àquele pobre deus?). Não, pelo menos não sob os calafrios dos Tempos de Planck, submetido à ditadura de átomos evanescentes. Não queria ver o Filho carcomido, devorado por um instante em que nem sequer o Pai tinha lugar. A Eternidade, a Infinita Duração, a Rosa Beatífica e Mística, eram o Tempo de Deus. Mas e a Infinita Brevidade? Como deveria chamá-la? A Instantaneidade?

Aquele lapso tão ínfimo em que a Rosa era apenas o caule pertencia ao Diabo, sem dúvida. Um relâmpago, o vislumbre de uma piscadela, até mesmo o simples *desejo* de piscar, duravam imensamente mais. Victor pensava em algo horrível: naquele cosmos de milionésimos de segundo o Bem não existia, porque precisava de *mais tempo* que o Mal.

Ele os tinha encontrado por acaso à tarde, num dos arquivos do laboratório de Silberg, enquanto procurava CDs virgens. Eram vários CDs compactados com uma etiqueta na capa onde se lia "Dispers".

Lembrou-se imediatamente da narração de Elisa. Deviam ser as "dispersões" que Nadja tinha contado que Silberg guardava, as experiências falhadas de cordas de tempo abertas com energias erradas, e portanto imprecisas. Como continuavam ali? Provavelmente no Eagle pensavam que aquele era o lugar mais adequado para guardá-las. Ou podia tratar-se de imagens imprestáveis. Tinha certeza, em qualquer caso, de que não conseguiria ver muito, mas o nome dos arquivos que descobriu ao inserir um dos discos no computador – "Crucif" seguido de um número – era muito tentador, muito suspeito para perder aquela oportunidade única.

No laboratório de Silberg havia dois laptops com as baterias carregadas. Victor supunha que os técnicos que visitavam a ilha os usavam para examinar os CDs. Embora Blanes tivesse mandado tirar as baterias de todos os aparelhos, Victor deixou pelo menos um dos laptops funcionando. Para não estragar os planos dos companheiros efetuou um rápido cálculo: a lanterna que tinha deixado no lugar da outra consumia menos. No total, a energia que agora utilizavam equivalia quase à da lanterna grande. E se apesar disso estivesse fazendo alguma coisa errada, não lhe importava: tinha decidido assumir a responsabilidade. Apenas queria ver algumas imagens. Só *algumas*, por favor. Nada no mundo ia impedi-lo.

Abriu o primeiro arquivo tremendo. Mas era um universo rosa pálido, um delírio surrealista. Os nove seguintes pareciam animações de um pintor dos anos 1960 sob a influência de ácido. No décimo primeiro, entretanto, sua respiração se interrompeu.

Uma paisagem, um monte, uma cruz.

De repente a cruz se transformou num poste sem braço horizontal. Engoliu em seco: aquelas mudanças na morfologia tinham que ser por causa dos Tempos de Planck. A cruz não era cruz naqueles lapsos tão pequenos. Não percebeu nenhuma figura humana.

A imagem só durava cinco segundos. Victor a guardou e abriu a seguinte.

Era muito imprecisa: um monte que parecia em chamas. Fechou-a e testou a próxima. Mostrava um fragmento da cena da cruz. Ou possivelmente outra diferente, porque agora notava uma segunda cruz no topo e a ponta de outra à direita. Três.

E figuras ao redor. Vultos, sombras decapitadas.

Um suor gelado banhava suas costas. A imagem era muito imprecisa, mas mesmo assim podia distinguir formas perto das cruzes.

Tirou os óculos e se aproximou da tela até que sua visão de míope captou todos os detalhes. A imagem saltou, e uma das cruzes desapareceu quase por completo. No seu lugar ficou uma mancha flutuando no ar, algo alongado pendendo da madeira como um vespeiro de uma viga.

É Você, Senhor? É Você? Seus olhos umedeceram. Esticou os dedos para a tela, como se estivesse tentando tocar aquela silhueta difusa.

Estava tão concentrado que não se deu conta de que a porta do laboratório se abria às suas costas. O barulho das dobradiças foi abafado pelo do temporal.

340 ■ José Carlos Somoza

Por um instante pensou que continuava sonhando.

A tela da sala, na qual Blanes estava enconstado, fora *perfurada*. A abertura tinha o tamanho aproximado de uma bola de futebol e era de forma oval, com bordas lisas. O reflexo que penetrava por ela procedia, sem dúvida, do brilho das luzes da sala de controle *do outro lado.*

Mas o mais horrível era o que estava acontecendo com Blanes.

No seu rosto havia um buraco elíptico e profundo. Ocupava a porção direita e incluía a sobrancelha, o globo ocular e toda a maçã do rosto. No interior podia observar (eram perfeitamente visíveis sob a luminescência que penetrava pelo vazio da tela) densas massas avermelhadas. Jaqueline achou que podia identificá-las: os seios frontais, a magra lâmina do tabique nasal, os cordames dos nervos facial e trigêmeo, as rugosas paredes do encéfalo... Era como uma holografia anatômica.

Foram-se o vento e o mar.

Ao seu redor se instalou um silêncio imenso. A escuridão também era diferente, como se fosse mais sólida. Não havia lanternas nem qualquer outra luz, só a que entrava pelo buraco.

Foram-se: só resta o velho navio.

Levantou-se e deduziu que não sonhava. Tudo era muito real. Ela era ela, e seus pés descalços tocavam o chão, embora não percebesse a frieza do...

Uma estranha sensação a fez baixar a cabeça: vislumbrou o topo de seus seios coroados pelos mamilos. Apalpou o próprio corpo. Não usava nada, nem roupa nem objetos. Nada a cobria.

Foram-se o vento e o mar. Foram-se. Foram-se.

Voltou-se para Carter, mas não o viu. Victor também tinha desaparecido. Restava apenas aquele Blanes, paralisado e destroçado, e ela.

Só os dois, e a escuridão.

Dócil como um boneco, Victor se dirigiu exatamente para onde a Mão o enviou. Trombou com uma gaveta aberta das dispersões e sentiu uma dor muito aguda nas articulações. Ao desabar, levantou uma massa de poeira que o fez tossir. Então a Mão pegou seus cabelos e ele se sentiu levantar vôo entre nuvens de estrelas diáfanas, puras como a neve. Recebeu uma bofetada que pareceu transformar seu ouvido esquerdo num motor barulhento e danificado. Tentou se apoiar em algum lugar e arranhou a parede metálica que estava atrás dele. Seus óculos tinham desaparecido. À altura de suas pupilas se deparou com um olho sem íris, tão negro que parecia opaco. Tão negro que se destacava facilmente da medíocre escuridão ao redor. Ouviu o rangido de um mecanismo.

– Escute, padre idiota... – A voz de Carter, sussurrando como um maçarico, parecia provir daquele olho. – Estou apontando uma 98S para você. É fabricada com fibra de carbono e possui um carregador com trinta balas de cinco milímetros e meio. Um único tiro a esta distância e não vai sobrar nada de você, nem a lembrança do seu primeiro peido, está claro? – Victor gemeu, cego, choramingando. – Aviso o seguinte: está acontecendo alguma coisa comigo. Eu sei, eu noto. *Não sou o mesmo*. Juro. Desde que retornei a esta maldita ilha me transformei em alguém *pior* do que era... Sou capaz de meter agora mesmo uma bala na sua cabeça, limpar a sujeira com um lenço e em seguida tomar o café-da-manhã. – *Faça isso*, pensou Victor, mas não conseguiu articular nem uma palavra e Carter não o deixava tentar. – Se voltar a sair sem avisar, se voltar a deixar a guarda ou ligar algum outro maldito aparelho sem permissão, juro que o matarei... E não é uma ameaça. É possível que o mate mesmo que você se comporte bem, mas me deixe testá-lo. Não me facilite as coisas, padre. Entendido?

Victor assentiu. Carter lhe devolveu os óculos e o empurrou para a saída.

Então aconteceu tudo.

Mais do que senti-lo, ela o *pressentiu*.

Não foi uma imagem, um ruído, um cheiro. Nada material, nada que pudesse perceber com os sentidos. Mas soube que Zigzag estava ali, no fundo da sala, da mesma maneira que teria reconhecido um homem anônimo, no meio de uma multidão, que estivesse desejando-a.

Foram-se o vento e o mar. Fica o abismo.

– Meu Deus... meu Deus, por favor! Por favor, alguém me ajude! Carter, David...! Socorro, ajudem...!

O terror tem um ponto sem retorno. Jaqueline o atravessou nesse instante.

Encolheu-se contra a tela, junto ao corpo petrificado de Blanes, as mãos cobrindo os seios, e gritou uma e outra vez, como nunca em toda a sua vida, sem reservas, sem pensar em outra coisa senão em enlouquecer com os próprios gritos. Uivou, mugiu como um animal agonizante, até romper a garganta, até achar que o coração estava explodindo e alagando de sangue os pulmões, até ter certeza de que já estava louca, ou morta, ou pelo menos anestesiada.

De repente algo avançou do fundo da sala. Era uma sombra, e ao mover-se pareceu arrastar consigo parte da escuridão. Jaqueline virou a cabeça e a contemplou.

Ao ver aqueles olhos parou de gritar.

Nesse mesmo instante conseguiu dar uma única e definitiva ordem ao seu corpo. Levantou-se e correu para a porta como se estivesse andando sobre um navio afundando.

Foram-se. Foram-se. Foram-se. Foram-se. Foram-se.

Não conseguiria, disse a si mesma. Não conseguiria fugir. *Ele* a apanharia antes (movia-se muito rápido, muito rápido). Mas com o último fiapo de sua prudência compreendeu que estava fazendo a coisa certa.

O que qualquer ser vivo faria no seu lugar depois de ter visto aqueles olhos.

A imagem tinha sido processada. O computador perguntava se queria baixá-la. Contendo a ansiedade, Elisa pressionou a tecla "ENTER".

Depois de um instante de indecisão, a tela piscou em rosa pálido mostrando o que parecia uma foto imprecisa da sala de controle: distinguiu perfeitamente o brilho do acelerador ao fundo e os dois computadores em primeiro plano. Mas alguma coisa estava diferente, embora a falta de nitidez tenha feito com que ela demorasse a perceber: havia outra fonte de luz, uma lanterna acesa perto do computador da direita. Sob o reflexo pôde ver o borrão situado no mesmo lugar que ela.

Sentiu que lhe faltava o ar. Algo em sua memória se quebrou e deixou escapar uma torrente de lembranças. Dez anos depois o via de novo. O mau estado da imagem deixava muito espaço para que ela o reconstruísse: as costas ossudas, a cabeça grande e angulosa... Tudo esquartejado pelo Tempo de Planck, mas não precisava de mais nitidez para saber quem era.

Ric Valente estava olhando para a tela do computador, alheio ao fato de que dez anos depois ela o veria na mesma tela. Estava sozinho e achava que continuaria assim ao longo dos séculos, mas a teoria de Blanes o tinha arrancado da pedra do tempo como um veio extraído por mineradores peritos.

Passada a primeira impressão, Elisa se encurvou quase numa postura similar à de Valente: ambos esquadrinhando o que acontecia ou tinha acontecido, espiando pela fechadura do passado, espiando como mordomos indiscretos.

O que ele está olhando? O que ele está fazendo?

O brilho dos controles acesos diante de Ric a fez saber que ele também acabava de abrir várias cordas temporais e observava os resultados. A posição da câmera com a qual gravara a amostra de luz permitia que visse a mesma tela que Ric estava vendo, mas a silhueta dele se interpunha entre ela e o que ele contemplava. *Seja como for não veria nada mesmo que se afastasse. Preciso usar os alinhadores.*

Alguma coisa a intrigava naquela imagem. O que era? Por que se sentia de repente tão inquieta?

Quanto mais olhava para a imagem, mais estava certa de que havia um detalhe que não fazia sentido. Algo oculto, ou possivelmente muito à vista, como naqueles jogos de sete erros em que só o olho atento pode distinguir as sutis diferenças entre desenhos muito similares. Tentou se concentrar...

O brusco salto para outra corda temporal quase a assustou. Agora Ric se deslocara para a esquerda, mas os contornos continuavam sendo muito imprecisos e, tal como tinha suspeitado, não conseguia nem mesmo imaginar qual podia ser a cena que ele observara e que agora aparecia diante dela, sem obstáculos, na tela do Ric, como uma mancha sépia. *Zigzag deve estar aí, mas preciso alinhá-la e fazer um zoom.* Havia outra figura perto de Valente. Embora lhe faltasse a metade do rosto e parte do torso, reconheceu Rosalyn Reiter. Sem dúvida, tratava-se do momento em que a pobre Rosalyn o surpreendera. Ele estaria tentando explicar o que fazia ali. Aquela corda pertencia a uma fração mínima de tempo na margem de 4:10:10 horas, dois segundos antes do blecaute e de Zigzag. Rosalyn estava muito afastada do gerador. Como conseguira entrar dois segundos depois na câmara do gerador e morrer eletrocutada? Pareceu-lhe óbvio que tudo tinha ocorrido durante o ataque: começava a imaginar uma possível explicação...

E continuava existindo o *detalhe* que ela não conseguia concretizar mas que a inquietava tanto. O que era?

Não abriu mais cordas. Antes que esquecesse, digitou uma ordem e iniciou o processo de alinhamento, programando o computador para continuá-lo.

Então se deu conta de outra coisa: nem a silhueta de Ric nem a de Rosalyn tinham sombras ao seu redor. Sabia que Rosalyn estava morta e não podia originar nenhum desdobramento, mas e Ric? Isso significaria que também *tinha morrido*?

Enquanto refletia, experimentou outro tipo de inquietação, mais intensa.

Girou a cabeça e olhou para a vasta câmara.

A sala de controle estava às escuras. A fosforescência rosácea da tela era a única luz, e se restringia a apenas dois metros ao seu redor. Seguindo as instruções de Blanes, desligara o acelerador uma hora antes e também os cabos do resto dos computadores e aparelhos. A pilha do seu relógio estava em cima da mesa (embora soubesse a hora pelo relógio da tela: quase meia-noite). Lá fora o caos prosseguia. Dava para perceber a fúria do temporal através das paredes. Uma onda interminável se chocava contra as janelas.

Não viu nada de estranho, só sombras. Mas sua inquietação aumentou.

Estava há dez anos muito acostumada com essa sensação, acostumada com ela, como se cada noite tivesse sido um ferro em brasa marcando sua pele.

Tinha certeza. *Ele* estava ali.

Sentia-o tão perto, tão próximo do seu corpo, que por um instante se recriminou por algo absurdo: não estar preparada para recebê-lo... O medo se transformou numa pedra dentro do peito. Levantou-se, cambaleando, sentindo que os pêlos eriçavam.

De repente tudo passou. Ouvia alguma coisa parecida com gritos – a voz de Carter – e passos apressados nos barracões, mas não tinha ninguém na sala de controle.

Ao voltar a cabeça para frente a viu.

Estava em pé diante dela, atrás do computador, iluminada pela tela. Sua nudez parecia diluída, como uma escultura inacabada, uma argila cega e anônima. O único traço em suas feições era a boca, que se achava como que desconjuntada e era negra e imensa: sua mão aberta caberia inteiramente naquela garganta. Não compreendeu como conseguiu reconhecê-la.

Então Jaqueline Clissot começou a desmoronar diante dos seus olhos.

32

Ao despertar gemeu de dor: tinha dormido de barriga para baixo sobre uma espécie de manta poeirenta num estrado sem colchão, e a armação deixara seu rosto marcado. Não se lembrava onde estava nem o que fazia ali, e não adiantou muito ver aqueles rostos inexpressivos. As mãos a fizeram levantar-se sem que olhassem para ela. Pediu para ir ao banheiro, mas somente quando falou em inglês os puxões se interromperam para recomeçar na direção oposta. Depois de uma breve e ingrata visita à privada (não havia água nem toalhas), sentiu-se pelo menos capaz de caminhar sozinha. Mas as mãos (eram soldados com máscaras, agora os via) voltaram a rodear seus braços.

Harrison não gostava das ilhas.

Naquelas porções de terra, exceções da geologia no mar para benefício dos hominídeos, cometeram-se muitas faltas. Aqueles solitários matagais, ocultos dos olhos dos deuses, eram propícios para transgredir normas e ofender a criação. *Eva foi a primeira responsável.* Mas agora pagava por aquele crime antigo: Eva ou Jaqueline Clissot, dava na mesma. A serpente se transmutara em dragão.

Eram quase nove da manhã do domingo 15 de março, e sobre a maldita ilha continuava caindo uma densa cortina de água. As palmeiras, ao longo da praia, agitavam-se como espanadores manipulados por um criado nervoso. O calor e a umidade obstruíam o nariz de Harrison, e uma das primeiras ordens que deu foi ligar a refrigeração. Ficara resfriado, sem dúvida, porque sua roupa ainda continuava molhada por causa da tempestade que os tinha recebido ao aterrissar oito horas antes, mas esse seria o menor dos seus males.

Contemplando aquela paisagem, com as mãos nos bolsos, e pensando em ilhas, pecados e Evas mortas, Harrison disse:

– Os dois homens que entraram na sala tiveram de ser sedados. São soldados experientes, acostumados a ver de tudo... O que *isso* tem de especial, professor? – Voltou-se para Blanes, sentado perto da mesa empoeirada. Mantinha a cabeça baixa e não havia tocado o copo de água que Harrison lhe oferecera. – É alguma coisa mais que corpos mutilados, não é? Algo mais que sangue seco nas paredes e no teto...

– É o Impacto – disse Blanes no mesmo tom anônimo e vazio com que tinha respondido às perguntas anteriores. – Os crimes de Zigzag são como imagens do passado. Provocam Impacto...

Durante um instante tudo o que Harrison fez foi concordar com a cabeça.

– Agora estou entendendo. – Afastou-se da janela e deu outra volta pelo refeitório. – E isso... pode fazer com que... nos transformemos?

– O que quer dizer?

– Que... – Harrison movia apenas os músculos indispensáveis para falar. Seu rosto era uma máscara empoeirada – ...façamos, ou pensemos, coisas estranhas...

– Acho que sim. A consciência de Zigzag, de algum jeito, contamina todos, porque se entrelaça com o nosso presente...

Contamina. Harrison não queria olhar para Elisa ali sentada, respirando como um animal selvagem, com aquela camiseta grudada no torso e o jeans cortado na altura da virilha, a pele morena com um brilho oleoso de suor, o cabelo negro carvão revolto.

Não queria olhar para ela, porque não queria perder o controle. Era tudo muito sutil: se olhasse por muito tempo, ou o tempo suficiente, faria alguma coisa. E ainda não queria fazer nada. Devia ser prudente. Enquanto o professor tivesse o que dizer ou fazer, ele conservaria a calma.

– Vejamos os pontos fundamentais de novo, professor. – Esfregou os olhos. – Desde o começo. Você estava sozinho na sala de projeção...

– Tinha dormido, mas despertei com as faíscas. Procediam de todas as tomadas elétricas: a CPU, os interruptores... Também ocorreu nos laboratórios...

– E na cozinha, você o viu? – Harrison apareceu pela porta fazendo uma careta por causa do cheiro de queimado. – O isolante das tomadas está chamuscado e os fios completamente cortados... Como isso pode ter acontecido?

– Foi Zigzag. É uma coisa nova. Aprendeu a extrair energia de aparelhos desligados.

Harrison massageava o queixo enquanto olhava para o cientista. Precisava se barbear. Um bom banho que lhe devolvesse à vida, um bom descanso numa cama decente. Mas ainda não faria nada disso.

– Continue, professor.

A vespa. Acima de tudo, matar aquela vespa negra que estava picando os seus pensamentos.

– À luz das faíscas consegui ver... Não sei nem como me dei conta de que *aquilo* era Jaqueline... Vomitei. Comecei a gritar.

A porta do refeitório se abriu, interrompendo-os. Victor entrou acompanhado de um soldado. Estava tão sujo como os outros: com o torso nu, a camisa amarrada à cintura e o rosto inchado pela falta de sono e pelas duas ou três bofetadas que Carter lhe dera. Vê-lo repugnava Harrison: a palidez doentia, o peito sem pêlos, os óculos antiquados... Tudo naquele sujeito o fazia pensar num verme imaturo, um girino espichado. Como se não bastasse, mijou nas calças ao entrar na sala de projeção, e ainda se notava a mancha por toda a perna da calça. Harrison sorriu, decidido a liquidar também o Senhor Girino.

– Descansou, professor? – Lopera fez que sim com a cabeça enquanto se sentava numa cadeira. Harrison notou que a mulher olhava para ele com preocupação. Como era possível que ela fosse amiga daquele homem grotesco? *Talvez fosse boa idéia matá-lo diante dela. Talvez fosse bom que a puta o visse morrer.* Guardou esse pensamento para si para comentá-lo mais tarde com Jurgens. Concentrou-se em Blanes. – Onde estávamos? Viu os restos da professora Clissot e... o que aconteceu depois?

– Tudo voltou a ficar às escuras. Mas eu já sabia que *ele* tinha atacado outra vez. – Parou e frisou as palavras. – Então *o* vi.

– Quem?

– Ric Valente.

Houve um silêncio quebrado apenas pela monotonia da chuva.

– Como o reconheceu, se estava às escuras?

– Eu o vi – repetiu Blanes. – Como se brilhasse. Estava em pé na minha frente, na sala de projeção, coberto de sangue. Fugiu pela porta antes que Carter e o professor Lopera chegassem.

– Você também o viu? – disse Harrison dirigindo-se a Victor.

– Não... – Victor parecia grogue. – Mas naquele momento teria sido difícil prestar atenção em alguma coisa...

– E você, professora? – perguntou Harrison sem olhar para ela. – Acho que continuava na sala de controle, não? Teve um desmaio... Viu Valente?

Elisa nem sequer levantou os olhos.

Harrison sentiu medo: não porque ela fosse fazer alguma coisa a ele mas, ao contrário, por tudo o que ele tinha vontade de fazer com ela. Por tudo o que *faria* no seu devido tempo. Dava-lhe pânico olhar o corpo com o qual brincaria de tantas formas desconhecidas. Depois de uma pausa, tomou ar e o expulsou em forma de palavras.

– Não sabe, não responde... Bem, seja como for, meus homens o encontrarão. Não poderá fugir da ilha, em qualquer lugar que esteja. – Retornou a seu grande amigo Blanes. – Acha que o Valente é Zigzag?

– Não tenho nenhuma dúvida.

– E onde se enfiou durante todos esses anos?

– Não sei. Eu teria que estudá-lo.

– Eu gostaria de saber, professor. Saber como tem feito, ele ou sua "cópia", "desdobramento" ou seja lá como se chame... como conseguiu eliminar tantos de vocês. Quero saber o truque, compreende? Um professor do meu colégio costumava responder a todas as minhas dúvidas dizendo: "Não pergunte as causas, basta o efeito." Mas o "efeito", agora, está na sala ao lado, e é difícil de entender. – Embora sorrisse, Harrison fez cara de quem estava suportando uma dor. – É um "efeito" que deixa a gente arrepiado. Alguém pode me dizer que pensamentos devem passar pela cabeça do senhor Valente para fazer tudo isso com um corpo humano... Preciso de uma espécie de relatório. Afinal de contas, este projeto é tão de vocês quanto nosso.

– E eu precisarei de tempo e calma para estudar o acontecido – respondeu Blanes.

– Terá as duas coisas.

Elisa olhou para Blanes desconcertada. Falou quase pela primeira vez desde que começou o longo interrogatório.

– Você está louco? – disse em castelhano. – Vai colaborar com eles?

Antes que Blanes pudesse responder, Harrison se adiantou.

– "Está louco" – falou em castelhano com dificuldade, em tom de humor. – Todos estamos "loucos", professora... Quem não está?

Inclinou-se para ela. Agora sim *podia olhar para ela*. Podia dar-se esse prazer: pareceu-lhe tão bonita, tão excitante apesar do cheiro de suor e sujeira que exalava e da aparência desleixada, que sentiu calafrios. Improvisou um discurso para aproveitar ao máximo aqueles segundos de contemplação, adotando o tom de advertência de um pai diante da filha preferida embora desobediente.

– Mas a loucura de alguns consiste em garantir que os outros durmam em paz. Vivemos num mundo perigoso, um mundo onde os terroristas atacam de forma traiçoeira, surpreendendo, sem mostrar a cara, como faz Zigzag... Não podemos permitir que... o que aconteceu esta noite seja usado pelas pessoas erradas.

– Você não é a pessoa certa – disse Elisa com voz rouca, sustentando o olhar.

Harrison ficou imóvel, a boca entreaberta, como no meio de uma palavra. Então acrescentou, quase com doçura:

– Posso não ser, mas tem gente pior, não se esqueça...

– Pode ser, mas estão sob as suas ordens.

– Elisa... – interveio Blanes.

– Não tem problema... – Harrison se comportava como um adulto que queria demonstrar que nunca poderia se ofender com as palavras de uma criança. – A professora e eu mantemos uma relação... especial há anos... Já nos conhecemos. – Afastou-se dela e fechou os olhos. Por um instante o som da chuva na janela o fez pensar em sangue derramado. Abriu os braços. – Suponho que estejam famintos e cansados. Podem comer e repousar agora, se quiserem. Meus homens rastrearão a ilha palmo a palmo. Encontraremos Valente, se é que ele está em algum lugar... "encontrável". – Riu brevemente. Em seguida olhou para Blanes como um vendedor olharia para um cliente seleto. – Se nos entregar um relatório sobre o que aconteceu, professor, esqueceremos todas as faltas. Sei por que voltaram para cá, e por que fugiram, e compreendo... O Eagle Group não apresentará denúncias contra vocês. Na verdade, não estão presos. Tentem relaxar, dêem um passeio... se estiverem com vontade, apesar deste tempo. Amanhã deve chegar uma delegação científica, e quando vocês comentarem com eles suas conclusões poderemos ir para casa.

– O que acontecerá com Carter? – perguntou Blanes antes que Harrison saísse.

– Temo que vamos ser menos amáveis com ele. – No paletó claro e molhado de Harrison reluzia o crachá com o logotipo do Eagle Group. – Mas o destino final dele não está nas minhas mãos. O senhor Carter será acusado, entre outras coisas, de ter recebido por um trabalho que não fez...

– Estava tentando se proteger, como nós.

– Tentarei fazer pender a balança para o lado dele quando o levarem a julgamento, professor, não posso prometer mais.

A um gesto de Harrison, os dois soldados que estavam no cômodo o seguiram. Quando a porta se fechou, Elisa tirou o cabelo do rosto e olhou para Blanes.

– Que tipo de relatório vai produzir? – explodiu. – Não percebe o que ele está querendo? Vão transformar Zigzag na arma do século XXI! Soldados que matam o inimigo através do tempo, coisas assim! – Levantou-se e bateu na mesa com os punhos. – Para isso servirá a morte de Jaqueline? Para fazer uma merda de um relatório?

– Elisa, se acalme... – Blanes parecia impressionado com sua fúria.

– Os olhos daquele velho filho da puta brilhavam pensando no presente que vai entregar amanhã para a delegação científica! Nojento, repugnante e babão!... Aquele miserável filho da puta, velho nojento!... E você vai ajudá-lo? – O choro a jogou de novo na cadeira, o rosto escondido entre as mãos.

– Acho que você está exagerando, Elisa. – Blanes se levantou e entrou na cozinha. – Obviamente, querem conhecer os códigos, mas estão no seu direito...

Elisa parou de chorar. De repente se sentia muito cansada, até mesmo de levar essa discussão adiante.

– Você fala como se o Eagle fosse um grupo de assassinos de aluguel – Blanes continuou dizendo da cozinha. – Não vamos desvirtuar as coisas. – Depois de uma pausa acrescentou, mudando de tom. – Harrison

350 ■ José Carlos Somoza

tem razão, as tomadas estão carbonizadas e os fios desencapados... É incrível... Enfim, não podemos esquentar café... Alguém quer água mineral e bolachas? – Retornou com uma garrafa de plástico, um pacote de bolachas e um guardanapo de papel. Permaneceu olhando pela janela enquanto comia.

– Não tenho a menor intenção de colaborar com essa gentinha, David – afirmou ela secamente. – Faça o que quiser, mas eu não vou dizer nenhuma palavra a eles. – Aflita, agarrou uma bolacha e a engoliu com duas mordidas. Como estava faminta! Pegou outra, e mais outra. Engolia pedaços grandes, quase sem mastigar.

Então baixou o olhar e observou o guardanapo que Blanes acabava de colocar em cima da mesa. Havia algo escrito à mão com letras grandes, apressadas: "TALVEZ MICROFONES. SAIAMOS DE UM EM UM. REUNIÃO NAS RUÍNAS DA CASAMATA."

Continuava chovendo, mas com menos intensidade. Além disso, sentia-se tão sufocada e grudenta de suor que agradeceu por aquela repentina ducha de água limpa. Tirou os sapatos e as meias e avançou pela areia com jeito de alguém que decidiu dar um passeio solitário. Olhou em volta e não viu nem rastro de Harrison e seus soldados. Então ficou imóvel.

A alguns metros sobre a areia estava a cadeira.

Reconheceu-a em seguida: assento de couro preto; pés de metal com rodas; no lado direito do respaldo, um entalhe alongado e elíptico com contornos nítidos que quase chegava ao centro. Dois dos quatro pés não existiam e um dos braços estava perfurado com minuciosidade revelando uma pedraria prateada. Aquela cadeira teria caído no chão, se fosse uma cadeira comum.

Mas não era uma cadeira comum. A chuva não a molhava, nem sequer respingava nela. As gotas não ricocheteavam na sua superfície, e tampouco davam a impressão de que a atravessassem, como ocorreria com uma holografia. Eram como agulhas de prata que alguém atirasse do céu: cravavam-se no assento e desapareciam para voltar a surgir debaixo da cadeira e cair na areia.

Elisa contemplou fascinada aquele objeto. Ela o tinha visto pela primeira vez no interrogatório, enredado nas pernas de Harrison como um gato silencioso e rígido. Harrison o tinha atravessado ao caminhar como agora fazia a chuva. Notou que, durante a aparição, um dos soldados olhava seu relógio-computador e mexia nele, sem dúvida porque acabara a energia.

Contou cinco segundos antes da cadeira desaparecer. Gostaria de ter tempo (e vontade) para estudar os desdobramentos. Era um dos achados mais incríveis da história da ciência. Quase se sentia inclinada a compreender Marini, Craig e Ric, embora fosse muito tarde para perdoá-los.

Quando a cadeira desapareceu, deu meia-volta e atravessou a grade do alambrado.

Experimentou um calafrio ao pensar que Zigzag não era muito diferente daquela cadeira: também era uma aparição periódica, o resultado da soma algébrica de dois tempos distintos. Mas Zigzag tinha vontade. E sua vontade era torturá-los e matá-los. Restavam três vítimas para cumprir esse anseio por completo (talvez quatro, se incluísse Ric), a menos que eles agissem. Tinham que fazer alguma coisa. O quanto antes.

Da casamata militar e do armazém só restavam em pé duas paredes enegrecidas, escoradas com entulhos. Havia outras que pareciam ter desabado há pouco, sem dúvida por causa das monções. A maior parte dos escombros e peças de metal tinha sido varrida para o lado norte deixando no centro uma área limpa, de terra mais dura, provavelmente como conseqüência do calor da explosão, embora o mato já tivesse crescido em vários lugares.

Decidiu aguardar perto das paredes. Deixou os sapatos no chão, desfez o nó da camiseta e alisou o cabelo. Mais que limpá-lo, a chuva o tinha condensado. Jogou a cabeça para trás para que as gotas lavassem seu rosto. O aguaceiro estava cessando e o sol começava a atravessar as nuvens menos densas.

Logo depois Blanes chegou. Trocaram poucas palavras, como se tivessem se encontrado por acaso. Passaram cinco minutos e Victor apareceu. Elisa ficou com pena ao ver o estado em que ele se encontrava: pálido e desalinhado, com barba por fazer, o cabelo encaracolado formando moitas abruptas. Mesmo assim, Victor sorriu levemente para ela.

Blanes olhou nos arredores e ela o imitou: ao norte, além da estação, havia palmeiras, o mar cinza e a areia solitária; ao sul, quatro helicópteros militares pousados na pista e a linha da selva. Não parecia haver ninguém por perto, embora se ouvissem vozes remotas de pássaros e soldados.

– Aqui estamos seguros – disse Blanes.

Seus olhares se cruzaram, e de repente Elisa não conseguiu mais se controlar. Atirou-se nos braços dele. Apertou aquele corpo robusto sentindo que as mãos abertas dele pressionavam suas costas.

Ambos choraram, embora de forma muito diferente de como tinham feito até então, sem sons, sem lágrimas. Apesar de tudo, ao se lembrar da colega, Elisa se agarrava a um pensamento que a obcecava. *Jaqueline, coitadinha, foi rápido, não foi? Sim, com certeza, ele não dispunha de energia para...* Mas sabia que também se lamentavam por eles mesmos: porque se sentiam perdidos, oprimidos pela angústia de uma condenação inexorável.

Viu Victor se aproximar com o rosto abatido e o envolveu em seu abraço, apoiando o queixo no ombro ossudo molhado de chuva.

– Sinto muito... – gemia Victor. – Desculpem-me... Fui eu que...

– Não, Victor. – Blanes passou a mão no rosto dele. – Você não fez nada de mal. Seu laptop ligado não teve nada que ver com aquilo. Ele usou a energia *potencial* dos aparelhos. Foi a primeira vez que fez isso. Não podíamos nos proteger contra isso...

Quando Elisa sentiu que Victor se acalmava, afastou-se e o beijou na testa. Tinha vontade de beijar, abraçar e amar. Tinha vontade de ser amada e consolada. Mas imediatamente adiou tudo e procurou concentrar-se na tarefa que a aguardava. Depois do que aconteceu com Jaqueline jurou a si mesma acabar com Zigzag à custa da sua própria vida. Extingui-lo. Desligá-lo. Matá-lo. Aniquilá-lo. Esmagá-lo. Ferrá-lo. Não tinha muita certeza sobre qual destas seria a expressão apropriada: talvez todas.

– O que aconteceu na sala de controle, Elisa? – perguntou Blanes, ansioso.

Ela contou o que não quis dizer na frente de Harrison, até mesmo a "desconexão" durante a qual tinha visto Jaqueline se desmanchando.

– Deixei a imagem se alinhando – acrescentou. – Se não tiverem mexido em nada, já deve estar preparada.

– Houve desdobramentos?

– A cadeira do computador. Eu a vi duas vezes. Nem Rosalyn nem Ric apareceram.

– É estranho...

Blanes cofiou a barba. Em seguida começou a falar num tom muito diferente do que tinha mantido durante o interrogatório: entrecortado, rápido, quase ofegante.

– Bem, contarei a vocês o que eu acho. Em primeiro lugar, Elisa tem razão, é obvio. Quando entregarmos o relatório, já não serviremos para nada. De fato, agora que sabemos de onde surgiu Zigzag, somos testemunhas perigosas. Sem dúvida vão querer nos eliminar, mas mesmo que não seja assim, não vou lhes oferecer Zigzag de bandeja para que o transformem na Hiroshima do século XXI... Acho que todos concordamos neste ponto... – Elisa e Victor assentiram. – Mas devemos jogar com cuidado: não mostrar todas as cartas, guardar cartas na manga... Por isso é fundamental que compreendamos bem o que aconteceu e saibamos *quem* é Zigzag...

– Mas já sabemos: é Ric Valente... – começou Victor, mas Blanes fez um gesto com a mão.

– Menti para eles. Queria afastá-los, que organizassem uma busca pela ilha para distraí-los. Na verdade, não vi Valente nem ninguém na sala de projeção.

Elisa já imaginava isso, mas não conseguiu evitar o desânimo.

– Então sabemos o mesmo que antes – disse.

– Acho que sei algo mais. – Blanes olhou para ela. – Acho que já sei por que Zigzag *está nos assassinando*.

– O quê?

– Estávamos errados desde o começo.

Os olhos de Blanes faiscavam. Ela conhecia bem aquela expressão: era a do cientista que enxerga, durante um trêmulo instante, a verdade.

– Tive a idéia pouco depois de ver os restos de Jaqueline... Quando os soldados me levaram para o refeitório e consegui me acalmar o suficiente para poder pensar, me lembrei do que tinha visto na sala... O que Zigzag fizera com Jaqueline... por que essa imensa crueldade? Ele não se limita a matar, há uma *sanha* que vai além de qualquer limite, de qualquer compreensão... por quê? Até agora falávamos de um perturbado, uma espécie de psicopata escondido entre nós... um "diabo", como dizia Jaqueline. Mas me perguntei se podia haver uma explicação científica para essa selvageria desmedida, essa brutalidade sobre-humana... Estive pensando e cheguei a uma conclusão. Provavelmente vocês vão achar estranho, mas é o mais provável.

Ajoelhou-se e usou a areia úmida como quadro. Elisa e Victor se agacharam ao seu lado.

– Suponham que, no instante em que se produziu o desdobramento, a pessoa desdobrada se encontrasse em meio a um acesso de fúria... Imaginem que estivesse batendo em alguém... Mas nem precisaria disso: apenas uma emoção intensa, agressiva, provavelmente com relação a uma mulher... Se foi assim, quando o desdobramento se produziu, não conseguiu mudar de emoção, nem sequer *atenuá-la*. Não teve *tempo*. Em um Tempo de Planck nenhum neurônio pode enviar informação a outro... Tudo se conserva *igual*, sem modificações. Se a pessoa desdobrada estava submetida a um impulso violento, a um desejo de abusar ou humilhar, o desdobramento ficou paralisado *nisso*.

354 ■ José Carlos Somoza

– Mesmo assim – objetou Victor – teria que ser um perturbado...

– Não necessariamente, Victor. Justamente nisso é que estávamos errados. Pergunte-se o seguinte: no que se apóia nossa idéia de bondade? Por que dizemos que uma pessoa é "boa"? Qualquer indivíduo pode chegar a desejar coisas terríveis num certo momento, embora no momento seguinte se arrependa. Mas para isso é preciso *tempo*, mesmo que sejam frações de segundo... Zigzag não teve essa possibilidade. Vive numa corda única, uma pequeníssima fração isolada do curso dos acontecimentos... Se o desdobramento ocorresse no segundo seguinte, talvez Zigzag tivesse sido um anjo, não um demônio...

– Zigzag é um monstro, David – murmurou Victor.

– Sim, um monstro, o pior de todos: uma pessoa normal e comum num determinado instante.

– É absurdo! – Victor ria com nervosismo. – Desculpe, mas você está errado... Completamente!

– Também custo a acreditar nisso... – Elisa estava impressionada com a idéia de Blanes. – Entendo o que você está dizendo, mas não posso acreditar. A tortura e a dor que causa nas vítimas... A "contaminação" obscena da sua presença... Esses... pesadelos asquerosos...

Blanes olhava fixamente para ela.

– Os desejos de *qualquer* pessoa num intervalo de tempo isolado, Elisa.

Ela parou para refletir. Não podia pensar em Zigzag daquela forma. Todo o seu corpo se rebelava diante da idéia de que seu torturador, seu desumano carrasco, aquele ser com o qual sonhava há anos e que mal se atrevia a olhar, não fosse o Mal Absoluto. Mas não encontrava nenhuma falha no raciocínio de Blanes.

– Não, não, não... – repetia Victor. A chuva fina, cada vez mais escassa, enchia seus óculos de pontos cristalinos. – Se o que você está dizendo for verdade, as decisões éticas, o bem e o mal... no que se transformam? Em puras questões do suceder da consciência? Não estariam relacionadas à intimidade de nosso ser? – Victor elevava cada vez mais a voz. Elisa se levantou, temerosa de que os soldados o ouvissem, mas não parecia haver ninguém. – Segundo sua idéia absurda, qualquer homem, mesmo o melhor que já tenha existido, até... até... *Jesus Cristo*, pode ser um monstro num tempo isolado!... Percebe o que você está afirmando?... Qualquer pessoa poderia ter feito... *o que vi* na sala de projeção! O que eu *vi*, David... O que eu e você vimos que *fez* àquela pobre mulher... – Fez uma careta de medo e nojo. Tirou os óculos e passou a mão no rosto. – Reconheço que você é um gênio – acrescentou com mais calma –, mas o seu campo é a física... A bondade e a maldade não dependem do passar do tempo, David. Estão gravadas no nosso coração, na nossa alma. Todos nós temos impulsos, desejos, tentações... Uns os controlam e outros se deixam vencer: essa é a chave da crença religiosa.

– Victor – Blanes o interrompeu. – O que quero dizer é que pode ser *qualquer* pessoa. Pode ser *eu*. Antes eu não pensava assim. No meu íntimo sempre acreditei que podia me excluir do sorteio de Zigzag, porque sei bem como sou por dentro, ou acho que sei... Agora acho que *ninguém* pode ser excluído. No sorteio entra toda a humanidade.

– Mesmo assim – interveio Elisa –, temos que descobrir quem é. Se não era Jaqueline, ainda restam vinte e quatro horas para atacar de novo...

– Certo, a prioridade é deter Zigzag – concordou Blanes. – Precisamos ver a imagem alinhada.

– Poderia tentar agora – sugeriu ela.

– Não sei se é o momento adequado...

– Sim – disse Victor. – Enquanto me conduziam pelo barracão pude comprovar: na estação só ficam os dois soldados dormindo no laboratório de Silberg e um de guarda no quarto onde prenderam Carter. – Voltou-se para Elisa. – Se entrar pelo primeiro barracão, poderá ir até a sala de controle sem que a vejam...

– Vou tentar. – A imagem já estará nítida.

– Eu a acompanho – ofereceu-se Victor.

Olharam para Blanes, que concordou.

– Bem, eu vigiarei Harrison e seus homens da cozinha. Devemos agir com rapidez. Quando soubermos quem é Zigzag... destruiremos todos os dados para que o Eagle nunca investigue o acontecido.

Ela concordou sabendo o que ele queria dizer. *Destruiremos tudo, incluindo aquele de nós que for o Zigzag.*

Separaram-se ali mesmo, e Blanes, impulsivamente, abraçou-a. Então se afastou um pouco para poder olhá-la nos olhos enquanto falava.

– Zigzag é um simples erro, Elisa, tenho certeza. Um erro no papel, não uma criatura maligna. – De repente sorriu para ela, e sua voz voltou a ser a do professor que tanto tinha admirado. – Vá e corrija esse maldito erro de uma vez.

"A prioridade é deter Zigzag": Harrison não podia estar mais de acordo com Blanes nessa questão. Em compensação, o cientista estava totalmente enganado na afirmação de que não era um ser maligno.

Claro que era. Ele sabia disso. O maior de todos os males que pisou a face da Terra. O verdadeiro e único Diabo.

Levantou-se com certa dificuldade – os anos começavam a pesar –, guardou o fone de ouvido na jaqueta e disse a Jurgens que podia pregar a pequena antena do microfone direcional pelo qual tinham ouvido a conversa a cem metros de distância, junto às palmeiras. Sua idéia de enviar os soldados para rastrear a ilha e aguardar perto da estação com o microfone preparado tinha dado resultado.

– Nossa desvantagem é que os sábios são eles – comentou enquanto observava a harmônica mancha que, ao longe, formava o corpo de Elisa: sua roupa era tão mínima que parecia nua vista àquela distância. – Mas nossa vantagem é a *mesma*. São sábios, e portanto ignorantes... Tinha certeza de que Blanes estava mentindo para poder ficar com os colegas a sós. No entanto, sua pequena mentira nos serviu... É melhor que o exército olhe para outro lado: não queremos testemunhas, certo? Afinal, não nos ordenaram que os eliminemos agora. Mas é o que vamos fazer. Será o nosso segredo, Jurgens. Vamos cortar, purificar... Certo?

Jurgens concordou. Harrison se virou e olhou para ele. Ao aterrissar em Nova Nelson ordenou que aguardasse escondido na praia até que chegasse o momento oportuno, o momento de utilizar suas extraordinárias qualidades.

E esse momento tinha chegado.

– Você vai entrar nos barracões. Dará uma volta para que Blanes não o veja e matará Blanes e Carter agora mesmo. Em seguida esperaremos que os outros obtenham o que procuram, e quando o fizerem, matará Lopera diante da professora. Quero que ela veja. Depois a prenderá num dos quartos e a interrogaremos. Precisamos obter o relatório. Temos o dia todo, antes que a delegação chegue, você e eu, para fazê-la falar... Será um momento interessante. Amanhã na primeira hora não deve sobrar nenhum cientista com vida...

Enquanto Jurgens se afastava devagar para cumprir a ordem, Harrison respirou fundo e observou o mar, as nuvens se desmanchando, o sol abrindo passagem com raios fracos. Pela primeira vez em muito tempo se sentia feliz.

Com Jurgens, não tinha medo nem de Zigzag.

IX

Zigzag

Meu Deus, o que fizemos?

ROBERT A. LEWIS, co-piloto do Enola Gay, o
avião que lançou a bomba sobre Hiroshima.

33

160 segundos.

Estava deitado de costas. De vez em quando abria os olhos e observava a luz crescer na suja janelinha por onde entrava um rumor cada vez mais tênue de chuva. Calculava que deviam ser dez da manhã, mas não podia saber com exatidão, porque seu relógio-computador estava sem pilha: ele a tinha tirado naquela noite confiando no cientista, que havia garantido que dessa forma evitariam um novo ataque.

Pobre imbecil.

Fora trancado num dos quartos do terceiro barracão, sob a vigilância de um soldado: podia ver uma parte do capacete pela janelinha da porta. Passava bem, tão bem quanto permitiam as circunstâncias, depois dos "cumprimentos" recebidos durante a detenção (o nariz e a boca estavam sangrando). Tinha sido detido dentro da sala de projeção por dois jovens militares mais aturdidos do que ele, enquanto os cientistas soltavam gritos dilaceradores. É claro que se rendeu imediatamente.

Agora Paul Carter se perguntava sobre o seu futuro.

Não tinha muitas ilusões: sabia que Harrison o mataria, antes ou depois. Isso se tivesse sorte. Se não, Zigzag o mataria. A questão não era o quê, mas *como e quando.*

Pensou em traçar um plano: pois, embora se sentisse capaz de suportar o tipo de morte que Harrison reservava para ele, não se sentia da mesma forma com relação a Zigzag.

Achava que ao longo da vida já tinha visto tudo o que um ser humano podia causar a outro, e sabia que as possibilidades eram mais numerosas do que os maus pensamentos. No entanto, Zigzag ultrapassava qualquer limite, qualquer experiência.

Não mentira para Harrison: ignorava a maior parte das coisas relacionadas com Zigzag. Por mais que tivesse ouvido a explicação de Blanes, desdobramentos e energias eram esperanto para ele; só os cientistas podiam conhecer o que eles mesmos tinham criado. Tampouco mentira ao afirmar que tinha traído o Eagle por medo: engana-se quem pensa que sujeitos como ele estão livres de sentir medo, e até muito medo.

E desde que voltou a entrar na sala de projeção *apenas cinco minutos depois de sair dela* (procurando o idiota do padre), e contemplou o que havia lá, o medo se cristalizou num pânico incontrolável.

Chame como quiser: pânico, Impacto ou covardia.

Viu tudo à luz dos fósforos que o padre tinha surrupiado: as cadeiras e a tela destruídas; sangue pelas paredes e pelo chão, como depois de uma explosão; *o rosto* da mulher, ou a metade do crânio, ou o que fosse, atirado como uma máscara aos seus pés; fragmentos de corpo em volta... sabia que aquilo não era obra de um louco, nem um crime praticado cinco minutos antes, mas o trabalho pausado, metódico, de algum tipo de criatura além do racional. Estava tentado a acreditar nos demônios.

Como se não bastasse, os cientistas asseguravam, com suas complicadas teorias, que aquele demônio podia proceder dele mesmo. Isso o fazia temer, não apenas por sua vida, mas por Kamaria e Saida, sua mulher e sua filha. Quem sabia o que podia acontecer a elas se ele sobrevivesse?

O melhor era morrer o quanto antes. Ou tentar fugir. Escapar de Zigzag e do Harrison, se é que era possível escapar de ambos, e – esse pensamento lhe gelava o sangue – se é que se tratava de duas ameaças *diferentes*.

Porque cada vez tinha mais certeza de que Harrison estava louco.

E que Zigzag era quem o tinha enlouquecido.

104 segundos.

Estava inquieto, mas não sabia bem por quê.

Tinha parado de chover e a luz do sol iluminava o dia por entre as camadas de nuvens, começando, como sempre, pelo mar. A luz gostava do mar. Blanes gostava dos dois. Aquele espetáculo prodigioso, aquele mundo de ondas e partículas que formavam sons e cores, seres e objetos, apresentava-se de repente diante dos seus cansados olhos como se dissesse: "Contemple-me, David Blanes. Veja como meu segredo é simples."

Não, não era simples, e ele sabia. Tratava-se de um enigma profundo e complexo, talvez demais para a capacidade de compreensão do cérebro humano. Aquele segredo abrangia tudo, do maior ao mais diminuto ou sutil: Órion, os buracos negros e os quasares, mas também a intimidade dos átomos, as cordas subatômicas e (por que não?) a razão pela qual seu irmão mais novo, seu professor Albert Grossmann e seus amigos Silberg, Craig, Jaqueline, Sergio e tantos outros tinham morrido. Nada ficava de fora da resposta: se a física estava destinada a conhecer toda a realidade (ele acreditava nisso), fatos como Zigzag, a morte de seu irmão e os últimos minutos de Grossmann, Reinhard ou Jaqueline tinham que fazer parte da pergunta, daquele Grande Enigma que de Demócrito a Einstein o ser humano trabalhava arduamente para decifrar.

O velho sábio reflete na janela: a ilusória imagem o fazia sorrir com amargura. Lembrou-se de que, na solidão de sua casa em Zurique, costumava meditar diante de uma janela fechada. Uma vez Marini havia dito que esse hábito se devia ao fato de que vivia dentro do seu cérebro. Provavelmente tinha razão, mas agora as coisas eram diferentes. Agora sua única tarefa era observar a grade através do vidro para assegurar-se de que Elisa e Victor não fossem incomodados enquanto decifravam a imagem do computador.

Tudo estava correndo bem até aquele momento, mas sua inquietação não diminuía.

Aquela inquietação era diferente de qualquer outra que suportara antes. Seria causada pela possibilidade de que Elisa voltasse e dissesse que ele era Zigzag? Não, já tinha decidido que sairia de cena neste caso. Estava certo de que o seu mal-estar era causado por algo mais simples, um dado que tinha negligenciado em suas reflexões, uma variável mínima que não levara em conta...

Mínima, mas de algum modo essencial.

Sua memória se esforçava para encontrá-la. Grossmann chamava o objetivo de uma busca "ao pedaço de queijo". A memória – assegurava – era como um rato de laboratório trancado num labirinto, e às vezes os dados esquecidos somente podiam ser rastreados com uma faculdade diferente da inteligência ou do conhecimento. "Com o olfato, como o rato encontra o queijo no labirinto."

O olfato.

A cozinha era um cômodo pequeno, e o cheiro de fio queimado não se desvanecera ainda. O ataque de Zigzag à infeliz Jaqueline tinha carbonizado as tomadas dos eletrodomésticos, ele mesmo comprovara o fato enquanto escrevia a mensagem para Elisa e Victor no guardanapo...

360 ■ José Carlos Somoza

Desviou o olhar da janela e ficou olhando para aqueles fios.

Sim, era isso.

Zigzag extraiu energia de aparelhos que não só não estavam funcionando como *não estavam recebendo eletricidade*. Carter e ele tinham desligado a energia daquela área, mas Zigzag "chupou" a energia como o vazio dentro de um balão de ensaio arrasta o gás de um recipiente contíguo. Era a primeira vez que fazia isso, que ele soubesse. Era como absorver energia de uma lanterna *sem pilhas*.

Sua mente deslizou freneticamente, como um esquiador experiente, por uma ladeira de cálculos. Se tinha aprendido a utilizar a energia potencial de máquinas desligadas, então...

Quatro helicópteros. Dois geradores. Fuzis, revólveres. Rádios, transmissores, telefones, computadores. Equipamentos militares...

Meu Deus.

Um suor gelado o banhou por completo. Se não estivesse errado, encontravam-se numa armadilha mortal. Toda a ilha era uma *armadilha*. Zigzag podia extrair energia de quase tudo, então o que o deteria? Sua aparição se faria cada vez mais freqüente e sua área se estenderia cada vez mais, provavelmente a quilômetros de distância, o que, por sua vez, requereria uma carga maior de energia... De onde a tiraria então?

Os corpos. Os seres vivos. Cada ser vivo é uma bateria. Produzimos energia. Zigzag a usará quando sua área se estender e ficar debilitada. Isso significa...

Significava que o próximo ataque podia ocorrer em poucos minutos. Seria contra Elisa, Carter ou ele, mas o resto de seres vivos da ilha pereceria. De repente aquela possibilidade matemática lhe parecia muito real. Se estivesse certo, não só eles mas todos os que se encontravam naquele momento em Nova Nelson estavam em perigo. Devia avisar Elisa, mas também teria que falar com Harrison. Tinha...

– Professor. – Uma voz desconhecida, cavernosa.

Voltou-se e contemplou a morte no rosto do indivíduo que o mirava com o revólver com silenciador. *Não, agora não. Antes precisa saber...*

– Ouça!... – exclamou levantando as mãos. – Ouça, precisa!...

Blanes ficou feliz por receber a bala no peito. Isso permitiu que pensasse por mais um instante. Esqueceu a dor e o medo, fechou os olhos e viu, aguardando-o nos limites da escuridão, o irmãozinho. Dirigiu-se para ele apressadamente, sabendo que seus lábios lhe ofereceriam a resposta à Grande Pergunta da vida.

100 segundos.

– A resolução já é aceitável – disse Elisa, e baixou a primeira imagem. Victor, de pé atrás dela, inclinado sobre seu ombro, observava a tela. Cada um ouvia a respiração do outro e a sua própria formando um tenso dueto de ruídos. Na tela apareceu com bastante nitidez a silhueta de Ric sentado ao computador, mutilada pelo Tempo de Planck.

– Meu Deus – disse Victor atrás dela.

Os objetos também se destacavam com clareza. E aquele detalhe... O pormenor que não conseguia concretizar – e que tanto a irritava – estava mais presente do que nunca.

De repente achou que sabia o que era.

– Os controles... – Apontou para a tela. – Olhe essa fileira de luzes. No nosso console estão apagados, está vendo? – Indicou uma série de pequenos retângulos no teclado. – São os detectores de recepção de imagens telemétricas... Foi isso o que notei antes. Ric fez alguma coisa diferente das outras vezes: usou uma transmissão por satélite...

– De Nova Nelson? Por quê?

– Nem imagino.

Era absurdo, pensava Elisa. Por que complicar tudo com uma imagem telemétrica da ilha para abrir cordas do passado recente, quando tinha ao seu dispor uma dezena de vídeos ao vivo? Só havia uma explicação possível.

A imagem que o interessava não procedia de Nova Nelson.

Mas, então, de onde vinha?

Por um instante o pânico a imobilizou. As possibilidades de época e lugar eram quase infinitas dentro da área do passado recente, e isso significava que a pessoa que criara Zigzag podia estar em qualquer lugar do planeta.

Na tela, a imagem saltou para a próxima corda aberta: Ric e Rosalyn apareciam em pé, à esquerda, e o que ele estava olhando naquele instante era espaçoso e nítido. Elisa abriu o *zoom* e focou na pequena área do computador de Ric. Conteve a respiração enquanto se definiam os contornos. A nova imagem apareceu enquadrada na tela.

A mais inesperada de todas.

94 segundos.

Um ruído o fez abrir os olhos. Deu-se conta de que o capacete do soldado que o vigiava tinha desaparecido da janelinha. Quando se levantou, a porta do quarto se abriu e o cano fumegante de um revólver com silenciador apontou para sua cabeça. Viu as botas do soldado caído no corredor e levantou as mãos olhando para o indivíduo que segurava o revólver.

– Sabe quem sou? Olhe nos meus olhos, Carter...

Aquela voz deformada e oca o impressionou muito mais do que a arma apontada para ele. Quase pela primeira vez em sua vida Paul Carter não soube o que responder.

– Não me reconhece? – disse aquela voz. – Sou o Jurgens.

Engoliu em seco. *Jurgens*? Relacionou tudo mentalmente a uma frenética velocidade e começou a entender o que estava acontecendo. Isso não atenuou seu medo, mas conseguiu reagir. Tentou ficar calmo e falar com tranqüilidade. *Acima de tudo, não fique nervoso.*

– Ouça,... Baixe o revólver e me deixe dizer uma coisa...

– Sou a sua morte, Carter.

– Ouça... "Jurgens" é um código... – Carter tentava de todas as maneiras não se apressar, pronunciar cada palavra com muita calma e clareza. – Pelo amor de Deus, não se lembra? "Jurgens" é o código que usamos no Eagle para indicar que algo deve ser solucionado por qualquer meio... Não é uma *pessoa*, Harrison, é um código!...

Mas a horrível careta que viu no rosto de Harrison o fez saber que ele não estava ouvindo. *Não é mais o Harrison: é uma coisa produzida pelo Zigzag.*

– Você não está me vendo? – Harrison grunhiu com aquela voz forçada. – Olhe nos meus olhos, Carter!... Olhe nos meus olhos!...

E atirou.

54 segundos.

Victor falava atropeladamente atrás dela.

– Deve ser uma imagem do passado... Há... sinais de abertura de cordas temporais, certo?

Tratava-se de uma paisagem campestre, mas evidentemente não era Nova Nelson. Na margem direita parecia correr um pequeno rio. Na parte superior, sobre umas pedras, embaixo de uma árvore (mas não encobertas por ela), havia três pequenas silhuetas brancas e na inferior uma grande e escura. Por causa das irregularidades produzidas pelo Tempo de Planck, Elisa reconheceu na silhueta grande um homem corpulento, em pé na margem do riacho. Na mão levava algum objeto que ela não distinguia (um chapéu?, uma boina?), e na grama, perto dele, havia uma vara longa e uma espécie de cesta que ela identificou em seguida como utensílios de pesca.

As outras três figuras tinham tamanhos e compleições diferentes. Elisa dirigiu o *zoom* para elas e aumentou mais trinta por cento.

A julgar pelos cabelos de uma delas, longos e negros, devia ser uma menina. A menina e um dos meninos apareciam numa cor sépia uniforme, que indicava que podiam estar nus. O outro menino estava de roupa, embora leve, talvez camiseta e calça curta, Elisa não conseguia ver com clareza. Além disso, não era o vestuário o que chamava a atenção, mas sua posição: parecia ter caído nas pedras. Tinha os pés mais elevados que a cabeça, como se a imagem tivesse sido feita no momento da queda. E o gesto do companheiro indicava... Elisa compreendeu de repente.

– Um dos meninos parece ter empurrado o outro... Deve ser uma lembrança de Ric.

Seus pensamentos eram um redemoinho. De repente aquilo começava a combinar com a personalidade do Ric Valente que ela tinha conhecido. *Marini errou. Supôs que Ric tinha se arriscado, mas na realidade não o fez. Ric era ambicioso, mas também covarde. Sentia medo de usar os vídeos de pessoas adormecidas por causa das conseqüências do desdobramento e optou por outra cena, uma do seu próprio passado, que consideraria "inocente", corriqueira... Mas qual? Ele me contou que fazia um diário detalhado desde criança... podia tirar daí os dados de hora e lugar...*

– Uma lembrança de...? – murmurou Victor ao seu ouvido.

A mudança no tom de voz fez com que Elisa desviasse da tela por um instante para observá-lo. O rosto de Victor apresentava uma entristecedora palidez. Nas lentes sujas dos óculos se refletia a tela do computador, e Elisa não conseguia ver os olhos dele.

De repente ela mesma achou que se lembrava de uma remota conversa. *Parece que Victor me contou uma coisa parecida há anos... A briga por causa daquela garota inglesa por quem ele se apaixonou... Ric o empurrou e...*

Voltou a olhar para a tela e prestou atenção em outro detalhe: a imagem do menino caído sobre as pedras era menos nítida do que as demais. Parecia haver sombras em volta dela.

Sombras.

Notava a boca seca, e pulsações febris nas têmporas. Seus olhos se dilataram.

Virou-se lentamente, mas Victor já não estava perto dela: tinha retrocedido tremendo até a parede e a expressão do seu rosto era a daquele que comprova, de maneira inequívoca, que não há outra vida além da tumba.

– Mate-me, Elisa – soluçou. – Eu suplico... Eu não... não poderia fazer isso. Mate-me, por favor...

– Não...

Victor parou de implorar para lançar um grito em que se misturavam terror e decisão:

– Elisa! Faça isso antes que *aquilo volte...*!

Ela continuou negando com a cabeça sem dizer nada, apenas negando. Nesse instante a porta se abriu.

Inicialmente Elisa não reconheceu Harrison: tinha sangue nas mãos e na roupa e seu rosto estava transtornado, avermelhado, com os olhos fora das órbitas.

– Veja... – Apontava a pistola para Victor, mas se dirigia a ela. Nas comissuras dos lábios cintilava uma espuma. – Veja-o morrer, sua puta.

– Não! – gritou Elisa, ao mesmo tempo que outra voz no seu interior gritava, desesperada: *Mate-o! Mate-o!*

Seu grito foi sufocado pelo repentino zumbido dos aparelhos ao redor. O solo pareceu vibrar como na chegada de um terremoto. Da tela dos computadores saltaram faíscas e um cheiro ácido encheu o ar.

Depois de alguns segundos de surpresa, Harrison atirou.

E tudo parou.

? segundos.

Foi como se ficasse surda. No entanto, deu um grito e ouviu a si mesma. Também sentia a cadeira junto às nádegas, e apalpava a mesa e o teclado.

Victor e Harrison continuavam na mesma posição, o primeiro aguardando a bala e o segundo apontando, mas suas figuras tinham mudado: um corte longitudinal atravessava as bochechas de Victor lado a lado e a barriga era um buraco avermelhado pelo qual se via a coluna vertebral; Harrison tinha perdido parte de um braço e as feições.

E no meio dos dois, quase no ponto central, algo parecido com um inseto paralisado. Elisa o contemplou horrorizada. *A bala. Não chegara a tempo, meu Deus.*

Retrocedeu e empurrou a cadeira sem conseguir movê-la. Ao apoiar os dedos nas teclas do computador nenhuma afundou, como se fossem rugosidades simétricas entalhadas numa pedra. Também acontecia algo diferente com ela: estava completamente nua.

O suor cobriu seu rosto.

Sabia onde estava. Sabia nas mãos de *quem.*

Continuava na sala de controle, mas com certas diferenças. Era como um cômodo decorado por um artista surrealista. Na parede à sua direita apareceram estranhas aberturas em forma de elipse através das quais podia avistar os alambrados e a praia. Dali vinha a luz. Todo o resto era escuridão.

E sentia algo mais. Não saberia dizer como, porque não o via, mas o percebia de alguma forma.

Zigzag. O caçador.

Sua mente, tomada pelo pânico, se desagregou: uma parte dos seus pensamentos racionais flutuou para a superfície e se manteve coerente e observadora; o resto afundou nas profundezas do seu ser mais indefeso, na lembrança de seus terrores e fantasias dos últimos anos.

Aproximou-se da parede que dava para o exterior enquanto olhava tudo com aquele sentimento ambiguo de horror maravilhado. *Posso pensar, sentir, me mexer. Sou eu, mas estou em outro lugar.* Lembrou-se de que dias antes, ou um milênio antes (não conseguia saber) tinha falado para os seus alunos da Alighieri sobre a possibilidade de contato entre distintas dimensões (*coloquei uma moeda na transparência*). Agora estava dentro do exemplo prático mais inconcebível e inimaginável.

Tocou a parede: era sólida. Por ali não havia saída. Mas uma das aberturas era bem ampla e estava quase ao nível do chão. Estendeu a mão sem notar nada.

Durante um instante titubeou. A idéia de fugir atravessando um daqueles buracos parecia, de certo modo, apavorante, como caminhar abaixo da terra.

Então prestou atenção na abertura da câmara do gerador. Era um buraco enorme e elíptico no meio da porta. Compreendeu que, graças a ele, Rosalyn tinha penetrado na câmara fugindo de Zigzag e encostado no gerador, recebendo a descarga depois de ser atacada por Zigzag. Se Rosalyn passara para o outro lado através de um daqueles buracos, ela também podia tentar fazer isso.

Fosse como fosse, não ficaria ali dentro aguardando que *ele* decidisse atacar.

Elevou uma perna, depois a outra. Procurou não se apoiar nas bordas do buraco, embora fossem completamente lisas. Saiu para o lado de fora.

Não ouvia o mar, nem o vento, nem sequer os próprios passos. Tampouco sentia o calor do sol sobre a pele, embora estivesse nua. *Eva no paraíso.* Era como caminhar por um cenário, uma natureza virtual. A luz do sol, no entanto, continuava alcançando suas retinas com normalidade. Imaginou que a explicação residia na teoria da relatividade, que afirmava que a velocidade da luz era uma das constantes absolutas do universo físico. Até mesmo na corda de tempo a luz se deslocava da mesma forma inalterável.

No seu caminho se estendia um buraco de matéria no chão, de grande tamanho, um fosso de paredes poliédricas porém limpas, com a terra perfeitamente aglomerada por camadas. Enquanto o rodeava olhou para baixo.

E se deteve.

No fundo, a uns dez metros da superfície, jazia uma pessoa.

Reconheceu-o imediatamente. Esquecendo-se de tudo, até de seu próprio medo, agachou-se na borda. Via sua cabeça, seu rosto anguloso misturado com a terra, ligado a ela, fossilizado, transformado em matéria porosa, como a raiz de uma árvore. Um tubérculo branquelo encerrado na escuridão de uma prisão eterna. *Esteve na ilha todo este tempo. Caiu em um buraco de matéria ao tentar fugir de Zigzag naquela noite.* Mas já tinha morrido, ou assim parecia. Assim desejou ela, para o seu bem.

Ele não era culpado.

Ric Valente olhava para ela do abismo com suas órbitas ocas.

De repente, uma brutal sensação de alarme a fez virar a cabeça.

Zigzag estava atrás dela.

O simples fato de vê-lo a deixou aturdida. Os anos de terror, os pesadelos, o ninho de feras repugnantes que tinha crescido no seu subconsciente, tudo se quebrou no seu interior e o conteúdo transbordou até alagá-la.

Só uma coisa a impediu de enlouquecer nesse momento: a dor lancinante que sentiu na coxa esquerda. Retorceu-se no chão gritando como uma criança e contemplou cinco sulcos simétricos e paralelos na parte central da coxa. Não sangravam. Seu sangue ainda não tivera tempo de brotar, mas viam-se cortes profundos.

Zigzag nem sequer precisou tocá-la: agora compreendia o quanto ele era dono da situação. Tudo o que o rodeava não significava o mais ínfimo obstáculo para ele. Podia destroçá-la à vontade. A tortura que sentia a fez pensar como seria morrer nas mãos daquela criatura.

Levantou-se e titubeou, voltou a cair, apoiou as mãos e se levantou outra vez. Correu sem olhar para trás, mancando. Intuiu que isso era o que *ele* desejava. *Que ela continuasse fugindo.* Pensar que Zigzag não queria apanhá-la ainda a horrorizava.

Atravessou a grade e seguiu para a praia sem que seus pés descalços deixassem pegadas na areia. Esquivou sem muita dificuldade os buracos de matéria no chão. A idéia de cair em algum e ficar presa (onde?, a quantos quilômetros de profundidade antes que os átomos voltassem a preencher o vazio?) lhe dava pânico.

Ao chegar à praia abriu a boca.

Parecia-lhe estar vendo Deus.

O mar estava imóvel. Seu tempo tinha parado no instante em que uma onda quebrava na praia. A onda formava uma trincheira alongada de tijolo verde coroada por uma cerca de neve e perfurada por incontáveis grutas. Outra onda ficara petrificada no momento de voltar.

Para onde iria agora? Parou e reuniu forças para olhar para trás.

Não viu Zigzag.

Apesar disso, continuou avançando: pisou na onda e não notou diferença com relação à areia. Caminhou por ela saltando um buraco de matéria e chegou até a parede curva da onda levantada. Tocou a espuma que subia até seu peito mas teve que retirar a mão com uma careta de dor. Sentiu que algo espetava as palmas de suas mãos. Também sentia dor nas solas dos pés. Raciocinou que, ao se aglomerar em espaços mais reduzidos do que na matéria sólida, os átomos outorgavam à água uma textura de vidro quebrado. O mar, no mundo de Zigzag, podia sangrá-la.

A onda não era muito alta, mas tentar escalá-la seria como entrar nua num espinheiro. Além disso, para onde iria? No horizonte havia fossas de diâmetro enorme. Pareceu-lhe avistar uma tão grande quanto a própria ilha, e na superfície, pendendo do vazio, corpos de criaturas escuras (golfinhos?, tubarões?) dissecadas em pleno nado. Em volta dela se estendia a rugosidade do oceano paralisado, com aquelas cristas que cortariam sua carne como lâminas de barbear.

Ofegando, voltou para a margem e comprovou que a areia também não era segura. Não deformava sob seus pés: era como pisar numa lâmina de aço enrugada. As dunas a feriam com seu fio. No céu, as nuvens eram aros de fumaça branca ou pontos dispersos, e a linha esmeralda da selva parecia um origami malfeito. Compreendeu o que estava acontecendo. *A área da corda de tempo se ampliou. Mas isso requer muita energia. Talvez ele se debilite.*

Não sabia para onde ir, e nem se valia a pena ir para algum lugar. Caiu de joelhos naquela areia de aço, gemendo de dor por causa da ferida na coxa. Esperou. Aguardaria sua *chegada*? Ou existia alguma *forma* de livrar-se dele, ou de abreviar seu próprio final?

368 ■ José Carlos Somoza

Sabia qual era a única possibilidade que restava, mas a repugnava desejá-la.

Encolhida na areia, tentava pensar freneticamente. *A área se expandiu tanto que necessitará de mais energia para se manter... Talvez a extraia dos seres vivos.* Sentiu uma leve esperança: *Quando consumir toda a energia ao seu redor terá que parar, mesmo que seja por um instante, e então a bala...*

Mas não se atrevia a desejar se salvar a esse preço...

Entretanto, enquanto pensava, estava desejando exatamente isso.

Levantou o olhar e soube que já era muito tarde: chegava a sua vez.

Zigzag se movia com rapidez. Não parecia caminhar mas ser impulsionado por um vento imperceptível. Elisa o contemplou com a fascinação de quem contempla o que causará a própria morte.

Perguntou-se se teria consciência, se sentia alguma coisa, se experimentava alguma emoção ou era capaz de reagir com inteligência diante das situações. Concluiu de repente que não era assim. Nem sequer achava que fosse capaz de obter prazer com a satisfação dos seus desejos de destruição, ou sequer de possuir tais *desejos*, ou algo similar a um *desejo*. Vendo-o, Elisa teve a certeza de que Zigzag estava além da fronteira entre o vivo e o inanimado. Não era um objeto, mas certamente também não era uma criatura. Até o movimento dele lhe pareceu uma ilusão. Decidiu que não era verdade que ele estava "se aproximando" dela de alguma forma. Isso era o que os seus olhos a faziam acreditar, mas Zigzag não se deslocava: já estava ali, com ela, diante dela, ambos sozinhos e imóveis dentro da corda. Quanto à sua vontade, assemelhava-se a um ímã diante de fagulhas de ferro. Não era vontade, mas um fenômeno físico.

O resto era sua fúria.

Uma fúria pura, sem antes nem depois, sem desenvolvimento nem evolução, de uma intensidade que o ser humano não conhecia nem nunca tinha conhecido. Não acreditou que houvesse inteligência nem vontade atrás daquela fúria: simplesmente, Zigzag era aquilo. Nele, aparência e essência eram a mesma coisa.

Elisa nunca tinha visto nem imaginado nada parecido, exceto nos pesadelos, em que a maldade e o medo podiam se encarnar e tomar forma. *Senhor Olhos Brancos.* Não a surpreendeu que Jaqueline o tivesse chamado de "diabo". Não conseguiu definir, entender ou suportar a *aura* de perversão quase simbólica, o ódio e a loucura que emanavam de cada centímetro da sua figura, a crueldade desumana que todo o seu ser destilava. *David tinha razão: ele está preso num sentimento puro. É uma coisa que destrói. Só faz isso. Só consegue fazer isso.*

O resto era sua horripilante aparência física. Mas Elisa sabia que era causada pelo mesmo motivo que abria fossas no mar e provocava lepra na Mulher de Jerusalém. O deslocamento de matéria o mutilava, arrancando pela metade suas feições, apagando suas pupilas nas órbitas brancas e amputando um dos antebraços e parte do tronco, como se tivesse sido mordido e cuspido por um predador. Sua posição, com os braços e pernas separados e ligeiramente flexionados, era uma réplica daquela que, sem dúvida, tinha adotado ao cair nas pedras, depois de ter sido empurrado por Ric.

No entanto, enquanto o contemplava, e embora acreditasse que enlouqueceria se não afastasse os olhos dele, compreendeu algo mais.

Pensou em Victor, em seu espantoso sofrimento quando descobriu a garota por quem pensava estar apaixonado (seu amor infantil) nos braços do seu melhor amigo; em tudo o que tinha passado pela sua alma de menino durante frações de segundo, enquanto seu cérebro imergia na inconsciência da queda: a raiva, o desejo, a vingança, o sadismo, a impotência ao ver que o mundo se desmorona pela primeira vez ao seu redor... *Ric quis ir a uma lembrança "inocente", mas o que encontrou?*

Soube que, desprovido de todo aquele horror, Zigzag ficaria reduzido *àquilo que realmente era*, que tinha sido, que teria sido se o tempo não o tivesse isolado num instante terrível. Agora que o via de perto, podia intuir sua verdadeira natureza atrás das grossas camadas de raiva paralisada.

Zigzag era um menino de onze anos.

0,0005 segundo.

Victor corria pela margem do rio naquela manhã de verão em Ollero. Ric e Kelly tinham desaparecido, mas imaginava onde podia encontrá-los: nas pedras, no lugar que Ric e ele chamavam de Refúgio. Tinham até mesmo pensado fazer uma cabana ali.

De repente parou.

Para onde corria dessa maneira? O que estava fazendo momentos antes? Lembrava-se vagamente de que estava perto de Elisa olhando para alguma coisa. Também se lembrava dos cabelos negros de Kelly Graham e do quanto Elisa e Kelly eram parecidas na sua memória. E do instante em que descobriu Ric e Kelly nus embaixo do pinheiro, justamente onde tinham planejado construir a cabana. E o que sentiu ao vê-la ajoelhada na frente de Ric, *tocando-o* (já sabia o que era aquilo: tinha visto nas revistas que Ric colecionava), e o que Ric lhe disse. *Não quer participar, Vicky Lo-opera? Não quer que ela faça isso em você, Vicky?* O olhar de Ric e, sobretudo, o de Kelly. O olhar de Kelly Graham fitando-o com seus olhos felinos.

Todas as garotas, absolutamente todas, sem exceção, olham assim.

Os mesmos lábios que tinham sorrido para ele tantas vezes beijavam agora os genitais nus de Ric: isso merecia o insulto que lhe dirigiu e outros piores. Insultar (descobrira isso então) era como um vício: gritava até ficar afônico, chorava, sentia que queria destruir o mundo, e tudo isso o impulsionava a gritar mais, a continuar xingando. Ah, se o mundo fosse o corpo de uma garota ou os genitais de Ric!... Ah, se a raiva durasse para sempre! Queria gritar até que os gritos esvaziassem de vez aqueles sorrisos e olhares, gritar para sempre, até o fim do seu último dia, com a boca bem aberta, mostrando os dentes...

Mas não estava em Ollero, nem corria para nenhuma parte. Estava dentro de uma sala grande e muito quente. O que era aquilo? O inferno? E por que ele (precisamente ele) estava naquele lugar estranho? *Não é justo.*

A raiva o obscureceu. Quis explicar a quem quer que tivesse feito aquilo o quanto era injusto. Certo, ele tinha exagerado. Desejara, durante uma fração de segundo, ou talvez um pouco mais (mas não tanto a ponto de importar à natureza), com todas as suas forças, *comer os dois vivos, acabar com eles, cortar a cabeça deles e comê-los pelo rabo, como dizia Ric, sobretudo ela, mais ela do que ele, pela traição, por ser tão desprezível, tão bonita, tão parecida com aquelas garotas depiladas de* lingerie *preta das revistas de Ric que se ajoelhavam diante dos homens como cachorrinhas.*

Mas, sejamos sinceros, tudo isso tinha acontecido há mais de vinte anos, e as conseqüências foram apenas uma cabeçada, umas horas dormindo um sono profundo no hospital, uma cicatriz na moleira, muita preocupação por parte da sua família e um final feliz. Ric não saiu do seu lado durante aquelas horas e quando acordou, *começou a chorar* e pediu perdão. Quanto a Kelly, já a tinha esquecido. Foi um incidente entre crianças. Que idade tinham? Apenas onze ou doze anos...

Não é justo. A vida estava malfeita se acontecimentos como aquele podiam, com *o passar do tempo* (essa era a expressão?), transformar-se em cavernas tão escuras. Onde estava a justiça numa natureza que não perdoava? Ele já tinha perdoado Kelly e todas as garotas do mundo. Perdoara todas as mulheres. O resto se chamava "trauma", mas fazia anos que tinha aprendido a conviver com isso: vivia sozinho, e apesar do tanto que gostava de Elisa e dos desejos que sentia por ela, não se atrevia a deixar nenhuma mulher entrar no seu coração. Ric e ele estavam afastados. Que mais devia fazer para expiar sua culpa? Por acaso Deus se importava tanto com todas e cada uma das palavras e emoções que se dizem ou sentem durante alguns segundos selvagens?

E de repente acreditou compreender que, na verdade, assim era.

A pedra bate na superfície do lago e as ondas se levantam. Não era essa a raiz do pecado original, a primeira falta, a única Falta? Um erro cometido há muito tempo, uma mancha no começo que turva a água do paraíso e arrasta consigo tantos inocentes. Suspeitou que poucos contavam com aquela sabedoria. Ele era um privilegiado: Deus lhe mostrava de que maneira os círculos dos erros transformam a face do mundo ao se estender.

Na verdade, longe de encontrar-se no inferno, estava no paraíso. Antes teria que passar pelo purgatório ao receber uma bala na testa, mas isso aconteceria muito em breve: já via a bala vir em sua direção. Compreendeu que apenas sua morte poderia acabar com tudo. A chave residia em morrer antes de Blanes, Elisa e Carter. Morrer.

Sentiu uma repentina felicidade. Estava tornando realidade um sonho íntimo, seu sonho mais profundo: dar sua vida para salvar a de Elisa.

Exatamente *isso*.

Que outro paraíso podia desejar?

Sorriu enquanto seu amigo Ric o empurrava. Caiu nas pedras, sentiu a batida e de repente veio a paz.

O segundo.

A luz a cegou de repente. Afastou os olhos do sol, piscando. *Estou viva.*

Viu o céu, nuvens que pareciam fumaça de incêndios remotos, o mar rugindo, a terra às suas costas, a camiseta que a cobria. A dor aguda na coxa aumentou e notou a presença de um líquido morno deslizando pela ferida. Estava sangrando. Morreria logo. Mas tais sensações eram provas mais do que suficientes de que ainda continuava viva. *Estou viva.*

Deu boas-vindas ao sangue.

Epílogo

Não havia névoa nem escuridão.

No entanto, na mente deles tudo era diferente.

A destruição ao redor era horrível. O interior dos barracões era um caos de metal, vidro, madeira e plástico, incluindo o SUSAN, cujo dorso de metal estava muito danificado como se a mão de uma criança gigantesca o tivesse amassado depois de cansar de brincar com ele; no exterior, os helicópteros pareciam ter sido destruídos pela explosão de bombas. Embora nada parecesse verdadeiramente queimado, tudo estava imprestável e exalava cheiro de fumaça, como depois da passagem de um exército devastador. Felizmente, parte das provisões dos soldados era utilizável. A maioria era formada por latas e não havia abridor, mas ele deu um jeito de furá-las e arrancar as tampas. Sem dúvida a bebida foi um problema: acharam somente duas garrafas de água potável. Mas à tarde a congregação de nuvens soltou uma descarga e puderam recolher vários baldes de água de chuva. Lavaram-se, e decidiram não entrar para descansar. Nenhum dos dois disse isso, mas não queriam se separar.

Quando caiu a noite, não foi fácil se movimentar: careciam de eletricidade, nenhuma bateria tinha sobrevivido intacta e durante as primeiras horas não quiseram fazer fogo. De modo que se sentaram do lado de fora, junto à parede do terceiro barracão, e se dedicaram a procurar um repouso impossível.

Com as necessidades mais básicas resolvidas, perguntou-lhe pelos cadáveres. Tinham encontrado vários, dentro e fora da estação científica. Só puderam reconhecer os soldados e Harrison pelo uniforme, já que eram apenas silhuetas de roupas amassadas jogadas no chão. Mas também a interessava saber o que fariam com os corpos de Victor, Blanes e do soldado do corredor, bem como com os restos de Jaqueline.

Ambos concordavam que deviam enterrá-los, mas diferiam quanto ao momento mais indicado para fazê-lo. Ele queria esperar (estavam exaustos, argumentou como desculpa, e no dia seguinte os resgatariam), ela não. Tiveram a primeira discussão. Não foi muito intensa, mas os fez emergir no silêncio.

Então o ouviu dizer, talvez para se desculpar:

– Como está o ferimento?

Contemplou a bandagem improvisada que tinha feito na coxa. Doía incrivelmente, mas não queria se queixar. Tinha certeza de que ficariam marcas para sempre, ou enquanto durasse esse "sempre". Apesar de tudo, disse:

– Bem. – E mudou de posição. – E o seu?

– Ora, foi só um arranhão. – Apalpou a atadura que rodeava suas têmporas.

Por um instante nenhum dos dois voltou a falar. Tinham a vista perdida no mar e na noite. Parara de chover e a atmosfera era limpa e morna.

– Ainda não compreendo como... como aquilo não acabou também conosco – disse Carter brandamente.

Ela olhou para ele. Carter continuava do mesmo jeito que estava pela manhã, quando aparecera com uma espingarda e tanto medo estampado no rosto quanto ela, ou talvez mais. A essa altura quase ria ao se lembrar da pálida expressão iluminada por um sol que mal tinha surgido, um dos olhos fechados e o outro posto na mira da arma, ao mesmo tempo que perguntava aos gritos que diabos tinha acontecido.

Boa pergunta.

Ela não conseguiu contar naquele momento (sangrava, sentia-se fraca), dissera apenas que achava que tudo tinha terminado.

Carter explicou a ela que Harrison errara ao atirar nele e nem sequer se dera conta. Ele permanecera imóvel no chão, e quando Harrison se afastou tentou levantar. "Naquele momento me pareceu que tudo estava desmoronando... Comecei a sentir cheiro de queimado. Entrei na sala de controle e vi o seu amigo morto com um tiro e o velho estendido no chão transformado numa espécie de... cinza. Do lado de fora havia cadáveres de soldados no mesmo estado... Então fui para a praia e vi você."

Elisa já se sentia capaz de dar sua própria explicação.

– Poderia ter nos matado – disse. – De fato, ia fazê-lo. Extraiu a energia das máquinas e me atacou. Eu era a próxima, ou possivelmente era David, mas David já tinha morrido, e me atacou... No entanto, teve que parar para extrair a energia dos seres vivos. Não afetou você, porque dentro da corda de tempo dele você era a *próxima* vítima... O curioso é que também não afetou Victor: provavelmente estávamos errados ao supor que o desdobramento podia matar-se a si próprio. Seja como for, quando interrompeu o ataque durante uma fração de segundo a bala atingiu Victor e ele morreu...

– E aquela coisa morreu com ele – assentiu Carter. – Agora compreendo.

Elisa olhou para o céu negro e sentiu um grande peso no peito. Sabia que não tinha nenhuma possibilidade de se livrar daquele peso, pelo menos não completamente, mas podia tentar.

– Ouça – disse. – Você tem razão, estou exausta. Mas vou enterrá-los agora, como puder... Você não precisa me ajudar.

– Não vou ajudá-la – replicou Carter.

No entanto levantou-se com ela. Mas então ela descobriu que estava muito mal. A ferida doía muito. Concordou em adiar os funerais e voltaram a sentar na areia.

Teriam que aguardar até o raiar do dia. E, enquanto isso, ela rezaria para estar errada.

Porque, conforme a noite avançava, tinha cada vez mais certeza de que não conseguiriam se salvar.

– Sabe que horas são?

– Não. Meu relógio não tem bateria e os outros pararam às 10:31, já disse. Devem ser quatro da manhã. Não está conseguindo dormir? – Elisa não respondeu. Depois de uma pausa ele acrescentou. – Quando jovem aprendi a ver as horas sem relógio, pela altura do sol e da lua, mas é preciso que o céu esteja muito limpo... – Apontou para as nuvens, que brilhavam fracamente. – Assim é impossível.

Ela olhou para ele com o canto do olho. Sentado na areia com as costas apoiadas na parede do barracão e envolto na escuridão da noite, Carter parecia quase irreal, embora a forma com que devorara as conservas nada tinha de fictícia.

– Com o que você está preocupada? – disse ele de repente.

– Como?

O olhar de Carter se cravou no dela.

– Tenho certeza de que, em certas situações, é mais fácil saber ver as pessoas do que as horas. Você está preocupada com alguma coisa. Não é só a dor pela perda de seus amigos. Está pensando em alguma coisa. No quê?

Elisa meditou a resposta.

– Pensava em como sairíamos daqui. Nenhum aparelho elétrico funciona, nem rádios nem transmissores... As provisões aproveitáveis são escassas. Pensava nisso. Do que você está rindo?

– Não somos náufragos numa ilha perdida. – Carter sacudiu a cabeça e voltou a soltar aquele risinho grave. – Já expliquei: Harrison esperava que a delegação científica viesse amanhã na primeira hora, sem contar que na base devem estar se perguntando por que ele e sua equipe não respondem às chamadas. Confie no que digo: no mais tardar, virão nos buscar ao amanhecer. Se é que não aparecerão antes.

Amanhã. Antes. Elisa flexionou a única perna que podia mover sem sentir dor. As rajadas do vento procedente do mar começavam a ficar frias, mas por nada no mundo teria entrado nos barracões para passar o resto da noite. Se fosse o caso, procuraria alguma coisa para colocar sobre a camiseta, ou pediria a Carter que fizesse uma fogueira. Não era exatamente o frio que a preocupava.

– Sei que não confia em mim – disse Carter depois de um rude silêncio –, e não a condeno por isso. Se serve de consolo, confesso que eu também não confio em você. Eu sou para você uma espécie de valentão sem cérebro, mas vocês, os sábios, são para mim, desculpe a franqueza, um monte de merda. E isso é pouco, considerando o que aconteceu... De modo que é melhor abrirmos o jogo, certo? Que contemos as suspeitas de cada um. Você suspeita de alguma coisa.

Ela olhou Carter nos olhos e conseguiu perceber o brilho feroz de suas pupilas na escuridão. Ouvia uma respiração, mas era apenas a sua, como se Carter estivesse contendo a dele até que ela falasse.

– Seja sincera – insistiu ele. – Você acredita que... aquilo... aquela coisa... não morreu...

– Sim, morreu. – Elisa desviou a vista para as nuvens e a muralha negra do mar. – Zigzag era um desdobramento do Victor, e Victor morreu. Não tenho dúvida disso.

– Então?

Ela tomou ar e fechou os olhos. *Afinal de contas, precisa contar isso a alguém.*

– Não sei o que pode... ter acontecido – gemeu.

– Ter acontecido? Com o quê?

– Com tudo. – Fez esforço para não voltar a chorar.

– Não estou entendendo.

– Zigzag estendeu a área de sua corda de tempo até uma distância inconcebível: a ilha, o mar, o céu... Não sei se esse entrelaçamento teve algum efeito sobre o tempo presente... Nenhum relógio funciona, estamos isolados... Não podemos saber se alguma coisa *mudou* fora daqui, compreende?

– Espere um momento... – Carter se mexeu, aproximando-se mais dela. – Quer dizer que estamos vivendo em outro... mundo ou outra época... ou alguma coisa assim? – Elisa não respondeu. Mantinha os olhos fechados. – Use seu senso comum, pelo amor de Deus. Olhe para mim. Por acaso mudei? Não sou mais velho nem mais jovem. Não é o suficiente?

Por um instante o silêncio entre os dois se assemelhou à escuridão: enchia tudo, cada forma, cada fresta; amontoava-se nos seus rostos.

– Sou física – disse Elisa então. – Só conheço as leis da física. O universo se rege por elas, não por nossa intuição ou senso comum... Meu senso comum e minha intuição me dizem que... estou em Nova Nelson, no ano 2015, com você, e que somente se passaram treze ou catorze horas desde o ataque de Zigzag. Mas o problema é que... – Fez uma pausa e tomou fôlego. – Se as coisas tiverem *mudado*, as leis físicas podem ter mudado também. Assim não posso saber o que dizem agora. E preciso saber, porque somente elas dizem a verdade.

Depois de outra longa pausa, ouviu a voz de Carter quase ao longe:

– Por acaso acha que isto que nos rodeia... não é real? *Acha que eu também não sou real*, que vou desaparecer de um momento para o outro, que sou um sonho em *sua* mente?

Elisa não respondeu. Não sabia o que dizer. De repente o ex-militar se levantou e desapareceu pelo canto do barracão. Retornou pouco depois, silencioso, e jogou um objeto na areia. Ela olhou para ele: um relógio de ponteiros.

– Parou – disse Carter. – Era o relógio do seu amigo, lembrei-me de que me disse que era de corda... Mas também parou às dez horas e um minuto. Talvez tenha batido quando caiu ao chão... Merda... – Aproximou-se de Elisa e lhe falou ao ouvido, a voz transformada num sussurro violento. – Como quer que eu explique?... Como quer que explique a minha realidade, *professora*? Penso em várias coisas que... provavelmente *explicaria* sem deixar *dúvidas... Hein? Hein?*

De repente ouviu algo que a deixou completamente petrificada.

Choro.

Permaneceu imóvel enquanto ouvia Carter chorar. Era horrível ouvi-lo chorar. Pensou que deveria ser horrível para ele também. Entregava-se ao choro como se fosse a uma bebida, uma garrafa que desejasse beber até o final. Viu-o afastar-se pela areia: uma forma robusta sublinhada por linhas brancas, fracas pinceladas de lua.

378 ■ José Carlos Somoza

– Eu odeio você... – murmurava Carter nos intervalos das lágrimas. Subitamente, começou a gritar. – *Odeio todos vocês, malditos cientistas!* Quero viver! Deixem-me viver em paz!

Enquanto via Carter se afastar, Elisa fechou os olhos por fim e caiu no sono como se tivesse desmaiado.

O barulho que a despertou provinha da grade: viu Carter saindo em direção à praia carregando alguma coisa. Já tinha amanhecido, e a temperatura era um pouco mais fria, mas ela estava coberta com uma manta de campanha. O ex-militar, aparentemente, queria mostrar sua amabilidade, e de alguma maneira Elisa sentiu remorsos ao se lembrar do choro da noite anterior.

Afastou a manta e se levantou, mas quase gritou quando a dor na coxa avisou que também tinha acordado com ela e estava disposta a lhe fazer companhia durante todo o tempo que fosse preciso. Não sabia o estado do ferimento, com certeza estava pior. Em todo caso, não queria saber. Uma tontura repentina a obrigou a se apoiar na parede. Sentia uma fome violenta, incontrolável.

Dirigiu-se aos barracões guiada pela recente claridade. O sol consistia num ponto concreto do horizonte e as nuvens mais densas se afastavam para o sul revelando um céu cada vez mais azul. Mas ainda devia ser muito cedo.

No barracão, algumas mochilas tinham sido abertas. Pelo visto, Carter também sentia fome. Encontrou bolachas e barras de chocolate, e as devorou com fúria. Em seguida achou água num cantil. Depois de resolver aquelas necessidades, dirigiu-se à praia mancando.

O mar estava calmo. A luz revelava diferentes tons de azul no seu dorso. Diante desse imenso cenário, Carter trabalhava como uma formiga. Fazia duas fogueiras e se dispunha a acender uma terceira. As três se achavam alinhadas. Elisa se aproximou e o viu trabalhar.

– Sinto muito por ontem à noite – disse ele, sem olhar para ela, concentrado em sua tarefa.

– Esqueça – disse Elisa. – Obrigada pela manta. O que está fazendo?

– Tomando precauções, simplesmente. Imagino que sabem onde estamos, mas uma ajuda adicional nunca é demais, não acha? Importa-se de ficar na minha frente? Com este vento é muito difícil acender os fósforos...

– A essa hora já deveriam ter chegado – disse ela perscrutando o azul no limite de seu olhar.

— Depende de muitas circunstâncias. Mas tenho certeza de que aparecerão.

Os galhos começaram a queimar. Carter olhou para eles um instante; em seguida se levantou e se juntou a ela na margem.

Elisa olhava para o mar, hipnotizada: o mecanismo incessante da onda que chega e se dobra deixando uma cascata de espuma que a próxima se encarrega de encobrir. Lembrou-se daquele mar paralisado no tempo, de arestas de cristal e arames de neve, e estremeceu de horror e nojo. Perguntou-se o que Carter teria pensado se tivesse visto uma coisa como aquela.

— Ainda continua acreditando que tudo é um sonho em sua mente, professora? – disse Carter. Tinha desembrulhado uma barra de chocolate e dava grandes mordidas nela. Restos de chocolate apareciam sobre sua barba e bigode. – Ora, pense o que quiser. Eu não sou cientista, mas sei que estamos em 2015, e que hoje é segunda-feira 16 de março, e que virão nos buscar... Você pense o que quiser com sua cabeça privilegiada. Eu digo o que sei.

Elisa continuou olhando para o horizonte vazio. Lembrava-se das palavras de um dos seus professores de física da universidade: "A ciência é a única que sabe, a única que emite um veredicto. Sem ela, continuaríamos acreditando que o sol gira ao nosso redor e que a Terra não se move."

— Quer apostar? – continuou Carter. – Tenho certeza de que ganharei. Em você fala o cérebro, em mim o coração. Até agora estivemos confiando no primeiro, e veja em que confusão nos meteu... – Fez um gesto com a cabeça apontando para os barracões. – Já comprovou que coisas o seu maravilhoso cérebro é capaz de fazer. Não acha que já é hora de confiar no coração, professora?

Elisa não respondeu.

A ciência é a única que sabe.

Ouviu Carter rir suavemente, mas não olhou para ele.

Continuou observando o céu, que continuava tão imóvel e vazio como se o tempo tivesse parado.

Nota do autor

Várias pessoas me convidaram para conhecer a complexa e perturbadora mansão da física moderna. A professora Beatriz Gato Rivera, do Instituto de Matemática e Física Fundamental do CSIC, respondeu com amabilidade e paciência a todas as minhas perguntas, desde aquelas sobre os estudos universitários até as mais intrincadas, relacionadas com a física teórica, e estou enormemente grato. Também agradeço ao professor Jaime Julve, do mesmo instituto, pela tarde calorosa em que conversamos sobre o divino e o humano, e ao professor Miguel Ángel Rodríguez, do Departamento de Física Teórica da Universidade Complutense, que achou um momento na sempre apertada jornada de final de curso para me atender. Outros professores de outras universidades espanholas preferiram ficar no anonimato, mas me receberam com idêntico entusiasmo e paciência, e até mesmo revisaram o manuscrito e fizeram importantes correções, e a todos eles quero enviar também o meu agradecimento. É óbvio acrescentar que os vários erros e fantasias, assim como certas opiniões desagradáveis sobre a física e os físicos de certos personagens desta novela, não podem ser atribuídos de modo algum aos meus excelentes informantes, embora no meu desabafo também direi que nunca pretendi escrever um livro erudito sobre a Teoria das Cordas nem expor minhas próprias opiniões, mas apenas compor uma obra de ficção.

Para os leitores interessados em se aprofundar na misteriosa realidade que a física contemporânea revelou talvez não seja de todo inútil mencionar meus livros de cabeceira, quase todos (salvo as exceções que assim se fazem constar) publicados em castelhano pela editorial Crítica em sua coleção Drakontos: *O universo elegante*, de Brian Greene (magnífica introdução à Teoria das Cordas); os extraordinários textos de divulgação *História do tempo* e *O universo em uma casca de noz*, de Stephen Hawking;

Sobre o tempo, de Paul Davies, e *Partículas elementares*, de Gerard't Hooft. A eles acrescentarei: *Teledetección ambiental,* de Chuvieco Salineiro (ed. Ariel), que me ajudou a ter idéia das transmissões de imagens via satélite; os dois volumes de *Física para a ciência e a tecnologia*, de Tipler (ed. Reverté), que me refrescaram alguns conhecimentos que tinha esquecido desde minha época de estudante de primeiros semestres de medicina (em que também se fala um pouco de física) e *Questões quânticas,* editado por Ken Wilber (editora Kairós), uma interessante seleção de textos não exatamente sobre física (alguns até "místicos"!) realizados por físicos de prestígio. Quis deixar para o final um livro delicioso: *A partícula divina*, de Leon Lederman, em colaboração com Dick Teresi (editora Crítica). Com ele não só aprendi um pouco sobre o trabalho do físico experimental e desses enigmáticos monstros chamados aceleradores, mas também me diverti à beça (há parágrafos nos quais ri às gargalhadas, como se fosse uma boa novela de humor) e compreendi que, por mais árida que uma história seja, pode ser contada, ou escrita, desde que isto seja feito no tom adequado. Parabéns, e obrigado, professor Lederman.

Agradeço também (sem eles este livro nunca existiria) aos extraordinários profissionais da Agência Carmen Balcells, aos editores da Random House Mondadori na Espanha e aos leitores fiéis que sempre, sempre estão aí, do outro lado da página. Por último, nada poderia fazer sem a esperança e o entusiasmo que dia a dia me transmitem minha esposa e meus filhos, meus amigos e esse leitor compulsivo de boas novelas que é o meu pai. Obrigado a todos.

J.C.S.
Madri, agosto de 2005

Este livro foi composto em Minion-Regular,
corpo 11/13,2 e impresso pela Ediouro Gráfica
sobre papel Pólen Soft 70g, em fevereiro de 2007.